U0730072

国家出版基金项目
NATIONAL PUBLICATION FOUNDATION

长篇报告文学

东望大海

袁 亚 平 著

浙江出版联合集团
浙江文艺出版社

.

作者于舟山海岛采访途中　　胡子洛摄

目 录

序　章　　澎湃在心

第一章　　风起东方

序章　澎湃在心

无论风大浪急，无论昼夜喧哗，无论寒暑变化，礁石沉默不语，岿然不动。　袁亚平摄

城市展示馆

海浪与礁石，演变为一个城市的形象与意蕴。　袁亚平摄

澎湃在心

一

海浪拍打礁石。

哗哗哗,浪头上去了,退下了。

哗哗哗,浪头又上去了,又退下了。

一柔一坚,一动一静,碰撞着,交融着。

在某一时刻,动感的场景凝固了。

玻璃材质与石材的对比。

海的波浪,变成了各种三角形、菱形组成的线条,交织在建筑物外立面。

至柔至坚,亦动亦静,碰撞交融,表现出海洋文化的意韵和深邃内涵。

这就是舟山海洋文化艺术中心,由图书馆、文化馆(美术馆)、博物馆和城市展示馆四部分组成一体。

简洁大气,各建筑功能布局明确,既相对独立又相互呼应。在室内空间设计、色彩、材料、造型上,都在体现一个"海"字。

东南角,单独的那幢便是城市展示馆。

二〇一五年五月二十五日上午,习近平总书记到浙江舟山考察调研。这是他第十四次踏上舟山群岛。

一下飞机,习近平就前往浙江舟山群岛新区城市展示馆,观看反映舟山近年经济社会发展的图片、沙盘和视频短片,向省、市负责同志详细了解有关情况,关切之情溢于言表。

在一组航拍的舟山跨海大桥照片前,习近平停下脚步,听取舟山市负责同志介绍大桥建设和运行情况。

"从舟山到宁波走跨海大桥需要多长时间?"总书记问。

"一小时之内。"舟山的同志回答。

照片和沙盘上,全长五十公里的一座座跨海大桥首尾相连,从舟山本岛启程,穿越里钓、富翅、册子、金塘四岛,于宁波镇海登陆,好像一条美丽的丝线将一颗颗海上明珠串联起来。

在舟山群岛区位壁挂图前,习近平认真听取浙江省委领导关于连接宁波—舟山—上海的海上大通道规划的汇报。习近平指着展板说,上海在上面那个角,宁波在下面这个角,舟山的位置恰似"二龙戏珠"。

习近平十分关心舟山渔业发展。他问:远洋捕捞多吗?休渔期几个月?渔民生活水平不低吧?外资来得多吗?当听说舟山渔民人均收入很可观时,习近平十分高兴。

"舟山这几年发展变化很大,现在的样子已完全认不出了。"习近平说。

习近平指出,舟山港口优势、区位优势、资源优势独特,其开发开放不仅具有区域性的战略意义,而且具有国家层面的战略意义。新区规划要确保法定效力,土地资源、岸线资源、港口资源、生态环境资源要集约利用、珍惜利用,各项决策和执行都要协调有序、廉洁高效。

五月二十八日,《人民日报》头版头条发表通讯《习近平在浙江调研时强调:干在实处永无止境,走在前列要谋新篇》。

五月三十日,《浙江日报》头版头条通栏发表长篇通讯《一步一履总关情——习近平总书记在浙江考察纪实》。

二

我步入城市展示馆。

一楼展厅中央的硕大模型和LED屏,是馆内的一大亮点。

舟山市域模型以一比一万的比例展示,舟山的所有岛屿尽收眼底,同时配有声、光、电同步的模型演示。观毕,对舟山的市域概况了然于心。

我抬头见图板上,习近平的论述在灯光下熠熠生辉:"最重要的还是要把舟山放在国际上、放在全中国、放在浙江省这样的位置上去考虑,越这么考虑,舟山的地位越不可限量。"

大小岛屿一千三百九十个,陆域面积一千四百四十平方公里,海域面积从内海角度计算有两万零八百平方公里。舟山地处大陆东部海岸线与长江水道的交汇处,构成一个近五百海里等距离的扇形海运网络,是我国东部沿海和长江流域走向世界的主要海上门户。

"中华人民共和国国务院",红色的老宋体,端庄,大方。公用笺下部,盖着一枚红色的公章,大而圆,正中为中华人民共和国国徽,庄严,威然。

《国务院关于同意设立浙江舟山群岛新区的批复》,二〇一一年六月三十日。

《国务院关于同意设立舟山港综合保护区的批复》,二〇一二年九月二十九日。

《国务院关于浙江舟山群岛新区发展规划的批复》,二〇一三年一月十七日。

《国务院关于同意设立舟山江海联运服务中心的批复》,二〇一六年四月十九日。

每一个方块字,都饱含着国家对浙江舟山群岛新区的厚爱。

每一个标点符号,都寄托着国家对浙江舟山群岛新区的期望。

浙江舟山群岛新区,是我国继上海浦东、天津滨海、重庆两江之后的第四个国家级新区,也是首个以发展海洋经济为主题的国家战略层面新区。

东海上的美丽海岛,有了一个明确而具体的发展方向。紧紧围绕浙江舟山群岛新区作为浙江海洋经济发展先导区、全国海洋综合开发试验区和长江三角洲地区经济发展重要增长极的三大战略定位,进一步明确建设中国大宗商品储运中转加工交易中心、东部地区重要的海上开放门户、重要的现代海洋产业基地、海洋海岛综合保护开发示范区和陆海统筹发展先行区的五大发展目标。

我在这些画面和文字中，惊喜了，叹服了，陶醉了。

景，风景名胜：蓝天，碧海，绿岛，金沙，白浪……海岛特有的景致赋予了舟山无穷的迷人魅力。瀚海浪涛，山崖岩穴，古刹寺院，沙滩浴场，渔港夜景，共同构建了舟山丰富的海洋旅游资源。

港，海洋门户：舟山港，北靠上海，西接杭州、宁波等大中城市群和长江三角洲辽阔腹地，与西太平洋主力港口构成近乎等距离的扇形海运网络，是江海联运和长江流域走向世界的主要海上门户。

佛，海天佛国：普陀山是中国四大佛教名山之一，5A级国家旅游区，素有"海天佛国"、"南海圣境"之称，是全国最著名的观音道场。山上寺院林立，佛教氛围浓郁，史称"震旦第一佛国"。

渔，世界渔场：舟山，素有"东海鱼仓"和"祖国渔都"之美称。舟山渔场，世界重要的近海渔场之一，共有海洋生物一千一百六十三种，主要捕捞品种有带鱼、鳓鱼、马鲛鱼、海鳗、鲐鱼、马面鱼、石斑鱼、梭子蟹和虾类等四十余种。

桥，飞虹跨海：舟山跨海大桥由岑港大桥、响礁门大桥、桃夭门大桥、西堠门大桥、金塘大桥五座跨海大桥及接线公路组成，全长约五十公里，总投资约一百三十亿元，是中国规模最大的岛陆联络工程。二〇〇九年十二月二十五日全线通车。

凝视"舟山"两字，往纵深去，再往纵深去，我的眼前幻化出一幅幅历史场景。

舟山古称海中洲。春秋时属越，称甬东，战国时楚灭越，属楚。

唐开元二十六年（公元七三八年），朝廷开始以甬东地置翁山县，以境内翁山而命名。翁山，亦指舟山岛，葛洪的《抱朴子》中，就有"大岛翁洲"的记载。其后的一些史书，也有不少称舟山岛为翁洲。但后来的地方志，也有认为指现定海区临城境内的小山翁山，或者认为是临城境内的覆船山。

北宋熙宁六年(公元一〇七三年),神宗准在旧翁山县地重建县治,县名"昌国"。意其"东控日本,北接登莱,南亘瓯闽,西通吴会,实海中之巨障,足以昌壮国势焉"。

　　明洪武"海禁"之后,舟山群岛一片荒凉,仅存有五百四十七户居民,因乡贤王国祚的请免获准留守舟山岛。这些留守岛民,主要聚居在旧县治所在地附近。

　　"昌国"地名随政区的消失而逐渐隐退,从而孕育了一个新地名。

　　"舟山"之名,本始县治前的一座小山。元《大德昌国州图志》记载:"舟山在州之南,有山翼如枕海之湄,以舟之所聚,故名舟山。"

　　明嘉靖年间胡宗宪撰《舟山论》时,"舟山"地名的外延已基本上同于现在了。

　　清初,朝廷因受明代防倭政策的影响,再次颁《迁海令》。不久,地方官吏们就认识到"舟山是宁郡藩芳,亟宜展复"。为更好地守住这方曾动荡不安的"皇土",康熙二十六年(公元一六八七年),康熙皇帝以"山名为舟,则动而不静",取海波永定之义,诏改"舟山"为"定海山",并题"定海山"额。次年,建定海县,改原定海县为镇海县。从此,群岛名称开始与政区名称分离。

　　舟山城市展示馆建筑面积约四千五百平方米,馆内以"国际物流岛、海上花园城"为主题,全方位多视角展现了舟山的市情风貌。整个展馆分四层,一层为序厅、新区概况、浙江舟山群岛新区空间发展战略规划等;二层分城市概况篇、城市记忆篇、名城保护篇、和谐城市篇;三层是浙江舟山群岛新区总体规划;四层是主要岛屿规划、规划公示、弧幕影院。

　　走上二楼,尽是不同的景象。清末民初的定海古城复原展厅,珍贵的定海老照片,数字版的舟山老报纸……用全息幻影技术展示的普陀山绝美胜景、生态宜居城市、和谐舟山的生动画面,将舟山的故事娓娓道来……

　　通过LED灯光和音响设备的运用,在夜景中显现潺潺的水流声和海洋声效,使人如入梦幻的海洋世界。

舟山城市展示馆在采用展板、模型等传统展示手段基础上,采取新型的布展模式,大量采用了高科技手段,将动态的显示设备、便捷的导览系统、多媒体、地面多点感应、电子翻书、多通道投影等现代声光电技术融入多项展示环节。同时,注重参观者的参与互动,专门设置了《舟山知多少》和3D虚拟影院等,让参观者在轻松的心情下,了解城市规划、建设和管理。

无疑,这是值得一去的地方,具有知识性、互动性、趣味性和艺术性,形象地展示了舟山的城市经济和社会发展成就,全面展示了舟山的历史、现状和发展方向以及浙江舟山群岛新区规划建设的宏伟蓝图。

三

重瓣花的花冠黄白相间,上端素白,下端素黄,十分别致,称"玉玲珑"。单瓣花白色,中间的副冠呈杯形、黄色,称"金盏银台"。

普陀水仙在传统节日春节前后开花,亭亭玉立,风姿绰约,清香四溢,甚为动人,被誉为"凌波仙子"。

普陀水仙是舟山市的市花。

树形高大,树姿美观,分枝少,春梢嫩叶密被金黄色茸毛,在阳光下闪闪发光。舟山市渔农民见了,开口便叫"佛光树"。其实名为舟山新木姜子,是全球木本植物中,唯一以"舟山"命名的树种。现为国家二级珍稀保护树种。

舟山新木姜子自然分布在普陀山、朱家尖、桃花、六横、大猫等岛,红果满挂枝梢,加上花果期黄白相衬,配之绿叶,更显秀丽。一九九六年,被评为舟山市市树。

苍翠浓郁,树冠华美,树枝遒劲,气味清新。樟树是种植最多、分布最广的行道树和庭园绿化树。二○○二年,樟树被增选为舟山的市树。

我曾上普陀山,那株千年古樟,郁郁葱葱地遮盖了一方天地。园林部门测量过,这棵千年古樟干围粗达七点五米,直径一点九四米,高二十米,树冠覆盖面直径有三十六米。

"岛心有城,海心有桥,风光胜蓬莱;山心有佛,人心有爱,祥和溢天外;舟叠如山,舟川如梭,大海显胸怀……"

当地的诗句,让我为之动情。

东望大海,波涛汹涌。愈远处,海愈蓝,海天一色,寥廓无际。

耳畔,浪击礁石轰然作响,无人知晓我内心的澎湃。

第一章　风起东方

红波光，白船帆，象征着扬帆远航，迎风浪以行万里。　袁亚平摄

千万艘巨轮驶过蓝天，
千万朵彩云落在海面。
海天一色，如此壮观！ 袁亚平摄

风平浪静，因为有了军人的镇守。
天高海宽，因为有了神圣的使命。　袁亚平摄

风无影，云有形，将所有的风云集于一身，昂首向上，顶尖凌空。　袁亚平摄

风起东方

引子

历史场景之一：蓬莱求仙

引　子

阳光下,海边闪烁的贝壳,一枚巨大的贝壳。

这是舟山体育馆的造型。

紧贴着的,既像海滩上的海螺,又像飞旋水面上的浪花。

游泳馆、综合训练馆、网球馆以体育馆为中心,以半圆形状放射形围绕布置,以流畅透明的玻璃表达水的晶莹。

整个建筑群洋溢着向上的动感和热情,透明简洁的立面处理使建筑在变幻中不失简洁大方。

舟山市体育中心占地面积约三百五十六亩,投资额为两亿两千万元人民币,是舟山历史上第一座按照乙级体育建筑标准设计,舟山唯一集体育比赛、文艺演出、会展功能于一体的大型体育场馆。

舟山市体育中心位于市行政中心东南侧,东临体育路,南至海景道,西至海洋文化公园,北靠海天大道。

在地势上,具有直面城市景观大道,城市主空间广场的突出优势,成为舟山新城主城市空间的重要组成部分。

红色主基调的背景幕墙,下为舟山城市概貌,上为十四个白色宋体大字:浙江舟山群岛新区建设动员大会。

二〇一三年三月二十七日上午九时,舟山体育馆里人气旺盛,秩序井然。

浙江省委、省政府在这里召开浙江舟山群岛新区建设动员大会,舟山五千余名机关干部、驻舟官兵、学生、离退休干部、各级党代表、工商企业和社会各界人士参加。

浙江省委书记、省人大常委会主任夏宝龙作动员讲话,浙江省委副书记、省长李强主持会议。

当夏宝龙、李强授予舟山"中国共产党浙江舟山群岛新区工作委员会""浙江舟山群岛新区管理委员会"牌匾时,全场掌声雷动,来自省、市机关领导干部和社会各界人士共同见证了浙江舟山群岛新区建设正式启动的历史性时刻。

浙江省委常委、省委组织部部长蔡奇,在会上宣读了省委、省政府《关于成立中国共产党浙江舟山群岛新区工作委员会和浙江舟山群岛新区管理委员会的通知》。浙江省委、省政府决定,成立中国共产党浙江舟山群岛新区工作委员会、浙江舟山群岛新区管理委员会,孙景淼兼任新区党工委书记、管委会主任,周江勇兼任新区党工委副书记、管委会常务副主任。

在这个庄严的场合,浙江省委书记、省人大常委会主任夏宝龙一身西装,打着领带,容光焕发。

夏宝龙说,加快推进舟山群岛新区建设,是国家交给我们的光荣使命,是历史赋予我们的重大责任。现在,新区规划已经出台,新区政策已经制定,新区领导班子已经成立。摆在我们面前重要而紧迫的任务,就是根据国务院批复要求和省委、省政府的工作部署,按照"干好'一三五'、实现'四翻番'"的目标要求,以只争朝夕的精神,真抓实干的干劲,不迷茫懈怠,不坐而论道,不画饼充饥,甩开膀子热火朝天大干,以实干破题,以实干开局,扎扎实实推进新区建设。

夏宝龙说,真抓实干,就要统揽全局分步推进,站在海洋世纪、海洋强国、海洋强省建设的战略高度,以海的胸怀加快探索海洋经济科学发展新路径;就要大胆改革勇于创新,把改革开放这一最大红利,与发展海洋经济这一最大潜力结合起来,以先行先试为契机,勇于探索创新,加快在重点领域和关键环节改革突破;就要把蓝图变成现实,一步一个脚印,踏踏实实实现宏伟目标;就要把握重点寻求突破,在实施举措上出实招、促突破;就要把规划变成行动,把重大战略转化为具体战术,扎扎实实加以推进和落实;就要把项目落到实处,实施一批、引进一批、储备一批,把推进重大项目、扩大有效投资作为加快新区建设的最直接手段。

夏宝龙说,建设舟山群岛新区,是国家发展的重要战略,是浙江发展的重中之重,要举全省之力加快推进新区建设。只要有利于新区科学发展的,都要大力支持;只要新区建设发展需要的,都要积极保障。省直各部门要在资金安排、项目布局、体制创新等方面向新区倾斜。各市要着眼战略全局支持新区建设,促进海陆联动发展。舟山广大干部群众更要充分发挥主观能动性,自力更生,奋发有为,全面落实各项工作任务。要加强考核督查,推进新区建设工作件件有回复,事事得落实,形成大干、实干、苦干、巧干的良好局面,努力干出一片新天地、干出一片新蓝海、干出一个新舟山,为建设海洋强国、海洋强省和促进海陆联动发展作出更大贡献。

李强在主持会议时指出,要抓好规划深化、细化,提高可行性和操作性;抓好要素优化配置,在土地、资金、人才等方面给予新区支持;抓好体制机制创新,以先行先试为契机,进一步激活新区发展活力;抓好政策落实,确保国家层面政策落到实处,省级配套落实;抓好项目建设,"内聚外引、招大引强",扎实推进新区建设各项工作,努力让宏伟蓝图早日变为美好现实。

浙江省副省长、浙江舟山群岛新区党工委书记、舟山市委书记、新区管委会主任孙景淼代表新区党工委、管委会表态说,我们要深入把握新区千载难逢的历史性发展机遇,进一步增强政治责任感和历史使命感,以大干、实干、苦干、巧干的实际行动创造新区建设的辉煌业绩,决不辜负党中央、国务院,省委、省政府的关怀重托和广大人民群众的殷切期望;要认真落实新区发展规划和省委、省政府决策部署,尊重群众首创精神，发挥群众主体作用，培育和造就一批"四干"型领导干部，把思路转化为举措，把举措转化为项目，把项目转化为行动，最终转化为成果，创造实实在在、经得起历史检验的业绩；要发扬敢为天下先精神，深化行政管理体制和行政审批制度改革，创新对外开放模式，增强海洋科技自主创新能力，抓紧细化、深化新区发展规划；要全力以赴，精心组织，加快推进《浙江舟山群岛新区三年行动计划》；要统筹兼顾，全面发展，既要建设经济新区，也要建设生态文明新区、社会管理新区、海洋文化新区。

孙景淼最后表态说，浙江舟山群岛新区建设已经全面启动，无数充满关注和期待的目光向这里聚集，我们有信心和决心在省委、省政府的坚强领导下，在省直各部门和有关方面的大力支持下，紧紧依靠全市人民，解放思想，振奋精神，开拓创新，真抓实干，开启新征程，争创新业绩，铸就新辉煌。

六次热烈的掌声，伴随着夏宝龙书记的热情动员，成了这个春天最动人的节拍。

"摆在我们面前的有许多新问题、新工作。没有成规可以墨守，没有先例可以照旧。要以有条件要上、没有条件创造条件也要上的改革开放精神，大胆地闯，大胆地试！"夏宝龙书记的话音未落，会场掌声响起。

"夏书记的话，让我们干事更有底气了。"身处会场的舟山市经信委信息产业处副处长李舟激动不已，"新区建设就是要先行先试，敢于突破、敢于尝试，打破原有条条框框的束缚，开拓创新。好的经验要保留，错了可以及时改，如果试都不试，先行先试建设新区就是一句空话。"

"权和责相连，我们要用好权，更要担起责任。"因工作不能参加会议的舟山市港航局副局长罗宁，用手机浏览大会盛况，关注会场最新动态，"新区建设需要魄力。认准的事，必须尽快做起来，不能等靠要。要大胆闯、大胆试，但这不是瞎闯蛮干，而是科学谋划、踏踏实实，把先行先试的政策用好、用在点子上。"

"建设舟山群岛新区，是国家发展的重要战略，是浙江发展的重中之重，我们要举全省之力，加快推进新区建设。只要有利于新区科学发展的,我们都要大力支持,只要新区建设发展需要的,我们都要积极保障。要钱给钱,要人给人!"夏宝龙书记的话语充满激情、铿锵有力,现场掌声雷鸣。

这是发自内心的掌声:新区肯定要上了!浙江肯定要上了!全场鸦雀无声,人们侧耳倾听,生怕漏掉夏宝龙书记说的每一句话、每一个词。

坐在会场里的市级机关干部既感动又清醒。"从舟山实际看,我们经济总量小,基础比较薄弱,财政并不宽裕。建设新区必须志存高远,又脚踏实地。""新区建设都是大手笔,需要大量的资金,既要争取国家和省里的支持,又要自我奋斗,努力招商引资。"

舟山市委组织部人才处处长於立斌与旁座同事相视一笑,这一笑流露了他的心声:"新区建设,人才是重要支撑。近年来,省里通过'百人计划'和'双服务'等形式,在人才方面支援新区。但舟山人才队伍的实际跟新区建设要求还有距离,需要我们在人才引进的政策和方式等方面有新突破。"

"在推进新区建设过程中,全省各部门各单位支持舟山发展,就是支持全省的发展,要用最快速度、最高质量,给力舟山。总之,全省支持舟山要'给力',舟山干事要'卖力'!"夏宝龙书记铿锵有力的话语,如擂响了激励士气的战鼓,现场掌声再起。

"夏书记的讲话这么给力,我们舟山肯定会卖力!"舟山市卫生局局长徐良波激情澎湃,"这掌声很大一部分是为我们舟山人的使命和责任而鼓的,这是舟山人对省委、省政府的一份承诺!"

掌声为振奋人心的决策部署响起,为举全省之力建设新区的亲切关怀响起,为切身担负的使命责任响起,也为新区的美好未来响起……

听到这个好消息,最激动的莫过于舟山的广大老百姓。无论是舟山论坛的网友,还是微博的网友,都在兴奋地讨论着这个消息。

舟山论坛网友"心雨"说:"希望新区能把握住千载难逢的机遇,让舟山发展的步伐再快些,让我们老百姓过上更好的日子。新蓝图,新起点。从现在做起,从自己做起,舟山一定会越来越好。"

舟山论坛网友"浮萍"说:"新区正式挂牌了,振奋人心啊!我们每个人都是建设者,也将会是受益者,期待,努力。"

舟山论坛网友"生鱼片"说:"听一个个代表发言,感觉春天真的来了!再怎么畅想舟山的未来都不过分啊!"

微博网友@白话中国则认为:"新区挂牌意味着舟山新区的考题已出,就看能否交上满意的答卷。"

@诺蒲团:"夏宝龙书记早上在新区建设动员大会上说,要钱给钱,要人给人;全省给力,舟山卖力。书记一言,快马一鞭。举全省之力投鞭断流,舟山须着人先鞭,跃马扬鞭,大干实干苦干巧干,共同奔向新区建设新高潮。"

@舟山_瞳瞳:"真心希望一切的豪迈之语、寄望之情能汇聚成'实干'二字!说得好不如做得好,给新区人民带来真正的实惠才是成立新区的意义所在!"

@菁郑燮:"舟山人民对新区有三盼:一盼体制改革,以稳定民心;二盼民生改善,增加各行各业工资福利,以待遇留人;三盼推进交通改革。"

@莱德塑机:"望今后舟山的规划有前瞻,不要大拆大建。好好学习中国香港和新加坡的模式,他们的多数市政工程几百年都不落后。地下共同沟(又称城市地下管道综合走廊)的施工、地铁线路的预留放在规划的首位。地下规划好了,舟山的地面、空间规划才能日新月异。"

@老魄丝:"新区管委会今早也挂牌了,舟山眼看着就要快速发展了。省委领导说省里支持会给力,舟山干事要卖力。事情是个大好事,舟山人民也欢欣鼓舞。不过大干、实干、苦干、巧干时,也别忘了环境保护。"

舟山论坛网友"yTeary"发帖《一步一个脚印,新区时代终于到来!》:"看中国改革发展之路:去深圳。看中国海洋强国之路:来舟山。未来舟山前景相当美好,接下去是新区三年行动计划,里面有好几个亮点。三年后舟山行政体制、城市建设都会有巨大改变,自由贸易园区建设也将开始!舟山前途远大!"

一　群岛新区从何来

一

海风吹过，一头白发扬起，又一头白发扬起，长长短短的白发，全都扬起来了。

他们笑了，有的抬手捂发，有的干脆仰脖，就让白发在海风中飘舞。

有谁说，白发苍苍又何妨，老夫聊作少年狂。

哈哈，哈哈，哈哈哈，众人大笑。

他们被称为"银发考察团"。

应浙江省委、省政府的邀请，二〇一〇年三月、五月，钱正英领衔"银发考察团"，两赴浙江调研。先是中国工程院"浙江沿海项目调研组"，赴宁波、舟山、台州、温州、绍兴、嘉兴、杭州七市，进行调研和考察。再是中国工程院"浙江沿海及海岛综合开发战略研究"项目调研组，考察舟山、温州、台州等地市。

这些银发专家，都是国家海洋和能源研究方面的领军人物，其中五名是两院院士。调研主要涉及海洋工程装备、海洋生物、港口物流、新能源、资源环境等十二个子课题。他们不顾高龄，不辞辛劳，走遍了浙江重要的海岛，从田间地头到电厂湿地，船厂、码头、大桥都留下他们的足迹。

八十七岁高龄的钱正英，这位中国工程院院士、全国政协原副主席，率领中国工程院调研组一行六十余名院士和专家，正在浙江省舟山市考察。

钱正英与浙江的渊源太深了。五代时吴越国开国国王钱镠，"善事中国"、"保境安民"。其裔孙代有名人，科技界"三钱"钱学森、钱三强、钱伟长，人文大师钱锺书、钱穆，国务院原副总理钱其琛，全国政协原副主席钱正英等，皆属于这个家族。

一九二三年七月，钱正英出生在上海来自浙江嘉兴的名门望族，排行老三。从小受到父亲严格管教，她刚满十岁时，就进了中学。一九三九年，钱正英怀着"做中国第一个女工程师"的理想，进入上海大同大学土木工程系(后并入上海同济大学)学习，参加了上海地下党。一九四二年，钱正英从上海撤退到淮北解放区，为应付敌人的盘查，和一名男同学扮成表兄妹。而这位男同学，就是后来她的终身伴侣黄辛白。

一九四四年春，淮河北堤进行修复工程，年仅二十一岁的钱正英负责技术领导工作，自此投身水利事业。她先后在苏皖边区政府和黄河河务局从事治淮、治黄等水利工作，历任水利部、水利电力部部长，长期主持中国的水利电力工作。曾参与黄河、长江、淮河、珠江、海河等江河流域的整治规划，负责水利水电重大工程的决策性研究。在治理淮河及密云水库、刘家峡水电站、长江葛洲坝水利枢纽等工程建设中，处理了出现的重大技术难题。

如今，钱正英依然牵挂着中国的江河湖海。

"舟山几乎所有的大岛都跑遍了"，钱正英带领的项目调研组，先后考察了舟山本岛、六横岛、洋山港、泗礁岛、马迹山港、衢山岛、黄泽岛、岱山岛等，对舟山的海水淡化、风力发电、临港工业等都进行了深入调研，拿到了大量的第一手资料。

一路走来，钱正英调研作风严谨，要求基层干部讲真话、说实情，要求轻车简从，生活简朴。很多舟山人，都尊称她为"钱老"。

在舟山国家石油储备基地调研时，钱正英详细了解了国储基地建设和运行管理的基本情况，询问了国储基地的区位优势和依托条件。在展览厅，她拉起操纵杆，虚拟环游了占地面积约一百四十一公顷的原油库区。

在衢山考察风电场项目时，钱正英详细询问了风电场的发电情况和每度电的价格。她表示，风力发电是新能源，属于环保型，建在山头，对群众生活没有影响，是可行的。

在嵊泗到衢山的船上，钱正英还询问了岱山耕地、水资源、盐业情况。她表示，海岛地区发展农业，种水稻不合适，一边需要海水淡化，一边种水稻，这么高的成本不合算，应该"退耕还水"，加强生态保护。

钱正英在第一次调研中提出，浙江经济转型发展，浙江要"依托沿海，开发海岛，扩大空间，调整布局"；要"建设环境优良、人民幸福、为国贡献的新浙江"；要"以海洋经济带动全省经济社会发展"。

钱正英在第二次调研中，提出两个初步的设想：第一个设想，就是浙江产业结构一个重大的调整点，应当考虑电力结构的调整，调整的内容就是从以煤电为主逐步转变为以核电为主，同时结合抽水蓄能、风电、太阳能等，把浙江建设成为"全国清洁能源的示范区"。第二个设想，浙江的前景应当是调整空间布局，开发以舟山群岛为主的海岛，作为今后浙江和中国东部地区新的经济增长点。

海洋经济的关键是海岛经济，浙江省发展海洋经济应主要靠海岛。海岛经济提升跨越了，就是海洋经济发展壮大了。

二〇一〇年十一月四日，钱正英在北京主持召开中国工程院浙江沿海及海岛综合开发战略研究项目阶段性成果汇报会，各位院士和专家对舟山的开发开放提出了许多宝贵意见。钱正英在总结发言时，明确指出要建设"舟山新区"，要求在浙江沿海项目组的综合报告中给予重点体现。

"舟山新区"这一概念,第一次正式提出。

二

碧桃朵大、色多,花色娇美艳丽,为"桃花中的皇后"。

杭州西湖早在唐代已广栽桃花,南宋时,苏堤春晓被列为西湖十景之首,元代又称之为"六桥烟柳"而列入钱唐十景。如今白堤、苏堤,一株杨柳一株桃,处处新绿,点点嫩红。绕着西湖边,随处能见繁茂的粉桃、白桃,引得春风竞折腰。

白白的,浮云一般遮盖枝头,那是樱花。

柳浪闻莺、太子湾公园、植物园里的樱花区,或是花港观鱼、孤山一带,也能看到美丽的樱花。

梨树开花其实也是蛮美的,只是樱花的名气太盛,盖过了梨花。

西湖边的浴鹄湾,于谦祠和乌龟潭之间,一百多株梨花,烂漫一片,让天空浮现圣洁的图景。

几抹红色格外亮眼,早开的郁金香,名为五度球。太子湾公园里,几十万株郁金香,真是一派花海。

白玉兰,紫玉兰,在山坡林缘,在道旁路边,树形婀娜,枝繁花茂,芳香淡雅……

三月的杭州,时而花香,时而花雨,直让人掏尽了形容词,无法得其美。

踏着遍地的花影,省委委员们走进了会场。

二〇一一年三月二十五日,浙江省委工作会议。

满面春风,浙江省委书记赵洪祝主持会议,并代表省委作报告。

最近,国务院正式批复《浙江海洋经济发展示范区规划》,国家"十二五"规划纲要把"浙江海洋经济"和"浙江舟山群岛新区"纳入国家区域发展总体战略。这是全省人民的一件喜事,也是事关浙江经济社会发展全局的一件大事。

中央对浙江的定位是"海洋经济发展示范区",对舟山的定位是"舟山群岛新区"。"示范区"和"新区"这五个字的含金量是很高的,是中央赋予浙江的大政策。这既是中央对浙江多年来发展海洋经济成绩的充分肯定,也是对浙江发展海洋经济工作的大力支持,更是对浙江发展海洋经济提出的更高要求。示范就是探索引领,新区就要先行先试。

我们一定要深刻领悟中央精神,按照规划确定的战略定位、空间布局和发展重点,紧密结合浙江实际,埋头苦干,锐意进取,努力在坚持陆海统筹、体现浙江特色上出新招、作示范,在优化海洋产业结构、推进经济转型升级上攀新高、作示范,在加强海洋综合管理、服务国家发展战略上闯新路、作示范。

我省是海洋资源大省,也是海洋产业大省,海洋经济的发展潜力巨大。历届省委、省政府一直十分重视发展海洋经济。二十世纪九十年代以来,我省先后三次召开全省海洋经济工作会议,一九九三年提出"开发蓝色国土",一九九八年提出"建设海洋经济大省",二〇〇三年提出"建设海洋经济强省",省委出台了《关于建设海洋经济强省的若干意见》,省人大颁布了《浙江省海洋环境保护条例》,省政府出台了《浙江海洋经济强省建设规划纲要》。近些年来,省委、省政府把加快发展海洋经济作为实施"八八战略"的组成部分和"创业富民、创新强省"总战略的重要内容。特别是二〇〇七年省第十二次党代会明确提出了"大力发展海洋经济,加快建设港航强省"的战略要求和任务。

纵观世界上许多国家和地区的发展,都是因海而兴,因海而强。从经济发展一般规律看,都是沿海地区率先发展,然后向内陆地区延伸拓展,形成产业梯度转移,促进劳动力和资金要素合理流动。改革开放以来,我省凭借沿海的区位优势,以改革促发展,成为全国对外开放的前沿地区。加快海洋经济发展示范区建设,必然会推动我省陆海统筹发展。

舟山是我省海洋经济发展的先导区和长江三角洲地区海洋经济发展的重要增长极。加快舟山群岛开发开放,建设海洋综合开发试验区,设立舟山群岛新区,机遇难得,时不我待,对于促进海洋经济发展、创新海岛开发模式具有特殊意义。

舟山加快发展,不仅要置于浙江发展的全局之中,更要放眼于全国发展的大局之中,为全省乃至全国海洋经济发展发挥引领示范作用。

南宋时,陆游诗云:"小楼一夜听春雨,深巷明朝卖杏花。"
而今,有人续了新诗:"西湖一桨拍春波,东海千岛飞彩霞。"

三

椭圆形的会议桌。白色的陶瓷茶杯。公用笺和铅笔。

正面的墙上,悬挂一大屏幕。两侧的墙上,悬挂稍小的屏幕。

蓝底白字,一行行显示出来。

二〇一一年四月一日上午,国务院总理温家宝在北京主持召开会议,听取《浙江沿海及海岛综合开发战略研究综合报告》的汇报。

《浙江沿海及海岛综合开发战略研究综合报告》由钱正英院士任组长、徐匡迪院士等任顾问,中国工程院、国家开发银行和浙江省人民政府联合完成。报告系统分析了浙江沿海及海岛的基本情况,提出了综合开发的战略思路、发展目标和一系列政策建议。

温家宝说,中国既是一个陆地大国,也是一个海洋大国。科学开发利用海洋资源,加快海洋经济发展和沿海地区综合开发,有利于充分利用国土资源,加快经济发展方式转变,对促进东部地区率先发展、实现全面建设小康社会的战略目标具有重大意义。"十二五"期间,我国海洋事业发展面临着难得的机遇,我们要坚持陆海统筹、协调发展的方针,促进海洋经济发展和沿海地区综合开发迈上一个新台阶。

温家宝对中国工程院的研究报告给予充分肯定。他说,这个报告基础研究扎实,战略目标清晰,发展重点明确,政策建议具体可行,对于科学编制发展规划、研究制定相关政策有重要的参考价值。

温家宝说,院士、专家们从民族生存发展和综合国力竞争的战略高度,审视中国的水问题和可持续发展问题,体现了忧国忧民的高度责任感和振兴中华的强烈愿望。

国务院副总理李克强,也在会上说,舟山群岛的确很特殊,是我国第一大群岛,从岛链角度讲是可以突破的,第一岛链和第二岛链直接面向太平洋,这个地方是最敞开的一个口子,所以充分利用舟山群岛十分重要。

一个星期之后。

四月八日上午,温家宝率领国务院十六个部委的"一把手",飞抵舟山。

一下飞机,就直接乘车,来到朱家尖大青山。温家宝爬上半山腰,俯瞰舟山群岛,认真听取舟山市负责人介绍海岸开发和港口布局情况。

随后,温家宝一行又来到朱家尖镇莲花村樟州自然村,登上渔船,察看安全情况,还实地考察村"两委"办公场所、村渔业生产合作社以及村卫生服务中心。

温家宝走进村民邱国祥家中,亲切地拉家常。邱国祥以前是船老大,后来搞起了水产加工。温家宝详细了解渔民们的生产生活情况,一起探讨舟山未来经济的发展。

温家宝说,舟山是个好地方,可以搞物流、旅游、航运,还可以搞战略储备中心。最近,国务院研究了浙江沿海和海岛综合开发战略,这是一个新的经济增长点,能够改善经济增长质量和效益。浙江要充分发挥陆海统筹、协调发展的优势,努力建设富有特色的海洋经济强省。

在浙江省海洋开发研究院,温家宝勉励科研人员,二十一世纪是海洋的世纪,海洋科学的发展前途非常广阔,我们要把海洋资源开发利用与海洋环境保护结合起来,切实在海洋污染防治上加强研究。

温家宝总理一行回到北京。

两个月后,二〇一一年六月三十日,国务院正式批复(国函〔2011〕77号),设立浙江舟山群岛新区。其范围包括舟山整个市域,作为浙江海洋经济发展的先导区、海洋综合开发试验区和长江三角洲地区经济发展的重要增长极,要加强体制机制创新,扩大对外开放,逐步建成我国大宗商品储运中转加工交易中心、东部地区重要的海上开放门户、海洋海岛综合保护开发示范区、重要的现代海洋产业基地、陆海统筹发展先行区,在推动浙江经济社会发展、推进东部地区发展方式转变、促进全国区域协调发展中发挥更大作用。

四

深蓝色的双塔,银色的双索面斜拉桥。舟山跨海大桥,是世界规模最大的岛陆联络工程。

朱红色的龙门吊,满载集装箱的巨轮。舟山洋山港,码头深水岸线总长超过十公里。

金沙连绵,碧浪荡漾,奇石峻拔,洞礁错置,潮音不绝,海光迷幻。千沙、里沙、青沙,三沙毗连,拱卫着无垠碧海,这是舟山朱家尖十里金沙……

实景拍摄的画面,令人目不转睛。

浙江舟山群岛新区的优势,体现为五个"独特":

地理区位独特。舟山地处我国南北海运大通道和长江黄金水道的交汇处,是江海联运的重要枢纽,被称为长江经济带巨龙头上的一颗明珠,同时也是我国扩大开放、通联世界、深入环太平洋经济圈的战略门户。在古代,舟山就是"海上丝绸之路"的重要中转港和始发港。二〇〇九年舟山跨海大桥建成通车后,已融入了上海、杭州三小时经济圈。

海洋资源独特。舟山有丰富、独特的海洋资源优势。拥有岛屿一千三百九十个,占到全国的百分之二十五点七、全省的百分之四十五。深水岸线举世罕见,水深十米以上适宜开发建港的深水岸线总长二百八十公里,占全国的百分之十八点四,尚有约一百六十公里未开发。境内有洋山深水港、亚洲最大的铁矿砂中转基地、全国最大的商用石油中转基地、国

26

家石油战略储备基地、全国重要的化工品和粮油中转基地、华东地区最大的煤炭中转基地。海洋旅游资源极其丰富,拥有普陀山、嵊泗列岛两个国家级风景名胜区和众多省级风景名胜区,是中国优秀旅游城市。舟山是世界著名渔场之一,号称"东海鱼仓"和"中国渔都"。风能、潮汐能、潮流能等资源也非常丰富。

海洋产业独特。二〇一五年,全市海洋经济增加值占地区生产总值的比重达到百分之七十,是我国海洋经济比重最高的城市。已形成了以港口物流、临港工业、海洋旅游、现代渔业为支柱的现代海洋产业体系。港口物流业发达,二〇一五年舟山港域货物吞吐量达三亿七千九百万吨,海运运力五百四十万载重吨左右。临港工业发展迅猛,是浙江省最大、全国重要的修造船基地,七家船企进入全国造船行业"白名单",船舶规模以上工业产值达到八百五十亿元。旅游经济蓬勃兴起,是我国佛教朝拜圣地和重要的海洋休闲旅游目的地。二〇一五年旅游接待人数达到四千万人次,旅游总收入五百五十二亿元。远洋渔业规模不断壮大,是我国首个经农业部批准的国家远洋渔业基地,已形成年五十万吨远洋鱼货进关能力。

海洋文化独特。舟山拥有独特的佛教文化、渔业文化、海商文化、军旅文化,是我国唯一的海洋历史文化名城。普陀山观音道场是我国四大佛教圣地之一。佛教文化倡导的"和"、与人为善,世世代代以渔为生、与海为伴的生产生活方式,孕育了舟山人民勤劳、诚信、团结、创新的文化特质。舟山名人辈出,乔石、董建华等国家领导都是舟山定海人。

海洋生态独特。舟山海洋风光秀丽、气候宜人、环境优美、空气清新,是名副其实的海上花园城。在国家环保部公布的全国城市环境空气质量排名中,舟山常年处于前列。荣获国家卫生城市和国家级生态示范区称号。

知情的人在场,一定会想起那些令人感动的话语。

二〇一三年二月四日下午,舟山市委召开全市领导干部会议,宣布浙江省委关于舟山市委主要领导调整的决定。

浙江省副省长梁黎明,时任舟山市委书记。

梁黎明深情回忆了自二〇〇二年三月调任舟山以来和二〇〇八年二月担任市委书记以来的工作历程。她说,这十一年对我来说,很不平凡、很不寻常,既经历了许多大事、喜事,也经历了不少难事、急事;既有严峻复杂的挑战,也有千载难逢的机遇。特别是这五年,我始终牢记省委的嘱托和舟山人民的期盼,始终坚持事业至上,努力工作,始终保持共产党人的本色,对人民真情,对同志真诚,对事业真干,与市四套班子一起,和全市广大党员干部群众一起,坚决贯彻落实中央、省委的决策部署,在历届市领导班子打下的基础上,解放思想,抢抓机遇,共克时艰,扎实工作,亲身参与了舟山加快发展的艰辛历程,共同见证了舟山群岛新区建设上升为国家战略、经济快速发展、社会和谐稳定、人民安居乐业、生态环境优美、干部群众精神振奋。我为舟山的发展感到由衷高兴,为自己能够和同志们并肩战斗、做了一些应该做的工作感到十分荣幸。

梁黎明动情地说,舟山真正成了我的第二故乡,我把全部的时间和精力用在工作上,甘于奉献,无怨无悔。十一年来,我走遍了舟山的绝大多数住人岛屿,走遍了舟山经济社会发展的各条战线,与舟山干部群众结下了深厚的情谊。我不会忘记,是舟山的浩瀚大海培育了我,塑造了我;是舟山的干部群众教育了我,成就了我。此时此刻,与同志们合作共事、朝夕相处的情景,与同志们攻坚克难、同甘共苦的情景,与同志们共庆成功、分享喜悦的情景,历历在目,难以忘怀。我难以忘怀在舟山工作的日日夜夜,难以忘怀并肩战斗的工作团队,难以忘怀对我支持帮助的干部群众。今后无论走到哪里,我都会心系舟山、情系舟山,始终关心、关注、支持舟山发展,始终为舟山建设呼吁奔走,我会为舟山取得的每一项成就感到高兴,为舟山人民过上更加幸福美好的生活感到欣慰。

梁黎明说,舟山的使命从来没有像今天这样伟大光荣,舟山的前景从来没有像今天这样广阔美好。我衷心希望全市各级领导干部倍加珍惜这来之不易的大好局面,坚持讲政治、讲大局、讲团结,坚决拥护省委的决定,全力支持配合孙景淼同志开展工作,进一步解放思想,开拓进取,敢于担当,真抓实干,不断开创新区开发开放、先行先试的新局面,为全国全省发展大局作出新的更大贡献。现在我与大家道别，与舟山的人民群众道别。我不会带走舟山的一片云彩，但我会带走永远铭刻在我身上的"舟山烙印"、永远铭刻在我心上的"舟山情结"。

二〇一五年八月二十三日下午，舟山市委召开全市领导干部会议，宣布浙江省委、省政府关于舟山市委、群岛新区主要领导调整的决定。

浙江省副省长孙景淼，工作已与浙江海洋融为一体了。

孙景淼深情回忆了自二〇一三年二月调任舟山以来的工作历程。他说，这两年半是新区深化发展思路、探索建设规律的阶段；是新区加快开发建设、打基础增后劲的阶段；是新区民生持续改善、人民安居乐业的阶段；是全市人民奋力"四干"、新区形象明显提升的阶段。我们多项发展指标和多方面工作在全省处于领先和前列的位置，初步干出了新区速度、新区形象。这是省委省政府正确领导和各有关方面大力支持的结果，是历届班子和广大干部不懈努力的结果，是全市百万军民合力推进的结果。

孙景淼说，回首两年半的岁月，最让我终生难忘、欢欣鼓舞的是今年五月习近平总书记视察浙江第一站选在舟山，为新区发展指明了根本方向。总书记肯定我们干得很扎实，干的方向是对的。最让我感到欣慰、深受感动的是舟山广大干部群众众志成城、奋力"四干"。最让我难以割舍、难以忘怀的是与同志们的真挚友谊和舟山人民的深情厚爱。我从务实进取的舟山干部身上，从可敬可爱的舟山人民身上，学到了很多、感悟了很多，大家朝夕相处、同甘共苦，一起勇担使命、攻坚克难，一起殚精竭虑、夙兴夜寐，一起盘点成果、分享喜悦。

孙景淼动情地说，相知无远近，万里尚为邻。我将永远记住舟山的海与岛，永远记住舟山干部群众的深情厚谊，永远记住晚上散步看到的万家灯火和海边渔火。以后无论在何处、无论干什么，我仍然会把自己当作舟山的一员。在即将离开舟山工作岗位时，我的精神世界极其富有，因为我有幸参与了舟山群岛新区全面建设的特定阶段，并且拥有美好的回忆、永久的记忆。衷心祝愿新区建设欣欣向荣、蒸蒸日上，衷心祝福舟山人民幸福和美、富裕安康。

中外记者到这个独特而多姿多彩的群岛采访,在阳光与海风中绽开笑脸。

话筒,录音笔,笔记本电脑,照相机,摄像机……

一条条消息,一张张照片,一幅幅画面……

群岛新区,舟山,浙江,中国,世界……

二　燃烧的激情

一

天气阴沉,时有小雨夹雪或小雪。

受寒潮影响,舟山市气温正在下降。是冷呀,早晨最低气温在零摄氏度左右,局部有薄冰。

沿海海面和近外海渔场,有九至十级西北偏北大风。

舟山市气象台在早上六时发布了大风黄色预警信号、降温报告、四十八小时大风警报和天气预报。提醒注意防范低温和大风天气对海上交通、渔农业生产和百姓生活的影响。

政府及有关部门按照职责做好防寒潮工作;居民及时添衣保暖,照顾好老、弱、病人;对牲畜、家禽、热带和亚热带水果、农作物及水产养殖应采取一定的防寒、防风措施。

这一天,二〇一六年二月十四日,正是猴年春节后上班第一天。

红底白字的会标,干净利落:"全市'树标杆、补短板、求突破、走前列'大行动动员大会"。

上午,位于舟山新城的市行政中心二楼一号会议室内,七百余名各级各部门领导干部集聚一堂。

出乎大家意料的是,不是你好我好的问候语,不是轻快喜庆的见面礼,而是观看二十六分钟的《新区跨越,短板何在》短片。

揭短直面问题,曝光点名道姓,让人脸红耳热,身冒虚汗,坐立不安。

冷!场面冷。看不到塔吊林立、机器轰鸣、热火朝天的建设场面。

场面冷的原因在于干劲冷。我们有的同志对新区建设冷眼旁观,领导不叫不到,领导不说不干。总感到少了活力、少了闯劲、少了进取心,多了平庸、多了疲沓、多了安逸感。这样的事业心责任心,新区是不可能热起来的。

慢!项目招引速度慢、落地开工慢。

有些项目政府工作报告年年讲,年年不动;有些项目年年纳入开工仪式,不见推进。慢的根子在于没有"先干起来"的勇气;还在于审批速度慢,审批跨度大、程序多、时间长,不少审批事项只是换了个"马甲",审批中的各种"要件"、程序和环节还是关卡林立。

推!推责任、讲理由、避矛盾。一事当前,好多部门首先想到是一推了事,多一事不如少一事,推给上级来协调,推给其他部门来做,就是不愿挺身而出、主动请缨。有利的事情抢着干,没利的事情踢皮球。实在没办法推的时候,就强调客观理由。

好多工作做得好的时候就作为自己的成绩,做得差的时候就说是客观形势环境差,就不是自己主观上的问题了。

怕!怕担责、怕风险、怕丢乌纱帽。一些地方和部门前怕狼后怕虎,什么事情都不愿担当,等上面出文字依据、等市委市政府会议纪要、等主要领导拍板、等所有程序都走完,慢条斯理,按部就班。

这些干部什么都怕,唯独不怕耽误新区发展的大计,不怕群众和企业不满意,说到底还是私心重、不担当的表现。

乱!环境乱、乱作为、服务差、吃拿卡要。

有些部门的中层干部、管审批的人把权力当作自留地,企业进来,不拜一下码头，不吃点拿点卡点，就体现不出官威和权力的存在感。我们向企业征求部门不作为、乱作为案例，企业都不愿说，怕被报复、穿小鞋。还有新区开发建设多了，地痞流氓也多了，敲诈勒索、强卖强揽、封门堵路的现象也不在少数，有关部门的打击力度远远不够。

散！重点散、力量散、精力散。新区建设的大项目还不够多，没有大战役，主攻力量不集中。在集中力量抓发展上，功能区本来有体制的先天优势，但是从目前来看，优势并没有发挥，管了很多不该管的事。领导精力被各种会议、评比、考核、检查所牵制，没有做到聚精会神抓发展。

与会人员备感压力，纷纷说："坐不住了！""等不起啊！"

"纵观揭露问题的短片，最触动我的就是舟山干部还缺乏担当和负责精神。"舟山市纪委党风政风监督室负责人坦言，机遇再好、制度再好，如果没有一批敢担当、勇负责的干部，那也是空谈。

在这个由舟山市委、市政府召开的全市"树标杆、补短板、求突破、走前列"大行动动员大会上，浙江省委常委、常务副省长袁家军出席会议并讲话。舟山群岛新区党工委书记、管委会主任、市委书记周江勇作动员部署，舟山群岛新区党工委副书记、市委副书记、代市长温暖主持会议。

周江勇说，开展"树标杆、补短板、求突破、走前列"大行动是使命所系、形势所需、现状所逼、职责所在，不获全胜决不收兵。

舟山群岛新区党工委管委会、市委市政府决定从今年开始，用几年时间也就是在"十三五"期间开展这一大行动，主要有以下几方面考虑：

一是使命所系。党中央、国务院高度重视舟山群岛新区的设立和建设。习近平同志在担任中央政治局常委、国家副主席时，就十分关心新区设立，指出设立舟山群岛新区势在必行。二〇一五年习总书记亲临舟山视察，高瞻远瞩地指出：舟山港口优势、区位优势、资源优势独特，其开发开放不仅具有区域性的战略意义，而且具有国家层面的战略意义。李克强同志在担任常务副总理时就指出舟山是我国唯一伸入西太平洋的区域，支持设立舟山群岛新区，二〇一四年他到浙江视察，亲自点题建设舟山江海联运服务中心和绿色石化基地。中央主要领导给予新区的亲切关怀,这在其他新区中是少有的。舟山群岛新区是国务院批复的第四个国家级新区和第一个海洋经济新区。国务院同时批复新区和新区发展规划,这在全国已批新区中很少见。舟山群岛新区发展规划的含金量之高是已批新区中不多见的。现在舟山江海联运服务中心方案即将获批,舟山自贸试验区正在积极争取之中。新区、自贸试验区、江海联运服务中心三大国家战略叠加在一个地级市、一个海岛地区,这在全国都是极为罕见的。国家战略既是大局,是荣誉,更是使命,是压力。

二是形势所需。当前新区建设的国内外宏观形势发生了很大变化,与建设深圳特区不一样,与建设浦东新区也不一样。国家经济已从短缺经济向过剩经济转变,已从投资拉动向创新驱动转变,已从需求侧改革向供给侧改革转变。在这样的大背景下,再也不可能像建设深圳特区、浦东新区那样,集中全国的资金、技术、人才来建设舟山新区,更多地需要依靠我们自身的内力,补齐短板、创新突破,否则新区就难以建设起来。而且,国家设立的新区数量增多,招商引资的挤出效应、分散效应更加明显。目前,众多新区呈现出你追我赶的竞争态势。

三是现状所逼。应当肯定这几年来,新区建设成绩很大,纵向比,发生了很大变化。但实事求是说,现状不如人意。客观现状逼着我们查找、剖析、曝光短板,逼着我们警醒起来、重视起来,全力以赴把"冷"变为"热",把"慢"变为"快",把"推"变为"抢",把"怕"变成"闯",把"乱"变为"优",把"散"变为"聚",真正把补齐短板作为我们提升效能、还清欠账、再造优势的契机,推动新区进入快速发展的良性轨道。

四是职责所在。新区建设靠什么人?要靠全市百万军民,但最核心的是要靠我们广大干部。实现新区跨越发展是我们各级干部义不容辞的职责。开展这次大行动,就是要全面动员广大干部切实履行自身职责,打好补齐短板、创新突破、走在前列三大战役。如果我们把这三大战役打好了,新区发展跑出加速度也就不在话下。

"树标杆、补短板、求突破、走前列"大行动要以问题为导向、以结果论英雄,跑出新区加速度,树立新区新形象。

这次大行动的主要内容是,在全国十多个新区中树立学习标杆,全面深入查找制约新区发展的突出短板,在事关新区发展的重大问题上取得实质性突破,力争走在全省乃至全国经济发展和新一轮改革开放的前列。以什么样的标准来树标杆、补短板、求突破、走前列,这是一个重大原则问题。树标杆,必须树可学、可借鉴、可追赶,在全国十多个新区中走在前列的新区。补短板,全省都在寻找均衡发展方面的短板,而我们要查补的短板涉及很多方面,核心是要查补新区跨越发展方面,比如加快速度、攻坚突破、发展环境等方面的不足和短板。求突破,不是一般意义上的工作推进,不是纵向比的工作突破,而是发展理念的突破、发展项目的突破,发展平台的突破,发展机制的突破,一句话就是跨越发展的突破。走前列,是争取在全国十多个新区中走在前列,在全省乃至全国经济发展和新一轮改革开放中走在前列,确保今年 GDP 增长百分之十二以上,确保改革开放有实质性突破,确保人民群众的获得感有效提升。

会场上的各级干部,很多人都在记笔记,有的字体端正,有的笔画难辨,但都记下了要点:

一要树好标杆,充分学习借鉴先进新区的成功经验。二要补"理念"短板,在敢闯善试、负重奋进、跨越发展上求突破、走前列。三要补"项目"短板,在大抓项目、抓大项目、引大项目上求突破、走前列。四要补"机制"短板,在构建精简统一、扁平高效的运作机制上求突破、走前列。五要补"效率"短板,在打造审批环节最少、速度最快、效率最高的"三最"城市上求突破、走前列。六要补"要素"短板,在集聚要素、强化保障上求突破、走前列。七要补"干劲"短板,在提升干部能力、提振干部精气神、强化绩效考核上求突破、走前列。

"开了这么多年的大会,第一次被这样点名曝光,压力不是一般的大。"海洋产业集聚区管委会相关负责人说,"一分部署九分落实,开会回来,我们马上就抓落实,与几家工程进度比较慢的企业联系,让他们立即行动起来。"

短片里曝光的画面还在眼前晃动:岱山夜排档项目虽完成却无法启动经营,顶楼部分还出现坍塌;位于衢山的三亿能源项目签约时预计总投资五十二亿五千万元,如今却一直在开山采石卖石料……

岱山县一位领导干部说:"真坐不住!新区建设必须要有力度,不能按部就班,不然就体现不出新区的'新'和'快'。我们存在的短板必须要补上,针对这两个项目,我们下一步会马上分析原因,列出时间节点,落实责任,攻克难题。"

"本来已经睡不着了,现在压力更大了!"新区招商中心主任李方军说。尽管压力很大,但信心也很足,有新区党工委、管委会和市委、市政府的重视支持,全市上下统一思想,各方联手精准发力,进一步创新完善招商机制,相信一定能够闯出、拼出一条路子来。

"人才是第一资源,也是当前新区建设的一大瓶颈。市人才办作为全市人才工作牵头抓总的部门,理应以时不我待的责任感和紧迫感,在这次大行动中先人一步、主动作为。"舟山市委组织部副部长、市人才办主任陈芬芬从会场返回后,立即召集人才办相关人员就贯彻落实会议精神进行了研究。

目前全市人才的总量、素质、结构与新区发展的需求还有较大的距离,矛盾较为突出,这既有城市综合竞争力相对较弱等方面的因素制约,也有人才存量不能满足产业发展需求等方面问题。"我们现在重点要解决的是'要什么人才,在哪里要,怎么要'的问题。下一步,我们将加大招才引智的力度,绘制人才战略地图,以'虎口夺食'的魄力引进新区各类急需人才;要创新体制机制,着力突破人才发展瓶颈制约,为新区建设提供更加有力的人才支撑。"

天空飘洒的雪,看上去已经停止了。

也许是人们燃烧的热情,迸发的战斗力,让地面温度顿时升高,冲天而起,冰融雪化。

二

时间随着波涛不断地奔流，浪花飞溅未细数，已是五年。

从二〇一一年六月三十日，国务院正式批复设立浙江舟山群岛新区，到二〇一六年八月二十四日，浙江舟山群岛新区拿出一张足以自豪的报告单。

五年来，新区战略地位不断提升。国务院先后批复了舟山群岛新区、《浙江舟山群岛新区发展规划》、舟山港综合保税区、新区部省际联席会议制度、中国(浙江)大宗商品交易中心、舟山江海联运服务中心。二〇一六年三月，建设舟山江海联运服务中心、探索建立舟山自由贸易港区写入国家"十三五"规划纲要。

五年来，新区综合实力不断增强。累计完成固定资产投资三千九百四十七亿元，年均增长百分之二十三点三；引进市外资金一千零九十五亿元，引进世界五百强企业十二家。全市生产总值从六百四十五亿元增加到一千零九十五亿元，年均增长百分之九点九，增速位居全省首位。人均生产总值从五万八千四百元增加到九万五千三百元。一般公共预算收入从六十一亿元增加到一百一十二亿七千万元，年均增长百分之十三点一。

五年来，新区改革创新不断突破。创新新区行政体制，市委和市政府工作部门分别精简百分之二十七点三和百分之二十六点五，市本级人事编制精简了百分之二十以上。在全国率先探索实施大市场监管、大海洋执法等改革，走在了全国前列。深化资源要素配套改革，设立新区财金投资基金和船舶等产业投资基金，成立了海域海岛使用权储备交易中心、岸线资源收储公司。加强科技人才工作，海洋科学城等创新平台逐步形成。

五年来，新区社会事业不断发展。财政用于民生支出年均增长百分之十六点九。城乡居民收入分别达到四万四千八百四十五元和两万五千九百零三元。城镇化率达到百分之六十六点九。成功创建国家环保模范城市、国家节水型城市，成为全国文明城市提名城市，荣膺全国双拥模范城七连冠。浙江大学舟山校区建成投用，浙江海洋学院升格为浙江海洋大学。深化"网格化管理、组团式服务"，连续十一年评为省级"平安市"，群众安全感满意率居全省前列。

五年来，全面从严治党不断加强。深入学习贯彻习近平总书记系列重要讲话精神，扎实开展党的群众路线教育活动、"三严三实"专题教育和"两学一做"学习教育。建立党委(党组)抓党建的责任清单制度，加快"整乡推进、整县提升"。加强各级领导班子建设和干部队伍建设，积极探索干部"能上能下"机制。严格落实党风廉政建设主体责任和监督责任，完善派驻机构体制机制，开展渔农村巡察工作。贯彻落实中央"八项规定"精神，深入开展正风肃纪专项行动，维护新区良好的政治生态。

三

我国新设七个自由贸易区，其中舟山将设自由贸易港区。受这一利好消息刺激，宁波港、宁波海运、中昌海运等受益股纷纷大涨，其中宁波港涨幅超过百分之四，中昌海运涨幅超过百分之五。

这一天，正是二〇一六年九月一日。

我国的自由贸易港区为何落户舟山？这将给浙江带来什么？这对中国意味着什么？

商务部部长高虎城在接受新华社专访时表示，近日，党中央、国务院决定，在辽宁省、浙江省、河南省、湖北省、重庆市、四川省、陕西省新设立七个自贸试验区。其中浙江省主要是落实中央关于"探索建设舟山自由贸易港区"的要求，就推动大宗商品贸易自由化，提升大宗商品全球配置能力进行探索。

我国的自由贸易港区之所以落户舟山，且以大宗商品贸易为特色，主要是因为舟山有得天独厚的区位条件优势和港口资源优势。

听到将设舟山自由贸易港区的好消息，浙江舟山大宗商品交易所总经理助理占利民说："目前在舟山，包括油品、铁矿石、煤炭、粮食等大宗商品在内，已具备运输、周转、仓储、加工等基础产业链条。如果加上交易和贸易就更齐全了，但现在这一块还没跟上。"

大宗商品交易的目的是实现产品的保值、投资、风险分散和对冲等，能对大宗商品的贸易、加工、仓储起到指导和反馈作用。"国务院批复同意设立舟山群岛新区时，第一个战略任务就是把新区建成大宗商品的储运、中转、加工、交易中心，舟山自由贸易港区正是舟山群岛新区的延伸和深化。"

"舟山自贸港区要推动大宗商品贸易自由化意味着，对内：今后国内大宗商品交易商能自由进场交易，但目前在大宗商品流通环节，政府部门还有资质管理，今后这方面需要改革。对外：要进一步开放，外商能进场交易，发展大宗商品跨境交易，资金能方便流动，现有的外汇管理制度需要改革，达到外汇管理平稳开放。"

我国已是全球最大的原油进口国，也是全球最大的铁矿石进口国，但在这些大宗商品交易中，我国还缺乏相应的话语权和定价权。"大宗商品的定价权，不是你说多少价格就多少价格，而是你通过一定模式，由参与各方自由交易形成市场价格，并得到大家的认可。大家对这种交易模式的信任度越高，你的话语权、定价权就越大。"占利民说。

自贸区的核心内容是大宗商品贸易自由化，战略目标是提升大宗商品全球配置能力，最终提高我国在全球大宗商品贸易中的话语权。

二〇一六年九月九日，浙江省委副书记、代省长车俊主持召开省政府专题会议，研究部署舟山自贸港区规划建设工作。他强调，建设舟山自贸港区是贯彻落实 G20 峰会"杭州共识"、构建开放型世界经济的浙江实践，是我省既想干又能干成、对全省发展具有牵引性作用的大事，意义十分重大。各级各部门要统一认识、抢抓机遇，以强烈的担当意识、坚定的改革创新精神，高水平谋划、高速度推进，举全省之力把舟山自贸港区建设好。

车俊说，习近平总书记在 G20 峰会上为全球增长新蓝图贡献中国良方，提出要坚定不移扩大对外开放，推进国内高标准自由贸易试验区建设。舟山港口优势、区位优势、资源优势独特，其开发开放不仅具有区域性的战略意义，而且具有国家战略意义。建设舟山自贸港区，事关舟山群岛新区和浙江的开放发展，而且紧密对接"一带一路"、长江经济带等国家战略，能为我国全面深化改革和扩大开放探索新途径、积累新经验。同时，它也是我省加快经济转型升级和产业结构调整、深入推进供给侧结构性改革的重要载体。全省上下要把建设舟山自贸港区作为工作的重中之重，狠抓落实，抓紧抓好。

车俊说，要以国际化的视野、改革创新的思路，高水平谋划和推动舟山自贸港区建设。要深化总体方案设计，坚持"一般 + 特殊"、"共性 + 个性"的原则，既要充分学习借鉴国内外自贸园区已取得成功的可复制、可推广经验，又要以油品全产业链投资便利化和贸易自由化为重点，主动适应、融入、接轨国际贸易新体系，努力把它建设成为提升我国大宗商品资源全球配置能力的战略平台。在实施过程中，既要做好与国家现有体制机制相衔接，又要突出重点，找准切入口，做好顶层设计、专题设计，让各类市场主体参与自贸区建设。

车俊要求加强领导、科学谋划，全力推动舟山自贸港区建设。省有关部门和舟山市要加强协作、不等不靠、边谋边干，加强与中央有关部委的对接，加快人才储备和项目推进工作，加大招商引资力度，力争自贸区建设早见成效。

"舟山自贸港区规划建设专题会议"，红底黄字，亮在眼前。

背景为碧海急流，浪扑礁石，高溅飞花。让人们的激情随之飞扬。

二〇一六年九月十日下午，传达贯彻浙江省政府专题会议精神，研究部署舟山自贸港区规划建设工作。浙江舟山新区党工委书记、管委会主任、市委书记周江勇说，我们要充分领悟中央和省委、省政府对新区的关怀，进一步提高认识、抢抓机遇，以强烈的担当意识和奋发有为的精神状态，切实履行主体责任，举全市之力、汇全市之智把舟山自贸港区规划好建设好,不辜负上级和全市人民的期望。

建设舟山自贸港区,是推进新区开发建设最重要的工作抓手,是打造舟山最大开放平台的重大举措,将为新区发展注入强劲动力,对于全省发展也具有重大意义。各级各部门要倍加珍惜这一千载难逢的发展机遇,把建设舟山自贸港区作为工作的重中之重,集中精力、全力推进。要清醒认识在专业人才支撑、体制机制创新等方面存在的压力和挑战,进一步强化责任担当,细化工作举措,做到精准施策、有效应对。

各级各部门要以争分夺秒、只争朝夕的工作状态,全力推动舟山自贸港区规划建设。要增强自信,主动作为,全面系统学习自贸区知识,深入谋划建设方案。要充分借力,加强与中央部委和省级部门的对接,招引业内专家学者和相关企业参与自贸港区建设。要边谋边干,充分学习借鉴其他自贸试验区已有的成功经验,深化政府自身改革,研究舟山自贸港区运行机制,加快人才储备和相关基础设施建设,加大招商引资力度,大力推进海事服务基地建设,力争自贸港区建设早见成效。

人们步出舟山市行政中心主楼,回首相望,仿佛领悟到什么。

舟山市行政中心主楼二十五层,建筑总高九十一米,六层以上为独立的两幢塔楼,仅在二十、二十一层由空中景观厅相连。

行政中心主楼下部六层及两翼垂直山墙以青灰色花岗岩为主,由地面斜向直冲天际的两片主体墙面,以明快灰白色为基调,形似船帆,寓意"扬帆远航"。

建筑形体挺拔,与蓝色的大海、绿色的草坡相辉映,表现了舟山的地域特色,建筑形象从而具有标志性。

临碣石以观沧海的气魄,迎风浪以行万里的壮举。

三　与新区共成长

一

Hi,这是崔义玲的腾讯微博,人海茫茫相遇不易,立即登录,别错过!

崔义玲:"印象普陀"——气势很宏大,"舟山朋友"——很热情!(二〇一一年三月三十日)

崔义玲:来舟山几天了,收获很多,总是能让我静下心来思考,期待能在这个大环境下好好塑造自己。(二〇一一年三月三十一日)

崔义玲《舟山挂职满月酒》:来舟山挂职正好一个月了,组长选在这个好日子,三组的同志们喝了一场满月酒,大家都深深体验"缘分"两个字的意义。今天还有班秘通过群众考察荣升班副。同时班长也在我们这一组,大家真的是其乐融融。大家会珍惜这份缘分,在班长的带领下,为舟山群岛新区建设踏踏实实服务。(二〇一一年四月二十八日)

崔义玲自述。

以前从来没来过舟山。我从浙江工业大学研究生毕业,在计算机学院实验室工作，还不到一年，正想融入学校氛围。领导找我谈话，舟山需要计算机类的专业人才，让我下去挂职。我当时不想出来。

我非常感谢导师，导师对我说："你年轻，出去锻炼一下，挂职锻炼蛮好的。"我要感谢我的男朋友，是他给了我最大的鼓励和支持。在我犹豫不决时，他跟我说："这么好的锻炼机会，你要好好把握，离我远没关系，我保证经常来看你。"这样，我才下决心来舟山挂职。

怎么说呢，机会很重要，遇到人很重要。我需要别人赶一下，激励一下。

在浙江省委组织部举行的欢送会上，我知道了使命，为使浙江舟山群岛新区建设获得更有力的组织保障和人才支撑，省委、省政府决定从今年起实施"百人计划"，即用三年时间分两个批次，选派一百名干部和专业人才到舟山挂职服务。每批挂职时间为两年。

时任省委常委、组织部长蔡奇说，集中组织这么多名省直机关干部到一个市挂职工作，为近年来我省首次。浙江舟山群岛新区建设，关系到我省海洋经济发展示范区建设乃至国家海洋发展战略的全局。实施"百人计划"，将有效整合省直单位的人才、科技、政策、资金、项目等多种资源，支持浙江舟山群岛新区建设；将有利于改善舟山干部和人才队伍结构，为推进舟山海洋综合开发提供组织保障和人才支持。

二〇一一年三月二十八日，浙江省"百人计划"第一批下派干部和专业人员五十人出发。我二十五岁，是最年轻的一员。大家挺热闹的，坐了一辆大巴，从杭州到舟山来。

现在还清楚地记得刚来到舟山时的情景，当我们的大巴驶过舟山跨海大桥时，发现这里的天很蓝。来接我们的舟山同志，兴奋地向我们介绍着跨海大桥和舟山近年来的巨大变化。我深深感受到海边人对家乡美丽海岛未来发展的向往，也让我对舟山两年的挂职生活充满了期待。

我到舟山群岛新区挂职，成为舟山港综合保税区的第一批筹建人员。

第一天来到挂职单位，就得知综合保税区筹建人员刚到位就奔赴全国各地考察，六天走了七个地方，跨越六个省，上午飞机，下午考察，晚上讨论。这让我意识到,必须以最快速度融入舟山的工作生活中,完成从大学教师到地方经济建设者的角色转换。

舟山港综合保税区的筹建初期,仅有不到十个人,来自不同的单位和岗位,要完成一项在舟山从来没有人做过的事情,大家不断摸索、共同学习,加班加点是家常便饭。

我发现实际上的工作需要,跟我的专业并不是非常相关,当时我觉得其实是有一点紧张吧。因为这个东西我真的完全不了解,专业知识也用不上,我就想,这个挂职会不会没有意义呀!

但是受同事们的感染,还有新区快节奏的工作氛围影响,我一方面学习知识,因为我觉得知识还是很重要的,综合保税区涉及的知识面很广,另一个方面就是逐渐认识了自己的优点和缺点,然后就尽量发挥自己的优点,弥补自己的缺点。还有,我慢慢地学会了如何调整自己的心态,和同事们一起努力把这件事做好。

如果是在比较成熟的单位,我可能发挥不了那么多作用。因为是全新的单位,我就可以很深入地参与。为了申报综合保税区,全国各地跑,大连、天津、青岛、上海、宁波、厦门、深圳、钦州,从北到南,基本都跑遍了。回来梳理思路,自己该怎么做。

面对新业务、新领域,快节奏的工作着实辛苦。整个团队共同努力,明确了综合保税区规划布局、政策制定、机构设置、港区建设、发展思路等重点推进工作,为综合保税区的顺利获批,更为明年综合保税区的封关运作奠定了基础。

我本来是一个刚出校门的稚嫩女孩,在这种紧张和忙碌的工作中,我就对自己能力的认识,发生了一些转变。

二

崔义玲《舟山挂职笔记》:

挂职一个多月,让我收益颇多。认识好多朋友(gg 和 jj 很是照顾我),

他们给我很多建议；工作小小紧张和忙碌，让我充实、更有精神。我们的周总理是乒乓外交，"百人计划"来个羽毛球"外交"，真的是既锻炼身体，又交流感情，一举两得，灰（非）常之好。有点喜欢上舟山这片既宁静又热情的土壤。（二〇一一年五月六日）

崔义玲《舟山挂职笔记》：

保税港区的申报材料已经报到省政府，接踵而来的是各个部门来舟山考察调研。最近接到写保税区宣传材料的任务，写宣传材料的过程中，进一步加深了对舟山的了解，以及对保税港区相关情况的理解，为今后工作的深入开展奠定了基础。盼望着保税港区早日报批，大家的辛苦可以见到成效。（二〇一一年五月十日）

崔义玲《舟山挂职笔记》：

这边的工作虽然比学校里面忙碌，但是总有小小的成就感，让人觉得充实。方案变得越来越成熟，团队变得越来越默契，"派友"变得越来越像朋友。（二〇一一年五月二十四日）

崔义玲《舟山挂职笔记》：

保税港区筹建工作的第一期简报终于发出了，算是这阶段工作的一个小小成果。（二〇一一年六月二十一日）

崔义玲《舟山挂职笔记》：

越来越觉得自己的能力被发挥到极致，但有时还是力不从心。有时希望自己能大十岁，或许处理事情的能力可以强很多，做事更能得心应手，期待自己的快速成长。（二〇一一年十月三十一日）

崔义玲自述。

看着同事们周末加班，我也选择不回杭州，留在这里和大家一起学习讨论。后来我发现，挂职的第一年，我回杭州的次数没有超过十次。"派友"和同事们都会跟我开玩笑，说："小崔，杭州都不回了，是不是在舟山安家了。"

综合保税区申报材料的一字一句，大家都反复推敲论证。历时半年，我们所有的人，都忘记了"辛苦"两个字。

二〇一二年九月二十九日，国务院正式批复设立舟山港综合保税区。这让我第一次在工作中，有了深深的成就感。

国庆节长假过后，就要在杭州举行国务院批准设立舟山港综合保税区新闻发布会。

这是我第一次参与组织大型活动和宣传工作。为了让活动取得更好的效果，我事先专门约了舟山的几位记者聊天，一方面向大家介绍综合保税区情况，另一方面向他们取经，了解记者最关注的是什么，哪些工作可以起到事半功倍的宣传效果。发布会前一天，我和同事们一起忙到半夜十二点多。这样做了充足的功课，第二天信心满满，新闻发布会也取得圆满成功。

国务院批复文件中一年内提请验收，时间紧，任务重。因为对综合保税区工作比较熟悉，我也从办公室调到了刚刚成立的口岸事务管理局，专门负责保税区建设、运行、管理中与各个口岸部门的沟通和协调。

工作中，我们需要充分了解综合保税区验收标准中的每一个细节，大到几公里的围网，小到几厘米的网眼，都关系到综合保税区最终能否通过验收。

"攻坚克难、勇往直前"，这两句话一直激励着舟山海洋产业集聚区、综合保税区、开发区的所有同志。浙江省委书记夏宝龙在综合保税区专题调研时的一句话，让我们每个人记忆深刻，"综保区要叫响只有日期，没有星期；只有服务时间，没有休息时间的口号"，"要创造出综保区速度"，这是对我们的要求，更是对我们的鼓励。

海关、口岸、商检……每个领域的专业性都极强，如果自己翻书看不懂，就需要向专业人员讨教。每一份研究报告的出炉，背后都是大家加班加点的付出。

二〇一三年国庆节一过，上班第一天，就要讨论《舟山港综保区打造舟山自由贸易港区先行先试实施意见》。我不得不取消原定的出行计划，一位同事回到重庆老家的第一天就连夜赶了回来。有几天晚上，我们不知不觉忙到次日凌晨三点。五天之内，反复修改十余稿，我们以保税燃料油供应中心建设和开展跨境贸易电子商务为突破口，在通关监管、贸易投资、服务开放、金融财税等领域,提出三十二条重大创新和重点推进举措,助力综保区打造舟山自由贸易港区先行区。看到自己的研究成果逐步付诸实践,我们收获了极大的鼓励和信心,自己的知识储备也得到了极大的提升。

之后,我还参与了综合保税区正式封关运作以及舟山保税燃料油供应中心建设新闻发布会等多个百人以上的重大活动,从最开始的参与配合,到现在的全面负责具体落实,从方案制订、人员组织、会场布置、撰写资料、媒体邀请、新闻报道,到现场组织协调。一次一次的重大活动,都让我收获了宝贵经验,深深感受到经历中成长的喜悦。

我们的团队参与了"综保区打造自由贸易港区先行区"、"舟山保税燃料油供应中心建设"、"综保区跨境贸易电子商务"、"新加坡自由港经验对综保区发展的启示"等十多个新区、综合保税区发展建设课题。

每一次调研都是一次挑战,而每一次挑战,都能交出漂亮的答卷,为综合保税区的研究提供了充实的基础性材料。有时也很累,自我调笑一下:"计算机毕业的人写材料,这样的人伤不起呀!"

在综合保税区工作的三年里,我参与了综合保税区规划、申报、获批、建设、验收、封关运作全过程,就像看到自己亲手培育的小树苗,长大成林,很有成就感。

领导换了三任,同事也变动很多,我还在这里。可谓是综合保税区的"元老"。

三

崔义玲:累了,难过了,就蹲下来给自己一个拥抱。(二〇一一年五月十四日)

崔义玲:昨夜,刚睡,感痒,听蚊,频翻,无眠,点灯,无果,遂躺,入眠……(二〇一一年八月九日)

玲感:工作是为了什么?财富和成就感。两者可兼得,甚好;当这两者

发生冲突时,你会如何选择呢?(二〇一二年五月十日)

玲感:有梦想才有动力。哪怕是你的小小的梦想,有机会一定要去尝试,不一定非要实现,不要留下这本可以弥补的遗憾。(二〇一二年五月十日)

崔义玲自述。

放了一只和我一样高大的大熊在办公室,幼稚一下。

我对自己说:"累了就睡觉,醒了就微笑,生活会枯燥,自己加调料。"

平常挺忙,出差多。写东西比较多,研究性的,上报的,实际运作方案,都在做。经常在周末,要把工作材料框架写好,然后送给领导修改。

这两年比较困难,事情多,人少,经验又少,有时力不从心。起步晚,远远赶不上上海、杭州,周边竞争比较激烈。这路怎么走?新的地方要兴旺起来,要有大的改变才可以。

鼓励更多的青年到舟山来。就是感觉跟不上,新招博士硕士没这么快能上手,要一两年熟悉情况,思维要转换。很多事要做,往前赶,往上赶,节奏太快。

年轻人追求成就感。要不天天忙忙碌碌,如果都是虚的,没动力。真的在做,干得充实,真的有主见,有推进,效果就会出来。有了成就感,我自己都觉得很惊讶。

二〇一三年三月,挂职两年期满,第一批"派友"在舟山留下了感情,留下了业绩,更留下了口碑,怀着对舟山人、情、景的依依不舍,回到了原来的工作岗位。

而这两年对我来说,是舟山给予了我一个年轻人最需要的机会和舞台,在忙碌充实的工作中,让我认识自己,挖掘自己,锻炼自己。领导对我的悉心培养,同事们的工作热情和朋友们的热心帮助,都让我这个刚刚踏出校园,来自北方的异乡女孩感动和感谢。大家对我的肯定和认可,让我越来越喜欢综合保税区这份工作。看着综合保税区在大家的共同努力下,成功获批,曾经的荒滩盐田变成开发热土,相信每一个参与其中的人都和我一样,有一种骄傲和自豪感。

我决定留下来。在这里工作,身心投入太多了,离开了舍不得。再是工作氛围挺喜欢,有事做,我能做,喜欢做,可以当作事业来做。我找到了自己的兴趣,我对工作很认真,很狂热。而且我觉得舟山会迎来一次大发展,这里可能给我们年轻人的机会更多。还有,舟山的生活环境很好,山水交融,空气清新,居住区很悠闲,很安静。

领导也对我说:"舟山平台大,缺人才,只要你肯努力,有想法,就可做,能拓展。如果在杭州,在上海,人才多的是,一般的机会都轮不到。"

当我萌生留下来的想法时,我的男朋友肖寒冰犹豫了,因为我们当初约定,两年挂职锻炼结束后,就在上海或者杭州组成我们的小家庭。

肖寒冰是贵州贵阳人,一九八三年生,比我大两岁,我俩是浙江工业大学研究生同学。他学习能力比我好。他知识面广,同学们都喊他"小百科"、"百事通"。我在他面前,感觉没文化。读书时,我蛮崇拜他的。研究生临近毕业时,他生病了,吃饭要吐,不能睁眼走路,没法自理。我来照顾他。最后我们走到了一起。他毕业后,在上海一家上市公司做智能化工作,走上轨道了,领导认可了。他的专业、在上海三年的磨炼,大城市更适合他的发展。

他一个月来舟山看我一次,有时每隔一周就会来。跟大上海比,舟山是个小地方。他开始不想来,换个地方心里没底。他又觉得两地还是很辛苦,而他也不想让我太辛苦。

肖寒冰说:"她觉得在这里,自己很有成就感。我在上海的工作,我也觉得很满意。有的时候,我们也会小吵一架,到底将来怎么办?很纠结。"

几个夜晚,电话那头和这头无声相对,听到我轻轻的抽噎声,他心疼了,心软了。

他是一个不善言辞的人,但他说到做到。他说:"要么就是两人分开,要么就是有一个人放弃。我看我把自己在上海的工作放弃掉,然后在舟山重新拾起来,会更加容易一点。"

他选择为我来舟山,因为这里更适合我。我觉得他的专业技术能力也是可以的,只要适应了舟山的工作环境,我相信他的未来发展也会很好的。

很多人介绍我时会说:"小崔是'百人计划'第一个留下来的,是我们舟山的引进人才。"

其实,我一直想说:"是舟山培养了我,是综合保税区培养了我,我只想尽最大的努力,用踏踏实实、勤勤恳恳的工作,回报关心培养我的人和这个美丽海岛。"

舟山群岛新区、舟山港综合保税区大发展的气候已经形成,大开放的时机已经到来,大开发的号角已经吹响,给了许多和我一样的年轻人施展才干的舞台,等待我们的不只是机遇,更多的是挑战。我在这里遇到了自己适合的环境、喜欢的工作,想为之付出的事业和让我发挥的平台,我要紧紧抓住,因为我的青春刚刚开始,我希望她可以在美丽群岛绽放,伴随着综合保税区不断发展而闪光。

四

崔义玲:看事,思事,做事;看人,交人,做人。(二〇一一年四月十三日)

崔义玲:挖掘自己比改变自己更值得。(二〇一一年八月二日)

崔义玲:缘分就是在对的时间遇见对的人,做对的事。(二〇一一年十一月七日)

崔义玲:活出自己的生活,不因自身的某些缺陷而自卑,在别人眼中就是非常大的自信,希望自己也能看到这一点。(二〇一二年六月十八日)

崔义玲自述。

我老家在绥芬河市,那是一座风光秀丽的边境山城,位于黑龙江省东南部。东与俄罗斯滨海边疆区接壤,边境线长二十七公里,城乡各半,下辖绥芬河镇、阜宁镇。

绥芬,满语是锥子的意思,绥芬河里生长着一种尖锐如锥的钉螺,满族人因此称它为绥芬河。绥芬河流域南北西三面为高山,森林覆盖,植被茂密。

林子里的元蘑、牛肝菌、榛子、橡子，都成了绥芬河特产。风味小吃有筋饼，又叫草帽饼，透明薄薄的好像每层都浸了油，香而不腻。玫瑰酥饼，擀薄卷成小剂，包入玫瑰馅心，再擀成圆饼，放入烤炉中烤至金黄色即成，甜香酥脆，花香气浓。

我出生在农村，家里做点小生意，开个小超市。我读了小学，上初中，十二三岁就出来住校。我这个人适应能力强。我妈说："对你挺愧疚，没怎么管你，自生自灭。"

从小就很倔强的我，一直都有一股不服输的劲儿。读书时，就对做研究特别感兴趣，读研究生期间，在国内外期刊、会议发表了五篇学术论文。到舟山港综合保税区工作后，经常会遇到新的课题，让我十分兴奋。

我不喜欢按部就班的生活，相比大学老师，综合保税区的工作更有挑战性，而且这里的干事氛围和谐融洽有劲头，发展机会多。

我是夜猫子，一般都要十二点才睡，习惯了。

我会在微博里，记下自己的点点滴滴。

今天又要去当住持（主持）了，希望能 hold 住全场，加油！

又需要看看书啦，繁重的工作压得我喘不过气来，加上闷热的天气，人变得异常烦躁，在工作和生活的压力中，失掉了很多人生该有的乐趣，也忽略了家人和朋友，在这里对家人说一声"身体健康"，对朋友说一声"你好！"

嗯，努力过了，没有遗憾，太阳落下了还会升起。

二〇一四年七月刚提副局长，全称挺长的：浙江舟山群岛新区海洋产业集聚区管委会口岸事务管理局副局长。

领导对我说："市里把你放在这个位子上，是因为你很有灵气，没娇气，勤奋能干。"这让我压力挺大的，我没什么，挺普通的。

在这里，我要感谢一个人，是他最终让我坚定了留在舟山的决心。

二〇一三年六月，肖寒冰放弃了上海的机会，来到舟山。他到舟山市人才市场寻找工作，在一家企业从事信息软件咨询工作。之后，正好遇到舟山群岛新区人才储备中心公开招聘高层次专业人才，他就报名参加了。经过考试、体检、考察等程序，他应聘到中国（舟山）大宗商品交易中心,负责中心内信息系统日常管理、综合信息汇编等工作。比起上海,他收入降了一半。他也没感到失落,他属缓一点的性格,心态好。

我是急性格的人,二〇一三年七月就在新城时代花园买了二手房,一百一十平方米。自己攒了一些钱,父母有支持,银行有公积金贷款。我也考虑到了,原来想小一点,但以后又要换,要搬家,我很厌烦搬家。房子不买不安心。我在这里的年薪,比机关里高一些。一年还房贷要七八万。双方父母都比较远,我们买了房,感觉比较踏实。

我俩举办婚礼时,家人都不在舟山,都是同事们主动来帮忙的。

原本十五天的婚假,我只在婚礼当日休息了一天。我的本子上,密密麻麻地列着最近几天的工作安排:完成一份调查报告、一份会议纪要,和相关科室人员赴北京考察,和意向投资企业接洽……

我难掩心中喜悦,我老公是我追来的。

我俩在这里安家落户,真正成为新舟山人。

两个人有了小家,每天都是幸福的。

我上下班,坐班车。肖寒冰离单位近,骑自行车去上班。

工作日,我们午饭在单位食堂解决,晚上回家六点了,简单做饭。周末,自己去买菜,一起去了丰茂菜场,肖寒冰特别喜欢舟山的梭子蟹,很肥很鲜美,买了好几只。

西红柿炒鸡蛋、烤螃蟹、土豆炖肉,简简单单的几道家常菜。我们家分工很明确,我是大厨,他打下手,最后他负责洗碗。一起做家务,很温馨也很快乐。

平时有空,喜欢看美剧,美剧情节紧凑,思维转换很快。《诉讼双雄》,律师的话,英语可以简单地听懂,对话含义太深了。无论做什么,看什么,总要有点启发。

我俩都喜欢运动,晚上有空时,就约了朋友去打羽毛球。

刚来挂职时,租房的小区住户不会超十户,一眼望过去,没一家亮灯的,让我心慌慌的。现在好多了,能看到跳广场舞了,这说明人多了。舟山发展很快,人气旺了。

好好工作,也是为了生活。

五

崔义玲：越来越发现经济学的重要性，是视野和思维的基础。（二〇一三年十二月一日）

崔义玲：再敏感的产业也有不重要的功能，再不重要的功能也有敏感的产业，关键在于如何界定——葛顺奇，这个老师讲得慷慨激昂！（二〇一三年十二月二日）

崔义玲：＃分享专辑＃＃《我的秘密》＃＃G.E.M.邓紫棋＃周末的早晨偶然听到这首歌，莫名的符合此刻的心情，推荐给大家。（二〇一四年三月十六日）

崔义玲：创业无论成功与否，勇气值得弘扬！（转播：舟山青年：李强省长调研青年创业创新工作时强调，互联网、新经济引发新创业浪潮，大众创业、万众创新的风暴已经掀起，年轻人要勇立创业创新潮头。浙江正为创业创新营造良好的发展软环境，打造一批创业创新平台。青年创业创新进入最佳时机，应把握机遇，勇于挑战，开拓创业新天地！二〇一四年十二月二十四日）

崔义玲视角。

口岸联检大楼，二十三层高，直插蓝天，是舟山港综合保税区的标志性建筑。裙楼分别为通关大厅和行政审批服务中心。

通关大厅，总面积两千五百平方米，海关、检验检疫、海事、边检四家口岸查验单位，为企业提供一站式通关服务。每个工位按照各口岸部门要求设置信息点，铺设网络与本单位连接，实现数据的传输和共享。

行政审批服务中心，国土、工商、国税、地税等单位进驻。为企业提供工商、税务、会计等全方位服务，在浙江省率先开展零审批工作。把多部门审批制浓缩为"总平图联合会审、施工图联合会审、项目竣工联合验收"，基本实现"区内事情区内办结"目标。努力使企业不出区，就能将所有事情办妥。

距通关服务大厅仅一公里，位于新港大道上的主卡口，气宇轩昂。主卡口的建筑高度超过十米，跨度超过十五米。

主卡口是综合保税区货物进出的主要通道，设五进五出十条车道，五条进区车道中含三条普通货运车道、一条超宽超高车道、一条行政车道，出区车道设置与进区车道设置相同。

主卡口货车通道已安装电子闸门放行系统、车辆自动识别系统、集装箱号自动识别系统、条形码扫描单证识别系统、电子地磅系统、视频监控系统。客车及人员进出通道已安装 IC 卡识别系统、电子闸门放行系统和视频监控系统。这套系统目前处于国内领先地位。

一辆装载出口货物入区的集装箱车驶入卡口，通道信息设备便可采集到各项信息，比如集装箱号、车牌号、地磅称重结果、海关的报关单号、海关对这辆车的放行标志以及这辆车的下一个目的地等。车辆通过货运通道，不需要人员干预，整个过程不超过十五秒。

进入主卡口，右边便是综合保税区查验区，总面积近四万平方米，是货物查验区域。区内建有可供海关、检验检疫部门共同使用的落地验货区、验货平台、监管仓库，以及必备的照明和监控等设施。

整个综合保税区，由绿色的隔离围网围起，周围十点五公里。四周围网为金属网，平均高度三点一米。围网不间断，全封闭，无缺口。

沿隔离围网配有照明设施、视频监控和报警系统，每隔九十米设置一台固定式摄像机，一共一百二十二对红外线对射报警器、三百零七台固定式摄像机、九十台球形一体化摄像机，在拐角处设置球形摄像机，哪怕是从围网内向外抛物，也会立刻显示出方位。

真可谓天罗地网，围而不漏，密而不疏，掌握着围网内的一举一动、一进一出。

步入海关视频监控室，这里虽然只有四十五平方米大小，但通过各种监控设施，整个二点五五平方公里的围网区域尽收眼底。在区内隔离围网、卡口、监管仓库、验货平台等处，共安装了四百二十台固定式摄像机、球形一体化摄像机等视频监控设备。在这里，可以实现二十四小时无盲区视频监控以及周界报警的响应。

封关围网区外，综合保税区北部，一千二百多米的黄金海岸线上，三万吨级散货码头和五万吨级兼靠七万吨级多功能集装箱船公用码头已建好，吊机等相关配套设备已安装调试完毕，码头后方有总面积达三十四万平方米陆域堆场。

海运货物从上码头到进入综合保税区，原本需要两次报关、两次检验，而现在实施的区港联动系统，一次申报、一次放行，大大方便了企业。

通关程序、海关监管、查验安保……全部通过信息化平台实现流转、运作。所有企业的通关放行都通过这个统一平台，以无纸化、智能化的高效快捷方式来完成。电子信息系统如同一个强大的神经枢纽系统，连接着综合保税区的方方面面、边边角角。

崔义玲记得，同事们都记得。

二〇一二年九月二十九日，国务院正式批复设立舟山港综合保税区，是全国第二十九个综合保税区，却是唯一一个以大宗商品为主的综保区。它所依仗的是舟山独特的区位优势，交错的深水航道。这来自大海的馈赠，中国东部沿海最好的国际航道几乎都集中在舟山。

舟山港综合保税区规划总面积五点八五平方公里，按照"一区两片"模式，设置本岛分区和衢山分区，其中本岛分区即综合保税区一期，封关围网面积约二点五五平方公里，并配套建设了面积零点一八平方公里的商务区，以及两个五万吨级泊位和两个三万吨级泊位。

总体定位：利用综合保税区特有的功能政策优势，大力发展海洋经济，将其建设成为浙江海洋经济发展示范区的重要载体，舟山群岛新区的核心功能区，努力将其发展成为面向亚太地区以大宗商品为主的综合保税区。

着力打造"一个中心、两个基地"，即大宗商品国际物流配送中心、富有特色的现代海洋产业基地、重要的进口商品基地。

重点培育"八大专业交易市场"，即保税能源化工交易中心、保税矿产品交易中心、保税金属及金属材料交易中心、保税粮油交易中心、保税大宗基础原材料交易市场、进口高档食品消费品交易市场、进口高档水产品及冷链交易市场、船舶设备及重型装备交易市场。

二〇一四年一月八日，舟山港综合保税区一期正式封关运行，这标志着综合保税区本岛分区进入了正式运行的轨道。更为深长的意味或许是，舟山人终于踏出了舟山群岛新区"三步走"战略（综合保税区—自由贸易园区—自由港区）至关重要的第一步。

舟山港综合保税区"出口退税"、"入区保税"以及税收扶持的优惠政策，吸引了越来越多的企业。对他们而言，入驻综合保税区，一则能对接家门口的国际市场，二则可享受各种优惠政策，何乐而不为！

区内企业从国外购进货物后，如果暂时不出货，可先存储在综合保税区内，无须支付关税。而非综合保税区内的企业，通关十四天后必须交税。二者相较，综合保税区内的企业现金流压力减少了，经营成本也更低。对助推企业快速发展极有好处。

另外，在国际市场价格变化较大的时期，综合保税区内的企业可根据价格波动，迅速调整经营策略。今后随着综合保税区制造加工业的发展，有色金属直接可以加工成产品，使得物流成本大大降低。

千和物流、大川物流、和易海运物流等物流企业抢滩入驻……

鑫德金能源、银海游艇、众达国际等贸易企业落户综合保税区……

进口商品的物流、贸易有了，能源、粮油、冷链、橡胶、纸浆、有色金属仓储物流项目有了，国际商品博览中心项目也有了！

"国外柜台"搬到家门口了！

GUCCI 包包，BLUGIRL 服饰，意大利纯手工打造的珠宝……

法国的葡萄酒，高档汽车，名贵游艇……

这些在国际商品会展中心都能见到。

这个二十八万平方米的国际商品会展中心，有仓库，有配套码头，用于进口商品的仓储、展示和销售。

有人说，这是国内最大的集世界各地商品于一处的公共交易平台，交易商品包括食品、消费品、箱包、珠宝奢侈品、艺术品，以及高端消费品如手表、游艇等。可以批发，也做零售。

尚品街是国际会展中心的配套项目，漫步其中，犹如置身于国外商场。

"我们的奶粉有二十多个品牌，全部都是原瓶原装进口。"在臻品国际商店，营业员拿着一款澳大利亚奶粉，向年轻的妈妈们作介绍。这款奶粉的价格是一百四十八元，相同产品在淘宝网上代购价在一百五十元至一百五十八元不等。

商店负责人说，这里的商品大都是"综保区直销价"，比市场零售价优惠百分之五至百分之十左右。身价低的秘诀，就在于保税区的优惠政策。以综合关税达百分之四十八点二的进口葡萄酒为例，如果一百万元的货放在综合保税区，四十八万两千元的关税就可以不付，降低了企业成本，也会体现在价格上。中间的销售环节省去了，消费者拿到手的就是"一手货"。

舟山潮人圈乐翻了！微信里跳来跳去，全是时尚的东东！

舟山的居民们，尤其是年纪稍大的，听闻进口商品直销店设在综合保税区里面，需要乘车，很不方便。

保税商品直销店也开到家门口了！

舟山港综合保税区进口商品直销中心临城店。面积约一千平方米，有来自欧洲、美洲、澳洲、日韩的各类水果、饼干、巧克力、红酒、水产、肉类等。台湾地区的产品还设了专营区。营业员说："直销商品品种现有四千多种，价格比一般商店便宜百分之二十至百分之三十。"

下午三时左右，家住附近的陈阿姨又来了。她笑吟吟地说："开业半个月，我已经是第二次到这里买进口水果了。"她看中了这一颗颗圆润光鲜、紫玉似的车厘子，价格又便宜，每斤特价仅四十六元八角，买，买，给小孙女买的。她拎了一袋车厘子，边走边说："现在很方便，走几步路就到了，以后会常来常往。"

更有诱惑力的是，今后消费者除了在实体店购物，还可以通过跨境电子贸易平台，直接"海淘"。至二〇一五年三月，我国只有重庆、上海、郑州、杭州、宁波这五个试点城市，舟山综合保税区正在积极申请成为第六个。

一个普通人凭借身份证和银行卡注册账号,就能在此贸易平台上一年内累计购买两万元的进口商品。而这些商品可以视同从国外自己带回来的。除行邮税外,不用缴纳任何其他税费。

到那时,"跨境"一词包含的种种不便,或将从人们的记忆中淡出。

六

"浙江舟山群岛新区海洋产业集聚区管理委员会欢迎您!"
"舟山港综合保税区管理委员会欢迎您!"
"浙江省舟山经济开发区管理委员会欢迎您!"
灰色的六层办公楼入门处,门楣上液晶显示屏滚动着红色的汉字,让人心里热乎乎的。

这里是三区合一,机构精简,人员精干,办事精准。

走过大厅,上了电梯,到三楼,口岸事务管理局。

崔义玲开了门,办公室里有三人,靠窗口的是局长办公桌,中间玻璃隔断,依次为崔义玲办公桌,办事员办公桌。

崔义玲坐进自己的位子,身后墙上,并排三张地图:世界地图,中华人民共和国地图,浙江省地图。

办公桌上,立着一排文件夹,口岸局文件、一期验收文件、海关文件、培训文件。放着电脑显示屏、键盘、打印机。桌上摆满了各种材料,回形针别着,小夹子夹着,还压着笔记本。有把手的玻璃杯,搁一只勺子,经常会冲泡充饥的食物。

见缝插针,挤进两个玻璃器皿,清水养着绿萝,展示几片绿叶。

崔义玲披着长发,自然朴素,无任何装饰。她低下头,翻找桌上的材料,长发就披散下来,她抬手往后一捋,继续翻找材料。

今天是星期六,没得休息。昨天上午刚从北京飞回来,后天又要飞到北京去。事情太多,汇报工作,申报材料,等待审批,总是忙个没完。

领导和同事评价崔义玲,做事干练沉稳,能独当一面。

人有所值就好。经过全市公众投票等环节,最终评出十位"最美舟山人——舟山魅力二〇一四年度最具影响力人物",崔义玲名列其中。二〇一五年一月二十六日,颁奖典礼在舟山艺术剧院举行。

崔义玲觉得耳畔总有歌声,好像是邓紫棋《我的秘密》:

最近一直很好心情,不知道什么原因/我现在这一种心情,我想要唱给你听/看着窗外的小星星,心里想着我的秘密/算不算爱我不太确定,我只知道我在想你/我们之间的距离好像忽远又忽近/你明明不在我身边我却觉得很亲……

四 圣岛的梦想

一

这一路过来,海天大道,东海西路,东海中路,东海东路,渔市大街……

大干渔业村,渔都风情假日酒店,舟山港沈家门客运站,平海海珍苑,海星社区,墩头社区,中国舟山国际水产城,舟山水产品中心批发市场……

浓浓的海味,飘荡在整个天空中,渗透到每一寸的建筑里。

沈家门位于舟山本岛的东南部,是我国最大的渔港和海水产品的集散地,向有"渔都"之称。这里的海产年产量约占全国的十分之一,商品鱼占了全国的二分之一,在全国排名第一。

沈家门渔港,面临东海,背靠青龙、白虎二山,构成了一个长约十里、宽约半里的天然避风良港,是中国最大的天然渔港,与挪威的卑尔根港、秘鲁的卡亚俄港,并称世界三大渔港。

每逢鱼汛,沿海十几个省市的几十万渔民云集港内,万船穿梭,桅樯林立,鱼山虾海,形成了一道独特的海岛渔港景观。入夜,渔灯齐放,繁星如织,美不胜收。

早在清朝中期,沈家门便形成了热闹的街市,曾有"市肆骈列,海物错杂,贩客麇至"的记载,素有"小上海"、"活水码头"之美誉。

如今的沈家门街道,下辖十八个城市社区、六个渔农村新社区、三十个村(社),五百八十多家工业企业。常住人口十五万一千多人,流动人口七万余人。

沿港十里海鲜排档摊点,鲜活鱼、蟹、虾、贝……

中外游客络绎不绝,尝海鲜,观海景,采海货……

蓝天,白云,倒映在大楼的玻璃幕墙上。云有形,风无影,而那大楼分明亮堂起来,精神起来,似乎踮起脚尖,昂首向上,将全身的每根线条都拉得笔直。

二十五层高的大楼。紧依大楼的,是三层裙楼。宽阔的墙面上,为硕大的标志和字体,均由不锈钢制成。

中国舟山国际水产城。中文,英文。

总占地十一万平方米,总建筑面积约十九万平方米,总投资约十一亿五千万元。

综合商贸区,水产精品交易区,电子商务产业园,海洋观光旅游服务区,旅游集散中心。

水产精品交易区,主营冰鲜、活鲜及贝类水产品的批发零售、菜肴加工及品尝,设有门店、排档、海鲜超市及保鲜冷藏库。

海洋观光旅游服务区,包括海鲜美食广场、海洋文化展示中心、海岛旅游购物特色商铺、休闲娱乐中心等。

海鲜美食广场,分三层:一层是餐饮区,以特色小吃、舟山海鲜等为主。二层是商务娱乐区,设有儿童游艺中心、动漫城、KTV、茶座、咖啡馆等。三层是休闲保健区,将引进健身房、康乐中心、精品 SPA 等。

海洋文化展示中心,多种多样的船模、网模、鱼类标本、图片、影视资料,向游客展示舟山的海洋文化、渔业文化和渔港文化。同时,这里还将作为海洋文化研究中心、品牌产品展示中心,为商务研讨会议、渔业博览会、水产品推荐交易会等活动提供场所和配套服务。

集"吃、住、购"于一体的旅游服务业,以"海、渔、港"为特色的文化展示业,以"商务、配送、信息、会展"为重点的新兴服务业,塑造沈家门渔港风情,实现"活力普陀"的城市地标形象。

以打造海产品生产、交易为核心,兼商务办公、海鲜美食、产品展示、旅游购物、休闲娱乐多功能的复合型国家级大市场总体目标,届时舟山国际水产城将是全国乃至国际的水产品物流集散中心、信息传播中心、价格形成中心、科技交流中心和会展贸易中心,成为真正的"中国第一渔市"。

"一座城改变一座城市。"这是口号,也是愿景。

二

刚从另一个海岛,经朱家尖海峡大桥,入海莲路,过东港隧道,到了沈家门渔市大街。

徐方成自己开车过来的,他一出车门,快步向我走来。

短发浓黑,额宇亮堂,单眼皮的眼睛,小而有神。蓄着络腮胡子,修剪整洁,时不时抚摸一把。

看起来,少年老成样。我问徐方成哪一年出生的?

"七〇后沾点边,八〇后靠一点。我是一九七九年十一月出生的,是山里的孩子。"徐方成回答。

我事先看过一些材料,这么说吧,徐方成性格:成熟稳重。嗜好:学习。理想:为家庭谋福利,为社会谋价值,帮助弱势群体。人生格言:成功始于觉醒,心态决定命运。最想做的事:和家人在一起。

徐方成是舟山圣岛文化旅游开发有限公司董事长,公司就入驻在中国舟山国际水产城。

他陪我上了电梯,到了五楼的公司休闲茶吧。窗户透亮,总有一缕光是属于自己的。

泡了一壶铁观音，注入茶盅，一盅一口地喝。随喝随聊，话里有茶香。

全国就业创业优秀个人，第一届浙江省大学生"创业之星"，舟山市十大杰出青年……对这些荣誉称号，徐方成一个字儿都没提。

徐方成说："我至今记得很清楚，初中班主任对我说过：'要想逻辑思维严密，就得看《人民日报》。'读高中的三年，每天中午，我捧着饭盒，在学校的阅报栏，看《人民日报》，每篇文章都看，从头看到尾。中国顶级的报纸，让我开眼看中国看世界，受益很大。阅报栏里还有其他的报纸，也都看。报看好，饭吃完，一天不落。读报，对自己的影响很大，所以考大学时，选了文科。"

哦，我顿时来了兴趣，《人民日报》能如此影响一个山里孩子的命运，好！请你再说下去。

三

徐方成自述。

我老家在浙江西部的小山村，常山县球川镇杨家村。泥巴里滚大的穷孩子，天天爬山，上山砍柴。

小时候，带领伙伴满山打游击、挖地道，那是常有的事情，就梦想当军事家。当然，和平年代，要施展自己的军事抱负，除非去当兵啦。有时候，也写写文章，写写诗。也还过得去，又梦想成为文学家。

父亲、母亲、舅舅，经常对我讲，自己要多努力一点，要多为别人想一点。

跟海洋有缘，很奇怪的宿命论。初中时，放暑假，到外婆家去。往南，过浙江省境，就是江西省玉山县，外婆的家就在那里。离外婆家六七公里，有一条街，我喜欢逛街。全程两条腿，没想买东西。街两边都是店，东看西看，有一家店有些特别，瓶瓶罐罐，七七八八的，与文化有点沾边。不由自主地，进了店。店主人找我聊天，拉到后屋，算生辰八字，说："你以后去东边,去海边,会非常好。"不管准不准,心理暗示还是有的。我一路走回外婆家,不觉累。

二〇〇〇年,我考上浙江海洋学院中文系文秘专业,学费需要七千多元。但家里穷,只能给我一千多元。我想到有亲戚在江西,就一路去"化缘"。东拼西凑,就为圆这个大学梦。我第一次出远门,就背了一个小包,包里塞了几件衣服。

坐车到玉山县城,那是小县城。从江西上饶坐火车,进入浙江境内的江山,经过衢州、金华,一路到杭州,又从杭州坐汽车到宁波,再从宁波乘轮船到舟山。

从小在山里长大,从来没见过海,这是我第一次见到了大海。

我上大学的这一年,碰巧赶上国家第一次实行助学贷款政策,政策帮了我大忙。我申请了五千元助学贷款,加上家里和亲戚朋友凑的钱,缴了学费。我大学三年的学业,都是在国家助学贷款资助下完成的,如果没有国家的政策,或许我还读不起大学。

我进大学第一天,就预算好,一天伙食费最多不能超过三元,早中晚三顿不能超支,早饭两个实心馒头加一碗稀饭,四角钱;中饭,米饭加蔬菜,五角钱;晚饭,米饭加豆腐,紫菜汤是免费的。很少吃肉,一盘肉一元两角钱。我喜欢吃豆腐,有蛋白质,营养好,又便宜。精打细算,控制自己的费用。豆腐吃得太多了,现在有点肾结石,不能吃了。

我是从农村出来的,欠缺的东西太多了,对知识的渴望,对智慧的渴望,是强大的原动力,我要发愤图强。

到了大学,一开始就对自己各方面做了计划。一个是体育锻炼计划,强壮身体,天天早上去锻炼,长跑一万米,为将来工作打下基础;一个是学习计划,目标比较明确,政治、哲学、法律、心理学、公关营销、策划、管理、财务……我天天泡图书馆,十几本哲学书同时看,有时也消化不了,狼吞虎咽,囫囵吞枣,吞了再说。在学校参加了各种社团和协会,也做过报刊编辑。

我在学校时,搞了一个俱乐部,蓝色星空俱乐部。当时的想法,一是学校资源要与社会资源相结合,学生需要到社会锻炼。二是学生以后是社会所需要的人才,是智力资源,要提前做些培训。我去请社会上有成就的人,来学校上课,开展联谊活动。国庆节、元旦,就把学生拉出去,许多企业搞活动人才不够,我们有唱歌的,有跳舞的,有当主持人的,正好派上用场。

学习的同时,考虑生计问题。经济基础决定上层建筑,连自己家庭条件都没改善,何以谈改变天下。

从大二开始,每个周末白天和平时的晚上,我一直在外面兼职。先是到外面找了公司,帮助促销,发传单,一分钱一角钱一元钱都要。随后,接触面广了,帮助公司搞电子产品营销策划。后来,加入心理咨询热线,要通宵值班。

室友一年到头见不到我几次,我回来时,他们都睡着了。偶尔碰到,他们就说:"哎呀,老板回来了!"

有一次,凌晨三时多,我才从外面回来。太晚了,就爬围墙进校门。学生宿舍的门早锁了,我住在四楼,又不能叫醒别人。我壮了壮胆,就沿着自来水管爬上去。

第二天,保安对我说:"你以后无论什么时候回学校,都叫我,我会给你开门,千万不要爬自来水管了。"保安其实在凌晨已发现我爬自来水管,怕我发生意外,就看着没叫。以后每次半夜回来,就由保安护送到寝室。保安给我指点蛮多,是我的贵人。

我骑自行车,跑遍了舟山本岛的渔村和农村。年纪大的渔农民不会讲普通话,逼着我学舟山方言。在一些舟山朋友面前,我经常吹牛,我比你们还土著,你们没到过的地方我到过,你们不会讲的方言我会讲。

实际上,大学三年过得是蛮充实的,为后来的创业,打下了一定的基础。

我一直相信,只要你有梦想,只要你不是脑袋空空,就不怕口袋空空,就一定会有所作为的。

四

地下室很阴暗很潮湿,墙上冒出斑白的盐花。梅雨季节时,地上全是水,小河似的流淌。

不到十平方米,搭了两张床,其中一张床靠几条凳子垫着。

没有钱,只能租用地下室,一月付二百元房租。

二○○三年五月,徐方成在大学毕业前夕,组建了四人创业团队,基本都是贫困生。两个人挤一张床,吃、喝、拉、撒、工作,都在这个阴暗潮湿的地下室。

好在母校很支持学生的创业,徐方成借用了浙江海洋学院服务器,蛮先进的。他又借了同学的一台电脑,四个人,合用这一台电脑,上半夜下半夜,二十四小时轮流用。

打着哈欠,揉着发酸的双眼,徐方成总算到点了,可以下班了。伙伴紧接着坐到电脑前,"啪啪啪"敲着键盘。

徐方成躺在床上,却睡不着。双眼睁着,望着顶板上的幽光。幽光中似乎浮现出一张张脸。

亲人无奈的脸。朋友迷惑的脸。徐方成出了大学校门,就决定自己创业。亲人和朋友都是反对的,他们都劝徐方成先去企业工作几年,再出来创业。

企业老总诚恳的脸。当时一家企业老总对徐方成说:"小徐,你来我这里,做我的助理,年薪你自己说。"但徐方成不为所动。

幽光中,闪闪烁烁,隐隐约约,跳出一个个字,越来越清晰,徐方成看得真切,是的,真真切切,这是看过就忘不了的。

从美国独立战争期间开始流传,一九〇四年被美国《企业家》杂志选为发刊词,此后一百多年杂志扉页上从未改变的这段誓言,它被称为企业家宣言:"我是不会选择做一个普通人的,如果我能够做到的话,我有权成为一个不寻常的人。我寻找机会,但我不寻求安稳。我不希望在国家的照顾下,成为一名有保障的国民,那将被人瞧不起,而使我痛苦不堪。我要做有意义的冒险,我要梦想,我要创造,我要失败,我也要成功……我的天性是挺胸直立,骄傲而无所畏惧,我勇敢地面对这个世界,自豪地说,在上帝的帮助下,我已经做到了。"

创业需要有持续的激情和成功的欲望。徐方成在心中对自己说:"到舟山几年,我深深地被舟山迷住了。再说身边也有了同甘共苦的兄弟,不想离开他们……"

太困了,徐方成的眼皮沉重,终于撑不住,合上了。似睡非睡,似梦非梦……

那天上午八时三十分,徐方成从沈家门半升洞码头乘船,风里浪里,十一时许,到了东极镇。

东极岛,那时非常偏远,几乎无人知晓。

徐方成走遍了全岛,阳光,碧海,岛礁,海味。水质清澈,是少有的纯洁之地。岛上石屋累累,淳厚古朴。

绝美风光,渔家特色,徐方成觉得这里非常有开发的价值。因为偏远,别人不会竞争。

当地老百姓却很不理解。有的渔民说:"这里都要成为无人岛了,你们来找死来啊!"甚至因为三言两语不合,就要动手打人。

徐方成说:"我想,就选这个点,作为革命根据地。当时东极镇政府很穷,是要饭财政,连自己的工资都发不出。穷则思变,当时镇委书记对我们很支持。我一腔热血就干了,手中也没钱,真是赤条条地冲上去了。"

二〇〇三年七月八日,召开东极岛开发筹划会议,介入东极岛旅游开发,确定旅游电子商务发展方向。十一月,筹备开设东极旅游网。

徐方成说:"我不是旅游专业的,所以异想天开,想到用网络来做旅游,旅游电子商务,这种经营模式,怎么定义?我去向一位教授求教。教授说,确实没有这种经营模式。哎,我的路子对了!我先把旅游目的地的资源整合好,再包装策划,以最先进的科技手段来联结,进行文化旅游、智慧旅游。"

二〇〇四年元旦,这是具有全新意义的开始。东极旅游网开通仪式暨海洋学院学生社会实践成功案例新闻发布会,在浙江海洋学院会展中心召开,舟山各媒体争相报道。

徐方成说:"大学毕业后,我光着身子就出来了。有的企业聘请我去做总经理助理,出的年薪也蛮高的。我没去,我就想自己创业,一无所有,还想自己干。那时真是初生牛犊不怕虎,现在想想是后怕,把自己逼到绝路上去了。"

开发技术网站,搜集整理材料,四处奔波推广,不会来一分钱。

新事物能否被大众接受,仍是一个变数,需要机缘,需要时间。

眼看潮水涨上去了,徘徊许久,又逐渐落下去了。一天天的潮涨潮落,反复循环,似乎想告诉人们什么。

"真不知道能否成功,有时感到黑暗一片。最穷的时候身无分文,差一点要到码头去扛沙袋了。"

农历大年三十,徐方成在博客上写下了年关感言:"今年过年,我们四个都不回家,一起为了一个理想,在一个陌生的地方,开始我们的创业人生……"

过年谁不想与家人团圆,真实的原因是,当时他们没有足够的路费回家过年。四个大男人挤在一起,一位老家在山东,一位老家在台州,一位老家在衢州,只有一位在舟山本地的,情愿相陪不回家。

大年三十晚上,外面的鞭炮声已经响起。在硝烟与灯光中,如同天神降临,有人出现了。

一位老师提着几袋舟山老酒和一些年货,来看望四个学生:"我知道你们现在很艰难,但你们的路子是对的,只要坚持下去,你们一定会成功。"

在最困难的时候,老师的鼓励,成为他们能坚持到最后的动力之一。

四个人什么话都没说,只是默默地流着眼泪。

五

徐方成自述。

到了二〇〇五年"五一"黄金周，突然出现奇迹！客人爆满！船票卖光了！五月一日至七日，东极旅游突破历史新高，共接待游客六千人次。

客运站傻掉了，从来没遇到过这种事。原来出岛入岛没多少人，政府每年贴几十万元油费，船开得越多，亏得越多，船老大都要卖船了。现在，有网络太好了！

公司研发，靠自己的竞争力，在市场上获得利润，挣客户的钱。

我觉得我的创业，不是拍脑袋一下子想出来的，而是经过长期的考察实践，才慎重决定创业的。在大学时期，通过参加下乡活动，通过办暑期培训班，我们就基本走遍了舟山本岛乡镇的角角落落和周边各地岛屿，北到嵊泗，东到东极，南到六横，西到金塘，取得了对当地资源最直观的感受。当时判断舟山两大行业最有潜力，一个是港口船舶修造，一个是旅游资源开发。港口船舶属于资本和技术密集型的行业，不是初出茅庐的人所能轻易去碰的。而对于旅游资源来说，舟山拥有一千三百九十个岛屿，背靠经济发达的长三角地区，潜力无限巨大。

之所以选择旅游行业，我做了更多的分析：一、旅游是一个没有现金流压力的行业，因为我先收游客的钱，然后拿着游客的钱去做服务，所以最适合创业。二、旅游服务行业总体处于初级阶段，根据国际公认的经济学研究成果，一个国家经济人均GDP达到一千美元，旅游经济就开始起飞，而二〇〇三年中国的人均GDP早已经超过一千美元，中国旅游确实开始腾飞，但与此相反的是，传统旅行社赶鸭式的观光服务模式，已经越来越不适应人们对旅游品质不断提高的需求，这已经成为旅游行业发展的瓶颈，中国旅游市场走到了淘汰整合的分水岭，迫切需要创新。而我们，拥有相对完整的知识结构，切入旅游是非常有利的。三、互联网逐步改变了人们的生活状态，网络几乎没有时间和空间的限制，以网络来宣传推广旅游、提供互动的服务宣传效果好,成本低,将大有可为。

我写出了三十多页的创业计划书,详细规划了战略定位、盈利和服务模式、市场销售策略、投资管理产权、发展进度时间表、财务分析、风险分析。我是做了长远规划的,最远的做到五十年以后。我没有退路可言,也从不需要退路!

二〇〇五年五月十三日,东极旅游网 ICP 备案成功。七月十五日,东极旅游网被国际 DMOZ(开放式分类目录网站)收录。十月,携手上海投资方开始规划实施东极及舟山旅游长远规划。十一月,舟山文化旅游网,朱家尖、桃花岛、六横岛、蚂蚁岛等旅游门户网站启动。

二〇〇六年二月,东极石码头酒吧动工建设。我找了个合作伙伴,三月,舟山圣岛文化旅游开发有限公司成立,注册资本一百万元。四月,圣岛旅行社成立,注册资本三十万元。

圣岛,舟山在我的眼中就是一片神圣的土地,我把自己的梦想都寄托于此。

前无古人,网络怎么要做旅游? 开始创业的第一年,我们不断碰到麻烦事。工商局、地税局、旅游局等部门来检查,因为有旅行社举报我们以网络来做旅游,扰乱了市场秩序。最后甚至公安局都来找我们,因为我们在做旅游开发的东极岛处于公海附近,公安局担心我们和"保钓"事件有牵连。

从传统的规章来看,只能允许现金交易,要做纸质台账。我们超出营业范围了,我们是电子化档案,客户在网上交易。传统的规章对我们绝对是束缚,我们戴着镣铐在跳舞。三天两头被叫去谈话。以前流眼泪,现在微笑着吐苦水。

圣岛公司的运营模式是完全区别于传统旅游的全新电子商务宣传、服务和互动模式。圣岛公司的战略也是基于旅游产业链的大旅游开发战略。

海洋文化旅游是一个多元的综合服务体系,它是与其他部门和行业的边缘的组合。旅游产业围绕吃、住、行、游、购、娱等要素,将交通、餐饮、住宿、批发零售、保险、金融、体育、卫生、文化影视、通信、社会服务以及其他为旅游者服务的活动整合在一起。要做大做深旅游产业，就必须从资源整合的角度考虑，围绕旅游要素，为游客提供一条龙的一站式服务，打造完整的旅游产业链服务体系和基础配套设施体系。

旅行者旅行的目的，是探索世界、领略风景、启迪心智、释放心灵、愉悦身心、解读文化。旅游也是一项关系人类身心健康、社会和谐、经济可持续发展的事业。旅游最终归结到心灵上的体验，其核心是文化灵魂。

根据网站系统后台记录统计，有千万以上的外地游客通过以网络为主的宣传途径，得到圣岛服务团队提供的舟山海洋文化旅游的有关资讯和服务。

我们还承担了普陀区政府和岱山县政府的重大旅游实施项目的执行。还成功策划和举办了由国家体育总局审批，中国登山协会主办的"中国舟山群岛普陀海岛户外赛"。总的来说，钱没赚到多少，事情做了蛮多，经验教训也不少。幸好，政府和广大群众对我们还算是蛮认可的。

也可以说我们是第一个吃螃蟹，运气好，没有被螃蟹咬死的人。

坚持不懈，百折不挠，努力就像命中注定。在这个世界上，毅力是不可替代的才能。即使在最困难的时候，我也对自己微笑。

六

银杏树叶满天黄。"第四届舟山群岛新区购物节，欢购金秋，乐享生活。"

这幅易拉宝，就立在圣岛文化旅游开发有限公司的门口。

五楼的二号、三号办公区，开放式的办公场地，一排排隔断之间，电脑，电话，传真机，文件盒，记事板，绿意盎然的盆栽。

年轻的笑脸。公司员工平均年龄二十六七岁，正是人生的大好时光。

圣岛立志于开发第一流的舟山群岛的海洋文化旅游事业。

圣岛寻找踏实肯干，有上进心，对美好的生活有着追求并付诸行动的同路人。尽心尽责、勇于担当；持续学习和不断提升；知恩图报、信守承诺;勇于拥抱错误,在解决错误中成长;工作中荣辱与共互相支援;把客户满意度放在第一位……这些都是加入圣岛团队必须拥有的基因。

不能吃苦耐劳的人勿进;没有人生长远目标和规划的勿进;只是找一份工作不愿意接受磨炼的人勿进。

圣岛正在形成自己独特的企业文化。

东极旅游网,普陀山旅游网,桃花岛旅游网,舟山岛际航空旅游网,舟山文化旅游网,舟山订房网……

靠着互联网的手段,借着社会发展的潮流,圣岛公司旗下已建设二十多家旅游电子商务门户平台和专业服务平台,这些平台已经初步成为宣传舟山群岛、服务舟山旅游、覆盖舟山主要景区和景点的旅游电子商务第一网站群和服务平台群。

圣岛公司开设了上海和广州两个办事处,又开设了定海和岱山大衢两个门市部。建设完成了舟山首家企业独立运营的旅游预订400呼叫中心,首家也是舟山唯一一家实现信用卡电话支付功能的平台,大大提高了旅游咨询服务的水平。

圣岛公司是舟山群岛最富开拓精神和创意的综合旅游文化开发企业,已经形成以三家旅游公司为母体,集旅游景区开发、旅游电子商务开发、海岛酒店连锁运营、旅游接待服务、旅游工艺品开发、旅游文化策划等功能于一体的综合投资管理体系。

在公司网络部门的强大支持下,通过建设先进的信息管理和订单处理系统,在旅游信息化、流程化、规范化等方面,圣岛公司走在全市乃至整个旅游行业的前列。在互联网的支持下,公司快速高效地处理订单和需求,为游客提供围绕吃、住、行、游、购、娱等完整的一站式多样化服务,业务触角从华东地区延伸到了全国乃至海外。

徐方成说:"资金有,技术有,缺了人才,什么都空。大家都说'海归',我发明'陆归',大陆学成归来的。幸亏还有'陆归',否则望穿秋水没办法。我与人才社保局联系好,一旦有'陆归',就是我们真正的人力资源。"

有一位在杭州阿里巴巴公司工作的业务骨干,父母年纪大了,叫他回舟山来。徐方成得知,就上门邀他加盟。可他从省城到了海岛,心里有落差,闷闷不乐。倦鸟归巢似的,慵懒不振。

徐方成是学过心理学的,做过心理咨询热线,此时几乎重操旧业。"心理咨询,待遇,福利,我们尽心尽力,拿出了自己的诚意。等他一个多月,终于答应来圣岛。工作中,让他一步步接地气,然后留下。"

徐方成说:"怎么吸引人才? 关键是感情。引进要有过程,要有耐心,帮助其度过非常脆弱期。就算是博士,家在哪个地方不知道,一点归属感都没有,空有虚头有什么用?给予适当的动力、适当的压力。有时,公司也是改造人的地方,一个小伙子不上进,父母操碎了心。公司营造氛围,重视团支部、学习会建设。公司要关心他的吃喝拉撒、婚事、朋友圈。企业是国家组成的单元,承担着很大的社会责任,建立贫困基金,热衷于公益事业,这是我们一直以来的理念。只知挣钱的,将来不会有好结果。"

徐方成说:"现代的社会,已经进入大协作、大分工时代。一个人的力量永远都是有局限的。良好的团队意识,是一个企业和社会团体前进和取得优异成绩的法宝。人们说,一个篱笆三个桩,一个好汉三个帮。作为创业者,要面对各种纷纭复杂的事务和挑战,有一个团结互补的团队,在关键的时候往往能以弱胜强,克服困难。就拿我们公司来说,我是中文系毕业的,对我们公司的核心——旅游和网络两块都不是最专业的,但是我们团队中,总是有人具备这方面的能力,达到我想要的目标。我们公司从创业至今,身边有很多的朋友帮助过我们。这是事业发展的最大保证。其实作为团队,我们大家都知道,为了胜利,个体有时候作出类似《集结号》谷子式的个体的牺牲是必需的。因此,一个具有牺牲精神的团队,才是最有竞争力的团队,有前途的团队。我为我身处这样的团队而骄傲。当然我们不能忘记牺牲的人,更要学会感恩,感谢帮助过我们的人。"

普陀东极的风景图在QQ登录页《画卷·中国》上展示,让亿万腾讯用户领略了东极的美景。

二十四小时值班。"嘀嘀"声随时响起,QQ上探头探脑的太多了。圣岛公司员工"啪啪啪"地敲打键盘。

我顿时想起,刚才在茶吧的小卖部看到,货柜上摆得满满的,大米饼,鸡蛋卷,苏打饼干,方便面,火腿肠,雀巢咖啡……

七

徐方成自述。

市场风云变幻,世态复杂无常,曾经也有过犹豫和彷徨。年初的时候,朋友问过我:"你的想法和当初有什么不同吗?"我说,我仔细地想过了,其实最初的梦想一直没有变过。可以说,我们一直是按着自己规划的蓝图,向着我们的目标不断逼近的。

持续、有目标地学习,学习行业最先进的知识,向成功的人学习,更要向失败的人学习。人们都说商场如战场,确实是如此。如果没有完善的知识构架、超过一般人的战略眼光和卓越的管理执行能力,是不可能在市场竞争中长久立足的。正所谓,养兵千日,用兵一时。

我觉得,我总体上还是属于笨鸟先飞的类型。做好一件事情,总是要花比别人更多的时间去酝酿,去准备。虽然工作很繁忙,每天平均工作时间超过十六小时,但我仍会抽出至少一个小时,用于理论学习和信息收集,不然会觉得心里很空虚。市内外的报纸杂志,各管理类、研究类书籍,都是必不可少的。我还订阅了好几个网络版的行业战略信息库,每天都会有全球最前沿的经济信息发到我邮箱。

我认为,持续地学习,是拥有较好的大局观,保持敏锐性和先进性的重要保证。而向各行业最优秀的人学习,也是我提高自我的一个重要方法。"听君一席话,胜读十年书。"有时候,我会看看人物传记,从他们的成功与失败中,吸取经验教训。也可能因为做旅游,所以能够接触各地不同的人。我有幸结识了各地的各色人物,他们或是在经济上白手起家,至身家千万乃至亿万;或是身家千万,一夜之间化为乌有;或是在理论研究及艺术行业,取得的成绩令人瞩目。这些人,总是在人生中经历起起落落,在成功与失败中交错前行。从他们身上,能学到处理事务的方法,感受到积极的生活态度、执着的精神,还有面对成败的从容。与经历沧桑的人学习和交流,必然会使我们成长。

74

如果周全一点地说，我认为不同的阶段，采取的态度和方法应该是有差异的：创业之初，要多看成功学以励志；创业之中，成功学和失败学要兼看；创业有初步基础后，一定要多看失败学和批评学。

详细的市场调查，周密的执行计划，不打无准备之战。除非是运气，任何事情的成功，都是有其基本相同的规律的，而失败的原因却是多种多样。改革开放三十多年，我们这个时代已经越来越少靠投机和运气起家的机会了。即使是靠投机和运气起家的，也是很难保持长久持续辉煌业绩的。因为这样起家的人，他不知道自己的财富是怎么来的，最后自己的财富怎么消失了，也不知道。改革初期发展起来的富翁，很少有善终的，这就是一个明证。

不断地自我反省，修正错误，把坏事变成好事。我们无论做任何事情，总是或多或少有这样或那样的问题存在，但有问题不是坏事，坏的是出了问题不去反省和纠正，而是一而再，再而三地错下去，最后导致许多问题酿成大的祸害和损失。孔子的得意门生曾子，有一句话说得好："吾日三省吾身——为人谋而不忠乎？与朋友交而不信乎？传不习乎？"作为一个圣人都如此反省自己，更何况我们普通人呢。

在经济大潮中，人们总是以为，无商不奸，商人是把经济效益放在第一位的。确实，在商场上有无数的诱惑，这包括金钱和美色以及其他。每次碰到风风雨雨，不论情愿还是不情愿，都是我必须面对的。心里经历煎熬的时候，我就回过头想想小时候，想想最初的梦想，做一个有价值的人，行善积德。让自己的内心变得强大。商场变幻莫测，需要灵活处理，君子爱财，取之有道。只要保持自己内心的纯净，获取财富不是罪恶，而是一种责任，一种精神的追求，它让我们的社会变得更美好。

人生就是一场马拉松，你天生要比人家跑快一步，日积月累，你就跑快得很多。我们靠关系靠不了，靠钱也没多少钱，只能靠自己。社会很公平，轻轻松松得到的，失去也很容易。你辛辛苦苦得到的，在最恶劣的情况下也能生存下来。

我已经把舟山当成是我的第二故乡，学习于此，爱于此，创业于此。

最关键的是看好海洋经济。舟山发展前景这么好，我何必跑到上海、杭州、宁波，何必舍近求远呢！再一个是现实原因，我在家是长子，下有弟弟，父母很辛苦，老妈在杭州打工，身体不好。我在大二时，就把父母接到舟山，摆个水果摊。弟弟也到舟山来了，开个打印店，设备都是租来的。我要是一离开舟山，就麻烦了，父母没人照顾了，弟弟开店也没那么容易了。承担家庭责任，这是必需的。

我夫人的姐姐、姐夫是校友，看我老实巴交，人还靠谱，就介绍了妹妹和我相识。夫人被忽悠到我公司里，现在女儿三岁了，父母帮我带小孩。

十年来，大势所趋，必须跟着大势走。自己吃了很多苦头，不懂赚钱，不懂做老板，磕磕碰碰过来的。眼光放远一点，不拘泥于一地一时，这是学哲学的好处。

我经常想，是不是做得不够好，会不会辜负了帮助过我的老师、朋友、领导对我的期望。我希望能通过努力，做出更好的成绩，有能力回报社会，回报帮助过我的人。

东极有两首歌曲，我非常喜欢，一首是《月光下的东极》，一首是《战士第二故乡》，前一首是诗歌的意象，后一首表达出和战士一样的情愫。

舟山太好了，一千三百九十个岛，一望无际的海洋。舟山群岛，在我的心中是神圣和感恩的代名词，也是年轻人挥洒青春和智慧的福地。

我早上六点干到晚上天黑，很珍惜。等退休了，我还会去写文章，写书，给自己的心灵留点空间。

五　青年海岛考察计划

一　博主凉菜

"舟山,是舟多似山,耕海为田,抑或是有舟有山,独养一方?舟山这个地理名词也包含了传统的美丽想象。而新区建立以来,舟山开始融汇了更多人的想象,海天佛国、沙岛瀛洲、宜居城市……她被描述成了一个充满希望的地方。这种全新的变化,让我们不禁思考,舟山到底是一座怎样的城市?如何以更平静的口吻去叙述她?舟山文化、海洋文化的所指又是什么?脑海中挂满疑问。"

这一段介绍文字,来自青年海岛考察计划豆瓣主页。

青年海岛考察计划,是一个长期的公益项目。

一群青年志愿者,通过微博,乐呵呵地聚集在一起。

二〇一三年七月,舟山创意青年聚会联合舟山新锐青年旅游企业@乐行海洋,组织志愿者,计划分阶段逐步完成对舟山海岛的考察,以青年视角观察海岛海洋生态社会发展现状,将考察成果分享到网络空间,为未来大舟山的发展开发贡献新青年的力量。

棕色运动衫,石磨蓝牛仔裤,黑色双肩包,外加防雨罩。胸前的背带上,左侧插了一面白色的旗帜,右侧别了一只黑色的对话机。

白色的旗帜上,拂动着两行蓝字——"乐行·舟山",下一行为网址。

李杰喜欢这一身装束,拍了照片贴在微博上,微博名为凉菜。

李杰是土生土长的舟山人。

舟山群岛的六横岛旁边有一个小岛,称为悬山岛,是个长条形小岛,西北—东南走向,长近八公里,最宽处约二公里,陆地面积六点九四平方公里。

李杰的老家,就在这个小小的悬山岛上。

真是悬于海上的山,山体起伏曲折,绝壁高耸,怪礁林立,岩洞遍布,海滩众多。被人们视为景观的,听其名,便知其险:"断崩"绝壁、石盆听潮、半山绝壁观海涛、大锄崖上盼归石、遥望铁凳山……

悬山岛是明末抗清名将张苍水隐居和被俘之地。他与岳飞、于谦并称"西湖三杰"。张苍水既是一位军事家,也是一位诗人,他的思想、民族气节和爱国精神,在海内外影响较大。现今悬山岛大平岗山盆,传说有张苍水隐居时所掘的古井。在悬山岛建有张苍水纪念碑、遗迹碑等,供后人凭吊。

悬山岛森林覆盖率高,各种野生植物繁多,许多植物是海岛特有品种,舟山新木姜子是国家二级保护植物,亦为舟山市树,还有野生水仙花、茶花等。岛上许多地方人迹罕至,原始植被保护完好,给人以一种回归自然的感觉。

这个悬水小岛上,有大鱼厂村、杨柳坑村、对面山村、马跳头村,居住的绝大多数是渔民和留守老人。

马跳头村,便是李杰小时听海风闻海涛的地方。

全村共有三百五十多户人家,一千一百多号人,许多村民搬迁外地,村里还有二百多名留守老人。村级经济比较困难,许多村道一直没有浇上水泥,道路高低不平,老年人常常因路面不平而跌倒受伤。

二〇一三年春节前,村党支部、村委会千方百计筹资二十五万元,把全村主要道路浇成水泥路面,铺设了下水道。老人说,路面平坦,又不会积水,就是夜间出门,也不会担心摔倒了。三轮车可以直接到家门口了。

从马跳头村出去,需要翻越一座小山头,徒步得耗时半个多小时。到悬山岛码头,坐上开往六横岛的班船,一趟二元五角。到了六横台门码头,再坐小客渡的班船,到了沈家门墩头码头,双脚才踏在舟山本岛的土地上。

多么遥远的路程。李杰就是这样走出舟山的。

李杰上大学读书。从浙江师范大学毕业后,他去首都。在北京工作五年后,他又返回舟山。

为何返乡?之前,他走南闯北,难得回一次家,也不恋家。但,出去几年后,却越发有了家乡情怀。

海滩拾螺,悬山岛海边礁滩上贝类繁多,有马蹄螺、芝麻螺、黄螺、辣螺、佛手、牡蛎等,到海边拾螺采贝,撒开脚丫,在浅滩上撒欢跑……

李杰回到舟山,创办体验式旅游公司——乐行海洋。

李杰做旅游,更关注海洋资源新的一面:"探险"和"体验",包括海上运动、海上体验、岛屿寻宝、荒岛生存等。

专门从事这方面旅游的,舟山只有这一家。

乐行海洋,干啥??

我们服务于企事业和机关团体单位,为其实施各类专门、定制方案的团队拓展培训,提供管理咨询、旅游和会务服务活动。

我们聚集户外爱好者,爱帐篷胜过沙发,爱冲锋衣胜过西装,爱单车胜过四轮大奔……我们爱户外的一切,户外才是世界的中心。

我们居住在蓝色星球,我们长在美丽的舟山群岛,保护海洋,保护群岛!

一头浓密黑发,一副黑框眼镜。从外表看,李杰并无显著特征。但他的内心,有别于一般青年。他在电脑键盘上,"嗒嗒嗒"敲出自己的心声。

外出到其他城市生活过的舟山人,特别是去过北方的,应该都有比较强烈的感触——外界对舟山的认知是多么的无知和混乱。

为什么说无知呢?

不知道舟山群岛的存在,更不知道还有舟山市,不知道舟山群岛的区域位置。

为什么说混乱呢?

知道舟山,但认为舟山是属于宁波的,不是独立城市。

知道普陀山,不知道舟山,认为普陀山是上海或宁波的。

知道舟山带鱼,但不知道舟山是个渔场,还盛产其他的海鲜。

都以为舟山人民开门就能看到海,踢球就能踢到海里。

每天只吃海鲜,没有其他农作物。

有些来过舟山的人,并不认为自己到过那片土地。

…… ……

每次跟别人交流,在介绍自己来自哪里的时候,总要解释一遍舟山的地理位置,是一个什么样的地方,有什么特色,真实的存在是什么样的。

记得小时候地理课本里是有介绍舟山群岛和舟山渔场的,还有沈家门的介绍。为什么别人就是不知道呢? 舟山在外界的存在感就这么微弱么? 中国最大的渔场,以前唯一一个以群岛建市的地方,为何这么不为人知呢?

我很纳闷,也很郁闷。

所以在很早以前还在外地城市工作的时候,就特别想通过某种形式将自己家乡舟山群岛介绍给别人, 展示给别人——这算是自己的一个愿望。

后来自己创业选择了旅游行业,有一部分因素,是因为那个愿望。

但是回来后,发现自己对家乡也是那么的不了解,太多的岛屿没有去过,太多的民俗区别不知道。理论数据上的一千三百九十个岛屿,到底是如何的存在,没有概念。

感觉舟山群岛就是一个很分散的地方,没有完整认识,没有整体感觉。

同时随着大桥的连通,城镇化建设的推进,小岛开始退化没落,甚至没有人的存在,小岛上原有的历史、文化、故事都在迅速从记忆中抹去,这在每年回自己家乡小岛——悬山岛马跳头村时——最能感受到。

舟山群岛她是多么独特,她有自己的习性和风采,应该让更多的人知道她的存在和绝代的风华,包括舟山本地的人们。

这就是我的初衷——青年海岛考察计划,发现、记录、呈现舟山群岛!

二　@舟山 dannyyu

瘦瘦黑黑的脸上,架一副银边眼镜,一双炯炯有神的眼睛,直视前方。

背着双肩包,拿着手机和移动电源,步履轻快,双脚生风。这双脚,在二〇一四年四月二十日上午,完成了第一个正式(半程)马拉松比赛,以个人最好成绩完赛,在近六千名男选手中,排名二千四百七十四,正式成为跑马君!

这就是余杨,新浪微博为 @舟山 dannyyu。

朋友说,余杨是一九七四年生人,却依然保持一副一九八四年生人的面孔。至于他的心态,估计会更年轻。

余杨在舟山的朋友圈里很有名气,然而,他却不是舟山人。

中国西南腹地,贵州省北部,大娄山山脉自西南向东北横亘其间,成为天然屏障。

以大娄山山脉为分水岭,河流分为乌江、赤水河和綦江三大水系,均属长江支流。

遵义,一个在中国革命史上闪光的名字。一九三五年,中国共产党在这里召开了著名的"遵义会议",成为党的生死攸关的转折点。

"遵义"其名出自《尚书》:"无偏无陂,遵王之义。"是首批国家历史文化名城,中国著名的酒文化名城。茅台、习酒、董酒,酒香飘万里。

不知余杨酒量如何,他倒是很有胆量。

一九九五年大学毕业时,以优秀的成绩和学生干部的经历,若进入政府部门做公务员,应是轻而易举的。老师推荐余杨进入某政府机关。而他却放弃了这个机会,进入广东一所中专学校做教师。他的理由是,人生有无限可能。

此后,他多方从业,先后在上海、广东的企业工作过。二〇〇二年,余杨回到家乡贵州遵义,本想读研复习考试,没考上,索性就在家乡创业,开的是一家教育培训类公司。

二〇〇三年,余杨开始写博客,后来成为 web2.0 代表的博客,当时刚在国内出现。

博客上,还在浙江大学英语专业读书的舟山姑娘 Rita,与他认识了。

Rita 说,我看了他的博客,觉得他挺有文化的。

之后,两人开始在 MSN 上聊天,后来也见了面。余杨比 Rita 年长八岁。

相似的价值观和人生观,相似的兴趣爱好,让余杨和 Rita 走到了一起。博客真奇妙!

二〇〇四年,Rita 大学毕业,到上海做英语培训。一年之后,为了结束异地的状态,Rita 放弃了上海的工作,来到余杨的家乡遵义一起创业。

在家人和朋友眼里,Rita 此举疯了!

而 Rita 却不以为然,说,在贵州,一直很困难,但回上海,从来没想过。我不适合大城市的生活,我喜欢小城市。

Rita 是一个坚定地忠于自己想法的人。

在贵州共同创业两年,突如其来,又发生大事,Rita 的父亲癌症晚期。

二〇〇七年六月,两人回到舟山。八月,父亲就过世了。

Rita 双眼含泪,哽咽着说,父亲当时开了一家新的服装店,已经装修好,合同也签了。没办法,我们放弃了贵州的事情。

Rita 和余杨终止了贵州本来运作的项目合同。这次,余杨跟着 Rita 返了乡。

父亲的过世,使得 Rita 进入长达一年的抑郁期。她说,我脑子里想的,都是生生死死的事。

她阅读心理学书籍,写作博客,到海边散步,不断自我调整心态。状态好转后,仍有一个缺失,就是没有社交。

两人接手了 Rita 父亲留下的这家服装店,是中年传统男装实体店。大多数时候,两人就打理服装店的生意,每个月会开车出岛进货,主要跑江浙沪长三角地区。

余杨说,像这座小城里的不少青年一样,我们埋头开着一家小服装店,过着安宁平静的生活。同属水瓶座的我们,都不是闲得住的人,曾经在网上折腾不少 web2.0 活动,回到舟山,我们依然保存了网络生存的习惯。只不过,单单靠在网上与旧日朋友们的交流,似乎难解交际匮乏的困扰,特别是我老婆,她一直抱怨舟山的精神生活贫瘠、乏味。

余杨说,这恐怕是生活在小城市的青年常常遭遇的生存困境:缺乏竞争的环境,带来了相对安逸的生活,但与之相伴的是不那么丰富的精神生活氛围。如果你是个重享乐的人,你很可能乐在其中,小日子不要太舒坦,如果你像我老婆一样是个对精神生活比较苛求的人,一定会不满足。

社交型个性的余杨,"爱折腾"的 Rita,接手经营中年传统男装实体店,也实属无奈之举。这种"呆得非常无聊"的局面,激发两人再次寻找出口。

Rita 找到了网店经营之路,成为服装、茶叶等产品的 storyteller,也在博客上继续分享身、心、灵方面的思考和体验。

余杨在二〇一二年夏天,聚集十多位舟山本地青年,发起"舟山创意青年聚会",相约不定期举办主题聚会,探讨那些共同感兴趣但在身边或许找不到多少人交流的话题。发展出一个又一个项目,组织了大大小小六七十场活动,逐渐成为一个有影响力的青年自组织活动群体。

那家中年传统男装实体店,正式关闭。

余杨说,我们回到舟山后的经历,确有一定的代表性,或许这些经验有共性:

一、不满足就是改变的动力。人们之所以会去行动、创造、改变,因为他们对现状不满足。如果你在中小城市,特别是如果你回到了中小城市,感觉缺乏你渴望的生存环境,试试去行动,创造出来吧。我们在舟山可以做出来,你也可以。

二、用好社交媒体。我们找到最初聚会的那批朋友,靠的是新浪微博,如今,舟山创意青年聚会最重要的传播平台依然是新浪微博,团队工作平台是微信群。这些免费的新媒体是组织活动最便捷的工具,没有成本,可以创新运用,很适合青年活动。

三、心态开放,积极对外交流。多年使用 web2.0 工具的经历,使我和我老婆都习惯社交媒体的交流方式,结交了很多网上的朋友,办聚会后,我们的心态很开放,在新浪微博、官网上透明展示我们的活动状况,迅速吸引到了包括外地朋友在内的众多关注者。包括 CAPE(全球青年实践)的露总在内的朋友,就是这样结交起来的。开放,为我们带来了很大的好处,创造了大量活动机会,和雨筱等朋友就是在活动中认识的,这些大大扩展了我们的品牌知名度。

余杨说,最近几年,国内青年活动发展迅猛,社会创新、社会企业等概念在青年中日益普及,很多青年在商业创业之外,找到了更丰富的实践方向。

余杨说,这些在大中型城市逐渐火热的现象,舟山却鲜有所闻,不过舟山群岛新区成立后,有所加速。这里的青年与外面的青年个体素质上并无差别,差异主要在眼界上。因此,引入异质的相对陌生的观念和事例,对本地青年开阔视野有着重要的价值。

也许,这样的交流意义就在于:这是舟山青年人主动与外地青年交流,融入全国乃至全世界年轻人的思想潮流中。这为舟山青年的开放,打开了一扇窗,最终将壮大青年人的力量。

海洋科学家格雷格·斯通，在太平洋岛国基里巴斯进行十多年的科学考察后，与当地政府合作，为这个经济形式单一的贫穷小国，开发出了可持续的经济发展新模式。

TED 视频《一次保护一个岛》，在二〇一三年七月的一天，深深触动了一位观看者。

这位观看者，就是余杨。他感到惊讶，对海岛的综合了解，原来可以帮助人们改变海岛的发展，考察的力量还真不简单。

这几年经常会遇到各种朋友，大家虽然在舟山生活，但对舟山并不了解，讲到某个岛屿，往往会说，哦，我不是很了解……还没去过呢……

不知道这是不是我们这个时代的普遍状况：我们都在忙忙碌碌中，无暇顾及周遭生活环境。

余杨试着将考察舟山海岛的想法，拿出来和朋友们交流，结果收到了非常积极的反馈，无论男女老少，大家都对这个想法有兴趣，好似都憋着一股劲儿，迫切想去了解自己的家乡。

乐行海洋的李杰长期关注舟山群岛的旅游发展，也一直梦想向更多的人展示家乡的美。

余杨去找他说这个计划，他只问了一个问题：你准备长期做下去吗？如果长期做，我们一起干！

于是，两位年轻人约定，一起来启动这个计划。

余杨说，就像"舟山创意青年聚会"的其他项目/计划一样，青年海岛考察计划的初心很简单：未来存在被改善的可能 + 公众参与意愿。当我们意识到，就像基里巴斯的故事一样，立足现实的系统考察，可能为一个地区的未来发展带来积极推动力，我们受启发提出了计划；当我们感受到，本地人们对建设家乡的未来充满热情，我们知道，这件事的发展值得期待。

余杨说，我个人的愿望是，随着计划的发展，有越来越多的舟山青年（甚至对这片群岛感兴趣的外地青年）能够参与到计划中来，一起去实地考察、探究分析、讨论争辩、创意构思，用我们鲜活的视角，吸引各种青年参与行动，一起将这片岛屿建设得更美好，让我们的后代还能继续在这里快乐生活。

三　册子岛考察

相机是必备的，还携带了纸和笔作为记录工具。微信群是考察组成员主要的交流平台，手机上的三个软件也成了工具：谷歌地球（地形地势）、高德地图（定位）、咕咚运动APP（跑步路线）。

二〇一三年十月十三日，星期天，又是重阳节。不去登高远眺，不去观赏菊花、遍插茱萸，也不去吃重阳糕、饮菊花酒，而是下海岛。

这是青年海岛考察计划第一次下岛。这个计划从零开始，没有现成经验。

青年海岛考察计划制订完成后，两位发起人建立豆瓣小组，注册微博账号，招募了第一批十位成员。起先他们的工作定位主要是考察岛屿历史、探寻祖源、听老人口述故事等。

李杰说，我们的海岛考察是开放性的，因为考察海岛本身就是件有趣的事。活动产生的费用各自分担，大家都抱着纯粹的心态加入团队。

这十位成员，既有海岛考察计划的工作团队成员，也有邀约的志愿者，临时组成了四个组。

按初步方案，下岛考察主要由海岛考察小组完成，小组有若干名长期志愿者，他们名为海岛考察员。海岛考察员的工作年限是至少一年，因为第一个阶段的考察将持续一年，历经春夏秋冬四季，这样才能把握海岛全貌。考察员会有分工，根据所考察海岛的特色以及各自专业、兴趣背景，分别负责相关内容；考察员还需具备基本工作技能，比如文字能力、摄影摄像、田野考察、人员访谈等等，个人不一定要将这些能力集于一身，但整个小组至少要有这样的技能组合。考察计划是开放的，考察员边干边学、相互切磋，以及邀请外部人士给予指导，共同提高专业技能。

上午八时许，青年海岛考察组成员从定海乘68路公交车，行程一小时，过桃夭门大桥，来到册子岛。

册子岛地处灰鳖洋、横水洋间，为不规则形，长轴呈南北走向，地势北高南低。因岛上南岙、北岙两平畈中间隔凤凰山，形似翻开平放的书册，故名册子岛。

清光绪《定海厅志》载："册子自宋以来，居山者以耕凿为主，濒海者以渔捞为业，至老不识乎城市。环带大海，四时多风，夏秋尤多飓风。"

清人诗云："帆飞岛屙半洋礁，册子山形压巨潮。乱石浦开禾稻熟，钓船峰簇泊桃夭。"

册子岛附近海域海洋生物资源丰富，是定海最大的张网作业水域。调查表明，张网渔获物出现的常见种类有六十种左右。

青年海岛考察小组成员，站在生态园阶梯上，现场作了分工。

一组关注旅游景区，一组关注学校，另一组关注得广泛一些，访谈居民们的生活、观察村庄景象，三人都带着相机可以拍摄民居建筑。

小文学社会学，又是唯一一个能说本地话的组员，她重点去进行人员访谈。牛二带着很棒的相机，重点拍摄记录。余杨留意到册子岛西端有大晒网村，很想去看看这个封闭村落的小海湾，顺便也想测试海岛跑步路线。

放开去发现亮点，他们相约，既然未有细致的准备，何不放开行走和观察，去发现未知的意外惊喜。

四　考察笔记

李杰的考察笔记。

册子岛可代表舟山群岛西南部规划为工业仓储物流船舶基地功能的岛屿，建有大型的船厂和仓储设施。又因大桥连通跨越在册子岛上，更便利了物资的进出。那这样的岛上是否还有旅游资源呢？

旅游首先要解决的是交通问题，大桥跨越在册子岛上，方便进出册子岛，除了自驾，本岛出发可坐68路公交车抵达岛上。岛上应该没有单独的交通系统,虽然看到有车站,但未见公交车辆行驶。68路主要通向村中心和船厂方向,与景区反方向,下车处离景区需步行三十分钟左右,建议前往册子岛的旅游者选择自驾出行。

册子岛上被官方标出的有三处景点:一为舟山跨海大桥风景旅游区,二为丁光训祖居,三为鮸鱼馆。这是在车子出大桥收费站后可以看到的。

景区主推大桥观光和休闲旅游,沿着海边建了步行道,还有两段透明玻璃栈道,略微增加了特色。设置了一些休闲点和商店,当天为开放,节假日应该有人管理。面朝大桥部分建了三个层次的观景平台——沿岸平台、山腰平台、山顶会所平台,可仰视、平视、俯视大桥景观。景点内设置了一些不明就里的观景点,可以当其不存在。缓步走完整个景区约四十分钟,有几个休闲点非常适合三五朋友打牌闲聊。大桥还是极其壮观的,确实值得一看,但在夕阳西下时前来观赏更佳,非常适合摄影爱好者前来拍大片。

看这些景点对于玩家来说是很无趣的,仅仅来考察这些已经"广为流传"的景点,就没什么意义了。册南和册东是不适合旅游的,南部除了大桥景观就是油库了,册东是船厂,只有册北还留有纯美之地。

其实到一个陌生的地方去,只要你多留心边边角角,反而会有一些意外的美景收获。册子岛的其他三个地方反而引起我们的兴趣,其实它们都非常的不起眼。

第一个地点:大桥下的河渠、绿地、小屋构成的意境美景,位于大桥的右手面。

壮丽吗? 惊艳吗? 叹为观止吗?

都没有,只有一种宁静之美,是这样简单的沟渠、绿草、小屋构成的意境之美,但却足以让同行的伙伴激动和感慨了许久,这样的美反而触动了人心。

第二个地点:一条小河沟和一片草地,位于大桥底下左边。

就是这样的一条小河和草地,却成了我们享用午餐最好的地方,还在河里摸了把田螺,如果还能有个小鱼竿还能钓两条小鱼儿,岂不惬意哉。

第三个地点:大晒网村的滩涂,位于册子岛的正西北角,车子能到的最北的地方。

就是这样的一片滩涂,我们整整玩了一个下午——抓螃蟹。遗憾的是,这里没有什么大螃蟹了,都是一些小的,石头底下也没什么其他海货,显然经常有人到这里"淘宝"。弄潮应该是到海岛游玩必须有的内容,我们还专门带来了小绿桶。

村里和村正北的景色因为时间原因没有去探访,比较遗憾。

其实这样的小景在每一个小岛上都是有的,册子岛的核心亮点当然还是大桥景观,但这些小景点确是最好的休闲去处。大的景点因为人为的改建,加上要购买门票,人的心态已经是不纯正的,往往会去计较它是否值那个价,已失去了游玩的本心。舟山海岛游玩的乐趣其实在于这些小景的体验,没有清澈蔚蓝的海水,没有叹为观止的风景,却有最质朴纯真的心灵体验。如果册子岛还要开发旅游,其实做一点基础建设足矣,以闲淡的心情欣赏大桥和车来车往。

其实在写旅游考察笔记的时候是有困惑的,不知如何来写。纯介绍的话,如果是景点网上都有信息,如果是考察这个地方的旅游指数,单次考察或单人考察,是很难说明全面的,因为景色是否美好与游玩是否有乐趣,因人因心境不同而不同。所以,海岛考察旅游方面的工作,是积累不同人的游玩体验和对各个亮点的发现呢。

余杨的考察笔记。

第一个考察区域就是生态园,阳光温暖明亮,空气格外干净,生态园里风景旖旎。中心是一个小广场,四周布置着精致的园林小景。东边有一个关着的蓝色泳池,北边正靠北岙水库大坝。水库东侧泄洪道下游是蜿蜒的小溪,小小的拱桥下侧筑了段水池,一群鸭子悠闲地畅游其中。广场西北面,是册子岛上最大的寺庙——广福禅寺。禅寺前方有一座孤零零的老屋,一位年事很高的老太太住在里面。广场西侧,挨着广福禅寺错落散布着一些民居,都是两三层的楼房,楼房前还有一个方方正正的放生池。

小文盯上了广福禅寺，她认为寺庙里的人对册子岛肯定非常熟悉，访谈中应该能获取很多的信息，她开始进去找人。牛二则开始拍摄寺庙。我先在生态园里四处搜寻文字记录，除了一口叫作"隗家井"的复古水井外，没有发现其他关于生态园的说明文字。我也进入了广福禅寺，和牛二一起找到两处碑刻，它们都记录了寺庙的历史，却不完全一致，不知哪块讲得确实。

小文在访谈广福禅寺的烧饭阿姨，我和牛二走出寺庙，拍过放生池后，一起走上北岙水库大坝。秋天少雨，水库水位很低，但坝上眺望风景极赞。一片绿油油的农田铺展开去，远远望见气势雄壮的西堠门大桥，这是舟山连岛五座大桥中唯一一座钢索斜拉桥。连岛大桥的开通，为册子岛创造了代表性景观，我们后面的考察几乎一直能看到这座西堠门大桥，大桥方便了人们的来往，同时，大桥还成为册子岛发展历史上最大的转折点，岛和岛上人们的命运从此被改写。

离开生态园，我们沿着公路向西步行，一路聊着佛教现世化的发展，聊着房屋和水渠，聊着星相与性格，走走停停，拍摄路边的美景，稻田、水库、大桥、河塘。往西一直走，终点是大晒网村，看上去非常新的柏油公路经过一个隧道就到了那个小海湾，离隧道还有几百米时，我将背包交给小文，打开咕咚运动 APP，开始测试跑步路线。这是我的个人兴趣，打算在每一座海岛上考察跑步路线和单车骑行路线，这是我的两个运动爱好。海岛考察中，我们鼓励考察员根据自己的兴趣个性化考察海岛特色。一路向西跑过隧道，绕安静的大晒网小海湾跑了一圈，里程表停留在一点七五公里上。在发布跑步记录到微信朋友圈时，我描述"这地方，随便拣条线，都像天堂"。发到微博时，我写道："海岛空气很棒，海岛道路干净，海岛机动车、非机动车、行人都少，这几点足以让海岛成为跑步者的天堂。"

时间到了十一点多，我们打算离开这里，到街上去吃午饭。离开大晒网村时，我们没有走来时的公路隧道，而是走了"老路"，这条老路其实是在山体上凿出的一条石隧道，连通山两边的大小晒网村，在没有那条新造的柏油路前,这应该是进出大晒网村的主要通道。隧道不大,只能单排通行较小的车辆,三轮摩托、马车什么的。这是来之前完全没预料到的,穿行其间,我们既意外又兴奋,石隧道不但成为此行最大的惊喜,还成为考察之中意外的亮点。

在街边小馆吃过午饭。对街是一幢历史久远的红砖房,现在是老年活动中心和计划生育服务站,小文建议到里面找本地人访谈,了解更多册子岛发展的历史信息。她走到里面,我和牛二也跟进去拍了些照片,然后坐在外面街边的公交站台上,看街上的风景和来来往往始终不多的车辆行人。

我们先去了册南路西端的小码头。这可能是去对面金塘岛的轮渡码头,现在冷冷清清,一台吊机孤独地矗立在码头尽头,几艘货船泊岸,一艘快艇也停在码头边。小文和牛二坐在滩涂边兴致勃勃地拍摄招潮蟹,观察这小动物的奇特行为。

过了一会儿,考察风景区的李杰小组和木匠、农民一起开车来到码头,他们带着一桶在大晒网滩涂上捉到的螃蟹,大家围着研究了半天,又一起研究路边的外来物种一枝黄花。

时间到了下午三点。李杰他们和我们分手,继续去寻访丁光训故居。我们小组三人则往册南路回走。边聊边走,一直走到东端,这里才是去往舟山本岛的老轮渡码头,不过已经成为船厂或是其他建设中的单位了。海的对面,是里钓岛、富翅岛、舟山本岛。

小文坐在码头边,突发感慨:家乡真的有很多很多事情值得去做。我们在走向码头时,一路聊着的正是返乡青年对家乡的影响:如果像册子这样的小海岛出现返乡青年, 他们一定是在这里找到了很有意思的事情,这需要创新。或许,青年海岛考察计划的一大发展方向,是推动这样的返乡青年出现。

回程公交车上,同为新舟山人的牛二对我说,她越来越感觉到,当把自己放入这片土地不再当自己是外人时,她才爱上了舟山。

小文的考察笔记。

第一次漫步册子岛,看了风景,也与两个当地人聊了聊,有一些收获,也有一些反思。

　　对于册子岛,我觉得一个很现实的值得思考的问题是,大桥的修建给小岛带来什么样的影响。一个比较明显的切入点,就是经济影响,哪些产业兴起了,而哪些产业衰落了,这些经济上的变化,又会对册子岛上的什么人群产生影响。如果不去实地考察,我们大概能得到的结果,就是船舶制造业、石油运输等行业获得了发展,但是这样的结论过于简单。我们可以做的,就是问更多的问题,比如造船厂多出了什么资源?调用了什么资源?市场如何?它在产业链里是什么样的作用,有没有促生新的下游或上游产业。

　　我也想知道:这些产业的工人都来自哪里,是外乡人吗?这些工人在册子岛上的生活是怎么样的,他们会形成自己的圈子吗(昨日也看了看当地的老年活动中心,这个小小的街角就是当地人的一个圈子,人们在此娱乐、交换信息、相互影响等等)?他们的社会网络是怎么样的?他们的流动性高吗?等等类似的问题。所以,大桥修建的问题,就与劳工问题交织在了一起。另外,还有与此交织的维度,如农村城镇化、性别问题等等。

　　说到农村城镇化,在漫步途中,我们也发现了街道两旁整齐的居民楼,大桥上也看见过新修建的小楼房,这些可能是为搬迁的岛民准备的。那么,搬迁后的楼房入住率有多高,岛民都是如何利用这些房产的,原来的土地被征用后又有何用途?我都很好奇,想了解这些情况。

　　我认为,考察的另一方面也是重新展现历史,所以这不再是思考大桥经济的问题,而是去书写岛民的记忆。因为,海岛的地方文化文字记录比较少,岛民一天天过日子,可能也不会想到去记录当地的奇人逸事与重大事件。想想几十年前,战争与贫困必然使一些人流离失所。

　　以上就是一些对考察计划的看法。

　　当然,昨日也与两位住在册子岛的居民聊了一会儿。一位是在寺庙里烧饭的阿姨,另一位是在屠宰场里工作的阿伯。整理了一下对话的内容,我想可以做的,是宗教机构的运作方式、宗教人员的生活,以及册子岛的社会网络等的梳理。

我们的第一站，册子岛的一个寺庙。这座寺庙的外观看上去很新，这让人想到，是不是有荣归故里的商人曾经在这里大兴土木。寺庙往往能起到维系一个地方人际关系的作用，不管生于斯的当地人住在了何处，有机会他们还是会回来修葺一下寺庙的。而在重大的节日，当地人也会自己集资更新一番寺庙，以求平平安安、兴旺发达，寺庙的墙壁上就刻着许多善款的捐赠记录。

寺庙里的资金运作与日常管理，也是件很有意思的事情。货币无所不在地侵入到各种社会关系当中，当我们把寺庙看作一个组织时，我们或许可以发问，这些寺庙的资金是如何管理的？善男信女将寺庙看作神圣的地方，那么对货币的使用包含了怎样的期待？香钱能被赋予怎样的意义？它能用在何处而又不能被用在何处？香火兴旺的寺庙里，僧众的生活是什么样的？他们之间又存在着怎样的上下差异？又，当佛教协会能触及各个寺庙宫殿，有权下派住持的时候，宗教机构是如何吸纳其人员的？当我们把寺庙与协会等各个组织放在一个整体中看时，这个系统是如何维系的？这里面的权力关系是什么样的？

个人能体会到一个系统的前台，而背后的整体的运作却是需要考察的。如果关注到舟山的佛教文化，其哲学是一方面，而社会运作又是一方面。僧众群体、佛教机构人员与系统、善男信女，与佛教相关的旅游经济点（观音饼、旅游纪念品等），都是考察的对象与角度。

回到那日早晨的寺庙，一切都静悄悄的，没有什么人，只见到了一位在边房里念经的阿姨。这位阿姨七年前从宁海被道光师父（音）请过来，帮忙烧饭，并照顾年纪已大的老住持。老住持也是宁海人，现在都八十多岁了，也不想回家，只想待在这里安度晚年。四年前，他把住持的位置交给了自己的一个宁海徒弟。如果住持没有找到自己的接班人，佛教协会是会下派一个新住持来的。现在的这个新住持，是老师父三十八个徒弟之一，也是宁海人，今年已三十七岁，听说他十七岁就剃度出家，今早他不在这里，出去学车了。寺院里的另外两个和尚也出去了，只有老住持在房间里休息，而阿姨在隔壁念弥勒经。

阿姨今年已六十四岁，七年里一直住在这里，没回过几次家。她已吃了七年的素食，每天早上两三点就得起床，张罗早餐、物品摆设、买菜等事。忙时，虽然会花七十元一天请人来临时帮个忙，但多数时间还是愿意起早贪黑地自己做这些事。七年来，她的月工资也涨了一些。听这位阿姨说，过个几天，这座寺庙的道地上还要修修石板，这些钱都来自这个殿的香钱。老师父也要去宁波看病，至今已花了一万多元，但是没有医保。

　　这次访谈没有录音，我只是凭记忆把阿姨的意思表达了出来。这样会有一些遗漏与表述的差异，另外还有很重要的问题当时没有想到，或者因为口音的问题，没能完全听懂阿姨的话。

　　下午，我们到了老年活动中心，听里面一位走象棋的阿伯说，这个红砖院子原是一位姓何的地主的房子，战争打起来后，地主全家都逃到了上海，这套房子也不要了。一九四九年后，房子成了政府的财产。现在就把它当作老年活动中心，并给了一户人家经营管理。这户人家的女主人，看上去也就五十来岁，不知他们已经住了多久。这个活动中心的每个房间里，虽然挂牌写着棋牌室、阅读室、健身室，但实际上就是人们搓麻将的地方，每桌也就五元钱，可以玩一下午，要是麻将玩得大些，就十元钱一桌。走廊上虽然写着管理细则与开放时间，但其实这里时时都有人，三更半夜，人们也依然在这里娱乐。看看情况，都是些中老年男子，没有女人。

　　因为是周日的好天气，这位阿伯说，所以人就少一些，有人要上班，比如外地人，有人要下田做农活，下雨天人才多呢！那些板凳都能坐满，他指了指最大的那个房间。

　　这位阿伯在一九七九年初中毕业后，就到乡里的屠宰厂工作，这一待就是三十多年，这个厂的家禽只销售给册子岛的人，一般也不会流通出去。因为工作的关系，这里的人，他基本上都认识，再说册子岛也没有多少人口，据这位阿伯说，这里也就五千来人，其中两千多人是本地人。当地人都出去了，他自己的女儿就在沈家门。听闻我是岱山人，他说他只在年轻的时候，去岱山玩过一次。

　　而实际上对我来说，我也是第一次来册子岛，很多小岛我也没有去过,因为亲戚朋友也都在自己的小岛上,或者迁到了本岛。舟山岛与岛之间是存在着文化差异的,因为岛屿本身就使其存在一定的封闭性,而岛与岛之间的差异除了地理距离之外,又建立在行政区划之上,这就是人为建构起来的差异了。就比如说语言,另外一个小组的组员问我:"你是舟山人吗?你口音听起来和我们的不一样。"

这种定海口音、普陀口音,与岱山口音之间细微的差别,也只有讲这种语言的人能够分辨得出来,即使是在同一个岛的定海与普陀,也存在着口音的差异。这不禁让我想到,人们之间、岛屿之间、区划之间的关系,在历史上融合的程度也许比较低,以致舟山口音的异质性有这么强?舟山岛屿分散,小岛与小岛之间,或许也并没有太大的联系,更多的是小岛与大岛的关系。

我们的上一辈或许还在其他岛屿工作过,工作了几年也都回到了自己的家乡。而这一辈的后生,不知能有几个也登上过自己家乡之外的岛屿。人们的社会关系的确改变了,那么市场经济又是在哪个层面与什么程度上,连接了岛与大陆,以及小岛与小岛呢?对于群岛城市而言,连接起的是小岛与大岛/大陆,还是小岛与小岛之间的整体网络?

回到这所老年活动中心,这个"街角"里的人不定期地来来往往,人们在这里搓麻将、聊天、交换信息、相互影响,这种互动可能在塑造一个人的气质,或者说是册子岛中老年人的男性气质。去老年活动中心坐坐,已经成为一部分人的生活习惯,而这就是一个圈子的影响。在当地,如果新迁入的外乡人逐渐增多,他们又会在哪里集聚也形成类似的"街角"呢?

跳房子考察笔记。

无论多大的社会单元,它的社会因素都会是全面而多元的,经济、文化、教育、娱乐、生活等,在册子岛,这些因素一个不少,正所谓麻雀虽小,五脏俱全。但也由于多方原因,这些因素的发展却并不全面、健康。我们考察了册子岛的基础教育情况,发现教育状况目前尚且完整,并没有因为大桥的建成通行而为基础教育带来积极的未来,反而让人有种夕阳垂暮的感觉。

【基础教育现状】

优势：

教学设施完善。教育虽是一个地区文化组成的小部分，但分量却十分重。学校是岛上数一数二的建筑，这一点让人欣慰。册子岛上有一座中心幼儿园，一座中心小学。两座学校都是符合标准的基础工程，并且经过校安工程建设，使得教学条件又有了一定程度的提升。与本岛学校相比，这里的教学设施并无差别，能够承担多媒体教学，有配合音乐、美术、计算机等科目展开的各类专用教室，也有用于体育教学的运动场地，完全足够保证学生日常在校的学习生活。

教学理念先进。由于册子岛的学校学生少，每个班学生人数不多。学校很早就采用了小班化教学模式，小班化教学是欧美发达国家普遍推行的一种教学组织形式，是针对教师在课堂教学中教学视野关注的覆盖范围一般不超过二十五名学生这种情况而推行的。"小班化"的特点，简单来说就是学生人数少，教师可以把有限的关注更大限度地分配给每个学生，也就是说，一节课的时间，学生可以从老师处得到更多的关注和指导；另外，教师也可以面向不同的学生个体，制订个性化的组织方式，教学内容、教学模式、教学方法、教学评价均围绕学生个体发展而组织开展。使得各个层次的学生都能有适合自己的学习方法和学习进度，能更好地开发学生的潜力。

被关注重视程度高。由于远离本岛，本身地理位置存在弱势，因此，各项政策和投入都会对这些地区有所倾斜。每年，学校都会补充具备先进教学理念和灵活多样的教育教学思想的年轻教师进入学校，承担教育教学工作，使学校不断补充新鲜血液，保证学校的教育教学质量。

劣势：

规模小。即使拥有上述优势，学校的规模还是在逐年缩小。幼儿园现有三个班五个教职工，不足五十名幼儿；小学有六个班，学生不足百人，教职工九人。据了解，在校学生人数还在逐年减少。

规模小的学校，开展日常教育教学虽便于操控，但却也产生诸多不利。比如,各项大型活动缺乏参与度;一般学校的诸多文体活动难以开展;就读学生又以留守儿童和外来务工人员子女居多,学生家庭教育状况不甚乐观,家校配合会出现断层等。

【现状产生的原因】

按理说,拥有较好教学条件的学校不应该出现上述情况,可是在册子岛就读的学生人数还是在不断减少,造成这种现象的原因有以下几点:

一、青壮年外流。因为正如舟山群岛大多数的离岛一样,由于岛上青壮主力外迁工作、定居,寻求新的发展,一个青壮主力就会带走一个家庭,举家搬迁是多年来不变的趋势,甚至愈演愈烈,导致岛上学龄儿童数不断减少。

二、环境污染。这些岛上为了发展经济,多多少少引进了大大小小的化工项目,工业污染也使得中青年一辈或多或少都对此心存芥蒂,使其成为原住居民相继迁徙的原因之一。虽未经过科学考察验证,但据原住居民说,由于环境污染,每年总有个别孩子自出生就患有生理机能衰弱、发育不良等症状。

三、其中最主要的原因,还是岛上居民对岛上教育的不信任。就算本人并未外出工作,孩子的教育也会成为原住居民外迁的主要动因。因为在本地人的观念中,一旦有合适的机会和条件,都会选择送孩子出岛,去教学条件更好的学校求学。

【思考】

确实,学校教育需要许多社会资源的支持和配合,学校生活也必须融入社会生活中。而在册子岛,没有一定规模的图书馆,没有青少年活动中心,没有青少年社会实践基地,没有现在青少年发展过程中所需求的各类技能学习场所等。各种条件缺乏,让学校成为孤立的教育传播点,确实缺乏整体发展的实力。要获取这些,必须到遥远的本岛,因而即使交通再便捷,也敌不过社会对文化需求的渴望。

同时,册子岛上虽然各市政设施一应俱全,超市、影院、卫生站、理发店、宾馆、餐饮店、自来水厂、菜市场、文化中心、学校、交通站等等。但岛上人口老龄化较严重,这些设施都以自己的节奏,不温不火、不慌不忙地守着那一方水土，一板一眼，门庭惨淡，安安静静、不尴不尬。在桃夭门最中心的镇子上，时间是周末，理应是最热闹繁华的日子，可这里多数的生气，来源于至此旅游观光的游人，来源于来往大桥的车辆，来源于货物进出的沟通。这样的社会环境，使得发展中的青少年缺乏获取资讯和自我发展的渠道和平台，也使得青少年的发展受到一定限制，因此，留下就学确实不是一个最好的选择。

册子岛是否在不久的将来会面临并校？一个没有学校的小岛，今后发展是否能够平衡？旅游和交通若成为这个岛的主体，那么经济和人员都将面临重构，到那时，一些不得不留在岛上学习的孩子，就学问题如何解决？这个学校又会不会是其他离岛学校的写照？如果每个离岛学校的结局都是这样，对现有的教育资源有多大影响？

这是本次较浅的考察中并未深入思考和解决的问题，还有更多等着大家挖掘。

牛二的考察笔记。

思考比较多的是考察小组的组织和运作问题。

我们作为一个青年考察组织，应该本着发挥每一位成员的主动性原则，让大家有充分的空间，通过一种松散的模式，进行发散思维，从而碰撞出火花。

考察小组的核心成员，除了参与到日常的考察中，应该对整个考察进行跟踪和掌控，可以不过多干涉考察内容，但是对于考察的时间计划及方式方法应有更好的建议。

应该选择核心成员与松散成员组合的形式，既能够调动一部分没有太多时间的志愿者的积极性，也能够方便开展比较花人力和时间的考察，更能减轻核心成员的工作量。

真心希望青年考察计划能够让更多的人了解舟山，也能让每个岛屿的岛民发出自己的声音，激发社会对于岛民生活中存在问题的关注，促进解决现实问题，做出最接地气的效果。同时，如何协调社会效益与经济效益也是小组应该仔细思考的问题。

木匠的考察笔记。

小时候，很喜欢地理，对檀香山、那霸、地中海的各个小岛都颇有研究。但独独对家乡舟山群岛的岛屿印象不佳。因为母亲一系老家在六横，那座岛屿诱惑我的是寒暑假的美好童年，令我痛恨的是晃悠不止的船。反胃和晕眩总让我无法静下心来看看沿途的海和一座座小岛（虽然本来也没啥好看的）。

大学的时候，开始介绍自己的家乡，我的家有一千零八十座岛屿，是我常说的话。但今年一本海岛考察志的书，再次让我开了眼界，原来舟山的岛屿有一千三百多座。而我，一个旅游节目的编导摄像，居然连百分之二十的岛都没登上去过。

舟山的海岛在我的印象中，应该是宁波山系的延伸部分，也就是大陆岛，也叫基岩岛，这种岛屿是由于地壳运动而形成，所以上面的气候、生态体系、岩体构成基本和大陆相似。

这是考察舟山海岛的一个基本地理前提。

大岛建小岛迁：这个政策的自然原因是传统的渔业区正在渐渐衰落，小岛的居民群落的基础慢慢消失，加上舟山群岛的电力、淡水、粮食等基础设施运输建设成本高，使得政府为了降低行政成本、基础设施建设成本而提出一个战略。大量居人岛屿老龄化严重、行政管理等级低。

这是考察舟山海岛的一个基本社会前提。

舟山连岛大桥工程、舟山群岛新区设立和舟山旅游的发展。

这是考察舟山海岛的一个发展动能。

这三大基因，是考察时不可忽略的时间空间要素。它们是过去，影响未来。

新区农民的考察笔记。

本农民有幸参与此次活动，但碍于才疏学浅，文笔拙劣，无法写出系统性的长篇大论，就本次考察补充一点自己的看法。

农业：和舟山大多数地方的情况类似，大面积连片农田会有种粮大户种植上晚稻,居住区附近的零星农地,会被附近的留守老人种植当季蔬菜,分散的远离居住区的农地基本上都抛荒了。抛荒的土地大部分逃脱不了外来生物——加拿大一枝黄花的魔爪。对于加拿大一枝黄花,目前还没有其他有效方便的治理方法,最好的方法还是减少土地抛荒。

旅游:大桥沿线绿化整治还是不错的,旅游指路牌就比较遗憾了,除了大桥出口附近有比较清晰的指路牌外,其他地方基本靠嘴了,特别是丁光训祖居,一路上毫无线索,只能边走边问,还走了不少冤枉路。丁光训祖居保护不到位——无介绍性文字说明,人员杂居,无任何整修。

我认为在这个大桥沿线的地块如果能有一个农业观光园,那是一个不错的选择,能对舟山旅游有一个不错的提升。如果考察小组有机会促进一下,那是一件很有意义的事。

兮兮的考察笔记。

我们走完了小学和幼儿园的周边地区,途经老年活动中心、电影院、卫生院、文体中心、幼儿园、菜市场、自来水厂、小学、采石场和敬老院。

在册子中心小学,碰到了门岗大爷,开门进入小学。

跟大爷攀谈(提问略):"周末不用值班,我来后面收菜。""学校本地人没咧,全都在定海买房读书了,全校留下的本地孩子还有毛十来个人。""每个年级一个班。""老师情况不了解了,应该都是本地老师吧。"

学校一幢三层楼,与幼儿园相比,个人感觉小学有点冷清了。同伴说"其实幼儿园出去念才更重要",不知道幼儿园里还有多少本地人。教学楼旁立一个展示窗口,贴着师生的风采,一张乒乓球桌,一个不大的操场,两个篮球架,默默地觉得这里的学生,课余生活有点单调。学校的墙上贴着标语"我成长,我快乐"。

考察问题:

册子岛应该归定海区教育局管理,这里的生源、教师情况、小岛教师待遇、教学质量等问题,官方统计资料能否要到?

孩子入学牵涉到户口问题,难道岛上的居民为了孩子念书都在本岛买房了吗?还有其他解决途径吗?这其中册子岛的家长们会遇到哪些问题?

哪些老师会来到册子岛工作?工作持续几年?这些老师的生活情况、心态如何?

册子岛上没有初中和高中,整个册子岛的孩子去哪上中学?

如果本地孩子从幼儿园到高中都不在册子岛,那么册子岛常住人口又是哪些人呢?

这些在册子岛上学的外地孩子,小学毕业后要去哪里上学?

册子岛将来会迎来本地孩子回归当地学校念书吗?

短短几小时的学校考察,留下的仍是一大堆问题,无解……

五　笔随心动

余杨又写了《考察之后》。

当多元视角的考察体会汇集起来后,我们如何把它们呈现给公众呢?

要知道,只有读完每一篇考察员用心写就的笔记,才可以获得对海岛鲜活的了解,但一位初次接触海岛考察笔记的公众,耐心阅读完这些文字的可能性有多大?目前我们可以通过豆瓣小组,微博推送等方式将笔记呈现给大家,还有更多的方式来进行吗?

考察组要从这一轮的考察笔记中提炼出什么呢?每一次下岛考察(集体进行如这次,或者考察员自行下岛),都是宝贵的机会,如何积累下这些第一手的数据,找出最有意思的亮点,是考察工作非常重要的一环。所以说,一轮下岛考察,回来写出笔记并未结束,坐下来讨论提炼亮点更加重要。

第一次的试验性考察,我们没有制定严格规范,但每个人都写自己的考察经历,这些考察笔记,合起来会呈现出丰富的信息,考察者不同的背景和视角,在考察笔记中会呈现不同的关注与思考。不过,现代人普遍不爱动笔,很多有兴趣参与海岛考察的人,会不会因为要写考察笔记而被吓退？我们是根据参加者不同特点来调整要求，还是坚持这一点，筛选出真正能够认真参与的考察员？

海岛考察计划的官微、创意青年聚会的官微、乐行海洋的官微，还有参加考察人员个人的微博，这是册子岛考察的传播渠道，考察还在进行时已开始传播。前面提到，微信群是我们在考察中最主要的沟通平台，早上六点多我们出门，微信群里的联络就没中断过，上传照片，参加考察者和后援七嘴八舌，微信群里一直热闹着。在微信的朋友圈里考察组成员在个人传播。

青年海岛考察计划所有的工作都在创造数据，这些数据包括文字、表格、图片、视频、调查报告，从第一次上岛考察开始，悉心积累，我们将汇聚群体的智慧。要记录这片海岛的历史，呈现立体的样貌，也只有群体智慧才能实现。

海岛考察可以有不同的组织形式，目前我们采取开放的方式，也就是说：公开征募考察志愿者，公开考察行程，公开考察成果，开放交流与讨论。采用这种方式，是因为海岛考察本身的内涵极其丰富，在前期提出计划构想后，与公众交流中，又收获了相当广泛而积极的反馈。这是一个极佳的适合群体参与的计划，不让她封闭成小圈子小团队的动作，开放给公众参与，就能够获得最大限度的成果。

对于我们这群关心舟山热爱舟山的年轻人，通过将此计划开放，有望吸引越来越多的人深入了解这片土地，共同参与家乡发展，让这片美丽的土地长长久久美丽下去。

微博互动。

danny：现象带来思考，思考产生疑问，疑问推动求解……李杰提出我们应该理理考察的步骤，确实应该。

牛二：嗯呢，第一次考察，考虑组织和考察流程的问题比较多……我也比较喜欢在了解详细情况的基础上提出问题，不然思路总是乱七八糟。

泊远：对的。很宏观……下次我写笔记的时候也要写上基本情况！

danny：再讲个感受，与格子的相比，兮兮你这篇兼有考察游记的感觉，现场感把人带到了册子岛的当天……格子的是严肃的科学研究，你这个补上，你们组的考察丰满好多！赞！

兮兮：我就是个严肃不起来的人……哇哈哈……

danny：考察中很需要这样的视角，否则亮点将会少很多的。

泊远：不会因为笔记而吓退哒……不过确实会拖拖拉拉……

牛二：笔随心动，比起笔记，更重要的是每个人的想法！所以我相信有心人不会被笔记吓倒，只会被笔记吸引！

danny：哇，你们组的随笔写得如此深入，是前期做过足够的功课吧??? 比我们临时才开会要好很多哦！

跳房子：谢谢认可啦，也没有做过功课，只是刚好了解，我们学历史的都习惯用这种形式写，就有些模式化，不是很活泼哈……

咕噜咕噜：看了这总结，思路宽了很多，有些地方想到一处去了，不错不错。咱们只能晚上回家写了。

凉菜：写得真好，带着那么多问题去看，又抛出很多问题让大家一起来思考，这或许是考察计划要带动的效果。

默阳：这次我的考察目的就已经了然：新居民在舟山的生存与生活，马斯洛需求理论的最下层，而我们后面的思考，则应放在上层的深层次需求。

死阿宅：必须点赞！同时也希望参加这种活动。我是舟山人，现在在外面读大学，放假都可以参加活动。

danny：你可以远程给予支持，关注我们的行动，一旦发现有能贡献价值的，你就出来吧！现在我们有一位南京的，一位在台北的妹，只以这种方式参加计划……

六　海就在身边

册子岛考察之后，青年海岛考察计划调整了主体模式，"行走群岛"活动将进行定组、定点考察，做好活动的录像、录音工作。

同时,青年海岛考察计划推出另外三项活动。其一,青年海岛讲座,计划一月一期,邀请舟山的相关专业人士、学者等前来分享经验。其二,口述历史,从舟山的老人口中,了解舟山的故事和变迁情况。其三,海岛考察站,已在朱家尖一家宾馆设点,今后将继续扩展。

Zessir Kong 思考着,海岛考察计划对于岛的重新发现与构建也基于另一个事实(或者说是必要的共识):这些小岛在无法违抗的衰落中也不断生长,自然之神重新降临,召回它们的野性,使之神秘又天然地自我运作。同样基于一种理念:理解衰落是一切秩序的重新生长,重新拥抱一座座野性之岛,善待它尊重它融入它,相互滋养出小岛们独有的性格,开启崭新的生命周期,开始即是回归。

如果多数的社区成员都认同海岛考察计划的理念与宗旨亦能积极行事,那的确是令人兴奋的事!如同不能止步于"发现",同样不能止步于"兴奋",考察计划的宗旨(假设宗旨如此)告诉成员们,更重要的是参与到岛的构建中去,主动地构思、设计构建项目并予以执行;"倡导"必须得有个"构建"指向的过渡。

当我们想要这么做的时候,我们到底该做些什么?

执行层面上,岛的重新构建到底怎么理解?重新定义对岛的认知,遵从岛的社区生态基础,通过设计执行具体的社区生态构建项目,培养岛的社区生态,让岛拥有符合自身的个性。推动认知重建和社区生态构建项目的团队在线上开放社区需要被界定赋权的,不管以哪种方式产生团队,他们的职责就是驱动构建的落实,包括设计对岛认知重建的传播方案、社区生态构建的具体可行项目,这些构建设计推动的是两个社区:考察计划的线上社区与每个岛的期望社区;线上社区作为"元社区"的角色去驱动每个岛的合适的社区生态的构建,过程中相互成长。

青年海岛考察计划,设立了海岛沙龙工作组、行走群岛工作组、口述历史工作组,制作了 YIIP 微信群新形象。

logo 设计理念是:每一个参与其中的青年人都处在蓝色同心圆的中心,发挥自我的优秀特质,和 YIIP 一起去拓展,贡献自己的智慧和力量。

夏同学：每天跟大家一起读岛……隐隐感受到海岛考察计划吸引大家的点儿是对海岛的向往和对海岛的热爱吧?！好像可以很自豪地向人介绍：对！我就是一岛民！

　　青年海岛考察成员 sunny 说，被海包裹的岛屿，入是海，出也是海。听海、看海、玩海，成为岛民共同的经历和记忆，尽管台风来时巨浪滔天，人们从来不会忘记——海就在身边。

历史场景之一:蓬莱求仙

一

楼船,木质结构,高十余丈。楼船体势高大,上面有三个楼层,第一层称"庐",像庐舍也;第二层称"飞庐","在上,故曰飞也";第三层称"雀室","于中候望之如鸟雀之警示也"。

船首绘有鹢鸟的图案,鹢鸟是一种水鸟,像较大的白鹭鸶。船头画此鸟,称"鹢首"。整艘楼船,道家风饰。

一艘楼船,约可容纳百人。船体上没有控制速度的驱动等装置,船体前行时,靠的是水流和风向。

九柱桅杆高高矗立,前前后后,帆篷鼓荡。

船驶八面风,帆船要利用各种风向来驭风航行。八面风指相对于海船航向的八种风向:顺风、逆风、左侧风(左横风)、右侧风(右横风)、左斜顺风、右斜顺风、左斜逆风、右斜逆风。各种风吹来,都与船体纵中线形成一个夹角。海船航向与风向一致,船帆全面正迎风吹,是利用风力的最佳位置。

海船常常是在各种横风与斜风中航行,正顺风的情况较少。不论风向怎样,船工们会随着风向的变化,把帆面调整到最佳的位置,形成最有利的帆角,总是斜移帆面以迎风。在多帆的船上,斜移的帆面各自迎风,后帆就不会挡住前帆的受风了。

桅杆顶上,绑着一簇羽毛。有风时,随风而摆动,据它摆动的方向可知风向。重量必须在五两以上,八两以下,太重难以吹起,太轻则易于旋转,难以掌握风向了。

这种测风仪,看似简单,却很实用,航海中不可缺少。

御风而行。船队浩浩荡荡,有说三十多艘,也有说七八十艘。

徐福率领这支船队,载三千童男童女,众多工匠,以及预备三年的粮食、衣履、药品和耕具等等,耗资巨大。

徐福是战国末年齐国的方士,会一些炼丹术、医药术、占星术、航海术。这段时间,他白天细察司南,夜晚观测星象来导航。

好在船工操帆驶风技术已完备,顺航路,乘流而航。

船上旗帜猎猎,在茫茫大海中行驶。

徐福瞪大双眼,注视着司南。

这模样像只水勺,用天然磁石磨制而成,勺底为球面体,勺呈椭圆状,勺柄通体渐渐缩成柱状。

水勺模样的,下面配有一个青铜的地盘,中央是平滑圆槽,形状约为内圆外方,框上刻画出定向的刻度,用"干"、"支"以及八卦等标明二十四方位。

水勺模样的,投于地盘中央时,它的柄部就会大体停止在指南的方位上。

名为司南,其性能在于确定方向。也可以说,司南是指南针的前辈。

航程的目的地,是那虚无缥缈的三神山。寻仙求神药。

二

秦始皇二十八年（公元前二一九年），秦始皇乘兴东巡，到达琅邪。琅邪是秦帝国最东部的一个郡，临近大海。秦始皇久居西部，两年前，平定六国，统一天下，今立琅邪台观海，潮水拍岸，海鸥翔集，"大乐之，留三月"。秦始皇这一待就是三个月，无疑，他更希望永久地享受人间帝王的极度富贵和无穷欢乐。

这时，身为方士的徐福，一脸神秘，异样地出现了。他掌握着特殊的知识和技能，能言善辩，胆略过人。

徐福摸准了秦始皇的性格，知道他好大喜功、迷恋权势、企图长生不老，便上书说，海中有名为蓬莱、方丈、瀛洲的三座神山。其物禽兽尽白，而黄金白银为宫阙。仙人住在神山中，那里有长生不老的神药。请允许臣带童男童女，求得神药。

三座神山，令人向往的极乐境界。山中的不死药，成为历代君王追求的目标。

古代用童男童女祈祷致祭，以表示虔诚之意。在重要的庆典中用童男女歌舞礼赞，显示隆重。也有用童男女活祭的恶习。

徐福求仙，提出动用数千童男童女，当然不是活祭，而是祈祷致祭，以示虔诚与隆重。

秦始皇见徐福言之有理，论之有方，便欣然同意。

过了七年，秦始皇三十五年（公元前二一二年），燕人方士侯生、卢生议论始皇为人，天性刚戾自用，专任狱吏，狱吏得亲幸。天下之事无小大皆决于上，贪于权势至如此，未可为求仙药。于是，仓皇逃亡。

秦始皇勃然大怒，对方士以寻求仙药为名，耗费大量钱财却毫无结果，极为愤恨，以致发生了"坑儒"事件。犯禁者四百六十余人，皆坑之咸阳，使天下如之，以惩戒后人。这次被坑杀的，也就是被活埋的，大多是方士。

司马迁《史记·秦始皇本纪》载:"始皇闻亡,乃大怒曰:'吾前收天下书不中用者尽去之,悉召文学方术士甚众,欲以兴太平,方士欲练以求奇药。今闻韩众(终)去不报,徐市等费以巨万计,终不得药,徒奸利相告日闻。'"

秦始皇暴怒之际,仍念念不忘徐福,费以巨万计,终不得药。

又过两年,始皇三十七年(公元前二一〇年),秦始皇第三次东巡,从海上,北至琅邪。

徐福应该考虑到,入海求仙药,耗资以巨万计,九年来音讯全无,必受谴责和严惩。但,徐福胆大惊人,不退不隐更不逃,反而迎上去。

由此,让后人不胜惊叹,徐福是怎么忽悠秦始皇的?

徐福骗秦始皇说:臣在海中遇到海神,禀报了奉秦皇之命,来求取长生不老的神药。海神嫌礼薄,只准参观不许取神药。臣在蓬莱山,见到灵芝生成的宫阙,宫中住着许多仙人,个个健康长寿,光彩照人。于是臣再拜道:"用什么样的礼品来献,才能得到神药?"海神说:"献上童男童女和百工技艺,就可以得到神药了。"

听了徐福的描述,秦始皇大悦,当即答应遣童男女三千人,并五谷的种子和各行的工匠给徐福,命他继续入海求药。

徐福又骗秦始皇说,蓬莱神山之药,本来唾手可得,只是海中之大鲛鱼,常常阻碍船队进行。请皇上派遣神射手,与臣一同入海,以连弩射杀大鲛鱼。

刚巧,秦始皇梦见与海神作战,海神的样子长得像人。占梦的博士解说道,水神本来是看不见的,大鱼和蛟龙就是它派出的窥探者。如今皇上祭祀周到,恭谨备至,却出现了这个恶神,应当把它除去,善神才会出现。

博士这番话,和徐福的上书完全相符。

本来,坑杀方士事件以后,秦始皇就对徐福产生了怀疑,但徐福看准了秦始皇刚愎自用、行必欲求其成的性格特征,抓住了秦始皇企图长生不老的心态,反而又一次主动求见秦始皇,说了一个求长生不老药为大鲛鱼所苦的谎言,恰恰与秦始皇的梦吻合,于是秦始皇就又一次相信了徐福。

秦始皇满足了徐福的要求,为徐福的船队配备了连弩和弓箭手,增添了捕大鲛鱼的渔具。

秦始皇派人带着捕鱼工具,入海捕捉大鲛鱼,自己则带上连发的弓弩,准备与大鲛鱼搏斗。

秦始皇一行乘船从琅邪港出发,经荣成山头,前往芝罘。一路上没有什么发现,直到临近芝罘,才看见一条大鱼。秦始皇将大鱼射杀以后,西航至黄县北海岸的黄河营港。

秦始皇一行乘船继续西行,至莱州湾西岸,上岸。在返回咸阳的路上,秦始皇在平原津(今山东省平原县南)患病。

车队行至沙丘平台(今河北省广宗县西北)。商纣王曾在沙丘大兴土木,增建苑台,放置了各种鸟兽,还设酒池肉林,使男女裸体追逐游戏,狂歌滥饮,通宵达旦。战国时,沙丘为赵国属地,赵王在此设有离宫。

沙丘宫,成为"困龙之地"。秦始皇病死。

千古一帝,年仅五十岁就离开人间,至死也没吃上长生不老药。

三

依着卫星定位,我穿越时空,从直升机降下,登上楼船,与徐福对话。

我说,我多次读了司马迁的《史记》,又看了很多史料,然而,至今没弄明白,您的籍贯在何处?

徐福夸张地张大嘴巴,作出惊讶之态,敝人生于齐国也!

我说,司马迁先生学识广博,治史严谨,尚无法确定您之乡里,仅以"齐人"称之。后人治史更乏依据,因此,徐福之乡里籍贯历两千余年而终未确定,成了一桩难以解决的历史公案。当前徐福故里之争,有四种观点,江苏赣榆说,山东琅邪(今山东胶南市)说,山东平度说,山东黄县(今山东省龙口市)说。四地相争,谁都有理。

我劝道，徐福先生，您应该去办一个身份证，这样就明确了。

徐福一脸不屑，敝人闻山西省长治市公安局某副局长竟有八个身份证，官场中"变脸"者，大有人在。敝人若是也办八个身份证，岂不陡增八地相争，又燃战国烽火？

我点头，这倒也是。记得一位学者说过，在《史记》里，司马迁把徐福记为"齐人"。由于"齐"是一个历史概念和广义的地域概念，它既包括战国时的齐国，也包括齐地的含义，同时还包括秦朝的齐郡含义，因此引发了一场旷日持久的徐福故里之争。根据史书对齐国、齐地、齐郡的界定，史学家提出如下推测：如果齐人之齐是指齐国，则现在的赣榆、琅邪、黄县等都包括在内；如果只指齐地人，则赣榆就被排除在外，而只包括琅邪、黄县等；如果是指齐郡，则琅邪也被排除。

我说，此事还真是难为您了，这样吧，再请司马迁先生动笔，让他详细地记录一下。

徐福笑道，免了免了，不劳太史公。敝人故里之争，文战激烈，倒是有利于徐福研究之深入。各地徐福会、徐福研究会、徐福网站，功不可没。敝人之忧在于，以"文化搭台，经贸唱戏"为旗号，争名人，争古迹，急功近利，利欲熏心，实为历史笑柄也！

我随身带着司马迁《史记》，触摸字里行间，浮出历史的场景。

司马迁《史记·秦始皇本纪》载："二十八年，齐人徐市等上书，言海中有三神山，名曰蓬莱、方丈、瀛洲，仙人居之。请得斋戒，与童男女求之。于是遣徐市发童男女数千人，入海求仙人。"

司马迁《史记·秦始皇本纪》载："三十七年十月癸丑，始皇出游……方士徐市等入海求神药，数岁不得，费多，恐谴，乃诈曰：'蓬莱药可得，然常为大鲛鱼所苦，故不得至。愿请善射与俱，见则以连弩射之。'始皇梦与海神战，如人状。问占梦，博士曰：'水神不可见，以大鱼蛟龙为候。今上祷祠备谨，而有此恶神，当除去，而善神可至。'乃令入海者赍捕巨鱼具，而自以连弩候大鱼出射之。自琅邪北至荣成山，弗见。至之罘，见巨鱼，射杀一鱼，遂并海西。"

司马迁《史记·封禅书》载："自威、宣、燕昭使人入海求蓬莱、方丈、瀛洲。此三神山者，其传在勃海中，去人不远；患且至，则船风引而去。盖尝有至者，诸仙人及不死之药皆在焉。其物禽兽尽白，而黄金白银为宫阙。未至，望之如云；及到，三神山反居水下。临之，风辄引去，终莫能至焉。世主莫不甘心焉。及至秦始皇并天下，至海上，则方士言之不可胜数。始皇自以为至海上而恐不及矣，使人乃赍童男女入海求之。船交海中，皆以风为解，曰未能至，望见之焉。"

司马迁《史记·淮南衡山列传》载："又使徐福入海求神异物，还，为伪辞曰：'臣见海中大神，言曰："汝西皇之使邪？"臣答曰："然。""汝何求？"曰："愿请延年益寿药。"神曰："汝秦王之礼薄，得观而不得取。"即从臣东南至蓬莱山，见芝成宫阙，有使者铜色而龙形，光上照天。于是臣再拜问曰："宜何资以献？"海神曰："以令名男子若振女与百工之事，即得之矣。"'秦皇帝大说，遣振男女三千人，资之五谷百工种种而行。徐福得平原广泽，止王不来。"

然而，有一处是空白的，徐福入海处，始终没有明确的具体的记载。

徐福的船队从哪里启航，东渡的路线经由何处，引得后人猜测纷纷。

东部沿海一带，北起辽宁绥中，河北秦皇岛、盐山、山东龙口、胶南、江苏赣榆、连云港，南到浙江慈溪、岱山等许多地方，都有徐福的传说和遗迹。

徐福船队东渡的路线，也是诸说纷纭，其中有"北路说"和"南路说"。

北路航线一般是从早春到初夏季节，可借助西南风，经过琅邪、徐山、成山到山东半岛的南端；由此北上经芝罘渡黄海，到达朝鲜半岛西岸，再从这儿南下到济州岛，然后横穿对马海峡，到达日本北九州沿岸。

南路航线是从冬季到春季这个时节，借助北风的吹动，从连云港附近出发，一路南下，过宁波、舟山，然后东进到东海，由东海乘黑潮的流动，可到达九州的南岸和西岸。

浙江学者说，不妨对徐福出发的地点和航路作如下几种设想：一、徐福船队从琅邪附近出发，到宁波附近集结，修理船只，补充给养，然后经岱山、舟山诸岛直航日本；二、徐福船队从宁波附近的达蓬出发，经岱山及舟山诸岛向东北直航日本；三、不排除走北路的可能，但走北路的船只也有可能受海流或风浪的影响而漂向南方。

舟山学者说，徐福他们的求仙活动，应是一次有组织、有计划、有准备的避秦暴政的行动。这次行动时间长达九年，地域涉及整个东海沿岸，《中日交通史》把它称为我国最古老的航海壮举。如此大规模的行动涉及的"蓬莱"仙岛，只用简单的"非此即彼"的逻辑来判断是绝对错误的。日本有徐福归宿的蓬莱，而岱山也未必不是徐福途经的蓬莱。

我放下《史记》，合上笔记本电脑，起身找徐福。

徐福头戴青布道巾，身穿布袍草屐，腰系黄丝双穗绦，微闭双眼，脑袋随着节奏摆动，吟诵着："天下皆知美之为美，斯恶已；皆知善之为善，斯不善已。有无相生，难易相成，长短相较，高下相倾，音声相和，前后相随……"

我说，徐福先生，打扰一下，请问您，您的船队从哪里启航？东渡的路线经由何处？

徐福睁开眼睛，哦，哦，容敝人忆之。其日，船队分几列几层排开，三千童男童女分乘于上。敝人仗剑禹步，念咒作法。船上金鼓齐鸣，号角嘹亮，香雾腾空，旌旗招展。楼船趁退潮之势，向深海驶去。何处来？从来处来。何处去？往去处去。

我说，徐福先生，看来您是有意留下这谜团，让后人去猜，永远去猜。

四

我被海浪推送到"蓬莱仙岛"。

是的，我到了岱山县。

自唐开元年间始，延续至清末的一千多年中，岱山一直被历朝历代命名为"蓬莱乡"。

《新唐书·地理志》中记载，唐开元二十六年（公元七三八年），朝廷准浙江采访使齐浣奏请,析鄮县分设翁山等四县,翁山县设富都、安期、蓬莱三乡。蓬莱乡是由蓬莱仙岛而得名,辖地是现在的岱山诸岛及嵊泗列岛。

南宋《方舆胜览》称:"蓬莱山在昌国洲,徐福求仙之所在。"南宋《乾道四明志·昌国县》中说:"蓬莱山在县东北四百五十里,四面大海,耆旧相传,秦始皇遣方士徐福入海求神仙灵药,尝至此。"清康熙《定海县志》说舟山蓬莱"为始皇所经巡,徐福所栖至"。

清同治年间,在相传徐福东渡的岱山东沙角山嘴头,建有"海天一览亭",内有徐福塑像,亭中楹联为:"停桡欲访徐方士,隔海相招梅子真。"

时任岱山县委常委、宣传部长何徐华,与我同登山。

摩星山南侧,海拔一百五十四米的大羊山顶部。

入口处门阕,两边排列着仿古八卦柱。

这就是徐福了。一身秦时袍服,袒领鸡心式,大袖。

徐福昂首挺胸,面海而立,须髯飘动,凝神远眺。

徐福立像通体由石雕而成,雕像四周,由八卦图构成的水池,围以草坪,整个广场呈圆形。山虽不高,朝南面海,视野开阔。

城区风貌,海上流韵,灵逸的气质,久远的传说……

徐福,我们再来一场两千多年的对话。

第二章　山宁海定

农家小院，粉墙黛瓦黑门。
一路走得很干净，尽处简单才为真。　袁亚平摄

世界神话之鸟，飞出了大自然的生命奇观。
由此，人类不会绝望。   王忠德提供

三总兵，
鸦片战争中抵抗最烈的，
尽忠殉国。
化身花岗岩雕像，
浩气长存。　袁亚平摄

定海南洞艺谷群岛美术馆，一幅渔民画就有了全部的喜庆。　袁亚平摄

山宁海定

引子

历史场景之二：定海保卫战

引 子

清朝的康熙皇帝是否晕船?

我忽然冒出了这个问题。

我正在翻阅定海的史料,远在五六千年前的新石器时代,就有人类在这里繁衍生息,存有"海岛河姆渡文化"之称的白泉十字路和马岙土墩等古文化遗址。春秋时,此地称"甬东"(甬江之东)。唐开元二十六年置翁山县。北宋熙宁六年置昌国县。

舟山原为岛名。宋《宝庆四明志》卷十二:"舟山,去县五里,趋城由此涂出。"元《大德昌国州图志》卷四:"以舟之所聚,故名舟山。"时仅指今定海城区南滨海码头旁小山(即东岳山),以其地为往来船舶候风待汛之所名。后因滩涂淤涨,该岛与本岛连在一起,又因本岛形状酷如一挂满风帆、由东向西疾驶的海舟,东(船尾)有舵岙(今沈家门一带),中西部有碇次(今岑港一带),舟山之名渐盖本岛。

清康熙二十三年,称舟山镇。二十六年五月,康熙皇帝以"山名为舟,则动而不静",御书"定海山"三字颁赐,诏改舟山为定海山。清康熙二十七年(公元一六八八年)设定海县。

如此,山宁海定,康熙皇帝大可自我安慰,即使晕船也就不晕了。

一九八七年一月,经国务院批准,撤销舟山地区,成立舟山市(地级市)。三月十四日,定海县改称定海区(县级),隶属舟山市。

定海地处我国一万八千公里海岸线的中心地带,属南北海运和远东国际航线之要冲,是中国内陆与世界主要港口通航最便捷的起航点之一,被国务院列入长江三角洲及沿海地区先行规划、先行发展的地区之一。

定海区共有大小岛屿一百二十八个,总面积一千四百四十四平方公里,其中,陆地面积五百六十八点八平方公里,海域八百七十五点二平方公里。辖三镇九街道,户籍人口三十八万六千多人。

定海,是一座最适宜人居的海岛花园城市。

定海属亚热带海洋季风气候,冬暖夏凉,温暖湿润,光照充足;境内山地植被良好,城区绿地连绵;空气质量堪与海南三亚媲美;作为舟山渔场的重要组成部分,定海水产资源丰富,海域内鱼、虾、蟹、贝、藻类等海水产品达五百多种;定海海域内岛礁星罗棋布,海湾众多,自然环境优美。近年来,定海先后被评为浙江省首批历史文化名城、国家生态示范区、省级示范文明城区,连续五次荣获"全国双拥模范城"称号,连续四年被浙江省委、省政府评为平安县区。

定海,是一座充满生机和活力的港口新城。

定海拥有海岸线总长四百二十八公里,水深十米以上岸线六十八点七公里,港口资源得天独厚,是我国南北海运、江海联运的枢纽,上海国际航运中心和宁波—舟山港的重要组成部分。二〇〇九年十二月,舟山跨海大桥全线通车。作为跨海大桥桥头堡的定海实现与大陆的无缝对接,腹地从本岛不到六百平方公里延伸到了整个长三角地区,区位优势愈加凸显。"七中心一基地"建设步伐加快,现代海洋产业结构更趋优化。全球最大的海上生活平台项目顺利完工。成功列入浙江省"两化"深度融合国家综合性试点区。三家船企列入首批中国船舶行业"白名单"。定海工业园区等四大工业平台产值及税收占区本级工业的比重均超过百分之五十。现代服务业发展态势良好,港口货物吞吐量达到一亿两千九百万吨,集装箱吞吐量达到七十五万标准箱。

定海,是一座海洋历史文化名城。

作为浙江省首批历史文化名城,定海古城内保存有明清时期的中大街、西大街、东大街、柴水弄、留方路等历史街区。这里有始建于后晋天福五年(公元九四〇年)号称"翁洲第一古禅林"的祖印寺。这座千年古刹,雕梁画栋,精致壮美,是去普陀山进香的主要道场。建于清康熙二十八年(公元一六八九年)的御书楼,精雕细琢,别具风格,楼内珍藏有康熙御笔题写的"定海山"匾额及康熙帝画像等重要文物。定海的民俗文化深厚凝重,历久弥新。"舟山锣鼓"被列入第一批国家级非物质文化遗产名录,"木偶戏"、"跳蚤舞"分别列入浙江省第一批、第二批民族民间艺术资源保护名录;定海还被文化部命名为"中国现代民间绘画画乡"。定海国际旅游度假区加快建设,舟山名人馆对外开放。缤纷天地商业综合体等一批商贸项目加快建设。定海伍玖文化创意园二期项目进展顺利。

人们赞叹:"海上古城,千年定海。游玩间,赏千年海岛之景;行走间,忆古老文化之史。"

一　阿红书记

一

晨光熹微。岚烟缥缈。山间安静得只有轻风徐徐过。

南洞江山岭水库坝上,似乎隐隐有声,是谁?

她在哭。热泪无言,流满脸颊。

水面平静,无波无澜,仿佛无动于衷。

伤心之人,无人之境。

她索性放出悲声,泪如决堤:"这么受苦,这么委屈,余金红,你何必呢!

"余金红,你何必呢! 这些年来为了工作,落了一身的病。一日三餐没准时,落下了严重的胃病。在办公室里胃痛时,就用拳头悄悄顶;在路上胃痛时,就蹲在避人处喘口气,缓一缓。

"余金红,你何必呢! 那年患甲亢住院,听到台风'麦莎'来势凶猛,不顾医生的劝告,跑到社区指挥防台,疏通溪坑,转移群众,一天两夜没合眼。台风过后,终于回到家时,昏倒在楼梯旁一个多小时,醒来已无力换掉湿透的衣衫,只能慢慢爬上床,泪水湿透了枕头。

"余金红,你何必呢!全国艺术院校大学生采风实习基地的项目,像奢糠搓绳,捡起是难,放下是难,难了又难。自己里里外外忙得脚跟不沾地,还是分身无术。为什么就有人煽起流言,为什么被泼了一身的污水?"

哭了足足半个小时。

手机铃声急促:"阿红书记,你人在哪里?赶紧来……"

余金红猛然记起,今天有一位领导同志要来社区视察。

她擦干眼泪,到水库里洗一下脸。水里映照出一双红肿的眼睛,她双手捧舀冰冷的水,敷了一会儿,然后下山。

二

余金红自述。

这么多年来,开心的,不开心的,都说一说。

我出生于一九六六年二月,老家在定海区长白乡,是嫁过来的媳妇。父亲是村会计,整天离不开算盘。我小时候就对算盘和数字有印象。高中毕业后,去读大专,财政学院财务与会计专业。会计证考出来,自己出来找工作。在二轻集团下面一个公司当会计,派驻里陈村。认识了村里青年陈国校,两人谈对象。一九九二年,结婚后在村里安下了家。

老公开车跑运输,长期在外。婆婆是盲人,一天三餐我在弄,荤荤素素变着花样,端到婆婆的手中,婆婆眼睛一点看不见,但味道总归尝得出。天天梳头,经常洗澡,都是我在帮着做。那时女儿刚上幼儿园,一家人很和睦。邻居们看到,都说我孝顺。

我在公司当会计,上下班,朝九晚五。当时工作轻松,下班回来,就可以照顾家里。既可顾家,又可赚钱,挺开心的。

我当时对村里关心不多。大概知道一点情况,村里经济状况很差,负债累累,年轻人都到外面去打工了。

一九九九年九月,村委会改选,是海选。我当时想,随便哪个当村委会主任,无所谓。绝没想到,村民们提名两个候选人,其中一个是我。村里老年人多,老年人都喜欢孝顺媳妇。结果一开票,我的票数占百分之九十二!我不相信,浑身不搭界,不肯去当。

镇委副书记来找我,我说:"村主任干吗的,没概念。这事应该由男的去做。"我就一直拖着。

村里风言风语传出来了,说什么:"阿拉村里的男人都死光了,让一个女人当村主任!"说什么:"村里经济薄弱,肯定死在女村主任手里。"

我听到了,很生气,为什么女的不能当?!我心里有点不甘心。

正在这时,要死要活的事来了!村里一家婆媳吵架,媳妇想不开,就喝农药死了。女方家里来人,把死者的血水供到男家灶神上。男家父亲火急火燎,到我家求救了,说:"你是村主任,一定找你!"

我想想,不管当不当,村里人摊上大事了,我总要帮忙。我其实没办法,硬着头皮去调解。

这时,女方家的人,把男方家里东西都砸了。我当场劝他们不要吵了,人已经死了,砸东西又不能让人复活。我把女方家的人劝回家,等他们情绪平静了,商量办妥遗留的事。还有一个女孩子不要让她受苦,我对男方父亲说:"这是你的孙女。"对女方母亲说:"这是你的外孙女,千丝万缕的亲情还在。"让男方家在银行存了一些钱,留给女孩子,这样打消了女方家怕男方家对女孩子不公的担忧。

事情平息了,至少不吵不闹了。村里的事挺难的,我有顾忌。

过了两天,镇里的女书记到我家里来。我说:"我真的不想当,要么把这个选举结果推倒,重新选。"她说:"村委会换届是依法选举的,一届任期三年。看在我的面子上,你当三年,以后绝对不让当。"

女书记这么说了,这个人情要给的,总是要买个面子的。

当时我在公司当会计,一月工资一千二百元,而当村委会主任一月补贴才二百六十元。老公坚决反对我去当村委会主任。

我真是左右为难,去吧,家里有压力;不去吧,对不起老百姓的诚意。

那风言风语又传出来了,说什么:"女村主任这么长时间不去上班,没能力,肯定弄不好了。"

去! 我就是为赌口气,也去! 我对公司领导说:"你找人代我两个月,我去村里试一试。"

三

村里一条主道,长约一公里,坑坑洼洼。一到下雨天,满路泥泞。"晴天一身灰,雨天两腿泥",村民们怨声载道。

余金红当然知道,她自己每次进村出村,也深受其苦。

有的村民出难题,说:"有本事,先把村里的烂泥路修修好。"

有的村民担心,说:"以前村主任是男人,都没把路修起来。余金红一个女人,能有办法?"

更多的村民,是朴实的,说:"只要把村里那条烂泥路填填平,自行车不溅起泥巴,就心满意足。"

村民们的话,不管是说得难听的,还是说得中听的,意愿是基本一致的:修路!

余金红说:"做实事要紧,先筑路。"

余金红请镇城建办来人,测算了一下,修这条路要三十多万元。

余金红被吓了一大跳,她刚接手,村里的账面上还欠着农村电网改造费用十二万元,这么多钱哪里去弄?

她又求人家再算算,精细地算算。这个去掉,那个剔除,总数减到了二十一万元。搞预算的说:"这是最低限度,不能再低了。"

钱! 钱! 钱! 若是为了自家的事,余金红绝对开不了这个口,可一想到身后还站着村里那么多老老少少,余金红只能厚着脸皮去"讨"。

区妇联是娘家,给了五千元。交通局是主管部门,给了两万元。凡是有可能帮上忙的部门、单位,余金红都找过。

村里老会计见余金红这么辛苦地跑,也帮着想办法,粮管所有一个粮库在山里,运粮车要经过村子,这不就与修路沾上边了吗?

对对对! 余金红就去查询负责人和电话。从未联系过,打电话怕被一口回绝,就上门去"堵"人。

听说白泉粮管所所长工作繁忙,一般晚上七点多才到家里,余金红打听到所长家的住址,就在他家门口等着。

那是个大雨如注的夜晚,所长回家,见余金红冒雨等候,竟然是为村民修路的事,也受感动了,一口答应出资七千元。

"我兴奋得要死!"余金红几乎冲进雨中,踏得水花四溅。

大数够了,还有缺口,怎么办? 余金红想了个办法,修主路的同时,通往各家各户的支路也铺上水泥路,集资来修路。

村民们愿意集资吗? 能集到多少? 她心里也没底。

全村三百多户人家,很多村民白天都在外面干活。等到晚上,山村里的灯火次第亮起,余金红便去敲门问村民的意愿。绝大部分村民支持修路,对集资方案也点头了,十八周岁以上的村民每人掏五十元。

有一天,下着雨。下雨天,有的村民就不外出了,在家待着。下午,余金红着雨披,骑自行车,去村民家里收那集资款。走了一家又一家,进了门就拉家常,酱油米醋说了一大堆。不知不觉,天快黑下来了。

余金红猛然想起,女儿还在幼儿园。她赶快骑车,去幼儿园接女儿。

到了幼儿园,空空荡荡的,早就没人了。她急了,一个个教室找过去,根本就没女儿的踪影。她找到了值班老师,老师说放学时,女儿跟其他小朋友一起回家的。

余金红拼命蹬着自行车,飞快朝家里赶。雨水拍打全身,满脸流着水珠。

女儿在雨中,伸着小手,使劲拍门,嘶着声音叫:"奶奶开门! 奶奶开门!"

奶奶眼盲,根本无法摸出房门,只能在屋里长一声短一声地回应。

余金红的脸上哗啦啦一片,雨水泪水直下。她一把甩开自行车,疾步跑过来,紧抱住浑身湿透的女儿。

"妈妈,你怎么才回来呀!"女儿带着哭腔问。

余金红贴着女儿的脸,"哇"地哭出声来……

四

二〇〇〇年元旦,村主道修成了,这个村有史以来第一次通上了水泥路。

老的少的,咧开嘴笑的,蹦蹦跳跳的,在平坦的水泥路上,来来回回走着。

这个说:"路靠钞票铺,不靠嘴巴喊。要修水泥路已经喊了多少年,今年总算办成了!"

那个说:"浇好水泥路,关键看啥人,阿红书记说话牢靠,办事胜过有些男人,我相信她。"

几个老太太说:"没有月亮的晚上,眯着眼睛走走也高兴。"

余金红听到这些话,心里多少欢喜也不晓得。

要让村民有事干,有钱赚。

村里有山地,很多荒芜着,种什么合适呢?听说温州的马蹄笋品种很好,余金红就专程奔过去。

这种笋,形似马蹄,故称"马蹄笋"。最大单果可达一公斤,笋肉莹白,鲜嫩清脆,口味清爽。生笋可煮食,可蒸熟制成罐头,熟笋晒成笋干,则成为名贵山珍。

马蹄笋在温州有一千七百多年的栽培历史,是温州的传统名优特产之一,也是当地农民重要的经济作物。主要分布在平阳、苍南、瑞安三县(市)的十八个重点基地乡镇。

余金红从温州买回马蹄笋苗竹,在村里建起十亩马蹄笋示范基地。

正是二〇〇〇年初春,农历立春至惊蛰之间。开园整地挖穴,畦宽三米左右,每亩挖穴六十个左右,挖穴深达六十厘米,宽为五十厘米。每穴施足底肥,竹种斜插下穴,与地面成七十度角,竹种刀口方向朝日照最强位置,下种后用土填平穴坑,露土竹茎保留三个节位左右。

晴天,山坡地搞引水喷灌,保持园地湿润,以提高成活率。这之后,施肥，修枝，管水，防治病虫害……

看到余金红因日晒而黝黑的脸庞，丈夫忍不住叹息："忙得连魂都丢了。"

竹种成活后，当年生的马蹄笋不得采挖，全部留种。

第二年生的马蹄笋，待每丛竹子有五株左右，方可开始采笋。

天亮了，一群人穿过薄雾，走入山林地，有的拿着铁制笋凿，这笋凿刀口宽约十厘米，加木柄总长约六十厘米。有的握着铁锤，这铁锤重约一公斤，不大也不小。

瞪大眼睛，寻笋。这马蹄笋一般长在垂茎节两端的地下，晴天土面现有铜钱般大的湿点，雨天或久旱时，看土表裂痕处，底下即有笋。

挖笋，有讲究，笋凿刀口放在笋身的凹部凿取，注意选择笋身的硬、嫩结合处。切忌取之过硬，以防破坏根茎，凿伤硬部的笋牙（笋蛋），取之过嫩则影响产量。

挖出来了！深褐色的笋壳沾着泥巴，笋尖稍微张开，笋身已丰满。

收获的喜悦，让每个人都脸上带笑。亩产收入就在四千元以上。

马蹄笋种植扩大到六十多亩。余金红把平时竹园的管理，交给村里的一些老人。二十多位身体硬朗的老年人，都在竹园揽到了活。既为村里增加了收入，又改善了老人的生活。

马蹄笋的竹园里，再套种枍木。

枍木，这种常绿灌木，生于山坡阴湿处。主要分布于浙江、台湾、湖南、四川等地。枍木属山茶科，嫩枝有棱，单叶互生，花瓣白色或黄绿色，浆果圆球形，成熟时紫黑色。以茎、叶、果入药，夏秋采集。

枍木被日本人尊称为"神木"，是日本人的传统供神祭祖的吉祥物，市场需求量大且稳定。

枍木枝繁叶茂，几名采枝女工正在采集枝条。然后送到加工厂。

加工车间里，十几名工人把一枝枝枍木加工成束，旁边的水槽内，整整齐齐地排列着一束束枍木成品，叶片大小适中，色泽深绿发亮，姿态秀美挺拔。

这些枍木经包装后送入冷库，保鲜冷藏。然后，装集装箱运销日本市场。

那一幢两层的小楼,是余金红的家。丈夫开车运输,整天都在外面。为了村里的事务,余金红经常很晚回家,顾不上做饭是常有的事。

邻居邵荷青说:"阿红家经常十天半月吃快餐,路边的垃圾箱里要是有快餐盒,准是她家的。"

五

余金红自述。

三年磕磕碰碰走过来了,我真的不想当了。我提前跟镇里说,换届不要选我了。我老公说我亏钱,村里一月补贴二百六十元,自己掏口袋,贴出去的更多。

那天晚上,村里十名党员,十五名村民代表,到我家里来,做我老公的工作,说村里离不开阿红。我老公对我说,我的心软了,答应参加选举一次,就这一次了。

二〇〇二年九月,同样是海选,一千三百多人的选票,结果,我的票数达到百分之九十五!我没办法,又当了。后来,就身不由己了。

二〇〇四年十二月,新建社区成立,由黄沙、里陈、南洞三个自然村组成。社区总面积三平方公里,耕地面积一千一百五十七亩,山林面积八千七百亩。社区共有农户五百户,人口一千五百八十五人,十八个村民小组。社区有八个党小组,正式党员五十四人,预备党员八名。

我当选为社区(村)党支部书记,当了这个"官尾巴、百姓头",其实压力挺大的。

穷村撤并,面貌依旧。很多男劳力在外面做木匠、泥水匠、油漆匠,有能耐的把家也搬到了镇上、城区。当时社区(村)里的留守老人、妇女,除了种种地,没有别的营生。许多在家的妇女,平常就凑在一起搓麻将。

让妇女们也有赚钱的门路,这是我的一个心愿。我得知镇上一家服装企业扩大外包业务,就抓住机会,决定发展集体服装加工厂。

过去村里也开过服装厂,都以失败告终,谁愿意拿自己的辛苦钱打水漂?以前没办成,不等于现在办不成。我带头出资两万元入股,动员两名年轻党员入股,村里也挤出几万元,把闲置的旧房整修一下,当作服装加工车间。

要请一名好师傅。村里头就有这么一位,名叫袁雪娟。可她已经受聘于别家服装厂。我壮着胆子摸到人家厂里请人,被老板一顿痛骂赶了出来。我被骂几句,又不会少几两肉。

我天天去袁雪娟家门口,等她下班。当时正是服装加工的旺季,她每天要加班到晚上九点多才回家。就这样等了一个星期,她终于答应回到村里来。远亲不如近邻,老乡总要帮老乡。

袁雪娟说:"都是为了乡亲的事,她一个村里的当家人,每天这样等着我,我再不答应,就没脸走进这村子了。"

买了三十台缝纫机,"噜噜、噜噜"地响起来。我把自己应得的分红,平摊到大家的计件工资里。只要这个厂能办起来,即使我的两万元本金贴光了,也值得。仅半年多时间,女工们有了固定的收入,厂里还盈利两万多元。

看着服装厂逐渐上了正轨,我把自己的股份转给其他人。我仅仅是把这个厂扶起来,放手让群众去做。现在纯粹是老百姓自己开,社区从事服装加工的有一百多人,有三家已转为企业。

老人经常会说:"村里好起来了,选了一个观世音菩萨。"

我不就是修了一条路,办了一个服装厂嘛,老百姓挺实在的,你当干部的帮他们,他们就会记在心里。我挺感动的,所有的心酸一笔勾销了。

六

新建社区坐落在南洞水库东侧,白泉岭下,紧傍定海第二高峰五雷山,居山坳腹地,地势低凹,三面环山,一面向海,距定海城区约十三公里。

黄沙、里陈、南洞三个自然村,呈三角形分布。村里装路灯,从城里来了电力工人,爬上高高的电线杆,看到的是人烟凋敝、没有生气的山坳坳。

"你们这里生了儿子,也娶不到媳妇,还修什么线路、装什么电灯哦,趁早都搬到外面去吧。"快嘴的工人开玩笑,有些伤人。

村里六十九岁的姚杏娣听得气恼,回道:"阿拉村就娶到了余金红这样的好媳妇,山呑里能飞出金凤凰呢!"

"毋看阿拉现在穷,对虾烤烤也会红。"另一位老人接着回应。

这些话,都传到余金红的耳朵里,"是的,这么偏僻的村庄,人家看不上。怎么走出自己的路,要让村庄换模样,要让大伙腰杆直。"

余金红沿着山路走,遥望五雷山,突然冒出了主意:我们有青山绿水,难道不能搞旅游吗?发展旅游产业,老百姓在家门口就能赚钱。

旅游产业怎么做?说实在,心中没数。

那天,祖籍舟山的宁波城市学院一位教授回老家,余金红就请教授提些发展建议。

这位教授实地察看环境后,说:"可以搞艺术类写生基地,让国内的艺术学院大学生来采风、写生、交流创作等,充分利用当地良好的生态环境与淳朴民风,让青山绿水'生钱'。"

"这主意不错!"余金红来了兴趣。

教授说,目前全国艺术院校大学生有六十余万人,专业涉及美术、设计、建筑、舞蹈、编导、摄影、音乐等艺术门类。按课程规定,这些学生每学期都要走出校门实践,实习周期平均为十五天,基本吃住在当地老百姓家里。

余金红急着要了解客源市场有多大,怎样吸引学生,村民能不能致富,如何才能致富。

余金红和社区干部先后到安徽西递、西安袁家村实地考察,了解客源构成,考察运作模式,估算建设成本,还走门串户实地"暗访",摸清村民经营的实际效益。

余金红说:"他们有古建筑,有老祖宗留下的文化,旅游做得顺风顺水。我们什么也没有,只能无中生有。"

全国艺术院校大学生采风实习基地的创意变成规划报告后,余金红看了一知半解。虽然到外地看也看了,问都问了,但心里还是不踏实。她说:"项目规划,是否让专家来评议评议?"

来自上海、杭州、西安等地艺术院校的三十多名专家教授齐聚南洞,探讨项目前景,细议规划得失,评价文化创意。不少院校还承诺,一定带学生来采风。

专家评审形成的共识,有些与余金红不谋而合,比如"新农村建设绝不是墙刷刷白、路做做硬、灯搞搞亮,着力点要放在创新发展上"。有些则是一听点拨心头豁亮,比如"新农村建设与项目结合,要追求形神兼备,形态固然重要,但项目之魂是文化,缺位不行,不到位会出问题"。

"第一次到新建社区考察,因为要做策划处处留意,但说实话,这样的山谷,舟山少说也能找出二十条,优势在哪?在村里转悠时,一个细节让我印象深刻,我和余书记路过一户村民家,在房顶干活的屋主'噌'地下房,搬凳子,拿瓜子,招呼我们坐下,他跟余书记聊起家长里短,无拘无束,像是亲戚。一个项目,如果村干部不受村里人敬重,那是干不下去的。村官亲民,民风质朴,这是促成项目策划、落地的最重要因素。"

"我与余书记,文化背景完全不同,性格差异性也很明显,但是我们为什么能够共事合作,主要是她身上有与众不同的地方。她很执着,作为女人,她擦干眼泪就是刘胡兰,能压垮她的事不多。余书记干事志在必得,但心思缜密,就是她已经认准的事也非要十拿九稳才干。"南洞海洋旅游文化有限公司总监关尔在项目落地过程中,真正认识了余金红。

余金红也入门道了,说:"要突出舟山海洋文化,题材要多一些,让学生们来了要待得住,要有可画画的东西。"

余金红对项目策划,非常执着地坚持三点要求:保留青山绿水、乡村特色,避免做资源的减法;改造南洞自然村,使之成为个性化、有品位、可持续的休闲农庄,实现社区经济转型;要让四十五岁以上居民在家门口就业,四十五岁以下居民返乡创业。

相关专家和艺术院校教授策划项目建设,终于完成了所有项目的规划设计。

这个原生态海岛艺术创意谷项目,命名为"南洞艺谷",项目规划范围为干磲镇新建社区的黄沙、里陈、南洞三个自然村,五雷山景区,西码头海鲜美食苑及附近区域,目标是打造全国艺术院校实习采风基地、营造艺术家休闲基地、建设"村官"培训实习基地。

这个项目计划投入资金三千万元,对于当时的社区来说,简直就是个天文数字。

"阿红书记会不会被人骗了呀?那么多钱哪里去拿啊?"社区干部忧心忡忡。

"这里深山冷岙,会有什么人来?"

"房子造好了,万一不赚钱,阿拉的投资向谁报销?"

"金红,侬一定要谨慎,否则身败名裂。"

种种的议论,重重的担心,真让余金红愁死了,太受煎熬了,项目上还是不上?哪里去筹那么多的钱?万一失败了,怎么向老百姓交代?

七

怎么办?把项目实情告知村民,由村民代表大会来决定。

白天村民大多在外面忙着,于是就召开了三次"山村夜会"。

头个晚上,社区党员、村民代表们,早早就走进村里的会议室。

余金红说了几句开场白,主讲人就开始演示PPT,那屏幕上,充满艺术味道的民居,古色古香的老街,各种齐全的配套设施……

简直不敢相信自己的眼睛。这会是我们以后的新建社区吗?我们的社区会变得这么美吗?村民们七嘴八舌议论着。

第二晚,离夜会开始尚有半个多小时,村里的会议室就挤满了人。头场夜会一开,社区要开发建设大项目的消息就传开了,项目能带给自己哪些实惠?村民们都想早知道,多晓得。

当播放大学生实习采风基地项目规划时,会场气氛就热起来了。

前不久，就是四月十八日，宁波城市学院艺术设计专业的三百名师生，在新建社区进行为期一周的采风写生。社区安排十五户村民，接待了这批客人。

村民顾国蓬共接待了四十名学生，每名学生每天交二十元饭钱，由他负责提供一日三餐。他笑着说："每天有一百多元的赚头。"邻居邵荷青家接待了二十名学生，她说："蔬菜都是自家种的，一星期下来也有千把元收入哩。"

村头开小店的周国信也高兴："很多大学生来买东西，本来我一星期进一次货，现在一天要进六次。"有人插话："橘子、茶叶蛋，都给大学生买空了。"

会场开始互动，有人大声提问了。

余金红给大家算了一笔账：全国艺术类大学生有近六十万人。我们社区如果通过营销能抓住百分之五，也就是三万人。这些学生在老百姓家里住十五天到二十天，就有至少四十五万人次。一个学生一天住三十元、吃二十元，按照吃住一天五十元的标准，我们能赚到多少钱！

余金红说："学生们要上网，但我们这里没有网吧；学生们喜欢读书交流，但我们这里没有书吧、休闲馆等；还有的学生要唱歌喝酒，可社区没有歌厅、酒吧，这些都是今后发展的项目。"

如果说，头个夜会像"评审会"，第二个夜会就有点"摸底会"的味道了。

第三晚，村民陈定松正犯牙疼，是含着满口冷水来听会的。他已连听两场夜会。

当谈到项目建设需要征地时，陈定松吐掉口中的冷水，站起来，亮开大嗓门："这是让阿拉老百姓得实惠的大好事，凡是征地和我有关的，就按政策来，我一分也不多要，涉及地里青苗赔偿，会赔个几元，不赔也没事。"

他这一表态，会场噼里啪啦一片掌声。

开完三场夜会，最后的决定，让老百姓说了算！

一个会议室坐不下，全村人分四批表决，结果，大部分村民投了赞同票。

村民代表大会通过一项决议：支持项目建设，改造民居、粉刷墙体受益村民自愿承担投入的百分之二十。

余金红只感到两眼湿了，忍不住就要流泪。认准的事，就要尽心竭力去干，这是阿红的性格。

余金红说："我要让老百姓在家门口赚钱，让老百姓返乡创业。我还希望，文化进来了，大学生、文化人多起来了，我们的老百姓也能'文化'起来，素质提高起来。我就想看到，我们这个深山冷岙热腾起来，老百姓能够开开心心地过日子。"

二〇〇九年六月底，舟山南洞海洋文化发展有限公司正式注册运行，注册资金一千万元。公司以所在新建社区既有的自然条件为依托，形成了以文化融入社区经济发展的思路，确立了充分借助外部智力和财力，努力打造集人文、自然、休闲、娱乐、教育于一体的新农村产业模式。公司主要经营旅游项目开发、房屋租赁、文化交流等项目。

公司把群众闲置的房屋租来，整修、加盖，变成农家旅馆。短短半年时间，社区所有房子都被改造成青砖黛瓦的徽式建筑。

村民陈定松说："村民代表大会上讲的话，我都做到了。种在南山的四株杨梅树，说拔就拔掉了。"

他身旁的老伴插话："那全是能卖好价钿的晚稻杨梅哟，肉痛。"

陈定松反问："杨梅树有大有小还分各种品种，要是像鸡生蛋、蛋生鸡那样算法敲竹杠，那还有个底啊？"

八

余金红自述。

我这辈子都没欠过钱。社区项目开工了，事情就来了。

大年二十九晚上，建筑公司的老板到了我家里，说："余书记，求求你，给我五十万！"工程款没全部到账，建筑公司到年底要给工人发工资。

社区账上没钱，但我也没钱，我到哪里去弄？母亲正住在我家，她见我着急,就拿出一个银行存折给我,这是她的私房钱,有十万。我想到公务员信用贷款,就跑到银行去办理。为了社区项目做下去,我只能拿自己的钱先垫上。

项目推进过程太难了。有的老百姓很配合,主动找我们,签订了农房改造协议。也有的很难办,一户人家走五六趟、七八趟是常事,最多的走了十多趟。我们真的是走到鞋底也磨破了。

三个自然村,地理位置不一样,有的村先受益了,农房外墙刷白美化,画了画,特色出来了,老百姓得实惠了。有的村滞后一些,心理落差大,就有情绪了。

那天晚上十点多,有一个村的党员给我打电话,很急呀,说明天老百姓要造反!

我连夜赶过去,问清谁在牵头,我就找谁去谈。到了村里这几户人家,我就问:"你们心里的愿望是什么?"他们怨气大,说村里穷,基础设施差,无事干,没钱赚。

我说:"规划有总体设计,你们村的基础设施会有重头戏,用工安排,尽量考虑。民生就业,需要我全方位努力的。我书记能承诺的就承诺,承诺不了的是条件不够。"

他们的情绪稳定下来,不再说造反了。

为化解投入不均衡所引发的矛盾,社区出台了具体的利益平衡政策,因外墙实体改造投入大,统一按开发公司承担改造费用的百分之八十、户主承担百分之二十这一资金拼盘形式实施;外墙美化投入相对少,由公司全额承担;民居内部结构和设施的改善、装修则一律由居民自行全额出资。

在实施过程中,推行分类改造,社区确定两种不同风格,以平面海报、动漫海报为主调的外墙美化,以仿古建筑为基调的外墙实体改造,实施"样板房先行"、"一户一景"、"一户一档"改造。

民居改造、外墙粉刷和明清老街建设。为了确保质量、降低造价,村民支持项目公司招标确定专业施工队。村内外一些闲荡人员,眼红工程这块肉,跑到社区闹,要强包工程,把我堵在办公室。

社区干部和村民们赶过来，站出来"劈直"了，当然是邪不压正。下面有群众支持，上面有领导帮扶，才有南洞这几年的变化。

当时市委梁黎明书记带着我这个小书记，上省财政厅争取项目资金。当时周国辉市长帮我解决各种困难。省委宣传部一位领导看到我来了，说："你余书记的忙，我一定要帮。"

省、市的新农村建设配套资金下来了，我们就滚动搞建设。

九

南洞村的村民袁海龙，养猪多年，最多时存栏量达五十多头。

社区项目一动工，他见邻舍隔壁都改建成农家小院、民宿客栈，觉得自己的养猪场实在太碍眼了，便主动将猪场拆了。少了那又脏又臭的猪舍，环境干净多了。

他改造自己的房屋院子，开起了三岔口农家餐馆。自己会烧菜的手艺，有了施展的机会。

年迈的父母，以前每天要挑着菜，去几公里外的市场上卖。现在地里收了菜，在家中就有了销路。

这天中午，三岔口农家餐馆就订出了四桌，是沈家门和定海的本地游客。一桌菜的价格根据客人的要求，六百元到一千元不等。女主人陈小珍说："蔬菜、本地鸡、鸭子，都是自家田头上有的，海鲜是一早去白泉和定海买的。"自己做的青饼香喷喷，番薯饼糯又甜。

袁海龙笑着说："有客人来，我烧菜，我父亲当服务员，我母亲洗碗碟，在家门口就能赚到钱。我和村里的人一样，看好南洞将来的发展。"

三岔口农家餐馆的斜对面，是周庆文家。他和老伴都患有慢性病，无法从事重体力劳动。自从把多余的楼房租给了南洞旅游文化公司开设农家客栈，每年有了近万元的收入，不用愁吃喝了。老伴还在社区找到了做保洁的轻活。

"这辈子忖勿到，破房子还好给阿拉养老。"周庆文老人满脸皱纹都是笑。

村民周彩堂指着自家改造过的两层楼房："你看,现在围墙上安装了木栅栏,墙面上贴了仿古砖,楼上阳台上添设了花木槅,楼顶两边还建了海岛马跳墙,跟以前完全不一样了哩。"

周彩堂顿了一下,又说:"本来我是反对墙体粉刷的,认为腿脖子上擦粉,多此一举。哎,别说,刷好后经济效益就来了。看来,阿拉农村也需要艺术呀,将来还得靠这艺术吃饭哩。"

一旁的村民叶高明说:"就是,我家四间楼房都要装浴室、卫生间,以后要给学生住,自己住也方便,不用跑茅房了,卫生着哩。"

在社区创业的大学生开设的奶茶窗口,台球、烧烤、网吧等一天的净收入超过一千二百元。

"南洞艺谷"的名声传出去了,周末和节假日散客不断,还成了新人拍摄婚纱照的新景点,给农家小院和民宿客栈带来了客源。

迎仙客农家餐馆女主人陈维珠,一边给在院子里休息的客人端茶送水,一边还要给下厨的丈夫当帮手。

她笑呵呵的:"我们这里虽是穷山沟,但有的是青山绿水、新鲜蔬菜,还有我们的热情。每个周末,只要天气好,生意都不错。今天人特别多,车子也停满了。"

客人端着杯品茶,打量这颇具古朴风格的房子,说:"这里住得比城里要舒服。"

陈维珠更开心了:"以前嫁到南洞,同学都笑我走进了'山洞'。现在,我给他们发名片,邀请他们来旅游,农村比城市好了。"

"常相会",一块木匾高悬院门,两个红灯笼相映。进了院子,迎面一排古气的窗棂。

"常相会"菜馆女主人向桂珍说:"我店里有七个包厢,院子里还可以放好几桌,'十一'的时候客人爆满,我都说已经没地方坐了,可客人还是愿意等位子。连周末、节假日,早早都有客人预订。生意好到这种程度,完全出乎我的意料。"

向桂珍之前在干碶镇一家服装厂上班,丈夫在普陀山做厨师也有好多年,两个人的收入都还不错。但她觉得自己不能总是在为别人打工,要抢占先机,主动创业,创造属于自己的财富。两口子都非常看好新建社区的这个文化项目,就在这里开起了"常相会"菜馆。

"以前农家乐就卖农家菜,客人吃多了就不来了,现在我们农家菜也有,海鲜也有,这样客人吃得好,我们也赚得多。"向桂珍说。一桌十个人点八百元的套餐,就包括了土鸡、鱼、虾、蟹等各种菜肴,如果想吃得再好一点,还有一千元和一千二百元的标准。

新建社区已有四十余户以餐饮为主的农家乐(包括接待大学生就餐的农户),十二个以住宿为主的农家小院。拥有床位一百零五张,餐位一千二百个,从业服务人员一百余人。

原来几千元都没有人要的房子,现在十几万元、二十万元都不舍得卖。在外谋生的居民,有的返乡创业了。

袁方雄和妻子常年在普陀山工作,南洞的房屋一直闲置。村里的变化引发他俩回家的心,原本打算养老的房子装修成"福泉小院"农宿客栈。

袁方雄说:"去过普陀山,最了解旅游发展给老百姓带来的实惠,再过三年退了休,我就回南洞做做小生意,安心养老了。"

老农袁其庆说:"变化确实大,现在阿拉算是真正晓得阿红书记,为村里做这个项目是啥心思了。新农村建设,就是要让阿拉老百姓能多得实惠。"

十

余金红自述。

旅游文化项目要有个培育过程,但老百姓没耐心再等。

有的农家乐一年收入几十万元,就会开心。有的没多大变化,就会埋怨。

有一次,一个村民到我办公室来骂,当时养四五头猪,收入有多少多少,现在没了!我挺心酸。因环境整治,这户人家不能养猪了,原来的猪舍租给我们,他租金一年收入就有一万多。我说,我也是在农村长大的,你这样说得过去吗?

我强压着自己,不要发火,不要发火!

委屈是委屈,不管怎么样,还要面对,去承受。

一贫如洗、负债累累、落后的村庄,经过党员干部的努力,面貌变化确实挺大的。村民的年人均收入,从原来的三千四百六十元,增加到了两万两千元。自己的感觉,就像养了一个小孩,养了十多年了,有不舍的感情在。

现在的大环境,存在仇官仇富的心态,网络上的负面文章很多。这块地方的农房改造也是如此,整个项目刚启动时,没钱也能做事,百分之九十的老百姓都支持。现在不像以前了,有的人就不一定这样了。

我的个性,说话直了,遇到不对的会当面反驳,会得罪一部分人,给自己工作带来磕磕绊绊,产生负面影响。我不需要这么多的奖状,这么多的帽子,我只需要理解。

最近心里放宽了好多。区委领导想办法,出面与旅游局对接。旅游局有资源,我们下面有运作团队,以市场化操作。

十一

"阿红书记!"新建社区的男女老少,见了余金红都这么叫。

这个昵称与尊称混合的称呼,含意深深。

"要不是阿红书记,我这条命早没了。"想到阿红书记对自己的帮助,顾仁根泪眼汪汪。

几年前,顾仁根还在外面搞对虾养殖,谁知遭遇了特大台风,一百三十多亩虾塘毁于一旦,一下子就损失四十多万元。

"这些钱都是借来的,每天对着上门来讨债的债主,我实在拿不出钱,只好躲到外面工厂里去打工。"

顾仁根又时查出了胃癌,但没钱治病,他一直忍着,也没敢告诉太多人。疼得额头冒冷汗时,就用拳头顶着胃部,坚持打工。

余金红偶然得知他得了病,就打电话数落他:"侬是赚钞票要紧,还是命要紧啊!"

顾仁根眼泪下来了:"阿红书记呀,我没钱去看病,借了人家这么多,儿子还在上大学,能赚一分是一分,我就是做死了,也无悔。"

实在熬不住了,顾仁根无力地说:"就是在家等死了。"

余金红对顾仁根说:"你要好好活下去!"她自己带头拿出了一千元,发动社区干部和村民募捐,她还到镇里的一些企业老板那里去筹钱,终于为顾仁根凑够了手术费。

顾仁根手术康复后,为了让他有稳定的经济来源,余金红又牵线搭桥,帮其安排工作。

"阿红书记真当把我当作亲弟弟啊!"村民袁其光的感激之情,怎么也说不尽。

那一年,袁其光开货车出了车祸,欠下二十多万元的债务。他回家养长毛兔,遭遇市场行情变化,又亏了好几万元。为了还债,除了住的房子,袁其光把什么都卖了。

余金红皱起了眉头,沉吟片刻,对袁其光说:"有一个办法,你将村里二十多亩山地承包下来,种植果木,再养些山鸡。"

余金红帮他出了搞立体化种养殖的创业点子,还帮他联系水果种苗,又自掏腰包借给他五千元。

袁其光的银行贷款还不出,续贷需要两名担保人。余金红拿了自己的身份证,又拿了丈夫的身份证,为他做担保人。

袁其光感动得两眼含泪,转过头,用袖子一擦,说:"阿红书记,你就看我的!"

起早摸黑,袁其光在山地里干活。果树栽下去了。果树长叶了。果树开花了。果树结果了。

真是满山摇钱树哪,二十五亩果园,一千只放山鸡,一百多只肉兔。

袁其光说:"我是种水果的,以前担心卖不出去,现在是家门口就卖光了,去年有近十万元的收入。养的山鸡、肉兔,都卖出了好价钱,每个月多了几千块钱的收入。现在村里发展势头交关好,阿拉老百姓尝到甜头了。"

他还清了债务,盖起了新房,还开起了农家餐馆。

"以前被人追着讨债,现在收入蛮好,一年十来万总归有。全靠阿红书记帮了大忙!"袁其光逢人便说。

新建社区开设了村级便民服务和"三务"公开信息平台,内容非常详细、全面,党务、财务、村务的内容全部公开,财务公开界面中用表格详细罗列了社区每一笔账务的收支情况,便民服务界面中公开了社区服务中心咨询电话及乡镇纪委投诉电话,村民建房手续、农产品信息等都能在平台上找到。

袁其光拿着电视遥控器,按几个键,就轻松找到想了解的社区资讯。

袁其光说:"我每个月都会到这个平台看几次。心往一处想,劲往一处使,事情肯定做得好。"

余金红面带笑容,看着顾仁根,看着袁其光,看着村里的男女老少,说:"每当老百姓亲切地叫我一声'阿红书记',我感觉这是对我最好的回报。"

十二

丈夫是名卡车司机,他看到社区里大大小小的工程在做,就和余金红商量:"阿红,是不是弄几车给我做做,干点苦力总没关系吧。"

余金红一口回绝:"你想都别想,只要我在社区当一天书记,一车也轮不到你。"

余金红定了一条铁律:"社区(村)干部的亲戚,一律不得承包社区(村)里项目"。

没过几天,社区里的人对余金红说:"阿红书记,今天看到你家国校在社区里拉车嘛。"

"侬会不会看错哟？"余金红起先不信,不管怎样,打个电话核实一下,一问,还真是。

"我不是和侬说过,社区的工程侬不要来做,侬马上停掉。"余金红口气斩钉截铁,没有一点情面。

丈夫在电话那头很委屈:"是朋友车子坏了,我来给他顶一下,装了一车黄沙呀。"

余金红马上通知财务人员,不得给陈国校结账。她从自己的包里取出一百元钱,给了丈夫当运费。

来电话了,是干礤镇党委的通知。

余金红坐车赶到干礤镇。镇党委研究决定,公墓选址,选在环境优美、干群关系和谐的新建社区。

余金红也觉得,所谓叶落归根,新建社区能在自家范围内兴建公墓,老百姓一定欢迎。

不料到了六月里,余金红感到空气中有了莫名其妙的燥热。他夫妇平时在社区里都跟人打招呼,大家都是和和气气的,现在却有人怒目而视。

忽然间,有了传闻,余金红受贿落马了!

"听说检察院从余金红家抽水马桶水箱里,搜出了五百万元!"当陈国校接到朋友的求证电话后,又好气又好笑。

陈国校在电话中回答朋友:"如果抽水马桶水箱里放得下五百万元,那就算我们有五百万元了。"

余金红又是委屈,又是疑惑,为什么会有人造谣,为什么会有人信?

余金红在日记中写道:"这段时间,眼泪会无缘无故、不分任何场合流下来,我怪自己很没用,为什么不坚强一点,我认为自己不是个很脆弱的女人,但这段时间我完全变了,我知道我承受着身体的不适,女儿的不理解,工作的压力,所有一切使我没了方向感。"

带着疑问,余金红的脚步有些沉重。

虽说清者自清,但为了弄清事情的原委,消解大家的误会,余金红决定还用"老办法"，按照村民的作息时间表，踩着吃晚饭的点，上门走访。

她走进里陈206号的院门，在家的陈定权愣了一愣："咦，这时间你咋过来了？还没吃饭吧？有啥要紧事？"

余金红说："我来坐坐，社区里您辈分大，找您聊聊，听听最近大家对我有啥意见。"

余金红跟着陈定权往里走，顺手拉过椅子坐下，空腹与他拉起了家常。

谈完之后，余金红回到办公室。

办公室的角落里，堆着几个纸箱的方便面。她随手抓了一盒出来，冲了开水，泡了一会儿，匆匆几口扒完。

回到家，已是夜晚十时多，她躺到床上又失眠了。

迷迷糊糊，昏昏沉沉，总算合上眼皮。突然惊叫，她一下子坐起来。

丈夫吓坏了："你怎么了？你怎么了？"

头疼病也犯了，白天头疼时，芬必得要两粒两粒吃。她有时心里都迈不过这道坎，就怪自己："余金红，你吃力不讨好嘛，你折腾什么！"

但她硬撑着，日常工作还得做，晚上还得去走访。

连续二十二天，暮色中的村庄里，走动着余金红的身影。家家户户，你一言，我一语，已把事情说明白。

由于公墓建设惹来部分村民"风水"忌讳，再加上一些个人因素，就有人造谣中伤余金红，许多不明真相的老百姓也跟着起哄。

"我余金红在村里工作十三年，都知根知底，为什么还有人会相信这些？"经过深入沟通，谣言已经不攻自破。

"阿红书记，我们盼你每天都和我们来聊聊天，我们理解你了，我们也错了。"村民说。

村庄整治，农房改造，土地征用，坟墓迁移，哪一件事不连着筋，牵着肉，动着骨？

余金红真是操碎心，受够气，吃尽苦。

村民陈秋琴说："现在阿红不单单是众家囡，众家囡总会有喘口气的辰光，总会有人心疼，她简直成了做勿煞的众家娘姨，有啥难办的事都交给她来摆平。"

年过花甲的她，自己在家里给大学生烧烧饭也能赚钱，"托阿红书记的福！"陈秋琴由衷地说。

人心自有公道在。

十三

余金红自述。

这十几年来，确实很辛苦。根本没法顾家，早上出去，深夜才回来。

我老公对记者说："一年到头，只吃到她烧的一顿饭！"

我本来烧得一手好菜，但整年奔忙，只有农历正月里，亲戚们前来拜年，我才会抽空烧一次饭。

其实我心里最愧疚的，是当上村委会主任的那天起，就很少照料女儿了。

每次她生病，就对我重复一句话："妈妈，你不要当村主任了。你当会计，能给我烧饭，晚上能带着我。"

女儿小时候想吃荷包蛋，身高还够不到灶台，就踩着凳子自己做。

女儿上小学，骑一辆小自行车，人太小，屁股够不上坐垫，脚跨在车档间，一脚一脚地踩。

从小学到高中，都是她自理的。我实在太忙，从来没去参加过家长会。

女儿读高中时，青春期的叛逆开始了。

那天，她大发火："这些年，你有没有管过我？我宁愿要个讨饭的妈，也不想要你这样的妈妈。讨饭的妈一手讨饭，一手还会拉着自己的孩子，你呢？对我的关心、爱护在哪里？"

说得我多伤心呀，我大哭一场。

高考前，女儿对我说："妈妈，留给我一小时吧，送我去考场，有你在，我会比较安心。"

我答应了。但那天正碰到急事,我去不了,应允了也没能兑现。这让女儿很生气,唉!

我对女儿说:"妈妈亏欠你,妈妈知道你有很多的委屈……有失才有得啊,现在你的自理能力就很强啊。妈妈今后一定多顾家多想着你,看着妈妈的表现吧!"

现在,在同济大学预科班读书的女儿懂事了。她隔三岔五会打电话来,对我说:"妈妈,你不要太累了,要注意身体。天冷了,要记得加衣服。"

十四

"群岛美术馆",橙红色的五个字,方方正正。

我走进展厅,见墙上挂着的,有黑白单纯的写生画,有色彩浓烈的漆画,海岛、渔村、渔船、渔民的形象,生动的,传神的,有情趣的,有魅力的。

这幅写生《奔向大海》,画面上,并排三艘渔船,迎面扑来,海鸥惊起。每年的九月十六日为开渔节,那天中午,休整了三个多月的渔船,同时驶向海洋,极为壮观。

这幅写生《海上巴士》,渔船归港后,到岸边的交通基本都是由小舢板接送。随着时代的进步,渔港里增加了大量的动力小渔船,更方便更快捷。小舢板将逐渐退出历史的舞台。

展厅的空间,陈设着条案、茶几、靠椅、长凳……全是用旧船板制成的。

群岛美术馆馆长张高俊是画家,又是摄影家。他把对美术创作的理解,应用到了摄影技巧上,比如对色彩的理解,对构图的把握,对抽象世界的崇拜,对微观景物的痴迷。拍出来的东西也越来越杂,大千世界在他眼前什么都是美好的了。

有了这个群岛美术馆,村民们闲来逛逛,忽然发现,生活原来如此之美!

新建社区南洞艺谷农民画培训班办了几期,由张高俊来辅导。

年龄最大的学员,是八十一岁的周德英。他以前是个石匠,说自己拿惯了榔头柄,大半辈子没捏过笔,从来没接触过绘画。开课头一天,周老伯一大早就到了教室,一听创作农民画步骤,要完成构图、描稿、调色、填色等,他就打起了退堂鼓。

张高俊对他说,不要把绘画想得那么复杂,现在村里有什么,村民在干什么,想到了就在草稿纸上涂鸦,大不了换张纸重来。

周老伯就在纸上画起了春耕图,大树下有间农舍,屋前有两块地,下面那块地上,有农夫牵着牛,扶着铁犁耕地;上面那块田里,有人在插秧。张高俊拿笔,帮他补充了看门狗、树上鸟窝等细节。

一连十天,周老伯扑在创作上,循着绘画步骤一步步进行。最后填色时,他自己做主,色彩用得有些夸张,整幅画背景是黑色的,两块地一黄一粉,点缀其间的绿,衬托天空的蓝,显现了美丽的田园风光。

二〇一三年四月八日,新建社区南洞艺谷第二期农民画培训班结业。周老伯的这幅《春耕图》装裱后,被挂出来展览。

我此时没见到《春耕图》,步出群岛美术馆,却见到了大幅的立体画。

新建社区文化广场,健身休闲场所,老年活动室,图书馆,电子阅览室,残疾人康复站,青少年实践基地……

文化礼堂,里陈壁画村,南洞民居,标准游泳池……

山旮里的一个社区(村),居然有了一个美术馆,有了这么多的文化设施和活动场所,不能不令人赞叹!

在大片的绿色中穿行,脚前又会溅起点点鲜红。

樟树,樱树,柳树,红叶石楠……

这一路走来,或是满树的团团簇簇,或是枝条的细细长长,或是新梢嫩叶的红红火火……

黑色灯杆,上端呈直角,挑出一盏黑白两色的灯笼造型。

我凝视这路灯,仿佛有人影在晃动。

余金红胃病发作了,在医院挂吊瓶输液,村里来急电;有村民与电厂工人为安装电线杆起了纠纷。她二话不说,拔掉针头赶到村里处理。村民周应态感叹:"只有阿红书记能镇得住这种场面,十个男人都抵不上她一个!"

路灯总是默默地发光,从不会对往事饶舌。

我见到那高高低低的桅杆,十来艘渔船,肥肥瘦瘦的倒影,在水中波动。

这是渔人码头,不同时期的木质帆船,聚集在这里成为一个景点。

船是舟山海洋文化的摇篮,先民们期盼自己驾驶的舟船能像飞鸟一样,自由搏击大海。

"绿眉毛"古木帆船,船尖形似鸟喙,船艏有一黑白圆眼,圆眼上方有条绿色眉,故称。"绿眉毛"古木帆船在宋代出现,在明代、清代广泛应用,成为浙江海上运输、海洋渔业捕捞的主要船舶。

这时,一袭浅桃红的泡泡袖连衣裙,翩然而至。

余金红笑吟吟地来了,右手握着白色翻盖的手机,引我去看南洞民居。

桃源桥上,一头黄毛的狗,乐颠颠地跑过来,不停地摇着尾巴。

粉墙黛瓦,乌黑木门,马头墙。一户户院门的墙壁上,挂有统一的木牌标识,农家小院,南洞多少号。

我进进出出,看了好几户农家小院,标准间配置,随时可入住。

这户农家小院,南洞九十三号。院内一角,柚木树青青翠翠。

步入这个餐厅,绝对猜不到,它居然是由牛栏改造而成。长木桌,竹靠椅,干净清爽。

紫红的墙壁上,横着"吉祥如意,平安是福"的装饰物。

"和""顺",一左一右,红底铜角,红穗垂带。细看,汉字多多。

红字"和":和气生财,和气致祥,一团和气福星照,志高如立财运通,家居青山绿水畔,人在春风和气中。

红字"顺":得心应手百事顺,吉星高照万事通。天地顺,得心应手,四季皆宜,平步青云,一路荣华。人情顺,吉星高照,广开财源,步步高升,一帆风顺。

中国民间的祈望,一日又一日,一月又一月,一年又一年,由此一代又一代，延续了传统文化。

立地组合柜上，搁着一块不锈钢铭牌：浙江国际海运职业技术学院实践教学基地。

余金红指着这民居，对我介绍道，村民把多余的房子租给南洞文化公司，可以"以房养老"。南洞文化公司对民居改造后，统一管理，创建农家乐餐饮、住宿一体化的模式。项目建设以来，与浙江工业大学、华侨大学、宁波大学等十多所院校相继建立合作关系。

庭院中，有一组休闲桌椅。

我拉开一把椅子，就在这里体验一下农家乐吧，和和顺顺。

二　传奇庄园并其他

一

"庄主,柯梅社区在哪里哦? 给我个导航地址吧。"

王佳佳的指尖在手机上快速地点着,回答客人对庄园地址、游玩内容、收费标准的提问。她一放下手机,又是快速地给采摘游的客人打包水果。稍有空闲,她就用手机拍着传奇庄园的累累果实,发个朋友圈,引来众多朋友的关注和点赞。

王佳佳作为一名大学生创业者,如今是定海区白泉镇柯梅社区党委书记助理、团支部书记,她还有另一个身份:舟山市传奇农业发展有限公司法人。

这传奇庄园,是王佳佳一步步打造出来的。

那是二○○九年,王佳佳回到自己的家乡当大学生村官。林夹岙是王佳佳的出生地,老家就在山坡斜下方。王佳佳的爸爸开工厂,家庭条件较好,在她读小学时,一家人就搬到白泉镇里。

社区工作虽然充实，可王佳佳心中总有一个强烈的念头往上冒：必须做点什么！

第二年，政策鼓励整理土地，柯梅社区整理出一百多亩山地。山地整理出来后，社区招标承包，可挂了好久没人接。

在村里人的眼中，荒山是种不出什么来的。那块斜坡曾种过桃子，后来还是荒了。

看多了其他省市大学生创业的事例，又恰逢定海区出台扶持大学生创业的优惠政策，王佳佳就有了初步的构想。她决定承包土地，在荒山栽种果树，朝着旅游观光的方向发展。

"抛荒实在浪费，别人不承包，我去承包！当时，我就回家跟爸爸说了一下。"王佳佳的妈妈担心女儿吃苦受累，不赞成去承包荒地，好在她的爸爸很赞同。

于是在爸爸的帮助下，二〇一一年一月，舟山市传奇农业发展有限公司成立了。之后，王佳佳又从村民手中承包了一部分，整合为二百一十五亩山地。

开车到了柯梅社区，就看到连绵低矮的群山。沿山路一路蜿蜒，很快进到一个山坳里，背后的山冈就是长龙岗山。王佳佳承包的山地，就在这几座小山冈上。

"刚拿到，一看土就不行，一片黄土，有的还有很多石块，这样的地怎么种？"王佳佳请来农林部门的专家鉴定土壤，山地地质以岩石居多，这片山用来种果树不是很适宜，要经过土壤改良。

王佳佳和家人购买了大量羊粪和有机肥，进行土壤改良。成本巨大，仅初期阶段就花去三百万元。

"投入了这么多，前景又不确定，我心里开始没底和慌张。"王佳佳说。好在她的爸爸，用深切的父爱和经济实力，为她助推了一大把。

山坳的脚下，是条水泥路，隔一段距离的平台上，搭着一个房子。

走进去，左侧的山坡上种了红心猕猴桃，一根根石柱支撑着有些细弱的藤苗。右边的山坡上，是一批枇杷树，绕过枇杷树所在的山坡，是桑树所在。

"种植前，一直以为猕猴桃是长在树上的。"王佳佳笑着说，"现在才知道，猕猴桃也跟葡萄一样，需要立柱子。"

这二百一十五亩山地，其中猕猴桃一百二十亩、桑葚三十五亩，还有枇杷和未开垦的山林。

"白泉本来就是百果之乡，种植老品种水果肯定不行，我们就引进了当地没有的品种，定位新、奇、特。"王佳佳说。

传奇庄园的果品，是具有"维C之冠"美称的红心猕猴桃、"果中圣品"桑葚、久负盛名的"宁海白"枇杷。另外考虑到日后观光需要，园内还引进樱桃、雪梨、樱李、核桃、火龙果等四季水果。

山地刚承包下来时，只是一片荒山，什么也没有。先是遭遇干旱，过后又是水土流失。山体裸露，一下雨，雨水冲刷表层的土壤往山下流。山地底部的山路上，下雨后堆满泥土。

总得有对策，山上的草不锄，以保持水土。如果冲下来的泥土多，就把泥土再运上山。这面山墙，因水土流失严重坍塌了，重新从底部砌起来，花了十万元。那条一公里长的水泥山路，花了三四十万元才砌好。

如今，山路已是干净的水泥路，山地上铺满浇水的滴管，地里还竖着一根根电线杆，路边隔段距离竖着一根简欧风的路灯。

果园里，支撑猕猴桃藤苗的石柱子，也是靠人工一根根扛上去的，光人工费就很多。王佳佳在村里雇了工人，男工每人一天一百元，女工每人一天八十元。

一样样算下来，前后投资已有八百万元。"农业投入就是这样，别人看不出，但投入已很多了。"王佳佳说，

这么高的投入，如何收回成本？王佳佳倒是有信心："其实也不难，农业一般三到五年就可开始盈利，就拿一百二十亩红心猕猴桃来说，按亩产一千斤，每斤十元，一年收入就有一百二十万元。"

红心猕猴桃散发出诱人的果香。

整个种植园的结构类似葡萄园，石桩、铁丝构成一排排网架，让猕猴桃的藤蔓得以攀附生长。一个个大如鸡蛋的红心猕猴桃被黄色纸袋包裹

着,沉甸甸地挂满枝头。

传奇庄园里,作为舟山最大的红心猕猴桃种植基地,二〇一四年八月果实累累。

王佳佳戴着一副红框眼镜,穿着印满英文字母和图形的白色T恤,左手拿着一个剥开了的红心猕猴桃,对来人介绍:"红心猕猴桃从开花到成熟,一般约一百四十五天,每只果子能长到一两左右。"

为了把舟山猕猴桃推广出去,王佳佳想到了办理商标注册。

之后,王佳佳对"互联网+农业"的全新生产、销售模式非常感兴趣。通过两年的尝试,她推广"互联网+农业"中的电商模式,帮助周边的其他果农转变经营理念,把产品卖出去。

"传奇庄园里的订单百分之七十到百分之八十是通过网络平台获得的,其中微信销售占多数,还有一部分是淘宝。"王佳佳说。

结合互联网人群的特点,王佳佳改变了从单纯种植到销售的单一循环,将发展重心转移到种植、销售到游玩社交的全新模式,通过"互联网+农业+旅游观光",在解决农产品销售的同时,催生美丽经济,推介白泉秀美风光。

互联网成为柯梅社区乡村经济发展的新内核推动力。整个社区成立十八个电商团队,涉及农产品、农家乐、日化用品等多个电商热门领域。

来自宁波的刑女士加了王佳佳的"自然生态"朋友圈,每天看着王佳佳刷朋友圈,她心痒痒的。二〇一五年十月假期,她决定和家人一起来柯梅社区体验水果农家乐采摘游。

"很方便,我早上去果艺园摘了火龙果,这里摘了猕猴桃,全部都是扫描微信二维码付的款。"刑女士说。

石浩瑛是柯梅社区一名普通青年,大学毕业后,她没有留在外地工作,而选择在家乡做一个微商,其中一项重要业务就是帮当地村民代买一些生活中不太方便买到的东西。"阿姨,您让我帮您买的指压板已经寄到我这里了,等下您吃完饭走两步来拿一下哦。"

这两年,她用坏了三台手机,每月的营业额都在一万五千至两万元。

传奇庄园,由一个单纯的想法而引发了一连串的变化。变化之快,变化之广,远远超乎初始者的预料。

这真的是一个传奇。

二

"梦想还是要有的,万一实现了呢?"

这句话,入了镜框,挂在墙上。

舟山市网加科技有限公司总经理王波,时不时往墙上看一眼,心中默念这句自勉的话。王波的老家在湖南,来到浙江舟山创业,被称为"湖南创业青年"。

在金塘高速出口的舟山跨海大桥展览馆内,安置着网加科技公司。这是金塘管委会二〇一五年新引进的一家互联网企业。

"我们选择来金塘,是因为螺杆产业在金塘有一个集聚地,我们的理想就是为了服务当地螺杆企业,以及这批十万螺杆从业者,最后实现共同发展。"王波说。

金塘作为中国螺杆之乡,岛内拥有六百余家螺杆企业,产品占全国市场百分之七十左右的份额。面对激烈的竞争和复杂多变的经济环境,金塘螺杆产业正在摆脱传统发展方式,重铸新的竞争优势,而紧跟电商换市的步伐,是成功完成企业转型升级的重要过程。

在对金塘螺杆企业进行调研后,王波决定将企业注册在金塘。

网加科技公司业务体系主要由"E螺杆"、五个中心、八大服务组成,即以"E螺杆"为载体、平台,构建物资求求交易、人才服务培训、螺杆电商运营、产业金融服务和品牌标准数据五个中心,同时在供、产、销这一产业链中,提供原料交易、耗材交易、物流服务、加工服务、金融服务、人才服务、螺杆销售、网络服务八大服务,着力打造中国螺杆产业公共服务平台,通过电商换市助推金塘螺杆产业转型发展。

"'E螺杆'这个平台的服务是从线上和线下两方面来提供的。"王波指着在筹备、设计、开发阶段的公司网页平台说,"二〇一六年年初即将投入运行。线上主要作为一个综合信息的展示平台,而线下则提供具体交易和各项配套服务。"虽然"E 螺杆"这个平台还未正式上线,但他们在线下已经完成了一百多万元的交易,这为公司更好地打造该平台增添了不少动力和信心。

"马云就像一个神奇的造梦者,当初看似不可能实现的梦想,都逐一变成现实。"王波说,"作为互联网企业,我们也有自己的梦想和抱负。公司的未来愿景就是做工业信息服务领导者,用'互联网+'的思维,以科技为手段,为螺杆企业提供服务,在工业与信息化融合方面做一些力所能及的工作。"

三

王家明是一九八七年出生的,笑称自己已经是全公司年纪最大的员工了。

他在读大学时,就利用业余时间开网店,赚了几万元钱。二〇一〇年,他回到定海,就用这笔资金开始创业。选择数码周边产品作为主打,一方面是因为自己感兴趣,另一方面是考虑到各类数码产品会越来越普及,越来越多地进入人们的生活,潜藏的商机不可估量。

"因为自己多少有些经验,再加上就业压力也比较大,就想尝试一下,把这个当作事业来全身心投入。"王家明说。

先是在"城市新境"租了一套毛坯房,一百多平方米,没有装修,没有空调,房子里什么都没有。每月租金就要一千元。放了几张桌子和几台电脑,王家明和同学两人,就开始工作。

为了节约资金,他们自己当起了淘宝店的客服、制单员、配货员、打包员。每日省吃俭用,把钱用于进货,用于招聘兼职。

空空的房间,夏日闷热,冬天又很冷。他俩经常熬夜到凌晨两三点,二十四小时都在公司。王家明将电商平台的运营模式、营销方式摸透后,网店步入了正轨,有了第三个员工、第四个员工,公司的场地从一百多平方米换成了二百平方米、五百平方米……

舟山海拓电子科技有限公司,成为舟山市较为专业的电子商务公司之一。

运营部、客服部、物流部、外贸部、仓管部等各部门,分布得井然有序。

"我们在淘宝、天猫、京东、亚马逊等很多电商平台上都有店铺,最重要的运营部门负责公司业务的运营、产品的发布等。"海拓公司总经理王家明说,"公司一直以来主要销售的都是数码周边产品,目前已有移动电源、蓝牙耳机、蓝牙键盘、苹果手机平板保护套、数据线等几十个种类几百款产品。"

五年时间,"海拓"从两名员工发展到二十多人的团队,从一家"心级店"到多家"4 皇冠"以上网店,从日销十几单到上千单,从销售代理品牌到创立自营品牌。青春的活力四射。

"前几年,我们经营的一直都是从代理商处进购的代理品牌。因为现在电商行业竞争非常激烈,我们必须既要保证产品价格有优势,又要保证质量好,这样就必须有一个非常好的供货资源,所以我们选择自己去开发产品,自己来做成品,这样质量才能得到保证。"王家明说。

从二〇一三年开始,"海拓"逐步在广州设立线下工厂和设计公司,打造他们的自营品牌 Morock(莫瑞)。目前,在公司所有销售的产品中,自营品牌已占到百分之八十的比例。

"海拓"又把经营的目光瞄准了海外和本地优质资源,计划进入跨境电商行列,通过阿里巴巴国际站、全球速卖通、亚马逊等电商平台将产品销往欧美国家。"下一步,我们可能把舟山海鲜、舟山旅游,通过我们的线上渠道进行推广,尽我们自身最大的努力,来推广本地资源。"王家明说。

"现在我们的咨询量每天平均有上千,一共八个客服,两班倒,晚上到十二点下线。"

网上对话,跳出来了:"问下这个充电宝可以充多长时间啊?""亲,你好。这款移动电源是一万毫安的,如果给 iPhone6 手机充电的话,可以充三点八次。"

永远在求知的路上充电。

四

电子商务是现代化信息技术发展和全球经济一体化相互融合的必然结果，是信息技术应用于贸易等领域而形成的革命性的新兴贸易形式。

在"大众创业、万众创新"和"互联网+"新格局下，电子商务将成为一个地区新的经济增长点。

在定海，电商主体快速成长，骨干企业崭露头角。全区共有各类电商二百多家，经营范围包括生活用品、工艺品、农副产品等。二〇一五年前三季度，全区实现网络零售额三亿六千七百万元。

我注视着一群年轻人和年轻的事业。

三　柳行半边街

一

这条河,"岸南岸北往来渡,带雨带烟深浅枝。"

东傍仙人山,南临纱罗山,全长七千多米的大柳河,蜿蜒流淌而来。

河岸柳树成行,深深浅浅的绿色,依着水面飘飘拂拂。

相传清代有内陆商人来此开设木行,河岸单边商铺而立,逐渐成商贸街市,名为"柳巷半边街"。清康熙《定海县志》中已有"柳巷街"。

方言"巷""行"同音,遂称柳行。河岸柳树成行,伴随流水一般的时光。

柳行街东南走向,东至三江口,西至瑞生堂周家桥,全长三百七十米,是当时金塘岛内最繁华的商业街。

柳行街是一条典型的水乡古街,路面由青石板铺就。河岸单边面南筑舍经商,前店后院,或上舍下店。有店面房子九十来间,经营项目囊括传统生产生活各个方面。另一边,则是一条常年流淌的小河。

七十多岁的村民方友卿说:"那时候我还是个小孩,这条街店都开满了,有医院、药店,还有银匠店、染布店、补鞋店、松照豆腐店、南货店、打铁店、糕饼店等等,我来来去去都往这条街走。"

漫步在柳行老街,灰墙黛瓦的老宅,马头山墙,木板排门,那一个个门牌和商号,似在述说那段曾经的繁华:"五福堂"、"瑞生堂"药店,"存心堂"、"滋德堂"中医馆,还有"永和祥"南货店、"宝和钱庄"、"建业商店"、"陈家友皮革店"、"永丰猪行"……

与其他地方古镇古街不同,柳行半边街是海岛农商文化相结合的缩影,淳朴的乡土文化特别浓厚,商户多为土生土长柳行人,商铺多为手工作坊,商品多是自产自销。即使名声在外,也固守乡土,恪守耕读传家。

柳行陈氏四代行医。清嘉庆年间,中医世家陈铭公来柳行开设"存心堂"中药店,并坐堂行医。道光二十七年(公元一八四七年),其子陈修贤继承父业,在柳行祖居设医寓。修贤孙陈桂馨攻读医籍,师从镇海沈氏,一九一五年回乡行医,后又开"滋德堂"药店。陈桂馨子隆骏也随父从医。

"保民医院"是一座建于二十世纪三十年代的建筑,坐西北朝东南,呈四合院式,前屋为门面房,正楼与厢房住人。医院主人陈友庭擅长治疗气管炎,很多病人都慕名前来。

如今的院落里,只有陈友庭的儿媳薛亚琴与老伴留守着。厨房里,依旧使用着土灶和风箱。干柴在灶里烧得噼啪作响,一会儿米下锅,一会儿油浇镬,薛亚琴忙碌着,满屋浓浓的饭菜香……

柳行老街的房屋比较集中,而规模之大、保存之好的,当属陈家老宅。

陈家老宅依河而建,占地数十亩,数百间青砖旧瓦的老房,围绕着祖堂"天佑堂",一层层地向外铺开,形成了一个宅中有弄,宅前成街的繁复格局。

穿过一片空地,跨过一道石门,就在很大的四合院当中,约有三百年历史的"天佑堂",一排黑色的大门紧闭,令人肃然起敬。这里是金塘最大的陈氏祠堂。

陈家老宅的建筑布局,体现了传统建筑以"礼"为中心的儒家人文思想,表现了"天人合一"、人与自然和谐共处的人文情怀,其"四水归堂"布局,白墙灰瓦,雅素明净,是海岛传统民居的典范。

走入陈家老宅的东侧,一条细长的巷子延伸开去,看不到头,每个屋子的外形都差不多,错落有致,高低有序。陈宅内还有"米店弄"和"当铺弄",据悉都是当年陈家的产业。

在陈家老宅的一个外侧墙门巷外,有两块重达上百斤的门形巨石。这是陈家在乱世中用来堵门的,门一堵上,陈宅就成了一个"围城",可以避祸。在距陈家老宅数百米外,还立有牌坊,横额为"彩舞流芳",惜现已不见。

陈家老宅共有九进,每进各有房屋十八间左右,居住的全是陈氏后人。由于数百年的扩建,这些房屋年代并不一致,但大多数都有一二百年的历史。陈家老宅相当的大,想要走完一圈,至少需要半小时。

沿着柳行街一路向东走,前有一座太平桥。在太平桥西侧,便见徐氏"司马第"。

高大的墙门、照壁和门厅,一进门,就感到气度不凡。

头墙门为红石质,夹有青石。砖墩瓦顶,墙门顶部飞檐翘角,为起脊门台,具有浓厚的江南地方特色。墙门上方砖雕门额书"海岳传芳",上首一方为阴刻"心足居",下首一方为"江上",题款年月为"丙戌吉旦",即清顺治三年(公元一六四六年)的吉祥日子。这座徐氏"司马第",建于清顺治三年,"宅以门户为冠带",此处尽显。

砖雕门额两旁底下饰如意云纹和万字花纹。门框竖石上镌刻楹联:"地接仙人岫,门迎长者车。"大门内,高高的内屏蔽照壁,使外气不能直冲厅堂或卧室。照壁由青石座、砖身、瓦顶组成,粉墙上灰雕为云水纹,祈祷吉祥。

门楼正中悬"司马第"金字黑底匾额,为一九九六年五月重刻。明清时,大司马多作为兵部尚书之别称,而司马则成为州同、同知、左堂的别称。按《清史稿·职官表》云:"州同分掌粮务、水利、防海诸职",为从六品。任过司马之职的官员,致仕后,往往都会在宅第前署"司马第",以彰显身份和光宗耀祖。

石门墩雕刻两狮戏珠,狮子是兽中之王,为镇宅神兽,形象威武雄壮,古代一般雕刻石狮子摆放在大门前或作门墩,以壮声势和辟邪。两狮戏珠也寓意"事事如意"。

门前是一对硕大的抱鼓石,亦称石擂鼓,青灰大理石做成,重达千余斤、直径近一米。鼓面光滑、细腻柔润,鼓座上饰如意祥云纹。

抱鼓石是中国宅门"非贵即富"的门第符号,是最能标志屋主等级差别和身份地位的建筑装饰品。封建年代,只有官宦人家的宅门,才能安放抱鼓石,普通市民只配用门枕石。

难怪当地俗话说:"摸摸徐家石擂鼓,财运就会连连来。"盛暑时节,有人将身体贴在鼓面上,清凉惬意,可消暑气。

穿堂大门,宽三点四米,左右厢廊各宽二点六米。门厅的两侧,各置长二点二米的青石条凳。据说五道墙门仅留此一道,有"文官下轿,武官下马"之礼规。

关于"司马第"的由来,金塘民间有个传奇故事:相传明末清初时的一天,徐家先祖允才公在仙人山的山坑放牛时,遭遇了一场大雷雨。雨后,他在坑底偶然拾到一颗被山水冲下来的大珠子,发现它夜里会熠熠发光,才知道原来是夜明珠。于是,夜明珠被进献给了皇上。皇上得宝大喜,当即封授他做了"同知"的虚职,敕建"司马第"并赏赐黄金。允才公回金塘后,选中了仙人山下、柳行太平桥侧的风水宝地,建起"司马第"七十二间走马楼,据说当年所需的石料都是通过金塘溪,从宁波镇海运过来的,而且是人工抬的,耗费了很多人力物力。允才公并购田产,分给自己五个儿子耕种,成为当年金塘首屈一指的大户人家。后来,一场大火烧了七十二间走马楼,徐家也就从此败落。

一度门楣光耀,终为过眼云烟。

"金井桥头立一立,看一看,这里有两片荷叶地;一片出在金井庙,一片出在陈家老祖堂。"

吟着柳行老街的古老歌谣,一步步踩上金井桥。

这座建于晚清时的石板桥,横卧河面。金井桥属于梁桥,桥墩由长石条砌成,桥面由长方形石条铺成。桥面宽二米多,长约十一米,两侧有石条栏板。栏板两侧均刻有"金井桥"三个繁体字,每侧分别有五根望柱,坚固而美观。

平日里,村妇们蹲在河边的石级上,洗衣洗菜。

春末,有人一早将棕榈叶缠上细绳,绑在河道栏杆上。待傍晚拉起来,棕榈叶上便爬满了螺蛳,足以做一道时令美食。

河边人家,与潺潺的河水相映成趣。

二

柳行半边街,是舟山群岛一个保存完好的、具有典型的海岛乡村文化特征的古巷集市。

柳行半边街现存的历史传统建筑,反映了海岛传统商铺、民居及官邸等多种建筑样式风格以及不同历史阶段的建筑特色。柳行半边街具有典型的浙东海岛传统商铺建筑特征,以河成街,街桥相连,面河筑屋,水巷一体,完整地保存着海岛古巷的风貌和格局。

按传统风貌恢复古街的整体格局,包括建筑外形、店容店貌、道路格局。按照"修旧如旧"原则,对柳行现存的老商铺建筑进行修缮,确保原有建筑风貌。对已作改建的商铺朝街立面尽可能按老街老宅风貌重新布局。其中陈家老宅群落作为柳行传统民居建筑典型予以重点修缮,充分挖掘其所蕴含的文化内涵。柳行半边街可分"老中药"、"老行当"、"老作坊"、"老味道"等不同性质来布局,恢复老字号,恢复传统手工作坊,再现清末民国柳行风情,着力发掘柳行传统特色产品,强调以前店后坊的形式现制现卖。

陈家老宅围起了保护栏,搭起了脚手架,开始主体房屋的修缮及周边环境的改造。

在保留其原有风貌和古旧感的基础上,对柳行古街进行局部改造修缮。对外立面按规划设计要求进行保护性建设改造,拆除与历史风貌有冲突的建(构)筑物。

柳行古街改造项目,是金塘提升文化产业发展的一个重要样板。按照规划设计,总建筑面积约三千八百平方米,将充分挖掘陈家老宅、徐家"司马第"、"天佑堂"和金井桥、金井庙、千年古刹普济寺等古建筑资源,打造集绿色生态、地域人文、古迹保护、商业开发为一体,兼具"历史人文、水乡风情、休闲生活、生态教育"等主旨的文化名街。

以"舟山群岛古巷集市典型"、"海岛传统建筑文化"、"海岛佛教文化缩影"为依托,突出"柳行民俗陈列馆"和"柳行文化长廊"建设,集中展现柳行浓郁的特色文化和深厚历史底蕴,描绘出柳行古街改造后的美好蓝图。"我们的文化礼堂并不是指单纯意义上的文化礼堂,而是把整个柳行整合在一起,在'古'文化的熏陶下,共筑村民的精神家园。"

三

土生土长的柳行人,二十多岁时,随着乡亲去了北京。

那是二十世纪九十年代初,叶国耀在北京看到了北京第一百货、燕莎购物,这些大的装修工程都是金塘人在做。金塘人做装修很成功!

叶国耀年轻的心,震撼了!这无疑是一种动力,驱使他去努力,去奋斗!

叶国耀后来成为建筑公司经理。然而,他却放弃了丰厚的待遇,于二〇〇八年任柳行社区兼职副书记,几年后任柳行社区党委书记。

有人觉得他傻,他却乐呵呵地说:"很幸运能选择从事自己喜欢的工作。"

"社区发展"这四个字,从叶国耀上任的第一天起,就深入到了他的骨子里。他说:"发展经济,才能让老百姓的钱袋子真正地鼓起来,才是壮大社区的唯一出路。"

社区新建了一千五百平方米的办公楼,等到房屋竣工,搬进来的却是一家家商铺,超市、电器城、快餐店、家具店……

柳行社区集体经济相对薄弱,叶国耀就想到,新办公楼腾出来,出租给商铺，一年收入二十五万元。社区还出资翻新了两幢废弃的厂房，一年也能增加十几万元的收入。

有了集体经济收入，叶国耀带领社区实施民生工程，短短几年间，已累计投入数百万元用于基础设施建设：改造菜市场、铺路、修桥，建防洪堤、防渗渠……

叶国耀说："承诺老百姓的，我一定做到，因为这是我的责任，我不能辜负领导对我的信任和百姓的期望。"

欢快的锣鼓敲起来了，随着海岛的风，一阵阵回响。

二〇一三年九月九日下午，金塘镇柳行社区的民俗陈列馆正式开馆，标志着柳行社区文化礼堂正式启用。这是金塘岛内第一个建成并投入使用的社区文化礼堂，也是定海区乃至舟山市首批建成的农渔村文化礼堂示范点之一。

柳行社区文化礼堂总面积一千五百平方米，以"古、雅、颂"为主基调，充分挖掘自身资源优势，传承地方非物质文化遗产和民俗风情。社区已拥有了一个可容纳五百人的剧院，配有流动图书室、春泥活动室、公民素质讲习所等，拥有两个五百平方米的公园，还有两千平方米的墙体画，二百多米的文化长廊，通过图片、文字以及实物展示，全面展示村史村情、乡风民俗以及文化遗存，让更多的村民了解社区的历史文化变迁。

叶国耀忙里忙外，额头都渗出了细汗。他真的是打心眼里高兴，说："老百姓能够体会到我们柳行社区的历史文化内涵，继续发挥好我们社区对文化建设的作用，通过文化礼堂的建设，更好地提高我们老百姓的文化素质。"

叶国耀说："我是个粗人，小时候也没条件学个吹拉弹唱。虽然我自己不会，但我爱听爱看，最爱经常去礼堂看社区里的文艺爱好者唱歌跳舞。"

四百多平方米的礼堂，舞台、音响、灯光等一应俱全。

成人礼仪式，专题培训班，文艺演出，中式婚礼，家长日活动……

月月有安排，周周有活动，样式各不同。叶国耀说："每次安排活动，忙是忙了点，但是我高兴，老百姓又有乐子了！"

四

十岁的男孩叙霖跟着爸爸,参观柳行社区礼堂的民俗陈列馆。他对一个巨大的石磨产生了兴趣,拉着爸爸的衣角说:"这是什么啊?"

青花瓷瓶、粉彩花碗、欧式台钟、石磨石臼……一百多件展品,年代以清朝至民国时期为主,在民俗陈列馆里静静地展示着。这些展品都是柳行社区居民自愿捐赠的。

当时刚筹建民俗陈列馆,社区工作人员上门去宣传。

有的居民露出疑惑的神色:"家里这些老底子的瓷碗、瓷罐,放到陈列馆里去,也能跟文化搭边吗?"

有的居民透着试探的口气:"我爷爷屋后的石臼算吗?还有父辈留下的红提桶,压箱底的一些老瓷瓶,这些难道都算吗?"

"当然都是,这些保存下来的老物件见证了我们金塘的历史变迁啊!"社区工作人员鼓励大家。

青花纹酒杯、粉彩花卉瓷罐、嵌骨木椅……钟幼飞把家里从清末传下的藏品都送来了。她说:"老百姓自己的文化礼堂,我们当然要主动参与咯。"

居民顾凯儿家里有不少这样的老物件,小时候经常翻出来和小伙伴玩过家家。听说要建陈列馆,他马上找到父亲,一下子找出了十多件器物,有粉彩瓷壶、墨彩瓷碗,还有朱红捣斗,甚至连老台钟都翻了出来。社区请了舟山市博物馆的专家来鉴定,这些物件竟然都是民国年间的。

顶着烈日,蹬了辆三轮车,社区工作人员金善军挨家挨户上门收集大件的石磨、陶罐。怕东西损坏,他找了两床棉被铺在三轮车上。几家跑下来,已经是大汗淋漓。他抹着满脸的汗水:"大家这么主动热情地建设文化礼堂,我们当然也要细心对待了。"

居民们渐渐踊跃起来,纷纷把家里的老古董抱到了社区。徐家祠堂里的祖传船鼓送来了,被居民当成洗衣板的会碑送来了……

几天的工夫，陈列馆里就多了好几十件展品。社区工作人员细心地拍照编号，在每件展品上贴上捐展人的名字。

"不少居民家里的传家宝，别人高价收购都不肯拿出来，但这次为了文化礼堂都主动捐展了。他们说，好东西要大家看，这样对我们金塘历史文化才有更好的了解。"叶国耀说。

民俗陈列馆就这么建起来了，陈列生活用品类、生产加工类、娱乐类等各种展品，全天免费对外开放。

凡是来金塘参观旅游的人，都要来这陈列馆走一走。"就连正月里来柳行走亲访友的，居民也会带着他们来陈列馆走走看看呢！"社区工作人员说。

生长于斯的陈特达说："这些东西记载了祖辈的民俗文化轨迹，也是街坊们齐心奉献建设起来的。所以我经常带儿子来看看，一是让他了解历史，另外也让他感受这样的奉献精神。"

好多人围着一座制作精美的船鼓，连连赞叹，难得一见！

这是海岛发现的一座保存完好的神像"座椅"，从前民间传统行会用于抬菩萨神像出殿巡游。

船鼓高二米，长二点二米，造型像一艘华丽的宫廷游船。船头是菩萨座位，船尾置鼓架，中间是亭台楼阁。船鼓从上到下共有五层，底部用长木条做成船鼓底脚、鼓架及菩萨座位，共两层；其上以亭台楼阁为船顶，前后三排；其中船头菩萨座位上面是三层亭台楼阁，后面相连的亭台楼阁，为两层。

船鼓的船头正面有一块金黄色雕板，正中间为写意的"龙头海水"装饰，上书一个红色"王"字，两只龙眼乌黑发亮，两边有海浪图饰。

船头两面的装饰华丽，全部使用金色，三只展翅的蝙蝠围合着圆鼓鼓的"船眼"，又饰以如意吉祥图案。菩萨座位两边还装饰两条金色飞龙。

船尾是"凤戏牡丹"，两边雕饰凤凰展翅，还有牡丹仙花之类吉祥图案。色彩多样，有金黄色、大红色、绿色。

船鼓亭台楼阁上端，每层栏杆嵌镶花草等吉祥纹饰，挂面雕刻蝙蝠如意、暗八仙、云纹、回纹等多种纹饰，漆朱贴金，环绕整座船身，绚丽美妙。

据《金塘志》载，历史上，为求风调雨顺、五谷丰登、人畜太平，岛上兴"东岳会"，每年农历二月初十至十五，举行盛大群众行会。自大丰始，至沥港结束，上千人参与，抬着菩萨，仪仗开道，龙灯、船鼓、高跷、台阁，民乐伴奏，鞭炮齐鸣，浩浩荡荡，巡游各村。

船鼓是整个游行队伍中的一个重要组成部分，由八人扛抬，船内立一人，击鼓指挥，伴着节奏增添喜庆气氛。船内击鼓，船外敲锣，后面还有人吹笛、拉琴等，热闹非凡，船鼓即由此得名。

船鼓在此。似有鼓乐起，听无声，闻巨响……

四　鸟岛守护人

一　上岛去!

白色的巡逻船,船舷两侧是黑色的黑体字"五峙山1号"。驾驶舱上方,桅杆高耸,有探照灯、高音喇叭、红绿白色信号灯。

从岸边,一步跃上船舷,落在墨绿色的甲板上。我显然有些兴奋,上岛去!

此次航程有特点,坐"五峙山1号",到五峙山列岛。从舟山本岛西北部的一个码头出发,目的地为七公里之外的鸟岛。

离港出海。东海波涛汹涌,这载重四十吨的钢质船上下颠簸,破浪而行。

六十五岁的王忠德,头发花白,额头几道深深的皱纹,眼角的鱼尾纹密且长。他中等身材,穿灰白色暗纹的短袖衬衣,外貌并不出众。

王忠德一开口,哎,舟山口音浓重,中气又足,顿时引人注目。旁人竖起耳朵,连听带猜,半懂半蒙。

王忠德丝毫不受别人的情绪影响,不断地打着手势,连说带比画,谈

166

兴正浓。

说起来,王忠德从一九八六年夏季开始守护鸟岛,至今已二十九年。有人称他为鸟岛"岛主",也有人冠他为"东海鸟王"。

船舱壁上,贴有《浙江省舟山五峙山列岛鸟类省级自然保护区主要鸟类资源分布图》,左侧为地形图,右侧为十六幅彩色照片。

王忠德指着这鸟类资源分布图,对我介绍起来。他双眼有神,闪烁着异样的光彩。

这是"世界神话之鸟"——黑嘴端凤头燕鸥,全球数量估计不足五十只,五峙山能证实的已有十八只;

这是世界濒危的鸟类——黑脸琵鹭,全世界仅剩六百只左右;

这是世界受胁物种——黄嘴白鹭,全世界数量稀少,但五峙山估计有近千只;

还有白天鹅、白鹭、黑枕黄鸥、角鹛鹏、蛎鹬、蓝矶鸫、灰尾漂鹬、黑尾鸥、燕鸥……

现已记录拍摄到各种水鸟四十八种,分属七目十科,其中留鸟九种,夏候鸟十八种,冬候鸟十九种,过境鸟两种。

在五峙山列岛繁殖栖息的鸟类数量,从当时的三百多只,增加到如今的一万三千余只。

我凝视着鸟岛守护人,这银丝缕缕曾是满头黑发,这皱纹深深曾是满脸光泽。

从小王,到了老王,这二十九年的坚守,该是怎样的历程?

二 穷人家的苦孩子

舟山本岛西北端的海面上,有一个悬水岛,名马目。

相传古有马死葬此,名马墓,谐音马目。

一九二三年的《定海县志》载:"马目山,离县约六十里,高三十余丈,周围二十余里,泉甘土肥,巨公多隐居于此。上有天妃宫。一名马墓。按:

明嘉靖二十五年,副使许东望击贼于福山洋败之。"与县志记载有关的民间传说,"马目"一名另有来历。

一说"马目"本名"福山"。相传,在七百多年前,元世祖忽必烈东征,在福建大造战船。所需的木材、资金全部"取之于民"。因为官府没完没了的勒索,当时有三个福建富翁就带了金银财宝逃到马目避难。故有"巨公多隐居于此"一说。那时的马目是个无名岛,就以先住福建人为名,称"福山"。并把附近的海域,称为"福山洋"。

一说"马目"是"妈姆"音变而来的。相传,在马目避难的三个福建人信奉天妃神,元大德年间,造了一个天妃宫,他们以天妃宫为家。当时岑港有个信菩萨的老太太,听说天妃宫有菩萨,便来朝拜。她不知道天妃是什么菩萨,住在宫里的福建人告诉说:天妃又称妈祖,她是福建人林默修成的,是海上保护神。可是这老太太听不懂福建话,误以为这菩萨的名号叫"妈姆",念念不忘。这老太太把这菩萨所在地方亦称"妈姆",到处拜菩萨,"妈姆"的叫法传开了。清康熙之后,舟山各地的地名逐步规范化,人们以为"妈姆"之称太俗,遂改称"马目"。

无论地名来历如何,这地方是确实存在的。

当地有一句民谣:"马目绝壁坎,一年到头吃不上三餐饭。"由此可见,此地唯有风浪,唯有贫寒。

马目山脚下的黄金湾村,尽管小,尽管穷,人们脱贫致富的渴望,却那么强烈。

一九五〇年二月,王忠德出生在黄金湾村。父亲是渔民,母亲做家务。

从没见过黄金,只有路两侧荒败的芦苇和野草,高过人头。山上种的都是番薯,是主食。

一九五六年,此地建马目乡。两年后,马目岛东面筑塘围涂造田,遂与舟山本岛相连。四面环海的马目岛,从此成为三面环海的马目乡。

王忠德十三岁那年,母亲病逝。他初中才读一年,只得辍学,到生产队参加劳动。

父亲在外撑船,几个月不见身影。天黑了,王忠德一人睡觉。夜里做噩梦,哭着惊醒过来。

穷人家的苦孩子,抹着眼泪,咬着牙关,又下地干活。他手脚利索,肯吃苦,不叫累,大人们对他都点头称赞。

王忠德十四岁那年入团,十八岁那年入党。从小队会计到大队会计,从副大队长到大队长。

"这小伙子不错,思路很好,在会上讲话,条理分明。"上级领导到村里来,拍拍王忠德的肩膀,鼓励一番。

二十三岁那年,王忠德到了马目乡里工作,分管农口。之后,到宁波林校培训。

马目乡的老百姓,以农作物种植、水产养殖、滩涂养殖为主,农作物主要种植水稻和四季蔬菜;水产养殖,主要养殖虾、蟹;滩涂养殖,主要养殖泥螺、海瓜子。

山林面积多了,种植桃、橘、梨等果木,还有生态公益林面积,郁郁葱葱的。

王忠德成了乡里的林科员,也有干不完的事。

三 "苦出眼泪来"

灰鳖洋的海域上,距舟山本岛西北七公里处,散落着七个无人岛,大五峙、小五峙、龙洞山、鸦鹊山、馒头山、无毛山、老鼠山。这便是五峙山列岛。最高海拔四十六点六米,多悬崖和裸岩。

五峙山列岛属北亚热带海洋性季风气候,温暖湿润,夏无酷暑,冬无严寒,平均气温为十六点三摄氏度。

五峙山列岛附近海域受杭州湾排出江水的影响,有机质含量较高,鱼、虾、贝、藻类资源充足。列岛位置偏僻,自然环境幽静,是迁徙水鸟理想的取食和停栖地。

五峙山列岛植物种类丰富,植被类型包括常绿针叶林、落叶灌丛和草丛。多见的有:日本野桐灌丛、葛藤灌丛、山合欢灌丛、茅莓灌丛。

王忠德从小就听说过五峙山列岛。上辈人说，一百多年前，五峙山列岛全是海鸟，一千多只，数不过来。后来，有人上岛捡鸟蛋，捡鸟蛋的人越来越多。鸟蛋没了，断子绝孙，鸟就越来越少了。

一九八六年五月的一天，一艘船在海面上溅起浪花。舟山市定海区马目乡林科员王忠德，协助市、区农林局、科委进行海岛资源调查。他们在五峙山列岛发现，这里栖息了三百多只海鸥，还有十几只白鹭。

抬头望着天上飞的海鸥，王忠德忧喜交集，忧的是从前一千多只鸟，如今只有三百多只，喜的是有关部门开始重视，总算有了希望。

市农林局领导对王忠德说："弄条小船去管管，保护好这些鸟。"

王忠德爽快地答应："好嘛！我管！"

王忠德没想到，这一承诺，竟让他日后"苦出眼泪来"。

五月到八月，是鸟类繁殖的季节，成群结队的海鸟从北方飞至五峙山列岛。

每天凌晨，王忠德就起床，煮好米饭。早上六时，他就自备干粮，拿一顶草帽，出门了。从岑港出发，小机动船要开一个多小时，才能到鸟岛附近海域。直至傍晚，太阳快落山时，他再回来。

起早摸黑，这不在话下。难的是，出海就要用船，用船就要租船费。

他拿着上面的拨款一千元，去租了一条小机动船。自己不拿一分钱的补助，还自掏腰包买香烟给人家抽。

天天出海，这一千元租费很快就用光了。

乡里财政困难，根本就没什么钱。"租船费付不出，谁给你呀！"

王忠德说："讨饭一样，一点点地去讨。"

到区里，到市里，到农林局，到环保局，到科委，这家一千元，那家两千元，磨破了嘴皮子。

有次到区里，找到分管的区领导。区领导双手一摊，说："我现在手头也没钱。要不，我批一些计划柴油票，给你拿去。"

王忠德一边说："不好意思，让您为难了！"一边赶紧拿计划柴油票的批条，生怕飞走了。

以计划柴油票买，一斤柴油只需两角钱。而没票到市场上买，一斤柴油需一元钱。这回拿到最多了，有一吨计划柴油票，也就是两千斤柴油，市场价两千元，刨除四百元成本，差价一千六百元。

王忠德一回到乡里，就去找那名船主。他小心翼翼地从贴身口袋里掏出来："这一吨计划柴油票，就给你当船费了。你自己去处理吧！"

并不是每次都能讨到钱，热面孔贴冷屁股，是常有的事。

有一天，王忠德去见某领导。某领导拉下脸，训斥道："这鸟蛋有什么好管的，你真是多事！"

王忠德说："听了真伤心，我的面子都没了！多少难哪，要是没信心，是支撑不牢的。"

疲惫不堪，拖着两条沉重的腿，回到家里。王忠德重重地坐下，唉——叹口长气。对某个握有实权的人，好话说尽了，没用。怎么办呢？

王忠德双手支着额头苦想。他抬起头，上上下下左左右右扫视了一遍，家里没一样值钱的东西。

这时，他看到墙角里，堆着两个米袋子。他右手握拳，往左掌一捶，有了！

王忠德扛起一个米袋子，就往那人的家里送。这一袋五十斤大米，是自己的口中粮。为了鸟岛，哪怕自己勒紧裤腰带，也值了！

四　劝阻渔民上岛捡鸟蛋

那时途经鸟岛的船只很多，不少渔民都会背着鱼筐，上岛捡鸟蛋，最多一下午就能捡满好几筐，甚至有人专以偷拾鸟蛋、幼鸟赚取外快。这种人为的干扰破坏，造成鸟类数量和种群急剧减少。

王忠德说："刚去的时候，不知道怎么保护这些鸟，最笨的办法就是站岗。其实，最有效的办法也是站岗，起码能拦住渔民上岛捡鸟蛋。"

他天天来，驾船绕岛数周，停泊在附近，只为劝阻渔民上岛捡鸟蛋，保护群鸟在此安全地生殖繁衍。

夏候鸟产卵孵化的日子,恰值酷暑。毒辣辣的太阳,将巴掌大的小岛晒得热气腾腾。凝固闷热的空气中,夹杂着黏稠咸湿的海风。头戴草帽的王忠德,却在岛上数着"一只鸟,两只鸟……"没遮挡的手臂晒得脱了皮,总是黑一块白一块。他苦中作乐:"这是旧皮不去,新皮不来。"

一九八七年初夏的一天,王忠德看到几个村民在捕鱼间隙,上岛捡鸟蛋,就上前制止。

这几个村民气势汹汹:"捡鸟蛋,世世代代都可以,谁叫你来管!"

一个壮汉,上前就是一拳。

王忠德捂着痛处,丝毫没退让。他伸开双手,大鸟护雏般牢牢护着身后的鸟蛋,义正词严。几个村民自知理亏,讪讪地离去。

一九八八年五月二十三日,舟山市定海区人民政府发出通告,将五峙山群岛列为区级自然保护区,对龙洞山、馒头山岛上的黑尾鸥、白鹭等鸟类资源实行保护。在鸟类登岛繁殖季节(每年的五月一日至八月三十一日),严格禁止任何单位和个人涨网船只、流网船只的渔民到龙洞山、馒头山岛上去拾鸟蛋和捕幼鸟。

然而,要改变渔民的陋习很难。

一九九〇年五月二十四日中午,两只渔船,三只小船,载着九十六人,强行上岛。

"我鸟类保护人员马上进行劝阻,这批人不但不听劝阻,还大骂我保护人员。因保护人员人少、力薄,无法进行阻止,结果把龙洞山、馒头山、鸦鹊山上的白鹭蛋、海鸥蛋一扫而光。"

马目乡紧急报告,要求严肃查处那些破坏保护区鸟类资源的肇事者。

目无法纪者,其可悲之处,在于愚昧无知。

要从启蒙教育开始,让渔民知道保护鸟类的重要性,知道遵纪守法的底线。

王忠德在每个小岛上设立了宣传牌和警示牌,联系了镇广播站循环播放保护鸟类的内容和要求,印发了保护鸟类的宣传资料,挨家挨户上门分发、解说。渔户开玩笑说:"鸟大的事,他一天能来个好几回。"

对于明知故犯的上岛破坏者,由执法部门给予罚款处理,直至追究刑事责任。

这样一来,上岛捡鸟蛋的人明显减少。

"我这个人,话说出去了,一定要做到,要干到底!"王忠德近乎执拗的行动,深深感动与折服了周边的渔民。

念经的阿婆们提起王忠德,都竖起大拇指:"他做的都是积功德的好事情,阿弥陀佛……"

五 要护鸟,先懂鸟

王忠德说自己文化很少,但是他懂得一个道理:要护鸟,先懂鸟。

回想当年,王忠德坦言:"连找个问问的人都没有,分得清海鸥和白鹭就算不错了。"

为了更好地保护鸟岛,他悄悄地开始自学。

王忠德随身带了小本子,除了在周围海域巡逻,把各种鸟类的进岛时间、筑巢、产蛋、孵化、育雏、迁离,以及鸟类的食性、特征,分门别类地作了详细记录。

这本厚厚的鸟类观察笔记本,字体歪歪斜斜,白字连篇,有几处因汗水滴落而字迹漫漶,记录的内容,是海鸟的迁徙史和生活史,也是鸟类门外汉成为鸟类"土专家"的自学史。

五月初,已经有一些海鸥和白鹭三三两两飞到岛上搭巢筑窝,过几天会更多。

海鸥的窝多筑在山坡草丛,也有不少干脆直接筑在裸露的礁岩之上,多用软草为材料,窝为碗状,较为简陋。

黑尾鸥喜欢筑巢在山崖峭壁上,一律面朝大海,没有任何遮挡,随时准备赴海中捕食。

黑尾鸥对巢看得轻,对蛋却看得很重。一窝蛋一般三只,壳是青色的,带浅褐色斑点。巢里的蛋一旦被人摸过或被挪动过,黑尾鸥就会弃之不用。

如此圣洁的蛋,海鸥却只孵化两只,另一只蛋作为"储备的粮食"。一旦遇到狂风暴雨天,无法外出觅食,海鸥成鸟就会啄破那只未孵化的蛋,供雏鸟食用,以维系其幼小的生命。

各种海鸟分区筑巢,互不侵犯。

黄嘴白鹭属于国家二级重点保护鸟类,数量稀少,只在海岛繁殖。

黄嘴白鹭对巢位具有明显的选择性,优先选择那些高灌丛,其次是较低的灌丛,再次为草丛。

黄嘴白鹭的巢呈浅盘状,以灌木枝和草秆为主要巢材,巢内无铺垫物。黄嘴白鹭的窝卵数在二至六枚之间,以三枚和四枚居多,卵的形状呈椭圆形,为淡青色。

孵卵由雌雄双方轮流,轮班时当面清点卵数。如遇风雨天,双鹭同时蹲巢护卵,有时,雄性白鹭还会展开翅膀为蹲巢护卵的"娘子"挡风遮雨。

雏鸟以喙轻轻啄出壳后,生长发育速度,可谓惊人。

第一天,体被少量白色绒毛,睁眼,不会叫,不能站立。

第四天,茸毛基本覆盖全身,会叫,能站立。

第七天,两翼开始长出正羽,呈粉红色。

第十天,两翼正羽长至四五厘米,能在巢附近行走。

第十三天,背部、腹部均长出羽毛,逐渐变为纯白色,能奔跑。

第十六天,全身大量长出羽毛,能离巢大范围奔跑,难以捕捉。

黄嘴白鹭的食物全为鱼类。

黄嘴白鹭飞起来了,王忠德仰望蓝天上的黄嘴白鹭,觉得那是自己的心情在飞。

这份科学研究项目计划任务书,项目名称为《荒岛自然资源保护与开发——龙洞山、馒头山白鹭、黑尾鸥繁殖场所保护》。

野生动物资源是国家的宝贵自然资源。保护候鸟栖息场所,保护自然生态平衡,造福于人类,是本课题宗旨。

通过本课题,保护白鹭、黑尾鸥繁殖栖息场所的环境条件,扩大白鹭、黑尾鸥的种群资源，为海岛的开发利用、进行鸟岛旅游创造条件，并摸索白鹭、黑尾鸥人工繁殖、饲养的可能性和回放等有关科学数据资料。

一九八八年五月，舟山市农林局、定海区农林局、定海区科委、马目乡政府，相关人员签字。

签字者，王忠德也在其中。既然签字，就表示要负责任，要付诸实施，要有结果。

每年五月一日至八月三十一日，王忠德对鸟岛进行保护，禁止人为破坏，并记载观测鹭、鸥迁入和迁出日期、数量，观察其他鸟类在此栖息的种类、数量。

观察鸟巢部位，登记产蛋窝数，观察其自然孵化率及雏鸟成活率、生长速度及雏鸟食物情况。

人工孵化和饲养试验。捡取三十只到五十只繁殖鸥蛋，用恒温箱进行人工孵化试验，观察其孵化率、成活率、生长速度，与自然状态对比。人工饲养雏鸟，摸索其食性，与自然状态对比，为人工饲养提供科学依据，探索人工孵化饲养的可能性。

待雏鸟育成后，羽毛丰满时，套上环志，放回岛上，观察其与自然状态育成的雏鸟的亲和合群情况，及对人的亲近情况。对套环志鸟，观察其在不同季节迁徙活动的范围及回迁率。

王忠德左手轻轻地捏着一枚黑尾鸥蛋，右手用游标卡尺量了量，记下尺寸。再把这枚黑尾鸥蛋放到天平秤上，称重量。黑尾鸥蛋的个体较大，六十克左右，比普通的鸡蛋还大。

王忠德说："当初什么都不懂，不管三七二十一，带回来再说。"

从鸟岛上取来，带回家，进行人工孵化。孵化期二十六至二十九天。

六只雏鸟破壳而出，胆怯怯地看着这个陌生的世界。

王忠德蹲下身，对雏鸟们说："不要怕，不要怕，我会对你们好的。"

雏鸟们睁着小眼睛，不会叫，不会站，更听不懂王忠德的话。

雏鸟孵化出来了，可鸟食怎么办？

王忠德到菜市场去，买了新鲜的小鱼、小虾，拎了一袋回家，喂给雏鸟吃。

观察雏鸟们，一天吃多少次，每次多少量。

王忠德一天天到菜市场，雏鸟一天天有变化。尖尖的小嘴，灰灰的、湿湿的羽毛，颤巍巍地扑棱着刚刚长出茸毛的小翅膀，啾啾直叫。

二十多天下来，也是一笔不小的开支。

月工资本来就不高，老伴处又不好开口，纠结了半天，王忠德最后只能委屈自己。烟瘾极大的他，硬生生地将烟量从一包降到半包，省下烟钱换鸟食。

忍住烟瘾，可真不容易。习惯性地从烟盒里抽出一支烟，掏出打火机想点，又犹豫了，想了想，把烟凑到鼻尖上，深吸一口，又放回去。

实在憋不住了，就狠心抽吧！每抽一支烟，恨不得连烟屁股都给抽了。

好在，逐步摸索到了黑尾鸥的孵化周期、生长周期。雏鸟养大后，在其左脚，佩戴了橘红色的塑料脚环。带到鸟岛上，放其回归大自然。

对黑尾鸥的自然状态育成，对黑尾鸥的人工饲养育成，王忠德都了如指掌。

五月四日，黑尾鸥开始进岛。五月六日，黑尾鸥筑巢。五月九日，发现鸟蛋三枚。五月十三日，开始大量产蛋。六月十六日，雏鸟基本出壳。六月二十日，雏鸟个体开始长大。七月十五日，幼鸟开始学飞。七月二十三日，幼鸟已长大，能开始长距离飞行。七月二十九日，小部分开始迁飞至别处。八月四日，大部分迁飞至别处。

王忠德记下了这一切。他说话时，底气更足，喉咙更响了。

六 "世界神话之鸟"飞来了

二〇〇八年五月二十五日，王忠德发现少量大凤头燕鸥。之后数量逐渐增多，到五月底，大凤头燕鸥达到五百只左右，结成大群在空中盘旋飞行，主要分布在鸦鹊山、无毛山这两个岛屿。

六月二十五日,通过远距离拍照和上岛统计窝卵数,确认鸦鹊山西南侧草丛的混合繁殖群巢区,有大凤头燕鸥繁殖个体三百一十五对,黑嘴端凤头燕鸥繁殖个体一对;无毛山东北侧的混合繁殖群巢区,有大凤头燕鸥繁殖个体一百六十六对,黑嘴端凤头燕鸥繁殖个体一对。

这是首次在五峙山列岛发现黑嘴端凤头燕鸥!

"那天真是激动得眼泪都要出来了,回到家里,多喝了好几杯酒。一直不停地哼哼着小曲,就连做梦也一直在叫黑嘴鸟、黑嘴鸟。"王忠德给黑嘴端凤头燕鸥取了个小名。

额、头顶及枕部黑色,后头有羽冠。颈白色,上体淡灰色。翼下覆羽和腋羽淡灰色,尾羽灰褐色。下体白色。橘黄色的喙比燕鸥类略粗,稍微弯曲,其尖端部三分之一为黑色。脚和趾,为黑色。叫声,是沙哑的高叫。

这一珍稀鸟类,数量稀少,行踪神秘,曾在人类视野中失踪了半个多世纪。

不知道为什么来,为什么去,它太神秘了,被学界称为"神话之鸟"。

黑嘴端凤头燕鸥,第一件标本,学术上称为模式标本,于一八六一年采于印度尼西亚东部。一八六三年,由德国鸟类学家赫尔曼·施勒格尔定名。

然而,这种鸟类自发现和命名之日起,一直很少被观察到,只在印度尼西亚、马来西亚、菲律宾、泰国,以及中国的福州、烟台、青岛等地有极少量的标本记录。

有限的资料显示,黑嘴端凤头燕鸥在中国东部沿海岛屿繁殖,在南太平洋越冬。

最后的一次标本记录来自我国动物学前辈寿振黄先生。一九三七年在山东青岛附近的沐官岛,采集到十五雄六雌共二十一只黑嘴端凤头燕鸥的标本。

自此之后,大约有六十三年,黑嘴端凤头燕鸥似乎在全世界失去了踪迹。其间,先后有人声称见到过这种鸟,但这些目击记录无法作为这种鸟类存在的确切证据。

国际鸟盟，是鸟类及鸟类栖息保护及制定政策的主要国际组织，由超过一百个国家和地区的鸟类组织和环保组织组成，素有鸟类事务的"联合国"之称。

国际鸟类保护联盟组织出版的《全球最稀少的五十种鸟类》一书，黑嘴端凤头燕鸥名列其中。许多鸟类学者绝望地认为它们已经灭绝了。

意外的惊喜，发生在二〇〇〇年六月。台湾鸟类摄影家梁皆得，到马祖列岛拍摄燕鸥生态纪录影片。他回到台北转录片子时，偶然发现，一群大凤头燕鸥中混有几只从未见过的鸟：背部羽色偏白，黄色的长喙前端有小半截黑色。他查找了相关的鸟类图鉴和世界鸟类手册，向多位鸟类学家求教后，确认那是失去踪迹达六十多年的鸟类——黑嘴端凤头燕鸥！

重新发现八只黑嘴端凤头燕鸥的消息，一时间传遍了鸟类学界，成了当年鸟类学界的重大新闻。

马祖列岛的燕鸥自然保护区，成了第一个有记录的黑嘴端凤头燕鸥繁殖地。梁皆得实地观察了其繁殖情形并拍成影片，成为全世界关于黑嘴端凤头燕鸥唯一的繁殖纪录片。

当年九月，国际鸟盟决定将黑嘴端凤头燕鸥的照片作为国际鸟盟九月会刊的封面鸟。

世界自然保护联盟将黑嘴端凤头燕鸥列入极度濒危物种，这是现存物种濒危级别中的最高等级。据鸟类学家估计，黑嘴端凤头燕鸥全球总量不超过五十只，数量远比大熊猫稀少，被确定为全球极度濒危的一百个物种之一。

中国有着绵长的海岸线和广阔的海域，其间有无数个大大小小的无人岛屿。一些无人岛屿也像马祖列岛一样，有许多海鸟在其中繁殖栖息。

二〇〇二年八月，台湾鸟类学家颜重威到浙江自然博物馆访问，送给副馆长陈水华一张光碟，这是梁皆得在马祖摄制的《燕鸥的故乡——马祖》。陈水华博士观看过四百多种鸟类，这才第一次见识了黑嘴端凤头燕鸥。

从二〇〇三年夏天开始,由台湾台中自然科学博物馆和浙江自然博物馆组成联合考察组,用两个夏天的时间调查舟山群岛的繁殖海鸟资源,寻找可能存在的黑嘴端凤头燕鸥繁殖个体。二〇〇三年夏季调查主要集中在舟山群岛的北部,考察组仅在衢山附近的一个小岛上发现一小群繁殖的黑尾鸥。那些在地图上处于海洋中的神秘点点,并没有带给人们期待的惊喜。

二〇〇四年夏季的调查,覆盖了舟山群岛的东部和南部区域,虽然见到了小群的大凤头燕鸥,也见到了大群的褐翅燕鸥和粉红燕鸥,但依然没有找到"神话之鸟"黑嘴端凤头燕鸥。

这年八月,浙江自然博物馆副馆长、鸟类学专家陈水华博士带领考察组,应邀到宁波象山韭山列岛海洋省级自然保护区进行资源调查。在韭山列岛边缘的一个无人小岛上,意外发现了梦寐以求的黑嘴端凤头燕鸥,当时有近二十只正混群在大约四千只大凤头燕鸥中繁殖。

韭山列岛发现的这个繁殖群,与四年前在马祖列岛发现的黑嘴端凤头燕鸥,这两个繁殖群是世界上残存的两个群体。

然而,韭山列岛的这个混合繁殖群,在随后的两次台风中被彻底摧毁。在二〇〇五年和二〇〇六年连续两个繁殖季节,考察组在韭山列岛没能再次见到黑嘴端凤头燕鸥的身影。这样的结果令人十分困惑:到底是什么原因使黑嘴端凤头燕鸥如此稀少、行踪神秘,从而使这种鸟类成为"神话"?

二〇〇七年五月,黑嘴端凤头燕鸥终于重新回到韭山列岛。虽然大凤头燕鸥的数量下降到两千只,黑嘴端凤头燕鸥的数量也只有八只,但对于它们的到来,考察组成员仍非常兴奋。

韭山列岛保护区也非常重视,派了一条船在繁殖岛屿周边二十四小时看护。多天之后,看护船回本岛补充供给。

六月十六日,不法的渔民趁无人看护,挎着篮子背着竹筐登岛。鸥群惊起四散,盘旋于低空,紧紧盯着渔民。当发现侵犯者直扑鸟巢,它们猛地朝下俯冲,发出吱吱的尖叫。这样的恐吓,显然对胆大妄为的渔民们不起作用。它们旋又回到空中,频繁扇动翅膀,尖声凄叫。

这些不法分子上岛,把黑嘴端凤头燕鸥和大凤头燕鸥混合繁殖群近一千个蛋捡拾一空,导致当年繁殖完全失败。

这次打击,让考察组成员猛然醒悟,是渔民上岛捡蛋,导致了黑嘴端凤头燕鸥繁殖失败,数量越来越少;是渔民上岛捡蛋,使得黑嘴端凤头燕鸥躲躲闪闪,行踪神秘。我国沿海那些不法的或者糊涂的渔民,正是无情的扼杀者!

虽然渔民上岛捡蛋由来已久,但近年来愈演愈烈。这与沿海大排档的兴起和不断涌现有关。据鸟类学家和志愿者在宁波的调查,一只海鸟蛋的当地售价,二〇〇四年约十元,二〇〇七年涨到二十五元左右,二〇一一年上升为五十五元。利益驱动,导致一些不法分子铤而走险,更加疯狂地盗捡各种海鸟蛋。

黑嘴端凤头燕鸥遭遇着严峻威胁,处于灭绝的边缘。

二〇〇七年九月下旬,国际鸟盟发表文章《中国最珍稀的鸟急需援手》称:黑嘴端凤头燕鸥是中国最珍稀的鸟类,被国际鸟盟编辑的"世界鸟类红色名录"列为极危物种,也就是极端接近绝种危险、最严重的一个等级。最近的一个研究调查显示,黑嘴端凤头燕鸥的全球总数在三年间减少了一半,已经下降到不足五十只。报告认为导致它们剧减的主要原因是捡取海鸟蛋的不法行为变得猖獗。海鸟蛋原来只是渔村社会的嗜好,但随着经济发展、旅游兴旺,对海鸟蛋的需求也急剧增加。再不马上执行保护行动,鸟类保护专家相信不出五年,这种珍稀鸟类就会从它们残存的两个繁殖地永久消失。

国际鸟盟与其他专家联手编辑一份保护行动计划,汇集拯救黑嘴端凤头燕鸥所需要的对策,其中最需要急切实行的是,加强繁殖地的保护力度、设置专人保护繁殖地、经常进行监测,以及严控华东一带海鸟蛋的捡拾与贩卖等。

鉴于黑嘴端凤头燕鸥的危急现状,国际鸟盟受迁徙野生动物物种保护公约秘书处的邀请,将黑嘴端凤头燕鸥列为亚洲最值得保护的三种迁徙鸟类之一,并编撰了《黑嘴端凤头燕鸥国际保护行动计划》。

二〇〇八年十一月,在意大利罗马举行的迁徙野生动物物种保护公约科学委员会第十五次会议,通过《黑嘴端凤头燕鸥国际保护行动计划》文本审核,并公告实施。该保护行动计划指出,了解黑嘴端凤头燕鸥的繁殖种群分布,监测并严格保护其繁殖种群及其栖息地是其中,尤其是短期内,最重要的保护措施。

中国鸟类学家撰文分析致危因素:对黑嘴端凤头燕鸥生存威胁最大的,是那些利欲熏心的无知之人到荒岛上捡拾鸟蛋。其次是栖息环境的污染和破坏,台风、赤潮、海洋污染的威胁。以及近些年实施的无人岛开发等,造成生命个体逐渐减损。加之它们乳白色体色非常显眼,容易引起天敌注意。虽然它们选择了与大凤头燕鸥混群,降低了被捕食的风险。但是,最终却没有逃脱人类的“魔掌”,人类在它们出没的海岛上布满电网,大量捕杀它们,导致其数量急剧下降,接近灭绝,这是人类的悲哀。

黑嘴端凤头燕鸥神秘而优雅,容色清丽,全身洁白。

它的天生丽质,使得它容易被天敌发现。为保护自己,它与“亲戚”大凤头燕鸥混群于海上生活。

几千只大凤头燕鸥群,黑嘴端凤头燕鸥在其中,栖息于港湾、河口及近海岛屿。每年冬天,它们在马来西亚、新加坡、印度尼西亚等附近海域越冬。四至五月,往北迁徙。四月中下旬,出现在福建闽江口。抵达浙江海域,已是五月中下旬。

群居时为维持领地,黑嘴端凤头燕鸥会以喙啄邻鸟,并喧嚣鸣叫。天气炎热时,它们会张大嘴巴吐气散热,或飞到海上,以沾湿腹部来减少体热。它们飞翔能力强,也能漂浮在海面上休息。常以鱼、虾及昆虫为食。

黑嘴端凤头燕鸥以枯枝和草茎,在岩石草丛间筑巢,巢浅凹状,紧邻大凤头燕鸥的巢旁。

在求偶阶段,雄鸟会略张开翅膀,追逐着雌鸟,在岩礁上起舞。

或者,雄鸟会从海里叼来小鱼,飞到雌鸟跟前,以食物证明自己的能力。

黑嘴端凤头燕鸥的交配常常会在求偶舞后进行,经过缠缠绵绵的对舞,雄鸟跳到雌鸟背上。雌鸟回首,含情脉脉地凝视。

作为中国最珍稀鸟类,黑嘴端凤头燕鸥成年体重大约两斤重,比鸡略小。神奇之处在于,它每年只下一个蛋,按照它的寿命十五年计算,此鸟一生只产十多个蛋。

黑嘴端凤头燕鸥一窝一蛋,杂在大凤头燕鸥的蛋里,每只相隔三十厘米左右。

雄鸟雌鸟轮流孵蛋,经过近一个月的孵化,雏鸟破壳。一般在一两天之后,雏鸟离巢走动。一周之后,雏鸟食量变大。于是,离巢后的雏鸟往往聚集在一起,由一两只成鸟看护,而多数成鸟外出觅食喂雏。

黑嘴端凤头燕鸥在附近的海面上觅食,以俯冲的方式,全身扎入水中,捕捉游在上层的小鱼。

八月初,幼鸟开始学飞。八月底,黑嘴端凤头燕鸥随同大凤头燕鸥群,飞离五峙山列岛。

次年五月中下旬,黑嘴端凤头燕鸥随同大凤头燕鸥群,再飞至熟悉的五峙山列岛。

海鸟的记忆力是不差的,选定的繁衍地是相对安全的。

经过惊涛骇浪,不停地迁徙、繁衍,它们的生命在于永远的飞翔。

七　答案就是这些

我问王忠德:"您守护鸟岛近二十九年,最刻骨铭心的事是什么?"

"有! 在鬼门关上走了一遭!"王忠德答。

一九八九年七月的一天,王忠德像往常一样出海去鸟岛。出发前收听的天气预报说,傍晚会有雷阵雨,海面将有八级大风。

下午二时,王忠德坐着小机动船在鸟岛附近巡逻,眼见天色越来越暗,预报的雷阵雨提前到了。刹那间,天墨黑,暴雨劈头盖脸,大浪没顶而过。仅两米多宽的小机动船,如一叶浮萍,在狂风巨浪中剧烈摇晃着,几近倾覆。很快船舱进水,船上仅两人,一人本能地掌舵加速,一人拼命地用一只木桶往外舀水。两人被暴雨打得睁不开眼，湿透的全身，被恐惧惊吓得麻木。

半个小时后，随浪颠簸的小机动船，终于跌跌撞撞地靠到岸边。"魂灵都吓出了"，回家后，王忠德大病一场，发了三天高烧，无力吃饭，只能喝点水。

王忠德说："发高烧那几天，躺在床上，想过不再干了。但是，如果不上岛巡逻，这些鸟儿就没人去管护了，何况自己早已喜欢上了这些可爱的小生灵。怎么舍得放下呢？"

王忠德的家人怕了，开船的老船工也怕了。"心里怕得不得了"的王忠德，却在病愈的第二天，又准时敲响了老船工的家门……

守护鸟岛二十九年，王忠德总结了三十字秘诀："耐得住寂寞，扛得住酷暑，顶得住风暴，挨得住拳脚，忍得住烟瘾，伺候好'月子'。"

何谓伺候好"月子"？每年的六月、七月，是海鸟们"坐月子"的季节，这时的王忠德就会"神经分兮"，坐立不安。像极了产房外焦急等待的父亲，巡视得比任何时候都勤快，想一看究竟又不敢靠得太近，不停地在岛的外围打转。

让王忠德高兴的事情，也很多。

二〇〇一年九月，浙江省人民政府发文，建立浙江省舟山五峙山列岛鸟类省级自然保护区，也是浙江省唯一的海洋鸟类自然保护区。

二〇〇三年六月，舟山市人民政府发出通告，切实有效地保护鸟类资源和湿地生态系统，确保鸟类有一个安全、良好的栖息、繁衍环境，保护生物多样性，未经批准禁止任何单位和个人进入保护区的核心区，更不允许上岛拾鸟蛋和捕幼鸟。禁止在保护区内进行砍伐、放牧、狩猎、捕捞、采药、开垦、烧荒、开矿、采石、挖沙、取土等活动。

二〇一三年五月，舟山五峙山鸟岛视频监控系统工程通过验收，正式投入使用。鸟岛上安装了八个摄像头，监控视线覆盖了五峙山列岛各个重要的鸟类活动区，在几百米以外就可清晰看到鸟类的一举一动。

这套远程视频监控系统，把鸟类生长、繁衍及日常生活等情景实时记录下来，利用光感传输技术把画面数据传输过来。

王忠德在办公室，打开电脑就能看到。他拖着鼠标，点开视频监控管理系统，感叹道："以前真罪过啊！现在太平了，享福了。"

海鸟越来越多了，海鸟种类也越来越多了。

"鸟和人一样，哪里住得舒坦，就往哪里走。找到一个舒适的地方，就会口口相传，呼唤更多的同伴。"王忠德风趣地说。

每次上岛，王忠德都会随身携带照相机。这么多鸟，分别叫什么名字呢？

王忠德发现新成员，就给它们来张"全家福"，包括鸟巢、鸟蛋、雏鸟、成鸟，然后请教鸟类研究专家。

王忠德说："鸟是有灵性的，不同的鸟有不同的习性，就连叫声都是不一样的，现在我闭着眼睛光听声音，就能判断是哪种鸟。"

王忠德说："这些年对鸟岛的保护和管理越来越好，越来越规范，主要是省、市、区各级政府重视。保护鸟类，就是保护大自然的生态环境。人类与鸟类的生存是息息相关的。我对五峙山的一草一木、一蛋一鸟，都像爱护自己生命一样来对待、来爱护。为什么五峙山鸟类繁殖这么快？答案就是这些。"

王忠德说："我前几年已经退休了，当领导征求我是否愿意继续返聘，我马上答应了，愿意愿意，我就是岛上的一只留鸟，只要走得动，一直都来。五峙山列岛鸟类自然保护区管理局返聘我，还配了年轻人协助我保护鸟岛。"

王忠德神情轻松了，嘴边漾出笑意。

只要在家里，老婆中午陪着喝酒，晚上也陪着喝酒。

酒是自家做的杨梅酒，挑选新鲜成熟的杨梅，摘除果梗，洗净后沥干水分，放入酒坛内，倒满三十五度以上的白酒，加入少许冰糖，盖上密封，放于阴凉处。大约二十天以后，就可以喝了。

有时入睡后，心中有事惦记着，睡不着。半夜起来，不吃安眠药，就倒出杨梅酒，酒色深，酒味浓。不叫老婆了，自己喝！

八 鸟岛的象征意义

船舷与船舷挂着黑色的轮胎,以减缓撞击的力量。

眼看离鸟岛越来越近了,王忠德收起了笑容,伸出三根手指说:"记者朋友们,上岛时,注意脚下留情;勿摸蛋、勿抓雏鸟;上岛只能待二十分钟。"

每当陪人上鸟岛,王忠德总是宣布这三条"上岛法则"。

有人不解,问:"为什么只能二十分钟?"

王忠德满脸严肃地说:"有人上岛,鸟就不敢孵蛋、不敢喂食,时间一长,蛋就发臭,小鸟要饿死。上岛就只能二十分钟,这是铁律。"

有人低声问:"那领导来鸟岛,也是这样吗?"

王忠德大声说:"如果谁想上岛就能上,那这条铁律还叫什么铁律呀!保护效果就大打折扣了。平时老婆、儿子和孙子想来看,我也不让他们来的。只有记者朋友们来帮我们宣传保护鸟类,才让大家来的。"

陪同的人知内情,悄悄地对身边的记者说,这二十九年来,他的家人一直被老王拒绝在鸟岛之外。妻子、儿子和孙子多番请求,想上岛观鸟,老王就是不同意。他把自己拍的海鸟照片制成挂历,挂在家里,又辅导孙子画鸟,从心中开始爱鸟,以后再看机缘。

"上鸟岛,只要你听老王的指挥,不犯规,他对你就客客气气。但你若是动了鸟蛋,或者伤害了鸟儿,那他可是毫不留情,不管你的级别和身份,他照骂不误。"

这时,王忠德半开玩笑地说:"有几次,我带着专家上岛,时间待久了,结果头顶上差点被鸟啄破,可能是鸟都认识我了,知道我陪客人来看鸟,把我当成汉奸了。"

王忠德说:"二十分钟一到,我便下逐客令,不管对方的级别和身份,一视同仁。"

王忠德又说了一句狠话:"谁赖着不肯走,下次就别想到鸟岛来!"

当船随浪靠上岛，一次次来回碰撞着礁石，惊得整群的海鸥拍翅起飞，发出"噢、噢"的叫声，盘旋在人们的上方，黑压压的一片。

海鸥飞得很低，有几只像战斗机一样俯冲下来，"啪嗒"、"啪嗒"，鸟屎如炸弹般落在人的身上。海鸥用拉鸟屎的方式进行自卫。

王忠德叉开双脚，稳稳地站在船首。他伸出手，扶着一个男记者跨上了礁石，又扶着一个女记者踩上了礁石。又是一个，再是一个……

上岛的记者说，"我们就像做了错事的孩子一样"，蹑手蹑脚地爬上岸，生怕再次惊扰鸟儿。

沿着陡峭的礁崖往上攀登，只见裸岩上落满了灰白色的鸟屎，漫山的草木全是点点滴滴的鸟粪。

小心脚下，不要踩着鸟蛋！树枝下、草丛里、岩石间，随处可见鸟窝及鸟蛋。

每走一步，先要看看脚下有没有鸟蛋再落脚。有的已经孵化了，草地间留着蛋壳。看一步走一步，绝对小心翼翼。

有人登岛，刚孵化的小家伙会躺在地上装死！

那边，雌鸟在前面领路，雄鸟在后面压阵，偶有不听话的幼鸟脱离队伍，雄鸟就追上去啄一下，以示训斥。

岛屿浅湾的水域上，一群灰褐色的小鸟，在父母们的带领下，一字排开学习游泳。

白鹭营巢在丛丛灌木上。众多的鸟巢，几乎把可以利用的枝丫都用上了，高低错落，相邻相亲。

白鹭仰起了长长的头颈，警惕地四望着。灌丛中的白鹭，先是一只扑棱棱地飞出，再是几只展翅腾飞，随后整群腾空而起，像白云一般回旋在岛屿的上空。

"咿咿呀呀"的鸟叫声，与海浪拍打悬崖礁石的声音，汇成鸟岛交响乐。

振翅飞翔，层层叠叠的鸟，密集得让人看不到天空。

成百上千的黑尾鸥正在头顶盘旋翱翔。面对不速之客，鸟儿们发出阵阵叫声。

"鸟终究是怕人的,你一进入它们的栖息地,它们马上会紧张起来,四散飞向空中并不断盘旋鸣叫,我听得懂它们的话,是在催促侵入的人快快离开。因为人们搅扰了鸟类自然有序的生活。"

这二十分钟,对王忠德来说颇为紧张,他既要当好解说员、引路人,又要眼观六路,耳听八方,遍地是鸟蛋,决不允许发生"踩踏事件"。

"世界神话之鸟"在哪儿?

王忠德很有把握,对大家说:"美国的鸟类专家、英国的鸟类专家、荷兰的鸟类专家、日本的鸟类专家……都在我的陪同下,上鸟岛考察过。"

看有没有嘴尖是黑的?一群人齐齐仰脖朝天,看了好一会儿,没看到。

换个办法,找体色灰白的。一群人又齐齐仰脖朝天,望穿碧空。

"唧"的一声,带头鸟一声令下,一整群的大凤头燕鸥尾随着,以最快的速度飞到了岛的另外一侧。

王忠德快速地伸手一指,压低声音:"快看!那就是!黑嘴鸟!"

速度太快了,一群人都没有反应过来。大家开始静下心,等待"世界神话之鸟"的再次出现。

过了几分钟,又是"唧"的一声,飞回来一群大凤头燕鸥,其中正有两只黑嘴端凤头燕鸥!背部羽色偏白,黄色的长喙前端有小半截黑色。

终于幸运地看到了"世界神话之鸟"!

在场者无不惊叹,被大自然的生命奇观震撼得张口结舌。

二十分钟一到,"走了,走了!"王忠德挥着手,赶大家离开鸟岛。

巡逻船驶离岛屿时,有几只白鹭展开洁白的翅膀,跟着巡逻船平行飞了一阵子,似乎在送别客人。

"鸟类是地球上最富有生气和活力的动物,随着鸟类在自然界中的地位和重要性逐渐被人类所认识,人们对鸟类的热爱和兴趣随之增加。"一位著名鸟类学家说。

"物种越丰富,生态系统越和谐,这个世界就越坚强。这是需要有一定远见的。"又一位鸟类学家说。

五峙山列岛渐渐地隐没于海天之中,鸟儿们已远远地飞离了人们的视线。但无论距离多远,都能听到鸟儿们的鸣声,感觉到鸟儿们舒展着翅膀自由飞翔。

在无垠的空间自由飞翔,正是人类心中永恒的梦想。

我举起相机,透过长焦镜头,看到了鸟岛的象征意义。

历史场景之二：定海保卫战

一

断柱。

四根红色花岗岩石柱，或高或低，伤痕累累，残缺不全。

遭受过炮轰、枪击、刀砍，就这样屹立着。

我走近了，石柱上凿刻着断断续续的汉字，记载着整个鸦片战争中抵抗最烈的一战，三总兵血战阵亡。有些字清晰可辨，精忠报国，浩气长存，铭记千秋。

头可断，血可流，决不跪地求饶。

百折不挠，威武不屈，中华民族的气节。

我凝视这断柱。这血气阳刚的图腾。

久久。久久。

二

天空阴沉沉的。海面上的浪,沉重地一波盖一波。风喘息着,上气不接下气。不祥的云团,从四面八方包围过来。

混沌的海天之间,冒出了隐隐约约的尖顶。渐渐地拉长,膨胀,那是成排的桅樯!

米字旗,在海风中抽搐,又疯狂地舞动,发出凌厉的尖叫。

六艘战舰,其中两艘装备七十四门大炮,四艘武装汽船,十九艘运输舰。

一共二十九艘英军舰船,集结舟山群岛黄牛礁一带,侦察定海洋面。

清道光二十一年(公元一八四一年)八月间,波涛中,闻到了浓烈的血腥味。

定海是清代舟山岛上一座古城,是定海总兵的驻地。三面环山,北有晓峰岭,俯瞰县城,岭陡绝,临海有间道;东为竹山门,滨海,港狭水深;西为九安门,山重叠,去海远;南为道头,空旷无蔽,海陆往来之要道。

定海镇总兵葛云飞,在将士的簇拥下,健步而来。他一身战袍,外套黑色的孝服。他因父亲逝世,请假在老家守制,得知军情,即赴前线。行前,他在父亲留下的两把佩刀上刻字,一把刻"昭勇",一把刻"成忠",以示牢记父亲教诲,奋勇杀敌,为国尽忠。母亲亲手为他染黑孝服麻绖,语重心长地叮咛再三:"国之忠臣,即家之孝子!"

五十二岁的葛云飞,沉着老练。他为浙江山阴(今杭州市萧山区)人,出生于行伍家庭,父葛承升,武举出身。葛云飞从小种田,后在其父培育下,读书习武,"泛览经史,暇则肄射",学得一手良好射技,挽弓发必中。葛云飞十六岁时,能开六钧硬弓,三十一岁时,能用六十公斤大刀,挑起一抱粗、两丈长、约重二百公斤的栋梁,足见其臂力大得惊人!曾游杭州西湖,"拜岳王墓,欷歔响慕,志素定矣"。他对岳飞"文臣不爱钱,武臣不惜死"这两句名言,尤其赞赏。清道光三年(公元一八二三年),葛云飞成武进士。从第二年开始,以守备衔,先后在浙江宁波、黄岩、温州、乍浦、瑞安、定海和福建的烽火门等地水师营任职,因缉捕海盗,屡建军功,五擢至总兵。清道光十八年(公元一八三八年)署定海镇总兵,不久实授。

葛云飞生活非常简朴,"青布帕首,短衣草履",而"察其饮食,仅脱粟干蔬",时称"寒儒"。他防守边戍,常深入兵营,与士卒同甘共苦,对士卒关怀备至。天寒地冻,见士卒露立戍边,便给人人制棉裤。一天,他的家人从家里给他送来皮衣,他说:"士卒冒冰霜,忍独暖乎?"于是仍衣麻袍如故,士卒闻之,无不感服。

葛云飞治军非常严格,纪律尤其严明,曾有一卒取民一芋,被鞭之流血。他早年在浙中防戍,"持令巡察,有犯纪律者,虽节使材官,不少假借,诸军战栗"。由于他治军恪守"诚信必孚,赏罚必明,情伪必察,劳苦必均",被士卒誉为"好官"。

清道光二十年(公元一八四〇年)七月,葛云飞奉谕来镇海主持军务。当时,浙江巡抚乌尔恭额的一名卫兵强取百姓财物,葛云飞下令逮捕了他。乌尔恭额遣人来说情,葛云飞对来人说:"葛某奉大人钧谕统军守边,理当尽心办事,如果对破坏军纪者徇以私情,不唯有负乌大人重托,而且今后难以节制部下。请转告乌大人见谅!"

事后,乌尔恭额对卫兵们说:"葛总兵铁面无私,执法如山,你们要谨慎办事。"

葛云飞一面亲自布防,一面着手练兵。他收编了从定海撤回的溃兵,同时招募、增补新兵,进行为期十天的强化训练,最后组织了海上阅兵,做到令行禁止。他在这支队伍中挑选了六百人,再次进行严格训练,使之成为劲旅。

葛云飞组织军民修筑土城一道,从小竹山至城东青垒头,长达一千四百三十余丈。在城东南关山,修建镇远城,周一百三十丈,即关山炮台。

三镇总兵原先皆守城,事急便申军约,激重赏,分守要地。寿春镇总兵王锡朋出守西边制高点晓峰岭,处州镇总兵郑国鸿守卫要隘竹山门,而定海镇总兵葛云飞则率部踞守土城,当敌要冲。

葛云飞穿着母亲染黑的孝服,带着父亲留下的两把佩刀,率将士在阵前誓师。土城上龙旗猎猎,葛云飞站在队前对天盟誓:"城破人亡,誓死不离定海半步!"

"城亡人亡,誓死不离定海半步!"上千人粗豪的声音,声震山海,响遏行云。

侵华英军总司令兼海军司令巴尔克,举起那长长的单筒望远镜,凑近眼前,眯着左眼,瞪大右眼,观察前方海面。乘着潮水,四艘英舰闯入竹山门。

此时,为清道光二十一年八月十二日(公元一八四一年九月二十六日)下午。

马蹄嘚嘚,葛云飞跨马沿土城赶到竹山门。他跳下马,快步上炮台,发现英军正准备登岸。葛云飞下令把炮口对准英舰,指挥众炮齐轰,击断英舰前桅。英军见势不妙,立即撤离。

葛云飞当即通知左营游击张绍廷在东港浦准备迎战。果然,英军向东港浦发起攻击,张绍廷开炮反击。经过一场激战,由于有土城阻挡,英军不能进,只得退回。

八月十三日凌晨三四点钟,英舰四艘,驶入竹山门,开炮直逼土城。葛云飞开炮还击,击断英舰大桅。郑国鸿率部用抬炮射击,积极配合葛云飞炮队。激战到中午,英军又一次败退。

葛云飞意识到,这是大战的前奏,派人向镇海大营告急,要求火速增兵。浙江提督余步云拥兵四千多,不但坐视不救,反诬葛云飞是"为他日论功",并说:"若定海城失守,惟葛云飞是问。"增援无望,葛云飞怕影响士气,不好向将士们透露。

葛云飞写下《宝刀歌》,以表心志:"快愈风,亮夺雪,恨斩佞臣头,渴饮仇人血!有时上马杀贼贼胆裂,灭此朝食气烈烈!吁嗟乎!男儿是处一片心肠热。"

十四日早晨,英舰"摩底士底"号、"哥伦拜恩"号、"复仇神"号,连樯驶进,攻打晓峰岭,开炮三四百发。王锡朋率部隐伏石崖反击,无一伤亡。

后来,英军五十余人,驾驶舢板船,由竹门山登陆,被郑国鸿率部开抬炮击退,杀伤多人。傍晚,英军绕过定海城南,占据五奎山。英海军司令也于此时率舰队,从黄牛礁蹿入定海港。

十五日,英舰五艘在五奎山南泊定,支搭帐房,建造炮台,准备用68磅的重炮轰击土城。葛云飞乘敌未集,即在土城开炮遥击,打碎英船一艘、帐篷五顶,打死打伤英军四十余人。此时,英军发排炮,火力越来越猛。突然间,葛云飞发现山顶有个穿红衣的英国军官在指挥,一炮打去,把那个穿红衣的人击倒,英军被迫拖尸落船而逃。

提篮的,挑担的,送饭队伍绵延数里。今天正是农历八月十五,传统的中秋节。英军炮击刚一落停,定海民众便自发上火线来慰问。

当地耆老煎送一碗参汤,给葛云飞喝。葛云飞感动得热泪盈眶:"公等随我守城,忍饥杀贼,我何忍一人独饮乎?"便将送来的参汤倒在大桶茶水里,说:"与众共饮之。"各军皆感奋泣下。

十六日,英舰向吉祥门驶进,攻打东港浦,被守军连开大炮击退。英军转攻晓峰岭和竹山,傍晚又以小舟登陆,均被王锡朋、郑国鸿率部击退。

这几天,正遇定海连日大雨滂沱。狂风咆哮着摇撼每一户人家的门窗,定海古城的街巷里发出声声呜呜,平地积水淹过膝盖。

土城、竹山门、晓峰岭都远离营房,在风雨中,生火煮饭亦很困难。将士们甲衣湿透,仍在雨中严阵以待。

葛云飞孝服上全是泥水,脸颊瘦削,眼睛布满血丝。他彻夜不眠地在泥淖中巡逻查哨。

海上交通被英军封锁,饷给不时,将士们每人每天只能分到六条香糕、九只光饼,合计不足半斤干粮。后来,每人一昼夜只能供给三碗稀饭。葛云飞"六昼夜不暇食,日仅啖饼八枚",与大家一样忍饥守城。

葛云飞在城墙边置一皮椅,椅背上缚两根竹竿,撑一条草帘,用来挡雨。他坐在椅上稍作休息。有时,眼皮刚合上,猛听有人声传来,他一跃而起,手扶佩刀,踩着泥地走。

十七日拂晓,雨歇,大雾弥漫。英军利用大雾天气,乘清军饥疲交困,驶舰进犯,全线攻击。

在五奎山大炮的掩护下,英军分成两个纵队,强行登陆。第一纵队约一百五十人,向晓峰岭进攻。王锡朋指挥将士奋勇抵抗,前队阵亡,后队续进,连续击退英军九次进攻。

英军后来惊恐地说:"中国人下山来迎战。他们的火绳枪和台枪的火光,使满山像燃火一般。"

清军打到最后,炮筒都红透了,无法装药,于是就跟敌人展开肉搏战。王锡朋血战阵亡,晓峰岭失守。

英军攻占晓峰岭后,兵分两路:一路攻定海城,一路攻竹山门。郑国鸿在竹山门顽强抵抗。从早晨战到中午,直到枪炮皆竭,就用大刀、长矛阻击。无奈英军越聚越多,炮火连接不断。郑国鸿身先士卒,受伤几十处,仍挥刀力战,手刃数敌,冲至前,被炮弹击中,这位六十五岁的老将壮烈牺牲,竹山门随之失陷。

英军的第二纵队进攻东港浦,炮轰东岳宫山的守军炮台。葛云飞率部坚决抵抗,捧抱四千斤炮回击。

得报晓峰岭、竹山门已失守,王、郑二总兵已殉国,葛云飞大惊,感到危局难救,遂北向遥拜:"臣当尽力杀贼,以死上报皇恩!"告毕,将印信交给随从,命速往镇海大营,嘱咐道:"此乃朝廷之物,万不可落入贼手!"

葛云飞又对一名同乡亲兵说:"此我尽忠时也,家有老母八十矣,知某死,泪眼欲枯,当为某百计慰之,并转饬儿辈力图奋勉,继乃父未竟之志。"

这时,英军已循土城而至。葛云飞命所部二百余人,分段把守。

高喊一声:"好汉子,随我杀贼去!"葛云飞手持"昭勇"、"成忠"两把佩刀,杀入敌阵。

守军各持快刀,旋风般冲入十倍于自己的敌群!刀光剑影,兵刃相击,"铮铮"声响成一片,一场惊天动地的厮杀!

葛云飞杀敌数十人,在肉搏中负伤四十多处。

从崖上纵身跳下一英军小头目,手举长刀,照着葛云飞迎面劈来。葛云飞举刀一拨,小头目的长刀从右边呼地劈过,削去他半张脸,他竟浑然

194

不觉。

英军小头目见葛云飞剩着半个血淋淋的面孔,仍挥刀而来,惊骇得呆住了。斜刺里蹿出一扛抬炮的英兵,对着葛云飞后背放了一炮。铁质实心的炮弹,从他后背射进,前胸穿出,留下个碗口大的血洞,顿时血涌如注。围上来的英军,用长枪朝他身上疯狂乱戳。

葛云飞浑身血染,双手高擎着两把佩刀,尸直立不仆,左目霍霍如生,仿佛继续在抗击着侵略军!

血战六昼夜的定海保卫战,悲壮地失败了。

当夜二鼓时分,定海义勇徐保到山上,搜索到葛云飞尸身,见其半面,左一目,两手握刀不释。徐保悄悄将葛云飞遗体背下山,浮舟渡海,于十八日早上,运至镇海大营。

两江总督裕谦,镶黄旗出身,是旗人中坚决主战的唯一人物。裕谦见葛云飞遗体,抚尸痛哭不已。随之,命身在军营的衢州府知府汤俊护送葛云飞遗体到宁波,由宁绍台道鹿泽长、宁波知府邓廷彩、鄞县知县王鼎勋负责入殓,将葛云飞灵柩及血衣、雨靴等物一并送至其家乡,殡于今萧山所前乡三泉王村黄湾寺北。

葛云飞母亲亦知大义,丧归,一恸而止,曰:"吾有子矣!"

三

英军的记载中,也不得不承认中国军队"表现得很英勇":"当亚当斯陆军中校指挥第十八团登陆,进入临海炮台的南端。正在沿着长堤退却的中国人赶紧集合,在他们的勇敢的葛将军的领导下,作了一次很体面的抵抗。""中国军队总司令葛将军在长列炮台中阵亡。他的僚属和我们的军队短兵接战,都英勇地与他同时殉节。高地上的旗手选了一个最显著的地位,站着摇旗,丝毫不怕落在他四旁的从军舰上打来的炮弹。最后'弗莱吉森'号的一颗炮弹把他打倒,另一个人赶紧取其位而代之。"

英国海军上尉亚历山大·默里，在战后钦佩地说："这是一个壮烈的场面……以前到过舟山的人，没有一个会料到中国人的保卫战会打得那样出色……他们立下了赫赫战功。"

据史料记载，这次定海保卫战是中国军队在鸦片战争中抵抗最激烈的一战，也是歼敌最多的一次战斗。歼敌数没有确切的统计，据东岳山英军合葬墓的墓碑碑文，英军皇家五十五团死在舟山的有伍长、鼓手和士兵四百一十六人。参加攻城的十八团、四十九团伤亡还不计在内。在这六日六夜的血战中，定海三总兵及参将章玉衡、副将托尔泰等将领全部战死疆场，参战的五千八百名士兵，绝大部分在血战中阵亡。

范文澜先生所著《中国近代史》一书中说："中英开战以来，定海抵抗最力，英军受创不小。"

中国人民不可侮，中华疆土不可侵，这次保卫战充分表现了伟大的民族意志和浩然正气。

四

我稍作仰视，舟山鸦片战争遗址公园牌坊，两侧有两副对联：

"抗英守竹山三军浴血浩气贯虹垂青史，遗址辟公园千岛增辉鲜花铺锦迎嘉宾。"

"那六天洒流五千人英雄血，这一仗打痛每一颗中国心。"

走到牌坊背面，顶额镌四字"正气至大"，两侧亦有两副对联：

"血战竹山留得中华儿女英雄气概，弄潮东海弘扬黄帝子孙奋斗精神。"

"三总兵当年捐躯海疆捍我华夏，千岛城今日勒石竹屿警吾子孙。"

沿着山道，往定海竹山上走，可以看到丛林中一座座阵亡将士的合葬墓。

一座大坟，块石垒就，青苔遍布，犹如穿了铠甲。坟头杂草密密麻麻，覆盖着久远的战事和沉默的力量。

坟前立一石碑,粗砺的花岗岩,刻有"阵亡将士墓"五字,楷体直书,碑上角刻有"奉旨"两字,可见是皇帝御批的。

散落在竹山上的那一座座无名将士墓,星星点点,默默无语。也许他们正专心致志地在听山风,闻海涛。

不要惊扰了他们。

第三章　圣花飞云

蓝色的海水，轻波微澜，静流清澈，大海展示了心平气和的一面。　袁亚平摄

东极渔民画展厅，让人感觉到浓烈的海洋气息，
抚摸到别样的生命律动。 袁亚平摄

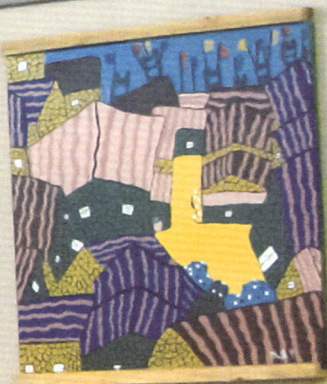

当"绿眉毛"成为渔船，
当渔船成为彩色的光影，
就已驶过历史的航程。 袁亚平摄

白沙岛，海钓乐园。钓到海鱼时的巨大牵引力，海钓者一瞬间的幸福感。　袁亚平摄

圣花飞云

引子

历史场景之三：解放舟山

引　子

世上还有比这更圣洁的花吗？

普陀，佛教《华严经》中"一朵美丽的小白花"之意。

普陀区位于舟山群岛东南部，因境内佛教圣地普陀山而得名，是舟山市的一个市属区。

普陀地处长江三角洲经济区、全国沿海要冲、舟山渔场中心。背靠沪、杭、甬等大中城市，面临辽阔海洋，与我国台湾基隆港、日本长崎港、韩国仁川港相对。自然资源丰富，渔业发达，港口优良，风光秀丽，气候宜人，素有"东海明珠"之称。

全区共有大小岛屿四百五十五个，其中有人居住的三十二个。全区辖五镇四街道，区治沈家门街道。总人口三十二万两千三百人，面积六千七百二十八平方公里，其中海域面积六千二百六十九点四平方公里，陆地面积四百五十八点六平方公里，海岸线总长八百三十一点四三公里，是海洋大区，陆地小区。

普陀旅游资源十分丰富，以"海天佛国"普陀山、"沙雕故乡"朱家尖、"东方渔都"沈家门及金庸笔下桃花岛，构成独特的普陀"旅游金三角"。

具有佛教文化、山海景观、渔村风情、海滨度假、海鲜美食等丰厚的旅游资源。其中自然景观以海、沙、山、石、洞、礁等为主，类型众多。沙滩资源得天独厚，沙滩面积占浙江省沙滩总面积的四分之一。各岛屿地质以花岗岩为主，经地壳运动和海水侵蚀，形成千姿百态的山石景观和海礁景观，以普陀山的西天景区、南天门景区，朱家尖的白山景区，桃花岛的安期峰景区，以及东海前哨东极岛的东福山等最为著名。普陀的人文旅游资源也十分丰富，与自然景观融为一体，相得益彰。

普陀山为中国四大佛教名山之一，自唐代开创观音道场已逾千年之久，是国内外最大的观音菩萨供奉地，在我国沿海及东南亚一带久享盛名。朱家尖已打响"沙雕"品牌，被国际沙雕组织 WSSA 确认为世界上沙质和风景最好的沙滩之一。桃花岛据传是秦朝安期生隐居之地，更因武侠文学大师金庸先生名作《射雕英雄传》蜚声海内外，被蒙上"海上仙山"的神秘面纱。"十里渔港"沈家门与挪威卑尔根港、秘鲁的卡亚俄港，并称为世界三大渔港，也是全国最大的渔货集散地。近年来，更以海鲜夜排档闻名遐迩。

舟山国际邮轮港成功开港，成为全国第五个邮轮母港。东沙威斯汀酒店正式营业，抢占全市酒店服务业制高点。普陀旅游观光巴士正式开通，成为旅游新亮点。"印象·普陀"全年观众达二十二万五千人次。禅修游、乡村游、特色民宿持续升温。成功举办国际沙雕节、国际旅游度假目的地高峰论坛、国际游艇展、东海音乐节等活动。

从兴普大道驱车直下，一座精致的现代化都市迎面而来，高层住宅鳞次栉比，高星级酒店拔地而起，现代风格的商业综合体、办公写字楼错落有致地聚集在远处，而近处，四车道的高架桥上车辆川流不息，高架下人来人往，热闹非凡。

如今的东港的确是一个宜居都市。可以叫上全家一起去海滨公园散散步、吹吹海风，或约上三五好友去时代金球影城欣赏一场电影，或独自一人去普陀图书馆看书。

站在海中洲国际大酒店顶楼的行政酒廊处俯瞰，港汇广场、凯虹广场、欧尚超市连成一片，形成一道亮丽的风景线。四周密密麻麻的住宅楼有序地林立着，海景时代广场、宁兴·海天国际广场、京汇广场等商业建设正如火如荼地进行着，紧随其后的东港大剧院也正破土而出……这一切都显示出东港越来越浓的都市范。

普陀区委、区政府将东港定位为集政治、文化、商贸、旅游休闲于一体，凸显海岛特色的生态化、智能化、宜居化的滨海新城。

滨海生态商务区的内湖商圈，位于海印路西侧，以海景时代广场为中心，还包括舟山希尔顿大酒店和环湖文化水廊、海景酒店群和开放式购物广场等等，形成海景、湖景、绿地交相辉映的生态商圈。此外，规划中的麒麟山旅游休闲商圈，将集海景美食广场、海洋主题乐园、麒麟山游乐场、农家乐庄园为一体，是一个突显旅游、休闲特色的商圈。

普陀大剧院、普陀人民医院中医院东港院区、普陀体育中心、海莲路艺术风情街……当这些项目完完整整地出现在我们面前时，东港，这座滨海新城必将成为真正的宜居之城，演绎出专属舟山的都市范！

一　湛蓝庙子湖

一

"舟山群岛·东极"号,通体白色的客轮,缓缓驶离沈家门半升洞码头。

东极镇党委委员蒋焕,陪我同行。他乘坐这艘客轮不知多少趟,上下很熟,就安排我在船长室休息。

船长室小而紧凑,一张床,一个床头柜,一对沙发,空调,液晶电视屏。侧面一排低柜,台面上装了水龙头、洗脸盆,摆着洗手液、面巾纸,低柜玻璃门透出折叠着的橙红救生衣。

舱壁上两幅摄影作品《灯塔》、《网场》,均为东极风光。我抬头一看,天花板上嵌着长方格形的广播喇叭,这为海轮独有,在陆地上难以见到。

我不愿意干坐着,就在客轮的舱内舱外走动。墨绿色亚光的甲板上,肯定留着我不少的脚印。

客轮长四十九点八米,宽八点八米,设计航速十五点七节,属于浙江沿海最好的交通轮船。沈家门至东极航线二十四海里,约四十五公里,航程中风浪颇大，对客轮抗风性能要求很高。

客轮配有先进的驾驶控制系统、卫星导航与通信系统，全程保障航行的顺利与安全。配有齐全的救生设备，包括救生气垫、救生筏、救生船、救生圈等，数量充足，能有效保障每一位乘客的安全。

船内设施齐全，贵宾舱，上、中、下舱，还有卧铺。全舱配有中央空调，座位均为航空型座椅，让每位乘客度过一段舒适的海上时间。船舱后部设有服务台。

设有若干个独立会议包厢，可供商务乘客在途中召开会议。包厢中还配有沙发、独立空调、液晶电视、洗手台等设备，可容纳七人左右同时乘坐。

设有若干个卧铺包厢，包厢内设有沙发及四个床位。配有独立空调、液晶电视、洗手台。

这艘投资两千万元的客轮，总载客四百九十八人，卡得很准，宁缺两人，也不会凑个五百整数。从二〇〇九年七月首航以来，在这条航线上，一直安全航行着。

"快看啊，海水变蓝了！"甲板上传来惊喜的叫声。

我快步上了舷梯，到甲板上，扶着栏杆，放眼望去，蓝得让人心醉！

上午八时三十分开船，当时全是浑黄的海水。航行一小时左右，浑黄的海水过渡到黄绿的海水，继而由绿转蓝，现在是湛蓝的海水了！

进入海天湛蓝的梦幻之境。

清波滔滔，白浪滚滚，那悬水小岛已经从想象中跃出，凸现在海面上。

今天有风浪，浪花高溅，甲板都湿了。

"呜——"客轮鸣着汽笛，进港了。

十时五十五分，船一靠岸，我一脚跳上庙子湖岛。

二

码头不远处,立着宣传牌。

我走近一看:"带着绿色游东极。"

"在东极,只想感受'风的源头、浪的摇篮、雾的故乡、鱼的家园、礁的天堂、海的传说',呼吸清新的空气,看澄澈湛蓝的海,享健康海鲜,游天然美景。

"然而今天,人类生活的介入,海上漂浮的白色垃圾,船只的废弃污水等,让我们的蓝色国土已经承受了过度的负荷。在这里,我们向社会各界郑重倡议——带着绿色游东极。小创举改变大地球,从小事做起,携带温暖,拒绝污染,拥抱大自然……

"我们呼吁各界人士关注海洋生态。海洋环境保护,不但是政府部门的工作,更是我们全体公民的崇高责任。为了我们的海洋、我们的家园、我们的未来,让我们携手共同努力!"

落款为舟山市普陀区东极镇人民政府、东极镇渔家乐协会。

来之前,直将东极岛想象成海上仙山,纤尘不染。这一郑重倡议,让我顿时回到人间。

东极岛是舟山市普陀区东极镇所辖岛屿的统称,规范称谓为中街山列岛。

东极镇政府的四层办公楼,矗立在庙子湖岛的山坡上。

办公室的门上,挂着"党委委员"、"有事请进"的小牌子。

蒋焕一边推门进自己的办公室,一边对我说:"坐船回来以后晕,一坐进办公室,感觉整张桌板会抬起来,朝头顶压过来。后晕船症,晕码头。"

在海岛工作,一月休息两次,一次四天。自己调节休息,上去(到沈家门),再下来(到海岛)。有的年轻人上去不愿意下来,下来不愿意上去,就怕晕船。

办公桌上，电脑显示屏，键盘。桌边堆满了材料，有关渔农村集体资产股份合作制改革的资料选编，有关基层党建工作督导的计划安排。

墙上挂着两幅书法作品，一镜框："公则明，廉则威。"一条幅："诗堪入画方为妙，官则能贫乃是清。"

蒋焕拿了一份材料，我接过一看，《东极镇镇情概况》，正是我需要的。

东极镇地处舟山群岛最东端，位于东经122.4°，北纬30.1°。东至两兄弟屿接东海（二十海里外为公海），南至黄大洋接洋鞍渔场，西至岱巨洋，北至嵊山渔场，陆域面积为十一点七平方公里，海域面积约五百平方公里，共有二十八个大小岛屿和一百零八块礁。其中庙子湖、青浜、黄兴、东福山为四个住人岛。镇政府驻庙子湖岛，下辖一个社区（村）、四个经济合作社，即东极社区（村）、庙子湖经济合作社、青浜经济合作社、黄兴经济合作社和东福山经济合作社。截至二〇一三年底，全镇共有在册人口六千零六十八人，在册户数两千五百一十三户。实际居住岛上的人口约两千一百人，老年人约占百分之六十。人口多数集中在庙子湖岛，其中，青浜、黄兴、东福山居住人口随着生产季节变化而变动较大，其他人口均迁往沈家门、东港等地居住。

渔业是全镇的基础产业和民生产业。一九八五年以来，实行渔业股份合作制，以拖虾为主要作业。随着渔业结构的调整，逐步形成了拖、溜、涨、捕、钓、养多种作业的生产格局。目前全镇共有大小捕捞、渔运船舶七百六十二艘。二〇一三年新建大型标准化钢质渔船十一艘，渔业产量稳中有升，渔船质量、渔民素质不断提高，渔业基础实力不断提升。同时大力发展休闲渔业、观光渔业和浅海养殖业，推广精养高产的养殖模式，扩大养殖种类和面积，形成养殖产业链，推进渔民增产增收。

旅游业是全镇的亮点产业和朝阳产业。东极镇地理位置独特，岛礁资源、"极地"风光、海域特色、渔家风情、海洋文化等旅游资源极其丰富。海水游泳池、交通旅游集散中心、东福山象鼻峰环岛游步道、青浜西风湾浴场改造、中街山路特色街改造、石码头二期等工程相继开工建设或完工。海之缘、藏海阁、海钓会所等一批高档渔家客栈蓬勃兴起，中街山渔庄、好心情客栈相继荣获省、市十佳特色客栈。成立了东极镇渔家乐协会，现有渔家乐、旅行社等会员一百零九个。旅游管理更趋规范，全镇共有渔家客栈一百二十七家，床位两千三百五十七张。先后被授予"浙江省旅游强镇"、"浙江省最美六大海岛之一"、"省级休闲渔业示范基地"、"浙江省旅游特色村"等荣誉，入选了第二批浙江省非物质文化遗产旅游景区。

截至二〇一四年八月底，旅游人数十二万五千七百人，旅游收入一亿零四十七万元。

游客还在增加，旅游收入还在增长。

东极镇的发展定位是：国际知名的原生态海岛旅游目的地，浙江省特色主题"极地"体验旅游基地之一，舟山群岛新区高端休闲度假岛群。

走出东极镇政府办公楼，眼前就是湛蓝的港湾，渔船艘艘，红旗点点。

三

我在岛上行走。

庙子湖岛呈南北走向，海岸线曲折，多湾岙，湾岬相间。最高点炮台岗，海拔一百三十六点五米，海岸线长十一点七三公里。四周海水清澈。

庙子湖东面的放火山上，矗立着一座高达二十米的雕像，一男子迎海而立，右手高擎火把。那是财伯公。

二百多年前，福建惠安渔民陈财福，穿着背心和笼裤，拖着木屐，坐船到这一带海域捕鱼。一个夜晚，海雾弥漫，渔船在东极洋面触礁沉没，船翻人亡。唯剩陈财福，他凭着一身好水性，游上了这个岛。

陈财福在岛上搭了草棚住下来，靠拾海螺和种植蔬菜度日，成为东极第一个上岛的人。

陈财福见这里的港湾，可以避风挡浪。每逢雾天，他就上山点燃枯枝野草，为过往船只导航，指引他们到港湾避风。

船上的渔民看见了，都以为是菩萨在显灵。就这样，日复一日地享受着"菩萨"的庇护。

在雾夜导航,经常遭遇风雨袭击,陈财福的身体逐渐致疾。大约一年后,当陈财福再次拖着病体,在雾夜的山上为渔民点火导航时,终于力竭身亡。

数日后,渔民们看见山上没有火光了,觉得不对劲。胆大的人,便上岛去寻菩萨。

他们终于找到一座破草棚,一具枯瘦的老人遗体,尸身旁还有一堆灰烬。渔民们恍然大悟,这么多年来,一直帮助大家避风的,正是眼前这位老人。

渔民们就把陈财福当成了自己心中的活菩萨,将他的尸骨带到了庙坑,建庙供拜。为感谢他的救援恩德,尊称他为财伯公,并将他点火导航的这座山称为放火山。

东极岛上的渔民将财伯公奉为最高神灵,四时祭祀不绝。

每当逢年过节,当地渔民都会穿上背心和笼裤,以此来纪念陈财福,此服饰逐渐在渔民中成为流行。而"青浜庙子湖,菩萨穿笼裤"的传说,也就流传至今。

二〇〇三年十月,岛上居民集资建造了财伯公雕像。财伯公左脚前跨,倾身向前,右手高擎火把,仿佛还要为人们照亮前途,俨然守护神。

为何称庙子湖岛?有点来历。

此处附近几个岛的名称,古时按序数为名,叫作头块、二块、三块……

相传在清朝中期,陆续有人从陆地迁来岛上居住。

清嘉庆年间,浙闽海域出了一个叫作蔡牵的大海盗,他率众在海面上纵横劫掠,还抢占了东极岛作为巢穴。清嘉庆十四年(公元一八〇九年),浙江提督王得禄、丘良功率水师围剿东极岛,一番激战,蔡牵最终投海自尽。

海盗剿灭后,官军将幸存的居民尽数迁回大陆,东极岛从此人迹不至,原名也渐次消失。

直到清朝末年,来自福建的一些渔民再次登岛,"垒石而居"。他们见岛上有一小庙,庙下有一水池。福建渔民称庙为"庙子",称水池为"湖",故名庙子湖岛。

四

块石砌就,每条石缝都用水泥封实。屋顶的黑瓦,也用水泥砌了边,上面以石块压住。一溜的石块,那是忠诚的卫士。

无论多狭窄,门前大都有个小阳台一样的空地,种着几盆野花。

岛上的人家,屋前屋后,连街串户,我家的后半门,常连着你家的大门口;你家的后窗台,常连着我家的前窗台。渔家大哥常常彼此粗着喉咙叫:"侬到我屋来喝老酒啦!""侬到我屋来吃大黄鱼啦!"

东极岛居民,大都是从大陆迁徙过来的,以宁波、温州为多,繁衍至今。多数居民乡音难改,平时在生产生活中,时常会用宁波话或温州话,逐渐混杂为东极方言。东极人开门见海,斗风闯浪,形成了粗犷的语音,发音较重,没有卷舌音。

阿爷(祖父),阿娘(祖母),老倌(丈夫),囡(女儿),咋莫格(怎么样),格莫格(这么样),阿拉(我们),起大屋(造楼房),困也困不熟(睡也睡不着),半夜爬起(半夜起床)……

渔民的石屋,依山势而造,层层叠叠,错落有致。石径曲曲折折,细细长长,如同拴在岸边的一段缆绳。一路登岛,路旁尽见石墙、石井、石缸、石臼、石盆……

天然,古朴,粗犷,当今的游人来了,会有很多抒情和写意。其实,岛上人家为实用,一是就地取材,二是抵御台风。

当地有谚语,"无风三尺浪,有风浪过冈"。

今天中午在东极镇小食堂吃饭时,当地干部就对我说了个特别重要的民间知识:看风来源。

在过去的渔村,渔民常出门看天色,来观察天象的各种征兆,安排生产劳作,外出捕鱼。这种朴素的观察方法,随着气象科技的进步而逐渐淡出,但现在,东极的一些老人有时还会用这种方法来观察天象。

第一种,看山顶解释风。老年人说,起风要看"上安机"(山顶名称)。夜里云越是乌,风就越大,特别是夏天和秋天的辰光。这云若来,不超过两天就要起风。

第二种,看天算风来源。特别是早上和下午,太阳快要上山和下山时,看天气就看云。云有的像笔锋一样很有力度;有的像凤凰尾巴一样很好看,也非常有力;有的像刀锋一样很有劲,这种云出现,一般不超过三天,必有大风。

第三种,听沙滩算风来源。大岙村北边岙下面的沙滩石子,若有沙沙响的声音,那就肯定有台风。第二天,小船要快快拔船,不能生产了。

第四种,"速际风"。是一种速度最快的风,小时有八至九级风力,最大时达十二级以上。老年人看云,有一种叫"雕头云",这云快速无比,眨眼就到。不到十分钟就到人身边,来了就飞沙走石。但时间不会太长,最多不超过两小时。船老大知道这风要来,首先要落篷,再拿出吃奶的力气,向山边或是岸边靠拢。

通过老一辈人的口传和积累,民间气象知识在农业、渔业生产、群众日常生活中具有一定的实效。

世居东极的人为生存。

初来东极的人为好奇。

五

日本野桐,滨柃,柃木,全缘冬青,芙蓉菊,小叶蜡子树,厚叶石斑木……

这些海岛上的植物,长得低矮,却也茂盛。

整个岛上的土壤含盐量较高,土质较差,只能由着生命力极强的茅草一岁一枯荣。满山的茅草长得特别野,个头比人还高。走在路上,要是太靠边了,一不小心,手上脸上能被划出几道血印子。

风口处,茅草的长势也是顺着风的方向,一律匍匐在山坡,犹如被巨大梳子梳过似的。

一条狭小的水泥路,仿佛飘带似的,环绕全岛,隐入草丛。

警示牌,红底白字:"林区安全来自长期警惕,山火事故源于瞬间麻痹。"

沿山脊而行,海风很大,像是要把人吹走。

左立一牌:"游人止步。"右立一牌:"国防光缆,依法保护。注意保护军用通信线路,两侧各三米范围内,禁止建房、植树、栽竹、施工动土。"

草丛中小径,石头的路牌,红字:"海防执勤道路。"

红泥土中插着小铁牌,红字:"一千五百米武装越野。"

巨石磊磊,相叠如门,上镌红色大字:"海疆卫士门。"立一碑:"庙子湖(东极)——战士第二故乡。"

庙子湖远离大陆,砥柱深洋,岛上气候异常恶劣,环境十分艰苦,素有"风的故乡、雨的温床、雾的王国、浪的摇篮"之称。全年三百六十五天,三分之一为阴雨天气,有四个月被浓雾笼罩,近一百二十天有八级以上大风。

一九五八年部队进岛后,官兵敢于面对恶劣环境,发扬爱岛如家、艰苦创业的精神,开山劈石,打坑道,造营房,搞生产,把原来的荒岛变成了海上乐园。一九六三年,由庙子湖海防连文书张焕成作词、著名军旅词作家向彤改词、曲作家沈亚威谱曲的《战士第二故乡》,就是对庙子湖驻岛官兵的真实写照。几十年来,《战士第二故乡》这首歌,一直激励着官兵扎根海岛、建功立业、高标准建设一流海防部队。

"云雾满山飘,海水绕海礁。人都说咱岛儿小,远离大陆在前哨,风大浪又高啊!自从那天上了岛,我们就把你爱心上。陡峭的悬崖,汹涌的海浪,高高的山峰,宽阔的海洋。啊,祖国,亲爱的祖国!你可知道战士的心愿,这儿正是我最愿意守卫的地方……"

我随口哼唱着,这首歌,我上初中时就学会了,四十多年前的记忆一下子流淌出来。此刻,站立在歌曲的发源地,如见故人,既亲切,又感慨。

沿着石条铺就的小径，于草丛间一步步下来。

回到住宿地，我打开笔记本电脑，上网一查，不禁长叹一口气。

《战士第二故乡》的词作者张焕成，出生在仙居县双庙乡公平村，三岁时父亲亡故，六岁时母亲不幸去世。九岁时，以七十斤黄豆、一百四十斤小麦、二百八十斤谷的身价，被卖给一个寡妇当儿子，从此改名，成为一名看牛、砍柴、做农活的"劳动力"。

一九五八年十一月，张焕成应征入伍来到东福山岛。岛上渺无人烟，荒凉至极。驻军的粮食蔬菜供应，全部靠大陆派船运送。若遇台风季节，粮食蔬菜运送不上，官兵们每人一日粮食只有半斤米，没有蔬菜只好配盐汤。战士们编了顺口溜："住帐篷，喝盐汤，半斤粮，肚角装，不怕苦，守边防。"

入伍半年多来，张焕成在笔记本上记录自己的内心感受。他只上过三个月学堂，有好多字不会写，就查字典，就向战友们讨教。写了改，改了写，一首诗足足写了三年。

一九六三年春，南京军区文艺工作者沈亚威、向彤两人来到东福山岛深入生活，在黑板报上看到张焕成写的"云雾满山飘，海水绕海礁……"，这生动质朴的诗句，表达了战士们守海岛的坚强信念和乐观主义精神。他俩被深深感动。向彤在张焕成原诗的基础上，作了一些修改。沈亚威在东福山岛归来的登陆艇上，就谱出了《战士第二故乡》的曲子。当年"八一"建军节前夕，在北京举办的第三届全军文艺会演中，《战士第二故乡》由歌唱家顾松民演唱，获得了好评。之后，随着盒带的发行，《战士第二故乡》在部队、城乡广泛流传。

张焕成五年的军旅生涯，当过步枪手，在营部当过通信员，回到东福山岛当过炮长。一九六三年底退伍时，被招工到南京军区后勤部建筑总队当安装工。一九六五年一月，南京军区后勤部精减人员，张焕成被精减回乡。

当了兵，退伍被招了工，这是跳出了"农门"吃上了皇粮。想不到一落千丈，又回到农村做农民。村里人说："苦命的张焕成没有好命。"

二十六岁的张焕成，面对命运的又一次跌落，却说："国家有困难，应该理解国家的难处。"回家的第二天，他就和生产队的社员们一起下地劳动，当起地地道道的农民。农忙时，下死力干农活，多挣工分。为了养家糊口，他学起弹棉花做棉胎的手艺，农闲时，走村串户为人们做棉胎，挣点钱贴补家用。

一九九一年，舟山守备部队为了发扬优良传统，进一步树立守岛、建岛的思想，开展了"热爱第二故乡，建设第二故乡"的系列活动。他们拟请《战士第二故乡》的词作者张焕成来岛给战士们做报告，但他退伍三十多年，谁也不知道他的下落。他们查了兵员的历史档案，知道他是仙居人，于是请仙居县人民广播电台播出寻找《战士第二故乡》词作者张焕成的启事。

下徐村的人们听到广播的寻人启事，根本没往张焕成的身上想，以为是与张焕成同名同姓的另一人。而早出晚归忙于农活的张焕成，直到第三天才听到广播。当他启程去舟山时，人们才知道大名鼎鼎的《战士第二故乡》词作者张焕成，远在天边，近在眼前。人们感叹万分："真是真人不露相啊！"

一九九九年十二月，驻澳门部队举办了一场大型文艺晚会，特邀了《战士第二故乡》的词作者张焕成、曲作者沈亚威、歌曲首次演唱者顾松民及后来的演唱者李双江作为晚会的嘉宾，一起登台与大家见面，受到官兵们的热烈欢迎。

沈亚威握着张焕成的手说："当年的小张也变成老张了！"岁月沧桑，感慨之情溢于言表。

张焕成的身材不高，脸庞瘦削。他说："写这首诗时，根本没想到它能成为战友们传唱的歌曲。当时，就是想把我们海防一线战士的真实生活和真切心声写出来。"

此后，各种媒体不断来采访张焕成，开始大家都盯在他写出这么一首歌的创作过程上，大家渐渐地被他的盛名与现实生活的反差所困惑。

"你为什么一直不向大家宣传自己是《战士第二故乡》的歌词作者呢？"

"你是特殊时期被精简的职工，为什么不要求复职呢？"

"你说自己目前胃病、四肢关节炎症严重，无钱看病，凭你创作的《战士第二故乡》这首歌对部队对社会做出的贡献,为什么不要求有关部门对你做一些特殊的照顾呢?"

张焕成饱经沧桑的脸上,总是淡泊无欲的表情:"《战士第二故乡》的走红,我的作用微不足道。以此来捞取什么好处,我从来都没有想过,也从来不去想。我想的是,在部队当兵就要好好当兵;在单位,就要好好当工人;在农村,就要好好当农民。现在家里有六亩田地,靠我一个人种,我想的是怎样使这六亩田地不荒芜掉,能多打粮食……"

东极岛上,有过这样的战士。正如岛上裸露的岩石,沉默不语,却是全岛赖以生存的所在。

六

唯有涛声。漆黑一团。

居然听到雄鸡啼了!半夜鸡叫。我打开手机,一看时间,四时三十分。

一骨碌起床,扛起摄影包,去拍日出!

远处堤岸有几点渔火。石径模模糊糊的,一脚一脚,试探着踩下,小心翼翼地。

寂静的路。亦有早行人。见一吸烟男人。见一挑担老人。见两青年。又一吸烟男人,穿迷彩服,没扣纽扣,敞开,在晨风中疾走。

擦肩而过。不打招呼。没说一句话。朦胧的轻雾中,不语的早行人。哑剧似的。

唯恐惊扰了凌晨的静谧。路两旁,沾着露珠的草丛。蟋蟀鸣声隐隐。

闻到鸟啼,我心情顿时喜悦,鸟儿早!鸟儿好!

五时二十三分,我走到了山顶的东翔亭。

这东翔亭有些特别,六柱六角,六面皆为水泥墙,全封闭。避开迎风面,仅留两门洞,便于出入。无楹联,更无雕琢贴金处。形似堡垒,为的是抵御烈风。

海风大,有几阵尤为猛烈,长焦镜头都在晃动,我赶紧退回东翔亭。

东方的长空,浓云遮蔽。黑色的岬角伸入海中,港湾里有一点黑色的剪影,那是停泊的一艘船。有一点星火,那是船上的灯光。

浓墨淡墨铺满天空,正是老天爷不经意间挥洒而就的水墨画。

浓墨淡墨渐渐洇开,留白处多了起来。

橙红的一点渗透出来,渐渐扩大,一小团,一小团,拉成一条长长的红带。金黄的光耀随之而出。

刹那间,东方的天空火红一片,一道道金黄镶嵌其中。红霞灿然,神话中的火凤凰伸展两翼,摇曳长尾,从天外飞来。

三束红光,从紧贴海平面的云层呈放射状,直冲天穹。

红光越来越多,越聚越强,越射越亮,云层边缘红得透亮。

云层太厚,太阳未能露面。其实不然,无论云遮雾挡,太阳就在那里。每天照常升起,将光和热,将巨大的能量,撒向大海,照亮人间。

我的头发高扬,上衣鼓荡如风帆,差点要朝着东方飞去!

五时五十分,天已大亮。

密集排列的朵朵白云,飘浮在蓝天上,仿佛无数的鱼群游过湛蓝的海。

鱼游天上。人行云中。

二　东极渔民画

一　倒陡街

走这条街,有点奇怪的感觉。

从东极镇政府办公楼下来,石级一级级往下坠,坠到一个拐口,走几步,狭窄的出口,便是一条石板路,一块石头紧咬一块石头。左右两边房子密集,连成整排,多为石头墙面,两层楼为主,间有三层楼。地面中间,相距不远,就镶嵌一方黑石板,浮现黄色的图案,对虾、螃蟹、鲳鱼、章鱼、扇贝……这一路踏着虾蟹鱼贝而前行,虾兵蟹将在脚下簇拥,人俨然已是海龙王。

地势由上而下,人走下来时,有倒斜之感。难怪,当地人称此路为"倒陡街"。

"倒陡街"是庙子湖岛人口最集中、最热闹的一条路,大多数居民都沿街而居。两侧夹有几条向上延伸的石级小路,上去又是层层叠叠的石屋。

"倒陡街"宽仅两米左右,长约两百五十米,一路走下去,两侧门面触手可及。好心情驿栈,东极社区(村)综合服务中心,邮政服务站,中街山渔庄,东极岛特色海产品专卖店,涛声小居,台客隆超市,螺酱原汁小店,海鲜面店,钓鱼客栈,黄老大海鲜面,东极超市,以勒海干货,东极宾馆,极地排档,小林面馆,东极海鲜面馆,观潮阁……

随着中街山渔场渔业资源的不断衰退,也随着东极旅游业的不断发展,许多渔民上岸转业改行,或运输买卖,或开店经商。从事饮食业的店铺摊点,地上摆着红色的塑料大脚盆,养着活鱼、活虾,各种的贝类,满地乱爬的螃蟹,甚至还有海星……

走在我前面引路的,是东极镇文化站的梁银娣。

个子中等,身材单薄。头发往后一绾,随意一扎。青绿色的圆领衫,石磨蓝的牛仔裤,白色的坡跟凉鞋,没有首饰项链耳环鼻钉,没有披金戴银涂脂抹粉,左手腕一只温润的玉镯,这是唯一的珍贵。

简简单单,朴朴素素,梁银娣就这样出现在我的眼前。她是渔民画家,又是渔民画的组织者。

二　渔民画画廊

石块墙面,白色门台,天蓝色门框,呼应着蓝天白云。悬挂着一排渔民画的灯饰,成为标志性的符号。

门边竖一木牌:东极海那边渔民画画廊。

我走进画廊,见一整面墙上,画着蓝色渔港。画架上、桌子上、墙底下,摆着很多渔民画,《东极岛》、《海上拔河赛》、《海钓赛》、《捕乌贼》、《哥俩好》、《渔夫笑》……

印着渔民画的文化衫、杯垫、鼠标垫、木挂件、石版画、靠背、挂毯。背景音乐:《月光下的东极》、《渔家姑娘在海边》……

东极海那边渔民画精品展序言,我驻足细看:

大海的宽广与深沉,养育了渔民豪放、爽朗的性格,也孕育了独具特色的现代民间绘画——东极渔民画。

二十世纪八十年代末以来，一群踏海归来的渔民，他们在弄桨操舵、引梭织网之余，将细沙般的情感融入画笔，来描绘渔家传奇的赶潮生活，并长期坚守海岛探索艺术样式，使渔民画进入了创作繁荣期……

东极渔民画既没有传统美术中的平庸，也没有美术学院的学究气。她以艺术手段上的不真实和生活细节的真实，以造型上的夸张、随意和制作上的精致形成强烈的反差，从而加强了对比中的和谐；东极渔民画正是以这种张扬，充满激情、梦幻的趣味，赢得了国内外专家及观众的青睐。

这里收集的作品，大部分是我镇近年来创作的优秀渔民画作品。她以夸张的手法、新颖的构思、明快的色彩，表达出海岛特有的风俗情趣及浓厚的生活气息，反映了渔民纯朴的思想情感，描绘了海岛新渔村生活，抒发了渔民画家对美好生活的向往。

今天，我们在这里举办东极海那边渔民画精品展，愿各地朋友通过画面能更多地了解舟山、了解东极、了解我们的海洋文化！

一位中年妇女，戴着眼镜，穿着红白相间的 T 恤，抱着小男孩，逗着笑。

梁银娣指着她说："这是我的姐姐，那是她的孙子。我姐姐原来在青浜岛开渔家乐，就是渔家客栈。我对姐姐做了很多思想工作，劝她到东极镇上来，开一家画廊。我妈也赞同。姐姐把家里的事交给了她儿子，就到这里来了。"

姐姐在这条最热闹的街上租了房子，房子装修花了十九万元。注册了舟山海潮渔民画开发有限公司，注册资金五十万元。

游客来了，很欣赏渔民画，有的来了好几次。在开张的五个月里，梁银娣姐姐就接待游客约两万五千人次。

梁银娣从展示台上拿出一套明信片，这是舟山市普陀区邮政局、东极海那边渔民画画廊发售的。

梁银娣打开浅蓝色的封套，取出来，一张张递给我看，这是柴静娜的《铲牡蛎》，这是梁银娣的《海上拔河赛》，这是藤惠芬的《海钓赛》，这是翁秀珠的《醉酒》，这是张慧萍的《渔夫笑》，这是张美娣的《黑脚》。

梁银娣说："六张明信片一组，就是带给六位朋友。我做了文化推广，今年是最大的尝试。六月设计了渔嫂画明信片，八月设计了东极风光明信片。让更多的人喜欢东极，了解海边人家的生活方式，了解舟山的海洋文化。"

脸朝着姐姐，梁银娣说："你在做很有意义的事，你做好了，就是事实，心中无愧，别人承认不承认你没关系。"

这姐妹俩，亲密得真真切切。

我看着这姐妹俩，想象着那从小被海水泡大的岁月。

不只是蓝色，而是靛青，是的，四周海域海水靛青。海水清澈，深透，到了极致，呈现靛青。当地人称海边为浜，所以这个岛，就名青浜岛。

青浜岛略呈长条形，南北走向，长二点四五公里，宽零点八公里，海岸线长十点五公里。那座黄胖老山，是全岛最高点，海拔一百三十一点六米。岛上草青花盛，春夏季一片葱绿，有海桐、日本野桐、滨柃、柃木、滨海前胡、芙蓉菊、小叶蜡子树、海萝卜等。岛屿淡水缺乏，立地条件差，黑松林等长得矮矮的。树木矮化。

北田湾小孩洞、龙舌嘴，悬崖耸立，危岩磊叠。西风湾白石塘、后岙沙滩、沙浦沙滩，那是海滨天然浴场。老鹰窠下、冲天龙口、水窗、鲻鱼嘴、老虎洞下，听听名字，便知其奇险。

青浜岛最东端的山岬处，整座山岬如同花岗岩巨石雕刻而成。穿过两块巨石间缝隙，钻入一个山洞，豁然开朗处，已到了一块礁石顶上。这是一块突兀的平地，一块上面足足可站立百把人的平顶大礁堡。

回头望去，青浜岛上的石屋民居，依山势而建，层层叠叠，临风伫立。因貌似西藏布达拉宫的建筑格局，有人称其为"海上布达拉宫"。

据说，仅有一点四一平方公里的青浜岛，鼎盛时期约在一九八六年，曾居住了六千多人，被报道为世界上人口最密集的地方。随着"小岛迁，大岛建"的政策落实，如今留在岛上的已不足千人了。

石屋与山体相融，一条石路上下迂回曲折。几乎每寸空间都利用上了,有的房屋的相隔距离,甚至可以精确到厘米。

上下两层石搭的桥,安置在石板路的缝隙间。走出这户人家的大门,便能踩上那户人家的屋顶,跨过这户人家的阳台,便能走进那户人家去聊天。

门口,一张小木桌,一条小木凳,主人端着一个海碗。他们大都上了年纪,习惯这样露天吃饭。偶尔有人路过,或者打声招呼。

梁银娣说:

我老家在青浜岛。妈妈小时很活泼,会唱会跳,又会针线活。有一天不小心,跌了一跤,落下了毛病,老是咯血,医不好,小岛也没医生,她就咯血,咯了好长时间。

我爸的老家在温州瑞安乡下,家里穷,从小就跟着我爷爷出来,在我外婆家帮忙。他见我妈老是咯血,就说,温州有位中医很有名,要不去温州看医生?

外婆同意了,让我妈跟着他,坐船到温州去。妈妈在温州看了医生,吃了中药,过了一段时间,病治好了。

两人很高兴,从温州坐船回来。外婆对我爸说:"你是实在人,我女儿这条命,是你带到温州救来的,女儿就嫁给你了。"

我爸是老实人,不识字,辛辛苦苦地赚钱。我妈妈手巧,会做裁缝。我妈很好客,所有温州来的客人,她都接待,都住在我家。以前也没旅馆。我小时总觉得,一年三百六十五天,天天都有客人。

我家里,有姐姐、哥哥、我、弟弟。姐姐比我大十二岁,出嫁了。哥哥是渔民,弟弟还小,家里的活都要我干。买菜、烧饭、洗碗筷、洗衣服,跑来跑去,哇,真的很辛苦。

傍晚,我到海边去,哥哥捕鱼回来了,一起抬着满满的鱼筐,到岸上,又挑回家。整整二十筐鱼,来回地挑,倒在门口的石头地上,小山似的。

哥哥捕鱼回来饿了,我要烧饭,那时没煤气灶,用柴火烧。烧饭做菜,给哥哥吃。我在门口杀鱼,腌鱼,忙得不得了。天暗了,外面没路灯,我手下还有很多鱼,活不好干。住在我家的客人很好,拿了手电筒,照着。我累得不行,心中就想:什么时候不要有鱼就好了!

我初中毕业后,在家里。非常爱好文学,有什么书就看什么书。那几天,来了讲书的,讲《三国演义》,我就拎了小凳子,坐在前面听。

一九八九年初,一位亲戚到我家,给我妈妈说:"乡政府要招聘一名打字员,我看银娣机灵,又有一点知识,去试试看。"

当时报名的有十六位姑娘,先考文化,每人写一篇文章。十六篇文章交上去了,结果,我考了第二名。第一名喜欢跳舞,看到打字机像鸡啄米一样,烦都烦死了,不想去。

这样,轮到第二名,我开心了,但有一个条件,我的心又凉了。

当时用的是飞鸽牌打字机, 打字员要到沈家门文化馆去培训一个月,需要培训费,需要自己垫资购买一台打字机,总共费用为五千元。

当时,这五千元是天文数字。家里只有六千元,这六千元原本打算用于拼股购船。共六名股东,哥哥作为股东之一,六人拼股购一只船,每股六千元。

要动用这笔钱,哥哥大发雷霆:"海岛靠儿子吃饭,女儿不行的!"

海岛的女孩子,一般是嫁老公、吃老公。

妈妈很有眼光,说:"让自己家女孩有出息,不要靠老公。"妈妈对我哥哥说:"给银娣一次机会。"她转身对我说:"你要紧,我去借钱!"

哥哥怒气冲冲,高声叫喊:"你去借,你以后跟她去吃饭好了!"

妈妈去借钱,利息很高,三分息。别人的妈妈不会这样做,妈妈为我也是豁出去了!

我真的很感激妈妈,我人生中第一次机会抓住了!

拿着妈妈借来的这五千元钱,我坐船到沈家门。

沈家门是全国有名的渔港。那时对我来说,已是大地方了。

梁银娣走进打字室,见桌上摆着一台打字机,这是她第一次见到打字机。她坐在椅子上,好奇地拉住打字机的手柄,来回拉了几下,有点重,试着推了一下字盘,很灵活。

老师说,要想学打字,先要背字根。

梁银娣拿着中文打字机备用字表，一有空，就背字根，要记得每个字所处的位置。

这密密麻麻几千个字的位置，全靠脑子硬记，太不容易了。

一台上海产"飞鸽"牌铅字打字机，分为机身、字盘和蜡纸鼓三部分。

打字机字盘是个布满小方格的长方形铁盘子，每格一个铅字。主字盘上两千四百个汉字，两个副字盘上两千个生僻字，附在旁边备用。每个铅字就像印章一样，都是反面体。标点符号在中间。

蓝色的打字蜡纸，是用绵纸涂上蜡做成的。先将一张蜡纸装在蜡纸鼓上，调整好行距、间距。

打字时，左右开弓，左手操作字盘手柄，右手用三个手指捏紧一个圆球状的操作按钮，说明书上叫"机身拾字键"，伸出一条铁件连接的"抓字手"，从铅字盘上选准拎起，敲上蜡纸。

这样，一个字一个字地反打到蜡纸上，一个小时才能打一千来个字。

用打字机打字，既要注意力集中，还要"埋头找字"，稍有偏差就得从头再来。一般常用字都能从字盘里找到，如果遇到生僻字，就从备用字盘中找偏旁部首来拼。如果打错字，用胶状修正液涂抹覆盖，重新打上正确的字；如果发觉打漏字，仅能在字与字之间加打进去；如果漏行了，也仅能在行与行之间加打进去，否则就要换掉蜡纸重新打。

一篇文章或者一个文件，打完字之后，从蜡纸鼓上取下蜡纸。拿到油印机上夹稳，涂了油墨，再用滚筒来回慢慢推动，才能一张一张印制成文。

尽管操作很复杂，但梁银娣聪明好学，又很刻苦。一个月下来，她就掌握了打字技巧，学会了油印方法。

"咔嗒咔嗒"的打字声，跳动着梁银娣心中的憧憬。

打字员，当时作为一个独特的职业，是不少女孩子向往的岗位。

梁银娣说：

一个月后，连人带机，回到乡里。乡领导说，先打一个文件看看。

打了文件，送过去。领导一看，确实行，就录用了。这是一九八九年

223

五月，人生当中最大的改变。当年十月，那购买打字机的三千五百元报销了。

一个二十一岁的渔家姑娘，到乡政府上班了，人家很羡慕。

我在家里承担着男孩的责任，拿出钱给妈妈。哥哥没话说了。

一九九二年二月，乡镇合并，四乡合而为一，东极镇下辖"一社区一村四个经济合作社"，即东极社区（村）、庙子湖经济合作社、青浜经济合作社、黄兴经济合作社和东福山经济合作社。

镇里一名男打字员调走了，镇里借用我三个月。

东极镇所在地为庙子湖岛，我从青浜岛坐船，相距两海里，坐船十五分钟。到了镇里，我打印很多资料，办公室有客人来了，我还要帮助接待，倒茶水。

三个月过去了，镇领导看我工作很认真，提出要调我到镇里来。

我在青浜岛上班，下班还能帮助家里做事，离开家怎么办？一个人到镇里，一月工资才一百四十七元，冲着工资不能来。我征求妈妈意见。

妈妈说："水往低处流，人往高处走。家里的事，你放心，妈妈支持你，调到镇里去！"

又是妈妈支持我，这是我人生的第二次转折。

我就在镇里当打字员。一九九四年七月，普陀区公开招聘六名文化馆站的文化员。我心中向往，又怕自己考不出。

妈妈只读了几年小学，平时经常鼓励我读书，说："我自己墨水不够，没办法，能学不学，今后会后悔一辈子。你要努力，你要努力！"

我就去考，那次努力真的没有白白浪费。

一九九四年七月到九月，我一边工作，一边复习。老宿舍光线很暗，白天得点蜡烛。看书实在看累了，闭上眼睛，就看到妈妈在为我祈祷祝福。我睁开眼睛，用发卡拨了拨蜡烛头，让烛光亮一点点，凑近，再看书。

这次招聘文化员，本来有十二人符合条件，最后四人因故没考，八人去考试。我考了第五名，我被录取了！

工作了好多年。浙江省委党校函授文化管理，最后一批了，我想学习，去试试。领导同意，让报销。我报名了，入学通知书来了，太好了！

记得二○○五年十一月到十二月二十五日,我到杭州去参加面授听课。天太冷,手脚都生了冻疮。

不管怎么难,这么多年来,我都坚持学习,不断努力。

二○一三年十二月十七日,经过浙江省群众文化专业人员高级专业技术资格评审委员会评审,我获得了副研究馆员的任职资格。这相当于大学里的副教授职称,我一辈子都没想到,自己还能够有这一天!

三 东极渔民画展厅

踏上台阶,我抬头见一木质横匾:东极渔民画展厅。

这个展厅,约一百平方米,分为六个展块,上下两排或三排,密密匝匝地挂满了画作。站在这里是什么感觉? 每一口呼吸都是彩色的!

临窗一排画桌,摆满了各式各样的颜料瓶。我挨近一看,美容霜的空瓶、青春宝的空瓶、止痒胶囊的空瓶,杂七杂八的空瓶,都被用来装了颜料。渔民画的草根性、群众性,顿时从一个个瓶盖上蹦跳出来。

我看到展板上的文字,在这美丽的东极岛上,息养着一群淳朴的渔民画家,她们用大海的天真淳朴和无限的想象,承传着永久的民间审美情趣,用美好的愿望和真挚的情感,描绘了一张张造型夸张,构思奇趣,充满深沉、艳丽的画图。

梁银娣熟悉这里的每一张画,指着向我一一介绍。

东极渔民画起源于二十世纪八十年代末的青浜岛,普陀区文化馆陈乃秋、朱仁民两位老师先后到青浜乡、庙子湖乡文化站进行创作辅导,渔家儿女的艺术潜力被激发, 创作了一批批带有浓郁海味的渔民画作品。一九九三年被普陀区定为"东极民间绘画创作基地",第一代作者由张定康、翁孟昌、任林龙、胡永庆、张美娣、梁银娣、朱春雨、郭雪芬等二十多名主要作者组成。后因婚嫁和外出,大多数作者离开东极,放弃了创作。

二○○二年,以梁银娣为领头雁,出现了陈波、吴小飞、胡张兰、藤惠芬、王亚珍、翁秀珠、张惠萍、俞辉等第二代渔家女儿优秀作者。二○○七年,东极社区被授予"东极渔民画艺术社区",二〇一〇年被授予"舟山市渔民画创作基地",二〇一二年被授予"浙江省优秀视觉艺术创作群体"荣誉称号。

从二〇〇二年七月至今,东极镇文化站陆续培养渔民画作者一百余人,其中重点作者十五名,参加全国、省、市各项展览八十五次;有一百五十余件作品赴德国、法国、意大利、日本等国家展销,部分作品被收藏,《夜曾》《东极岛》《穿笼裤的菩萨》《老渔夫》《笼捕》等一百四十五件作品在全国、省、市获奖,四十二件作品被国家、省、市博物馆永久收藏。截至目前,东极已有近两千件作品成功走向市场,成为宾馆、酒店、办公室和居家装饰品,其中二百余件作品成为海岛对外交流的"友好使者",受到各界人士的喜爱和好评。

梁银娣对我说:"这里创作的渔民画,背后都有故事,有的就是作者自己的生活经历。"

这幅《骑鲨图》,金色的海滩上雪浪激溅,一位渔民骑在一条虎鲨上。这正是作者张定康经历的惊险一幕!

在六月的一天,张定康潜入东海八米多深处铲淡菜、抓青狼鱼。胸前悬挂的网袋里装的海鲜,泛出亮晶晶的鳞光,诱来了鲨鱼。当时,他骤然觉得身旁海水一凉,斜刺里箭也似的蹿来一条虎鲨,他大吃一惊,赶紧逃命。他鼓足浑身力量,"呼"地一气跃出海面,冲上沙滩。谁知虎鲨也追踪而至,发疯似的直扑过来,穿过他的胯间,哈,搁上沙滩,虎鲨一下难以动弹,真的被他当作马儿骑着哩!

这幅《夜曾》,翁孟昌作于一九九三年,先后被国家美术馆收藏和英国画廊收购。

在二十世纪六十至八十年代期间,东极岛曾经是乌贼的故乡,渔民们以捕乌贼生产收入为主要生活来源。人们在石崖上,搭建长约十米、宽约一点五米的毛竹排,再用铁丝加固伸展,作为生产工具。到了晚上,汽油灯光从十来米高的地方照着海面,来吸引、捕捞乌贼,然后用滑轮加绳子,把乌贼拉上岸。第二天一早,在海边加工后,晒鲞。这是一种原始的生产方式,现已流失。而《夜罾》再现了这一生产场面。

这幅《出海归来》,是吴小飞创作的。

东极人们世代以捕鱼为生,与海相搏,大海、渔船、渔人,是人们永远的话题。春去秋来,乘风破浪,人们最大的愿望就是辛辛苦苦地出海后,能丰丰盈盈地收获归来。

这幅《廿七廿八做点心》,也是吴小飞创作的。

渔家人逢年过节,每家每户总是要热热闹闹地忙碌着做点心团子,蒸的蒸,搓的搓,包馅的包馅,端的端,盖上红印表示喜庆。然后,大年三十晚,一家人围在一起吃团子,表示团团圆圆、红红火火过日子。

这幅《红脚》,是王亚珍创作的。

这是一个渔嫂作者对少年时光的回忆。她九岁时,父亲因病去世,家里四兄妹都是她母亲在艰辛中带大。记得母亲每天总是起早摸黑,下海采贝,上山种植,把所收获的食物给孩子们充饥。母亲常常要赶潮水采贝,很晚才能回家;烈日下,一双穿草鞋的脚早已被晒成棕红色,水草、小鱼、小蟹沾在脚面上,也顾不上清理,脚皮经常被贝壳划破而隐隐地流着血……如今作者已到中年,对母亲那些年的养育,说起来常常心酸不已。所以,创作此画,表达她对勤劳母亲的深深感恩。

这幅《网下女娃》,是王亚珍创作的。

作者王大姐只生育一个儿子。一直以来,她和老公非常想要一个女儿,但计划生育不允许。每当在家织网补网时,她总是感叹:"如果有个女儿,那该多好啊,可以帮我穿梭织网,娘俩还可以说说心里话呢!"创作时,王大姐画了一个女孩在旁边,画完后发现画面还比较空,所以又画了一个女孩,这下两个女儿可填补寄托了。王大姐突然叫道:"我有两个女儿啦!"大家惊奇地围过来,一看画面,都哈哈大笑!

这幅《小日子》是翁秀珠创作的。她参加渔民画培训班时,都快五十岁了。她一直沉醉于渔民画的创作,此作获舟山市第一届新人新作展三等奖。

作品主要讲述一个小男孩和小女孩的故事,儿时两小无猜,经常坐在摇椅上荡千秋,长大了相互爱慕拜堂成亲,婚后夫唱妇随共创业,然后生儿育女过着幸福的小日子。人物、家具、器皿线条流畅，抽象夸张，可以明显地感受到作品的朴素美。

我看着一幅幅渔民画，感觉到浓烈的海洋气息，抚摸到别样的生命律动。

渔家世代与大海相伴，与惊涛骇浪搏斗，形成了有别于城市人和乡村农民的心理素质及情感。

大海的辽阔无际，便有了大海式的奔放美。

大海的巨浪滔天，便有了迎浪而上的力量感。

大海的变化莫测，便有了近乎奇幻的想象力。

大海为东极渔民画提供了极大的想象空间，渔民画又为东极渔民开启了一道心灵之门。他们的创造力和想象力，极大地发挥出来。

东极独特的地域环境，东极渔民乐天达观的精神，乡风民俗和传统民间艺术的渊源，使东极渔民画有了别具一格的表现方式。

渔民画家的创作手法不受学院规范的约束，保持着大海的自由随意和纯情流露。用变形、抽象的手法，用夸张的造型、粗犷的线条、绚丽的色彩，来表现渔民们劳作和生活的场景，来勾画这片充满传奇色彩的蓝色水域。

渔民画家在造型上不受任何限制，大胆想象，大胆变形，大胆夸张。常常以自己的感情为中心，根据需要，在同一画面里可以出现仰视、俯视、平视、侧视等视角。

在鱼的身上，可以画很多的渔网、海鸥及海洋动物，这些东西巧妙地组合在一起，交织成一个具有民间特色的造型，而形式又具新意。渔民捕鱼、捕蟹，要用到很多工具，渔民画家去表现时，把不同时间、不同空间、不同视点和各种物体的特征概念错综复杂地交织在一起，把自己感兴趣的东西都描绘在一幅画面中，使画面有很大的生活容量。

渔民画里的空间关系，不采用明暗、虚实、大小来表现，而是通过平面距离来表达空间概念。为反映渔船的整体面貌，往往把它画成正侧面，力求把对象画全。

在色彩的运用上，既不像中国传统画那样的"随类赋彩"，也不像西方绘画体系按照写生色彩去表现光色变化，而是按照自己的美感意象，主观地运用色彩，把色彩当作表达情感的手段，而不受各种色彩关系的限制。

渔民画吸收了海岛传统艺术的用色特点，大红大绿，黑白相间，喜欢用原色，使画面凝重、典雅、鲜艳、高贵又极富装饰效果，且艳而不俗。

浓郁色彩的运用，调动了渔民画的整个基调和情绪，给人一种健康、朴实、昂扬向上的美感，无论是描绘渔民们的劳动、渔村的风情，还是海岛的风景、鱼类的生息，全都是美化了的，连蟹、虾、鱼都是欢快的、可爱的，充满了生活情趣。

梁银娣说：

一九八九年八月，普陀区文化馆来了老师，招收学员，培训渔民画创作。当时有十六个女孩出来学习，也不顾忌什么，就是拿着笔乱描乱画。

我小时候，用蜡笔涂过，对画画有兴趣。这次学水粉画，画了一张《虾岛》，就是渔村里晒虾，满地是红的，屋顶也是红的。辅导老师说，这有一点突破，鼓励我。我更有兴趣了，好多人一起在画。

后来，有的女孩到外地去了，有的出嫁了，就只剩我一个还在画渔民画。这当中有一段日子，文化气氛淡薄，极少有人关注渔民画。没有机缘，我也好几年都没有拿过画笔。

直到二○○二年七月，普陀区文化馆老师到东极，开展渔民画培训。没想到还能再拿画笔，当时我鼻头一酸，眼泪就下来了。

那次培训班，一群新学画画的渔家姐妹，三十六人。大家到邻居家借来桌椅，画室坐得满满的。

从七月十六日开始，连续四十天，一天没间断，每天在画室里。

有的人是第一次拿画笔，老师手把手地教。

水粉作品这么画：先在铅画纸上用铅笔构图，把每种想用的水粉颜料加适量的水，在调色杯中调和几分钟，再在已构好图的铅画纸上进行涂色，一般涂色不超过两次。若多涂几次，随着厚度增加，已上色的水粉颜料就会裂开。

画岛,画船,画海,画自己熟悉的生活。

我白天拿雨伞撑雨,晚上灯黑了,回家路上当拐杖。

这年夏天,我总感觉脚上的凉鞋变小了,后来才发现,那其实是自己坐太久,脚肿了。

参加培训班的这些渔姑渔嫂,都是土生土长的东极人,对小岛充满了感情,渔民捕鱼捉虾,渔嫂织网补网、晒淡菜等日常生活细节,都给予了我们创作灵感。渔嫂们描绘的每一幅画里,都倾注着个人情感。

就在这年九月,四十一件作品,由普陀区一家文化公司代理,参加法国斯特拉斯堡欧洲博览会进行展销,卖了七八件,文化公司返回了一些利润。

大家第一次分到钱,有的六百元,有的七百元,高兴死了! 渔嫂的画也值钱了!

我画了一幅《哥俩好》,二〇〇二年十月,在全国海岛县渔民画邀请赛上获了银奖。渔姑渔嫂们很惊讶,都瞪大了眼睛。我对画画的姐妹们说:"今年我得奖,明后年你们也要得奖。"她们很害羞,掩在背后偷偷地笑,说:"得奖,根本不可能。"

我的启蒙老师对我说:"你一个人获奖了, 你还要带一个群体出来。你要培养十个才行! 你这地方就有名了。"我感到责任重大。

我带她们到外地参观,别人的作品画得很好看,我在现场点评,并马上记下来。

回来继续画,先让作者自由发挥,然后我辅导,这里加一点白,这一点黑不够,再加点黑。在构图、色彩上加以调整,寻找趣味点。

二〇〇三年十月,首届中国·舟山渔民画艺术节在朱家尖开幕。上海金山、陕西户县、山东日照、浙江秀洲等,十四个中国现代民间绘画之乡的代表都来了,数千游客来观看。

展出的舟山渔民画,有海岛气息、渔民风格、大海韵味。我带的团体有十二件作品冲进去了!

大家眼泪流出来了,哭了,渔家孩子,从来没想到,艺术殿堂,他们也能去那里!

之后,大家画画的兴致更高了,参赛作品也多起来了。

在二〇〇四年四月的全国农民画联展中,《东极岛》《老渔夫》《扎蟹》,分别获金奖、银奖和优秀奖。

我站在梁银娣的身边,看着她作画。

梁银娣右手执一管毛笔,左手拿着一个纸杯,纸杯里是颜料。

一张红黄为主调的画稿,平铺在方桌上。红色塑料桶搁在椅子上,顺手就洗笔。

这画稿,表现农历过年前做团子的场景,磨粉的,搓团的,包馅的,蒸团子的。

"这两天都在赶这件作品,人物不够多,我加了六个人物。画稿要放大到三米,文化礼堂外墙上用。"梁银娣用墨线勾勒了人物,线条流畅。

梁银娣洗了笔,再拿一个纸杯,伸笔蘸了一下,在画稿上写上棕黄的"福"字。

"最后的颜色,一下子想不出来。"梁银娣自语道。她拿了绿色颜料的纸杯,放下,又拿天蓝色颜料的纸杯,又放下。

梁银娣把画稿搁在墙角,退后,蹲下,看效果。点点头,心中有数了,把画稿拿到画桌上,继续改。

"画画要安静下来,不安静下来画不好。"她们接受大型创作任务很多,有时四五人赶精品,一个稿子一个稿子画,一夜画到天亮。

梁银娣总算画好了,洗了笔,与我谈。

梁银娣是土生土长的青浜岛人。岛上坚固的石屋,层层叠叠,帮助渔民度过了一个个台风季节。少年时的渔村非常繁荣,每家的屋前屋后总晒着很多各种各样的鱼,而门口的馋猫也经常等待机会偷吃肥鱼。夕阳下,做完家务的渔姑们,倚在门口等待晚归的渔船。

在渔民画培训班创作构思时,梁银娣有两个想法:一是表达她对家乡的热爱,二是想通过此画面,让更多外界的人知道在祖国东端的海域,有这样一个美丽而具特色的岛屿。

《东极岛》。海的颜色异化为橙黄色,三艘出海归来的渔船,点缀在海面上,在夕阳的逆光下通体黑色,渐深渐远,给人以无穷无尽的感觉。画面的主体是石屋民居,层层叠叠,上下交错,围成环行的构图。屋顶异化为红色和蓝色,石墙变成黄色和灰色,空地涂为紫色,强烈的色彩对比,释放出热情奔放的情绪。屋前屋后晒着各种鱼,一只白色的猫正在凝视。底下门口有两渔妇,在等候出海捕鱼的亲人满载归来。

通过变形和夸张,石屋仿佛在海风中跳着劲舞,而拥挤的石屋又构成一张五彩大网,打捞出渔民富裕快乐的生活。

在夏天举办的海上运动会上,有一个比赛项目:捧酒坛过海比赛。渔民们捧上封口的酒坛,在海边听令后,跳入海里游泳,谁最先游到对岸,谁就能获得一坛酒,现场奖励。渔民们很豪爽,游到对岸的礁石上,站起身,马上就打开封口,邀请哥们大口地喝酒,表示庆功。

梁银娣构思创作的作品《哥俩好》,表现的是渔民在海边礁石上喝酒的场景,采用版画的形式,在画面处理上,突出一坛酒、两个渔家兄弟。专家评论说,造型比较夸张,构图稚拙,取舍大胆,色彩淳朴,人物形象憨厚可爱。

二十世纪九十年代,东极镇兴起一项具有海上特色的体育运动,在码头设立标记,拉开海上两只小舢板的距离,一根大粗绳两头牵着两只小舢板,大粗绳中间系上红布条为标志,两只小舢板上各有四位渔民。哨声响起,选手们身体齐向后仰,使尽抵足之力。比赛现场非常热闹,锣鼓声、欢呼声、选手的呐喊声,交织一片。

梁银娣在创作时,就想到了这个场景。她花了三天时间,完成《海上拔河比赛》。

一开始受自然色的影响,把海水画成蓝色,但拔河比赛热闹的气氛反映不出。后来在辅导老师的启发下,把海水画成朱红色,对岸的天空和观众们以蓝、绿色调为主,这样采用了对比色,形成了鲜明的对比,那种热烈欢快的气氛就出来了,整个画面也明亮起来了。

《东极岛》《哥俩好》《海上拔河比赛》……这些作品参加过多次大赛,都获了奖,还被博物馆、美术馆收藏。

四 东极渔民画及产品专卖店

白色的墙壁上,绘有渔民画,一路高低延伸过来,紫红的渔船,漫天的渔网,滚圆的浮子,彩色的乌贼,渔民正在捕捞,渔嫂正在织网……

本来一身黑斑的乌贼,居然变成了红色的、橙色的、黄色的、绿色的、蓝色的,十只腕足大张大舞,一派欢天喜地呀!

这就是渔民画,构图和色彩,完全打破常规,大胆,率性,奇丽,浓郁。

我一边谈自己的感受,一边随梁银娣走在"倒陡街"。

脚步停下,梁银娣对我说:"这就是我们渔民画作者吴小飞的小店。"

"中国·东极渔民画及产品专卖店",白底黑字,中英文对照。简洁,明了。

墨绿门框,玻璃推门。梁银娣掏出钥匙,开了门。看得出,她与作者关系甚好。

四周墙壁上,挂满了方构图的画作。全部是吴小飞的作品。

梁银娣说:"吴小飞创作的这幅《海蜓旺季》,在浙江省第二届视觉艺术创作群体优秀作品展上获得金奖呢!"

东极海蜓在舟山可谓是珍品海产,这种小鱼体积细微,晒干后味道非常鲜美,可作零食吃。每年五六月间的半个月内,是东极捕海蜓的短季。傍晚时,人们出海捕捞,不到天亮就要回港。因海蜓细小易腐,为保持新鲜,渔嫂们必须早早到码头,及时进行加工,扛的扛,抬的抬,烧的烧,好一派热闹的景象。

我看这画面上,渔嫂们或蓝衣白裤,或白衣蓝裤,或蓝衣灰裤,或灰衣蓝裤,挑担的,抱篓的,把鱼入锅煮的,摊开晒的,都忙得不亦乐乎。

虽忙,画面却不乱。黑、白、灰,配以蓝、冷色调,仿佛笼罩于月光之下。构图饱满,富有动感。

通常以火热来表现劳动场面,画面呈暖色调。而此作,反其道而行之,故有创意。

我赞许富有创意之作。

十多年前,当吴小飞坐在海岸边织网时,她的脑海里,一定是满网的鱼虾。

是的,吴小飞原先与东极太多渔嫂一样,在海边织渔网,在家里带孩子。

直到二〇〇二年七月,参加东极镇渔民画培训班,才有了自己的人生。当时,她不顾家人阻挠,偷偷学画。她老公看拦不住她,也就睁一只眼闭一只眼了。

手中的梭子,终于变成了画笔。她在东极有一个自己的工作室,每年靠渔民画得奖、售出的收入起码有三四万元。每年七八月,刚好是休渔期,又是东极的旅游旺季,丈夫看她的生意太好,来不及复制原作,也会帮她一起画。

吴小飞说:"老公现在都用'画家'一词来介绍我,实在太骄傲了,我在家里的地位一下子提高了。"她甚至有私心地将丈夫收入麾下,帮她复制渔民画原作,这样她就有时间创作了。

吴小飞说:"我们画渔民画的时候,东极的旅游刚发展起来。我们去外面展出东极渔民画时,其他城市的市民,都对东极很感兴趣。如今东极旅游如此火热,可以说,也有我们渔民画家的一份功劳呢!"

吴小飞创作的渔民画,多次在国家、省、市大赛中得奖,还被加拿大、德国等国的美术馆收藏。

二〇一二年,吴小飞等三名作者成为浙江省美术家协会会员。

二〇一三年六月,吴小飞作为舟山市五位提名展中唯一的女画家,赴浙江美术馆参加浙江新农民绘画提名展开幕式。

二〇一四年十月,在浙江省妇女手工产品创意大赛上,吴小飞的《五月六月码头忙》获得一等奖。

专家这样评价吴小飞的作品:"作者在表达自己情感,表达对世界认知的同时,在形式多样、斑驳、粗犷的画面里有莫名其妙的惊喜,无论是构图的大小、疏密和对比之间的处理关系，在不经意间都巧妙地抓住了要点，有不真实中的真实、不正确中的正确，跃动着生命的自由、释放。"

吴小飞说："画画不仅给我带来快乐，而且让我实现自身价值，得到他人的尊重和肯定，让我觉得一切的付出都是值得的。"

在海岛上，男人出海打鱼，女人在家操持家务。

长期以来囿于传统观念，很多渔村女性的个人价值，就体现在嫁一个捕鱼能手上，而少有人考虑用自己的能力，去实现更多的人生价值。

据调查，样本地百分之六十三的渔嫂靠丈夫收入，百分之六十八的渔嫂平时休闲活动，主要是看电视、串门聊天，接下来依次为看守孩子、健身活动、打麻将或其他。经济上的依赖性，使得渔嫂首先考虑的是家庭需求，而不是个人意愿。

如今，当社会转型，传统的分工模式逐渐打破后，渔嫂们普遍缺乏创新、进取意识，很难以一个独立的个体存在于社会生活中。

如何让渔嫂重新发现自己，唤醒自我发展意识，施展才能，参与社会实践，成为"上得了厅堂，下得了厨房"的新型渔嫂？

梁银娣心中的想法，与社会的脉动连在了一起。

让渔姑渔嫂画画，还要让东极渔民画走向市场。

梁银娣在作者中培养了有沟通能力的渔民画导购员。当游客们走进东极渔民画展厅，就为游客讲述渔民生产劳动、海边习俗、渔家礼仪、海洋生物、捕捞技术等，使游客们领略到海岛民俗乡土文化。如果游客看中了画作，就可以当场买下来。

原先渔民画都采用玻璃装框，携带笨重并易破碎。从二〇〇七年十月起，引进了比较轻型的现成油画布框等作画用具，按市场需求，为游客配备好不同规格不同价格的成品作。由政府出资，设计制作了造型美观的渔民画专用包装袋。这样既不易破损，又便于携带，加快了产品出售的速度。

有些作者在自己家里画。梁银娣隔三岔五到她们家里，用相机把作品拍下来，推荐出去。关心她们的生活，有困难尽量帮助，都成朋友了，很要好。

梁银娣说:"不能丢失这一块,我有很多感情在里面,尽量给她们创造一些好的机会,推销作品能推荐人才。"

画画的渔姑渔嫂们,开心得笑起来。一个人作品收入,二〇〇三年一年才两千元,现在一年好的三万元,一般的也有一万多元。

现在这个团队有十五人,四十多岁,五十多岁,最大的六十一岁,不用打铅笔稿,随手能画。今年培养了一个最年轻的,三十一岁。

画画的渔姑渔嫂们,搓着沾了颜料的手,乐呵呵地围着梁银娣。

梁银娣说:"很多人老是找我,怎么做?怎么做?这创作与我不能分离了。我大量时间在创作室,与作者建立感情。我最大的安慰,是作者获奖了。我这里登记的创作团队的作者,市级以上获奖的作品就有一百多件。"

在二〇〇七年十一月,浙江省农民"种文化"百村赛上,梁银娣获得"能手奖",也是舟山唯一获此荣誉的个人。

二〇一三年一月,胡张兰等三名作者被评为"浙江省优秀民间文艺人才"。

快乐的,被尊重和肯定的,有创造性的。渔嫂们体现了自己的人生价值,诠释着一个基本理念:我独立存在,并对社会有用。

梁银娣说:

尽管我所在的乡镇是一个偏远小岛,但因为我选择了群众文化工作,习惯了爱与付出,所以我一直快乐着;尽管一路上常常有挫折和艰辛,但因为心中有着那份对群众文化工作的热爱与执着,我还是幸福而快乐地生活着。清晨,迎着朝霞走出那条铺满石块的小径,我的脚步是轻快的;夜深,在披星戴月中回家,我没有任何抱怨晚归的理由;因为我发觉一些想法在渐渐地实现。

无论外面的世界如何繁荣、精彩,我从没有念头想让自己长久地离开这个已深情播种了二十多个春秋的小岛。因为我知道,这里有需要我服务的岛民,更有我深爱的渔民画画友。二十多年过去了,尽管年轮的痕迹刻录在脸庞上,岁月的沧桑渐使我单薄,但那片深蓝色海域所赋予我的生命灵性,已足够让我一生不断地吸收和释放,还有那特殊地理环境下所锻炼的个性,也让我有足够的信心坚守——做大海忠实的守卫者!

我和渔民画这个群体,一起经历了艰辛与努力、拼搏与追求;那色彩鲜艳、造型夸张、充满想象和带着海腥味的一张张画,已成了我们这一生无法舍弃的爱好。每当举办完渔民画培训班后,新学员上交她们有生以来的第一件作品时,她们的笑容,就是我最大的开心;每当她们的作品在全国、省、市获奖时,我们一起欢跳着拥抱;她们的成功,就是我最愿意看到的;每当她们的作品一次次走向市场,她们的经济创收,就是我最大的欣慰。原来,幸福是可以感染的!

终于有一天,在不同场合、不同地点,好奇的我和她们探讨了一个问题:什么是最幸福的事。没想到,真的没想到,一向不善于表达的渔姑,甚至连自己名字也写不好的渔嫂,总是不约而同地回答:"如果一件新作完成后,自己看着喜欢,老师看了也喜欢,那就是这世上最幸福的一件事!"这相同的答案,令我惊讶不已! 这种朴素的幸福,它披着本色的外衣,已亲切温暖地包裹起我们。哦,幸福原来是卷在纸里,藏在心里。只要你是一个有心人,人人是可以获得幸福的。

这看似简单,又人人想获取和追求的幸福啊,但真正有多少人能守住寂寞和清贫,二十年如一日,以画为媒,来体现自身的社会价值,然后推动人与家园、家园与社会的和谐发展,来获取幸福的来源呢? 试问,在经济发展、文化也有改观的现代社会,有多少人能够做到呢? 更何况她们是来自最基层的群众;而且,大多数作者的生活并不富裕。所以,我这个和她们拥有同一个梦想、同一份热爱、同一份执着追求的领头雁作者,是何其的幸福、何其的快乐和满足呢! 幸福让我的心灵温柔地震颤着……

今天,我可以对宇宙大声说,只要这个时代还需要渔民画,我愿意一生追求,永不放弃,为舟山这朵海洋之花不断绽放,释放自己的一份芳香。同时,心灵也悄悄地告诉我:请记住这一刻,幸福就会长久地伴随你!

五　画嫂客栈

渔家小院,院里有一株茂盛的柚子树,叶大而厚。

外面的石头围墙上,爬了一株绿蓬蓬的冬瓜,墙上插着木棍,藤蔓攀着木棍往上爬,有一个冬瓜长大了,主人用个塑料袋吊在墙上,冬瓜大得已撑破了塑料袋。

院内有两层楼,外墙画着渔民画,内墙画着渔民画,厨房里摆满了渔民画,楼上楼下房间的地上,都画了渔民画。

画嫂客栈。真是画到家了。

墙角里,一张旧式的四方桌,脚下垫了砖块。旁边有一口水缸。一有空,画嫂翁秀珠就会坐在桌前,拿着画笔,专心作画。

内墙外墙,屋里屋外,那些色彩鲜艳、造型夸张的画,全是她自己画的。

我站在这间房中,见桌上立着一块铭牌:舟山市渔民画产业协会会员单位。

墙上挂的,桌上摆的,凳上放的,地上搁的,大小十六幅画,均出自翁秀珠之手。

这幅《醉酒》,在首尾两翘的船上,左侧的渔民,黑色的双手捧着酒壶,高高举起,张大嘴巴,酒壶直泻,哗哗哗倒入口中。右侧是渔民的妻子,双手抱着酒坛,随时准备添加。渔民和妻子的两腿之间,身前身后,都是摇着尾巴的鱼。酒好香哟! 两人头顶上,飞来两只海鸟。

梁银娣引路,带我走进画嫂客栈。她指着这幅《醉酒》对我说:"海边人的性格豪迈,真诚,直率。岛上渔民常年出海捕鱼,辛勤劳作。船靠岸了,妻子来照应,渔民们休息片刻,喝上满满的一壶老酒,把所有的疲乏和辛苦抛于脑后,小日子过得开心自在。"

大字不识,个性豪爽,勤俭持家,热爱生活。这就是翁秀珠。

翁秀珠一九五四年出生于东福山,家里有四个兄弟姐妹,她是老二。因家境贫寒,她连小学都没上过。

二十一岁那年,翁秀珠嫁给了庙子湖岛上的一位渔民。婚后生育一儿一女,过着普通平凡的日子。

一九九六年,当时东极镇文化站站长张定康租着翁秀珠家的房子住,天天画渔民画。她觉得好奇,便上前问:"老师,这个我能画吗?"张定康嘿嘿一笑,收下了她这个学生。

从来没画过画,只听老师说,画得要抽象些,翁秀珠不明白,什么是抽象。后来,她琢磨出一些道道来:"抽象也就是直线条要随意画成曲线条,身体的某些部位一定要作适当的变形,比如手指头很细,但胳膊要变得很粗很有力。如果要想让人有动感,那就要把屁股画得很大,腰画得细细的,扭曲一点,就感觉人会扭起来,像跳舞一样。"这样理解抽象,倒是成了渔民画的"普遍规律"。

要上色,红红绿绿的,怎么配色?翁秀珠说:"这个倒不是太难,我们都会绣花,对绣花的人来说,配色不是问题。画渔民画也像绣花一样,绣完一朵还想着绣另一朵,一旦拿上手,似乎就难以放下来。"

画了一段时间,也许是受周边人的影响,一些渔嫂趁着年轻,外出挣钱。也许是某些原因,翁秀珠搁下手中的画笔,离开东极。

这十几年来,翁秀珠干了很多行当,卖过水产品,做过直销产品,开过小旅社……

几年前,翁秀珠去广州,受朋友邀请去参观画展。在展厅里,她一眼就看到了家乡的渔民画,备感温暖和欣喜!虽然那是复制的印刷品,售价也很便宜,但无论如何,知道了自己曾经喜欢的东西也是有价值的。

随着年龄的增大,翁秀珠回到了东极。闲来无事,她又拿起了画笔。她开心地说:"东极的渔民画,很多人都知道了。只要动笔画,就有收入。"

房子破旧了,翁秀珠就用画笔来装饰,在外墙上、大门上,甚至地上,都画上了渔民画,以家为景,吸引了人们的目光。

当游客不断上门参观时,翁秀珠看到了商机,索性将住房改为客栈。"画嫂客栈",好叫又好记。

楼上有三间客房,有双人床,有单人床;楼下也有三间客房,每间都可以住三个人。卫生间是公用的,有热水淋浴没有空调。虽说条件不是很好,但房间是干净的,被子没有异味。正门楼梯间改成了小仓库,放一些桌子椅子和一些海鲜干货。

画嫂客栈开张后,女儿在沈家门负责安排住宿和宣传,丈夫在沈家门渔船上劳作,家里就剩下翁秀珠一个人。她就在厨房里搭了一张床,晚上铺开,白天收起。

旅游旺季时,一天要接待好几拨客人,有些客人要在家里吃饭,她还得准备饭菜。每天清晨五时,她要赶到码头去买菜。回来后,做完饭菜,她还得打扫房间。到了十一时左右,她得去码头迎接新的客人。

外地学生来旅游,住在翁秀珠的画嫂客栈,说:"她是一位和蔼可亲的阿姨,烧菜的手艺还不错,更重要的是她很好客,还会讲好多关于东极岛的美丽传说,比如象鼻山、福如东海,还有东海龙王的女儿,呵呵,多得我都记不住了!"

来自上海的游客夸奖道:"画嫂每天干活,还带着我们满岛跑。之所以叫画嫂,因为她的渔民画画得满墙都是,用来装饰客栈,很有乡村艺术家的感觉。"

我看到这几幅照片。

整面落地窗,光线通透,空间敞亮。大红色的背景墙上,白色的宋体字格外清晰:舟山渔民画创作研究中心成立仪式暨舟山渔民画·普陀东极创作群体展。

二○一一年十一月二十九日上午,画展在舟山艺术剧院共享大厅举行。

梁银娣站在落地话筒前,作为东极作者代表发言:

作为一个偏僻海岛的群众文化工作者,我和渔民画作者们一起经历了艰辛和努力、拼搏与追求,把渔民画创作当成我们这一生无法舍弃的爱好。一路走来,感触良多,我们东极作者在风风雨雨中彼此呵护、坚守,我认为,这种坚守的力量十分可贵。

多年来,在舟山海洋民间艺术繁荣发展的背景下,在市、区文化部门的领导下,通过辅导老师一次次深入基层、不辞辛劳、一路引领的不懈努力,开启了我们艺术创作的灵性,串联起我们共同寻求的梦想,连接了我们对美好生活寄托,进而把东极渔民画艺术创作群体展,带进了中国现代民间绘画艺术的殿堂,让我们这些从没涉足过艺术殿堂的渔家女,有机会成为舟山海洋文化的实践者,使我们心中的梦想得以实现,生命的灵性得以改变,人生的舞台变得多姿多彩。

今天,东极渔民画能有这样一份艺术群体展的收获,要感谢我们赶上了这样一个前进的时代,赶上了浙江舟山群岛新区和海洋文化名城建设的机遇。

目前,东极民间绘画艺术的发展之路上,还有很多的未知数,渔民画的发展还处在一个探索和思考的阶段,还需要我们不断地努力和坚守。希望在以后前行的过程中,能得到各级领导、老师和文化艺术界一如既往的关注与厚爱。同时,我相信,凭着我们对民间绘画艺术的热爱和执着,凭着我们对民间艺术文化传承的信念和使命感,东极渔民画这个艺术群体在新的时代中会有更多的表现领域,会创作出更具时代精神,更具有海洋生命力的作品。

专家在现场参观后,作出了高度的艺术评价:"这五十四件作品,不拘泥于现象、不依附学院派约束的画面,充满了张扬、激情、梦幻般的情感表达,而造型上的夸张、随意和制作上的精致所形成的强烈反差,又加强了对比中的和谐;所以,每一件作品都具有舟山现代民间绘画的艺术表达内涵,具有舟山海岸线人们生活方式的海洋文化特征,更有东极特殊地理环境下所蕴含的地域性文化符号。"

梁银娣说:

现在这条街上,有东极渔民画展厅,东极海那边渔民画画廊,东极渔民画及产品专卖店,画嫂客栈(她的家里再粉刷一下)。这条街有四个点了,这星点慢慢出来,活起来,亮起来。

我在海岛工作二十六年了。这一路走来,也碰到很多困难。

生下女儿后，正是渔民画培训班最忙的时候。我把女儿托给别人带，一月花四百五十元。

女儿三岁之前，我没时间带她，都在忙着画画。之后，带她到画室，稍抱一下，她抓笔啦，抓颜料啦。我怕打扰别人画画，就打发她走。

记得二〇〇四年十月八日，我正带着画友们在普陀参观，家里来电话，说女儿生病了，晚上十点钟送过来。第二天，我抱着五岁的女儿，一起到朱家尖海洋科技馆参观。我们还想看，下班了，工作人员催我们出来了。

女儿七八岁时，每当我回家，她就缠着我要学画。我说："妈妈已经很累很累了，以后再教你。"孩子最想学画时，没教她。

等女儿十四岁时，她说："不想学了！我现在没这个兴趣！我的艺术给你窒息了！"

我觉得很可惜，对女儿有很大的愧疚。从小没管她，养在别人家。人的能力是有限的，我那时也没办法。现在女儿十六岁，上高中了。女儿好几个月没跟我讲话了。我为这事流了很多泪。我爱她，关心她，想与她沟通。什么都不重要，还是女儿最重要。以后有机会，希望培养女儿，让她成为热爱舟山海洋的画家。

东极岛，年轻人留不住，都到沈家门去了，到外地去了。人才发展不够。

现在有这个创作的团队，真是很难得。我很想带作者到外面去，去看展览，出去培训，我们从海岛出去，坐船要钱，活动开支要钱，我没这个钱。对一个地方来说，对这么一个团队，政府应有一个长期激励机制。我自己没这个能力，我有时很无奈。

二〇一二年，我说实在吃不消了，腰椎间盘突出，人起不来，很痛苦。生病三个多月，在舟山人民医院就住院一月零两天。身体垮了，亏了很多，这一路过来很不容易。

什么都可以扔下，这文化不能扔下。我还是惦记着东极渔民画。

她们这一批作者很有灵气，非常执着。让她们在业余时间聚在一起进行创作，新老作者能在艺术创作上取长补短，形成良好的创作氛围，让作者们在坚守中传承。

渔民有太多感人的故事，通过画笔来诉说对这个海岛的热爱。尽管我画得少了，让作者画，也是一件很美好的事情。

我鼓励作者建立渔民画个人工作室、画廊及公司模式，形成个人和企业自主创新，开发更多具备审美加实用的渔民画衍生产品，投入旅游市场，让它成为东极经济文化发展的标杆。

渔民画作者对艺术产品的设计、开发工作等，还缺乏一定的经验。我们希望通过上级业务部门的资助与牵线，与国际、国内著名的艺术家、艺术机构、设计师、设计工作室交流，在审美、制作、技术上提高。

期待在东极社区设立相关的渔民画创作人才激励机制，但限于财政条件，激励机制出台有一定的困难，我们只能望洋兴叹。

打开一扇文化传播的窗户，目的是让东极了解世界，更让世界了解舟山、了解东极。虽然我们步子还小，但我们不会错过，也不容错过。

沿着台阶走下去，就在这条狭窄的"倒陡街"，我已被海的颜色浸润了四次，东极渔民画展厅，东极海那边渔民画画廊，东极渔民画及产品专卖店，画嫂客栈。

我的手中捏着一套东极渔民画明信片。这是梁银娣赠送的。

渔民画，非专业，更非学术。然而，可贵在于，此乃天性的流露。

不分高低贵贱，只要有天分，只要有悟性，就可以拿起画笔，将心中的喜怒哀乐付诸画面。

其实不在于几幅画，而在于保持人内心深处那一点，最本性的那一点。蓝幽幽的神秘处。

看来，我应该向蓝天借支笔，蘸海作画。

三 蓝海风情

一

船靠岸，一脚跃上码头。

踏上白沙岛，顿时有了几分好奇心。

这白沙岛，也是有来历的。

在舟山群岛东南，有一座小岛，海滩上全是沙子。海水退下时，在阳光的照射下，远远望去，沙滩是白色的，故取名白沙岛。

那里盛产海鲜，人们世代以打鱼为生，过着属于自己的生活，与世隔绝，自由自在，安居乐业。古诗曰："静观素鲔，俯映白沙。山鸟群飞，日隐轻霞。"

我来时，白沙岛当然发生了变化。

上了一个斜坡，前行几十米，前面一堵白墙，一溜蓝字，中英文对照：白沙岛蓝色海洋旅游开发有限公司。

白屋白墙，蓝檐蓝窗框。这白，就是白沙的映射。这蓝，就是蓝海的波浪。

清清爽爽，干干净净，从视觉到感受，非白沙岛莫属。

"蓝海风情"，四个蓝字高悬白粉墙。蓝框的窗台上，盆栽鲜花摇曳着。有观景平台，有烧烤乐园。这家渔庄，是胡军杰和伙伴投资的项目之一。

进了茶吧，紫色的窗帘是渔网做的，不用洗。茶几是旧船木做的，经历过风浪的洗礼，干净而沉稳。

一排排火车座，此时安静，唯有一人独自饮茶。

三把紫砂壶，一屉茶海，若干小茶盅。煮水，烫壶，斟茶。

莲花瓣中的烟熏，丝丝缕缕，袅袅娜娜。

理着平头，眉头紧蹙，脸显沧桑，表情沉默。黑色背心，牛仔裤，高帮运动鞋。左手腕四道黑檀佛珠，左手无名指金戒指闪烁。这就是胡军杰。

胡军杰招呼我坐在他的对面。

一包软壳中华烟。胡军杰熟练地取出一支，点上，深深地吸了一口。

我不抽烟。我愿意倾听与对话。

胡军杰在茶几上，摆了两个手机，一个在充电，一个用于通话。

二

胡军杰自述。

我是白沙岛土生土长的渔民，一九七三年二月九日出生，农历正月初七。

一九八八年，我十五岁，初中读了半年，不想读书了，也不想捕鱼，想自己开店，学手艺。父母不赞同。渔民的儿子，不上船，不出海，不打鱼，能干什么？在家长的压力下，我下海去捕鱼。我胆子挺大，下海去捕了三年鱼。父母原先答应让我上岸，结果还是要捕鱼，又捕了两年。这样，下海捕鱼五年了。

我平时在家是个乖孩子，收入都上交。到出航时，从妈那里拿两三百元,买买东西。后来集体资产分散,承包给个人。我下定决心,不捕就不捕,强行上岸。五年捕鱼下来,集体股份那笔资金拿出来,分了一万八千元,一万元交父母,八千元自己偷偷放口袋。

这八千元干什么用?我就想自己创业,做成本。那是一九九三年,我二十岁,上岸后,先跟亲戚到船厂上班,学电焊,学一月,套路知道了。

在白沙岛北面的柴山岛上,就是我的老家。我租了村里旧房子,买了电焊机,开了一家小型的船舶维修店,开始弄起来了。

我有一点,自己知道,性格太要强。我新开一家店,心里想业务要大,就不管辛苦,拼命去做。半夜三更,人家一个电话,我马上翻身起来。第二天要开船的,我不睡觉,也要把船修好。船机舱,柴油味很浓,不管多脏,爬进去,解决了再说。冬天里,螺旋桨歪了,等潮水半夜两三点退去,我穿着短裤,赤脚踩在海涂中,海泥没到膝盖,很冷很冷,西北风真是刺骨哇!我不怕辛苦,得到了他们认可。你付出的,都有回报的。人家以后有活了,就会给你做啊!

大大小小一百多条船,生意蛮不错。我二十三岁时,生意很好。一年收入六七万元,不得了,相当于现在六七十万元。

我开店十年左右,到了三十来岁。由于近海渔业资源枯竭,小渔船出海吃不消,淘汰了,换成钢质船。我是为小渔船修修补补的,修理店搞不下去了。

二〇〇三年下半年,我转向养殖,养梭子蟹。弟弟养蟹好几年了,我也想试试。

在朱家尖养蟹,他们一直在收舟山本地的蟹苗,成活率不高。南边的蟹苗,他们不敢养。

我天生要强,胆子很大的。我一人跑到南边,到温岭收购蟹苗。活水大桶,注氧气,装进箩筐里。一箩筐七八十只蟹,打包好的。箩筐装满车厢,这一台车的蟹苗就是五六万元。一路几小时,换水,喂食。风险很大,养不好,五六万元就没了。

第一次成品好,养活了百分之八十。我继续做,把没膏的蟹,养成有膏蟹。养蟹只是过渡期,我还在寻觅其他的行业。两年之后,赚了二十万元。

女儿是一九九七年九月出生的,属牛,由于小学被撤掉,女儿要到外面读书。二〇〇二年时,我在沈家门买了一套房子,八十平方米,买房十九万多,装修花六万多,共花二十六万元,负债十几万元。

我有一个朋友洪海舟,他当时开诊所。他觉得写写病历,太程序化。他喜欢地理,那里有太多新鲜的东西。在沈家门,做旅游不是挺好的吗?我和他与政府街道联系。当时书记很支持。行,就开始动了!

加上一位亲戚,我们三人投资五十万元,二〇〇六年五月注册公司。我的钱,都是借的,一分利息。洪海舟诊所关门了,不做了。码头上有房子,我们装修了一幢每层三间的三层楼。再花六七万元,向渔民租一条小船,做旅游。就这样开张了。

一年中,接待了二百个游客。一算账,收入还不够三人抽烟的。

搞旅游,担心开支,担心客源,每天睡不着。深夜两三点,偶尔凌晨五六点才睡。也许压力大,一年左右没睡好。连走在马路上,也想睡觉。整个人,一点力气也没有。

在二〇〇七年七月,一个星期瘦了三十多斤。自己也不知道什么原因,我以前重一百六十斤。到普陀区医院一看,我得了糖尿病,又到舟山医院住院一个月。

我生病住院时,没收入,旅游还亏,家里靠老婆的八百元。她是农夫山泉推销员。女儿还要读书,要付学费。撑过去了!那时候日子过得非常非常苦。每个人背后都有一本辛酸的账本。

酒量不是不好,性格是有的。生病出院后,我就不喝酒了。朋友圈里一坐,就把"执照"拿出来。有时,不认识的朋友要干一杯,立马有人说,他不能喝,他不能喝! 现在,我滴酒不沾,茶不离手。

二〇〇八年,政府出资一千多万元,开始基础设施建设。宾馆改造,小学改造。我们三人合伙搞旅游,把一个地方花钱租过来,十五个房间,二十八张床位。一层KTV、茶吧、厨房、餐厅,都有了,像模像样。

二〇〇八年有三千游客入住,二〇〇九年有七八千游客入住,每年递增。二〇〇九年以后,我们已有利润产生。

到二〇一一年,有上万人到我们渔家客栈。这一靠政府宣传,二靠自己与旅行社对接。我们三人合伙,我是管里面的,洪海舟管后勤,另一个亲戚管外面对接。

我记得很清楚,农历八月十六,十五的月亮十六圆,人家刚吃过团圆的月饼,我们却要分开。那个负责对外业务的亲戚,看到形势好了,提出要分手。他要一人做。我们辛辛苦苦过来了,有一点阳光了,为什么分开?三人合作五年,两年亏本,三年盈利,小利润,几万元,十几万元。亏的时候,都在埋头苦干。我们三人共同努力,三双手像一只手一样。五年当中,全部加起来,分了五十万元,这其中包括工资。赚过来,投一点,自己口袋里的钱没投进去。我,所有一点一滴积累的,都在这里。现在有利润了,要分开,这不行!要发财三人一起发财。但他下定决心要分开,没办法。所有的东西都给他,价格多少都随他。所有的资产,有形无形的,加起来三十万元,如果客气客气,可算三十五万元。他说三十万元,平均每人十万元。我们一无所有。我说,好吧,既然合起来,积累一年也没算,有时怎么说,朋友在一起,不光是为了钱,生意是长久的,挣十万元?十万元,没意思。钱是挣不完的。如果大家分了后,再吵架,分五万元十万元没意思。有时不在乎钱多少,做人不是为了几万元!

在茶室里,谈到凌晨两点。最终分开。我很心痛,人的情谊真的不值钱啊!兄弟的友情真的不值钱嘛!我劝过了,挽救过了,分开,算了,难过就在自己心里。

洪海舟说,我没关系,大不了再开诊所。他很心酸,我听得出来。

两人就到沈家门,开一个 KTV 包间,唱刘欢的《从头再来》:"昨天所有的荣誉,已变成遥远的回忆。勤勤苦苦已度过半生,今夜重又走进风雨。我不能随波浮沉,为了我挚爱的亲人。再苦再难也要坚强,只为那些期待眼神。心若在梦就在,天地之间还有真爱。看成败人生豪迈,只不过是从头再来……"

那时内心真的很孤独,想不明白,有人为了钱,会变成这样。

我这人,命苦。苦命的人,喜欢动,与别人不一样。有的人想好好享受,在家吃吃喝喝就行了。我不喜欢这样!

洪海舟没了父母,只有一个妹妹。把他扔掉,舍不得,我两像兄弟一样。我两要合作再干!

我自己捕过鱼,长年生长在海边。二〇〇六年做旅游营销,慢慢积累的就是经验。所以说,我敢去做这样的旅游项目。

以前长期住白沙岛,不感觉到好。住沈家门,思考到底做一样什么东西能长久? 我曾想过,在朱家尖弄个宾馆,但是一个宾馆,在朱家尖很不起眼。想来想去,还是白沙岛。我要是回到白沙岛,做的是整个岛,一个宾馆与一个岛是无法比的,所以我选择白沙岛。

白沙岛更原生态,不是更适合发展休闲旅游吗? 为什么不回白沙岛做一番自己的事业? 我叫一个朋友过来,叫三次,他不想来。我说:"一起去住一夜,最后你会觉得我是正确的。"别人出点子,渔家乐。我自己喜欢海钓,出发点很单纯:海钓!

回白沙岛做旅游,我的想法,洪海舟同意了。二〇一一年十月二十四日,注册了舟山市白沙岛蓝色海洋旅游开发有限公司,经营海洋旅游项目开发、海钓服务、酒店管理。注册资本五十万元,两人平分,各投二十五万元。

我只有十万元现金,近二百万元负债。我把养殖场承包给别人,从其他公司中退出股份。我还得想办法去借。

这"蓝色风情"渔庄客栈,原来是粮食仓库,我租过来十年。花一百二十万元改造,装修师傅是认识的,欠一百万元。添置餐具碗筷,七七八八,算上装修款总共一百七十多万元,全借的。还要造船,预算一下,要六百多万元投入。

洪海舟去借了一百四十四万元,对我说:"军杰兄弟,我实在借不到了!"

我说:"阿舟,你已经出乎我意料,行了! 其他都由我来做了。你也用心了,我也用心,这不是你一人的事,是共同的事。为了把事业做好,没有藏着掖着,尽力了。"

资金投入这么大,我爸我妈他们吓死了,从来没有过! 对一个渔民来说,上千万元,是个天文数字。

我爸不当面骂,只是担心地对我说:"你想过没有,这么大投入,亏了怎么办?!"他私下里,骂我妈,这么大的事,不跟他说。

我妈知道我性格,从小对我还是特别放心的,劝我说:"做事不要太冒风险,算了,儿子,能吃就好,过得去就好。"

我老婆也不答应,说我这样大投入,太冒风险了!

我这个人,自己想要做的事,谁都改变不了。反正你不用借钱,我自己借!

人活着,并不是为了赚多少钱,钱五十万元六十万元,没什么区别,能花就行。人在这个世上活一辈子,只为钱,有什么意思!

人来到这世界,来经历风雨,那才叫人生!每个人的想法不一样,我觉得坎坷本来就是人生。活得平平安安舒舒服服,有啥意思!作为一个男人,我要奋斗,要有事业,这是男人的尊严!

先做了再说。游客出海就要船,当时很急,为赶第二年十月旅游,我去跑有关部门,船证书批出,批了五条船。

二〇一二年农历正月十五那天,去造游艇。造一条游艇,一百六十万元。先要造四条。我抵押贷款二百五十万元,再向亲戚借,向朋友借。

造船四个月最艰苦,快撑不住了。我一人住小宾馆,每天到船上去。船的结构功能,是自己想的。船的比例问题,问人家。船一百一十七吨,长度三十米,宽度五点二米。船图纸没出来,先要图纸再造船来不及了,船检部门不允许的地方要改过来。白色的,上下两层,上层两边玻璃,天热时,吹吹海风。下层全封闭。没想到,船体造错了,船体歪了,只得重新造。

那时,我血糖高得不得了,皮肤一碰三角铁,就破了,就溃烂,都来不及包扎。右腿上,现在还到处是疤。

造船,今天这块铁板上去,下一块铁板从哪里来还不知道。晚上翻电话号码,找人借钱,这个借不到,再借那个,多少困难,多少委屈,有时不能用言语去表达,只有自己知道。一个人躺在床上,默默流泪。

曾经不想干了,但想想人家企业家是怎么过来的,人家企业家比我还辛苦,酸甜苦辣比我多了去了。这一想,就不一样了,自己又坚强起来。哪怕碰到困难,也要继续向前!

造船预算六百多万元,结果七七八八一弄,造船费用包括利息,总共七百五六十万元!

六月一日,游艇开过来。上船,自己要试一下,看什么东西要改,用了一个月。八月,整个月全部台风,二十天基本没做生意。

到九月才开始营业,当时没有影响力。我给老客户打电话,有三十万元业务,带来政府客人。

第一年运营就三个月,营业额九十万元。两人一算,包括十二个月的工资和利息,亏一百万元。

这亏,我都不难受。搞旅游肯定是个需要长期投入的生意,不会马上赚钱。

市场肯定有的,只是时间问题。到二〇一三年六月、七月,营业额十几万元、几十万元。接下来,二〇一三年营业额一百九十八万元,二〇一四年营业额三百万元,二〇一五年营业额达到四百万元。我的利润出来了,预计三至五年,收回成本。

在白沙岛,以海洋旅游体验为主。我有自己的游艇.在岛上的驳船区里,特别显眼。这四条雪白的"蓝海号"游艇,供游客海上观光、体验捕捞、海味烹调,有人说是高端休闲观光垂钓船。

轮机长和船员都是五六十岁,一辈子是打鱼的。老渔民他们何去何从? 渔民渔嫂二十多人,为游艇服务,我也帮助他们就业了。

出海五海里,来回一趟大概需要花费四千元。这其中,柴油费占大头,还有船员工钱。

那些渔船捕来的鱼在市场价格平均每斤十元,我这里海钓的鱼价格平均每斤一百元,海洋资源的利用率是前者十倍,游客们还乐意!不少游客说,坐上游艇,到洋面兜兜风,那才过瘾!

这么多人来啊! 岛上的客流量,我占了百分之五十。我客栈就这么大,人太多了,餐饮住宿就容不下了。中午打电话,给别的客栈介绍,一批客人住两晚。大家可以互动。别的客栈到我船上找客源。我的船不是我个人的,是大家的,你们都有权去赚这个利润。整个白沙岛的商家,形成共同体。国庆节吃饭排队,六七百人已预订,一天接待四五百人。

不愁客流量没有,就怕接待不了。出海一批,两小时,一天十五趟。最多的一天,八月十六日,接待的客人只是打电话进来的三分之一,开了十八个航次。吃住、出海,一人二百四十元,一船十五人必须三千元起价。平均每人消费二百元,营业额可到六百万元。捕上鱼,游客自己在这里加工,餐饮只是配套,没赚多少钱。陆地上哪个单位、哪个人请客,上KTV,请十人就得消费上万元。这里平均只有四五千元,畅游东海,尝试渔民作业,尝到最新鲜的海鲜,吃不完,兜着走。好多人没见过一望无际的大海,出去就是公海,海水是碧绿的。

海钓不光是单一项目,还是很大的产业链。海洋旅游做得好了,有很大的发展空间。陆地上的宾馆餐饮店衣服店化妆品店,几十家几十家地开。你想想看,陆地有多大,海洋又有多大!有这么大的舞台给你,为什么不去拼搏一把!

做海洋旅游的人少!做海洋旅游的,一半是书生,一半是强盗,书生去做也不行,强盗去做也不行。为什么这样说?不懂得海洋潮流和习性的人不行,只常年打鱼、不懂旅游的人,也不行。也就是说,要有一点知识的人,又有渔民的野性的人,做海洋旅游才能成功。

本来我想弄观光船。普陀山就在对面,全世界只有一个,任何人任何地方都拿不出来的。洛迦山、莲花洋,很有名气。佛教文化,中国人的信念。卧佛一日游、海上拜观音、莲花洋放生,这都是很好的项目。旺季淡季没了,下半年放在观光拜佛。但政府还没批准。

要做的事情很多,像特有的旅游产品,晒鱼虾,做一个品牌。白沙岛鱼干,叫老年人去晒,我收购出售,可以带动白沙经济。

政府若是再造一个旅游专用码头,我看中了山岙一块地,能造渔家宾馆。外面没五星级宾馆高档,但很有档次,接近渔村风貌。设计九十米长、深度十八米的景观。总共三层,每层都是海景房。经过三段分别为十八级、十六级、十四级的台阶,就是花坛,绿化也有了。再建一个咸水游泳池,海水直接引上来,沉淀一下,就行了。这些,都是以后的愿景。

我在艰苦奋斗时,没人看见。我有利润,就有人眼红。两次创业,所有人都觉得我是傻瓜。我自己清楚,全部东西并起来,两人三十万现金,做到了上千万投资,已经说明了我俩的能力,成功的路已走了一大半。现在,没人说我是傻瓜了。

其实创业这么辛苦,偶尔有回报就可以了。要的并不是经济上的回报,生意有没有没关系,上千万投资进去,在朋友圈里得到他们的认可,不认可的话,他们不会借钱给你的。我已经证明了,真的在做事业,一个男人的尊严得到了体现。

有一点,我觉得自己做得很好。公司是我当头,但两人能互相尊重。我知道公司多少钱,但进账、细账、现金、采购什么,都由海舟管。我签个字,就完了。我只要把公司发展下去,做大,把客源引进来。我不需要管经济。有时候,我说一句话,他心里不舒服,我会给他解释一下。他不舒服,发句牢骚,我当没听到。牙齿与舌头也有咬着的时候。为公司发展争几句,争完以后,两人都没事。人越大度,你越不会吃亏。你肚量越小,越吃亏。注定了,这一辈子合作下去,一定相互谦让、尊重、理解。

我现在心情舒畅,自己有一种满足感。两件事:一杯茶,一根烟,心态很好。没客人时,上山散散步,喝喝茶。有客人时,吹吹牛,好了。

三

我说:"环岛去看一下吧!"

胡军杰说:"我开车送你去。"

开的什么车?开出了一辆电瓶观光车!白色的车头,蓝色的字:"蓝海旅游1"。这蓝海旅游一号车,顶篷敞开,三排座。

胡军杰招呼我坐上来,说:"为了环保,全岛没有一辆燃油机动车。"

"这样好!纯净的白沙岛,绝不能受污染!"我赞叹道。

上岛的路,窄窄的,绕绕的,似乎在飘忽着前行。多为水泥路,也有小段青砖路,便于游客步行。

木质标语牌:白沙岛,海钓乐园。

路标,白色的鱼形图案,分别指向:极乐寺,东海第一笋,磨盘钓点……

宣传栏,大幅照片,白沙岛海钓吉尼斯纪录:时间,钓点,钓手,鱼获……

胡军杰熟练地开着电瓶车,与迎面走来的穿红背心的渔民打招呼。

有一处弯路狭窄,一侧山坡茅草丛生,一侧海浪拍岸,仅容电瓶车擦肩而过。坐在电瓶车上,真是捏了一把汗。

胡军杰把着方向盘,口气也不轻松:"这是技术活。"

到了观景台的停车场,胡军杰下了电瓶车,几步走到海边,默默地眺望着,说:"我在白沙住了三十年,在外面住了三年,又回来了,还是觉得这里好。"

我似乎看到,"蓝海一号"向码头驶来,靠岸了,很漂亮的一艘白色游艇。十几名游客手里拎着刚捕获的海鱼,向船老大道别后,有说有笑地踏上岸来……

四　浪舞白沙岛

一　夜宿客栈听涛声

沿着石级一级级下去,几乎到了海滩。

一座小院,两层楼房,粉墙,蓝门,蓝窗。院内右侧,依墙搭了小平台,坐着舵盘,立着桅杆,这些装饰物,都是真家伙哦!

客厅的墙上,挂着白沙鱼拓画,是一条浅红色的真鲷。

鱼拓画起源于海钓和淡钓业,鱼拓是一种将鲜鱼,印在纸上或布上的图形,起源于喜爱垂钓的人,把钓来的鱼,拓印下来,留作纪念。在制作过程中,整个鱼形除了眼睛允许绘画以外,其他部分必须是拓印而成,不允许用笔来加工。行内人说:"鱼拓制作者必须遵守一条规定,即不可为了拓印而杀死生物。鱼拓的意义在于,它能让逝去的生命复活,并永远活下去。"

客厅一左一右,陈列着两件物品,太有海洋气息了。

灰白色的砗磲,属双壳纲,分布于太平洋西南部,是贝类双壳纲中体形最大的一种。口齿张开时,形似盛开莲花,被佛教列为七宝之一,有辟邪、镇宅、旺财之意,也被贝壳收藏者称为"贝壳之王"。

绿眉仿古船。作为浙江海上运输、海洋渔业捕捞主要船舶的"绿眉毛",古木帆船船型在宋代出现,在明代、清代得到广泛应用。它距今已有近千年的历史,是中国古船文化和航海文化的重要组成部分。"绿眉毛"古木帆船,船艏形似鸟嘴,简称鸟船,因船头眼上方有条绿色眉而得名。是我国鸟船系列中的优秀船型,并与沙船、福船、广船一起,形成中国古代四大名船。

砗磲是来自大海的真品,绿眉仿古船为缩小的模型。

我细细端详,沉吟再三。这座普普通通的渔舍,竟然懂得以海味之物为装饰,符合个性,体现特色,与生存环境融为一体。反观我国一些宾馆酒店,表面富丽堂皇,动辄罗马柱波斯窗,生搬硬套,不伦不类,缺乏基本的审美。

嗨,一只螳螂飞进屋,贴在墙上,动作轻巧,斜着爬,让人一下子接近了大自然。

夜宿良友客栈。

枕波浪。听涛声。思无限。

二 晨行深巷闻海风

不知是否是被海鸟的叫声唤醒,我一骨碌起床,匆匆洗漱一下,挎着长焦镜头的佳能相机,大步出了门。

清晨的海风,凉爽,清新,当然飘荡着特有的海腥味。

行人稀少。我独自走着。路有大叶黄杨:常绿灌木,枝叶密生,树冠球形。

常识中,船在溪里,船在河里,船在湖里,船在江里,船在海里,船在洋里,总之,船在水里。

而我眼前,却有一条船,完完整整的一条木船,就停在水泥路边。上岸的木船。

静静地,我与木船对视。海岛小,泊位有限,闲置的,待修理的,自觉地让位,就上了岸。海边一派喧闹声,岸上独自寂寞者。可贵的自省。

我继续行走。小路两侧,多为两三层楼房。石墙黑瓦,瓦上压石块。压石块以防风,为海岛所特有。

鱼形木牌:渔家客栈一号,中英文对照。深巷处,依然穿透着开放风。

蓝底白字的铝牌:渔业捕捞师,初级、中级……好多人家,门口墙上钉着这种铝牌。

为老百姓服务,真是到家了。渔舍皆有网格化管理,组团式服务。此处属于第一网格,服务团队共七人:街道干部四人,合作社干部一人,医生一人,民警一人,姓名和手机号码。一目了然,有事即可联系。

难得露出空旷的地方,我见到了一幢白色的两层办公楼。

舟山市普陀区朱家尖街道白沙管理处。墙上两块铭牌——中华人民共和国农业部授予:全国休闲渔业示范基地。中华人民共和国环境保护部授予:国家级生态乡。

已到上班时间,我推门而进,见墙上有白沙岛简介:

白沙地处舟山群岛东端,紧靠洋鞍渔场,北与普陀山隔海相望,与洛迦山一水之隔,西与朱家尖相距两千两百米。由白沙、柴山两个住人岛和二十五个无人岛礁组成,陆域总面积二点八八平方公里,在册总人口两千六百六十五人,总户数九百二十一户。属朱家尖街道管辖,下辖一社区一村三个经济合作社,是一个岛礁资源丰富、自然生态独特、气候宜人、环境优美的海岛。先后被授予省级卫生乡、省级生态乡、省级休闲渔业基地、国家级海钓培训基地等荣誉称号。

白沙岛属亚热带海洋季风气候,四季分明,冬暖夏凉。拥有丰富的旅游资源和岛礁资源,几乎包揽了真正意义上的阳光、海滩、岛礁。空气质量极佳,达国家一级标准。

我知道,白沙岛本是以渔业为主的纯渔乡。在发展的路途中,选择跨过工业化阶段,直接向现代休闲旅游业进发。全岛处于原始自然状态,没有工业,没有汽车,也就没有那些令人苦恼的工业废气污染。

不拆一栋房，不迁一户人家，白沙管理者秉承这样的理念，对岛上民居进行了保护性修缮。现在的渔民居，白墙黑瓦蓝门窗，渔乡味十足。

安静、干净、整洁，白沙岛的这些特质，为游客们所称道。这其实是有来由的。以前，村民习惯了随手丢垃圾。当书记的看到了，也不去批评，不声不响地跟在后面捡起来。次数多了之后，村民们都不好意思了。这也可佐证，喊一千个口号，不如一个实际行动。

岛上修路铺桥，但不造高楼，所建宾馆饭店，与海岛环境协调。开设了休闲观光项目：环岛观海景、坐渔船、拔渔网、吃海鲜、住海边……旅游成为白沙的最大亮点。

发展到一定阶段时，如何处理保护与开发的矛盾，成为紧迫的问题。

有投资商找到白沙，希望出巨资开发海边地块。白沙管理者一研究，大规模的建设难免会破坏原有的自然景观，而且众多的建筑会跟原有民居不和谐，最终否定了这个项目。

当然，保护不等于不开发不发展。"我们计划打造岛北休闲区，要建游艇码头，建设海钓基地，在无人岛营造渔家风情，发展有特色的渔家客栈、渔家乐等，现正交由省里有关部门做规划。一切都按规划来，不成熟宁肯以后再搞。"白沙管理者说。

把发展与保护的理念讲给干部听，讲给岛上百姓听，自觉保护海岛的蓝天碧海，寸草树木，保持白沙原汁原味的渔家特色、海岛特色、海洋特色。

我步出办公楼，见三辆环岛观光电瓶车，并排停在小广场上。乘坐电瓶车游览白沙岛，大半个小时就可转过来。

前几年，岛上闲置的民居较多，几万元、十几万元就可拿下。如今同样的房子，你就是出十倍的价钱也没人愿卖。

凭海临风的渔民房，安置着一种闲适的心态。在这个静美的小岛上，耐心守候，享受生活。白沙人相信，小岛的未来一定会越来越好。

三 海潮渔家饭店

鱼形招牌:海潮渔家饭店。

外墙上挂着渔网和浮子,作为装饰。蓝色的木栅栏上,两只红色的螃蟹,两条翘尾巴的鱼,造型夸张,富有动感。

我推开木栅栏,依墙开满了绣球花。枝叶密展,花朵密集,大球形,花初开白色,渐转粉红。早在明代、清代建造的江南园林中,就栽有绣球花。现代公园和风景区里,已成片栽植,形成景观。而在家庭院落和天井一角,仍有怒放的绣球花。无论贵贱,花开自在。

墙上一块蓝底白字的铝牌:乡土网艺师,中级。

淡眉毛,眼角密集的鱼尾纹,满脸纯朴的笑。女主人竺亚飞,五十多岁,是一名普通的渔村妇女,以前织渔网为业,从二〇〇九年开始,自家开起了渔家饭店。

两层楼房,楼上楼下共有十一个床位,原本的家已彻底成为迎来送往的驿站。

地上一个蓝色的长方形塑料盆里,盛着海水,小海螺爬满了,爬到沿口上。那边的桶里、池里,还养着虎头鱼、望潮等十多种海鲜。

竺亚飞说:"我们的海鲜每天都是新鲜货。"这些海螺是从白沙岛上捡来的。

她家离海边很近,她和丈夫就购买了一只橡皮艇。"老头子每天五六点钟起来,开船去撒网,傍晚时分收上来。一天也能捕上二三十条大大小小的鱼,有黑鲷、虎头鱼、黄婆鸡等等,大的有五六两重。要是偶尔抓到石斑鱼,就能卖一百多元一斤。"

竺亚飞系着花色的围裙,一会儿在厨房里掌勺,一会儿端着冒热气的海鱼,送到客人的桌上。

她的烹饪手艺,让游客们竖大拇指。

一位杭州游客来过之后,就把她的海潮渔家饭店放到网上去了。过去从没接触过网络的她,第一次感受到了网络的魅力。

"没想到我这家小饭店,一下子就有那么多人知道了。"竺亚飞说,她的回头客越来越多。

国庆节前后,游客众多。同样一道菜,别的客栈收三百元,她收两百六十元,就是比别人便宜。价格实惠,来的游客就更多了。周末晚上,海潮渔家饭店差不多都是坐满的。

我也在海潮渔家饭店,品尝海鲜,坐享愉悦。

早上,一大碗海鲜面,主料为米粉条,若干淡菜,两只鲜虾,两块梭子蟹,满嘴的鲜,恨不能把汤都喝光。多少钱? 才二十元。

竺亚飞说:"只要是海鲜,外地客人都喜欢。做了就得做好,虽然我们是渔家客栈,但是也得让客人吃得更好,住得更加舒适,提升自家饭店的服务质量和品牌。"

推开木栅栏,螃蟹与鱼在两旁与我道别。

我顺着小巷走,围墙上、屋边角都放着盆栽的花儿。行走其间,不见一个烟蒂,也不见半点纸屑,干净得纤尘不染。

一大丛美人蕉,呈鞘状的叶柄,深绿的叶片呈卵状长圆形,花大色艳,鲜红色的花冠,浓得化不开。依照佛教的说法,美人蕉是由佛祖脚趾所流出的血变成的。在阳光下,盛开的美人蕉,让人感受到它强烈的存在意志。

美人蕉的花语:坚实的未来。

四　白沙渔俗馆

"渔老大,顺风顺水,满载而归,鱼满舱。"

一堵长长的木墙上,这些棕色的汉字,犹如一船船棕色的风帆,鼓荡着出海的劳作和丰收,寄托着人们的希冀和祝愿。

有了这样的前奏,我步入白沙渔俗馆,心中便澎湃着风与浪的交响曲。

迎面一组雕塑，背景是乌云翻滚，浊浪滔天，风暴来临。奶奶着深蓝色斜襟上衣，腰系灰白围裙，右手搭"凉棚"，举目远眺。孙子穿紫红肚兜，腰系竹篓，左手牵着奶奶，右手扬起。祖孙两人站在港湾礁石上，心情焦虑，期盼亲人平安归航。

旧时渔民乘小船出海，"三寸板内是娘房，三寸板外见阎王"。渔民们艰辛地在海上讨生活，一怕强盗，二怕风暴，真是提心吊胆。

白沙渔俗馆作为普陀文化遗产的重要展示场所，详细介绍了白沙岛海洋渔业的发展历史、白沙海钓发展历史、渔村民俗文化传承以及海钓文化发展等内容。

二〇一二年十一月，普陀区白沙乡渔俗馆揭匾开馆。渔俗馆占地面积为五百平方米，馆体结构为上下两层，设有"渔风"、"渔捕"、"渔钓"、"渔动"四个展区。馆内收藏了一百八十余件实物展品和许多历史资料。

带着风，携着浪，那一段段史实，那一个个场景，扑面而来。

渔风。

白沙先民，素以忠孝节义起家，牧海世风传人。清康熙年间，驰开海禁后，因先祖大多来自宁波，故习俗趋同。岛上民风憨厚朴实，互助之风盛传，一家有事，众人相助。鉴于经风斗浪特殊的生产环境和生活环境，造就了许多与众不同的习俗风尚，有些还沿用至今。

千年茅屋。旧时渔民居住的房屋，多以石墙茅屋为主，背山面海，依山而筑，所以有"大门开开潮水涨，后门开开山麻将（麻雀）"之说。鉴于海岛风大雾重和经济条件的限制，屋顶多用茅草覆盖，石块压脊，绳网罩顶，以防大风掀翻。屋架梁柱一般利用长期受海水浸泡的旧张网竹，既节约开支，又不易生蛀虫。

婴儿识水。渔民以渔为业，以海为生，希望自己的儿子将来也能成为捕鱼高手，故要从小让他经风雨，见世（水）面，便有"满月识水"习俗，一直沿用至今。襁褓里的男婴，放进一个大木盆里，在海水上漂。

迎婚彩船。岛间嫁娶，一般都用彩船迎亲。这种彩船，就用渔船装扮，彩旗飘扬船两旁，同心结挂在船头上。讲究的彩船，从桅杆顶端至船头、船尾，还要拉两根绳索，上面嵌着各色小旗，鼓乐喧天，热闹非凡。船靠埠头,新郎笑眯眯地迎上船头,将新娘扶下船,喜气洋洋,韵味浓郁。

婚庆。青年渔民婚期一般都事先择定,按期进行。有时新郎在远洋生产,不能如期返航,而婚期又不能随便改变,只得由新郎的妹妹代兄拜堂,公鸡陪伴新娘进入洞房,故有"新郎开洋忙,小姑代拜堂;新娘不寂寞,公鸡伴洞房"之说。

三色旗。相传在二百多年以前,舟山东南海域的渔船经常受到海盗侵扰,白沙岛渔民也未免其难。一天,一位渔嫂在后山沙滩附近海面救上一个陌生人,在家中治疗调养。她和儿子都痛骂是万恶海盗所为,伤者听后若有所思。经过一段时间,那人身体康复,为答谢救命之恩,临别前,从怀中掏出一面白、红、黑相间三色旗,说:"出海的时候,把这旗挂在船尾旗杆上,海盗不会找你们麻烦。"儿子出海,依此效仿,果然灵验。而白沙岛其他渔船还屡受海盗所害。渔民们问明情由,都在船尾挂上自制的三色旗。三色旗是白沙岛的宝贵财富,人们对其崇敬无比,历来当作平安旗,沿用至今。

传统水产品加工。旧时,水产品加工主要是两种方式,一是用盐腌,二是太阳晒。渔民将高档腌制品三抱鳓鱼、黄鱼卤片、呛蟹和干制品黄鱼鲞、乌贼鲞、鳗鲞、鲕鱼烤、虾干等,用稻草和蒲包打成"干包"销往港澳及内陆省市。渔民家庭食鱼,除腌、晒外,还用米饭酿成酒糟,用瓮糟或用烧酒,将鱼鲞放在瓮内"醉",味道可口,鲜美。

渔捕。

白沙岛的渔捕历史可追溯到战国至秦汉时期,史籍记载,东海中白沙山多白玉,产鲔鱼。相传唐朝诗人王维曰:"静观素鲔,俯映白沙,山鸟群飞,日陷轻霞。"

明清时期两次海禁,白沙徙民内迁。现岛民先祖大多是清乾隆年间(一七三六— 一七九五年)开禁后,从宁波一带移居而来。先民们起先只是滩涂、礁石采集海产品,自采自食,后用简易木船至近海港湾捕捞鲔鱼、乌贼及其他小鱼、小虾。随着时代的推进和作业船只、作业工具的改进,捕捞区域逐渐向洋鞍及外围渔场延伸。至今,现代化的生产格局已经形成,渔民的生活也起着翻天覆地的变化。

渔船的演变。古时,海洋捕捞渔船无名称,无固定专业用途,制作单一、简陋,统称"木龙"。唐代中期,随着海涂采给向沿岸浅海捕捉延伸,逼使人们改革生产工具和捕捞方式。尤其是清乾隆年间,宁波东钱湖、奉化、象山等地的大对、大捕、大流作业传入舟山后,本地渔民为适应外海航行和捕捞需求,并吸收外地渔船的优点,逐渐构造出舟山本帮的渔船。分别命名为大对船、大捕船、流网船、小对船、涨网船等,一直使用至二十世纪五十年代初。一九五四年,试捕机帆船取得成功,捕捞渔船经历了翻天覆地的变革,渔业捕捞实现机帆化、钢质化和远洋化。走出国门,走向世界。

渔网的演变。渔网由网衣、钢索、浮子、沉子构成。清代前用布作网。民国至中华人民共和国成立初期,除鲚鱼流网、张海蜇网分别用丝、稻草编织,其余均用苎麻编织,称苎麻网。二十世纪五十年代后期,代以棉纱网。由于其质软、量重、易燃,渔民并不喜欢。一九六一年后,使用尼龙网,因弹性易滑眼及成本高而停弃。一九六四年起,试用聚氯乙烯、聚丙烯等合成纤维编织网,称塑料网。至二十世纪七十年代初,普陀全区实现了网具塑料化。

舟山远洋渔业在世界各地分布图。海洋捕捞是舟山渔业的主体,现拥有捕捞渔船八千余艘,年产量在一百六十万吨以上。全市现有四百六十多艘远洋渔船在世界各大洋生产,生产规模、捕捞产量和经济效益名列全国前茅。近几年发展的在北太平洋、南太平洋生产的鱿钓作业,也在全市的渔业生产中占着举足轻重的地位。

渔钓。

浪舞白沙,渔钓乐园。

白沙海钓由来已久,由于地处洋鞍渔场,鲷类、鲈类等可钓鱼种蕴藏量尤为丰实,是舟山群岛最佳的天然海钓示范区。在此,不但有天然的专业海钓区,还建有适合广大游客需要的大众休闲海钓点,是专业海钓爱好者和休闲海钓活动者的乐园。白沙岛海钓名扬中外,近几年成功举办三届白沙杯海钓比赛和亚细亚国际海钓比赛。

可钓鱼类。黑鲷,真鲷,章跳,鲈鱼,海鳗,十六枚,白姑子,星鳗,美国红鱼,黄婆鸡,虎头鱼。

章跳,十六枚,白姑子,黄婆鸡……若不是见到照片,真以为自己看错文字了,这些鱼名,太不像鱼名了!

我对着海鱼标本询问时,有人走过来了。

走来的是包力宏。

一副太阳镜,架在前额上,脸上仿佛长了四只眼睛,他显得与众不同。

包力宏是白沙岛旅游开发有限公司副总经理。在海钓圈子里,他是公认的"大侠";在网络世界里,他是有名的"舟山蚊子",不断地在各大论坛发表推介白沙旅游的帖子。

一说起海钓,顿时双眼放光。包力宏作为舟山海域资深的海钓者,给我普及海钓知识。

这一带海域,因处于长江、钱塘江与甬江三江汇流与外海洋流,以及南北冷暖水流的交汇处,产生了大量的浮游生物、贝藻类生物,是各种近海岸鱼类和岛礁性鱼类繁殖、生长、栖息的理想海域。鱼类资源极为丰富。可钓鱼类除了章跳、海鳗、黄婆鸡、十六枚、美国红鱼等,还有国际海钓运动公认的黑鲷、真鲷、鲈鱼等珍贵鱼种。白沙岛周围五十公里范围海域,分布着三十多个海钓宜钓点;白沙海域常年清水日高达一百八十天以上,是亚洲顶尖的海钓基地。

休闲海钓,主要是针对一些非专业的海钓爱好者或游客,活动范围在白沙本岛的几个钓场。钓场提供钓具、装备,配备安全导钓人员。可钓鱼类有虎头鱼、黑鲷、白姑子等。

专业海钓,主要针对有一定海钓技术的专业钓手,活动范围可以在白沙本岛的钓场,也可以去辖属白沙的里洋鞍、外洋鞍,那里鱼类资源较为丰富,可钓鱼类有黑鲷、鲈鱼、虎头鱼、白姑子、黄婆鸡、银鲳等。

海钓可分为船钓、矶钓(浮游矶钓)、筏钓和路亚钓四种。

船钓是指海钓者在船上钓鱼,离开海岸,船或是静止或是开动的。船钓者的钓鱼装备都很先进。鱼钩是随鱼而定的,钓什么样的鱼用什么样的鱼钩，线也很富有韧性。上鱼时，鱼竿即使严重弯曲也不会断裂，摇轮还装有手刹车，再大的鱼上钩时，只要有着海钓经验，鱼是不会跑掉的。国外的船钓者钓上过一百多斤重的鲨鱼呢！

矶钓是指在海岸（礁石）边钓鱼，矶钓者用的鱼竿碳素竿什么的，好几米长的鱼竿才几两重，即使在手上拿一天也不感觉累，线用的是编号的玻璃纤维线，用的鱼钩也是随大小编号的，不会生锈的，坠子一律用的是坠性很好的铅坠。甩鲈鱼，也是矶钓的一种，它用的鱼钩是矶钓中最大的鱼钩，鱼饵用的是假鱼饵，让人真假难辨，更不要说是鲈鱼了。

浮游矶钓是指在海岸（礁石）边钓鱼时，用浮子来做标记，可以知道鱼有没有上钩。根据不同的水深，用不同的阿波，坠子用的是夹铅，大小不一，不同的阿波选择不同的夹铅。

筏钓就是在小的竹筏或者泡沫船上钓鱼。

路亚钓就是用假饵去钓鱼，现在路亚钓主要钓鲈鱼和章跳。

海钓者坐船出海，一身装备与钓具。有专用的海钓救生衣、海钓服、海钓鞋，不管如何光滑的礁石，穿着海钓鞋是不会打滑的，增强了海钓的安全性。有钓着大鱼时专用的网兜，有的还是自动的，用手一按，网兜会自动滑出去。有保鲜用的小冰箱，还有专门起鱼钩的钳子。

浪花高溅，礁石如洗。穿戴好救生衣、防滑鞋、保险环，注意潮水变化，加强自身安全。乘登礁船上礁！

茫茫大海之中，挥竿凌驾于海面，凝神静气，与鱼们斗智斗勇。

忽然间，鱼竿微微抖动。于是，你紧绷绳弦，掂量着手中的分量，用心感受钓竿那头鱼儿啄食的律动。

上鱼的一刹那，鱼竿弯到极点，线绷得像琴弦，海风中发出撕裂般的啸叫，这场面绝对没有任何观众，唯有你自己感受得到肾上腺素急剧上升。脚下的礁石，感知着你血脉偾张的状态。

包力宏说："在大海上，不论你是腰缠万贯的富翁，还是才高八斗的公子，都只是一个普普通通的海钓人，上大鱼才是王道。"

真正喜欢海钓的人都懂得，"渔不在鱼"，就是纯粹地玩玩手感。要是有念想，就是不断刷新自己的纪录。

钓到多大的鱼,才能让钓手津津乐道呢?

我在这里看到两幅鱼拓画,真实的记录以艺术的形式呈现。

一幅为紫红色的真鲷。二〇〇五年五月十六日,胡先生在外洋鞍钓获大尾真鲷鱼,长六十七厘米,重三千九百五十克。

一幅为墨色的黑鲷。二〇〇七年十一月,首届白沙杯海钓邀请赛,里洋鞍钓获黑鲷,重三千四百克。

包力宏说,海洋千变万化,每次出行,海况都不一样。海钓要看风向、潮流、水温,上了岛,是在岛的北边还是南边,要判断。海钓有规矩,到了船上,不管你是多大的官,不管你是多富的老板,统统一样,住船舱不能讲究。在钓鱼时,钓大的,放生小的。钓到有标记的鱼(国家有关部门流放做试验的),用止血钳轻轻把钩夹出来,拍个照,放掉。钓到没见过的鱼,不能要!

白沙岛着力于打造中国第一个主题钓岛品牌。近年来,白沙岛还成功举办了多次国际、全国、全市性海钓赛事,并被国家体育总局命名为国家级海钓培训基地。"钓岛"吸引了世界各地海钓爱好者的眼光。

包力宏说:"海钓者在这里是自由的,进岛免费,钓到鱼无偿带走,没有人会去打扰他们,但他们一旦遇险,我们的救护队伍会立马赶到。"

在海钓发烧友眼里,海钓的魅力无以言表。

"没有身临其境的人,根本无法体会那种感觉,天大地大,胸襟似乎都开阔了不少。鱼儿上钩时,那一瞬间的幸福伴随着海鱼巨大的牵引力,是任何其他钓法都不能比拟的。而最让人疯狂的是,你永远都不知道,下一条会是什么鱼。"

许多玩淡水钓的钓友纷纷转行,投入海钓之中。每年还有大批的新手,加入这个队伍。

海钓业的兴起,海钓人对环境保护和资源保护的意识也不断增强,海钓人在钓完鱼时,会把钓鱼时留下来的垃圾自觉地收集处理。普陀海钓协会明确规定,半斤以下的小鱼要放生,海钓产生的垃圾自己要带回,这两点做不到就会被开除协会会员资格,不准再入会。

266

海钓改变了这个弹丸小岛。

白沙岛的人，有了更多的变化。过去以织渔网为业的妇女，开办了渔家客栈、渔家海鲜餐馆。上岸的渔民，有的专门从事钓具经营，有的从事旅游纪念品的制作与销售，有的则成为专业的陪钓员。

依海为生，不去破坏这种原生态，沿海而渔，却也适度适量。大海对人们的慷慨赠予，人们应当珍惜，应当感恩。

白沙岛，白为洁净，沙是智慧。御清凉风，生欢喜心。

历史场景之三:解放舟山

一

呜——汽笛拖着沉闷的长鸣,大烟囱吐出一圈圈的浓烟。早晨六时,上海黄浦江复兴岛码头,江静轮徐徐离开,朝浙江舟山方向驶去。

蒋经国一袭长衫,倚靠船栏杆,开启了被他称为"乾坤万里,沧海茫茫","父子相依,海上漂泊"的九天旅程。此为一九四九年五月七日。两天前,蒋经国冒着大雨到上海轮船招商局访晤总经理,确定调用曾驶沪甬客运航线的江静轮赴舟山。

江静轮的船长室,改供蒋介石专用。办公桌上摊开五万分之一的舟山大地图,蒋介石不时用比例尺测量。

茶几上,端立一盖碗,粉彩瓷,鹅黄底,桃花瓣瓣红,四个红圈内,楷体黑字:万寿无疆。盖碗本应泡茶,而此时无茶。蒋介石不抽烟、不喝酒、不喝茶,只喝白开水。无疑,盖碗里只有白开水。

蒋介石走出船长室,坐在船头,持望远镜眺望观察。

在江静轮上随侍蒋介石身边的,有侍卫长俞济时,还有幕僚、秘书、武官等,主要有陶希圣、夏功权、曹圣芬、周宏涛。

下船时,蒋介石把这个盖碗送给船上的人。然而,谁也不敢用这个盖碗。万寿无疆,凡人岂能消受。

江静轮事务长郭洪威,他亲历了这个极度机密的"神鬼任务",连自己的家人都不敢说。直至六十一年之后,这个盖碗连同这个秘密,才在台湾阳明海洋文化艺术馆公开展出。

<h1 style="text-align:center">二</h1>

诸人到达舟山时,正值岛上春意盎然,但他们都住在江静轮上。

蒋介石召集他们开了个短会,讨论过去国民党为何失败于共产党手中,今后应当如何改进,要求各人尽量发表己见。大家遵命上书。

陶希圣据大家所写,汇成一书面报告,呈蒋介石参考。

九天中,他们以定海本岛为中心,航行了五百余海里。

蒋介石侍从秘书曹圣芬《从溪口到成都》一文记述:"从南边的桃花、登步,到东方的朱家尖、普陀山,北方的长涂、岱山、秀山、长白,西方的南澳(岙)、大屿,每一个岛,总裁(蒋介石)都上去过。"

蒋介石总是先走到高的地方,察看全岛形势,用红笔在地图上勾出重要之处,再将当地人口多少、风俗民情、地方出产、水源情形一一记载下来。

曹圣芬写道:"所以,总裁对于舟山各岛的情况,比定海县长还要熟悉。"

蒋经国日记称:

"船中无事,父亲专心考虑党政问题,不但对于军队中的政治工作及人选有所准备,同时对于干部组训,亦有所策划与安排,认为:'必须选训大批新干部,加以组织,并使之深入社会各阶层,组织基层群众,严格执行纪纲,提高组织尊严。党政军干部并应痛改过去松懈散漫的恶习,以群众力量来维护党纪;且保证每一党员都应服从革命的领导,执行革命的纲领。铲除空言不实,因循敷衍,徇情任私,麻木不仁等官僚作风,而代之

以实事求是,精益求精,急公尚义,严正不苟,是非分明,赏罚公允的新作风。'

"此外,并准备拟定实行民生主义的具体方案和后期革命之三年准备计划与五年准备计划。父亲更预定:'以定海、普陀、厦门和台湾为训练干部之地区;建设则以台湾为着手之起点。实行训练干部,编组民众,计口授粮,积极开垦,在社会上不许有一个无业游民。实行二五减租,保障佃户,施行利得税、遗产税,筹办社会保险,推进劳工福利,推广合作事业,实行平均地权,节制资本,一是以民生主义社会建设及其政策实施为要务。更拟推行土地债券,士兵与工人的保险制度。'盖父亲重新研究总理的民生主义,对于这些问题,认为应该解决,而且必须设法解决,俾从政治、经济和社会各方面打击共党的欺骗政策,以救危局、苏民困、裕民生。父亲忧国忧民的心情,于此可以概见矣!"

三

气候阴沉,大风突起。

一九四九年五月十一日上午九时许,江静轮泊莲花洋,蒋介石一行转乘小艇登岸。

徒步至三圣堂。一九二○年春,蒋介石侍奉母亲前来瞻拜普陀山观音,此为寄住之地。现房屋款式已变,多不如前。问寺僧,此堂曾遭焚毁,现屋则重建者也。蒋介石找不见他和母亲住过的僧房,拜过的佛像,感到很失望,不由得为人生无常,世事难料而感叹,与寺僧言谈一番,唏嘘而别。

一路登山,至菩萨顶天灯台,极目眺望,饱览华顶云涛,鸟瞰佛国全景,东南半壁尽收眼底。风大,几不能驻足,蒋氏父子在此摄影留念。

至慧济寺,时任慧济寺方丈庆规和徒性海,礼引蒋氏父子瞻佛探胜。

天王殿三间,清乾隆年间建。殿正中供弥勒、韦驮像,两旁供四天王,殿对面为"南无观音菩萨"照壁。

主殿大雄宝殿五间,清乾隆年间建。殿正中供佛祖释迦牟尼像,后为西方三圣,左供杨枝观音、千手观音,右供文殊、普贤、地藏,两厢塑有二十诸天像。

蒋经国当天日记称:"父亲数游普陀,皆无暇登临此寺,今始偿夙愿矣。"

于慧济寺进中餐后,走小路,东行下山,游古佛洞、梵音洞,经羼提庵、净土堂。在净土堂憩足片刻,未进后寺。途经法雨寺,天下毛毛雨,何处承甘霖?未停游,直抵天福庵,参拜一番。

蒋经国当天日记称:"此亦父亲旧日寄住之地,惟建筑皆新,无复旧观矣。"

又去南天门,此为普陀山最南端。峰回路转,海岸忽至,怪石突兀,见五字摩刻:海岸孤绝处。

忽见巨岩叠砌,三石成门,其二石对峙为壁,高约三米,相距两米多。其上一石横亘,镌有涂金漆三个大字:南天门。

石门左侧,镌有清康熙年间武将蓝理所题四字:山海大观。

众人叹,绝崖临海,绝立一方。幽净浩渺,惜无泉水耳。

下午四时半,回船休息。

正是,顽石尚通灵,浮云含禅味。佛顶山之行,竟有因果之缘。

十个月之后,慧济寺方丈庆规和徒性海,赴台湾弘法修学。又两个多月,即一九五〇年五月十七日,舟山解放,两岸隔绝,遂留居台湾。

师徒誓发宏愿,花多年心血,终于在台北士林区阳明山天母修建起宝刹,供奉观音菩萨和释迦牟尼佛。众所周知,阳明山,士林官邸,名闻世界,要在这儿划拨土地造庙,千难万难。据悉,这是由蒋经国先生点头同意,才由阳明山管理局局长签字批准的。

为缅怀祖庭故寺,定名为"南海普陀山慧济寺",以冀永久流芳。庆规圆寂后,性海接棒,继续发扬光大,弘法济众,蔚成宝岛名刹。

普陀佛顶慧济寺,台北天母慧济寺,两岸佛教同根,法脉同源。

台北天母南海普陀山慧济寺,和蒋家有特殊情缘。蒋经国先生和蒋纬国将军都曾亲临该庙瞻礼。蒋母百岁冥诞,蒋介石和蒋经国逝世的佛教超度,都由性海主持在慧济寺举行。蒋孝文、蒋孝武故后,也是在该寺诵经追念。

由此,港台两地及新加坡若干传媒称天母慧济寺为"蒋氏家庙"。

四

一九四九年五月十六日下午,蒋介石一行从金塘岛大浦口码头上岸。在三四十名卫兵保护下,蒋介石坐竹轿,蒋经国骑马,前往柳行。

柳行北边西佛岭下的普济寺,为千年古刹。始建于后汉乾祐元年(公元九四八年)柳行沙罗山顶。宋治平二年(公元一〇六五年),皇帝赐名为"普济寺"。明洪武二十年(公元一三八七年)废。清康熙二十七年(公元一六八八年)选址柳行对面沙罗山山脚重建。同治年间,名僧果如出家于此寺。果如升为奉化雪窦寺住持方丈后,普济寺为雪窦寺下院。

在普济寺山门前下轿,学校师生列队山门外夹道欢迎。柳行乡副乡长徐长根,普济寺住持性梵陪同。

蒋介石身穿长衫马褂,头戴礼帽,持着手杖,步入山门,径直走到方丈殿,朝着果如和尚塑像,三鞠躬。礼毕,寺内小憩。在其东厅,仰观匾额,亦为果如而题。与果如弟子性梵,叙谈果如生平、雪窦寺往事。

僧果如是柳行人,家境贫寒,幼在普济寺出家。住持见其聪明伶俐,教以读书、习字、绘画。果如二十出头,持钵化斋,云游各地,三十余岁赴奉化雪窦寺任方丈。清光绪三十二年,奉召进京谒慈禧太后,封为国僧,赐袈裟、龙钵、玉印、玉佛各一件,宫藏经百函,后回雪窦寺升为大方丈。

蒋母王采玉虔诚信佛,拜果如和尚为师。蒋介石少时常随母亲到雪窦寺,拜会果如和尚,面聆法语教益。蒋介石称果如和尚为师祖。

蒋母王采玉和毛氏福梅一生信佛好善,尤其敬崇大慈大悲救苦救难观世音菩萨,常自宁波过海,到震旦第一佛国进香,住天福庵。

蒋介石事母至孝,一九二〇年六月和一九二一年三月,蒋介石偕妻毛氏侍奉慈母,两度到普陀瞻拜观音菩萨,进香还愿,施千僧斋,参观小和尚受戒仪式。

一九二一年五月,蒋介石应孙中山先生之召,抵达广州。二十四日之夜,忽得一梦,梦见茫茫白雪漫山遍野。他惊醒,心灵感应是慈母不久于人世。蒋介石急忙离广州,返上海,转宁波溪口,回到母亲身边。母亲因病卧床,他朝夕亲伺汤药。

木鱼声声,诵经号绵绵。一九二一年六月十四日早上,蒋母于溪口旧居内寝长逝。

蒋介石遵母遗嘱,直至今日终于成行,拜谒果如和尚塑像。

这样待了半小时后离开。出寺门时,蒋介石嘱咐侍卫长俞济时,捐了一些银圆给寺院。

蒋经国当天日记写道:

"父亲下午在金塘岛南岸大浦口道头登陆,经安澜亭、大象地至柳巷。入普济寺后门,忽见果如和尚塑像,在其东厅,仰观匾额,亦为果如而题。乃知此即雪窦寺之下院也。父亲巡视两周后,与果如弟子性梵叙谈果如及雪窦往事,知其师弟性安和尚亦于前两年圆寂,相对唏嘘。"

蒋经国心事重重,近来陪伴父亲蒋介石,所思所想甚多,挥笔为日记。

二十多天前,即一九四九年四月二十五日,蒋经国日记称:

"昨日妻儿走了,傍晚到丰镐房家中探望,冷落非常,触景伤怀。

"上午,随父亲辞别先祖母墓,再走上飞凤山顶,极目四望,溪山无语,虽未流泪,但悲痛之情,难以言宣。本想再到丰镐房探视一次,而心又有所不忍;又想向乡间父老辞行,心更有所不忍,盖看了他们,又无法携其同走,徒增依依之恋耳。终于不告而别。天气阴沉,益增伤痛。大好河山,几至无立锥之地!且溪口为祖宗庐墓所在,今一旦抛别,其沉痛之心情,更非笔墨所能形容于万一,谁为为之,孰令至之?一息尚存,誓必重回故土!

"下午三时拜别祖堂,离开故里,乘车至方门附近海边,再步行至象山口岸登舰,何时重返家园,殊难逆料矣。"

五

先晴后雨。晴晴雨雨的天气,让人的心情亦起起落落。

一九四九年五月十七日午后,蒋介石、蒋经国,随同的侍卫长、幕僚、秘书、武官等,一起登上飞机,从定海机场起飞。降落澎湖马公岛,后转高雄,从此定居宝岛台湾。

蒋经国当天日记称:

"气候先晴后雨。午餐后,随父由江静轮登岸,一时半起飞。沿途俯瞰三门湾、海门、乐清、雁荡山、永嘉、平阳、三都澳,以及闽、浙交界之山地海岸。经此空中视察,各地形势,更如指掌,胜于一月旅行矣。四时五十分飞抵马公降落,父亲即至马公城外之宾馆驻节。此岛实一平滩,并非山地,气候颇热,'仁者乐山,智者乐水'。父亲自本年一月二十一日'引退'以来,家乡遨游,将阅四月。在此百余日中,虽心怀邦国,而闲情逸致,不减当年,盖亦唯有在宁静中更能致远耳。此时中枢无主,江南半壁业已风声鹤唳,草木皆兵,父亲决计去台,重振革命大业。从此再无缘享此人间清福矣。"

六

"钟山风雨起苍黄,百万雄师过大江。虎踞龙盘今胜昔,天翻地覆慨而慷。宜将剩勇追穷寇,不可沽名学霸王。天若有情天亦老,人间正道是沧桑。"

接到陈毅进驻南京"总统府"的电话后,毛泽东尽管一夜未眠,兴奋得仍无睡意,在北平香山双清别墅的院子里踱步,喃喃吟诵着即兴创作的七律《人民解放军占领南京》。

一九四九年四月二十四日下午,秘书兴冲冲地走来,递上一张号外,

274

说是南京解放的捷报。

毛泽东接过报纸，坐到椅子上，从头至尾阅读起来。

摄影师徐肖冰赶巧了，正好在场。他迅即举起相机，屏住呼吸，连续拍了三四张毛泽东读报的镜头。

"咔嚓"的快门声，惊动了毛泽东。他抬起头，朝大家微笑。

百万雄师横渡长江，挥戈南下。四月二十三日，南京解放。五月三日、二十五日、二十七日，杭州、宁波、上海相继解放。

国民党军政人员溃退至舟山。

一九四九年七月，国民党成立舟山防卫司令部，统一指挥舟山驻军和党政机关。此时，退守舟山群岛的国民党军队约有四个军十三个师，加上杂牌部队，兵力六万余人。

为固守舟山，台湾方面继续向舟山增调部队，并加强各岛屿的防御体系。到翌年四月中旬，连同海、空军及特种兵部队在内，驻军兵力增至十二万五千余人。

一九四九年七月，由毛泽东任主席的中共中央军委根据浙江大陆基本解放的局势，向解放军第三野战军和华东军区下达了战略意图："为保障沿海之安全，粉碎敌机敌舰对我大陆之进扰，便利今后设法攻占台湾，首求攻占定海，肃清舟山群岛之敌。"

七月七日，毛泽东致电粟裕等："……舟山群岛是否利于攻击，你们是否已令谭（震林）王（建安）准备夺取该岛……请考虑电复。"

十一月四日，毛泽东批准了华东军区上报的《定海作战方案》，他在为中央军委起草的复电中指出："我们认为你们采取慎重态度，集中优势兵力，事先作充分准备，力戒骄傲轻敌的方针是正确的。"

十天后，毛泽东再次电示第三野战军、华东军区粟裕及陈毅、饶漱石三位领导："舟山群岛共有敌军五万人，并有颇强的战斗力，你们以两个半军进行攻击是否足够？鉴于金门岛及最近定海附近某岛作战的失利，你们须严重注视对定海作战的兵力、部署、准备情况及攻击时机等项问题。如果准备未周,宁可推迟时间。提议你们派一要员直赴定海附近巡视检查一次。如何,盼复。"

随后,解放军开始按照中央军委和毛泽东的指示,认真总结渡海作战的经验教训,准备再战。十一月二十二日,粟裕向中央军委和毛泽东建议:"国民党已将台湾的部分兵力移至舟山。况且,我们也无内应条件,如果死打硬拼,势必会造成很大损失。是否推迟攻击舟山的时间,加紧发展海、空军,以使作战时,能首先以海空力量对敌实施歼灭性打击,然后再以陆军优势兵力攻取该岛。"

中央军委和毛泽东经过认真研究,采纳了三野副司令员粟裕建议,决定从成立不久的海、空军中抽调部分兵力配合陆军作战,解放舟山群岛。同时告诫前方将士充分准备,谨慎从事,精心备战。

十二月五日,毛泽东就会商攻击舟山群岛办法,给粟裕的电报:"饶政委带来之信及最近来电已悉,正交聂荣臻李涛刘亚楼诸同志研究中。你十二月初赴江浙召开高干会完毕后,请来北京与聂李刘商量作战办法。待商好后,再定攻击舟山群岛的时间。大体上可以推迟至明年一月或二月间举行攻击。"

粟裕亲赴浙东前线,在宁波召集第七、第九兵团师以上干部会议。会上检查各军战役准备工作结果,发现渡海船只尚缺五分之三,气候情况也对发起战役不利。作出了将战役延期至一九五〇年二月底进行的决定。

对舟山战役准备情况,毛泽东十分关切。一九五〇年一月十一日,他正在苏联访问,又发电给粟裕:"请回答下列问题:(一)你们对舟山群岛之敌有无办法进行策反工作,你们是否进行了此项工作,结果如何?(二)你们对舟山群岛进攻的准备工作做到了什么程度,船只的准备是否增加了?(三)叶飞对金门岛进攻的准备工作如何,何时可以攻金门岛?(四)你何时可到北京与聂荣臻刘亚楼同志会商?"

二月底,解放军第七、第九兵团在杭州召开作战会议,鉴于船只准备不及,部队另作调整,决定延期至三月底发起对舟山群岛的攻击。

三月底,两兵团再次在杭州召开师以上干部会议,根据敌我双方情况,决定再次延期舟山战役时间,到六月发起总攻。

经毛泽东和斯大林商定,由莫斯科军区空军司令巴契斯基中将指挥的苏联空军加强师,各型飞机一百一十九架,红军官兵三千五百人,已于二三月间进驻上海、徐州助战。

三月二十八日,毛泽东对战事进行通盘考虑后,又电示粟裕:"先打定海,再打金门的方针应加确定,待定海攻克后,拨船拨兵去福建打金门。是否如此,请考虑告我。"

此时,人民解放军已有二十一军、二十二军、二十三军、二十四军四个军(各军、师有炮兵)和十个特纵炮兵团,共十三万人,集结于浙东前线。

四月二十五日,第三野战军根据中央军委和毛泽东的意图,在杭州召开陆海空三军联席作战会议,决定再次增加攻击部队,陆海空协同作战。增调二十军、二十六军两个军,组成北集团,由宋时轮、张爱萍指挥,自浦东攻击岱山。并调华东军区海军和新建人民空军,配合两栖登陆。确定了进攻方案,决定在六月下旬发起总攻行动,以二十军及二十六军攻取岱山,以二十一军攻取舟山岛东南部岛屿及舟山岛东部,以二十二军、二十三军进攻舟山岛西部及中部。至此,舟山战役的总部署和兵力使用才最后确定。

五月十日,对战役始终倍加关切的毛泽东又电示:"粟裕同志:你们计划何时举行舟山群岛作战,准备工作如何,盼告。"

在毛泽东波澜壮阔的一生中,指挥战役无数,屡战屡胜。作为我军最高统帅,虽身在北京,但密切关注舟山战役的进展情况。从一九四九年七月到一九五〇年五月,他亲拟八封电文给华东前线作战部队负责人,根据战况变化,就舟山战役战前准备、作战部署、攻击时机和占领舟山群岛后的处置问题等作出指示,为前方作战部队制定正确方针。

舟山攻防战是人民解放战争历史时期,国共两军最后压尾之役。

七

蒋介石一身戎装,外披薄呢军大衣,戴着白手套。

美国海军上将柯克,大盖帽上的帽徽亮闪闪,肩章上的四颗五星闪闪亮,也戴着白手套。

一九五〇年四月二十七日,蒋介石在美国海军上将柯克陪同下,自台北飞抵定海城郊机场。

二战时,欧洲盟军诺曼底登陆战役,柯克是美军海军舰队司令。又任美国西太平洋舰队司令,与日本作战。日本投降后,柯克驻青岛、上海,和蒋氏及国民党政府高层人士关系密切。此次,以蒋介石私人顾问名义同来。

这是蒋介石在短短一年间第四次,也是最后一次到舟山。

一年前,蒋介石说,保卫大舟山。而这次来之前,蒋介石已有了舟山撤军的意向,这是他跟柯克再三商议、权衡利弊的结果。尽管主意已定,但他表面上不露声色,严格保密,在将领们面前也不透一点风声。

蒋介石作出舟山撤军的决定,完全出于形势所迫。原先蒋介石手中的"王牌",是国民党军队掌控的制空权和制海权。可是到一九五〇年,随着大陆全部解放,军队中人心惶惶,兵舰"长治"号和"海辽"号先后起义。再说空军,据可靠情报,苏联政府应中共所请,已派喷气式飞机和作战人员到上海。苏联喷气式飞机无论航程、航速、装备以及飞行员的作战经验,都远远超过国民党空军。海空优势已经丧失,"王牌"无效了。再则,云南已解放,海南岛也岌岌可危,与舟山构成掎角之势的条件已不存在。为保存实力,唯有放弃舟山,将军队撤往台湾。

当天下午,蒋介石与柯克一行,在舟山视察了战备公路及码头。干磧位于舟山本岛北端,背向大陆掩蔽良好。新建成的克难码头长三十二米,吃水八点五米,可供万吨级舰船靠泊。另有新筑干磧登陆艇码头,可供两艘登陆艇同时抢滩。

蒋介石不由得浮出笑容,柯克连呼OK!

舟山防卫部司令官兼浙江省主席石觉,防卫部副司令官柳际明报告道,长涂岛和岱山新筑码头及沈家门码头已浚深。新建成岱山机场跑道长达两千米,宽四十米,北自平津,南迄广东及武汉、西安,均在其作战半径内。

当天,蒋介石在日记写道:"与柯克同行商讨定海战略,彼以'匪方'空军机场数多过我十之八,无论空军数量如何,但其性能相等,则我已处于绝对劣势。"

二十八日上午,蒋介石、柯克在定海机场起飞,飞岱山岛、长涂岛上空,观察形势。在岱山机场下机后,乘车视察高亭码头,经洪家门、冷坑、高显庙后,飞返定海。

二十八日下午,在"陆海空军联谊社"(俗称"舟山厅"),召舟山本岛营长以上军官听训。

厅内肃静,由司令官石觉发口令,报告人数。蒋介石面露笑容,连说"请坐,请坐"。接着,蒋介石说了一番勉励的话。最后,他举起面前茶杯说:"我敬你们一杯酒!"

实际上放在蒋介石面前的是一杯白开水,与会者面前放的也是白开水,因为蒋介石不喝酒,不喝茶,只喝白开水。当时就以水代酒,象征性地敬酒。

正当大家举杯之时,有个人反应特快,马上接口说:"谢谢总统!我们恭祝总统政躬康泰,胜利万岁!"

当晚,在定海城南潘家花园约宴师长以上人员。蒋介石举白开水杯祝酒称:"你们都是我的好学生,家贫出孝子,国难见忠良,要同心同德反共抗俄,矢勤矢勇效忠党国。"

掌声沉寂后,蒋介石一字一顿训示说:"你们要加紧官兵战术训练。演习作战要研究登陆战,要使士兵们在登陆前有利用船舶的知识。我们要确保台湾复兴基地,我要带领你们反攻,打回大陆去。"

四月二十九日,蒋介石、柯克一行飞返台湾。

从此,海天茫茫尽惆怅。

八

蒋介石此次舟山之行后,日记中记述:"决心放弃舟山群岛,集中全力在台澎,以确保国家微弱之命根。"

但是,蒋介石的这个决策,遭到高级将领的激烈反对。

国民党军参谋总长兼空军总司令周至柔,首先坚持定海没有必要撤退。

一九五〇年五月二日,蒋介石与蒋经国谈定海战略,研讨利害得失。

五月三日,蒋介石召见柯克、陈诚、周至柔,研讨定海守与不守问题,辩论达三小时。蒋介石日记中说:"除柯克外,皆与余意旨相反,多不主张放弃也。"

五月七日,蒋介石召见陈诚、周至柔、郭寄峤、林蔚等,研讨定海撤守问题,大家仍持反对意见。蒋介石在日记中记述:"高级将领,尤其国防部主管,几乎全部反对,无一人为之赞成。"但蒋介石坚持"此举实为台湾成败,国家存亡最后之一着,非毅然决心如期实施不可也"。

五月八日,蒋介石召见周至柔,表明定海撤退之决心,命令周至柔应在军事职责上负责,"至于政治、民心、士气等因素,则由余负责,彼可不必顾虑也"。

五月九日晨,蒋介石召见王世杰、黄少谷,为陈诚、周至柔"对定海撤退决策极端反对,劝余重新考虑。若辈脑筋不清至此,深叹亡国之无法挽救,感痛万分"。当天十二时,召集军事会谈,研讨定海撤退之得失利害与军事原则,"彼等无辞以答……"

五月十日晨,蒋介石召见专程由定海飞台北的石觉。石觉不赞成撤退,表示有决心能确保舟山。最后,石觉以"无辞对定海军民为难"。

尽管反对声浪不息,蒋介石决心不移。

五月十日上午十时,召开最高军事会议。蒋介石断然宣布定海撤军决定,指示撤退应注意要点。蒋介石日记称:"定海撤退方针,经过干部全体之反对,乃驳斥昏迷无理之原由,毅然决行,求之于心,泰然自得。余以此乃一大事,自信其保卫台湾,反攻大陆,整个国家之能否转危为安,皆在此一举。能不依理断行乎!？"

蒋介石派"副参谋总长"郭寄峤、"空军副总司令"王叔铭、"海军代副总司令"马纪壮,飞赴舟山,协助石觉撤军。

九

"总统府"用笺,竖五行,自右至左,工整端严。用笔以方笔为主,横斜竖直,撇低捺高,瘦硬挺骨,险绝森严。

一九五〇年五月十一日,蒋介石特书手谕:

"寄峤、为开(石觉字为开)二位同志:此时防备'匪机'突然来定(定海)轰炸我运输船舰,比防范其陆军渡海来攻(舟山)本岛更为重要。故应从速筹备,以防万一……中(蒋中正自称)意,舰只停泊不可太挤,总以疏散为宜。故部队开始登舰,亦以络续行之为妥,不可太迟。明(十二)日晚间即应开始登舰,并期于本月十五日,至迟十六日上午,必须完成全部工作。是为至盼。"

夜九时,再发手谕:

"为开吾弟勋鉴:前函修竣,想起各运舰(凡已到舟山群岛附近者)灯火必须一律管制与熄灭灯光。千万注意实施为要。叔铭、纪壮二同志均此。"

两天之后。国民党军海军总司令桂永清和美国海军上将柯克,从台湾飞抵岱山机场。

一行七人,挤在一辆吉普车里,赴码头登舰,驶入茫茫雾海中。桂永清和柯克一行,先到"中程"号炮舰,后移驻"太昭"号护航驱逐舰,督导海军及运轮行动。

连日海雾浓重,能见度甚至不足二十米。

从台湾驶来的八十艘运输舰船,"秋瑾"、"万国"、"利华"、"台东"、"其美"……悄悄分泊舟山指定海域。

国民党海军有六十三艘舰艇船舶:"永清"、"永泽"、"永修"、"太康"、"太湖"、"泰安"、"中权"、"嘉陵"……其中部分用于运载兵员装备。

石觉命令:一、关闭所有电台(总指挥官一台,定时开机)。二、封锁交通,岛屿间、至苏浙沿海之任何船舶一律停驶、泊港待命。三、控制码头,非指定之部队与船舶,不得接近。四、管制泊港船舶,领航员、船员,不准离船。五、全面戒严,非事先通知及持有通行证,任何人员、车辆、船舶不得通行。六、各部队携带全部装备,七天口粮,随时准备一小时内可以出动。

十三日黄昏开始,守军分批登船,各军长、师长待所属部队上船后,才被告知航线和目的地。十四日,战车和装备75毫米以上炮的炮兵登船,至指定海域锚泊待命。十五日,守备和机动部队登船。十六日拂晓,定海前沿岛屿及岱山、普陀、长白、秀山诸地守军登船完毕。

"美援及日本赔偿物资运输计划",作为行动代称,以躲避解放军注意。

在浓重海雾掩盖下,国民党军政人员十四万八千人,全部秘密撤离舟山入台湾。

另有舟山绅商携家眷及青年四千余人,自愿随国民党军队赴台湾。

从十三日晚开始,国民党军队先后枪杀定海电信局五名职工,枪杀关押在舟山监狱里的"共谍"和一批嫌疑犯,这些人多数是为生活所迫往返大陆或岛间的小商贩,附和不满言论者,议及时局者,也有被官员挟私报复者。

破坏重要建筑,炸毁码头、机场。来不及运走的文书、档案、书画、物品焚毁,车辆、船舶沉海。

十

国民党军队撤退前,大抓壮丁,枪杀抗拒和逃遁者。抓走岛上壮丁一万三千五百余人,使许多家庭妻离子散,骨肉分离。

十四岁还差四个月的姜思章，是舟山一所中学初一的学生，平日住校，周末回家。

一九五〇年五月十五日那天，姜思章竟然被抓了壮丁，随船来到台湾，被迫从军。

六十多年后，那道伤，还深深地刻在心上。姜思章自述：

从学校回家，还有半天路程。起先以为我们年纪那么小，个子又小，轮不到抓我们，我们就沿着大马路走路回家。路上有老人好意地警告我们说："小孩，还在那里慢慢走，开始抓丁了！"

刚开始不是很在意，又过了两个钟点，看见有年轻男子往山上和巷子里跑，后面有国民党的军人在后面赶，甚至听到枪声。哦，真的在抓丁，我们收拾好嘻嘻哈哈的心情，赶紧回家。从上午走到下午一点多，翻过一个山就是我家，在山里有几个同学因为担心前面有抓丁，就坐在那里不走了。我们觉得等下去不是个事儿，打算绕过这个山回家，多走半个多钟点的路。结果绕到半路时，我们三个就被抓了。

有三个国民党军人把我们拦住："把证件拿出来！"我们以为有学生证没事，谁知他们不管，把我们押到一个院子里，里面有好多老百姓。我们一看情形不对，号啕大哭，哭得很伤心，哀求："把我们抓来也没有用啊，我们年纪太小了。"

出来一个军官，看我们哭得厉害，动了恻隐之心，就让一个班长把我们放走了。当时我看他们衣服上写着：贵州部队。那时都中午了，临走前就在部队吃烙饼，喝粥。然后一个班长把我们送走了，途经一个尼姑庵。那个班长交代："你们就藏在这里，等晚上部队都收哨了，你们再回家去。"

我们待在尼姑庵院子里，一会儿就不耐烦了，见外面没有动静，就打算偷偷回家，因为离家很近了。跑出来，没有理会在后面喊我们"不要走"的老尼姑。

走了几分钟，从山上跑下来五六个兵，一下子把我们抓住了。其中一个走得慢的同学，看见有兵跑下来了，就往另外一个方向跑，跑回家了。我和一个姓王的同学被抓住了。

我们又重施故技:"我们没有用啊,放我们回家吧。"姓王的同学妈妈来了,看到我们被士兵抓住,把手上的戒指贿赂士兵,士兵不收。我们号啕大哭,士兵打我们。

一个被抓的老百姓说:"我有疝气。"有疝气不能当兵,于是士兵就让他走了,结果走了没几步,就被士兵在后面打死了。我们看了很害怕,也不敢哭,就乖乖地跟着士兵走了。关在一间民房里。

天黑后,我们被带出民房,开始行军。不直接到码头,故意绕到天快亮才到。非常值得一提的是,当时村里很多女性跪在那里,见到部队来了,就求求放过丈夫或儿子,有的说我刚结婚,有的说我怀孕了,男人抓走我生计就断了。哀求没有用。这个印象终生难忘。

后来知道抓我们的这个连,是十九军十八师机枪连。到码头上后,我们都换成军装,军装很大,我们穿着活像唱戏的。

码头解除封锁后,有一大群女人涌上来,哀求放过亲人,后来才知道那里面就有我怀孕的母亲。船开后,看到有被抓的壮丁往水里跳,有的逃跑成功,有的被开枪打死,一淌血水就没了。船好高啊,我不敢跳……

十一

一九五〇年五月十六日晚,岱山机场只剩一架美制 C-46 运输机。

晚上七时许,郭寄峤、桂永清、柯克和舟山空军指挥官赖逊岩乘艇靠岸。此时已无汽车,汽车全已装船,大家步行到机场。

候在机场的"空军副总司令"王叔铭,打着手电筒迎上说:"我们也好走了。"

此时,黑影里跑来一人,是驻岱山的十九军军长刘云瀚,敬礼后报告:"我率两个步兵团在此掩护,待长官们起飞后,我们就登船。"

C-46 运输机升空。郭寄峤、桂永清、柯克他们自机舱俯视地面,岱山机场烈焰冲天,工兵正在实施爆炸,将耗资银圆两百万的机场破坏殆尽。

人民解放军第三野战军获悉敌从舟山撤逃消息,即令一线攻击部队追歼,先遣十万大军即行渡海。

五月十六日,二十一军进登步岛,继进沈家门、朱家尖、普陀山。二十三军进大猫岛,继向定海。

五月十七日,二十二军占册子岛,登陆岑港外洋螺,进入定海城,与二十三军会合,继进岱山、长涂岛。

海面上出现了一艘艘木帆船,阔头崭新未刷油漆,都是刚打造的新船。身穿黄军装的解放军指战员,背着步枪,扛着轻重机枪,有的穿着布鞋,有的穿着用麻做的八纽草鞋,排着整齐的队伍,陆续上岸。

定海城墙上,贴出人民解放军《本军入城公约》,贴出一条条标语:"共产党万岁! 毛主席万岁! 朱总司令万岁!"

五星红旗在定海城飘扬,舟山群岛解放。

协助粟裕指挥舟山战役的张震上将,在其回忆录中说:"五月中旬,舟山之敌突然全部撤退,我军乘胜解放了舟山群岛……遗憾的是,我们没有能够将敌军的主力歼灭在舟山群岛……应当说,蒋介石做了一个不失为明智的抉择。"

第四章　烟涛喷薄

东沙古渔镇，千人宴也许刚散席，红灯笼犹见昔日满港的渔火。　袁亚平摄

团成立十周

出版局　　岱山县委老干

县委老干部局老年大学

在晨风中起舞，每一个舞姿都回旋着青春的记忆。　袁亚平摄

物馆 冯士筰

补充一句解说词：博物馆展出的不但是展品，更是整个国家的国民素质。 袁亚平摄

中国灯塔博物馆，燃烧自己，照亮别人。 袁亚平摄

烟涛喷薄

引子

历史场景之四：航海先驱者

引　子

相传,秦嬴政三十七年(公元前二一〇年),秦始皇东巡江南,在鄞县(今镇海沿海)东观沧海,望浩瀚东海中缥缈"青螺",颇有仙山幻觉。遣方士徐福率三千童男童女,再度入海求三神山长生不老药。

方志中最早记载徐福求仙涉足岱山岛的,是南宋《四明图经·昌国县》:"蓬莱山,在县东北四百五十里,四面大洋,耆旧相传,秦始皇遣方士徐福入海求神仙灵药,尝至此。"自下的元代《大德昌国州图志》,清代自康熙《定海县志》到光绪《定海厅志》的历朝县厅志,均有类似的记载。《方舆胜览》中也说:"蓬莱山在昌国州,徐福求仙之所。"

岱山自古以来,就被誉称"蓬莱仙岛"。岱山海域辽阔,各个岛屿海岸港湾蜿蜒曲折,以其海瀚、滩美、礁奇、山秀,显示出山海奇观的特色。尤其是岱山岛,岛海相连,水天一色,风光旖旎,气象万千。

唐代大诗人李白,一生好游名山大川,在他的《莹禅师房观山海图》中,曾写了经过东海蓬莱时的印象:"蓬壶来轩窗,瀛海入几案。烟涛争喷薄,岛屿相凌乱。"明清时期,就形成了"蓬莱十景",吸引了不少文人墨客、社会名流,前来览胜,留下了许多赞美岱山奇丽风光的千古诗章。清朝诗人刘梦兰曾赋"蓬莱十景诗",流传至今。

岱山县位于舟山群岛中部,地处长江、钱塘江入海处,东濒浩瀚无际的太平洋,西临杭州湾喇叭口,南邻定海、普陀,北接嵊泗列岛。全县总面积五千二百四十二平方公里,其中海域面积四千九百一十五点五平方公里,陆域面积三百二十六点五平方公里(含潮间带五十七点四平方公里)。海岸线长约六百六十五公里。一九九一年,由浙江省人民政府批准,岱山县正式列入省级风景名胜区。

岱山地处大陆海岸线和长江"黄金水道"T形交汇的咽喉要冲,是长三角对外开放的海上门户,上海国际航运中心洋山深水港航道穿越县境。全县海域广阔,可利用的深水岸线丰富,是华东地区两个最好的深水港和最丰富的风力资源拥有地,得天独厚的资源为发展临港产业和新能源产业提供了理想选址。岱山由此成为浙江省重要的船舶修造基地和海洋能源基地。岱山还是全国十大重点渔业县之一,境内有岱衢洋、黄大洋、黄泽洋、灰鳖洋四大渔场,盛产各类鱼虾蟹贝。传统的渔业所孕育的独特海洋文化,与瑰丽多姿的山海奇景自然融为一体,使岱山正成为名副其实的休闲度假旅游胜地。

博物馆是一个地区发展的重要历史见证,是社会文明进步的重要标志,是文化生产力的重要体现,也是对民众进行爱国主义、社会主义、集体主义教育的有效载体,对于提高大众的思想道德素质、科学文化水平具有不可忽视的积极作用。

近年来,岱山县委、县政府从挖掘、抢救、保护历史文化,发挥地域文化资源优势,促进旅游经济发展角度出发,决定把建设海洋系列博物馆群列入全县发展规划,把凸显博物馆文化作为推动旅游发展的重要举措。通过进一步资源整合、多元化投入、全社会共同参与等模式,在全县境内相继建起粗具规模的中国海洋渔业博物馆、中国台风博物馆、中国灯塔博物馆、中国岛礁博物馆、中国海防博物馆、中国盐业博物馆等海洋系列博物馆群,取得了一定的社会效益和经济效益。

此外,中国渔村博物馆、中国海岛博物馆、中国海鲜博物馆、中国海洋生命博物馆等国字号的海洋文化博物馆建设完成后,将具有震撼力和感染力。

如今,海洋文化系列博物馆是海洋旅游的一大景点,也是海洋文化产业的一个基点。到岱山来玩泥、玩风、玩盐,看灯塔发展史、看渔业兴衰史、看盐业发展史,已成为吸引游客慕名前来的一大要素。

而专家的眼光更深远,海洋是现代化强国的重要自然基础。海洋意识是开放型国家和人民的文化的重要组成部分。配合中国海洋发展战略的思路,让每一个中国人都明了空间观念、竞争观念、环境观念和资源观念。这正是海洋博物馆的意义。

将希望的种子播撒进每个渔民、农民的心里,全面打造富裕、文明、和谐、秀美且充满海岛风情的"仙境蓬莱,多彩岱山"。

一　祭海大典

一

我若是遇到了东海龙王,第一句话该怎么说?

我会说:"在东海边,有一座海坛,中国目前唯一的海坛,每年六月十六日举行休渔谢海大典,请您老人家去看一看!"

然后,我会搀扶着东海龙王,让他颤巍巍的步履尽量平稳一些,登上"东海一号"豪华游轮,开往"东海蓬莱,人间仙境"。

我在豪华游轮偌大的电影厅,陪着东海龙王,观看 5D 电影,视觉、听觉、嗅觉、触觉和动感完美地融为一体,最强大的逼真感,置身"闪电、烟雾、雪花"中,在"火焰"前有灼热感,海浪扑身时会"湿"了衣裳,体验下坠、震动、刮风、下雨等真切的感觉。

东海龙王喃喃自语:"本王未呼风唤雨,怎就湿了一地?"

我说:"您老人家别分神,请看完这影片,这全是岱山休渔谢洋大典的真实记录……"

二

鹿栏晴沙,因处鹿栏山下得名,清朝就已形成的"蓬莱十景"之一。清代诗人刘梦兰诗赞曰:"一带平沙绕海隅,鹿栏山下亦名区。好将白地光明锦,写出潇湘落雁图。"

北起鹿栏山的黄嘴头,南至北峰山的大沙角,呈月牙形,视野开阔。这片沙滩,全长三点六公里,宽(连潮间带)三百五十多米,号称"华东第一滩"。

我在沙滩上走着,滩坡平缓,滩面平实,呈铁灰色。沙质细硬,海水一浸,产生了张力,沙滩就像水泥地一样平滑而坚硬。汽车开行其上,亦仅见轮胎痕迹,故有"万步铁板沙"之称。

海风扬起我的头发,抬头望去,鹿栏晴沙的边上,耸起了一座仿古建筑。

海坛!是的,这就是海坛。

坛,是古代进行祭祀、朝会、盟誓等活动的高台建筑。北京有天坛、地坛、日坛和月坛。岱山,筑有一座气势宏大的海坛。

一个方形的净身沐浴法池。池水掩映间,墩着一方巨石,重十七吨,正面铭刻"海坛"两个黑字,集唐颜真卿书,浑厚遒劲。

我绕其背面,见《海坛铭》,为舟山市作家方牧先生撰写,岱山县人民政府立石:"闻鼓鼙而思将帅,观洪涛而见鲸鳌。因以爱海敬海,展兴海之蓝图;乃仿天坛地坛,筑海坛于岱山。"

为什么海坛建于鹿栏晴沙,有诸多原因。

岱山古谓蓬莱仙岛,更有缥缈神秘之感。

佛教《华严经》有载:"有无量诸大龙王,所谓毗楼博叉龙王、婆竭罗龙王、云音妙幢龙王……"

元《大德昌国州图志》记载:"高鳌山潭,在州之岱山东南。"引《藏经》

云："东海有山名曰高鳌，乃婆竭罗龙王所居之地，上有亭宇，遇旱乡人祷之。"

婆竭罗龙王就是东海龙王，至少从元代开始，就说东海龙王是居住在岱山长涂岛西侧的高鳌山下。

海坛隔海对面，正是高鳌山。

海是传说中龙王的世界，海况好坏，船只安危，渔民生死，全掌控在海龙王手中。

世代以捕鱼为生的渔民，对大海怀着天然的敬畏。为了祈求平安与丰收，于是出海祭龙王、丰收谢龙王，这一习俗千百年来，代代相传，成为渔家传统习俗中不可缺少的精神寄托。

岱山祭海，以祭海龙王为主，是浙江岱山乃至中国沿海渔民崇拜和信仰海龙王及海上诸神而产生的一种民间祭祀行为，其民众的参与性之广、影响之大、延续历史之长，不仅在岱山所处的舟山群岛诸多渔家习俗中具有代表性，而且在我国东部沿海民间风俗中，也具有明显的共通性。

我放眼望去，海坛绵延而上，气势不凡。

海坛占地九十亩，建筑面积达一万四千多平方米。从西往东看，西面朝东有五组呈扇面形排列的看台，看台两侧为观礼平台，总共能容纳三千八百多人。看台前，为面积达两千三百平方米的圆形大舞台。舞台往东，是一个方形的净身沐浴法池。南北两列，各有十米多高的华表三柱，各有两个亭台构成的阙门一座。最外侧，各有十七米高的汉唐雀楼一座。南北对称，显得庄严肃穆。

再往东，依山势而上，则是通往主祭坛的台阶。台阶分南北两组，中间由水帘浮雕石碑隔开。水帘浮雕石碑长二十三米，宽八米。由云龙石屏与宝瓶栏干与台阶隔开。分上下两节，均由青色大理石雕成。上节为九龙闹海图，下节为中国海洋文化节主题歌《感恩海洋》的歌谱，一行行五线谱，金色的音符跳动着："让海洋休养生息，让鱼儿延续生命，让我们懂得感恩，表达对海的崇敬……"

"海不扬波"，四个大字顶在台阶之上，正是渔民的祈求。

我走完了一百五十五级大理石台阶,就到了最高的主祭台。站在这儿,极目沧海,心胸豁然开朗。

祭台呈圆形,周边由大理石栏杆护围。西侧立一石雕香炉鼎。

我沿栏杆内侧,缓缓走一圈,环列着雷公、电母、千里眼、顺风耳、赶鱼郎、巡海夜叉、雨神、风神八尊海神像,真人大小,均由青色大理石雕成。

祭台正中为海眼,在海眼中间的原生石上,拔地而起的是一根定海神针。

定海神针通体金光闪闪,标高三十二米,净高二十六米,底直径一点六米。定海神针顶部为天灯,黑夜间能射出耀眼的光芒。

定海神针七米以下,攀附着四条巨龙,龙头无角,龙身无鳞,龙尾开叉,分明为海中鱼龙造像。它们分别是东海龙王敖广、南海龙王敖钦、西海龙王敖润和北海龙王敖顺。定海神针周边镶嵌着祥云龙珠,通体由青铜材质铸造,外表镀金。

山海之间,擎天一柱,四条鱼龙灵动飞扬,熠熠生辉,威严,庄重,大气。

四龙护围的定海神针,是海坛的镇坛之宝。

我少时看过《西游记》,记得孙悟空到东海龙宫来借兵器,大捍刀、九股叉、画杆方天戟没看中,得知海藏中有一块天河定底的神珍铁,这几日正霞光艳艳,瑞气腾腾,便撩衣上前,摸了一把,乃是一根铁柱子,两头是两个金箍,中间乃一段乌铁,紧挨箍有镌成的一行字,唤作"如意金箍棒一万三千五百斤"。此后便一直伴随这位齐天大圣美猴王,上闹三十三天,下砸十八层地狱。乃是神器榜上的天下第一棒。

这根神柱以后就成了定海神针。它能镇乾坤,定风波,成了海岛百姓心中的吉祥物、护佑器。

如今,这定海神针寓意定乾坤之宝,象征了平安、齐心协力、奋发向上的精神;四海龙王代表了五湖四海的不同肤色,不同民族,是四海一家、和谐发展、共同呵护人类家园的心愿寄托;其基座是人类发展史的基础,寄寓人类追宗溯祖、发扬光大的强大后盾。

三

在岱山，谢洋祭海仪式，古已有之。

祭海实为祭龙王。南宋孝宗皇帝下诏，在舟山海神庙公祭东海龙王。此后，清朝康熙皇帝为舟山东海龙宫题过"万里波澄"的匾额，雍正皇帝曾封舟山的东海龙王为"东海显仁龙王之神"。

清朝光绪年间《定海厅志》记载，岱山海域的灌门老龙与普陀桃花女龙、定海岑港白老龙，是官方每年必祭的三大龙王。钦颁祭文曰："维神德洋寰海，泽润苍生。允襄水土之平，经流顺轨。广济泉源之用，膏雨及时。绩奏安澜，占大川之利。涉功资育物，欣庶类之蕃昌。仰借神庥，宜隆报享。谨遵祀典，式协良辰。敬布几筵，肃陈牲币。"可见祭海拜谢海龙王已成为一种必不可少的仪式。

据清代志书记载，岱山岛有沙竭龙王，鹿栏有后沙洋棕缉龙王，燕窝山龙王庙专供四海龙王，岱中海宴宫专供东海龙王。

至今，岱山部分渔村仍沿袭着这一传统的民间习俗，保留了祭海粗犷、淳朴的原生态文化风貌，展示着东海海域渔民龙信仰的独特传统文化与深厚的民俗内涵。

家住岱山东沙镇念母社区西沙村的刘品良，是当地刘氏家族第四代渔民。他说，根据祖辈们的口头相传，位于村口的那座小龙王宫已经有二三百年的历史了，供的正是东海龙王。渔民无论是出海还是拢洋，或丰收或歉收，都会到龙王宫求龙王。

《舟山市志》中有这样一段话来描述祭海："旧时，渔船每汛出海生产前，要在船上祭告神祇，向神明行跪叩礼后烧化疏牒，称为'行文书'。由船老大捧一杯酒泼入大海中，并抛少许肉块入海，叫'酬游魂'，以祈祷渔船出海顺风顺水。这天，船上众人忌讲不吉利的话，不许吵架。"

岱山高亭一村老渔民郑野弯，十七岁时就喝到了"行文书"酒。几位

年逾八旬的老渔民的回忆,让这一民俗完美再现:

两面大铜锣开道,随后由渔民背"样桅"(顶尖留有竹叶、竹竿上部捆扎棕榈的小竹,意为桅杆林立),后面是五色旗及其他彩旗,抬着扎有红蓝绸布的木质杠箱,箱中装着全猪、全羊等"五牲",各色荤、素菜等祭品,共有八杠箱之多。沿途鞭炮齐鸣。

祭海队伍登上泊于码头边的船后,身着笼裤的老渔民们把祭品放于八仙供桌上,猪、羊分供于左右专架上,供桌前铺有桌帏,太师椅背上挂着缎子被面,桌边挂好疏牒。

上供品:三杯茶,六杯酒,五牲(全猪或猪头、全羊、全鸭、猪肝、猪肚),六荤六素(意为"六六大顺")或十荤十素(意为"十全十美")。荤菜鱼肉鲞蛋等,素菜要用金针或木耳封顶。六盘水果(时令水果),六冷盆必用生盐、水豆腐、黄糖,六盆各色糕点(年糕、雪片糕、双层糕、白节、油枣等),六盆干果品(桂圆、红枣、荔枝、大核桃等)。

盛器用大小祭盘,红、蓝花碗,红、蓝盆子;另备蜡烛台(备蜡烛)、香炉(备高香或黄香)、拜伏凳、金箔等。

随着海潮的上涨,点香插烛。船老大主祭,手执点燃的三炷高香,其他渔民分列两旁,三跪九叩施礼。主祭向龙王敬酒三巡(俗称"垫酒")。接着,恭读祭文。

祭海结束后,将每种供品各采些许放入大酒杯,连同疏牒,一齐朝天抛入海中,意告龙王带走酒菜,并奉敬海中游魂。此时,铜锣巨响,鞭炮大鸣,敬送龙王。

在舟山,祭海除了传统意义上的祭海龙王外,还包括祭船关老爷(也有称"船官老爷")、天后娘娘(妈祖)、羊府大帝及各路海神等。

祭海,除了必要的礼仪和程序外,还有诸多的禁忌。

祭祀时女性勿拜,祭者均属男性。虔诚肃静。

祭海缘何要用黄酒、猪头,却从来不用鸡? 这里当然也有着传说。

用黄酒,是因为渔民戏称海中捕鱼是与龙王赌博,黄酒颜色混沌,龙王爷喝了,眼睛看不清而"推倒庄",让渔民满载而归。

供猪头一说,则是相传早时东海龙王敖广因头上没有"尺木"而上不了天。渔民们想,如果能送"尺木"给海龙王,龙王就会保佑他们出海顺风顺水、网网丰收。据说"尺木"叫"博山",实则为"肉瘤"。找不到"尺木"的渔民,就想到了形状似"博山"的猪头。于是,出海时渔民就用上等猪头供奉,并抛入海。称奇的是,海龙王头上果然长出了"博山",飞上了天,开心得要重赏送猪头的人,放口说:"出海渔船,凡是供猪头的,都给予方便。"

那么,鸡为何被排斥在供品之外?因鸡爪意含"乱七八糟",而对捕流网的渔民来说,最向往的就是顺顺利利,所以渔民祭时不用鸡。另一种说法是,"鸡"在岱山方言中,与"欠"同音,是不吉利的说法。所以渔民平时在船上不吃鸡,甚至不能想鸡,迫不得已要说到"鸡"字,也用"鸭"来替代。

岱山中心渔港,船旗遮天。上午九时,渔民卸网上岸。一身古装打扮的船老大,代表全县两千两百艘渔船上的两万六千名渔民,将卸下船的舵盘交到了有关领导手中,郑重承诺:坚决做到船进港、人上岸、网入库。

此时,渔姑们端上一碗碗老酒,向休渔的渔民敬酒,街上的人们载歌载舞,欢庆休渔季节的到来。

这是六月十六日,东海区休渔期第一天。直至九月十六日,实行三个月伏季休渔制度,让大海也有休养生息的机会。

休渔谢洋大典,以感恩海洋、休渔谢洋、祈福平安、人与大海和谐相处为主题。

在两位老渔民的带领下,九位主祭双手擎香,缓缓步向祭坛,熊熊祭火霎时升空。

在礼炮和七彩烟花中,十八位壮汉护送着龙王牌位,放于祭台下。

随后,二十四位渔民抬着全猪全羊,捧着瓜果糕点等五牲五谷,步向祭台,向龙王敬献供品。接着,依次献玉龙柱、平安旗和长卷渔民画。

这幅长四十米的渔民风俗画卷,名为《谢洋图》,由岱山二十位渔民画家创作。以岱山渔民谢洋为主题,从渔民归港、收获、鱼市、祭海、乐舞、休渔、出洋等场景,表达岱山渔民画家的感恩海洋之心。

四百五十余名渔民身着参祭服装,举香敬拜,祈福感恩。

"咚、咚、咚",三声鼓响,伴着十三响悠长清脆的钟声,二十位渔嫂缓缓步上祭坛,弯身敬献供酒。

敬酒完毕,祭坛上落篷挂橹。此时,三十名舞者随着乐曲,跳起了祭舞。

舞毕,平安旗缓缓升起,四百名渔民子弟唱起了渔歌号子……

六月十六日。又一年六月十六日……渔民们跪朝大海,叩首揖拜,感恩大海。

"春捞夏歇,秋捕冬忙。保护生态,善待海洋。自然规律,天行有常。应天顺时,乃吉乃昌。"《祭海谢洋文》道出了人与自然的和谐理念。

在浙江省人民政府公布的第二批省级非物质文化遗产名录中,岱山祭海名列其中。

二〇一五年六月十六日上午九时,2015 舟山群岛·中国海洋文化节开幕式暨休渔谢洋大典,在鹿栏晴沙海坛,向大海展示人们的虔诚之心。

祭祀作为整个大典最重要的环节,本届回归传统,打造最正统的祭祀大典。

杏黄色的祭道,比往年加长加宽,更显庄重之感。将司仪隐至幕后,增强整个仪式流程的紧凑感和连贯性。

借用祭台台阶,从上而下走位,与恭请龙王环节互动,形成亮点。

大典开始! 七彩烟花腾空而起! 身着传统服装的主祭、陪祭及渔民代表,在祭乐声中缓缓入场。

四位壮汉,身着网状棕色服装,袒露左胸左臂,抬着披挂金黄绸带的龙王神位,在众人的拥戴下,从海的一边浩浩荡荡地过来。

渔民抬着全猪全羊等五牲五谷,鱼贯走向祭台,献贡品、祭平安旗、叩首敬香……浑厚的撞钟声在东海之滨响起,"休渔谢洋"、"风调雨顺"、"祈福平安",渔民们将一碗碗清酒高高地举起,然后缓缓地洒在脚下。

整个祭祀活动共十六个程序:肃立雅静,点燃祭火,恭请龙王,敬献贡品,祭平安旗,献玉龙柱,主祭敬香,击鼓撞钟,敬献供酒,主祭敬酒,恭读祭文,参祭敬香,渔歌告祭,落篷挂橹,升平安旗,谢洋放生。礼成。

于波涛声里,史诗般的祭海仪式,让所有前来观礼的嘉宾,都沉浸在庄严肃穆之中。

歌舞谢洋随之展开,以乐舞告祭的形式融合在祭祀大典中。

上篇《蓬莱·福来》,以徐福东渡蓬莱福山祈福为背景,创编舟山特色器乐节目——大海锣鼓,以器乐歌舞情景表演的形式,演绎体现祭祀的传统和蓬莱·福来的历史延续。

中篇《号子·汉子》,男子群舞表演,在渔家原生态的号子声中,展现浓郁的海洋气息和渔民勤劳勇敢的品质。

下篇《渔家·妹子》,取材于岱山特色民歌,以女子歌舞的表演形式,展现祭祀歌舞中祈福平安的古朴与经典、生动与朝气。

尾声《感恩海洋》,海岛子民虔诚地唱起主题曲《感恩海洋》,在这个属于岱山渔民一年一度的盛会里,古老的祭海活动注入了崭新的时代内涵。

参与大典祭祀的参祭,都是来自全县各地的渔民,他们中的很多人已多次参加大典。在祈求龙王保佑平安,赐予丰收的同时,大典所传达的感恩与和谐的理念,已在他们心中落地生根。

这是岱山县第十次举办"休渔谢洋大典",恰逢当年国务院明确提出"21世纪海上丝绸之路"的战略构想,本次大典也首次有了希腊友人莅临。大典展现了东方祭祀的神圣与传统,也传达了舟山海岛人保护海洋生态环境、繁荣海洋文化、实现海洋可持续发展的决心和目标。

当天下午,2015舟山群岛·中国海洋文化节增殖放流活动举行。

中国渔政33006船满载鱼苗,到达大黄鱼的故乡岱衢洋后,搭建了两条滑槽。参与活动的大学生志愿者与人大代表及受邀嘉宾,两人一组,依次缓缓地将满盆鱼苗放流海洋。

伴随着悠扬的汽笛声,承载着数万渔民的希望,约有三百万尾大黄鱼苗种,两百万尾黑鲷、海蜇苗种……放流海洋。一尾尾鱼苗刚投入大海,就随着海浪游向大海深处。

在浙江海洋学院就读的刘丽莎是本次活动的志愿者,她说:"对于大海,我们要有一颗感恩的心。现在我投放的鱼苗尽管很小,但是放下去的都是希望。"

舟山市海洋与渔业局总工程师罗海忠说:"增殖放流在舟山已有三十多年的历史,但在海洋文化节投放鱼苗,还有着特殊的意义。"

四

天是蓝色的,波涛也是蓝色的。

人类起源于海洋,发展于海洋。然而,人类也深深地伤害过海洋:狂滥捕捞,攫取资源,重度污染……

如今,人类开始醒悟,反省,忏悔,终于明白了,善待海洋,就是善待人类自己!

在恢宏古老的音律中,点燃祭火,恭请龙王,举香敬拜,祈福感恩,谢洋放生。

我大声对东海龙王说:"您老人家看到了吧,岱山县举行了盛大的祭海仪式,感谢大海的养育之恩,表达渔民对大海的崇拜和虔诚!"

二 东沙古渔镇

一

老渔民侧耳贴着船板,屏住呼吸,听见大黄鱼的叫声:"咕咕咕,咕咕咕……"

"大黄鱼来了!""鱼发了!"粗喉咙猛地爆发了,酱紫色的脸庞和手臂,激动地晃动起来。

老渔民一脸神秘地说,听声识鱼,这是最最重要的。雌黄鱼叫声低低的,雄黄鱼的叫声,却像夏夜的蛙鸣声。辨得了大黄鱼叫声的细微差别,就能比较准确地判断鱼群位置、鱼群大小,选定海面,下网捕捞,获得丰收,这是一种渔捞技术。上辈人说,早在明代,阿拉舟山渔民在大黄鱼旺汛,"鱼如山排列而至,皆有声"时,"渔师则以篙筒下水听之,鱼声向上则下网"……这样一直传承下来。

渔网投入海中,不久,渔船捕捞上大黄鱼,满网满舱的。大黄鱼在水里颜色并不发黄,而是银灿灿的,一出海水,就会死去,鱼身随之发黄。老渔民说:"大黄鱼性子烈啊!"

"渔船拢洋了！""渔船拢洋了！""贼骨亮的鲜鱼来了！"一下子，所有的鱼厂都传出了叫喊："起床！""快起床！"点点灯火亮了个个窗户，开门声依次响起。

朦胧的月色，横街悠悠的青石板上，一路"咯吱咯吱"。一队壮汉，挑着满是大黄鱼的箩筐，大老远就可听见他们的吆喝声。

恍惚间，我尾随着挑鱼筐的壮汉，一步步踏入历史的幽深处……

二

岱衢洋渔场介于岱山、衢山两岛之间，渔场平均水深约十五米，海底平坦多泥沙，但潮汐较复杂。海区浩瀚，气候适宜，饵料充沛，水流湍急。每年春夏之交，大黄鱼必成群结队来到，在岱衢洋排卵产子，繁殖衍生。除了大小黄鱼，这里还有鲳鱼、鳓鱼、海鳗等鱼类，故有一说："门前一港金（大小黄鱼），门后一港银（鲳鱼、鳓鱼）。"

每年立夏日至农历六月廿三，正是鱼汛季节。渔船出海航行，有时感到阻力很大，那是因为鱼层太厚，俗称"对水对鱼"，就是说，海里一半是海水一半是鱼。

沿海浙江、福建、江苏、山东等地渔船云集，"船过数千，人过数万"。

东沙渔港形成于清康熙年间，遂以渔兴市，以市兴镇，成为中国东部沿海著名的渔业商埠。清朝诗人刘梦兰描述鱼汛期间的东沙："无数渔船一港收，渔灯点点漾中流。九天星斗三更落，照遍珊瑚海上洲。"

东沙港自东起新道头、铁畈沙、大坑、栈货坑、山渚头、沙河口、念母岙，到西沙角止。

大的小的尖的宽的各式各样的船儿汇聚港湾，只只并靠，排排推向远岸，桅杆密密层层排列着，小舢板来来往往，吆喝声、呼喊声和劳动号子声，此起彼伏，昼夜难停。

横街鱼市一派繁忙，摊位上海鲜产品之多，鱼货买卖之活跃，恰似清朝文人王希程诗云："海滨生长足生涯，出水鲜鳞处处皆，才见喧阗朝市散,晚潮争集又横街。"

鱼货按质量档次论价。"闷舱黄",舱内黄鱼因闷热而变质的俗称,乍一看金灿灿,锃光斯亮,蛮新鲜,实际上鱼眼睛已呈红色,塌进,鱼背用手指一捺,陷了进去,不易反弹,掰开鱼鳃已呈紫黑色,鳍锹豁丝,应按次质鱼确定其价格。

因了鱼货交易,随之兴起了那些大大小小的商铺、客栈、酒楼、食店,布幌飘动,身影匆忙。

渔民生性豪爽,卖了鱼,有了钱,就喜欢大把大把地花,碎银子哗哗响,铜板随处滚。渔民提着锡壶,往大碗里倒酒,说:"一条小命早晚系在一根船缆上,说不定遇到海上一场大风,明天还能不能回来呢,难说!今朝有酒今朝醉!"

"丁沽港口海船回,小市横街趁晚开。狂脱蓑衣寻野店,挈鱼换酒醉翁来。"清朝诗人刘梦兰为之感叹。

海岸上垒起数不清的落地灶,日夜火光冲天,烤网、血网、汰网、晒网,到处是渔民们忙碌的身影。古镇狭窄的巷弄石板地,拷稻草、扎网绠、织渔网等,渔夫、渔嫂们都忙得不亦乐乎。装鱼、卸盐、运送给养,船埠码头常常是人潮涌动。

南面桥头街,最数肉摊闹猛,沿街摆开了一百多摊的肉摊。各地渔民都要到桥头街,以鱼兑肉,请"船关老爷",祭祀水水平安,年年丰产。

老河,戊辰河,东沙仅有的两条饮水河,每天早晚两个时辰,排满了挑水的人。十多米宽的河阶上,水桶舀水的"扑通扑通"声接连不断。这样排队挑水的结果是,每天的河水总要下沉两三个步阶。河头两旁和石板路上终日湿漉漉的,甚至连石板也被踩得光滑顺溜,透出一番亮光来。

一业兴,百业旺,渔业带动了渔镇商贸经济。船用物资、南北果品、烟酒糕点、风味小吃、书纸笔墨、水作酱菜、五金百货,还有木材、柴炭、毛竹、铁器、绳索等商行,招徕了四方居民和百作工匠。

一九三三年,上海《申报》报道:"东沙角一隅,居民三四千,大小店铺四百余号,其商业密度实为罕见。"

黄昏之后,梢灯齐明,一排排,一丛丛,一簇簇,一团团,晃荡闪烁,繁华夜城忽至。几只联络的船儿,亮着红灯在这灯海桅林中穿梭。

一入夜,沿海船埠码头,街巷里弄,馄饨摊、"味节"摊、"笃口"圆、"白宰"摊、烧酒黄岩糕、和尚饼等,商贩肩挑手拎,流动叫卖。各式各样的艺人,一班接一班地到来,唱文武走书的,演越剧绍剧的,耍刀枪卖膏药的,纷纷开演,长夜不息。

"横街鱼市",位于东沙古镇中心,长约三百米,遂为"蓬莱十景"之一。

古镇的空气里飘荡着鲜鱼的腥味。

捕捞的鱼多了,以收鱼货、加工鱼鲞为主的鱼厂也多了起来。

清朝至民国前后,岱山制鲞鱼厂有近三百家,而东沙镇就占了半数之余,且规模最大。

据当地老人讲述,东沙镇传统加工鱼鲞分土、客两帮,土帮为东沙本乡人,客帮为外地人。清朝时,东沙镇有土帮鱼厂七八十家,名曰"新渔商公所",系本乡居民就地在家设厂从业,大者数千担(五十公斤为一担),小者数百担,最小的数十担,俗称"饭桶厂"。客帮鱼厂则有六七十家,名曰"老渔商公所",多系外地客商来古镇定居租地设厂,租赁、合股经营鱼厂从业。

一九一六年,东沙建立海关分卡,征收关税,以鱼鲞税为大宗,足见当时大黄鱼鲞加工之发达。一九一七年六月,东沙创办"浙江省立水产品制造模范加工厂晒鱼鲞分厂",以加工大黄鱼鲞和海蜇为主,省立水产科职业学校师生,经常到该厂实习和学习,历时十七年。

大黄鱼汛期,是东沙最繁忙热闹的时节。渔民们出海捕鱼,把一船船金灿灿的大黄鱼运回来,渔姑渔嫂们集在一起,每人一条三尺长凳,人坐一头,另一头就成了剖鱼鲞的案板。每人持一把剖鱼刀,左边是一筐筐大黄鱼,随手抓起一条,手起刀落,剖好的鱼鲞扔进右边的筐里。一待筐满,马上有人过来拎走。

鱼厂那一口口落地大桶里,密密实实地装进了鱼鲞,泡在盐水中。上面压上石块,腌制三五天,方可拿出大黄鱼鲞去晒。

大黄鱼鲞开晒时，一张张竹簟密密麻麻地搁在晒场上，东沙所有的空地，甚至沙滩、礁石上，都晒满了大黄鱼鲞，白花花、金灿灿一片。可谓"停泊晒鲞，殆无虚地"。

晒在竹簟上的大黄鱼鲞，每天上下午各翻晒一次。把鱼鲞先一一从右至左翻转，再由背向内翻，然后又翻为背向上的模样，如此轮流翻晒，仿佛一道道机械性的动作，却又顺畅自然。

遍地晒大黄鱼鲞，还有目鱼鲞、鲳鱼鲞等鱼干品。渔姑渔嫂们忙着晒鱼鲞，鱼鲞太多了，人在鱼中不见人。

整个渔镇充溢着咸鱼的潮湿香味，弥漫着鱼鲞的香气。鱼鲞晒干后，便装进一只只的箬篮，堆叠在仓库里，四周用厚厚的草席覆盖，防止受潮。直至深秋时节，本地的"兜客"和外地的"水客"前来收购。

东沙镇众多鱼厂销售大黄鱼鲞时，重点向着上海、杭州、宁波、江阴等地。

有些鱼类加工成咸干品，别有风味，其制作工艺代代相传，沿袭几百年。鳓鱼加工成腌制品或醉糟品，上海、宁波一带称舟山香鱼。老上海有一碟子香鱼下酒和饭，会津津乐道。

除海鲜外，东沙还有鼎和园香干、三阳泰薄脆、三里香大饼、胡氏阳春面等特色小吃，享誉沪甬一带。

鱼儿们天性自由自在，也许没有多大的思考。

然而，人们一旦失去了思考，却比鱼儿们还要愚蠢。

从二十世纪五十年代后期起，头脑发热的人们认为大海里的鱼是捕不完的，根本没有生态环境和鱼类资源的保护意识。在一九五八年，错误地提出了"放卫星、夺高产"，"昼夜苦战、分秒必争"，"人有多大胆、船有多高产"等口号。在捕捞观念、捕捞方式和捕捞强度上出现了严重错误，采取了战争年代大兵团的"集中围歼"战略。鱼汛旺季，设立渔场指挥部，发现鱼群，电讯指挥，"千船赶集"，"万网围捕"，致使大黄鱼遭受空前的劫难。

岱衢洋已无大黄鱼可捕。老渔民邬老大说起此事，痛心之间，析出四大原因:一是盲目滥捕,不注意保护;二是大海污染,特别是炼油厂对大海的污染;三是机帆船马达振响,鱼子被震散,不能成长;四是围塘拦海,改变了潮流的走向,从而使大黄鱼迷失家园。

鱼竭,则渔镇衰。

"横街鱼市"景观再不复见。

人声鼎沸的热闹场面成了绝唱。

一家家店铺门板,无奈地一一关闭。

那最后一夜的打烊,店主人不知是怎样的一声长叹!

三

我来了,正是夏风爽快时。

一座高高的牌坊:东沙古渔镇。

楹联:天涯一隅渔泊万舸憩秦舣,碧海浩渺鱼游千礁衍蓬舫。

"中国唯一的海岛古渔镇",这十个字,在我眼前浮动着一幅幅已往的场景,时而喧哗,时而萧条。

东沙百余处清代、民国建筑,建筑式样有四合院或三合院式民居,还有古老的祠堂、古朴的庙宇、繁多的商号、近代欧式建筑、宫式古庙羊府宫等。

脚下的青石板是厚重的。围墙的中间开了道门,门顶上拱着一小溜灰瓦或黛黑的翘角,里面的屋舍便是整齐的四合院或三合院。当年不少殷实人家,其厅院立柱,大多是从福建北部山区运来的樟树、柏树、杉树等,厅院用平直的石板铺设,屋墙多用大理石、花岗石等上等石材贴盖。

"董家的神堂,王家的眠床",当年的顺口溜,极言其制作之精美。

董家老宅庭院呈狭长形,进深较浅,但建造得相当考究。进了台门,墙上的两只凤凰与一只麒麟仿佛遨游在云天之间,动感极强。图案是用优质白棉花搅和白石灰堆塑而成的,纹理清晰,造型优美。

石板铺就的院子古朴雅致,两层沿檐廊柱粗大,梁柱及门窗都用精致的木雕装饰。董家是书香门第之家,房屋建筑中确实也透着一种书卷气息。尤其是神堂及回廊式中堂,耗三年建成。历经近百年的风风雨雨,依然保存完好。

偌大的院落,只住着一位八十多岁的老奶奶,她是董家老宅的第二代媳妇,子女有的旅居海外,有的在杭州、上海。她婉拒了儿孙们的好意,不到大城市居住,不在大城市颐养天年,而坚持住老房子里。她说:"住一辈子了,不舍得啊,还是住在这里舒坦。"

故土难离,老了尤甚。那些留守老人,以平淡而恬静的心态,对着岁月苍老的皱纹。

石板巷,夹道的民居密集,多为砖木结构的两层楼房,灰墙檐角斑驳残损。旧式木排门,紧紧闭合着。

我随意走入一户人家,紫红的木门,紫红的方格窗。天井一角,两只大缸朝天立,等待雨天的承接。

栽着几盆仙人掌、芦荟,芦荟叶边缘疏生刺状小齿,扁瘦的形,却有一股倔强的劲。

室内光线黯然,两把竹靠椅依着墙角,无言地诉说往事。

街还是当年的街,只是这里已没了当年的喧闹与人气。

夏家鱼鲞行,兰田鱼厂,严永顺米店,王茂兴老酒,三阳泰南货,鼎和园香干,聚泰祥布庄,义全大药房……木匾上的旧商号,留着荣盛印迹的店铺,若有若无……

横街尽头,有一幢中西合璧的两层楼房,一楼店堂中间用四根主柱支撑,门楼上两座对称的阳台呈花篮式,栏杆均用生铁铸就,凭栏而立,可见街道盛况。店堂门面墙高十米,中上端塑有淡红色"福、禄、寿"三个圣像,中间是"聚泰祥"三字,书于"丙子孟夏",即一九三六年夏初。拱形门窗,饰以西洋图案,外面使用铁栏防护。窗、台、门、廊,均系名木与花纹玻璃搭配。整幢楼房为砖木和钢筋混凝土结构,当时极为稀有。

早在清道光年间,宁波一陈姓商人来到古镇东沙,在横街街头购入平房三间,开办了垂昌号布店,同时经营其他生活日用品,一度生意兴隆。

308

随着古镇人口日增,当地居民和外来人口中,有人喜爱高档布料,甚至需要绸缎、毛呢等。店主感到难以适应市场的需求,便将垂昌号易名为聚泰祥绸布庄,转卖给他人经营。

新店老板觅到商机,投入资金,把原有旧式的平房逐步拆除,特邀请宁波、上海的建筑师前来设计,造出了这幢中西合璧式的两层楼店铺。

据说,房主曾特意在主建筑后面建了个石屋,用作金库,屋子里还凿了口井,寓意财源广进。

当年,聚泰祥绸布庄西邻财神殿,是东沙横街最热闹的地方。如今成为一个旅游景点,里面陈列了百余块实地拍摄的东沙古镇、古屋、古街、古弄、寺庙等锦屏,以及一些老式家具、民间艺术雕塑等实物,让游客们在这里管窥古渔镇的悠远历史。

与之邻近的是中国通商银行,却沉稳许多。走进门,一座两层楼四合院,院中立着中国通商银行遗址碑,正门对直三幢是营业房,东首两幢为住宿和辅助房。

一九三四年五月,中国通商银行定海支行在此租房营业。主要经营存款、放款、汇兑和发行货币等业务,并受中央银行委托,代收盐税。设有美国产大型保险箱,八个青壮年无法搬动,后用辊子移动到室内。

中国通商银行乃中国第一家国有银行,为当时金融业之最。一个当时才三千多人的小镇,居然有此等规格的银行,当时的繁盛可见一斑。

据史料记载,东沙角金融业始于清末民初。一九一八年,在东沙角独资和合伙开办的当铺和钱庄,先后有永成、永利、福润以及东升、大生等多家,服务对象多为渔民、鱼厂、商家等。

大黄鱼汛期,一百五十多艘冰鲜船,四百多号商家,七十多家渔行栈,一百多家鱼厂,纷纷向中国通商银行借款发本。在这座四合院里,存款的,借款的,汇兑的,人流如织。

五年之后,一九三九年,岱山沦陷。中国通商银行被迫撤离。

多少往事,都随海风远去。

四

下起了小雨,湿漉漉的石板巷,顿时有了空灵之感。

一眼看过去,那黑瓦屋檐下横着一块淡黄木匾:群岛作家陈列室。这令我有了几分亲近感。

两个水缸倒置,浑身上下画满了渔民画,高昂的船艏,起网的鲳鱼,一左一右,状似门卫。

过了天井,便是文心茶坊,几把藤椅,一个书架,上面摆放着各种文学杂志。

以文会友,提高自身,繁荣海岛文化,这是岱山县作家协会的宗旨。

岱山县作家协会积极开展各种健康有益的文学创作活动,营造浓郁的文学氛围,逐步树立"群岛创作群体"形象,受到省内外文坛的关注,"群岛文学"由此成为岱山海洋文化建设一张亮丽的文化名片。

说起来,岱山县作家协会已拥有"六个一":"一网",岱山作家网;"一刊",《群岛》文学杂志;"一馆",设在东沙古渔镇的群岛作家陈列室和文心茶坊;"一片",群岛创作群体形象宣传电视片;"一品牌",群岛诗群;"一文集","群岛作家文丛"。

岱山县作家协会五十余名会员,凭着团结、忍耐、执着的精神,坚持数十年如一日,在全国及海外有影响的报刊发表具有浓郁海洋气息的文学作品近万件,已出版作品合集和个人集三十六部。岱山县作家协会连续两次被舟山市人民政府授予"先进社团"荣誉称号,连续七年被浙江省作家协会评为"浙江省优秀文学工作组织单位"。二〇一〇年被岱山县人民政府授予"全县先进民间组织"称号,二〇一一年被舟山市人民政府授予舟山市第二届政府文化奖(集体奖)。

"这是一群生机勃勃又桀骜不驯的灵魂,他们夹带着海的气息,饱含着海的内力,从莽莽的舟山群岛上以令人惊悸的气势闯入诗坛,形成了一个颇具阵容的'群岛诗群'……以细腻、敏感的笔触,多角度地描绘出心灵和海的灵动中,生命创生的痉挛和神秘律动,融于自然又超越自然的一种生命体验和审美感悟,投射出诗人们对海洋文化的深层探索。这种鲜明的个性弘扬,不仅丰富了这个诗群在审美品格上多元并存的艺术格局,还大大充实了诗人本身对海洋多层次多角度的发掘。"评论家何遥惊叹道。

英雄意识,孤独意识,忧患意识,神幻意识,生存意识……海上的浪柱,在内心深处掀起。

我愿意做大海的儿子,继承那壮阔无际的胸怀,自由博大的呼吸,蔚蓝色涌动的梦想……

斜风细雨,我谢绝打伞,受点风,淋点雨,无遮无拦,无拘无束,在天地间快步行走,多么自在,多么舒畅!

"百年东沙角",这是什么?这是岱山首家民俗文化展览馆。哦,值得一看。

这幢两层木结构小楼,无疑吸引了我的眼光。

百年东沙角展馆是集中反映近现代东沙、岱山群众生产生活场景的民俗文化馆。展馆分上下两层,室内陈列有民俗节庆服饰、生活生产用具、民间艺术作品、社会文化、节俗用品等二百多套,近五百件民俗文物。它从不同侧面集中反映了岱山居民在不同历史时期的艺术、审美、文化、信仰观,集中再现了东沙、岱山乃至舟山群岛固有的传统生活文化,直观地展现出当时的生产生活场景。

迎面一架花轿,上扎大红绸花,雕花对门,涂金的人物雕花板,金字篆体对联:"新春岁岁新,好景年年好。"遥想当年,身穿大红缎袄,头戴珠冠帽,遮着红头盖,新娘在此轿中留下了多少的羞涩和娇艳!

明式白铜"万"字手炉,明式红铜雕花大方手炉,清代白铜雕花圆手炉,清代白铜人物雕花锁,清代白铜和合二仙帐钩,清代双层铜龙竹编层篮,清代麒麟送子铜油灯,清代全花梨梳妆台,清代雕花千工床,民国红铜雕花火锅,十里红妆果筒……可谓美不胜收!

而我,更看重的是,展馆中陈列的物品是由岱山民间收藏家夏开宏无偿捐展的。他于一九六九年生于岱山岱东冷坑村,曾是岱山岱东渔运船老大,二〇一四年开始从事文物收藏,现为舟山市收藏协会会员。他热衷于探寻岱山本土文化,热心社会公益事业,参与创立了百年东沙角展馆。

走下吱呀作响的木质楼梯,我的思绪还留在百年前的民俗乡风中。我们这些后来者,透过历史的缝隙,得以窥见当年的风貌,似乎与其同行同驻,这不能不是幸事。

"中国海洋渔业博物馆",黑底金字的匾额,横在细雨中。

我冒雨而入,这是一座民国初期建造的四合院,格外宽敞。院一侧,并列两个圆形石栏井,毛竹竿组成的吊杆,一头伸入一井内。木结构两层楼,酱紫色的木柱和雕花护栏,有前楼、主楼、左右厢楼,纵深迂回,颇具规模。原为盐廒,中华人民共和国刚成立时驻岱山县人民政府机关。

当然,如今这里是中国海洋渔业博物馆。我见《前言》数语:"本馆陈列以岱山渔民赵行法先生多年收藏的舟山渔文化实物为基础,经过整理充实,着重从海洋资源、海洋捕捞、旧的生产关系和渔民生活习俗几个侧面来展示舟山百余年来渔业生产进程,传播有关的渔业生产知识,激励人们为'开发海洋、振兴舟山'共同奋斗。"

数条鲨鱼的标本悬浮空中,背景为蔚蓝色的海洋。人在鱼底潜行。

整个博物馆有海洋资源、海洋捕捞、贝壳博览展、旧的生产关系和渔民生活习俗四大陈列区,共有展品一千六百余件。

硕大,刚硬,霸气,白色的鱼骨让人惊叹!这不是普通的鱼骨,这是须鲸的下颌骨,一根就长五点三米,极为罕见。据推测,这条须鲸生前体长二十五米以上,体重超过三十吨。

三米长的带鱼,一米宽的翻车鱼,我是首次见识。嘿!那条马鲛鱼长二点五七米,是舟山捕到的此类鱼中最大的一条。鱼类标本浸泡于特殊的液体中,犹如游翔于海水,栩栩如生。

珍稀的中华鲟、鹦鹉螺……这些平时看不到的海洋生物,都在博物馆里亮出了不寻常的姿容。

第一陈列区为海洋资源，分"海洋是生命的摇篮"、"富饶的舟山渔场"、"舟山海鲜享誉全球"三方面内容。在"海洋是生命的摇篮"中，陈列着海洋世界中五彩缤纷、形态各异的鱼类剥制标本，以及贝类、藻类、珊瑚标本等等。由于人们无限制的捕捞和污染，已致使许多海生动植物惨遭厄运。为此，保护海洋资源、海洋环境生态平衡，已成为我们当今的历史使命。在"富饶的舟山渔场"中，陈列着舟山渔场捕获的各种鱼类、甲壳类浸制标本，展示了舟山渔场丰富的渔业资源。舟山渔场为全国最大的近海渔场，与俄罗斯的千岛渔场、加拿大的纽芬兰渔场、秘鲁的秘鲁渔场齐名，而舟山渔场尤为盛名。

脚不停，眼不歇，博物馆的海洋气息，令人欲罢不能。

第二陈列区为海洋捕捞，分"生产工具——渔船与网具"、"渔港"、"捕捞作业方式"、"资源保护与安全生产"四方面内容，可见自清道光年间的各种船具船模，至今先进的助渔导航设备。

第三陈列区为贝壳博览展，分贝类知识和日本常石造船株式会社社长神原真人赠送的贝类标本两大块。

第四陈列区为旧的生产关系和渔民生活习俗陈列，运用人物雕塑、实物场景，展示了清末民初渔民的艰辛劳苦，及其家具什物、生活用品、渔民服饰、住屋等，还有渔民婚庆、寿诞、生育、丧葬、造船等独特的风情习俗。

有人说，这家博物馆的创建，填补了中国海洋渔业文化专题史博物馆的空白。

有人说，整个博物馆融历史、渔业、文化、教育、旅游于一体，透着浓浓的原汁原味的渔家风俗。整个展览既是一部海洋文化的演变史，又是一部鲜活生动的近现代渔业发展史，更是岱山乃至舟山渔民生活的变化史。

这家博物馆的创建，确实与众不同。

赵行法是岱山渔家儿子，十七岁就下海，冒着大风大浪，出海打鱼。有时在海上一漂就是几天几夜，回到岸上，带着满身的鱼腥味，就陶醉在自己喜欢的玩意儿之中。

从二十世纪七十年代起，赵行法开始收集海洋渔业方面的各类物品，从粮票、邮票到渔具、鱼类标本，他都乐此不疲。

有一次，他发现了一位老渔民穿了一辈子的裤子，裤上有一百一十八个补丁。可老人认为裤子太破旧，被别人拿来收藏，很丢面子，又因习俗，渔民长时间穿戴的物品是将来寿终时的陪葬品，所以死活不愿意卖。

为收藏这条破旧的裤子，赵行法在三年半时间，去了几十次，最后好不容易，老渔民答应了。他用五十元钱买下了这条裤子，又叫妻子用昂贵的布料，为老人做了条式样差不多的裤子。赵行法说："它是一个时代的印记，代表了那个年代我们渔民真实的生活状态。"

就这样，一件又一件藏品，被赵行法收入囊中。这些藏品，虽然都不是很贵重，但都有它的一段历史。

身边的朋友描述赵行法："他很执着，骨子里有股钻劲，特别是与海有关的东西，痴迷得有点疯狂。"

一九九八年七月，经浙江省文物管理局批准，岱山海曙综艺珍藏馆成立，这是舟山市首家私人博物馆。但随着藏品的日益增多，却没有足够的场地能够容纳，赵行法不惜变卖部分收藏品和原有的住房，自行筹资建海曙楼。但微薄的门票收入，无法平衡该馆的运营费用，为此一直负债。

恰在此时，岱山县决定打造"海洋文化名县"，准备筹建中国海洋渔业博物馆。县、镇领导找到赵行法，希望他能把海曙楼的藏品搬迁到中国海洋渔业博物馆，公私合作经营。

赵行法说："说实话，我真的很矛盾，这些藏品是我半生心血，每一件都有特殊的感情，实在不愿让它们离开自己。但想到能创建国字号博物馆，丰富岱山乃至全市的旅游文化内涵，我觉得个人的收藏情结只能算小事。"

根据中共岱山县委、县政府关于打造以海洋文化为载体的博物馆系列的思路，以县委、县政府为直接领导，东沙镇人民政府为具体筹建责任单位，中国海洋渔业博物馆进入了紧张而有序的筹建阶段。

二〇〇四年五月十八日，世界第二十八个国际博物馆日，主题是"博物馆与无形遗产"。

这天，中国海洋渔业博物馆正式开馆。海岛的儿女们，代表舟山，代表浙江，代表中国，作出了响亮的回应。

博物馆是一个不追求营利，为社会和社会发展服务的公开的永久性机构。它把收集、保存、研究有关人类及其环境见证物当作自己的基本职责，以便向公众展示，为他们提供受教育和欣赏的机会。

赵行法被聘为中国海洋渔业博物馆馆长。他满脸喜色，说："交给国家其实是最好的选择。我的收藏从市场角度看，价值不高，但从文化的角度来看，我觉得它们价值连城。政府的介入，让我的藏品有了更大的社会意义，我自己也愿意让更多的人看到这些藏品，更多地了解我们的海洋文化传统。"

我走出中国海洋渔业博物馆，抬头望去，空中的雨丝，依然绵长。

屋檐的瓦当凝聚着雨水，滴了下来，滴了下来，在我心中溅起了回声……

五

夜幕降临，一溜大红灯笼高高悬挂，映红了一方夜空。

八十多张八仙桌一字排开，铺满了小街小弄，千人宴开席！

鱼干，东沙香干，鱼胶，黄鱼……十六道传统菜肴，一一上桌，叠了一层又一层，舟山老味道四溢。

闻着香味，看着佳肴，没坐上桌的游人只得强咽口水，故作镇定之余，眼神还时不时瞟向桌面。

一群渔民，渔姑渔嫂，挑担鱼货，穿梭于人群间，向人们分发蟹脚钳、螺酱、虾干等食品。小姑娘扎着小辫儿，手携炮仗，还有的踩着高低跷，挈鸟笼，卖糖葫芦，引来游客纷纷合影照相。

"跳蚤会"、"打莲湘"……门楼处，舟山非物质文化遗产表演正在进行。原本宽敞的过道早已被挤得水泄不通，踮起脚尖仍然被前面的人挡住视线，有游客索性搬来长凳，站在凳子上看。

转过一个街角，就到了渔民竞技的现场。梭针穿梭，草绳翻飞，几十种绳结、渔网在一双双巧手下快速成型。渔嫂张亚淑面带笑容，"织了四十几年渔网，如今织网技术成了非遗，我感到十分高兴。"

不远处，全国海洋非遗产品网络平台——淘古网，正举行启动仪式。普陀佛茶、蓬莱仙芝、渔民画系列产品等舟山非遗产品在现场设摊，游人纷纷上前把玩，有看上眼的就掏钱购买。

渔市拍卖行开拍！长鳞婆子、养殖黄鱼、三抱鳓鱼……二十几种海鲜现场拍卖，起拍价从一元到十元不等。人们互相竞价，连孩子们也加入拍卖行列，父母指挥，孩儿喊价。

美丽的渔家姑娘身着红色喜服，欲语还休，轻轻将绣球一抛，楼下游客高举双手，欢叫着争抢！

一张四角棚，一双灵巧手，在操偶师傅的十指间，身着彩服的木偶人演绎着恩怨情仇。

老艺术家身着深紫丝绒旗袍，手持一把纸扇，伴着二胡，讲起了走书。渔民画画家现场作画，夸张的造型、鲜艳的色彩，吸引了众多游人。

岱山整合了县内十个以上的非遗项目及代表性传承人，在东沙古镇主要街道及景区内全面亮相。舟山船模、桥头锡器制作技艺、岱山海洋鱼类传统加工技艺、东沙香干制作技艺等岱山特色非遗项目，岱山布袋木偶戏、鱼骨塑画、传统儿童游戏等众多项目进行活态展示。

在操点心技艺展示点，立着石捣臼，村民高举石杵，一下，一下，又一下，在用力地捶打下，香糯的年糕团便成形了。随后，村民将年糕浇上芝麻酱，分发给围观的游客，引发了一阵欢呼。

在盐雕展示点，几位游客在工作人员的指导下，用盐和淀粉，制作出了一个个形象逼真的盐雕作品。欣喜之下，可以带走自己亲手制作的盐雕作品。

东沙古渔镇"横街鱼市"非遗特色街项目，着眼于文化发展和旅游休闲的双重定位，依托东沙古渔镇和海洋文化的深厚底蕴，以横街鱼市为主要场景，建设集海洋非物质文化遗产展示、传承、体验、教育、休闲旅游、文化创意、产业推广等功能于一体的东沙古渔镇非物质文化遗产一条街,努力打造以"中国唯一的海岛古渔镇、中国最美小镇、中国历史文化名镇"核心文化竞争力为品牌的文化创意产业园区和文化旅游景点,并使之发展成为"海洋文化的凝聚地、示范点"。

东沙是海中的镇,与狂风巨浪为伍,举酒狂饮代替了把盏品茶,粗犷的渔歌号子压过了拍岸浪涛。

船老大领唱,一唱众和,气势磅礴,雄伟刚烈!

我听到了,海岛原生态渔歌,岱山渔歌《出海的汉子》:

"吼嗨吼嗨吼嗨,出海,出海,出海的汉子挥挥手哟,胆小的你就别上船,出海的汉子冲天吼,有种的你就浪里钻……咱要在天尽头摸一摸,咱要在海尽头,种一片蓝,种一片蓝,种一片蓝!"

我就喜欢男人这样的胆魄和劲道!

我就欣赏海洋文化的豪放和辽阔!

百年古镇东沙角,虽然已淡去了昔日的繁华。但浓郁古朴的渔家风土人情,依然吸引着外来游客,让人们驻足流连。

纯粹的鱼市已无迹可寻,完全的复原也是不可能的。

然而,我们能够捡拾记忆,将东沙镇特有的文化底蕴与人文内涵,尤其是建筑文化、宗教文化、民俗文化与食文化,延续过来,传承下去。

中国海洋渔业博物馆,百年东沙角展馆,孔氏红色收藏馆,群岛作家陈列室……成为新的文化标志与载体。

中国唯一的海岛古渔镇、中国最美小镇、中国历史文化名镇,东沙古渔镇非物质文化遗产一条街,正如一盏盏大红灯笼点亮,映红了半边海天……

三　灯塔博物馆

一

我的眼光一直注视着灯塔。

我的脚步在中国灯塔博物馆里响起回声。

灯塔是船舶大海航行的航标,大都建在海岸的岩石高地或水域中的礁石上,它以耀眼的光束冲破黑暗,引导航海者避开恐怖的暗礁。

中国灯塔博物馆坐落在岱山县城竹屿新区东侧海边,主馆的二层建筑,模仿美国著名的波特兰灯塔建造。建筑面积九百七十平方米。室内展览区共六百平方米,一楼为展厅,展示了近二百年来中国沿海灯塔使用过的相关灯器,具有历史文物价值的展品共六十余件,展示世界各国的灯塔图片三百余幅。二楼为航海驾船模拟室、观光区和休闲区。

一部闪耀着光亮的灯塔演变史。

二

中国灯塔博物馆解说员的声音,令我的思绪随着海风海浪翻飞。

地球上约四分之三的表面为浩瀚无涯的海洋,居住于各陆地的人类,往往通过船舶的航行来打破地域空间所造成的间隔,船舶是人类跨越海洋的交通工具。而灯塔,则为人类文明的传播指引了方向。

灯塔,何时出现的呢?

我国早在四千多年前的夏王朝,就已出现了航标的雏形。《尚书·禹贡》记载:"岛夷皮服,夹右碣石入于河。"书中所说的碣石,也就是秦始皇行宫遗址附近所矗立在海上的石头。借助着这种自然航标,伟大航海家郑和先后七次下西洋,终于绘制出了一幅航海图,堪称为古代航海者利用大自然的实物作为航标的杰出之作。

随着航运业的发展,这种自然航标已经远远无法满足航海者的需求,于是便出现了人工航标。公元前二八〇年,古埃及人在亚历山大港旁的法罗斯岛上所建立的法罗斯灯塔,被公认是世界上年代最早且规模最大的灯塔。

自古以来,建立在沿海的宝塔和望海楼,都被航海者视为出入海口的人工灯塔。这一座是青浦县(今上海市青浦区)的泖塔。这一座是广州伊斯兰教的光塔。这一座是东山岛的东门屿文公塔。

中国早期灯塔多为民间善举、僧人募化建设,或是官民集资共建的。当时较有名的灯塔就有福建的崇武灯塔、台湾的渔翁灯塔、山东蓬莱的普照灯塔以及浙江岱山的西鹤嘴灯塔等等。

在元朝时期,官吏王兴善在舟山海域的丁寡妇礁上建立了灯桩。这座灯桩,现今位于定海鸭蛋山到宁波白峰码头之间。

鸦片战争之后,西方列强侵入我国,强行打开通商口岸,为了保护他们的在华军舰以及商船的安全,建造了一批有人驻守的灯塔。

公元一八六八年,清朝政府成立船钞股,主管中国沿海以及长江和各通商口岸的灯塔。当时中国还引进了世界航标设备技术和管理方法，大规模建设近代灯塔，先在长江口建造，接着又在舟山群岛、台湾海峡、黄海、渤海等地建造灯塔。当时海关管理的灯塔共有五十八座，加上香港、澳门、台湾以及私人建造的灯塔，共有八十座之多。

宁波七里屿灯塔、烟台猴矶岛灯塔、香港横澜灯塔、澳门东望洋灯塔，是当时较有代表性的几座灯塔。

一九四九年以后，特别是在二十世纪八十年代，我国引进了一批具有世界先进水平的灯器，形成了现代化的灯塔链。天津的大沽灯塔，是我国自行设计并建造的第一座大型海中灯塔。海南的木兰头灯塔，塔高七十二米，堪称国内第一高塔。

到了二十世纪九十年代，我国还拥有了具有世界先进水平的沿海差分全球定位系统和航标遥控、遥测技术以及船舶自动识别系统，可以说，我们的航标技术已经达到了世界先进水平。

中国灯塔建造的成就，大大提高了中国航标在国际史上的地位。二〇〇六年的国际航标协会（IALA）第十六届大会，就是在我国上海举行的。

看一看现代中国灯塔的分布图：我国分为东海海区、南海海区、北方海区以及台湾地区，其中东海海区就罗列着舟山海域的十余座灯塔，是我国沿海灯塔最集中的一个海区。

灯塔是一种大型的目视航标，它建在重要的航门、岛屿、港口及重要地角。

灯塔的外观体现了各国不同的建筑风格。以前的灯塔多有人驻守，所以它的内部结构较为复杂，一般有铸铁、石材、砖材、钢筋混凝土和铁架等。

灯塔在夜间发出灿烂的光芒，为过往的船只指引方向。在白天的能见度也要非常的好，所以灯塔的外观颜色都比较醒目，多以白、红、黑这三大颜色组成。

灯塔如何发光呢？灯器是灯塔的核心，就是俗称的发光物。

我国早期的灯塔是开放式的，也就是直接在金属框内燃烧木炭或者木材进行发光,类似烽火台。之后,灯塔的燃料一再更新,从动物油到植物油,直到使用煤油,才开始套上灯罩,不再露天。

随着科技的进步,灯塔的发光设备也逐渐演变成乙炔灯、电脉冲、换泡器,现在普遍使用的就是 LED 节能灯了。

现代灯塔的发光能源主要采用电力,发光器的发光体中心位于聚光透镜的焦点,光源辐射出呈球面的光,通过聚光透镜成为有一定扩散角的平行光束。灯塔的射程可达三十海里左右,光强度可达数亿烛光。

灯塔的灯光有闪光、定光和明暗光等。光色有红、白,或绿、白。通常以红、绿光表示光弧内有障碍物。

茫茫海途,灯塔引路。

三

一块石头,一缕烽火,一根圆柱,一尊哪怕是残损的雕塑,它们都以饱经风霜的面容向我们述说着曾经的故事:爱情、地震、孤寂与死亡交织演绎的记忆。

我在观看《灯塔史话》,题记一字字地跳出,打开我的记忆之门。

公元前二四〇年秋天的一个夜晚,一艘埃及的皇家喜船,在驶入亚历山大港时,触礁沉没了,船上的皇亲国戚及从欧洲娶来的新娘,全部葬身鱼腹。这一悲剧,震惊了埃及朝野上下。当时的国王就下令在亚历山大港的入口处,修建一座导航灯塔。

经过四十年的努力,建在法罗斯小岛上的灯塔,终于竣工了。用花岗岩和大理石砌造而成,灯塔高一百三十五米,塔身分为上中下三层,第一层是六十多米高的四方形基座, 第二层是四十多米高的八角形塔身,上部巨柱顶着火盘,燃烧木材,还有一个反射火光的青铜凹面镜,使得船只在六十公里外就能见到。覆盖着火盘的盖顶之上,伫立着高达七米的海神波塞冬的铜像。

这座雄伟壮观的法罗斯灯塔,成为当时世界上最高的建筑。

不幸的是，十四世纪初的一场地震，让这座神奇的建筑永远沉入了海底。

人们称颂这座灯塔以自己的光明照亮了古代文明。

这就是中国灯塔博物馆的镇馆之宝了，在一八九九年花鸟灯塔使用过的煤油灯。

花鸟灯塔位于舟山嵊泗花鸟乡，在历史上就被称为"远东第一塔"，是太平洋四大灯塔之一，也是到目前为止，全国沿海数百座灯塔中唯一被列入"全国重点文物保护单位"的灯塔。

清朝末年，上海、宁波以及长江内河港口相继开埠，它们到日本以及太平洋的航线也日益繁忙。花鸟岛正是这些航线的必经之地，附近岛礁极多，清朝海关海务科筹划设立的第一批灯塔中便有花鸟岛灯塔。最终花鸟灯塔由英国出资，从上海招来劳工建造，于清同治九年（公元一八七〇年）建成。促成花鸟灯塔建设的那个英国人，便是当时的清朝中国海关总税务司，大名鼎鼎的赫德。

花鸟灯塔的塔身呈圆柱形，高十六点五米，分四层，上黑下白，下部为混凝土砖石结构，上部为铁板，顶层使用巨大的玻璃作为墙体，圆顶为铜铸，装风向板。

灯塔周围还有无线电铁塔、发电房、机房、仓库、宿舍、码头等附属设施，整体占地约两万两千平方米，建筑和装饰均属欧式风格。

灯塔的导航方式非常齐全，有光波、电波和声波等，可为不同距离的船只提供不同的导航手段。由铜铸小楼梯盘旋而上，在玻璃墙体中，四面巨大的牛眼透镜呈现在眼前，每面透镜由八圈三菱形水晶玻璃拼装而成，直径一点八四米，让人晕眩。这是我国灯塔现存直径最大的透镜，目前已无法复制。灯塔光源是两千瓦卤素灯，周围置四面透镜和旋转机组，每分钟旋转一圈，使聚光灯同时射出四道光线，射程为二十四海里，可称"夜海奇光"。

花鸟灯塔是护卫长江口的重要标志，是中外船舶进入上海、舟山、宁波等港口的重要门户，也是上海至韩国、日本以及经过太平洋的远洋国际航线绝不可少的重要灯塔。具有极为重要的历史和科学价值。一九九七年十月,被国际航标协会列为世界历史文物灯塔。

世界历史文物灯塔,属于中国的有五座:浙江舟山的花鸟灯塔、海南的临高灯塔、辽宁的老铁山灯塔、上海青浦的泖塔、浙江温州的江心屿古塔。

历史从过去向现在走来,《灯塔史话》给予我们的不仅仅是某种深刻的感叹,还应该有启迪、鼓舞,它会激起我们重新创造的勇气。让我们在寻求历史的同时,一起珍重这些伟大的恩赐与馈赠。

四

灯塔多设在海边、孤岛或礁石上,有的甚至是在悬崖峭壁之上。灯塔工的工作十分艰辛,他们的这种艰辛并非来自身体劳动的强度,而是这种与世隔绝的孤寂之苦。

有句话说:"灯塔无法让人百年长存,人可以使灯塔百年长明。"

让灯塔准时亮起,为海中的孤舟指路。守塔工们已将生命交给了灯塔。

四代守塔、为灯塔献出三条生命,一个守塔工家族的故事。

叶中央的爷爷从清光绪九年(公元一八八三年)起,就在白节山灯塔做守塔人,一辈子都没离开过灯塔。父亲叶阿岳也是守塔人。在叶中央五岁那年,父亲为了在一次强台风中抢回一条补给船,被海浪卷走。叶中央就跟着爷爷上了白节灯塔生活。

叶中央十九岁那年毅然接过父业当上了灯塔工,从此与孤寂相伴。一九七一年春节前夕,他不能回家过年,年轻的妻子和四岁的女儿上岛看望,却在半途中遇到了大风浪,不幸遇难。到了一九八四年,他作出了一个令人惊讶的决定:把自己唯一的儿子送上了灯塔,做了叶家第四代灯塔工。

一九八九年,叶中央被评为全国劳动模范。一九九八年,以叶中央为原型的电影《灯塔世家》公映；根据叶中央事迹编排的话剧小品《灯塔人家》获得了浙江省话剧小品大赛的一等奖。

现为中国灯塔博物馆名誉馆长的叶中央，依然饱含着对灯塔的深情。他说："现在守塔已经非常人性化了，至少有半年的时间不用待在灯塔。我刚当上守塔工的时候，一年只有二十天的休息时间。守塔工是用善良和生命带给别人光明和生命的，守塔工的职责就是对他人的生命负责。"

灯塔辉映四海，像一颗璀璨的夜明珠矗立于海岸。假若你航行在狭窄或危险的海域中，自然会借助灯塔的帮助，从它那熠熠光芒中领略脉脉深情，同时总会情不自禁地拉响船笛，以表达航海者的满腔敬意。

追根溯源，自从人类开始航海，航标便应运而生，灯塔就是航标的高级形式。千百年来，灯塔以自己的光明照亮了人类的文明，以"燃烧自己，照亮别人"的精神谱写了光辉的诗篇。斗转星移，随着科技的发展和进步，灯塔渐成文物，作为一种文化，每一座灯塔都记述了一部属于自己的历史，每一座灯塔以其鲜明的个性和独特的内涵，成为海洋文化中一道瑰丽的风景。

岱山海域，岛屿星罗棋布，舟楫穿梭，于是灯塔荟萃，林立于孤岛岬角，夜空中，指引着航船避险就安。而一代又一代的岱山守塔人，更是为了灯塔不息的光明奉献着青春和生命，在中国绵长的海岸，岱山便成了灯塔的祥地。"中国灯塔看岱山"，灯塔文化在岱山的土地上繁衍，灯塔精神指引着我们走向人类文明的海洋。

我将中国灯塔博物馆的前言，全文录入自己的电脑。

燃烧自己，照亮别人。

四 乡土馆长

一

小岛有座博物馆。

是吗？那值得去看一看。我顿时有了兴致。

东海之中的悬水小岛，介于舟山本岛与岱山岛之间，与岱山的高亭码头相距三海里。

船抵秀山岛，上了岸，至秀山乡北浦。

一对青石狮子，护卫着粉墙和石框门。青瓦压顶门头式样，门楣上，自右至左，横列五个黑字，楷书为体，端庄清雅："兰秀博物馆"。

我进了门，天井以石板铺就，空间较为紧凑。堂屋、侧厢、后花园，组成一个独立的宅院。

兰秀博物馆，由清代的四合老宅院修缮而成，占地一千多平方米，共九间房。江南旧时府第，以门面的"间"数与深院的"进"数多，为气派的标志。此座已有一百多年的老宅，当有来历。

兰秀博物馆馆长童布端,略显清瘦,戴一副圆框眼镜,一件淡粉色的条纹衬衣映衬着黝黑的皮肤,看上去并不像一个普通的渔乡老汉。

我与童布端边走边聊。世上任何事,均非平白无故,皆有因缘际会。

此处为厉家古宅。清代中期后二百余年,是秀山厉家祖辈的鼎盛时期,出过诗人、书画家、名医、武举人等等。时光荏苒,厉家古宅大多已破败。十几年前,房屋主人将其租给收废品人员,一些易燃物品随处堆放,存在很大的安全隐患。

童布端向政府提出保护意见,又在秀山乡人代会提出议案,要求政府加大保护力度。于是,古宅清除了堆放的易燃物品,命运发生了转折。

"房子破得连门都是掉下来的,我自己修。资金不够,政府也补助了一些,我自己也贴了一些,才弄起来。"

一座被人遗忘的破落老宅,成为弘扬秀山独特历史文化的展馆,取名"天趣园"。童布端几十年来,搜集、制作了大量带有兰秀文化印记的藏品。"这里的东西,百分之九十以上是我的个人收藏。"

二〇〇六年,当政府提出开馆陈列供人参观时,童布端毫不犹豫地答应了。他特意将天趣园改名为兰秀博物馆,免费向游人开放。

"我是小人物,做了不大不小的事。我在各级政府引导下,弄了个小小的博物馆。很开心的!"童布端一脸笑容。

二

兰秀博物馆,六个展厅,设兰秀综合厅、兰秀名人厅、兰秀海运厅、兰秀书画厅、兰秀民俗厅和民间艺术厅。

《兰秀山图说》、《古代秀山岛简况》、《秀山海运业发展简史》……展板陈列墙壁。

绿色的沙盘,一个袖珍的秀山岛展现在我眼前。童布端手持细长的木杆,指点着,解说着。

秀山位于浙江舟山群岛新区中部,由大牛轭山、大长山、小长山、青山等十七个岛屿组成,总面积二十四点二六平方公里,秀山岛面积二十二点八八平方公里,在舟山诸岛中位列第九。

秀山岛历史悠久,早在五千年前的新石器时代,就有人在岛上活动的痕迹。古秀山岛曾吸引了文人墨客的到来,无论是唐朝著名文人罗隐题书字岩,还是宋代文豪苏东坡的千古绝句"兰山摇动秀山舞,小白桃花半吞吐"等,都给秀山岛增添了光彩。

秀山以"兰秀文化之乡"享誉周边,集中体现了中国传统文化的精神。岛上历史最为悠久的建筑应属长寿禅院,史载始建于后汉乾祐二年(公元九四九年)。岛民耕海牧渔,煮盐种田,扬帆千里,虽然辛苦,却都以子孙有出息、能知书达理为荣。文风敦厚的秀山岛,哺育了一批名人,如清朝时"浙东三杰"的书画家、诗人厉志,常州知府厉学潮,名医厉德铭,武举人厉常春等;近代的海山文人宋豪士,烈士张孝峰、吴荣钧等;而现在能读书有出息的秀山人更是不胜枚举。近年来,以厉家文化为代表的兰秀文化被逐渐挖掘,越来越显示出它深厚的底蕴和研究价值。

秀山的发展,还与近代中国的开埠和对外对内贸易有着直接的关联。早在明朝时期,秀山就已经拥有比较庞大的船队,特别是清朝末期的"兰秀帮"船队,在江浙沪一带名声赫赫。一九五四年,秀山创建了浙江省首家海运企业。

这是一个美丽的岛。气候宜人,属典型的亚热带海洋性季风气候。青山绿水,碧海金沙,细软滩涂,险礁怪石,奇花异草,农田果园,构成了一幅独特的海上仙山画卷。传说,秀山是海上三仙山瀛洲、蓬莱、方丈之一的方丈岛。《海内十洲记》记载:"方丈洲在东海中心,西南东北岸正等,方丈方面各五千里仙家数十万,耕田种芝草,课记顷田,如种稻状……"

秀山有大小十四个沙滩,东部是以九子、三礁、吽唬三个沙滩为主的沙滩群,面积逾万亩,沙滩沙质金黄松软、坡度平缓,海水清澈、波平浪静,青山环抱,一面临海,风景优美。九子沙滩旁边静静地伫立着一座海景酒店。

秀山的海岸线,礁岩嶙峋怪异,有"醒狮归海"礁、"观音送子"礁,一个个奇异独特的景观。

秀山岛的西北端,上千亩平缓滩涂,原是"钓月滩涂",凹口纳潮汹涌,退潮利落,质地细腻的泥涂中,有大量的小鱼虾、弹涂鱼、泥螺、海瓜子等海生动物。

"我为泥狂!"这里建成了全国首家"泥"主题的公园,以"泥"扬名。推出了弹涂船滑泥、攀泥运动等运动项目,成功举办了多届秀山岛"海泥狂欢节"。

秀山泥是一种特殊的泥。长江、钱塘江等淡水径流夹带下来的泥沙与有机物淤积在此,滩涂泥质细腻、滑润、绵软。据中国科学院上海生命科学研究所泥样分析报告,秀山泥富含多种对人体有益的维生素、氨基酸、矿物质和微量元素。

在滑泥主题公园的对面,有一个海岛湿地公园,区域面积三千亩,河网交错,水生植被和沼生植被繁茂,潮间带生物资源丰富,有一百多种鸟类栖息此地,其中有国家一级保护鸟类白鹳,国家二级保护鸟类鸢、苍鹰、白尾海鸥等十余种。二〇〇〇年,这里被定为浙江省级海岛湿地保护区。

秀山近海海域由于有众多岛屿形成的天然屏障,风浪相对较小,最大波高二米以下。岛上保持优越的生态环境,森林覆盖率在百分之七十五以上,是国家级生态乡镇、国家 AAA 旅游景区、省级美丽乡村。

"秀山地方小,我六十八岁的老人,感觉到山清水秀,人杰地灵,空气好。"童布端以此作为结束语。

三

清中期榉木书橱门。清中晚期黄杨木雕镶嵌小凉床挂面及围屏构件。清晚期榉木藤面床榻。清末民初描金倚栏眠床构件。清末民初堆漆倚栏眠床构件……

我一一欣赏这里的藏品。老床中,几乎张张有雕刻,件件有画工。

舟山旧时床榻样式多,材质各样,具有海岛特色,最常见的是晾床和大眠床。

晾床是一种架子床，能在帐架子之外套罩蚊帐，帐子前方置有装饰性很强的挂面，挂面是用一块完整的木材雕刻而成。"晾"取意能通风透气，在舟山，有时也称晾床为凉床。

晾床分为三弯、七弯，甚至八弯、九弯等，是根据制作和装饰的简繁而区别的。舟山的宁式晾床，一般是三弯和七弯，七弯较多；体积有大有小，既有供双人睡卧的大床，也有仅供单人睡眠的床，比如小姐床，就较小巧。最大的特点是构造相对简洁，而线条却十分流畅，造型相当精美。

大眠床的书面语应是拔步床，整个床，呈前堂后室格局。前间外形似小屋，上有顶盖，下有踏步，前有廊庑，床四面设围屏，床的中间部位，留出可以上下的床门，廊庑两侧为两个空间，分别放置马桶箱与衣橱。

大眠床不只是一张床，还配备了陈设，相当于一个化妆间和卫生间。这"大"字，显示其体型庞大以及装饰奢华。

当时完成一张床，是由好几个木匠一起做的，各有分工，最后组成。

偌大一张床不用一个钉子，木板和木板之间完全用多式榫卯结构结合起来，连接成迂回盘旋的木构件。这种工艺俗称作"拷头"。榫法制作，其实是家具制作的关键。

舟山的床榻制作工艺最为推崇的有两种，一种是白骨嵌工艺，另一种则是"一根藤"技法。

这些展出的老床中，镶嵌的材质，大多采用牛骨、黄杨木、象牙等，由于骨和牙材质的区别，所呈现的色彩是不一样的，骨往往色泽白润，而象牙则略显黄色。

骨大多被嵌成人物、亭台楼阁、花草树木。象牙大都用于制作人物的脸部等。黄杨木则多用来制作人物身体，这样制作出来的图案，颜色对比鲜明。

而嵌骨的工艺或许已失传，当时的人们是如何制作的，今人不得而知。

所谓"一根藤"，多用于床榻挂面装饰。指以"拷头"制作而成的木构件曲折迂回，连绵不断，一通到底，形体似一根藤。

岛人往往花费很多心思,精心制作床榻,工艺不厌其精,工本不惜之巨,有时历时数年甚至数十年才能制作出一张床。

舟山渔民承扬吴越古风,爱看越剧。岛人一向将越剧作为自我娱乐、自我欣赏的剧目,活动异常活跃。因此,民间工匠不仅讲究画中有戏,而且往往将戏曲的典型情节,杂剧演员、乐伎、舞俑直接雕镂、镶刻在床上。

床是惬意的、温馨的。床上的雕刻艺术,内容丰富多彩,大多包含吉祥如意、福禄寿喜等祝福性含义。

喜鹊、奔鹿、蜜蜂、猴子四种动物的形象,构成画面,以动物名称的谐音,拼成吉言祥语,"喜、禄、封、侯",即祝福满门喜庆,高官厚禄。

"寓意有喜气,出口要吉利。""喜(喜鹊)事(柿子)连(莲花)年"、"吉(鸡)庆有余(鱼)"、"三阳(羊)开泰"、"六(鹿)合(鹤)同春"、"松鹤延年"、"五福(蝙蝠)捧寿"、"麒麟送子"、"鹭鸶戏莲"、"喜鹊闹梅"、"龙凤呈祥"、"喜(犀)牛望月"、"芙蓉金鸡"、"丹(牡丹)凤(凤凰)朝阳(太阳)"、"岁寒三友(松竹梅)"、"春兰秋菊"、"耄(猫)耋(蝶)富贵(牡丹)"、"封(蜜蜂)侯(猴子)拜将"、"麒麟朝日"、"狮子滚绣球"、"凤凰戏牡丹"、"松鼠吃葡萄",等等,反映岛人对五谷丰登、生活富裕、四季平安、婚姻美满、四世同堂、幸福长寿、和睦处邻以及对美好事物的殷切希望。

以海为生的岛民,企盼神仙给人间消灾免难,赐予幸福。所以,像"八仙过海"、"八仙庆寿"、"和合二仙"、"禄亚仙"、"天官赐福"、"福禄寿三星"、"嫦娥奔月"、"玉兔捣药"、"蟾宫折桂"、"吴刚奉酒"以及广寒宫、暗八仙、老寿星、狮子、龙等海神天仙之类的题材,木雕骨嵌,朱描墨画于床上,比比皆是。

海岛向有尊师重教之风,"学而优则仕",反映了海岛各阶层人民朴素的愿望。所以,在大眠床围屏上,常常出现"渔樵耕读"、"琴棋书画"、"孟母择邻"、"五子登科"、"一鹭(路)莲(连)科"等题材的画工。谆谆诫勉世世代代勤俭节约,劳动致富,成为书香门第,耕读世家。

床,在舟山称为"眠床",在岛人的生活中占有重要的地位,演化出不少礼仪和习俗。

海岛婚床安放时辰要请阴阳先生择定,一般在婚礼举行的前几天。

新婚床不能由新郎自己动手铺,要请乡里的"好命人"(幸福家庭的长辈)操持。铺床时,要用铜钱垫眠床的四个脚,取夫妻恩爱、平安吉利、共同劳动、发财致富之意。通用的安床吉语:"眠床垫上太平钱,岁岁平安福来临。一对鸳鸯交颈睡,夫妻恩爱百年亲。"或"洞房花烛通通红,才郎淑女配成双。祝贺明年得贵子,光宗耀祖把代传"。当晚,新婚夫妻入洞房,先要跪拜床神,然后才能安寝。希望床神保佑,夫妻和睦,日子美满。

产妇生下孩子后,要在产房设置床婆的神位,俗称"洗床"。产后第三天,用两只酒杯合拢蒸糯米,米上放一粒红枣,枣谐音"早",祝愿婴儿"早日成长"。米饭蒸熟后,供在床神前。产妇抱着婴儿向床神跪拜,祈祷在床神保护下母子平安,婴儿健康成长。完了分送给邻居的小孩,俗称"相谅盏"。到了婴儿满月那一天,还要有亲人执床神的焚香,引婴儿到海滩去与大海结缘。结缘后,仍把床神香插在床头。俗谓"大海为床,蓝天作帐",希望婴儿长大后,下海不会呕吐,划桨不会晕浪。

木匠去渔民家制床时,渔民会问:"这床会死人吗?"木匠若回答"是",主人则会万分欢喜,好菜好酒招待,若回答说"不是",那么木匠则要被难看。

因为,出海充满了风险,渔民不愿葬身在大海当中,而希望自己能够老死在床上,所以对床也就有了特殊的信仰。

若是一位老人在床上去世,那么这张床,亲戚要来睡的。老人寿终正寝,亲戚睡了可以沾点福气。

"人之待物其最厚者,当莫过于此。"床,作为家具的一个重器,承载着岛人特有的思想、理念和行为方式。

童布端拿出了一个立式的木雕构件,说:"这是我人生的第一件藏品。"

我接过一看,油漆剥落,虫蛀点点,半镂雕,山石上挺立着一层层的芭蕉叶。

童布端说:"这木雕是清朝中晚期的,在当地近三百年的古庙废墟里,我小时候从那里捡来的。高三十三厘米,厚六厘米。"

当我了解了童布端的身世后,手中的木雕构件霎时沉重无比。

一九四八年二月,童布端以新生儿的眼光,打量这个完全陌生的室内空间。

二十世纪五十年代初,海风凌厉,枯草萧瑟。因父亲在一九四九年前曾任过秀山的伪保长,在土地改革运动时遭批斗致死。家境贫寒,兄弟三人,没饭吃,靠姑父给两毛钱三毛钱来接济。

三兄弟,童布端为老二。小学才读了五年半,家里实在太穷了,他只得辍学,去学木匠。师傅很凶,学徒很苦。

无处诉说心中的苦,童布端就去寺庙。那庄严肃穆的氛围,那供香袅袅的轻烟,让他宁静下来。他仰望建筑的木雕,感觉工匠很伟大,雕得这么好。

一旦有空,他就喜欢去寺庙里看一些建筑木雕。从十四岁开始学木匠,到满手老茧,制造木器无数。

童布端说:"学木匠,我感觉古人的工艺实在太好了,现在的人做不到了。"

在秀山这二十四平方公里范围内,童布端几乎走遍了家家户户。他做木匠比较有名气,乡亲们竖着大拇指,夸他的技术数一数二!

童布端说:"我本身是木匠,喜欢工艺,爱搜集一些带工的物件。谁家有什么东西,我心中有数。我人缘好,收藏时,有的付了钞票,有的是老百姓送的,贵的我也买不起。"

童布端指着自己的藏品,对我说:"搜集这些东西除了看重工艺之外,材料和年代也是我所看重的。我收藏的东西全部是秀山岛的,没有一件是外来的,都是自己一件一件搜集的。我现在修复老家具和制作家具的木材也都是这里的,一部分是海上随洋流冲过来的,那些红木、花梨木,是从洋面上打捞上来的,都有海虫的蛀眼。"

在舟山,渔家的儿子结婚,女儿出嫁,都要买好家具,特别是眠床。

家家户户都是这样的,捕了很多鱼,腌了鱼,运到宁波去卖。然后,买了雕工精致的新床运回来。当地人说:"咸鳓鱼挑去,花凉床抬来。"

那张倚栏眠床,老红木的。童布端指着床屏上的白色花纹说:"看得出来吗？这些不是用颜料涂上去的，全是牛骨。"细看这些镶嵌的牛骨，与周边的红木融合得恰到好处，再用手细细抚摩，衔接处也是十分润滑。

"这就是过去工艺的精妙之处。"童布端说，"工好得不得了！寸土寸金，很贵重的。清末的床，老人在睡。我问了之后，他愿意卖，我很爽快地出了两千元，啰里啰唆是买不下的。这是二十多年前，现在不得了，这东西就很难讲价格了。"

"还有一张床，也三百年了。当时主人家是老房子，老床打扫卫生很麻烦，很愿意卖了。离我家很近的，帮帮忙，扛过来了。白木镶嵌，四君子花，雕工好得不得了！你看这梅花，你看这兰花，你看这竹节，你看这菊花，就像真的！俏也不争春，只把春来报。"

"都是二十多年前买来的。现在值多少钱了？管它值多少，多少钱我也不卖！"童布端说着笑了。

有时，童布端做了新床，去换人家的老床。有时，旧的买来，自己花三个月，修好。

"我自己有一个木工作坊，现在还在做，做一些精品，修复一些老家具。做好东西，我感觉到很有趣。我不想卖，就是想留给后人。传统家具做工繁复，现在造价高，普通老百姓买不起，所以客户越来越少，做的人也就越来越少。我喜欢做，所以还在做，我想留一点东西下来。"

童布端年纪大了，腰也不好，想做自己真正要的东西，其实这就是跟时间赛跑。

有一个令人关切的问题：木匠手艺有继承人吗？

童布端说："目前还没有，自己倒是被县里认定为非物质文化遗产根雕艺术的传承人。以前徒弟有过很多，只不过都转业了。做木匠很辛苦，过去的学徒制不适合现在社会发展了。这里面有一个很现实的问题，就是生计。做学徒的时候钱很少，所以当有时间有精力学木匠的时候，已经错过了最好的年纪，我感觉手艺也是讲究童子功的。"

这个展厅，两边陈列着一件件根雕，形态各异，生动自然。

这件名为"龙舞神州"的作品，一条盘着石头倒游的龙，造型奇特。说起来,真是机缘巧合。那天,童布端无意中看到一棵枯死的野茶花树根,这段老树根还包着一块石头,石木浑然一体,极为难得。童布端围着老树根,上看下看,左思右想,嘿!有了!不到一天的时间,童布端雕琢出来了这件根雕。

这件名"梅开二度"的作品,则是童布端对自己人生经历的思考。"要是在'文革'那时光,我现在弄的东西就是资产阶级尾巴,要挨批斗的。呵呵,现在我也算老枝抽新芽,托政府的福,领导也很支持我开博物馆,我也算'梅开二度',为秀山的旅游和保护海岛文化作点贡献。"

我打量着每件根雕作品,而更吸引我的眼光的,则是每件作品下面的有机玻璃牌。有机玻璃牌里夹着纸,用钢笔写着作者的心语。

《盼》:和煦的阳光,暖意的春风,篱笆墙,茶园边,绿色的草坪上,一群雏鸡在母鸡带领下觅食。这是过去农村常见的情景。拙作重现了这种场面,画面温馨、慈爱、其乐融融。母鸡头部的天然造型,使主题更为突出显明。我们似乎听到了母鸡对儿女的轻声呼唤和母子间的亲切对话。

《回望征途万里遥》:一只风尘仆仆的大鸟,在征途上短暂停留。它在翘首回望飞过的路程,只见来路云天茫茫,脚下关山重重,前瞻路犹漫漫。谁也说不清它是鹰还是雕,只知道它是在朝着自己的目标奋飞,哪怕前面是狂风暴雨,电闪雷鸣……

《山崖情侣》:鹰不是爱情鸟。借鹰诠释爱情,既不合文化认定,又不合欣赏习惯。但为不作过多雕琢,保持根的原形,作一次大胆尝试。不过天下英雄惜英雄,猛禽相爱,也在情理之中。因此请给拙作一点宽容,不妨将此戏称为明星角色的反串。鹰是鸟中之王,呼啸长空,所向无敌。恋爱方式也与众不同。鹰在百鸟难以飞达,野兽无法涉足的悬崖峭壁上筑巢。作品以它们的卿卿我我之态,讲述一个春天的故事。

《月下歌舞》:高鸣常向月,善舞不迎人。这是古人对鹤的由衷赞美。一只野鹤在远离尘嚣的深山老林中,面对明月,边歌边舞。超凡脱俗,仙骨卓然,其寄情山林,超然物外的至高境界,可望而不可求。

《岁月留痕》:人们赞美树木形象伟岸,华盖雍容,或欣赏它春红夏绿,花艳果香,不承想地下的根如此之美。岁月轮回,时光流逝,百年的风

334

光早已随风而去,地下的生命把一生探索、开拓的艰难历程和默默奉献,镌刻成奇奥无穷的"雕塑",留给我们以启迪。

《老梅新姿》:为着对春天的渴望,经历了多少次刀砍斧斫,多少年风雨荡涤,一个新的生命,又奇迹般地挺立在大地之上。你看它疏枝横斜,高昂挺拔,点点花蕾,迎春待放。没有历尽沧桑,何来千古屹立。残缺的身躯,展现奇险隽秀和阳刚之气。坚韧不拔、奋发向上的精神氛围扑面而来,生与死的对白,展现着悲壮与崇高之美。

《爱满人间》:佛心慈悲,爱我众生。心中有佛,万物和平。昭昭日月,朗朗乾坤。和谐中国,万代昌盛!

众多的根雕作品,因为寄托着作者的情感与思想,所以才会栩栩如生。

外地来的游客,一听说是馆长,就呼啦啦地围上来。童布端有些兴奋,语速也快了,音量也高了。

有人问:"什么是根雕?"

童布端说:"根雕是利用大自然树根(或竹根)的原生形状、肌理、色彩等,给予恰如其分的加工,向观众传达美术语汇的造型艺术。是根的自然美与人工艺术美天人同构合一的艺术品。"

有人问:"我国根雕是从什么时候开始的?"

童布端说:"根据文献记载和考古发现,远在春秋战国时期,就已有原始的根雕出现。据考古证实,战国时期的根雕《辟邪》,构思精巧,造型有动势。根艺在海岛流传也近百年,当时以雕刻佛像、菩萨为主,海岛居民希望菩萨能够保佑家人平安健康。在二十世纪七十年代以后,根艺蓬勃发展起来。"

有人问:"根雕是怎么分类的?"

童布端说:"根雕与大家熟知的木雕的制作方法、表现方式以及欣赏等,都有很大的不同。一般把根雕分为自然型和雕刻型两大类。自然型对根材不作任何雕刻,只作剪裁、打磨等处理,几乎完全靠发现和想象,来造型和命名,使作品进入似与不似的艺术境界,留有观众想象的空间。雕刻型在根雕中占多数,它的造型是在根材原生形状基础上,在必要部位作局部雕刻,使加工部分无人工造作之气,与原根以假乱真,浑然一体。根雕是'活化'根的艺术,是艺术家以奇思妙想的灵感,与回报大地的激情,用高超的技艺,借用大自然鬼斧神工的造化,巧妙地把无生命的枯根,变为具有各种文化内涵的载体,使其有了灵气与美感。"

有人问:"根雕是怎么制作的?"

童布端说:"根雕的制作工艺流程,一般情况下是这样的:取材,加工(去淤泥,剥皮,阴放半年以上),构思造型,取舍,再次造型,雕刻,再打磨砂光,上油漆,配底架,最后取名。"

有人问:"怎么欣赏根雕呢?"

童布端说:"根雕贵在自然,珍在天成,因此以欣赏作品的自然美为主。重在神韵,注重整体范围的意象。允许残缺,不苛求肢体或局部细节的完美。根雕展现的是千变万化的造物之功,与匠心巧手相结合的艺术形象。成功的作品,形式与内容高度统一。取自天然却栩栩如生,加之人工却宛若天成。出神入化,雅趣非凡,令欣赏者在享受美的过程中,获得身心的愉悦,思的启迪和心的陶冶。"

一来访者兴致勃勃,顺手写下诗句:"把我们自己比作书童／接受来自兰秀文化传人／童布端老先生的泉涌念诵／文化、民俗与她的秀美……"

欧中文化促进会会长姚元龙到过兰秀博物馆,对这些充满乡土气息的根雕满心欢喜,表示乐意帮童布端,将其作品带到国外艺术拍卖行去拍卖。

童布端思前想后,还是留下了这些"心肝宝贝"。

四

奖牌:舟山市民间名艺人,首届岱山县海洋文化名人。

墙上一幅书法作品:"风暖鸟声碎,日高花影重。"

墙上又一幅书法作品:"雪化飞高洁,天寒识后凋。悬崖与绝顶,闲卧看云涛。"

墙上一幅四尺国画,牡丹、山石、栖鸟,春风拂槛露华浓。

室内一张长桌上,堆满了书籍。书籍边,立一陶瓷工艺瓶,几支竹笛倚在其中。

拿出一支泛着紫光的笛子,童布端对我说:"这是我八岁那年,跟妈妈到外婆家,在路边店里,两毛钱买的。"

也许因了这支笛子的奇妙之声,童布端迷上了音乐。

十三岁那年开始,童布端自学笛子,自学二胡。想买乐器,但家里没钱。童布端就自己动手,做乐器。

之后,成为木匠的他,越来越多地做家具,也越来越巧地制乐器。

童布端拿出一把二胡说:"二胡一般都是紫檀木做的,这把二胡是我蛮早之前做的,至今也有几十年了。"

童布端指着一把小提琴说:"这把小提琴是松木做的,材料最好是老红木。"

还有一把大提琴,也是他亲手制作的。

童布端说:"我从小爱好音乐,水平不是太高,乡一级的水平。白天还得干活,晚上吹笛子,拉二胡。"

那天,一对来自欧洲的年轻情侣,走进兰秀博物馆,看到这些摆放着的自制乐器,提出请老人演奏几个曲目。童布端欣然答应了。

《梁祝》、《莫斯科郊外的晚上》、《友谊天长地久》……年轻情侣随着童布端演奏的旋律,翩然起舞。

临走时,这对情侣看到了木桌上用玻璃压着的几张旧版纸币,就从口袋里掏出了一张欧元,也塞了进去。

"我想,如果拒绝,就是不礼貌了。"童布端说。于是,这张五欧元的纸币,也成了特殊的"展品"。

每逢星期日上午,兰秀博物馆的侧厅里,就会有高高低低的笛声,就会有断断续续的琴声。

二十来个孩子,分列坐在折椅上,或吹奏笛子,或拉着二胡。其间,孩子们陆陆续续地进来。童布端就为新来的孩子调好弦,让他们快速进入学习状态。

谱架上,摊开今天的练习曲。童布端拿着教鞭,站在孩子们的身后,继续为孩子们打起节拍,《故乡情》的乐声再次响起……

从一九九八年开始,童布端就免费为当地小学生教授民族乐器。他一直是秀山小学小蜜蜂艺校的校外辅导员,每星期日为学生义务授课两小时。"我希望他们能像小蜜蜂一样团结友爱,勤劳勇敢。"

秀山小学小蜜蜂艺校,在二〇〇八年被岱山县委、县政府授予优秀业余文艺团队称号。在首届中国海洋文化节闭幕文艺演出中,童布端创作、小蜜蜂团队十一人演奏的马灯调《千古兰秀真风流》,以海岛独特而朴实的神韵迷倒了观众。

其中有几个学生还真的走上了艺术道路,童布端开玩笑道:"我是他们的启蒙老师。"

此刻,墙上挂着的小提琴,一旁立着的歌谱架子,都让我有了一种特别亲近的感觉。我翻了一下歌谱,《红星歌》《渔家姑娘在海边》……

我忽然有了冲动,很想听听童布端的演奏。

童布端坐在椅子上,操起一把二胡,琴弓一抖,竟然是高亢雄浑的《天路》!

"清晨我站在青青的牧场,看到山鹰披着那霞光,像一片祥云飞过蓝天,为藏家儿女带来吉祥……那是一条神奇的天路,带我们走进人间天堂,青稞酒酥油茶会更加香甜,幸福的歌声传遍四方……"

历史场景之四：航海先驱者

一

一块天然巨石突兀切入大西洋，形成海岬。大西洋的巨浪，猛烈地撞击在峭壁上，形成乳白色水雾，遮天蔽洋。

罗卡角位于葡萄牙首都里斯本西北四十二公里处。

里斯本出海口，有一艘用混凝土建造的大船。这是发现者纪念碑，高达五十二米。

十五世纪至十六世纪，那是大航海时代，又称地理大发现时代或探索时代，是葡萄牙的黄金时代。当时，一批又一批葡萄牙航海先驱从这里出发，勇敢地去搏击桀骜不驯的大西洋。

发现者纪念碑上，船的两边雕刻着葡萄牙航海名人，共三十三位。碑文写着："献给恩里克和发现海上之路的英雄。"那位站在船头、昂首注视前方的人，就是王子恩里克。

二

恩里克是葡萄牙国王若昂一世的第三个儿子,也就是人们所说的亨利王子。按照当时葡萄牙王室的规矩,只有长子才有继承王位的资格,其他王子只能靠军功出人头地。

一四〇六年,十二岁的恩里克王子,看到了古希腊天文学家托勒密的《地理学指南》。这本尘封了一千两百多年的古书,书中绘制的世界,非洲和南极相连,世界除了欧洲、亚洲和非洲外,是一片漫无边际的海洋。恩里克对此充满好奇,梦想着自己能够探寻海洋的秘密,能够实现海外扩张。

九年后,也就是一四一五年,二十一岁的恩里克王子亲任统帅,带领葡萄牙船队出征摩洛哥,仅用了一天就攻陷休达,占领了这座北非重要的贸易港口城市(现为西班牙在北非的属地)。

休达之战,使恩里克王子一举成名。之后,国王若昂一世任命他为葡萄牙南部阿加维省的总督,罗马教皇任命他为基督骑士团团长。

休达之战,使葡萄牙控制了地中海与大西洋的交通要道。后人把这看作是葡萄牙人,也是欧洲人向外扩张的开端。

恩里克王子看起来面容古板,却具有雄才大略。他远离豪华舒适的宫廷,放弃了婚姻和家庭生活,选择在葡萄牙西南角荒凉的圣维森特角附近的萨格雷斯定居下来,在那里创立了一所航海学校,建起了天文台和图书馆,招募了各路精英加入航海研究中,广泛收集地理、气象、信风、海流、造船、航海等种种文献资料,加以分析、整理。

这些地理学家、地图绘制家、数学家和天文学家,不同种族甚至不同信仰,其中有意大利人、阿拉伯人、犹太人、摩尔人。他们成立了一个由数学家组成的委员会,把数学、天文学的理论应用在航海上,使航海成为一门真正意义上的科学。他们研究搜集来的大量信息,改进了中国的指南针,把只配备一幅四角风帆的传统欧洲海船,改造成配备两幅或三幅大三角帆的多桅快速帆船。

之后，恩里克王子在萨格雷斯开设船坞建造船只。他们建造的多桅三角帆船，二十多米长，六十到八十吨重，能在逆风的情况下，调整风帆按指定的目标行驶。正是这些三角帆船，最终成就了葡萄牙探险者的雄心。

恩里克王子还把自己在骑士团一年的收入悉数拿出，装备了几支远航探险队，对西北非洲进行广泛的航海探险。

一四一八年，恩里克派出船队首次出航，但船被海风吹到西方，于是，恩里克发现了马德拉群岛的圣港岛，继而于次年发现了马德拉岛。恩里克王子随后宣布该群岛属葡萄牙所有。

一四三二年，恩里克王子派出十六条船，载有一名牧师和数百人，带着几十头牲畜，殖民亚速尔群岛。

一四四一年，葡萄牙船队沿着非洲西海岸一直往南，返航时带回十个黑奴，这是欧洲历史上第一次奴隶贸易。

后来，葡萄牙王室受到寻找黄金、贩卖黑奴等物质利益的驱使，航海大发现变成了武力征服和掠夺，演变为残酷的殖民主义统治和压迫。一四四五年，葡萄牙船队先后到达几内亚、塞内加尔、佛得角等地。

一四六〇年，在航海基地萨格雷斯，恩里克因病去世，终年六十六岁。他没结过婚，也没孩子，他毕生都在忙碌航海事业。

三

恩里克去世的那一年，葡萄牙船队沿非洲西海岸向南探险的距离，已经达到了四千公里。

在这些航行中，非洲的大量黄金、象牙、宝藏，甚至还有黑人奴隶，被源源不断地运回葡萄牙。这样，葡萄牙的国土扩大了，财富增加了。在后继航海家的继续努力下，葡萄牙人绕过好望角，占领莫桑比克、印度的果阿、马六甲、中国澳门，甚至还到了日本。葡萄牙成了显赫一时、无可匹敌的世界性帝国。

　　历史学家一般认为,葡萄牙的航海事业离不开恩里克,欧洲航海的所有伟大发现都是从恩里克开始的。所以,恩里克被普遍尊称为"航海家恩里克"。

　　在葡萄牙,恩里克被视为民族英雄。在全国各地,葡萄牙人以各种方式纪念他,有的用他的名字命名街道,有的将他的头像印在邮票和明信片上,有的则铸造各种各样的雕塑。即使在今天的澳门,仍然保留着用他的名字命名的"殷皇子大马路"。

第五章　碧波列岛

东海渔村，渔船泊在港湾，大黄鱼却跃上空中，这才是立体的渔民画！　袁亚平摄

小渔村的小景，安静地置于家门口。
不动声色地与生活融为一体，才是艺术化了。　袁亚平摄

台风前，渔船进港避风。齐首并肩，团结一心，共同抵御外侮。　袁亚平摄

出必告　　　反必面
晨則省　　　昏則定
冬則溫　　　夏則凊
父母責　　　須順承
父母教　　　須敬聽
父母命　　　行勿懶
父母呼　　　應勿緩
　　入則孝
有餘力　　　則學文
泛愛眾　　　而親仁
孝弟　　　　次謹信
子規　　　　聖人訓
《　弟子規　》

人生的阶梯，第一步开始了。念着《弟子规》，启蒙养正，敦伦尽性，防邪存诚。　袁亚平摄

碧波列岛

引子

历史场景之五：发现新大陆

引　子

蔚蓝的海面,风大浪急,高高跃起白色的惊骇,浩浩展开令人震撼的壮景。

嵊泗海域是中国沿海波浪较大的海域之一, 尤其是绿华、花鸟、嵊山、枸杞、浪岗、海礁等一带海区,都是著名的浪区,多年平均波高均在一米以上。

浙江省最东部、舟山群岛最北部,有一个海岛县,叫嵊泗。

嵊泗县又称嵊泗列岛,位于杭州湾以东、长江口东南,全县有大小岛屿四百零四个,其中常住人口百人以上的岛屿十三个。陆域面积八十六平方公里,海域面积八千七百三十八平方公里,有"一分岛礁九九海"之说,是一个典型的海洋大县、陆域小县。全县辖三镇四乡。

古时嵊泗列岛,几乎山皆有宫,岛皆建庙,且所有宫庙,均与海有关,与鱼有关,和龙相联,与嵊泗为著名渔场、渔商通埠密切相关,具有浓郁的渔乡海岛特色,体现了深远的鱼文化内涵。史载嵊泗列岛最古的庙宇是洋山大帝庙,该庙在县境内小洋山岛,始建于唐太宗贞观初年。

嵊泗位于我国的"东大门",历来是兵家必争之地。这里曾是反倭与抗清斗争的最前沿。据古籍记载,我国历史上九次重大的历史事件,如:

唐朝鉴真和尚六渡扶桑，明朝郑和七下西洋，明末郑成功征发东南等都曾途经嵊泗。嵊泗这片古老的土地历经沧桑，既有一脉绵古的传承，也有不堪回首的断层，这些都给嵊泗遗留了丰富的物质与人文遗产。

区位优势，得天独厚。嵊泗地处我国大陆海岸线的中心，我国贸易及运输最繁忙的南北海运和长江水运 T 形枢纽点上，扼长江、钱塘江出海口之要冲，是国内外海轮进出长江口的必经之地，是长江黄金水道连通外海的唯一通道，更是配套上海国际航运中心的核心港区，集"黄金海岸"和"黄金水道"的区位优势于一体。随着东海大桥的建成和沈家湾客运中心顺利投入运行，嵊泗已融入上海、杭州两小时经济圈，更有利于接受长三角周边经济发达地区的辐射。

港口资源，得港独优。嵊泗是宁波—舟山港的重要组合港，更是上海国际航运中心的核心港区，主要有洋山港区、泗礁港区和绿华山港区。三个港区建有五大港口项目：上海国际航运中心洋山深水港、宝钢马迹山矿砂中转码头、绿华减载平台、上海液化天然气（LNG）接收站、洋山石油储运基地。嵊泗港域航道畅通，港池宽阔，锚泊避风条件优越，国际航道横贯其中，上海港至外洋的国际航道均从嵊泗县穿过。

旅游资源，得景独秀。嵊泗是全国唯一的国家级列岛风景名胜区，素有"海上仙山"的美誉，具有"碧海奇礁、金沙渔火"等原生态旅游特点。嵊泗列岛风景名胜区划分为四个景区：以碧海金沙、渔家休闲、海鲜美食为特色的泗礁景区，以远东第一大灯塔——花鸟灯塔和雾岛为特色的花绿景区，以渔港、海崖和渔俗为特色的嵊山—枸杞景区，以幻石灵礁和现代港桥为特色的洋山景区。

渔业资源，得渔独丰。嵊泗是全国十大渔业县之一，地处著名的舟山渔场中心，水产品资源丰富，被称为"东海鱼仓"和"海上牧场"。盛产带鱼、大小黄鱼、墨鱼、鳗鱼和蟹、虾、贝、藻等五百多种海洋生物。马鞍列岛现代渔业综合区被列入第二批五十个省级现代农业综合区，成为浙江省首个省级现代渔业综合区；嵊泗的贻贝产品荣获国际农业博览会金奖、首个"中国地理标志"集体商标产品，还被中国渔业协会授予"中国贻贝之乡"称号,拥有全省最大的贻贝产业化基地和深水网箱养殖基地,是宁波、上海等长三角地区鲜活水产品供应基地。

《嵊泗县"美丽海岛"建设实施纲要》总体目标中,构建"生态秀美、人居优美、生活和美、人文淳美"的价值体系,不断丰富"离岛·微城·慢生活"的内涵价值,成为舟山群岛新区"美丽海岛"建设的品牌代言、长三角区域创意集聚的全新地标、中国岛居生活的美丽典范。

推行"全域景区化"理念,随着一个个村落风貌的改造完成,美丽海岛有了清晰可观的意象呈现;引进AIM国际型建筑设计大赛,以"岛居慢生活村落改造"为主题,使美丽村落建设进入国际化与本土化融合的视野;构建"美丽海岛"VI系统,形成鲜明的视觉识别体系;大力推广逆城市化发展理论,引导游客深化美丽海岛体验……

嵊泗正在成为越来越多人逃离都市,寻找"海上桃源"的目的地。

一　嵊泗渔歌

一

"一拉金嘞,嗨唷! 二拉银嘞,嗨哟! 三拉珠宝亮晶晶,嗨哟! 大海不负扪鱼人! 哎嗨哎嗨唷呵哎嗨唷呵……"

起网号子,高亢豪放,响彻于海浪之上。

紫铜色的脸上挂满汗珠,结实的手臂将沉甸甸的渔网逐渐拉出海面。

"(领)杀拉拉子! (领)杀拉拉子! (齐)嗨哟! (领)杀拉拉子……(齐)嗨哟! 嗨哟! (领)嗨! ——天上有多少星星,(齐)嗨哟! (领)地上有多少人丁。(齐)嗨哟! (领)海上有多少珠宝,(齐)嗨哟! (领)数拉格数不清呀! (领)杀拉拉——"

大网号子,宏伟刚烈,衬词短促、有力,号子气势磅礴,排山倒海,盖过了滚滚波涛……

嵊泗列岛地处东海之中,嵊泗先民以打鱼为生,任风来雨往,随潮落

348

潮涨。

北宋熙宁年间（公元一〇七三年前后），嵊泗就有了最早的行政建制，叫作蓬莱北界村，村里渔业小成气候。那时没有机械工具，捕鱼都得靠人力来完成，这就迫使渔民在海上作业时，要起步一致，动作一致，以形成合力，这就需要有一个号令，这样就有了渔民号子。

最初的渔民号子只是简单的叫喊声，农耕社会的"杭育杭育"变成了渔民口中的"嗨作嗨作"，"嗨作嗨作"也由此成为渔民号子的基调和桥段。

古时没有尼龙塑料，渔网都是用麻类植物的纤维线织成的。为了防止海水腐蚀渔网，减缓渔网腐烂速度，渔民把渔网浸泡在加热的牲口鲜血里，然后抬到山上或岩石上晾干。上山的路崎岖，网又沉，渔民就自然而然地喊出了："嗨作！嗨作！"喊着号子就不会扯歧步了，喊着，喊着，就喊出了《抬网号子》。

旧时的渔船大多是木帆船，海上若是没风，船就不能开动，这时只能通过人力摇橹，《摇橹号子》就是渔民们在摇橹时喊的。

旧时的木帆船上有两三道篷，一道主篷通常有六七百斤重，需要十来人齐心协力才能拔起来，这时需要一人喊号子，众人齐拔篷。船上的渔人光着膀子赤着脚喊"耶啰……伙拉……阿家里啰阿……耶……阿拉家里耶……啰，哎……耶啰伙……"这就有了《拔篷号子》。

茫茫大海，白浪滔天，一叶渔舟，时沉时浮，船上的渔人喊着号子升起了帆，拉起了网。

随着简单号子的重复，劳动中的渔民渐渐有了节奏感和乐音，逐渐发展成了海岛特有的渔歌，成了有节奏、有乐谱、有文字、有名称的嵊泗渔歌。

嵊泗渔歌特色十分鲜明，其形成与渔民的经历密切相关。

渔民在古代是高危职业，灾害性天气比较频繁，常遭风雨侵蚀，劳动强度大。恶劣的生存环境，特定的生产劳动条件，造就了嵊泗人自强不息、坚韧不拔的文化品格。

古老渔歌是吼喊的号子，轻哼的渔谣，最本真的表达。

渔民的每一个劳动状态,每一句生活语言,每一串乐音歌符,都透射出一种强烈的、鲜亮的海洋文化特征。海域辽阔,形成了豪爽、粗犷、开朗的性格。风高浪急,增强了与之生死搏斗的信心和气势。

观日月看云霞,踏波峰踩浪尖,艰辛,凶险,又有几分浪漫。渔民在惊涛骇浪中的生存需要与自我认识,由此形成了渔歌,其内容由生产生活情境体现。

风浪劈头盖脸,渔歌雄浑激越。扬帆驰骋大海,渔歌奔放洒脱。海浪亲吻船舷,渔歌情意缠绵。螺号欢奏丰年,渔歌悠扬酣畅。

形式短小不一,曲调随劳动强度变化,节奏规整有力。高亢激昂是渔民号子的风格。委婉细腻是渔歌小调的特性。坚毅自信、健康乐观是新渔歌的特征。即兴自由,一唱众和,是它们的综合特征,而且都用方言演唱,以"阿拉雷"、"阿驾里罗"、"嗨哟"等语气词为主的曲调较多。

渔民号子的领唱者就是劳动的指挥者,同时中间还有间歇,以便于调节劳动和呼吸,并给领唱者即兴编词的时间。

从嵊泗渔歌中,能呼吸到海岛独特的气息,能感受到渔人坦荡的胸怀,能触摸到大海澎湃的心跳……

二〇〇九年,嵊泗渔歌入选第三批浙江省非物质文化遗产名录。

二

"嵊泗渔歌,是烟波浩渺的大海上,渔民充满浪漫的性格的艺术语言。"说这话的,是嵊泗渔歌传承者兼创作者舒信虎。

一九五〇年十一月,舒信虎出生在嵊泗县五龙乡一个渔民家庭。

小学上音乐课时,不用老师教,舒信虎就能对着乐谱哼出歌来。老师夸道:"你有音乐天赋哇!"

因为家里穷,小学毕业后,无法再读书。十五岁的舒信虎,便跟随父亲出海捕鱼,当了一个小渔民。

父亲是渔老大,没多少文化,但看过很多古书。船行海上时,父亲会把古书中的故事讲给渔民们听,舒信虎也跟着学到了很多。

在茫茫大海中,舒信虎喜欢上了粗犷豪放的渔歌,那是从渔民心底喊出来的!

海上捕鱼的十年,那份对大海的敬畏和热爱,愈来愈浓。舒信虎心中的信念,犹如波涛上的桅杆,随着海风越来越倔强。

舒信虎说:"十年渔民生涯,在我的生命中留下了不可磨灭的印记。我的情感和我的追求,从此与大海、小岛、渔家紧紧地联系在一起。参加工作以后,我自学文化知识,钻研业务技艺,为的就是要实现当渔民时立下的志向:当一个作家、艺术家,把这儿的一切都写下来、唱出来,告诉外面的人们,这里有一片纯净湛蓝的大海,有一串玲珑美丽的小岛,还有一群特别可敬、可亲的渔民兄弟。"

这个歌声优美、有音乐才华的年轻人,在各种文艺活动中,被大家渐渐认识了。二十五岁那年,舒信虎成为五龙人民公社文化站站长。

自知欠缺文字功底,舒信虎埋头苦学,只要与文化工作相关的书籍都捧在手里。他到海岛渔村采风,捕鱼谚语、渔歌号子,记满了本子,又传唱出去。因为表现出色,舒信虎在一九九〇年被调到嵊泗县文化馆工作。

二〇〇五年夏天,嵊泗县举办贻贝文化节,要舒信虎写一个本土节目。

舒信虎很快地进入了创作状态。采用男女声对唱的形式,把对爱的理解、对爱的回忆和对爱的期许,流泻成文字:"一更里,月上山,南风清番番/约好了我的妹妹呀,相会大沙滩/大沙滩,银灿灿,沙蟹打洞眼/叫一声我的妹妹呀,侬仙女快下凡/侬是舢板我是缆/侬是纽子我是襻/今生不拆散……"

歌词写好以后,舒信虎便开始谱曲。他选用原生态的渔歌曲调为素材,把男腔的粗放、女腔的委婉,融入朗朗上口的旋律当中。最后,他取了一个非常本土化的歌名,叫《哥是舢板妹是缆》。

这是舒信虎第一次写方言作品,是对他创作风格的颠覆性改变。

舒信虎说:"贻贝节开幕当天,我是提着心听完了沈亚球、沈利兵姐弟俩演唱《哥是舡板妹是缆》的。当歌曲结束，观众们报以经久不息的热烈掌声，我的心才放下。观众的认可和好评是我预料得到的，但在后来相当长的一段时间里，人们对于这首歌曲所表现出来的浓厚兴趣，却远远出乎我的意料。"

走在街上，乘坐公交车，甚至在菜市场买菜时，都能听见人们唱"阿哥团"的声音。因为大家记不住《哥是舡板妹是缆》全部歌词，只能光唱"阿哥团"三个字了。而之后，"相会大沙滩，沙蟹打洞眼，侬是舡板我是缆，侬是纽子我是襻"等歌词，更是成了当时的流行语。无论是饭店端盘子的服务员，还是街上骑三轮车的车夫，他们都会哼唱。

舒信虎说："一首土里土气的方言歌曲，能让老百姓如此喜爱，让我在喜出望外之余，也对这个现象进行了深入思考。"

舒信虎说："思来想去，我终于明白，问题的关键确实在语言上。以前我一直以为，进行文学创作，把这儿的故事告诉外人，一定要用外人也听得懂的语言——普通话。其实错了，渔人祖先们口口相传了一千多年的嵊泗方言，才是我们的母语。写这儿的故事，用外面的语言，这本身就不符合人物性格的塑造原则；更严重的是，这也违背了嵊泗人民的语言传统，人民冷淡你也就不奇怪了。而这首'阿哥团'，讲的是自己的故事，说的是自己的语言，唱的是自己的调调，这就多了一种与生俱来的亲切感、亲和力和感染力，所以很容易得到文化认同，用现在的话说，就是作品接了地气，接了海岛的地气，接了渔家的语气，接了嵊泗人的心气，这样的作品，你让老百姓不喜欢都难。所以说，对我和嵊泗音乐而言，《哥是舡板妹是缆》是一个转折，是一个起点，也是一个里程碑。"

转眼到了二〇〇六年，浙江省群星奖音乐新作大赛开始了。

本次大赛共有二十多支歌曲参评，浙江的音乐风格比较温婉，大都是关于江南的雨呀巷呀，水呀梦呀，歌词差不多，曲调也差不多。几首歌下来，人不免会产生审美疲劳。

舒信虎特意坐到了评委席后面。评委中有几个是从北京请来的声乐专家，他想看一看北京的专家对嵊泗渔歌会是什么感受。

根据抽签,嵊泗渔歌新作《东西南北风》是第十九个上场。

赤着胳膊,光着脚板,身穿棕色的对襟背心和笼裤,肩拉粗麻绳,十几个渔民登场了。

"一朝南风雾霭罩,二朝南风雷雨倒,三朝南风脱破棉袄,仓板面墩坷跳蚤……"

领唱的沈利兵一嗓子吼下来,众渔民以粗犷的嗓门应和着,震撼了现场。

评委席上当即有了动静。有的评委在打分表上记着什么,有的评委在和邻座交流着什么,有的评委则饶有兴致地欣赏表演。

"一朝东风雄鸡唱,二朝东风心花放,三朝东风鱼满舱,风风光光抓鱼郎。嗨佐佐,心怒放,鱼满舱,风风光光来,抓鱼郎啊来,郎来郎来郎来郎来嗨!"

《东西南北风》曲韵基调源于传统渔歌《胡老大》,表现渔业作业艰辛,新创作中又加入了体现渔民豪放、粗犷的音韵,最终形成了这首嵊泗渔歌代表作。

舒信虎暗暗高兴,心想这首歌肯定能独占鳌头。结果不出所料,《东西南北风》获得创作、表演双金奖。

二○○七年十月,《东西南北风》走进中央电视台演播大厅,参加北京奥运会《你就是火炬手》专题节目录制。在录制现场,这首歌博得国际奥委会委员、各驻华使馆领事、专业评委的高度评价。主持人张斌、方琼说:"从来没听过这么好听的渔歌,尽管一句都没听懂!"

舒信虎说:"我是个十分感性的人,特别容易感动和冲动,当年之所以萌生这个志向,完全出于对渔民兄弟的敬重和钦佩:渔民兄弟勇敢执着、豪放豁达,是一个特别值得称道的劳动群体。而我们的作家艺术家、我们的电影电视、我们的音乐文学作品,都很少涉足渔民生活这一题材。年少时我常想着我若有了本事,一定要好好地写他们唱他们、歌颂他们,如今终于梦想成真。"

和普通话相比,方言创作更难。舒信虎说:"一个地方的方言是一种文化习俗,这种传统文化不能丢,我要创作更多原生态的渔歌,来传承我们海岛人自己的根文化。"

《东西南北风》的成功，让舒信虎确定了自己的创作风格，更坚定了要把嵊泗渔歌做成文化品牌的决心。

也正是从这年起，嵊泗渔歌才渐渐地被专家们所接受，正式成为浙江民歌三大派系中的一员，其他两个派系分别是畲族山歌和嘉善田歌。

"几十年了，我的笔触从未离开过嵊泗、离开过渔家。"舒信虎说。

作为嵊泗县音乐协会会长，舒信虎在论坛上说，嵊泗渔歌有着粗放的音乐风格、自由的歌唱状态与和谐的词曲结合。嵊泗渔歌的独特味道和嵊泗的地理位置有着密切关系。首先，嵊泗具有比较纯粹的海岛地域环境，全县清一色以渔为生的岛民是生长渔歌文化所必须具有的条件和土壤。另外，受到嵊山渔场的长期作用，大量南腔北调、五花八门的外来文化涌入嵊泗，嵊泗祖先吸收再创新，形成了嵊泗独有的特色渔歌。

舒信虎先后创作了数十首渔歌，其方言新渔歌获得越来越多人的认可。他创作的《带鱼煮冬菜》获中国群众文化学会第四届创作歌曲金奖，"江南风"长三角歌曲创作演唱大赛创作金奖、表演大奖。渔民号子《摇橹谣》获首届中国农民文艺会演银穗奖。歌曲《我的阿姐团》获浙江省第八届音乐制作大赛创作金奖。《阿拉舟山人》获舟山群岛首届中国海洋歌曲大赛三等奖，这是中国音乐协会主办的历次评选中，参赛歌曲最多、水平最高的一次。《东海有个渔村》在浙江省首届村歌创作演唱大赛中，获创作金奖。

舒信虎创作的方言新渔歌，歌好听，词更传神。

且听《阿家啰唱渔歌》："东海波连波唻（波连波唻），波里鱼做窠唻（鱼做窠唻），摇起大橹哎出开网唻，鱼在网里缚唻（鱼在网里缚唻），驶船把牢舵哎，闯海胆要大哎，任凭风雨扑面打，我迎风唱渔歌唻。阿家里格啰唻唱渔歌唻，唱唻，唱渔歌唻！唱进浪里浪头破哎唱进吞里阿姐搂哎……"

此歌无论曲风还是歌词，都保持了从前老渔歌真性情表达与原创性魅力。

再看《摇橹谣》："海上风不飘唻，船上篷落掉了呀，老大唱小调唻，伙

354

计摇橹摇唻呀,摇雷雷雷一作一作依啊橹啊嗨。海上呒没风哎,篷帆那个力不大哎,船上呒没舵,礁岩躲不过哎。妹妹呒没情哥哥,半夜三更乱梦多哎,哥哥呒没家主婆,七件衣裳八件破哎。摇摇橹个唻呀,摇摇橹个唻呀,七件衣裳八件破哎,摇摇橹个唻呀……"

难怪有人赞叹不已:"海曲风浪调,渔歌神奇词。"

三

一身白色的渔民服装,洪国壮和哥哥洪国强,扯着嗓子吼了起来。

《拔篷号子》,能够穿越大海的东海渔歌,淳朴嘹亮,声势逼人。

两兄弟一边唱一边演,出海张帆,摇橹,探水深,捕鱼,生动再现了渔民生产片段。

全省十六支形态各异的原生态民歌,参加首届浙江省原生态民歌大赛入围赛。

洪国壮、洪国强两兄弟是最后一代摇着木帆船出海的渔民。在十年的船工生涯中,积累了丰富的渔歌知识和深厚的演唱功力。

全场最高分 9.90 分!《拔篷号子》以绝对优势夺得冠军。

那歌喉,仿佛是与生俱来的。

洪国壮是嵊泗人,爷爷和父亲都是船工。他从小就在汰横头玩闹,听着渔民号子长大,对这种吼出来的旋律,天生就有感觉,一开口就能唱。

家里的亲戚分布在黄龙、菜园、花鸟、嵊山等岛屿。小时候,洪国壮到亲戚家去,都要乘船。那时是木船,靠人力划。掌舵的船家都会喊上几段《摇橹号子》,减轻劳累,同时也给船上乘客带来欢乐气氛。洪国壮也学着哼唱。

初中毕业后,洪国壮当过渔民。那时出海捕鱼只有手工劳作,起网、拉锚、抬网,都要费大力气。船老大就站在船头,唱起渔民号子,一唱众和,一来统一行动,一起用劲;二来舒缓情绪,排解疲惫。

后来,洪国壮在当地的水产公司工作。这一辈子,洪国壮都在与舟山嵊泗的船和海打交道。

"每一首渔民号子的背后,都是一个生活场景,都能讲出一个故事来。"洪国壮说。

以前都是木帆船,渔民会在绳子上打结,然后丢到水中,测量水深,就有了《打水篙号子》;每次开船前都得拉绳起篷,就有了《拔篷号子》;行船时,船工们必须用力摇橹,就产生了《摇橹号子》;新造好的木帆船停在岸上,需要人们用绳子拉下水,这就出现了《拔船号子》。

没有音乐、旋律,就是纯粹的原生态;没有四四拍、四二拍,就是自由节奏。渔民号子的内容除了能让大家一起用劲,有时候还会调侃几句。

喊号子时,喉咙里要含一口唾液,只有让唾液在喉咙里滚动起来,喊出来的声音才够浑厚,曲调才会更好听。

随着科技进步,机械动力代替了劳力,测深仪代替了草绳,渔民们出海打鱼,再也不用唱着号子了。如今,只有为数不多的老渔民,才能唱出地道的渔民号子。

洪国壮说:"我唱的不是歌,是最鲜活的历史。"

二〇一五年六月,六十八岁的洪国壮,去北京参加了中央电视台《星光大道》的节目录制。

这是洪国壮第六次出现在中央电视台的屏幕上了。二〇〇四年六月,中央电视台的一个抢救非物质文化遗产的栏目向全国征集具有地方特色的民歌,通过层层选拔,舟山的渔民号子有幸成为其中之一,洪国壮是参加中央电视台音乐频道民歌录制的人中唯一一个唱渔民号子的。二〇〇七年,洪国壮一家应中央电视台的邀请,以"我的和谐一家——海岛文艺一家"形式参加《开心词典》节目录制。同去的有其母亲、哥哥洪国强、儿媳、外孙女,四世同堂,同时亮相中央电视台。

洪国壮不愧为"舟山渔民号子王",说到兴奋处,他现场就唱了起来,还和着起篷的动作,让人们见识了什么是"声如洪钟"。

洪国壮说:"这些荣誉不是属于我个人的,而是属于舟山渔民号子的,没有这样一个让世人震撼的载体,我是不可能拿到这些奖的。"

二〇一五年九月,国家大剧院音乐厅,举行《国乐风采——土地与生命的赞歌》民族音乐会。

主持人介绍第七首曲目:"民歌演唱《舟山渔民号子》原生态民歌。乐曲介绍:舟山渔场是我国著名的渔场,千百年来,舟山渔民就在舟山渔场这片海域上,辛勤地耕海牧渔,为了紧密配合渔业生产中一系列繁重的体力劳动,渔民们口头创作了海洋民间音乐——渔民号子。"

主持人介绍演员:"洪国壮,浙江省舟山市人,祖辈捕鱼撑船为生。他是国家非物质文化遗产——舟山渔民号子舟山市定海区传承人,被誉为'舟山渔民号子王'。冯岳平,祖辈渔民,掌握多首渔歌号子的演唱。"

舟山渔民号子吼出了,最大的特点就是豪迈、高亢,听起来给人的感觉很硬很强烈。

风口浪尖的岁月,搏风击浪的历练,发自生命自然质感的声音,让那东海波涛汹涌而至,声势壮阔……

四

高楼林立,各色店面招牌五彩缤纷。国际大都市的景象非同一般。

日本东京的闹市中心,有一片叫作小石川后乐园的丛林绿地。小石川后乐园来历不凡,是日本江户时代由中国儒学大家朱舜水指导,仿西湖建造的,园内风光四季鲜明,景色雅致幽静。梅花、樱花、菖蒲、紫藤,浓妆淡抹,到了深秋,还可以欣赏红叶。周边的交通便利,可去大手町、新宿等商业区,或往银座、涩谷、秋叶原等购物街区。步行五分钟就可到达东京巨蛋,在此参加并欣赏各种娱乐文体活动和节目。

这里是日中友好会馆。会馆作为日中两国民间交流的平台,经营管理着中国留学生宿舍"后乐寮",组织日中青少年交流活动、文化交流活动等,开展了形式多样的活动和事业。为日本人教授中文,为中国人教授日语的日中学院也是其中之一。日中友好后乐会聚集了众多关注中国的朋友,作为会馆的赞助组织发挥着积极作用。

为了促进日中关系的进一步发展,会馆还与志同道合的各个团体互相配合,努力开展各项事业。如举办两国之间纪念活动、组织欢迎中国领导人来访活动、召开民间各团体交流会、举行专题研讨会等等。

位于一楼的日中友好会馆美术馆,常年举办各种各样的展览会。为了满足对中国文化抱有浓厚兴趣的观众们的需求,展览期间还经常举办现场制作表演及展品讲解。每年秋季定期举行"中国文化日",其间举办中国传统艺术表演及相关展览等活动, 为观众介绍丰富多彩的中国文化。

二〇一〇年十月,日中友好会馆第二十届"中国文化日",主题是"舟山群岛的传统音乐"。

舟山市艺术剧院组成十七人的艺术团,以舟山锣鼓、舟山渔歌为主要内容的十三个节目,赴日本进行文化交流演出。嵊泗县文化馆馆长沈利兵应邀参加了此次演出团。

沈利兵为日本观众带去了嵊泗渔歌《摇橹谣》、《哥是舢板妹是缆》、《带鱼煮冬菜》、《阿哥放心走》。

沈利兵是从小听着父辈的渔歌长大的,他深深理解那粗犷的渔歌背后,承载着多少渔民的汗水和泪水。

"捕鱼的汉子哟,一张黑红红的脸,浸透了海水的苦咸;一双粗大大的手,凝结着艰辛的老茧;一副宽厚厚的肩,扛着太阳走圈圈;一身油布衣衫,镶满了鱼鳞片……"

当沈利兵在北京、上海等各地舞台上喊出《捕鱼汉子》时,多少人为之震撼,为之感动,为之落泪! 那里有渔民向大海讨生活的无奈,那里有渔民对生活的憧憬,那里更有渔民的坚韧和不屈!

向大海讨生活,生命就托付给了海龙王。海风涤荡,篷帆吹卷。上得船头,就必须有股壮士的勇气。

"一朝里格北风起风啊暴唻,二朝里格北风移大锚唻,三朝里格北风暴连暴唻……"沈利兵唱出了渔民不畏艰险,与风浪搏斗的惊险场面。

十月十日,天下雨了,雨帘遮掩东京,国际大都市多了层次感和朦胧感。

日中友好会馆的环境愈加幽雅,装饰入时的门厅尤显舒适。这里洋溢着小河潺潺流水般轻松愉快的气氛。

日本前首相福田康夫及夫人冒雨来了,二百多名观众冒雨来了。

"五更里月落山,潮涨大沙滩,南风鼓篷帆。叫一声我的妹妹呀,我是舢板侬是缆,我是纽子侬是襻,今生不拆散!不拆散,不拆散,妹妹哟!"

沈利兵唱着《哥是舢板妹是缆》,既豪放,也婉约,表现出渔民对爱情的向往,透露着渔家人对生活的乐观和热爱。

一个多小时的节目高潮迭起,掌声阵阵,场面甚为热烈。演出结束,日本前首相福田康夫先生走上舞台,与沈利兵等中国舟山演员们合影留念。

演出回国后,沈利兵说:"能把嵊泗的本土文化漂洋过海,带到国外,并受到外国朋友的热捧,这是一件非常自豪的事情。此次日本之行,让日本人体验到舟山人豪迈粗犷的性格,通过这个文化交流会的平台,把舟山的文化推介到日本,取得了成功。所以,艺术是没有国界的,我们也可以看到只有本土的,才是民族的。这种具有地域特色的本土文化,更需要保护、支持和发展。让我们的嵊泗渔歌走得更远,飘得更久。"

嵊泗渔歌,如今声名鹊起。不少音乐院校、文艺团体慕名而至,造访采风;去外地演出的邀请纷至沓来。很多渔歌作品被兄弟县区学演,还被做成广场舞音乐,随着人们健身的舞步,飞扬在群岛的每一片夜空之中。

嵊泗渔歌成为嵊泗海洋文化一张漂亮的音乐名片,成为舟山群岛一个响当当的文化品牌。

白帆舞浪间、渔火缀海天的渔景,高亢粗犷、委婉动听的渔歌,那是何等迷人的境界……

二　东海渔村

一

一条大黄鱼,昂着头,翘着尾巴。

大黄鱼卧在高大的横梁上。

伴着两朵浪花造型,褐色的横梁上出现四个字:东海渔村。

褐色的竖柱上,装饰着圆形的舵盘,让人顿时有了方向感。

简洁的门楼构架,正显示了东海渔民刚毅的筋骨和坚强的性格。

边上一堵浅蓝色的墙,披挂着墨绿色的渔网和大而圆的浮子,似乎游动着大黄鱼、小黄鱼、带鱼、乌贼、鲳鱼……

我抬头一看,一只鸟儿飞来,在高大的横梁上盘旋了一圈,然后停在大黄鱼高翘的尾巴上。

海洋的浪漫气息,无处不在。

二

六根高高的桅杆,下白上褐,顶端立着风向标,等距离地一字排开,矗立在田岙村的渔俗广场上,蓝天白云正是盛大的背景。

六桅组合,乃田岙的"田"字。

六合,泛指天下,古时指天地上下两方,东西南北四方,此六方相合方为天下。

桅杆高耸挺拔,直指云天,犹如田岙人的品格,坦荡正直,志向高远。

六桅组合,具有图腾和标志性意义,且含有兴盛根脉和顺风水之意蕴。

自古以来,田岙人就把六当作吉利数字,办喜事办大事多择六日,造船打船必以六数为限或六数相乘,此风俗一直沿袭至今。

一座六角亭,木柱木靠,亭额木匾镌刻金字:纪真亭。

一副木质楹联:东渡船船缘水缘鉴真缘,田岙人人善行善弘德善。

我步入亭内,见一口围着青砖井栏的六角井,名"甜田井"。

相传唐天宝年间,鉴真东渡日本,途遇风暴,船避田岙,急需补充淡水。当时的海岛淡水资源奇缺,岛上渔民日常用水就相当困难,若遇大旱不雨,更是视水如金。但善良的田岙人还是将村里唯一的一口水井水蓄给了僧船,整整蓄了三天,自己则取海水淘米、洗脸。鉴真见状十分感动,亲自带僧徒觅一低洼处,面朝东南,焚香诵经,跪拜祷告六个时辰。而后挖一水井,取名"甜田井",意谓善人必有善报,甜蜜和幸福一定会降临田岙。

从此以后,田岙人再无缺水之苦。无论大旱小旱,此井从不干涸,且水质纯净,清凉甘甜。后人为纪念此井,集资修亭立碑。

田岙村位于泗礁本岛五龙乡的西面,距县城大约五点六公里。这个小村庄成簸箕形，三面环山，一面绕海。田岙村是浙江省旅游特色村，被授予"全国休闲渔业示范基地"称号。豪放热情的墙体壁画，独具渔味的风情小街，喜庆丰收的渔俗广场，错落清新的渔家宾馆，构成了田岙"东海渔村"主要的人文景观。

世代靠捕鱼为生的田岙人，绝然没想到，当年连渔家姑娘都不愿嫁进来的"烂田岙"，如今却成了都市人争相前往的休闲之地。

那是一九九九年初夏，几位上海人无意中闯入田岙村，看到了渔船进港满船新鲜鱼货，好新奇！便恳求渔民让他们也试试，他们愿意付钱。

这年七月三十一日，田岙村渔民用改装后的五艘流网船，免费接待了二十四名上海游客，虽然没能赚到一分钱，却让舟山"渔家乐"在此诞生。

时任田岙村村委会主任许松国，走东家，串西家，有了好办法。趁着伏休时节，利用闲散的渔船接待各地游客。"渔家乐"旅游项目有特色："亲近海洋，当一天渔民。"

仅两个月，田岙村"渔家乐"接待游客超过八千人次。

二〇〇六年，嵊泗县提出把田岙村打造成"东海渔村"，发展海岛生态和渔家风情旅游。

渔民将自己的闲置房屋装修改造成渔家宾馆、渔家餐厅，曾经"忙时出海，闲时打牌"，如今四方游客来，全家忙接待。渔民生活，过得充实，笑意盈盈。

游客们与当地的渔民一起出海，张网，小拖虾，小流网……有的游客在海上垂钓，放蟹笼捕蟹……有的游客去荒岛探险，拾海螺，捡海贝，观石景……

田岙村出资改造了七间渔用仓库，开设了"木帆船伙舱"渔家餐饮一条街。看夕阳，吹海风，听潮声，品海鲜，游客不断。

二〇一一年十二月，田岙村通过"省级休闲渔业精品基地"考核验收。这也是浙江省首家通过验收的休闲渔业精品基地。

海上渔事体验，海礁探险，海钓休闲，海鲜美食，渔村民俗风情文化，田岙村迎来了越来越多的游客。

二〇一四年八月,嵊泗县委、县人民政府出台《嵊泗县田岙村美丽宜居示范建设实施方案》,以"美丽中国"、"美丽浙江"建设精神为指导,以经营生态、经营海岛为理念,以建设生产发展、生活富裕、生态良好、自然人文特色彰显的"东海渔村"为目标,着力通过营造风貌特色、提升基础设施、改善生态环境等措施,努力将田岙村建设成为具有地域特色、生态特色和人文特色的"两富"新渔村。将村庄建设成为"生产发展、交通便利、环境优美、设施齐全、管理完善"的美丽宜居示范村,以休闲观光、渔俗体验和艺术创作等活动为主的特色旅游村。

三

　　傅定忠本是渔船的拼股人,有着不错的收入。但在二〇一〇年六月,他却毅然退股了。

　　投入二十余万元,将自家别墅翻修一新后,顺便整修了屋前的山路,安装了路灯,方便游客嘛! 傅定忠加入到了渔家旅馆的经营队伍中。

　　龙闲居,面朝大海,背靠青山。客栈内有标准房、三人房、家庭房。每个房间有空调、彩电、无线网络、独立卫生间,二十四小时冷热水。二楼有一个宽敞的露天平台,可以看海,可以休闲。

　　龙闲居主人傅定忠,到码头迎接外地游客。安顿下来,满桌子海鲜,让游客直流口水!

　　免费借用沙滩垫、沙滩躺椅、烧烤架。游客们欢天喜地,奔向那免费的沙滩,捉螃蟹,玩沙子,踩气球,太开心了! 有几人迎着海风,扯开嗓子,对歌!

　　龙闲居还会给游客代买往返车船票,代买鲜美的海产品带回家,还会联系各处的景点,而且很多景点都在附近。

　　"现在的年轻人出去旅游都喜欢网上找攻略,我们的大部分客源都是'东海渔村'网站带来的,接下来我们要不断提高服务质量,争取更好的口碑。"傅定忠笑着说。

363

田岙村渔嫂何娣有了当家做主的感觉。开设渔家宾馆带来的丰厚收入,让她有了底气。

创业前,何娣一家的生活来源全靠丈夫的捕鱼收入。每次她开口向丈夫要钱,还要看丈夫脸色,毫无家庭地位可言。

现在,何娣肩负着渔家宾馆运营的重任,丈夫则负责开车接送游客,给她打下手。家庭地位发生了戏剧性的转变。

渔嫂张丽萍早早开起渔嫂小庄,这些年,他们供完女儿大学毕业,又在杭州买房。二〇一一年投资五十万元,把客栈扩建了一番。

张丽萍在忙碌之余,依然喜欢画几笔。在墙上作画,是渔家人表现幸福生活、展示精神面貌最直接的方式。她说:"希望将简单而纯朴的快乐,传递给更多游客。"

一个憨态可掬的男孩撅着屁股,趴在灶前奋力吹火,上面写着:"我家来客了!"看了这画,让人不禁莞尔一笑,亲切感油然而生。这听浪宾馆墙上的一幅画,为渔家招徕顾客。女主人摆上午餐,菜肴多是海里的螃蟹、鱼虾、贝类,地道的渔家特色。

田岙村三百多户村民,有一百七十多户开设了渔村民宿。一年就有二十多万人次的游客,前往田岙村旅游、住宿。

夜晚的沙滩上,篝火晚会开始了。大家打开手机,放着歌曲,快乐的心情,随着孔明灯缓缓升起,升上夜空……

四

十九岁的绿华岛姑娘卢绣绒,乘船到了嵊泗县城菜园镇购物。她沿街走着,东瞧瞧,西看看。

这是一张奇怪的招生通知!她的眼光一下子被吸引住了,嵊泗县文化馆贴出的美术培训招生通知,招收没有美术基础的人。

她按捺不住好奇心,就去报了名。

卢绣绒和另八名渔家姑娘,加上一名小伙子,这十名二十岁上下的青年,被录取参加首批渔民画培训班。

到了文化馆,第一天上课,两位美术创作老师什么专业术语都没说,只发给他们每人十张白纸,要他们想画什么就画什么。大家将信将疑,各人开始画草图。

卢绣绒只懂得织网、拾贝、赶海,从未捏过画笔,实在不知道画什么。她拿着画笔犹豫着,怔怔地对着白纸。

她的眼前出现绿华岛,小而舒长。坡谷黑松茂盛,野卉蔓生。岛上沙滩甚少,多为山石岩礁。云雾洞、猿洞、穿心洞、绑猪洞、磨坑洞,在云雾中时隐时现。

她的眼前出现带鱼、鳗鱼、石斑鱼、乌贼……

乌贼这种软体动物,长相特别,足生在头顶,所以又称头足类。头顶的十条足中,有八条较短,内侧密生吸盘,称为腕;另有两条较长的足,活动自如,能缩回到两个囊内,称为触腕。

乌贼的头较短,两侧有发达的眼。头顶长口,口腔内有角质腭,能撕咬食物。乌贼的身体像个橡皮袋子,里面有一船形石灰质的硬鞘,内部器官包裹在袋内。

乌贼是水中的变色能手,其体内聚集着数百万个红、黄、蓝、黑等色素细胞,可以在一两秒钟内做出反应,色素小囊会随"情绪"的变化而改变自身的颜色。乌贼的体内有一个墨囊,里面有浓黑的墨汁,在遇到敌害时迅速喷出,将周围的海水染黑,掩护自己逃生。因而有"乌贼"、"墨鱼"等名称。

乌贼平时做波浪式的缓慢运动,可一遇到险情,就会以快速度把强敌抛在身后。乌贼会跃出海面,具有惊人的空中飞行能力。

每年春夏之际,乌贼由深海游向浅海内湾产卵。乌贼喜欢把卵产在海藻或木片上面,像一串串葡萄似的挂在上面。因此,沿海的渔民常把树枝之类的东西捆成一束一束的,投入海中,引诱乌贼来产卵。待成群的乌贼游来产卵时,再张网捕捞,渔获甚厚。

卢绣绒还记得,长辈们给她讲过的一个个渔家故事,讲到乌贼,就特别有趣。

对，就画乌贼！

下笔是歪歪扭扭的线条，涂改了一遍，又涂改一遍，再涂改一遍，似乎顺畅了一点。

从未摸过调色板，怎么上色呢？她差点吃不好饭，睡不好觉。

"其实我什么绘画功底都没有。"当她最终完成了这项"不可能的任务"，将作品交给老师时，心里就像揣着一个小兔子，跳得厉害。

老师瞪大了双眼，露出惊讶的神色，

卢秀绒创作的这幅作品，题为《乌贼夫妻》。在渔家女纯真的眼中，乌贼不仅仅是鱼，还跟人一样有情有义，有美有爱。这幅画就表现了拟人化的乌贼，在水草中共结连理的故事。

没有采用客观乌贼形象，而是用幼稚的边线平面的方式，刻画出乌贼的形态，有节奏的留白和纵横交错的视觉线条，突显图案的美感。乌贼身上有了像海绵一样美丽的花纹，夫妻双双永结同心。大红的底色烘染了喜气，构图单纯而有趣，用油彩堆描的线条图案富有装饰性。

老师说，渔民画不遵循西方艺术的透视理论，而是采用平面的、多角度的观察方法，在绘画的过程中，凭着自己对事物的理解，创作出造型各异的平面构成作品。这些作品带有强烈地方特色图案语言，能够很快引起人们的注意。

感情浓烈，色彩饱满，构图奔放，对比鲜明，《乌贼夫妻》成了渔民画中最具有代表性的作品。

一九八七年十月，一百多幅嵊泗渔民画在上海美术馆展出。其中就有卢秀绒的多幅作品。法国蓬皮杜艺术中心现代美术馆馆长马尔旦到现场观看，说："这是我此次中国之行所见到的最满意的作品。"一个美国人一次性购买了十五幅嵊泗渔民画，还要求长期签订包销合同。

两个月后，中国美术馆破例为县级文化馆主办的"嵊泗渔民画展"打开大门。国内外媒体纷纷报道嵊泗渔民画。

一九八八年二月，文化部命名嵊泗县为"中国现代民间绘画画乡"。

此后，嵊泗渔民画远赴中国香港、日本、法国、德国等地展出，部分作品被上海美术馆、中国美术馆收藏，另有三百余件作品被国内外画商和艺术家购买收藏。

一九九三年，嵊泗渔民画被编入《中国民间美术教育大全》，卢绣绒创作的《乌贼夫妻》被编入全日制初中教材。

"有人说这样画画是异想天开。但我就是喜欢这样热热闹闹、富有想象力的生命。"卢秀绒画捕鱼，捕鱼人的双眼和鱼眼一样明亮；画大鱼，鱼嘴比家里的大门还宽；画海岛石屋，变形的房屋在海风中劲舞，就像一张五彩大网，将各色鱼虾尽收其中……

卢秀绒的作品上了报纸，开设了自己的乌贼夫妻·渔民画工作室。她说："画上一辈子，再教一辈子画。"

但她也感慨，她的这幅获奖作品《乌贼夫妻》，被人批量仿制出售，频繁用于旅游推广，但这似乎与她这个原创者无关。看来，要发展舟山渔民画产业，知识产权保护问题绝对不容忽视。

五

我在田岙村漫步，似在一个露天的画廊，欣赏立体的渔民画展。

民居多为两层楼，整墙面全是渔民画。几乎家家户户的墙上都是画面，落笔浓重，用色大胆，想象丰富。

鱼儿游在屋顶、挂在树上、悬在空中，章鱼的触须爬满了院墙，螃蟹在小楼间横行霸道，渔船在门窗上来回穿梭……

海是蓝的。几乎所有的渔民画都有蓝色，这是大海留下的印记。

以深深浅浅的蓝色作为主色调，当然，也有大红大绿的色彩对比。渔民画家基本凭自己的想象力，来表现人与海洋、自然与心灵的和谐关系，在造型上无拘无束，表现手法独特、直白、狂放。

浓郁的海岛风情，美丽神秘的海洋故事，每个故事都在讲述蔚蓝色的传奇。自二〇〇七年起，随着东海渔村旅游项目动工兴建，嵊泗渔民画"搬上"了自家的墙头，具有强烈的视觉冲击力。

二〇一一年七月，中国美术学院·嵊泗东海渔村墙体壁画创作基地，舟山渔民画创作基地，落户东海渔村。目的是通过学院的专业造诣与东海渔村独特的渔俗风情完美融合，形成既富有当地渔俗特色又具有较高艺术水准的新渔民画。

　　中国美术学院教授说，渔民画比较质朴，创作上一般用的都是纯色，而学生们则运用了色彩的调和，比如橙色和蓝色、紫色和黄色、绿色和红色，这些色彩都是对比色，看上去也显得比较柔和统一，而且在造型上也多了些专业技巧，比如画船时就出现了船的倒影，那就是运用了光影的效果。在不改变渔民画整体风格的情况下，借用学院派的技巧来进行处理，或许这样的嫁接能结出绚丽的果实，让渔民画绽放更炫目的光彩。

　　渔船上，渔夫使劲拉网，活蹦乱跳的鱼儿，把渔网压得沉甸甸。码头边，渔嫂打着赤脚，挽起袖子忙着拣渔货。沙滩上，渔家姑娘织渔网，丝线长长，牵系着远洋搏浪的亲人……

　　我站立在一座两层楼前，站立在卢绣绒的作品《乌贼夫妻》前。占据整座两层楼的墙面，这幅画夸张而不失温情。

　　红色的花轿，帐幔轻柔，乌贼夫妻坐在里面，成双结对……

三　六井潭

一

手机设定的闹钟响了！

凌晨三时四十分起床，毫不犹豫。

约好四时三十分出发，要拍大海日出。

出租车提前两分钟到，头一探，是女司机，丈夫出海了，她来代替。

两道灯柱在前探路，不知拐了多少道弯。路上约二十分钟，到了六井潭景区。女司机收八十元车费，解释道，平时三四十元，旅游季节五十元，早起八十元。

万籁俱寂。轻轻地踏下去，都能听到自己的脚步声。

抬头仰望，啊，久违的星空！藏蓝色的天幕上，繁星密布，闪闪烁烁。那七颗亮晶晶的星，在北天排列成斗形，除北斗四是三等星，其余六星都是二等星，光耀万古。

记得少时，夏夜纳凉，搬了两条长木凳，拉开距离，上面搁一张竹床板。无须空调器,夜风自来凉。躺在光滑冰凉的竹床板上,仰面夜空,数着满天的星星,怎么也数不过来,数呀数呀,数得迷迷糊糊,便进入了梦乡。

此刻,光亮的北斗星,几十年了,才重见一面,让我不胜感慨!所有的城市已被雾霾包围,终年难见星空。人们被眼前的利益所遮蔽,或急功近利,或钱迷心窍,昏昏然,黑沉沉,伸手不见五指。

唯有海岛嵊泗,空气明净,星空闪烁,使我回到少时。

不见星空,怎能有深邃之感?不见星空,怎能有浩瀚之叹?

二

这栈道,在悬崖绝壁上凿孔支架布水泥桩,铺上木板而成。仅容两人而过。临海一侧有护栏,随山势起伏。

沿栈道而行,脚底波涛拍击,耳边海风阵阵。

六井潭景区位于泗礁本岛的最东端,因通海的六个深潭而得名,故称为"六井潭"。又名"陆尽头",意为泗礁本岛陆地于此而尽。

沿海石崖耸立,有六处笔直的凹状山崖,直插入海,如同六个水潭。其中一潭,深约七十米,幽幽不见底,唯有海水涌来涌去。

奇特的海蚀地貌,千万年的风吹浪打,千万年的潮至汐退,使得基岩海岸形成极其独特的海蚀地貌。由于波浪和海流的作用,自然侵蚀力,造成岸边的崖壁陡峭,怪石峥嵘,海水直逼断崖。

从下往上看,栈道如天梯凌空而架,衬托出那险崖峻壁。

我一眼看到那座灯塔,便快步过去。

北朝阳灯塔为日式建筑风格,白色圆柱形钢筋混凝土结构,高十一米,灯光射程五海里。位于舟山群岛东航路西侧,具有很大的助航作用,往来船舶需借此确定航向,避开附近诸多暗礁。灯塔始建于一九五二年,二〇〇五年六月改建,同年九月底竣工。

离岸千米的海上,有"百亩田"暗礁,意即大如百亩。惊涛骇浪,漩涡四起。

装有强光源的灯塔,晚间指引船只航行。那是温暖的光芒,那是坚毅的方向。

我决意将这灯塔,作为拍摄海上日出的前景。这也是具有特征的标志物。

直面东海,静静等候日出。

因为逆光,灯塔只是黑色的轮廓,塔顶的白光一时亮,一时熄。

东方天空的云层深灰色的,不规则地散开,拉大了范围,强化了阵势。接近海面的,一缕缕地透出淡红,桃花红,胭脂红,渐渐地洇红了天际。

一条渔轮自远而近,在海面移动黑色的剪影,船上的灯光拉长了光影,驶向我的镜头。

天色逐渐发白了,东方的海面上,横亘着灰色的云层,犹如绵长的城墙。

灰色城墙中的一点,愈来愈亮,愈来愈红,憋不住了,猛地往上一冒,那个弧形的神圣之体喷薄而出,天空的云朵顿时镶嵌金边。

半圆形的红亮,破海而出,底部浓雾滚涌上去,白云升腾,彩霞集聚。

圆形的金亮,光球内部极端炽热,气势磅礴,无比耀眼!我的镜头不能直对,而我的心在欢呼,早上好!太阳系的主人!

朝阳的金光呈放射形,光束射向云天,正是霞光万道。整个天空宏伟广大,云彩朵朵现飞行状,海面倒映橙红色的光波。海天间,奏响了最绚烂最华丽最亮堂的乐章!

东海日出,如此壮阔的视野,穿透了寥廓的天际与海面,胜过任何地方的场景。

东海日出,如此博大的胸怀,包容了所有的空间与地面,甚至连那些肮脏的角落。

莫大的震撼力,传导到我的指尖。激动的相机快门,按个不停。

所有沉睡的灵魂,此刻苏醒过来。

三

海岸边岩石缝中，居然长出一丛深绿色的灌木，叶细密，枝硬朗。

我不由得挨近，这是滨柃，嫩枝圆柱形，密被短柔毛。叶厚革质，倒卵形，边缘有细锯齿，稍有光泽。树冠紧密，犹如色块拼图。

滨柃极耐瘠薄、干旱，抗风性强，野外多生于基岩海岸的岩石缝、崖壁。无论疾风厉雨，仍保持自然状态，如此倔强，如此乐观！

栈道边杂树丛生，低矮密匝。偶尔有几株松柏，也匍匐在岩石上，长得出奇的矮小。

日日夜夜遭受海风劲吹，每年夏秋季节更有台风肆虐，野生植物哪怕被台风刮得东倒西歪，或长期被海风吹着向一边倒着生长，也顽强地展示着生命的耐力与韧劲，永不绝望。

一个山洞仓库，上面字迹依稀在：东海特大导弹洞库。如今已被当地居民当成预制板仓库使用了。

这里曾是军事重地，驻扎着海军某部。悬崖边凿通了九曲十八弯的羊肠小道，试探人的胆魄。一九八五年百万大裁军之后，不再设防。昔日部队的坑道仍在，防空洞等设施可寻。大型坑道深约数百米，让人惊叹当年工程的浩大和艰巨。隐蔽在山窝里，一个半地下建筑，烟囱尚在，那是当年的部队伙房。

山崖上，枝叶墨绿的黄杨树，个子矮矮的，东一丛，西一簇，也许是当年战士们种植的。至今，迎着海风，精神抖擞。

观海平台附近，有一处摩崖石刻，上书"注焉不满"，据考证是鉴真和尚真迹。"注焉不满"摩崖石刻古碑，原址扬子江口东海桑枝山，即后称小洋山。

唐天宝元年(公元七四二年)起，已经五十五岁的鉴真应邀东渡扶桑弘法，六次发愿筹备，三次成行出海，于天宝十二载(公元七五三年)十二月二十日,第三次出海经过统称大慈山的嵊泗列岛,顺利抵达萨摩国阿多郡秋妻屋浦,终获东渡成功。

鉴真首次出海,即天宝元年十二月下旬一个夜晚,遇浪击船漏,经通州狼山修船,嵊泗大悲山首泊和川湖山休整,在东驶乘名山(今嵊山)途中遇东北大风,被风浪刮到桑枝山高泥沙前暗礁处触礁船沉,八十五名僧俗在沙滩上冻饿三昼夜,幸得小岛渔民水米相济,渡过难关,从而与桑枝山父老乡亲结缘。天宝七载(公元七四八年)六月二十七日,鉴真率众僧俗二次驾舟登临桑枝山,暂住观音山下观音阁,与岛上居民朝夕相处三十天,诵经念佛,同修善心,互相感动。一日夏雨后,鉴真师徒路经大澳南侧入海口,但见诸多山溪小河汇注入海,却未见海口有涨满之象,由此感佩向佛善良的海岛乡亲慈心似海, 更感悟佛法如海洋一般博大精深,即使千川百江一起注入,也永无盈满之时。鉴真此题词,既有对往日的肯定,也有对未来的期望,永不满足,勇猛精进。

有专家阐述"注焉不满"的古义。作为疑问词的"焉不"相连,不可拆开,译为"怎么不"之义;"注"者,海水汹涌倾泻貌。"注焉不满",全句应译为"海水汹涌奔泻,然而无论如何也不会满溢"。

我的眼前出现了一个景象,诸多山溪汇入大海,未见大海有何变化。容得天下之水,谓之大! 面对起伏变化,却波澜不惊,谓之平!

栈道一直向前延伸,时而向上攀登,时而逐级而下,高到灯塔那儿,低到快是手能摸到礁石了。

"这里,怪石嶙峋,奇礁叠出,是观日出、千舟竞发的绝境之处。这里又能观悬崖峭壁,闻涛声四起,凭栏临风,感受大海万般神奇变幻。"这段文字,来自六井潭景区示意图。

这块天然的奇石,近两人高,石上镌刻书法"六井仙潭"。背衬蓝天,明净如洗。白云缓缓而动,奇石仿佛一叶船帆,行于海中。

我站在奇石前,想象自己依着风帆,正立在船头。

四　孤岛台风天

一

"凤凰"正在趋近　省气象台发布台风警报

　　浙江省气象台于九月二十日下午发布台风警报,今年第十六号台风"凤凰"(强热带风暴级),今天十六时位于台湾省高雄市西南偏南方向二百六十六公里的海面上,即北纬二十点三度、东经一百十九点七度,中心气压九百八十二百帕,中心最大风力十级(二十八米每秒)……

　　受"凤凰"影响,预计二十一日到二十三日我省东部地区有大雨暴雨,沿海地区部分有大暴雨;沿海海面风力十至十二级,沿海地区有八至十级大风,东海渔场及台风中心经过的附近海域最大风力可达十一至十三级。

　　根据《浙江省防汛防台抗旱应急预案》,浙江省防指九月二十日下午启动防台风Ⅳ级应急响应,要求可能受台风影响的地区按预案做好防御。沿海各地要及时通知台风可能影响海域的渔船、运输及工程船只、沿海养殖人员，提前做好回港、上岸避风的准备，并落实避风锚地和安全措施；加强无动力船只的安全管理，防止发生走锚碰撞事故；做好沿海旅游景点的防范保安工作，及时组织游客安全撤离。

九月二十日。

两名船员弯着腰，在船头解开缆绳。见两乘客站在船头抽烟，就催促道："好进去了！好进去了！"两乘客摁灭了烟头，转身进了船舱。随即，哐当一声，船员关上了一扇铁门。

舱内全封闭了，空气沉闷，所幸乘客较少。有人躺着，横卧的身躯占了三个座位，不知真睡假睡。

高速豪华客轮"嵊翔 2 号"，通体白色。我在其中，普通乘客之一。船出海，有些晃。

正东三十五点二公里，那是我国最东端的住人岛屿，名为嵊山。嵊山旧名"尽山"，意"诸岛至尽也，而曰尽山"。这样一想，这趟航程就有了几分探险的意味。

今天风浪大，船只颠簸。上午七时三十分离开嵊泗小菜园码头，直到九时三十三分，才到了嵊山岛码头。

海上行船，可不比陆地跑车。海上风浪变幻莫测，船只从出发的码头，最终抵达到岸的码头，已是万幸，还计算什么时间呢！

嵊山码头果然与众不同，海水透明度三米以上。若是晴天，这海水必定湛蓝而清澈。可惜，今天的天空一片灰暗，雨水纷纷，难见赏心悦目之景。

码头的建筑两层高，坚固的石块层层相垒，密密相砌，犹如沉默的古堡，抗击着惊涛骇浪。

嵊山镇委宣传委员郑惠，这位身材苗条的姑娘，站在码头，迎接我等一行人。

叫了一辆出租车。出门在外,坐出租车是常事,而今天,绝对不同于往常。我抬头一看,车内装饰一面杏黄的三角旗,旗上排列黑字:"南海普陀山进香大吉,唵嘛呢叭咪吽,观音佛祖,佛祖保佑,四季发财,出入平安,驾驶顺利,令!"

雨刮器不停地左右划动,出租车在雨中缓慢前行。两旁低矮而密集的房屋,不动声色,也许早就习惯了这种风雨天。

前面一辆三轮车的车斗上,四名妇女紧拥着撑一柄伞,脑海中忽然就跳出了四个字:"风雨无阻"!。

到了嵊山镇文化礼堂,参观嵊山渔俗风情馆。我于是纵览历史演变,驰目蓝海碧波。

嵊山岛域面积四点二二平方公里,海岸线总长十九点二六公里。岛呈西北—东南走向,地势东高而西南低,呈 L 形。最高点陈钱山,海拔二百一十三米,登此山可鸟瞰全岛。元代前已有人定居岛上,在明代为海上御倭要冲,明嘉靖三十四年(公元一五五五年),名将俞大猷曾率水师屯泊于此。清光绪时,已形成渔港集镇。一九三四年始建嵊山镇。

嵊山居长江与钱塘江入海口交汇处,是全国一万八千公里海岸线的中心点,是国家一级渔港和二类开放口岸。距嵊山本岛十六点二海里的海礁,是我国东部领海的基点,战略位置十分重要,素有"军事要塞、东海前哨"之美誉。嵊山海域辽阔,岛屿错落,共由大小五十九个岛屿组成,南面深水线三点七公里,水深十至十五米,为马鞍列岛最大锚泊地。

嵊山渔场曾是全国最大的渔场之一,有"天然鱼库"、"百年渔场"之称。嵊山海域为嵊山渔场的主体区域,盛产带鱼、乌贼、鲳鱼、虾、梭子蟹、鳗鱼、大黄鱼、石斑鱼等。二十世纪五十年代中后期至六十年代,"万船云集嵊山洋,十万渔民下东海"。尤其冬季带鱼汛期间,浙、苏、闽、鲁、冀、辽和沪、津六省二市的十多万渔民,万艘渔船云集嵊山海面,堪称全国最大鱼汛,捕获量占东海渔区首位。港埠繁荣,建有全国最大的渔业通信电台嵊山集中台。

来嵊山渔场捕捞的渔民,最多的是在一九五七年,达十五万五千四百一十三人。在一个鱼汛期内,在一个海域,同时聚集这么多渔船和渔民共同捕捞作业，不但在国内沿海渔区少见，就是在世界渔业生产中，也是罕见的。

二十世纪七十年代初至八十年代后期，由于人们无节制的捕捞，以及海洋污染等诸多因素，破坏了海洋渔业资源基础及其良好的生态环境，致使嵊山渔场出现快速萎缩退化的历史性悲剧，大小黄鱼汛和乌贼汛相继消亡，连号称全国第一大鱼产品的带鱼，也形不成鱼汛。

人们终于痛心地意识到，今人不能吃完子孙饭！为保护渔业资源，防止杀伤幼鱼，开展改革网具，控制网目，改变作业形式，限制底拖。推广养殖，放置人工鱼礁，放流带鱼、海蜇、乌贼、梭子蟹、黑鲷、大黄鱼、厚壳贻贝等苗种。

二〇〇五年五月，建立了马鞍列岛海洋特别保护区。加强渔政管理，禁止外地渔民偷捕，逐年延长夏秋伏休期。

近年来，嵊山镇发展海洋养殖，成为浙江省最大的鲜活海产品出口基地。其鲜活产品暂养技术国内领先，最早成功开发了活梭子蟹和活海鳗的暂养出口技术两项省级"星火计划"，并获国家金奖。岛上有鲜活海水产品暂养面积三万五千平方米，冬春的活梭子蟹，秋夏的活海鳗、活石斑鱼、活雄蟹等，目前已形成了常年性活捕、活养、活销的出口形式，其鲜活海产品在日本，我国香港、台湾等市场都有较高的声誉。

嵊山镇下辖四个渔农村新社区，为箱子岙社区、陈钱山社区、泗洲塘社区和壁下社区，七个村，三千二百九十一户，户籍人口八千八百八十一人，常住人口一万多人。二〇〇九年荣获"全国文明村镇"称号。

岛礁多，海岸线长，港湾曲折。海水湛蓝，海滩浅平，是游泳的胜地。

走出嵊山渔俗风情馆，正逢阵雨。现只有躲雨的份，那游泳胜地就待以后的时辰了。

一听说有绝妙风景，尽管天气欠佳，先去了再说！

穿过嵊山镇，经过隧道，到嵊山岛最东端，也是舟山群岛的最东端。

东崖绝壁！

北自后岭头屿，南至鳗嘴头岛，连绵三公里，险峰耸立，横隔青冥。

我沿着崖边栈道走过去，海风横斜，步步险峻。

东崖绝壁是分布于岛东部的一组海蚀崖，岩性为浅肉红色钾长花岗石，山势从山腰陡然下跌，直泻入海，形成高崖峭壁，壁立六七十米，最高处达八十余米。整个山体形如刀削斧劈，山成半爿，直立千仞。崖底狂风骇浪，惊涛扑石，飞溅起雾，可谓"飞鸟不敢渡，猿猴愁攀登"。

云层低低地压着海平面，远方仅有一条巨轮，几乎看不出移动的速度。

我回首侧望，崖顶上立着一座白色的灯塔。灌木野草山花从高坡泻下，悬附岩壁。

粗壮的杂草中，惊奇地发现了几朵盛开的野花，状如喇叭。有人认出这花叫望潮花，传说这花是妻子在海边长期眺望出海打鱼的丈夫而变成的，颇有几分凄美。

绝壁陡峭高峻，人立其上，往前一步是太平洋，往后一步是东海。

嵊山的西边有一岛，名枸杞。岛形略呈"T"字形，以山地为主，山顶多裸岩，沟谷处植被甚茂。枸杞岙附近，遍生中药材枸杞灌木，岛以此得名。

两岛之间有条小小的海峡，那片水域叫三礁江，是嵊山渔场南北两港和嵊山至枸杞的主要通道。江的北端，靠近嵊山岙口一侧，有三块暗礁而得名。三礁江海域海底地形复杂，涨落潮时潮流湍急，恶浪滔滔，当地有民谣："三礁江、三礁江，无风三尺浪。"

嵊山至枸杞的渡船，是从一九五九年开始有的，当时是小木船。之后，是一艘二十四马力的小机帆船，船头是八角形的。后来，又造了尖尖船头的机帆船，四十马力。再后来，改换成铁皮的钢质小渡轮，一百二十马力。航程二十至三十分钟，风浪天行驶时间会更长。

三礁江大桥，被称作"东海边陲第一桥"，处于两岛间，风高浪急，施工难度非常大。共投资一亿余元，二〇一一年一月，三礁江大桥正式通车，嵊山和枸杞两地民众结束了舟楫往来的历史，开始共享经济和旅游资源。

我现在看到的是一座三塔双索面跨海斜拉桥。整座大桥全长七百八十一米，桥面宽十二米。蓝色的斜拉索条，那是永不停歇的琴弦，日夜在海天间弹拨。

车过三礁江大桥,便是"贻贝之乡"枸杞乡。

"山海奇观",这方巨石耸立在山冈上。

我走近了,这方巨石高九米,宽约八米,上镌黑色的"山海奇观"四个大字,苍劲雄奇。

这是明朝抗倭将领侯继高于明万历十八年(公元一五九〇年)所题。大字下面,还有几行小字,为楷书阴刻:"大明万历庚寅春,都督侯继高统率临观把总陈九思、听用守备宋大斌、游哨把总詹斌、陈梦斗等督汛于此。"当年,倭寇之患被戚继光等平定后,到万历年间,东南海疆已处于相对平静状态。但因相隔平定倭患的年代不久,明朝政府并未放松对倭寇的防备。所以,侯继高作为浙江都督到枸杞岛"督汛于此"。汛,又称汛地,是明代驻军基层单位的名称,"督汛",就是到前沿阵地检查战备。

"山海奇观"既表明了"封侯非我愿,但愿海波平"的酬国壮志,也体现出东海百姓抗击外来侵略的决心。

"山海奇观"为研究我国明代抗倭历史提供了实物依据。二〇一一年一月公布为浙江省文物保护单位。

中华民族捍卫海疆的决心,当以此石为证。

我环顾四周,紧邻"山海奇观"摩崖石刻的,是一座观音禅寺,旁边还有双峰倚天、三人行石等景点。

近处山花藤萝,随坡茂密丛生。远处长波涌浪,穿礁激荡轰鸣。

尽管天色阴沉,却挡不住这气势雄浑磅礴。

二

台风"凤凰"登陆台湾　中央气象台发布台风黄色预警

中央气象台九月二十一日继续发布台风黄色预警和暴雨蓝色

379

预警。

今年第十六号台风"凤凰"已于今日十时前后在台湾恒春半岛南部沿海登陆,登陆时强度为强热带风暴级,中心附近最大风力有十级(二十八米每秒)。随后其沿北偏东方向移动再次入海。

台风"凤凰"将以每小时二十五公里左右的速度向偏北方向移动,强度维持或略有加强……逐渐向浙江省沿海靠近,并将于二十二日下午在浙江象山到平阳一带沿海登陆(热带风暴级或强热带风暴级,九至十一级,二十三至三十米每秒)。

"凤凰"中心经过的附近海域或地区的风力有十至十一级,阵风可达十二至十三级。同时,台湾、福建东北部沿海、浙江中东部和北部、上海等地有大到暴雨,其中,浙江东部的部分地区有大暴雨,局部有特大暴雨(二百五十至三百毫米)。

气象专家提醒,"凤凰"登陆浙江时将是其生命史中的第四次登陆,但预计其登陆时风雨影响仍较大,将给上海、浙江以及福建北部带来较大量降水。请上述地区群众做好防台防雨准备,尽量避免出行,注意人身安全。

九月二十一日。

凌晨三时,"突突突"在窗口敲响,连成一片。窗外就是箱子岙港口,渔船的柴油机轰鸣着。

直至早上六时,远远近近,大声小声吵成一团,实在无法入睡,我便起床。

这海景房,应该叫船景房。隔窗便是箱子岙港口,港口内停泊着密密麻麻的渔船。船桅像密密的森林,各色船旗迎风飘扬。

大小渔船停靠港内避风,或三五艘或十余艘连在一起。你挨着我,我挨着你,一艘艘排列过去,犹如线条工整的图案。

嵊山渔港在舟山群岛的东北部,面临滔滔东海,由嵊山、枸杞等环列的山峦小岛组成了天然屏障,从而使嵊山形成南北两个自然港口,南为泗洲塘,北为箱子岙,是渔船锚泊避风、补充给养、渔货集散基地。

据民间传说,这箱子岙是俞大猷取的名。

明代嘉靖三十四年(公元一五五五年),东洋倭寇频犯东南沿海,明朝廷委派俞大猷将军率舟师剿灭倭寇。

告捷后,俞大猷抵达陈钱岛北边岙口,下令抛锚停泊,安顿休整。

次日清晨,俞大猷带领少数参将和随从登岸上山,一直爬到了万金山山顶。

向南望,海面上波涛汹涌,猛烈的东南风吹得将士们几乎站不住脚跟。朝北看,岙口里平静如湖,停泊的船队旌旗飘扬,威严整齐。

岙形如同开了盖的箱子,船队正好停泊在"箱子"里。得知岙口尚无名称,俞大猷说:"这岙口三面环山,形如箱子,就叫箱子岙。"

我入住的尚海大酒店,就在箱子岙路八号。

到了七楼屋顶,我爬上铁扶梯,狂风呼啸,人站立不易,摇摇晃晃。

我举起相机,长焦镜头中,每艘渔船的船艏都呼啦啦地飘着五星红旗。还有的渔船,桅杆扬着黄边红色三角旗。大风将三角旗拉成了一个平面,旗上有字:"一帆风顺,年年高产","一帆风顺,生意兴隆","嵊山镇福善禅寺,东海龙王神,顺风得利,令"……

渔船离港,一艘接一艘,船屁股喷出黑烟,徐徐驶出箱子岙港口,转移到更大的避风港去。

昨天还满满当当的港湾,今天渔船竟然全部走光,空空荡荡的,静候台风。

疏散之后,难得的清闲,出去走走。

地上,散落着几只小蟹,不知死于何时。

三位渔家妇女,戴着棉纱手套,在剖沙鳗。长板上立一铁钉,沙鳗往上一扎,右手持利刃,无声地滑下,已剖开,刮了肚肠,干净利落,左手就把剖净的沙鳗扔进鱼筐。

我站在一旁,边看边问,渔嫂双手不停,边干边答。天不好,剖净的沙鳗先放进冰柜,等天好了,再拿出,晾出来晒。不能放烘箱里,那样会有焦味。自然风才好,晒了味道好。晒两天的,鳗鲞软一些,上海人、杭州人喜欢吃。晒三四天的,鳗鲞硬一些,温州人喜欢吃。沙鳗买来时,三十元一斤,晒成鳗鲞卖出去,六十元一斤。

迎着海风,走到三礁江大桥。两位朋友顺着石级下去,爬到一块礁岩上,举着相机,拍汹涌的海水。谁知,一个回头浪,高高溅起,一位朋友猝不及防,相机的镜头溅湿了,全身湿透了!

省略了回来的尴尬。没多久,这位朋友换洗了衬衣和长裤,只能穿着短裤出门了。这恐怕是全岛唯一。

二十一日下午,嵊山镇召开全镇防御第十六号台风"凤凰"部署会议,各社区、村及边防、渔政渔监、电厂、水厂等有关单位负责人参加了会议。

会上通报了此次台风的特点,浙江省防御第十六号台风"凤凰"视频会议已通告全省,嵊泗县已启动防台风III级应急响应。镇长对船只(渔船)避风、地质灾害、危坎危房、水利工程、在建工程、群众转移等重点领域进行了部署分工,各块分管领导负责具体落实,全面迅速推进防台风工作。镇委书记强调本次台风行进路径存在不确定性,从总体趋势判断,将给我镇带来明显影响。各社区、村及有关单位思想上要高度重视,提高警惕,毫不松懈,防御台风可能给我镇带来风的影响、局部强降雨的影响以及浪、潮的影响;要突出重点,严密防范,重点做好海上防风防潮和防范强降雨工作;要加强领导,落实责任,抓好各项防范措施的落实,确保人民群众生命财产安全。

确定台风"凤凰"大致路径后,嵊山镇政府立即组织人员赶往嵊山小渔港,对港内停泊渔船进行疏导,合理有序引导有一定逃洋能力的大中型渔船让出泊位,确保逃洋能力受限的小型渔船安全避风,保证全镇渔船安全度过此次台风影响。

在"凤凰"来袭之前,嵊山镇做好了全镇二百余艘大中型渔船的逃洋避风工作。为保证停泊渔船安全,要求各条渔船上必须留有船员值班,做好船只防撞,防止渔船移锚等险情发生。

嵊山镇渔办工作人员接到台风警报后,就不间断巡逻嵊山各码头和养殖海域周边,做好养殖渔民上岸撤离工作,要求养殖渔民加固养殖桁地。启动渔办二十四小时值班制度,落实渔办人员全天在岗,确保一有险情立即反应。加强值班巡逻,消除海上险情。

巡防小组成员出动了,架起高梯,拆卸高空悬挂物,加固标牌、路灯等易松易滑点物体,提醒居民群众做好防台风准备,劝导主街道沿街商户和住户,将摆放在阳台、门口的花盆放置到室内。

我的相机镜头,记录着台风来临前的空疏与紧张。

三

台风"凤凰"在浙江象山沿海登陆

中央气象台九月二十二日十九时四十分发布登陆消息:

今年第十六号台风"凤凰"(强热带风暴级)的中心今天十九时三十五分前后在浙江省象山县鹤浦镇沿海登陆,登陆时中心附近最大风力为十级(二十八米每秒),中心最低气压为九百八十五百帕。

简要回顾下"凤凰"的生命史。今年第十六号台风"凤凰"于十八日凌晨编号,十九日十二时前后登陆菲律宾吕宋岛沿海,二十一日十时前后在台湾恒春半岛南部沿海再次登陆,并于二十一日二十二时二十分前后在台湾省宜兰县与新北市交界附近沿海第三次登陆,三次登陆强度均为强热带风暴级。加之今日十九时三十五分前后登陆浙江象山县鹤浦镇沿海,已经是第四次登陆。

中央气象台提醒当地相关部门继续做好防台措施,积极应对"凤凰"带来的强劲风雨影响。

九月二十二日。

夜里听到风的尖厉叫声。

早上七时多,看电视新闻,中央电视台《朝闻天下》节目,正播出:台风"凤凰"来袭,浙江中部沿海正在防台,温州、台州大雨。

我出门一看,长长的防波堤内,荡然无船,海水尚泛绿,浪一波又一波,拍打,冲撞,在堤坝上溅起高高的浪花。

天阴沉沉的,小雨淅沥,海风明显比昨天大了!

上午九时左右,嵊泗海域实时风力达到九级,局部地区十级。

仅一条水泥路,路面湿漉漉的。

三位上了年纪的渔嫂,穿着雨衣,靠在路边,织渔网。

我走近一看,渔嫂一身蓝色的雨衣雨裤雨鞋,雨衣带着雨帽,前襟拉上拉链,袖口紧锁,坐一把小竹椅,右手持梭,左手拉网,一上一下,在补网。

我弯腰问道:"风这么大,您还不回家歇歇?"

渔嫂抬起满是皱纹的脸,说:"抓紧一天是一天,织一天能有一百五十元钱呢!"

忽然想起《水手》的歌词:"他说风雨中,这点痛算什么!擦干泪不要怕,至少我们还有梦!"

一辆小三轮卡车,驾驶者身裹雨衣,塑料套在左右两个把手以防雨,载着满满的红砖,小心翼翼地驶过。

尽管台风天,我也不能歇着。

岛上,少有平路,几乎都绕着山路上去。到了半山腰,去采访嵊山边防派出所。

一身迷彩服,领章,肩章,臂章,胸前级别资历章。中国武警的警徽,墨绿底上耀着金光。

时任嵊山边防派出所所长王华长,佩戴少校警衔,伸手与我相握。

我自然是职业习惯,一见面就了解王华长的基本情况。

没想到,一九八〇年三月出生的王华长,在家乡江西于都从未见过海。一九九九年十二月入伍,他到了浙江海岛,一驻就是十五年!

在嵊山岛,从港岙口码头、学校、公共场所,到重点部位等,了解群众生产生活状况、社会治安态势,全面搜集各种治安信息。他跑遍了辖区内的角角落落,熟悉了几乎每个社区的治安特点,被誉为海上"辖区通"、"渔民亲兄弟"。

王华长被总队评为全省边防派出所优秀警官,被舟山市公安局评为"十佳社区民警",获舟山市公安机关社区民警群众工作能力竞赛第一名,多次被上级嘉奖,先后两次荣立个人三等功。

我走进边防官兵的宿舍,一室两张床,两个床头柜。床靠背左上方,贴一封塑卡,为战士的正面照片与姓名、性别、出生年月、入伍年月。一床竹席,蓝色的薄被子叠得方方正正,棱角分明。正中一顶大盖帽,端端正正,武警帽徽由蓝色盾牌和金色麦穗组成,蓝盾里有红色国徽和金色长城。

全所十七名官兵,担负着箱子岙、陈钱山、泗洲塘、壁下四个社区七个村的治安管理任务,担负着五十九个岛屿两千九百平方公里海域一千二百六十九艘船舶的管理任务。

我踏入荣誉室,"先进边防派出所"、"星级党支部"、"先进集体"、"基层建设先进单位"……奖牌、奖状,摆满了整面墙壁。

近年来,嵊山边防派出所围绕嵊泗"美丽海岛"建设,主动服务地方经济社会发展,深化"爱民固边平安边境系列创建",通过深入开展"平安海区"、"文明渔区"、"生态岛礁"、"和谐渔村"建设等活动,扎实做好辖区社会治安管控,切实维护浙北中心渔场平安稳定,赢得了辖区群众和社会各界的广泛肯定。嵊山边防派出所先后荣获浙江省综治委浙北渔场专项整治先进集体、舟山市拥政爱民先进单位等荣誉,连续五年被浙江省边防总队评为基层建设先进单位、先进党组织。

王华长说:"辖区刑事、治安案件发案率逐年下降,案件查破率逐年上升,没有发生一起命案,没有发生一起恶性案件,没有发生一起群体性上访事件,群众满意率在百分之九十五以上。"

我说:"这三个没有,来之不易。"

王华长到了办公室,打开笔记本电脑,对我说了基本做法和经验。

一是在"管海模式"上求创新,使海区秩序更满意。建立"金字塔式"船舶分级分类管理,将辖区一千二百六十九艘船舶,按照历年来出海活动记录和守法情况,分为红色重点、黄色一般、绿色安全三类,分别对应金字塔的塔尖、塔中、塔基三级,定片、定船、定人,精细化管理船舶和渔船民。根据出海船舶的作业区域和作业方式,将船舶作业海域划分成二十一个网格状单元格,"船舶管理网格化,渔场问题陆上抓"。派出所牵头驻地党委政府、带头船老大、驻军部队及治安积极分子,建立"1+4"军警民联合巡防模式,配套电子眼巡逻,二十四小时值守、监控、巡视,有效提高了海区、港区的管控率。建立船员、船老大、船管会、政府渔业办公室"四级"捆绑制度,落实管理责任,形成了出海船舶、船员层级管理的良好局面。

二是在"治海力度"上出重拳,使海区治安更稳定。派出所联合渔政、船管、海事、海警二大队、公安边防艇等,建立了海上治安信息快速传递与快速反应机制,进一步完善了海上报警系统。渔船民能直接通过 GPS 监控调度系统、单边带、卫星电话等多种方式,向边防派出所报案。与边防大队、公安 110 等部门相链接,海上治安信息掌控面进一步拓宽,海上打击整治力度进一步增大,狠狠打击了海上违法犯罪活动嚣张气焰。

三是在"护海维权"上聚合力,使海区安全更有保障。派出所牵头联系政府渔业办公室、船管组织、带头船老大等,定期召开海上安全工作联席会、海上治安通报会。同时,派出所抽调船管民警,定期联合海事、渔政等部门开展海上巡逻。派出所物色七十三名威信高、政治素质较好的船老大,与浙江台州、温州,还有山东等方向船舶建立了六个"海上联姻调解协会",在船舶醒目处挂上"联姻纠纷调解船"牌子,靠前调解,劝止渔事纠纷,防止矛盾激化。派出所还联合舟山海事法庭、嵊山法庭,建立了全省首家"海上巡回法庭",海上直接受理、审理、调解各类经济纠纷。

王华长说:"我们有一支平安突击队,每年台风、火灾等危难时,是抢险救灾的先锋队、主力军。"

这支平安突击队,由派出所组织民兵、预备役人员、治安积极分子等成立,及时化解险情。

强台风"苏力"影响期间,平安突击队连续奋战三天,抢运两千多个沙袋,协助二百八十多艘渔船加固缆绳,劝离转移渔民二百多人,加固一百七十五间危房,组织九百余艘渔船回港避风,实现了台风期间几乎零损失的目标。

有一年十二月,箱子岙社区店面房起火。冬天偏北风,风助火势,直接威胁街边二十余家店面。熊熊烈焰中,平安突击队持续奋战二十多个小时,最终扑灭了这场特大火灾,挽回损失上千万元。

我看到《舟山公安边防支队嵊山边防派出所先进事迹》的几份汇报材料,便摘录下来。

二〇一三年十月四日,强台风"菲特"即将过境,台州临海数十条渔船,开进箱子岙码头避风港避风,因停靠与光明村渔船发生言语冲突,进而互扔酒瓶。光明村等本地渔船民聚集了几十人,随时可能暴发更大的冲突。所长王华长得知此情况,马上组织警力赶赴事发现场,疏导了围聚的群众,制止了身体接触,然后组织双方代表协调。王华长告诫双方:"要以大局为重,双方各退一步,如果因此引起两个地区渔民失和,出现深层次的矛盾,那就得不偿失!"在他的耐心劝解下,双方均表示自主协商下解决,不再因此引发更大的冲突。

每周下社区,吃一次渔家饭,住一夜渔家船,群发一个短信,建一份渔家档。这是嵊山边防派出所的做法,为渔船民排忧解难。

李曙亮,嵊山边防派出所副连职干事,箱子岙社区民警、爱民固边模范村书记助理。属于九〇后,从充满辣味的家乡湖南临湘,到了漫天海腥味的舟山海岛,居然很快适应了。

李曙亮走访社区,发现居民邓某一直愁眉苦脸,心事重重,遂上前了解情况。原来,邓某最近向亲戚朋友借了二十多万元用于收购渔货,但由于销路不好,新鲜的渔货只能放在冷冻厂,眼看着渔货再过段时间就变质了,还没联系到买主,心里万分着急。

李曙亮想了一下,哎,何不利用网上购物平台呢!他随即在淘宝网上注册了账号,就把渔货的照片和资料等传到网上。没想到,很快就收到了第一笔订单。

接下来,李曙亮帮助箱子岙社区建成"尽山海珍品有限公司"官方网站,在淘宝网设立了海产品专卖店,大大拓宽了销售渠道。

王海伦，也是一位九〇后，山东东营人，嵊山边防派出所副连职干事，任内勤、户籍民警兼壁下社区民警。

眼前的王海伦，大学本科学历，会计学专业，看上去文质彬彬。

在嵊山边防派出所，官兵都喜欢亲切地叫他的英文名"Helen"。

他深知：作为一名边防警察，身兼军人和警察的双重身份，不同于普通国家公务人员和一般群众，是一种工作性质相当特殊、工作要求相对较高的职业。他说："没当兵以前，都是在电视和网络上看武警官兵救人的镜头，每每这时都是热血沸腾、心潮澎湃，如今自己也和他们一样，有急难险重任务，在第一时间就出现在人民群众最需要的地方。"

每次抢险救灾，王海伦都是毫不畏惧，冲在队伍的最前面。人称"抢险救灾红旗手！"

岛上废弃的贻贝壳随处可见，既污染环境，又影响村容。

打开了"浙江蓝谷海洋环保先锋"网站，派出所民警姚海涛一眼看到，贻贝壳是绝好的海珍品饲料。他就利用空余时间，展开调研论证。他建议嵊山镇投入五十万元，进行贻贝壳入海综合利用，既帮助养殖户实现了增收，又解决了环境污染问题。

他走访陈钱山社区，群众反映的每件大事、小事，都仔细记在社区民警入户走访登记簿上。两年多来，他密密麻麻地写满了十二本。

王华长沿着楼梯，到了楼顶。我紧随而上。风大，头发随风飘扬。

眼前，就是岛礁，海浪，辽远的空旷。

远离大陆，也远离嵊泗本岛，一天仅三个航班，交通不便。常年困在孤岛，数尽潮涨潮落。民警刚分配到小岛时，心理多少有些失衡。文化生活单一枯燥，唯有一个篮球场。

岛上难得有平地，为方便群众，下面有一处平地，建了一个办证中心，渔民们就不用跑到山上去了。

在市场经济条件下，功利主义、实用主义比较流行的今天，嵊山边防派出所官兵们耐得住寂寞，抗得住诱惑，守得住清贫，扎根浙北渔场，成为先进典型。

舟山市嵊泗县委、县政府联合印发《关于授予舟山支队嵊山边防派出所"美丽海岛忠诚卫士"荣誉称号的决定》,以表彰嵊山边防派出所在促进驻地经济发展、维护社会稳定、服务辖区群众等方面所作出的突出贡献。

他们或许没有激动人心的故事,他们或许没有广为传唱的事迹,但是他们身着橄榄绿,在码头,在社区,在渔船民家,留下了坚实有力的脚印。

喷涂警徽的面包车,带着标志的电瓶车,驶出边防派出所,沿着山道盘旋而下,民警到码头执勤。

狂风巨浪,见得多了,也就不足为奇。

下午三时十分,广播响了!

岛上依次排开的水泥柱上,喇叭里传出的声音,在小岛上空回荡:今年第十六号强热带风暴"凤凰",近中心最大风力有十级;目前风暴中心正以每小时二十五公里左右的速度朝偏北偏西方向移动。受其影响,嵊泗县今天傍晚起有大到暴雨。嵊泗沿海已经出现九级东北风,今天夜里将逐渐增强到十至十二级。根据《嵊泗县防台风应急预案》,嵊泗县防指已于今天上午九时启动防台风Ⅱ级应急响应,并要求各地、各部门根据预案要求切实做好各项防台风工作,密切关注台风动向。

嵊山镇人民政府防台风工作指挥部,负责全镇的防台风工作。全面部署、落实、督查全镇的防台风工作;记录跟踪台风动态,发布抗台风指令;处置突发事件,发布抢险命令,调度抢险队伍和防台风抢险物资;发布台风解除,统计灾情和部署落实灾后自救工作。指挥部下设面上指挥组、企业巡视督查组、水利船舶巡视督查组和城建危房巡视督查组。

箱子岙社区、陈钱山社区,均制定社区人员抗台风值班安排表,社区班子成员轮流值班,保证二十四小时人员到岗。充分做好物资准备工作,确定紧急疏散地点。依托农民信箱、网格短信等平台,积极做好宣传工作,提高防台风意识。提早排查辖区内危房等几个重点区域,仔细检查社区路灯电线、辖区内广告牌等安全隐患点。设置老年活动室为抗台风避灾点,重点转移危房、危坎及有塌陷危险的山坡附近居民和流动人口。转移多位居民到避灾中心,劝说几十人投亲靠友。同时,密切跟踪社区内船舶、养殖户、车辆动态,加强巡逻。

二十二日早上起,泗洲塘社区书记、主任一行人,全面检查居民房屋、危险建筑,确保在台风来临时不具有坍塌风险。勘察社区辖内的水库,掌握水库的现有水量,避免特大降雨量对水库下游的居民造成影响。社区工作人员逐个电话联系,告诫居民做好台风防范工作,劝老年人去其子女家中躲避,如无处可去的,社区统一安排临时避所。

壁下社区成立防台风应急小分队,制定台风预案,为防台风做好充分准备。要求值班人员和抢险队伍等有关人员到岗到位,有关人员要保持二十四小时通信畅通。挨个与辖区内的渔民老大进行联系,让他们密切关注风力气象,及时做好逃洋工作,确保他们已经回到安全港。同时,告知岸上居民做好防范工作,提醒他们关好门窗,将阳台上的花盆、易坠物等放置到室内,及时转移危房居民至安全避灾点。同时,备好沙袋等阻水物品,以"防"为主,尽一切可能做好防台风的各项准备工作,确保社区安全。

从玻璃窗望出去,雨水已是川流不息,让窗外模糊成一片。

我现在的位置,是嵊山慢生活面馆,也许是台风天仍然经营的唯一一家。我在这里用晚餐。

傍晚五时四十分,店主程海龙做了饭菜,蒙了保鲜膜,装进搪瓷罐。他对我说:"二十多人在社区值班,下午已送过一次。"他出了门,冒雨,骑摩托车去送。

晚上六时二十分,雨大了,程海龙披了雨衣,又送菜去。

晚上七时,一辆面包车劈开雨幕,疾驶到面馆前,穿反光带雨衣的民警进来,付了钱,拎走一大提的红牛罐装饮料、矿泉水。

晚上七时十五分,一位穿雨衣的中年妇女推门进来。程海龙说:"这是我老婆,从社区值班回来。"

她脱了湿漉漉的雨衣,身材丰腴。她熟门熟路,拿了一碗装的方便面,自己打开,用开水冲泡。

程海龙不忘开玩笑:"她都这个身材了,不要我烧菜。"

她端着碗仔方便面,一边用筷子挑着,一边说:"外面狂风暴雨,社区办公室灯火通明,大家都紧绷着神经,生怕哪里传来不好的消息。"

嵊山镇地处浙江北部沿海,极易遭受台风的侵袭,是全县台风灾害的重灾区。镇里落实防台风工作行政首长负责制,明确全镇各部门、社区、村的防台风工作职责。预防和减轻台风灾害造成的损失,防止因台风引发的大风、暴雨、风暴潮等灾害造成恶性事故发生。坚持以人为本,努力做到不死人、少伤人,减轻国家、集体和人民群众财产损失,维护社会稳定。

几乎每年夏季都要经历抗台风工作,但是社区上上下下,无人放松警惕。自然灾害既无情,也是不可预测的。我们始终把握"防在先、避在重"的原则,重点做好防范工作,保持高度警惕,宁可十防九空,不可有而无防。只要我们全部人齐心协力,就能克服一切困难。

今天一夜没得睡了。

夜窗,被强风震撼着,那是庞大无比的怪兽,发出强大而恐怖的巨响,"哇哇——哇哇呜——哇哇呜——"

四

台风"凤凰"五度登陆

中国天气网九月二十三日讯:今年第十六号台风"凤凰"一路擦边北上,今天上午十时四十五分前后,在上海市奉贤区海湾镇沿海完成其第五次登陆,登陆时中心附近最大风力有九级。

第十六号台风"凤凰",英文名 Fung-wong,来源中国香港,含义:山峰名。

台风实际上是一种强热带气旋。台风和飓风都是一种风,只是发生地点不同,叫法不同,台风是在北太平洋西部、日界线以西,包括中国南海；而在大西洋或北太平洋东部的热带气旋则称飓风，也就是说，在美国一带称飓风，在菲律宾、中国、日本一带叫台风。

"凤凰"是史上登陆最多的台风吗？据历史资料显示，连续三次登陆的热带气旋并不在少数，登陆四次则较为罕见，五次登陆更属非常罕见。"凤凰"此番五次登陆的确追平了二〇〇九年台风"芭玛"曾经五次登陆(分别登陆菲律宾三次、我国海南一次以及越南一次)的最高纪录，四度登陆我国也成为一九四九年以来登陆我国次数最多的热带气旋之一。

据国家气象中心台风与海洋中心吕心艳分析，"凤凰"是典型的秋台风，进入东海后，在高空急流和底层冷空气影响下，它带来的狂风暴雨主要集中在中心附近及北侧的浙江、上海等地。一般台风登陆后强度迅速减弱，但是"凤凰"多次登陆后，特别是昨晚在浙江登陆之后，由于其北侧高层出流好，登陆后较长时间仍能维持强热带风暴级台风。

九月二十三日。

早上五时多，"嘭"一声，断电了！

摸索着开了门，电梯间漆黑漆黑的，电梯停了。

扶着墙壁，从应急通道一步一步地走下去，到了一楼，门厅里积着水，风雨不断地刮进旋转门，旋转门这下子无人而自动！

玻璃窗上，雨水如注。望出去，箱子吞港的海水，大部变浑了，唯有角落还是清色的。沿港的水泥路上，只有一盏路灯亮着，孤独，无助。

除了风浪声，一切寂静。

一楼的服务台，女服务员着急地说："全镇停电了！今早做饭的阿姨都没来，风雨太大，经理担心安全，叫她不要来。"经理冒雨到外面小店买了早点回来，分给每位房客。

我也分到一小塑料袋，一一掏出来，一支细小的吸管，一支棍式豆浆，一个小小的实心面包，三个小包子。这就是全部的早餐。台风天，能有吃的就很好了！

九时三十分，雨已歇。一男青年骑着摩托车，黄色的雨衣挂在前头。六位渔民前前后后，有的身穿迷彩服，有的脚蹬雨靴，踢踢踏踏走过来。

直到中午，全镇没电。嵊山枸杞航班全线停航，出不去，进不来。孤岛的孤独感，如雨水般渗透全身，丝丝凉意沁入骨头。

踩着雨水，走到慢生活面馆。几扇玻璃窗上，贴着各色的剪纸，大黄鱼、小黄鱼、带鱼、乌贼、梭子蟹、章鱼、大对虾……仿佛游动的海。

台风天，幸亏还有这么一家仍在经营，至少让胃还有一点充实的希望。

灰暗的角落，一张小圆桌，四张钢管靠椅，等待就餐。

店主程海龙一边用抹布擦桌，一边说："这里经常停电，大风来就停电。嵊泗要用电，就把嵊山枸杞停了。你是不是领导？是领导，我真要反映反映。"

台风天，渔船避风去了，商店关门了，水产市场停止交易了。好在面馆有冰柜，冰冻的海鲜还是有的。

吃点什么？来碗香菇面！

一只大漆碗，里红外黑。说是香菇面，却有一条小黄鱼、几段水潺、两只大虾、两片马鲛鱼，满满一海碗！呵呵，在城市里绝对享受不到的！

反正没有其他客人，店主程海龙就坐在边上，陪着聊。面馆开了两年了，当时取名"海疆"，领导说不好不好！有人就取名"离岛"，有人又取名"微城"，但县城菜园镇已有了。镇党委书记起的名，"慢生活面馆"。

"离岛，微城，慢生活"，这是嵊泗县委、县政府提炼出的理想生活状态，也是"美丽海岛"建设核心理念的体现。

嵊泗县城有"离岛"、"微城"，嵊山有"慢生活"，这一理念真的生活化了。

程海龙说："我以前是卖水产品的，自己学会炒菜，看看餐饮烹饪的书，看看电视里的美食节目，有几个菜还是自己发明的，别人还从我这里学。每天清晨四点钟，到水产交易市场买鱼虾。不会用地沟油，厨房收拾得干干净净。"

程海龙说:"生意好啊! 有天晚上,三桌刚收拾完,又来三桌吃夜宵的,再收拾完,准备打烊,渔民回港了,二十来人,带了刚捕捞的海鱼,来店里烧熟了,敞开喝酒!"

程海龙说:"女儿八岁就送到定海,上小学、初中,都是住校的。读高中时,到了嵊泗中学,也住校。她不愿意回岛。今年暑假,我打电话给班主任,动员她,她也不听,就没回来。"

年轻人向往外面的世界,不愿回嵊山岛。我曾问过一位渔嫂,她女儿在杭州工作,一年就回岛一次。她想女儿了,就乘船到沈家门,再坐车到杭州,一年去两三趟。

程海龙说:"向海里讨生活,只要勤劳肯干。我的哥哥在收章鱼,一次收两三万斤,一斤赚一元,一趟赚两三万。那些外地人下海抓贻贝,每人出一百元,合租一条船,一天收入达一千元。"

程海龙说:"岛上人,说自己的话,走自己的路。熟人碰到,就在路中央聊天,根本不管身后的车。渔民出海,在船上,走中间甲板,不往边上走,就往中间走,习惯了。"

我说:"三礁江大桥上,有的妇女就在路中央走,太危险了!"

十一时四十分,程海龙的妻子回来了,两人在外厅一小桌吃饭。

程海龙的妻子叫葛燕君,嵊山镇综治办专职副主任、镇调解委员会副主任。作为嵊山镇防台风工作指挥部组成人员之一,她与社区干部们昨天日夜在值班,晚饭时回来泡了一碗方便面,与我见过一面。

此刻,台风已过去了,难得空闲,葛燕君端着饭碗过来,东拉西扯,随意聊着。

胯大臀翘,那准是后头湾的女人。后头湾的女人一眼就能分辨出来,崎岖的山路让她们练就了健美的身形。

葛燕君说:

我是土生土长的嵊山人,一九七二年九月生,后头湾村人。我家在村里有两栋石头房,后来全家搬离了。

一九八八年,我初中毕业,胆子特别大,到镇里、县里比赛,就要争第一名。一九九〇年参加工作,当过出纳、会计、治保会主任、村支部书记、新型渔农村社区管委会主任等职务。当了"地保",就是保平安,这里六个村,了解每户的家庭背景,大人小孩的名字基本都能叫得出,被称为"活地图"。

二〇〇七年,公开招考公务员,当时限定面向村干部。我三十五岁,就去考了,笔试比第一名差二十六分,面试去凑个数。主考官出示一张画,上面一个地球,下面一块菜地,底下交叉着火柴。我说,这是要关心环境保护。主考官说,接近主题。三人行,必有我师。就是要向有专业知识的人学习。笔试、面试成绩四比六,总分差零点二五分。后来主考官知道我是后头湾人,就说事先怎么没打招呼,加个零点五分,看都看不出,总分就够了。我不要打招呼,我就要靠自己去考。第二年,又去考了,没考上。第三年,再去考,我考上了!考了第一名!那时记忆力好,上午打的电话号码,一看就记住,下午打电话时就能背出。社区事情多,我是"交通轮",停靠一站站,这户人家,那户人家。回到家,太晚了,也不做饭。后来被评为浙江省社区矫正工作先进个人,家里奖状证书一大摞。

值得说一说的是,二〇〇五年五月,经推荐,由嵊泗县人民法院提请县人大常委会批准,我被聘任为嵊泗县人民法院人民陪审员。

当我拿着聘任书时,我内心感到了人民的重托和社会的责任:"人民陪审员是不穿法袍的法官,我们在打官司时总感觉,有陪审员在就好像有一个老娘舅和老舅妈在,有一种法理之下的情理在。"

我时刻要求自己,要从心底里去热爱陪审工作,切实发挥好人民陪审员的作用。别人都说我"爱较真",我知道,为了把一个案件处理好,无论怎么付出与如何辛苦,都值得。

二〇〇九年十二月,枸杞乡的一位妇女到嵊山法庭起诉离婚。经了解,她的丈夫已经搬到外面居住,偶尔回家就殴打妻子。为了查清他们婚姻的实际情况,我给其十四岁的女儿打电话。她女儿竟声泪俱下:"我一个小孩子是不愿父母亲离婚的,但是当我看到爸爸抓着妈妈的头发使劲撞墙的时候,我还是希望你们判他们离婚吧。"

合议庭合议的时候,我坚持认为,原告、被告的婚姻已经名存实亡,并从保护妇女的角度阐述了应该判决离婚的观点，终于被合议庭采纳。拿到判决书的时候，那位妇女哽咽着说："总算给解脱了，也给了我主张婚姻自由的权利了！"

二〇一〇年十月，嵊泗两户贻贝养殖户因分配不均产生了合伙纠纷。审查案卷时，我发现，其中一个养殖户用最原始的记账方式赶制了凭证充当出售的证据。我利用自己懂财会的特长，一页一页仔细审核了这些凭证，提出不同日期销售的发票为何存根联号码是连在一起的，贻贝苗子的价格每天都高低不等，为何凭证上的销售价格都是同一个单价，为什么每一笔苗子过秤时多余分量也没有等疑问。

被告顿时傻眼了。他不得不承认，这些凭证都是自己连夜赶制的，想隐瞒销售总量，以便在利润分摊上占便宜。由于抓住了案件的关键，两家庭外和解。

作为一名女性陪审员，我经常发挥自己善于观察、耐心细致的特点，不放过一次发现真相、缓和矛盾的机会，尽最大努力做当事人思想工作，化干戈为玉帛，帮助法院达到息诉的目的。

这位嵊泗县人民法院陪审员，在《人民法院报》发表了署名文章《我就爱"较真"》。

我绝没想到，在我国最东端的住人岛，在台风天的小面馆里，居然有一对夫妇的经历，成为我采访提纲之外的素材。

台风过去了！紧绷的神经松弛了，被打乱的状况恢复了，生活的节奏正常了。

吃罢，程海龙打开加多宝饮料罐，仰脖喝了一大口，又仰脖喝了一大口，估摸着这罐也差不多了。他坐在高靠背椅上，剥了一根棒冰，塞进嘴里。正对着箱子岙港，吃着棒冰，惬意，放松，享受。

五

台风"凤凰"致浙江近八十七万人受灾

新华网九月二十四日报道:台风"凤凰"登陆浙江前后带来大风大雨,受此影响,浙江台州、宁波、舟山等市局部地区发生小流域山洪和山体滑坡等灾害,部分农田受淹,一些交通、水利、电力等基础设施受损。浙江省防汛抗旱指挥部最新通报称,全省有近八十七万人不同程度受灾。

统计显示,截至二十三日十七时,浙江省共有宁波、舟山、台州等三个设区市十五个县(市、区)一百七十三个乡(镇、街道)八十六万九千二百人受灾,倒塌房屋八十四间。

随着台风"凤凰"离开浙江并减弱为热带风暴,除杭州湾、舟山一带有降雨和大风外,其对浙江的影响逐渐结束。此前,浙江省防指已决定将防台风应急响应调整为Ⅳ级。

九月二十四日。

早上六时不到,就听到窗外"隆隆"作响。昨日入港的渔船,此时又出航了。

"咚咚咚",路上的三轮卡车又开始喧闹了。

台风过境时波高近七米,现在息怒了,波浪不急不缓地恢复了原状。

还是阴天,海风依然强劲。

常识中,车驶路上,船行水中,两者不搭界。

车与船撞了,谁都没听说过。然而,在嵊山镇,在枸杞乡,却是真实的事。

岛小,几乎无平地。船要修理,就用起吊机吊上岸,放到路边。海岛的路本来就狭窄,一条船停在路边,无疑就占了有限的空间。

车道少有大路,一辆车疾驶,一拐弯,就容易撞到船上去。

车与船撞了,此时此刻,便是必然。

陈钱山路,这是岛上最主要的一条街,但路上行人稀少。

也许台风刚过,元气尚未恢复。

我信步而行,到了嵊山农贸市场,有南北干货摊位,有豆制品、油面筋、年糕摊位,有蛋品、酱菜摊位,有鲜肉、冻肉摊位,有自产自销摊位。然而,生意清淡,几乎没有顾客。摊主们,有聚在一堆搓麻将的,翻开躺椅睡大觉的,独自低头玩手机的……

问了一个卖鸡蛋的,摊主答:"七元五角一斤,这是本地鸡生的蛋。"

又问一个卖水果的,摊主答:"葡萄八元一斤,苹果有六元一斤的,八元一斤的。当地人来买苹果,就挑两个,一点疤都不要,要好看的,供菩萨。"

我问摊主:"您贵姓?"

摊主答道:"姓朱,老家在安徽,来嵊山十六年了!"

我问摊主的年龄,他伸出四指,手心手背一翻,"我今年四十四了!"

朱姓摊主说:"老乡在这里当兵,退伍后留在岛上,带了亲戚来。老乡带老乡,如今有好几百人呢!"

朱姓摊主说:"这几年,外地游客到嵊山的多起来了。我去吃海鲜面,八元一碗。游客来吃,二十五元一碗,再放点小虾,三十元一碗、五十元一碗,甚至百来元一碗。有一个餐馆老板,两个月就赚十万,怎么来的?"

我已知道朱姓摊主的姓名,但我要为他保点密,就凭他这一番真话。

我们的社会,如果连基本的诚信都没有,文明从何谈起呢!

此刻,置身我国最东部的住人岛,却也不得不为国民素质担忧。俗话说:"一粒老鼠屎,坏了一锅粥。"问题在于,这粒老鼠屎为何就清除不了呢?为何还能肆无忌惮地坏了一锅粥呢?

我沿着港口的水泥路,往西北方向走去。

交通路一侧有个小广场,这小广场的墙壁一周,顿时令我双眼一亮!

全是瓷板照片,白瓷砖上的黑白老照片,名为"嵊山渔场百年间"。从左往右数,第一张便是"万艘渔船汇嵊山"的盛况,那长龙般的渔船蜿蜒海面,气势不凡。

二十世纪六七十年代是嵊山渔港最为繁华的时光,嵊山渔场的大黄鱼、小黄鱼、带鱼、乌贼,鱼讯之旺,名震四海。

一位老渔民至今还惊叹,真是不可思议,介小一个岛,介多的渔民上岛下岛,多么繁忙,秩序是靠什么维持的?没有现在这样的警察维持,也没有专门的护岛联防队把守,十万人像旺发的鱼群涌来涌去,指挥部各立门户,各自为战,却仿佛有一只无形的手,指挥着海上岛上的千军万马。

那时候,岛上用水紧张,渔民几乎整个鱼汛不能洗澡,渔民们白天上岛买东西,看戏——那时有演出队来慰问,夜里按时乘舢板回船上睡觉。鱼汛最吃香的是理发师,搭一个简易窝棚,理发队伍排成了长龙,理发师手忙脚乱,像砍柴一般,三下两下理完了,打发了一个又一个,没人指责理得潦草,没有水可洗头,也没人埋怨。渔民在岛上买渔需物资或生活用品,没钱的,就用原始的交易方式,以物易物,用带鱼换肥皂或蔬菜等。谁也不在乎一点蝇头小利,不会斤斤计较于小小的得失。

每当冬季带鱼汛期,嵊山渔场会云集来自浙、苏、闽、鲁、冀、辽、沪、津六省二市上万艘渔船。各地纷纷在嵊山岛上设立渔业指挥部,渔民们称之为"上海大楼"、"福建大楼"、"宁波大楼"、"东指大楼"、"省指大楼"等。

此时,渔港里桅樯如林,船旗蔽天,南船北舟争奇斗雄。花花绿绿打洋船,白底白桅白鸭船,船头尖尖小对船,船台高高冰鲜船,画龙雕凤温岭船,船眼炯炯大捕船……

大街小巷,万人涌动,吴语闽音、南腔北调充塞于市。"南脚北头",是当时对南北渔民的形象比喻,南面福建一带的渔民都是赤着脚的,而北方的渔民都是用布包着头的。

各地渔民的大交融,成就了当地大市场。当时嵊山供销社的生意特别兴旺,渔需补给品销售量占了全县的百分之五十。福建的小藤花生、荔枝、桂圆干等，至今让老人回味无穷。老人说，那个时候，有很多村民挑着带鱼、乌贼，与福建人换东西。当年在嵊山，你想买什么就有什么。

回忆都是美好的。不管是人事，是景物，还是岁月。

大黄鱼汛发生在夏季。有一年的大黄鱼汛，这位老渔民的渔船，一个季度捕了五百吨（一万担）大黄鱼。他说："渔网里的大黄鱼浮起来，人站在上面，也不会沉下去的。"

夏季还有乌贼汛。当年在嵊山，每到乌贼产卵季节，清水滩横头，都驻满了一群一群的乌贼，渔民只要用脸盆或撩盆舀，一舀就是一盆。当地有句俗语："壁下夜猫洞，乌贼夜夜拢。"那个乌贼可是真正的曼氏无针乌贼，是那种背脊圆圆的没有刺的乌贼，现在已经很少见了。

那个时候，冬季带鱼汛，当渔民捕获满网银剑似的带鱼，往上起鱼时，常会看见一种有趣的现象：一条带鱼被抲上来，它的尾巴下还有一条带鱼咬着，一条接一条地，有一串带鱼，渔民称之为"带鱼咬尾巴"。随着渔业资源衰退，"带鱼咬尾巴"也成了传说。

此刻，我只有在瓷板黑白照片中，见到那一网便是铺天盖地的鱼！

我的相机里装满了旧时的回忆，而我脚下走着现实的路。

这几天，因了台风，困守嵊山岛。孤独，却非无助。

生活的碎片，被海风一吹，聚集在一起。

青年人新分配工作，到了嵊山岛上。在岛不愿回家，回家不愿下岛，坐船晕船太难受了！郑惠说自己到嵊山四年了，还晕船。

嵊山镇人武部长李文斌说："刚上岛时，人很少，就像大年三十，大家都回家了，很安静。群众是最伟大的，不是你当官有什么，而是群众体谅你。"

在后头湾龙王宫，宫门两柱对联："龙王赐福佑四季平安，风调雨顺喜锦鳞满仓。"

想起一句渔谚："三寸板里是娘房，三寸板外见阎王。"

渔民面对海洋生死无常的现象，已视若常态，形成了他们的生命观，乐天知命，达观从容。

站在嵊山岛上，可以看到，在渔民房屋的后面，甚至紧邻着的，是墓地。于是真切地感受到一位诗人说过的话："死亡是一场华丽而悲壮的出行。"

祈望死者对生者的庇佑，与祈求神灵对人间的庇佑，有异曲同工之效。在渔民心理上，亲人的死亡，实际上已完成了生的最高形式——从人到神。敬亡者与敬神，在渔民信仰文化中，已无严格意义上的区分。

强韧的生命姿态，自然的生存优越，视死如生的从容和超脱，从世俗到宗教，从有限到无限，世代的渔民已经完全融合于大海之中。

当我迎着海风，沿着箱子岙港口走完了路程，已是格外的轻松和舒畅。

中午，程海龙说："不陪各位了，我要回家去晒鳗鲞了。"他跨腿骑上摩托车，飞速而去。

在大桥边，一整排的竹床晒满了鳗鲞。桥边风大。

台风过去了，仍是正常的生活秩序。

死亡过去了，又是生机勃勃的成长状态。

无论自然界的风云变幻，无论人世间的是是非非，大海始终按照自己的节奏和规律，潮起潮落，在天地间运行。

我于是心平气和。

历史场景之五:发现新大陆

一

　　码头上停靠着三艘帆船,均为三桅帆船,并备有角帆。

　　最大的一艘是旗舰"圣玛丽亚"号,船体长三十九米,载重为一百二十个酒桶吨位。当时船只的吨位,不是现代意义上的排水量和载重量,而是指船只装载固定规格的葡萄酒桶的数量。旗舰有船楼,一副威武相。

　　另外两艘,一艘是"平塔"号,西班牙语意为"霸王",又称"霸王"号。一艘是"尼娜"号,又称"少女"号。

　　船上配备有各种火炮长枪,弹药箭矢。

　　船上备足一年所用的食物:腌羊肉、腌牛肉、面包干、干奶酪、干豌豆、大米、麦粉,有淡水、酒类、药品,有燃料和海上做饭的火箱、锅等等,有帆缆索具等航行用具和物资,还有许多玻璃珠小镜子、花帽子、铜铃、衬衫、饰针、针线、花布、小刀、眼镜、石球、铅球等百货,用于交换。

　　这支探险的船队,有说八十七人,有说八十八人,也有说九十人。相当一部分是哥伦布的朋友、用人,也有好奇的官员们。有医生、地图绘制员等专业技术人员,有一名懂阿拉伯语的语言学家。那时人们认为所有语言的母语是阿拉伯语,所以这位语言学家是打算在会见中国皇帝时充当翻译的。还有三个从监狱里提出来的囚犯,以这次航行为条件特赦,派去执行最危险的任务。

一四九二年八月三日清晨,西班牙西南端的帕洛斯港打破了往日的寂静。帕洛斯市政府官员、修道院教士,还有老人、妇女和儿童,许多人来到这里,为即将远航的船队送行。

哥伦布身穿丝绸紧身上衣,肩披紫红色斗篷,腰悬长剑,告别了妻子、儿子,登上了旗舰。他被西班牙国王授予海军上将、新发现土地上的世袭总督。

拔锚开航! 哥伦布一声令下,三艘帆船在人们的呼喊声中,徐徐离开码头。

那时没有一点风,船帆无力地悬垂着,船队缓缓地趁着落潮,沿着廷托河驶出。

二

站在旗舰上的哥伦布,四十一岁,正当壮年。此时,他脸带笑容,心潮澎湃。

克里斯托弗·哥伦布于一四五一年秋,出生在意大利热那亚一个毛纺手工业者的家庭。他读过《马可·波罗行纪》,书中把东方说得黄金遍地,香料盈野,这使他非常向往东方的财富。哥伦布二十岁左右当水手,到过欧洲沿海各国,熟悉大西洋东部海域的航路。他坚信当时盛行的地圆学说,认为从欧洲海岸向西航行可以直达亚洲印度,从而可以得到大量的黄金、香料。为此,他先后向葡萄牙、英国、法国等国国王请求资助,以实现他向西航行到达东方国家的计划,但都遭到拒绝。因为,当时地圆说的理论尚不十分完备,许多人并不相信。

大多数人都认为地球是平面的。他们认为如果有人驾船越过已知地域的边界,在地球的边缘就会有怪兽等着他们。人们会嘲笑甚至拘捕那些胆敢认为地球是圆球的人。

当时欧洲所需要的东方商品,如丝绸、瓷器、茶叶、香料和黄金等,主要经传统的海、陆联运商路运输,经营这些商品的既得利益集团也极力反对哥伦布开辟新航路的计划。

幸运的是,伊莎贝尔女王和丈夫费迪南国王听取了哥伦布的主张和设想。一四九二年四月十七日,西班牙王室同哥伦布签订协议,任命哥伦布为他所发现或取得的一切岛屿和大陆的海军司令、总督和钦差大臣,西班牙国王则是这些土地的宗主和统治者;这些领地所出产的或交换而得到的一切珍宝、黄金和白银、香料以及其他物品的十分之一归哥伦布,十分之九交西班牙国王。

哥伦布带着女王写给印度君主和中国皇帝的国书,扬帆入海。

船队出发,在大海里一帆风顺。然而三天后,在八月六日,"平塔"号的转向舵跳槽脱位,继而船漏进水。船队不得不到加那利群岛停下来整修,同时补充食物、淡水。

经过一个月的修整之后,在九月六日,船队离开了旧大陆的最后一片海域,驶向茫茫未知的大洋。

船队越行越远。当最后一片陆地的影子在视线中消失时,许多船员都哭泣起来。

哥伦布站在"圣玛丽亚"号上,望着那波涛汹涌漫无边际的海洋,心情也许是复杂的。但是,神话般富庶的东方之国,那金灿灿的黄金在激励着他,吸引着他。

船队顺着偏东风,日夜不停地航行着,有时一昼夜可以向西航行一百五十多英里。

从早到晚,船童每隔三十分钟,报告一次根据沙漏得到的时间。船员每隔四小时换一次班。当时只有船长和一两名高级官员,才有享受舒适的船舱和卧铺的权利。不当班的船员只能懒洋洋地躺在甲板上闲聊,或缩在阴凉处好好地睡上一觉。船员们过着单调的海上生活。

哥伦布一开始就准备了两本航海日志。一本记录他估计的每天驶过的实际距离，是秘密的；另一本记载的航程比实际航程小得多，是公开的，这样是为了在航期拖长时，使船员们不致感到惊恐而失去信心。然而，由于哥伦布总是把航速估计过高，所以他这本假日志倒更接近实际的情况。

风向改变，航队开始逆风而行，哥伦布却感到宽慰。他在日记中写道："我正需要这逆风，因为船员很担心这一带海上以后永远不会有适当的风向来送他们返回西班牙。"

九月十六日，他们看到一绺绺翠绿色的海草，好像是刚从陆地拔下来扔在水中。大家觉得欣喜，以为船队已接近岛屿。殊不知，他们的船不是接近陆地，而是进入大西洋中一个奇特的海域，大量自由漂浮、无性繁殖的原始藻类，形成了马尾藻海，面积达九百万至一千万平方公里，最浅处有一百五十米，最深处在七千米以上。

直到十月六日，船队才驶出困扰了二十天的马尾藻海域。除了天与海，风与浪，没有见到任何陆地的影子。船员们感到前途渺茫，越来越不安。

十月十日，人们在孤寂、困惑、烦躁之中，忍耐似乎已到了极限。旗舰"圣玛丽亚"号上的船员们发生骚动，人们聚集在甲板上，叫着嚷着要返回西班牙。

哥伦布在当天的《航海日志》中写道："人们抱怨这种漫无时日的远航，说对这种远航的困难不能再忍受了。我千方百计鼓励和安慰他们，使他们怀有美好的希望，能在不久的将来得到很多好处。"并向众人表示：如果三天之内还看不到陆地，就立即返航。

第二天，海上出现了飞鸟，它们绕着船帆盘旋飞行，人们在海里发现了许多绿色的芦苇。"平塔"号船员捞起一根小棍、一根藤茎。"尼娜"号船员捞到一根带有花朵的树枝，一块好像人工砍凿过的木头……这些告诉人们离陆地不远了，大家都高兴起来。

哥伦布在舰楼上踱来踱去，神情激动。夜晚十时，他发现远方仿佛有一个"像灯笼似的东西，一会儿被举起，一会儿被放下"，它是陆地近在咫尺的迹象。哥伦布确信离岸不远了，兴奋不已。

十月十二日凌晨二时，航行在前面的"平塔"号桅杆顶上的瞭望哨，借着月光，发现前面有一片白色的沙丘，一瞬间又发现南边一道白色的闪光，两者之间有一片黑色的礁石，他又惊又喜，大叫："陆地！陆地！"

呼叫声惊醒了其他船员，马丁·平松船长确认后，便鸣炮报信和庆祝。大家涌上甲板，互相拥抱、亲吻，发疯似的跳跃。

哥伦布这时却冷静了，命令收帆下锚停船，等待天明，以保证安全。

太阳升起时，一个小岛清晰地展现在探险者们的面前。经过七十一天的艰辛航行，终于找到了梦寐以求的陆地。这一座珊瑚岛，长约十三英里，最宽处约六英里，树木葱绿。

哥伦布将这个岛取名为"圣萨尔瓦多"，西班牙语意为"神圣的救世主"。这就是今天巴哈马群岛中的华特林岛。

当天上午，除留下几名船员看守船只外，其余船员随哥伦布，分批乘小艇上岸，举行了庄严的占领仪式，宣布以国王和女王的名义占有该岛，并让随行人员做了公证和记录。哥伦布一行在岛上遇到了土著居民泰诺人，他们还处于原始社会后期新石器时代。

哥伦布认为他所到的地方是印度，所以称当地土著居民为印第安人。

对于人类历史发展来说，哥伦布登上这个小岛的时刻，是完成了人类历史上具有划时代意义的壮举。因为美洲新大陆的发现，打开了新旧大陆之间不知经历了多少世纪的隔绝状态，给人类历史的发展带来了深远的影响。

一四九二年十月十二日，是世界历史上重要的一天。哥伦布将长期分离的大陆、人类，甚至还有动植物重新联系了起来。于是，人类变成全人类，世界变成全世界。

直到现在，洪都拉斯、巴西、厄瓜多尔、委内瑞拉、智利、哥伦比亚、巴拉圭、哥斯达黎加、巴哈马、美国等十几个国家把这一天或这一天前后定为美洲发现日、哥伦布日，予以纪念。西班牙则定该日为国庆节，予以庆祝。

三

哥伦布离开圣萨尔瓦多后,继续航行,到达附近的古巴和海地,发现了那里许许多多的大小岛屿。没有找到黄金和香料,却见到了美洲独有的重要农作物玉米、马铃薯和甘薯。

一四九二年十月二十八日,哥伦布抵达今古巴东北奥特连省的巴里亚港湾。哥伦布没有找到文明、富庶的东方国度迹象,却在这里发现了烟草。此后,西班牙人很快学会了抽烟。

之后,"圣玛丽亚"号搁浅,抢险无效。船员把船上的物资转移出来,到"尼娜"号。"尼娜"号无法容纳全部船员。哥伦布决定把一部分人留在西班牙岛,有三十九人志愿留下来,以便找到黄金。

海上起了风暴,持续了四天,风力达到八级,浪高达七点五米。"尼娜"号和"平塔"号在惊涛骇浪中失散,从此两船在航程中再没有相遇。危急时刻,哥伦布抛下了漂流桶,里面装着他发现西印度的信件。在船上,留下一个装着同一信件副本的漂流桶。

历经磨难,终于在一四九三年三月十五日中午,"尼娜"号回到了出发港帕洛斯。当天下午,侥幸躲过了第二次风暴的"平塔"号,也回到了帕洛斯。

哥伦布的首次远航探险,航行历时二百二十四天,行程往返八千多海里,不见陆地的跨洋航行有三十多天。

至此,人类历史上空前的远航探险最后结束。哥伦布给欧洲带回了在西方大西洋彼岸发现陆地和居民的轰动消息,地理大发现的第一条重要新闻,通过几十种语言的翻译,迅速传遍整个欧洲。

费迪南国王、伊莎贝尔女王,这对夫妻史称"天主教双王",在巴塞罗那举行盛大仪式,欢迎哥伦布胜利归来。哥伦布得到了国王的礼遇,成为西班牙的贵族。

四

一七九二年十月十二日，正是哥伦布发现美洲三百周年的纪念日，美国首先发起哥伦布日。纽约举办了一个仪式来纪念哥伦布，还为他建造了一座纪念碑。

一八〇〇年六月，华盛顿·哥伦比亚特区行使美国首都的功能，是为纪念美国开国元勋乔治·华盛顿和发现美洲新大陆的哥伦布而命名的。

一八六六年十月十二日，纽约市的意大利后裔出于对自己同胞的骄傲，组织了第一个庆祝发现美洲的活动。第二年，更多其他城市的意大利人开始在那一天举办餐会、游行和舞会。三年后的这一天，旧金山的意大利人举行纪念活动，他们把这一天叫作哥伦布纪念日。之后，芝加哥举办了哥伦布展览会，举办了盛大的纪念活动。从此，每年的十月十二日，美国大多数州会举办纪念活动。这个习俗亦开始传遍整个美洲，不论北美洲、南美洲，还是加勒比海地区的国家，都会在哥伦布日举行纪念活动。

一八八八年，高达六十米的哥伦布纪念碑，矗立在西班牙巴塞罗那海边。纪念碑的顶部，哥伦布眺望着海洋。

在距离这里仅几百米的王宫，当年伊莎贝尔女王和费迪南国王接见了哥伦布。如今，这座王宫已变成供百姓参观的巴塞罗那历史博物馆。

第六章　港通四海

独闯大海，正确的航程就是方向，
强大的动力就是胆量，鲜亮的船体就是信心。　袁亚平摄

浓雾，涌浪，寒潮，大风，引航船什么都经历了，因而此时平静。　袁亚平摄

朱红的船体，金色的焊花，高度的热情可使钢铁融化，可使旧痕愈合。　袁亚平摄

海上的钢铁巨人，置身风浪而从容不迫，面临货物而举重若轻。　袁亚平摄

港通四海

历史场景之六：创立海权论

一　江海联运

一

朱红色的卸船机，沿着海岸一字排列，高昂着头，铁臂前伸，犹如雄起起气昂昂的仪仗队。

是的，这支钢铁铸成的仪仗队，在此列队欢迎世界各国的远洋轮船。

"港兴拖228慢顶，舟港拖6慢车拉，舟港拖5到左侧拉位……"

随着舟山引航站高级引航员的一个个指令，船长二百九十二米、吃水十八点三米的马绍尔群岛籍"savina（赛维娜）"号成功靠泊。这个庞然大物"赛维娜"号，装载十七万三千吨铁粉矿石，从澳大利亚黑德兰港始发到达舟山。

二〇一六年一月二十六日上午八时，"赛维娜"号稳稳靠上宁波—舟山港衢山港区鼠浪湖矿石中转码头卸船一号泊位。一号泊位为三十万吨级泊位，今日迎来第一艘超大型外轮。此次成功靠泊也标志着鼠浪湖矿石中转码头正式投入试运营。

早已等候在旁的杭州海关所属舟山海关关员立即登轮，办理船舶入境手续,确保货物即到即卸。

临近中午,卸船泊位的两台卸船机加紧作业。这两台卸船机每小时最多可以卸载六千吨矿砂,全天可完成超过十二万吨的卸船作业,矿砂通过输送带从卸船码头迅速输送至港区内堆场。

在港区的中控室内,工作人员透过显示屏幕,掌握矿砂装卸进程的每一个细节,通过网络系统进行整体生产调度。

这批来自澳大利亚的铁粉矿石,将暂时存放在鼠浪湖码头堆场,随后运往长江沿线港口城市。

随着经济的发展,中国的铁矿石进口数量日益增大。然而,吨位较大的远洋船舶无法驶入长江沿岸港口,从澳大利亚等地运抵国内的矿砂需要通过吨位较小的船只进行转运。长三角地区急需一个大型矿石中转港,以满足急剧增长的市场需求,舟山鼠浪湖岛优越的地理位置和通航条件使之成为建设矿石中转码头的一个最佳选择。

作为国内可接靠四十万吨矿船的七大码头泊位之一,鼠浪湖三十万吨级矿石中转码头正式启用,标志着舟山口岸铁矿砂进口接卸能力再获提升,江海联运服务中心建设取得新进展。

二

二〇一四年十一月十九日至二十一日,中共中央政治局常委、国务院总理李克强在浙江省委书记夏宝龙、省长李强陪同下,在浙江义乌、杭州考察。

二十日晚,李克强召开专题会议,与地方一道研究促进改革发展相关重点问题。他指出,建设长江经济带是国家重大战略,长江这条巨龙纵贯东西,经济总量占全国四成以上,其广阔腹地是我国经济发展最大回旋余地,依托黄金水道打造长江经济带,把龙头抬起来、龙身动起来、龙尾摆起来,实现东中西协调发展,我国内需巨大的优势就能更好地发挥,保持经济长期稳定增长就有更强的支撑。李克强充分肯定浙江经济社会发展取得的成绩,希望浙江发挥优势,把自身改革发展和长江经济带建设紧密结合起来,打造江海联运服务基地,敢闯敢试,面向世界,带动腹地,促进转型升级。

舟山江海联运服务中心,于是应运而生。

二〇一六年四月十九日,《国务院关于同意设立舟山江海联运服务中心的批复》中指出:

舟山江海联运服务中心范围包括舟山群岛新区全域和宁波市北仑、镇海、江东、江北等区域,陆域面积约两千五百平方公里,海域面积约两万一千平方公里。舟山江海联运服务中心区位优势独特,深水港口资源丰富,江海联运服务优势明显,大宗商品中转储备交易基础良好。设立舟山江海联运服务中心,是贯彻落实党中央、国务院有关决策部署的重要举措,有利于加强资源整合,促进江海联运发展,提高长江黄金水道运输效率,增强国家战略物资安全保障能力,对于实施长江经济带发展战略,加强与二十一世纪海上丝绸之路的衔接互动,推动海洋强国建设具有重要意义。

舟山江海联运服务中心建设要紧密围绕国家战略,以宁波—舟山港为依托,以改革创新为动力,加快发展江海联运,完善铁路内河等集疏运体系,增强现代航运物流服务功能,提升大宗商品储备加工交易能力,打造国际一流的江海联运综合枢纽港、航运服务基地和国家大宗商品储运加工交易基地,创建我国港口一体化改革发展示范区。

"国家战略","国际一流","改革发展示范区"……

时代的潮流,将舟山推向了史无前例的重要地位。

三

重磅!人民日报的官方微博,根据"十三五"规划纲要草案,列出了中国"十三五"要上的一百个大项目。航空发动机、新能源汽车、高铁、核电、

"万人计划提升工程"……其中的第八十九个项目,是建设舟山江海联运服务中心。

"阿拉舟山人最关心的'一号工程',也上榜了!"

二○一六年三月八日,这个消息一传来,舟山本地的很多微博、微信纷纷转发,网友和市民表达了喜悦和振奋之情。

有网友评价说,舟山的项目能上榜,国家肯定会给予大力支持,新区的发展值得期待!

有网友梳理了众多的新闻报道,整理了舟山江海联运服务中心大事记:

二○一五年一月八日,舟山市委六届六次全体(扩大)会议,确立以谋划建设舟山江海联运服务中心为"一号工程",加快海洋经济转型升级步伐,全面推进舟山群岛新区建设。

二○一五年二月七日,舟山市六届人大五次会议第三次全体会议表决通过了《关于积极实施国家战略推进舟山江海联运服务中心建设的决定》。

二○一五年三月二十六日,舟山江海联运服务中心建设大会提出,要勇担使命,全力以赴落实国家战略。

二○一五年四月三日,浙江新一海海运有限公司登记设立,注册资金三亿元,主要经营国内及国际货物运输业务,近期将形成一百万吨运力规模。

二○一五年八月二十一日,舟山江海联运产业投资基金合伙企业(有限合伙)成立,基金总规模一百亿元,首期规模二十亿元。

二○一五年十一月二十六日,舟山江海联运公共信息平台门户网站运行。

二○一六年一月十五日,舟山江海联运产业投资基金首次投放,首笔二点五亿元以债券投资形式通过工商银行舟山市分行成功投放,迈出服务企业、助力新区的实质性一步。

我轻点鼠标,进入舟山江海联运公共信息平台门户网站。

哦，那么多种类的船舶，简直让人眼花缭乱，集装箱船、干货船、杂货船、散货船、散装水泥运输船、散装化学品船、油船、滚装船、汽车渡船、多用途船、驳船、拖船、供给船、工作船……

码头泊位，各有专长，特点明显。通用散货泊位，金属矿石泊位，通用件杂货泊位，滚装货船泊位，原油泊位，成品油泊位，液化气等其他化工产品泊位，散化肥、散煤、散粮等泊位，煤炭泊位，集装箱泊位，客货泊位，客运泊位，多用途泊位……

堆场，专业分工，有条不紊。矿石堆场、煤炭堆场、干散货堆场、件杂货堆场、拆装箱堆场、危险货物堆场、危险货物集装箱堆场、滚装码头堆场、集装箱堆场、冷藏箱堆场……

港航资源、船期跟踪、长江水运、港航 EDI 等信息一目了然。这个以"互联网＋思维"打造的平台，能让舟山和长江沿线的企业共享船、港、货的信息。

"一号工程"的不少重点工作取得了突破。舟山江海联运公共信息平台，名列其中。

建设"一号工程"，舟山有着什么样的目标？总体方案给出了近、中、远三个发展目标。

总体方案提出，舟山江海联运服务中心的实施范围，包括舟山群岛新区和宁波相关区域，重点形成大宗散货联运片区、集装箱联运片区和现代航运服务集聚区。

近期的发展目标是，到二〇一七年要初见成效，特别是宁波舟山港一体化取得新突破；中期到二〇二〇年，基本形成通江达海、功能健全、服务高效的现代化江海联运服务体系；远期到二〇三〇年，舟山江海联运服务中心全面建成，成为国家乃至世界重要的大宗商品资源、交易和定价中心。

"一号工程"的功能定位，也彰显了舟山的雄心壮志：打造国际一流的江海联运综合枢纽港、国际一流的江海联运航运服务基地、国家重要的大宗商品储备加工交易基地和我国港口一体化改革发展示范区。

四

鼠浪湖岛呈西北—东南走向,陆域面积约二百八十五万平方米。岛形略呈半圆形,两边有山嘴延伸似黄鼬(俗名黄鼠狼)。岛的正面,岙内水深浪小,平静似湖,故名鼠浪湖。

鼠浪湖岛位于蛇移门水道西侧,西北距上海芦潮港约三十二点二海里,南距宁波北仑四十点三海里,附近水深条件良好,流速较大,含沙量较高,大船作业天数较多,是一个处于黄金水道的天然深水良港。

鼠浪湖岛为岱山县衢山镇所辖,岛上曾有约两千二百人居住。按照"大岛建、小岛迁"发展战略,鼠浪湖岛于二〇〇六年三月起开始整岛搬迁,村民集体安置到衢山岛新城规划区内。二〇〇九年十二月八日,宁波—舟山港衢山港区鼠浪湖岛矿石中转码头工程正式开工。

鼠浪湖矿石中转码头是舟山重点大型港口建设项目之一,总投资约四十九点一亿元,拥有两个可以接靠四十万吨级矿石船的泊位。

二〇一五年六月,《交通运输部、国家发展改革委关于港口接靠四十万吨矿石船有关问题的通知》中,明确全国可接靠四十万吨矿船的四个港口七个泊位,其中,大连港一个泊位,唐山港两个泊位,青岛港一个泊位,宁波—舟山港三个泊位。

全国仅七个泊位,宁波—舟山港就占三个泊位,这是多大的比重!而且,宁波—舟山港三个泊位,全在舟山!

宁波—舟山港马迹山铁矿石码头位于嵊泗县泗礁岛西南约一点五公里的马迹山岛,与拥有两个泊位的宁波—舟山港衢山港区鼠浪湖铁矿石码头一起,形成全国最大的海上矿石中转物流基地。

二〇一六年五月十一日至十二日,浙江省委副书记、省长李强赴舟山调研。他强调,舟山要抓住一系列国家战略机遇,立足优势、对标先进,加强谋划、狠抓落实,以只争朝夕的精神促进大项目落地和国家战略实施,推动舟山群岛新区大发展,为全省高水平全面建成小康社会作出贡献。

在定海,李强考察了宁波—舟山港主通道、329国道舟山段改建工程规划建设及舟山江海联运公共信息平台上线运行、江海直达船型研究等情况;在普陀,考察了沈家门渔港特色小镇;在岱山,考察了舟山民营绿色石化基地前期工程。随后,他主持召开座谈会,听取舟山推进江海联运服务中心建设工作汇报,并对舟山加快发展提出要求。

李强说,这次来舟山,看到干部精神饱满,大项目大工程多起来了,热火朝天的建设氛围浓起来了,舟山正成为创新发展、开放发展的一块热土。他指出,要以重大项目为牵引,加快舟山江海联运服务中心建设,做特做强海洋经济。要在传统港口功能基础上,深化加工、配送、物流等功能,拓展金融、信息、保税等功能,加快大宗商品交易中心建设,推动口岸通关便利化。要大胆创新、扩大开放,探索实施自由贸易制度,积极谋划推进舟山自贸区落地建设。要以重大项目为牵引,加快发展港贸物流、绿色石化、船舶与海洋工程装备等既有优势又有基础的海洋产业。要深入挖掘旅游产业,积极探索建设国际旅游免税岛。以国际海岛旅游大会为平台,按全域景区化的理念抓好海岛旅游开发,实现从观光游向休闲度假游转变。

李强说,要以补齐人才短板为突破口,加强制度供给,提升舟山群岛新区开放度。人才政策要力求突破,围绕重点项目、重点产业和创新领域,加快引进各类人才。开放政策要力求突破,积极争取离岛免税政策。体制机制要力求突破,通过深化海上综合执法改革、审批制度改革等,进一步优化政府服务。

李强说,要以改善民生为落脚点,突出生态优先,护渔、护水、护岛,推进舟山群岛新区绿色发展、共享发展。要深入实施海上"一打三整治"专项行动,加强渔业资源管理,推进舟山渔场修复振兴;切实加强水资源保护和用水规划;加快发展生态产业,深入推进"五水共治",打开绿水青山就是金山银山的有效通道。

五

所有到访者，都会为眼前的气势所震撼！

卸船码头长七百九十二米，可满足二十万吨级和三十万吨级船舶同时靠泊的需要。码头航道疏浚炸礁工程顺利进行，船舶靠泊吨位升级至三十万至四十万吨级。引桥长三百九十三米，宽三十五米。引堤长五百六十八米，顶宽五十九米。

港区陆域总面积为一百二十公顷，布置堆场、生产、生活辅助设施等功能区，海堤总长一千八百八十米。

二〇一六年六月十八日，十七万吨巴西铁矿石从外轮上卸货完毕顺利进入堆场，标志着舟山鼠浪湖铁矿中转码头实现了"双突破"，即进口总量突破一百万吨、吞吐量突破二百万吨，开启了"新起点、新征程"。

截至二〇一六年六月十八日，舟山鼠浪湖矿石中转码头已靠泊十一艘外轮，卸装各类铁矿石一百一十五万吨；靠泊国内二程船六十五艘，装载各类铁矿石九十九万吨，吞吐量达二百一十四万吨。采用"江海联运"模式，二程船负责将铁矿石运输到长江沿线的其他港口。

之后，码头潜力将得到进一步挖掘，加快形成外轮散货船无间断靠泊态势。

身穿白衬衣，任海风吹拂。二〇一六年六月十三日至十五日，浙江省委书记、省人大常委会主任夏宝龙赴舟山调研。他强调，舟山全市上下要进一步振奋精神，补齐短板，苦干实干，努力跑出舟山速度，建设世界一流的群岛新区。

夏宝龙来到位于岱山鱼山岛的绿色石化基地和鼠浪湖岛矿石中转项目建设现场，以及舟山市港航局、岙山岛舟山国家石油储备基地等地，了解绿色石化行业发展和江海联运服务中心建设等情况。他说，舟山背靠大陆、面朝大海，最大优势是海，最大潜力也是海，要充分利用宁波舟山港一体化发展有利契机，加快集聚市场、信息、航线、新型船舶等各类资源，攥紧拳头，打出威势，抓紧谋划建设涉海重大项目，做深做足海洋经济这篇大文章。在嵊泗县花鸟岛、普陀区白沙岛、普陀海洋文化创意产业园区、小干二桥建设现场等地，夏宝龙仔细了解海洋旅游、文创产业、基础设施和新城建设等情况，希望舟山用新的理念、新的思路、新的规划、新的设计、新的技术、新的材料、新的举措，高水平建设文化旅游项目、基础设施项目和标志性中央商务区，努力打造全国乃至全世界海岛旅游重要目的地。在沈家门渔港和朱家尖樟州村，夏宝龙与渔民在渔船上围坐拉家常，详细询问渔业资源保护、渔民转产转业等情况，强调要深入实施海上"一打三整治"，加大生态修复和资源恢复力度，真正让"东海鱼仓"、"中国渔都"名副其实，让渔民持续增收。他还来到一年前习近平总书记考察过的定海区新建社区，了解社区发展建设情况，嘱咐村两委班子牢记总书记嘱托，努力把村子建得更美，让村民日子越过越甜美。

考察期间，夏宝龙听取了舟山市工作情况汇报，充分肯定舟山各项工作取得的成绩，希望舟山全市各级党员干部始终保持昂扬的精神状态、奋斗的工作姿态，推动各项工作再上新台阶。他指出，在舟山设立以海洋经济为主题的国家级新区，是中央基于历史发展经验和舟山战略地位作出的重大决策，对建设海洋强国、实现大国崛起具有十分重要的意义。舟山发展不能局限于一时一地、满足于小打小闹，必须立足全国看舟山、跳出舟山谋舟山，以国际视野、国际标准、国际水平建设新区，努力把舟山建成世界一流群岛新区，成为浙江经济社会发展新的增长极。

夏宝龙强调，舟山正迈入量变阶段，必须快马加鞭，跑出"舟山速度"。要在推进量的快速扩张的同时，注重质的提升，特别是要注重功能的发挥，按照打造各具特色的"功能岛"的思路，加强海岛开发利用，形成产业链、服务链，实现群岛整体发展水平的提升。要努力干出气势，把重大项目建设作为重要政治责任，牢牢扛在肩上，紧紧抓在手中，把握主攻方向，加快推进速度，抬高准入门槛，集中力量抓一批立得住、叫得响、能够支撑舟山未来发展的重大项目，切实增强发展后劲和区域竞争力。要在创新体制机制上狠下功夫,突出问题导向、效果导向,坚持先行先试、大胆探索,进一步理顺新区党工委和管委会内部机制,继续推进审批制度改革,简政放权、优化服务,切实提高办事效率。要狠抓队伍建设,努力造就一支勇担当、善执行、守规矩的党员干部队伍,为新区建设提供有力保障。

六

"过去遇到码头船期全部排满,就只能舍近求远,去青岛、日照等北方港口中转,然后再运回到长江沿线各大钢企。一来一回,运输时间至少增加一两天,运输成本也会成倍增长。"舟山瑞联船舶代理有限公司虞杰说,"现在,鼠浪湖码头开了,我们就多了一条铁矿砂进口的便捷通道。鼠浪湖码头比较靠近外锚地,大大缩短了引航的时间,所以船舶进港和出港的时间会大大缩短。"

江海货运量占整个长江港口货物吞吐量的六成以上。一旦实现了舟山与长江的直达互通,将给长江经济带乃至全国物流成本的降低带来重大利好。

以矿砂为例,一艘万吨级的矿砂船,若能从舟山直抵武汉,光物流成本就能每吨降低二十元,对于武钢这样的企业来说,每年光物流费就能省下数亿元。

作为舟山江海联运服务中心的港口主体,宁波—舟山港位于泛长三角地区,处在长江经济带与中国沿海运输大通道的T形交汇点,区位优势明显,是长江经济带重要的出海通道。同时,宁波—舟山港自然条件优越,海岸线绵长,深水岸线资源和水运资源丰富,主要进港航道水深在二十二点五米以上,三十万吨级巨轮可自由进出港,四十万吨级以上的超级巨轮可候潮进出,是世界少有的深水良港。近年来,已打造成了中国大陆重要的集装箱远洋干线港,国内最大的铁矿石中转基地和原油转运基地,国内重要的液体化工储运基地和华东地区重要的煤炭、粮食储运基地。

二〇一六年五月二十四日,舟山市委理论学习中心组举行学习会。

舟山新区党工委书记、管委会主任、市委书记周江勇说,我们要切实担负起建设舟山江海联运服务中心这一历史重任,强化责任担当,突破实施路径,抓紧当前工作,努力把党中央、国务院给舟山的金字招牌转化为新区发展实力和现实竞争力。

周江勇说,建设舟山江海联运服务中心是中央赋予舟山群岛新区的又一项光荣使命,充分体现了党中央、国务院对舟山的亲切关怀和殷切期望。对于新区来说,江海联运服务中心不仅是顶"帽子",更是机遇和责任。我们要切实强化责任担当,全力以赴、攻坚克难,加快建成国际一流的江海联运综合枢纽港和航运服务基地、国家重要的大宗商品储备加工交易基地和我国港口一体化改革发展示范区。

周江勇说,要突破江海联运服务中心实施路径,坚持集散并举,统筹发展集装箱物流和大宗商品储运加工贸易;坚持基础先行,加快推进大港、大桥、大陆等重大基础设施建设;坚持软硬结合,既要强化基础设施和产业项目等硬件支撑,又要重视服务平台、信息中心等软件建设;坚持内外联动,既要立足自身,发挥好主战场、主阵地作用,又要以开放的理念和姿态,加强与省内各方和长江沿线城市的合作。当前要着重争取总体方案早日获批,加快推进重大项目建设,全力做好招商引智工作,整合工作机构力量,创新完善政策体系,扎扎实实推进江海联运服务中心建设,力争早见成果、早出形象。

舟山新区党工委副书记、市委副书记、市长温暖说,我们要在舟山江海联运服务中心建设中突出主导地位,增强当好责任主体的自信,积极争取上级支持,深入谋划具体实施方案。要明晰路径、重点突破,抓实项目建设打基础,突出服务功能做文章,明确建设时序,力争近期在信息服务、直达船型研制、交易中心和国际海事服务基地建设等重点领域取得突破。要善于借势借力、寻求深度合作,在服务国家战略中加快发展,在与各方合作中形成互动促进效应,在与自贸试验区、绿色石化基地、中澳现代产业园等的联动发展中确立舟山地位。

七

一方为全球第一大铁矿石生产和出口商。

一方为全球规模最大的铁矿石中转基地之一。

二〇一六年二月,巴西淡水河谷矿产品(中国)有限公司铁矿及业务发展部总经理马克思一行,考察宁波—舟山港,对北仑矿石码头及鼠浪湖矿石中转码头的设施设备、配矿工艺流程、堆场等条件非常满意。

宁波—舟山港拥有国际一流的深水条件和港口服务水平,是中国大陆大型和特大型深水泊位最多的港口,也是全球规模最大的铁矿石中转基地之一。

巴西淡水河谷是全球第一大铁矿石生产和出口商,也是美洲大陆最大的采矿业公司,其铁矿石产量占巴西总产量的百分之八十五以上。目前,该公司年出口中国矿石量已超两亿吨。

通过双方合作,宁波—舟山港可为巴西淡水河谷提供港口装卸、堆存和保税仓储、混矿业务、物流配送等优质的港口服务,国内及东南亚客户可直接从宁波—舟山港提取巴西淡水河谷的矿石。淡水河谷也可以利用宁波—舟山港得天独厚的深水良港优势,新增一个重要的东南亚矿石中转、储存基地,为客户节约前往巴西进口矿石的航运及时间成本,有助于提升其矿石出口的全球竞争力,同时将进一步增强宁波—舟山港的货源聚集力和市场份额,使双方强强联手的双赢效应逐渐显现。

浙江舟山群岛新区发展研究院院长、上海交通大学教授李湛,研究过世界上各类大港口,他认为大小职能不同的邻近港口合作成为组合港,能提升国际航运的整体竞争力,这种合作甚至是可以突破国界的,比如荷兰的鹿特丹港,联合了比利时的安特卫普港和德国的汉堡港以及一些小港,如今已形成规模。

李湛认为,舟山江海联运服务大发展,回避不了的是与上海的进一步合作。或许可以参照荷兰鹿特丹模式，上海港与宁波—舟山港，带上邻近的浙江、江苏各港口，它们原本就连成一片。"若协同发展，紧密合作，绝对是世界第一组合港。"

八

有人说，通江达海，必须实现两个意义上的畅通，一是实现水道的畅通，二是实现舟船的江海直达。

然而，受长江大桥净空高度、长江水深及船型等多种因素的制约，大宗物资由海进江，往往需层层中转，物流成本高、周期长。"江船难以入海"和"海船入江成本过高"的现实，仍然阻碍着江海联运的顺利发展。

长江渴望有一艘船，能自东海驶出后直抵上游的各港口。既可实现江海直达，又节能、环保，还符合经济性的要求。

真正意义上的"江海联运船"应该既区别于海船，也区别于江船，是全新的第三类船。它的建造标准应既不同于海船，也不同于江船。

充分考虑航运条件和资源，积极开发适合长三角区域航道特点的系列化、标准化江海联运船舶，努力推进长江直达舟山海域深水港区的江海直达船型研发和船型标准化。

特定航线江海通航船舶的研发已取得重大成果，舟山至马鞍山两万吨级散货船概念船型的设计有望在二○一六年底前完成。

以船型为例，海船狭长、吃水深，江船宽大、吃水浅。"舟山船型"设计得要比同类海船宽一点、短一点。长江内河航道各段深浅不一，航运条件差异明显，"舟山船型"就是根据实际情况"定线定制"。

"舟山船型"应宜江。船只规模既要适应主流散货船型配核，也要兼顾马鞍山码头的泊位条件。船型要适应铁矿石运输需求，舱容设计能满足水泥、熟料、矿砂等散货运输需求。

"舟山船型"应宜海。与沿海航区相比，舟山特定海域的风浪条件相对较好，概念船的结构强度、稳性、干舷等应适应舟山的风浪条件，并运用先进的研究成果,使其造价更低、油耗更省、经济性更优。

对"舟山船型"的期望是"把高能效、低能耗的技术附加上去,做物联网、船联网"。概念船将引入能效指标计算系统,根据风浪情况、航线情况计算出多少时速最节能,货物怎么堆放最科学。科技含量应"达到世界先进水平"。

"通江达海,舟船必备。这是历史使命,也是重大机遇,'舟山船型'是江与海的共同期待!"

江海联运包括"海进江"和"江出海"两种形式,涉及海运和内河航运两种不同的运输管理体系,与物流链上港口、航运企业以及货主各环节密切联系。既要联系江海运输,更要实现近洋与远洋的对接。

不尽长江滚滚流,无际东海浩浩奔。江与海贯通,巨浪滔天,汪洋一片……

二 归国博士

一

美国洛杉矶至中国上海的航班。

宽大的机舱里,一排排高背的航空座椅,坐满了世界各国乘客。

黑头发,黄皮肤,为数不少。

唐志波与夫人,两个年幼的男孩,四张脸很中国。

唐志波抬手轻推一下眼镜,朝着舷窗看出去。万米高空,蓝得透明,似乎能够穿越时空……

一九八八年初秋,十七岁的唐志波离开家乡舟山。他以优异的成绩考入清华大学土木工程系,一九九三年获工学学士学位。同年以总分第一名的成绩,考入北京大学力学系攻读硕士研究生,师从著名塑性力学专家殷有泉教授,于一九九六年获理学硕士学位,同年获北京大学 P&G 优秀研究生奖。

唐志波在以工科为主、注重务实和团队精神的清华园熏陶五年,而后进入北大这一崇尚独立人格和自由思想的校园,完全不同风格的校园文化各有千秋,却都具备"有容乃大"之精神。此求学经历,使他在以后的岁月中颇为受益。

一九九七年三月,唐志波获美国著名的常春藤联盟布朗大学全额奖学金资助,于同年八月偕夫人赴美留学。一九九八年竞选布朗大学中国学人学者联谊会主席时,以绝对优势胜出,组织百名同学参与迎接了朱镕基总理到麻省理工学院演讲之行。

美国东海岸的五年博士生活,平淡无奇,波澜不惊。天天身处残酷的竞争环境和繁忙的实验室,唐志波无暇抱着吉他,再续清华园十大歌手的风采,倒是桥牌技艺渐趋成熟,曾和搭档获得北美职业联盟东部赛区双人赛亚军,有点意外和惊喜。

二〇〇二年,唐志波闯过最后的论文答辩关,怀揣博士毕业证书,独自驾车,历时九天,横跨北美大陆。一路饱享美景,路经尼亚加拉大瀑布,穿越无尽的沙漠和令人窒息的戈壁滩,翻越落基山脉,跨过大峡谷,当然还饱览了拉斯维加斯绚丽的夜景。从美丽的大西洋东岸,直奔太平洋边富饶的加利福尼亚,漫长的高速公路沿途鲜有人迹,给他留下深刻印象。

唐志波完成了美国国家计量局(NIST)委托的研究课题,被接纳为美国机械工程协会会员。导师推荐他到加利福尼亚大学爱尔文分校,美国工程院院士 Atluri 教授的实验室,从事博士后研究工作。

加州大学博士后工作令人愉快,相比读书时高几倍的收入,享受实验室专职秘书每天殷勤的煮咖啡和烤点心的服务,还参与和美国宇航局(NASA)的国际前沿科研合作。

"爸爸,爸爸!"身边的两个小男孩,扯着唐志波的手,又用英语说了句什么。

"臭小子!要学会讲中国话!"唐志波摸了摸两个儿子的黑头发,轻轻地拍了拍他俩嫩嫩的脸腮。"爸爸妈妈为什么要回中国,有一半是为了你俩!"

美国自二〇〇一年"9·11"事件以后,经济不振,找工作不容易。恐怖事件持续发酵,传闻脏弹、核废料要袭击美国,要注意细菌战,洛杉矶人

426

心惶惶,社区、医院,人人自危。经济不好,社会环境不安定,与他初来美国留学时的期望值相差很大,当时认为这里是天堂,待了七八年,发现这里不是天堂。

主要是心理环境。与美国人交流,他的语言没问题,做学问更没问题。平时聊天,彼此间尊重,而不是融入。美国人会说典故,以前的小插曲,听懂了,大家哈哈笑。就像我们说"此地无银三百两",听懂了,挺乐的。听不懂,就尴尬。我们不是在美国长大的,只是来自中国舟山的高级打工仔,文化背景很不同,心理感觉不一样。他经历七八年,很不爽,萌生回国的念头。

再是家庭原因。他读博士时,太太相隔两年生了两个男孩。他发现小孩子在幼儿园小班中班,叽里呱啦就是英语。唐志波觉得自己的孩子理所当然要讲中文,要不然这一辈子活得很失败。在家里,两个儿子在他面前讲生硬的中文,感觉很不好。他受过高等教育,能力水平都可以,两个儿子抱回家,父母亲一定要在一起,中文不会讲,成为畸形了。美国出生的中国人,"黄香蕉",黄皮白心,语言文化都是美国的,这很无聊。他觉得要解决这个问题,非回中国不可。

还有,传统孝道。他十七岁上清华,离家十七年,家里就他一个儿子,父母六十多岁了。他在美国生活,疲惫劳累不会说,报喜不报忧。隔离状态很久了,他在美国很无聊!恐怖主义的频繁活动带来的威胁,两个儿子拒绝学习中文的尴尬,难以融入主流社会以及缺乏归属感,最终胜过了对安逸生活的渴慕。回中国吧!太太说,好!

他要回国,美国导师很意外,他希望唐志波留下来。唐志波对他谈了以后,他表示理解。放弃美国高薪,是他经过理性思考的、最合适的选择。对孩子,对他自己,没坏处,利大于弊。

唐志波想起来了,舟山市副市长马国华曾在加州进修过小半年,两人见过面,留有联系方式。他想回中国发展,就将简历发了传真过去。舟山市领导很重视,指示处长赶紧联系。谈了好久,还不错,唐志波回国。二〇〇四年上半年联系的,美国时间九月十一日乘机。

从洛杉矶飞上海,十三个小时。

427

国际航班的大飞机一着地,刹那间,悬着的心顿时安定了下来。

老家岱山县政府派专人,来上海接机。唐志波回到了阔别十七年的故乡。

二

唐志波惦记着老家,急着回去看看。父亲母亲,邻里乡亲,都好吗?

老家在岱山的长涂岛。坐船过去,那风声浪声仍如从前。

长涂岛位于岱山本岛东侧,相隔约三公里的岱山水道。分东、西二岛,称大长涂山和小长涂山,两岛互相依偎,形成一个"S"状的天然良港,长七点八公里,名为长涂港。台风吹不到,巨浪涌不进,明代已形成锚泊基地。现为国家二级渔港,万吨级船舶可自由进出。

大长涂山居东,古称剑山,面积三十三多平方公里,海拔二百九十点六米的大龙山,为岛上最高点。

小长涂山居西,面积近十一平方公里,海拔二百九十九点六米的高鳌山,为岛上最高点。长涂镇政府驻此,辖地包括大长涂山、小长涂山、大圆山、多子山、大西寨山、小西寨山等九十个岛屿。

一九七一年春天,唐志波出生在世代以海为生的渔民家庭。他听着海涛声长大。在少时唐志波的眼中,大长涂山,青青绿绿,花开草长,很神奇,很深奥。唐志波上山采蘑菇,拾柴火,有无穷的乐趣。

大长涂有一首地名调,把岛上主要的村落和地名都贯穿起来:

"西剑庙朝南砌,拐过宜是皇坟墓。皇坟墓真岙拐,拐过宜是郑家岙。郑家岙长沙滩,拐过宜是中柱山。中柱山造孽(方言,吵架)岙,拐过宜是戚家岙。戚家岙腾(方言,住)货郎,拐过宜是走马塘。走马塘缺(方言,吃)白饭,拐过宜是泥黄关。泥黄关腾堕婢(方言,旧时指剃头师傅,指下等人),拐过宜是剑西岸。剑西岸出妹妹,拐过宜是尖嘴类。尖嘴类常打船,拐过宜是前黄沙。前黄沙依溪坑,拐过宜是杨梅坑。杨梅坑大沙滩,拐过宜是东剑山。"

"拐过宜"是舟山方言,是"拐过就"的意思。大长涂多山多拐,是真正的山路十八弯。车子一转弯,一个村落可能就出现在眼前了。

一条道将村庄分为上下两部分,一个庙指示前面的路,这里的路名看着似乎有些随意,却也透露出朴素,映照着人们平常的生活。

太平庙,显得有些安静。

太平庙建于清嘉庆年间。据传,这个太平庙原本不是要建在大长涂,而是要建在岱山的后沙洋。当时人们从福建运来建庙的木材,快到岱山时遇上大风,船上的木材都落在海里,随着潮流漂到了大长涂。大长涂人打听到了木材原本的用途,但因为木材是自行漂流而来,似乎是天意,便用这些木材,在东剑建了庙,名字仍为太平庙,供奉的仍是同一个老爷。太平庙建起以后,大长涂人便兴旺发达,顺风顺水,人们认为是太平老爷保佑了这里的子民。

太平庙还是舟山传统民间艺术"打莲湘"的发祥地。二百年前,太平庙每年正月里要办庙会,大长涂渔民从宁波等地学习了莲花落,伴随着马灯舞演出,逐渐发展成"打莲湘"。这种可由数人乃至上百人参与的"排舞"形式,承载了人们对于美好生活的希冀。

娘基宫,坐落于长涂港南岸西端,依山朝北,建于清光绪十三年菊月。小青屋,歇山顶,正吻龙护栋,整个建筑显得古朴而又典雅。

清朝末年,当地村民大多在外从事海运业,需要神灵护佑,他们就在村里建了一座娘基宫,供奉天后娘娘。从此,村以宫名,一直沿用至今。据说,辛亥革命时期,孙中山先生为圆强国之梦,想建立自己的海军,曾沿海岸线寻找军港。他们一行人来到长涂后,踏勘沿港岸线时,曾到娘基宫小憩。

娘基宫现有正殿五间,东外厢房七间,全部木质构件。一百二十多年来,历经风雨,这木构架很少有虫蛀、霉烂的。殿内梁架用七桁,抬梁结构,五架梁上用两月梁承托垂柱,两月梁阳刻云纹,脊垂柱底饰吊篮,其他都是穿斗结构,檐下用牛腿梁承重。整个构架全用榫卯,见不到钉子。整个宫院,除戏台在二十世纪八十年代被拆除以外,其余均原封不动,可以说是县境内保存最为完好的清代庙宇建筑。

长涂岛上的渔民们临海而居,以海为生,他们在各自的村口建造起码头,供渔船靠泊。在一片礁石海滩中,伸出一座座平坦的水泥码头,立着一排排系缆的桩墩。

唐志波回头望望起伏的山脊,不高,青绿的曲线却是意蕴深深。

外公是农民,种稻谷。父亲是渔民,出海打鱼。生活方式是完全原始的,非常绿色的,自给自足的。

父亲脑子挺聪明的,但要养家糊口,他不可能多读书。于是希望落在我的身上。

一九七七年,我六周岁就上小学。我上学早,当时小学五年制,所以一九八二年,就上初中。高中毕业,考上了清华大学,又考入北京大学,再赴美留学。一眨眼,离开家乡已是十七年。

我的大长涂,变得如此陌生。沙滩呢?沙给挖走了,都是乱石堆着。山体炸了,小岛削平了,一条石渣堆砌的道路向南直通大海。几十辆工程车正在运送土渣石块,围垦造地。造船厂超大规模,还不知在建什么东西。人向大自然索取太多! 我痛苦地哭,天啊,留给子孙什么! 我都没法给儿子讲故事了。

尘土飞扬,路,村庄,荒地,山石,灰不溜丢。

小儿子坐进车里,语言很天真:"外面是中国,车里是美国。"

美国加州阳光灿烂,水源充沛,萨克拉门托河里的水永远用不光。美国村庄的房子,过了五十年还是老样子,房子稳固,环境优美,感觉很好。

经济要可持续发展,这是一个基本概念。一礁一石一沙滩,绝对不能破坏。我很伤心,青山绿水没有了。

我对故乡有感情,因为爱之深,所以痛之切。

三

唐志波自述。

430

岱山县第一个归国博士,县委、县政府很重视,要给我们夫妇解决事业编制。我说,有一份工作,有一份薪水就行了。冬天到了,县长送鲜花到我家。

人才楼免费居住,提供一切便利,大儿子上小学任你挑,小儿子上幼儿园都是免费的。

我在这里做点事,策划一些东西,全都得到支持,人脉资源很重要。

岱山中学校长是当年同班同学,请我来中学工作一段时间。我上清华第一天,就想当中学老师,这下圆了我的中学老师梦。

在美国的高中,每个年级,根据学生人数的多少,都配有一名或数名专职辅导员,英文叫 counselor。他们的主要职责是和学生谈心,帮助他们解决除文化课以外的其他问题,如思想、生活、情感等。在中国,只有大学里才设有类似的职位。而高中,一般只有兼职的政治辅导员、科技辅导员等。

我当了校长助理,也可以说是一名专职的 counselor。

主要做三件事:一是听课。中学的所有课程我都听,然后结合自己在海内外的见识和经验,帮助教师改进教学方法。二是与学生谈心。帮助学生解决他们感到困惑的所有问题。三是与外界的人才联系。经我牵线搭桥,已有多位博士到岱山中学举办讲座,大大开阔了学生的视野。

我的办公室随时都对学生敞开着。他们有问题,随时可以找我。可以亲自来,也可以打电话、写电子邮件。我帮助学生解决的问题,大多是心理、情绪上的。这些问题解决了,学生们便可以身心健康地投入到学习中。

中国教育报记者来采访,发表了报道《高中呼唤专职辅导员》。文中说:唐志波的出现,为学生解决了心理问题,为学校带来了活力。在二〇〇五年的高考中,岱山中学的升学率达百分之九十八,创历史新高。岱山县教育局副局长、岱山中学校长陈海波认为,唐志波也发挥了不小的作用。

一些教育工作者认为,高中生学业负担重,各种压力大,单纯的政治教师、心理辅导员难以解决问题。具有专业知识、与学生朝夕相处的专职辅导员可以随时了解学生的思想动态、问题倾向。在应试教育根深蒂固的今天,如何利用"唐志波们"在基础教育中发挥"标杆"和"精神导师"作用,值得研究。

四

驱车上路,向着舟山本岛外中南部,通过全长一千二百七十七米的新城大桥,进入长峙岛。

横卧长块的花岗岩石碑,六个不锈钢大字:浙江海洋学院。

浙江海洋学院新校区,东南西三面环海,北侧背靠自然山体。大抵分为三个区块,门前观光区、学生学习区和学生生活区。

我下了车,大门朝东,对岸是一潭清水湖,由一道沿海堤坝围拢。这道七十米宽的海塘围起五百八十多亩水域,新技术使这里的海水告别混浊,呈现碧海蓝天。

完美的对称性。圆和方的造型。精细而贵气的材料。建筑为经过改良的古典欧式主义风格,也有人称之为简约现代的欧式风格。表现出丰富的艺术底蕴,尊贵的姿容,同时摒弃了过于复杂的肌理和装饰,简化了线条。

图书馆在中轴线上,两边是教学楼。四合院院落式结构,让每一个学院在一个独立的四合院内。在大楼的每一层中,都设置了一个自习室。书院式的环境,透露出一种安逸与闲适,颇有书卷气。

网络中心、行政中心、体育馆、游泳馆……往后则是学生的生活区,食堂、宿舍、操场等依次排列。

轴线、方院、柱廊、钟楼,显现了经典校园的空间、尺度及其活动。以传统校园的空间意向和场所品质为设计的着力点,以一系列连续生动而各具特色的街道和小广场,串联教学区和生活区,为学生,也为周边社区居民的生活提供多样性的场所。

历数全世界著名的高等学府,无不以建筑与环境,震撼着人的心灵。轴线、方院、柱廊、钟楼……长期以来,已成为大学校园的经典和象征。

"长长的连廊和庄重的列柱也将是对学生教育的一部分，四方院中每块石头都能教导人们要知道体面和诚实。"这是美国斯坦福大学首任校长佐敦在开学献词中说的。

浙江海洋学院再现和重塑经典校园的空间和氛围，以建筑和空间环境的力量，来传达一种大学的精神，唤起学子对于知识的崇敬和渴求，使人在此超脱于世俗的浮躁，专注于身心的修学。

我徜徉在海风习习的校园里，同行的校方人员向我介绍情况。

浙江海洋学院创建于一九五八年，一九九八年由原浙江水产学院和舟山师范专科学校合并组建，此后浙江省海洋水产研究所等单位相继并（进）入。半个世纪以来，学校数易校址、历经变迁，积淀形成了"海纳百川、自强不息"的校训精神，现已发展成为一所具有硕士学位授权资格，以海洋为特色，理学、农学、工学、文学、经济学、管理学等多学科协调发展的省属本科高校。

浙江海洋学院总占地面积两千两百四十一亩（含海域使用面积七百二十亩），建筑面积三十五万七千平方米，各类藏书将近一百万册，教学科研仪器设备资产两亿三千多万元，各类全日制在校学生一万多人。主校区位于长峙岛，枕山环海，风景宜人，是求学的理想之地。下设海洋科学与技术学院等十个二级学院和浙江省海洋水产研究所、创新应用研究院、东海发展研究院三个跨学科科研机构，还举办东海科学技术学院。

二十一世纪是海洋世纪，开发海洋，科教先行。国务院批复的《浙江舟山群岛新区发展规划》等明确提出，要在舟山"建设国家级海洋科教基地"，"努力把浙江海洋学院发展为海洋类大学"。当前，学校正借势"海洋强国"战略实施、二十一世纪海上丝绸之路和浙江舟山群岛新区建设机遇，坚持内涵发展、协同创新和国际化办学，进一步优化结构、凝练特色、强化优势、提高质量，努力成为我国东海区域重要的海洋人才培养基地、海洋科技研发平台、海洋高新技术孵化园区、海洋科技引智载体和海洋人文社科研究中心，争取到二〇二〇年建成特色鲜明并在国内外具有影响力的高水平综合性海洋大学。

五

绿油油的绿萝,萝茎细软,叶片娇秀,心形的绿叶,簇拥着融融情趣。它的花语,守望幸福。

绿萝几乎覆盖了白色花盆,极富生机。这绿萝就紧挨着办公桌。

办公桌上,文件夹,名片夹,笔筒,有机玻璃的工作牌,一字排列。电脑,键盘,摆在一旁。

我扫了一眼,有机玻璃的工作牌上:浙江海洋学院,海运与港航建筑工程学院,院长岗位。

这无疑属于唐志波。

唐志波对我笑着,说起了自己的心路历程。

二〇〇五年七月,我如约来到浙江海洋学院。大学刚在起步阶段,当时我来了,吓了一大跳,博士不超过十个,教授不超过十人,这叫一所大学吗?当时我感觉很落寞,项目都找不到。确实碰到不少世俗眼光,哎,唐志波是清华、北大出来的,从美国留学回国的,到了三流学院,到底安什么心?也有的说,唐志波在美国混不下去了。这也难免,舟山这么偏僻的地方。

实际上,每人有每人不同的经历。

二〇〇七年,归国博士评职称,学校学术委员会全票通过,我当时三十六岁,是最年轻的教授。第二年,我任学院国际交流合作处处长,参与了开创性的留学生教育等。最先是从加拿大来的留学生,现在每年有一百多个留学生。

唐志波双手在键盘上"啪啪啪"敲了几下,转过头来,对我说,现有教职工一千一百余人,其中专任教师六百四十八人,具有高级专业技术职务的四百一十三人,具有博士学位的二百零五人。现在全国高校排名三百多位,好多了!

学校坚持走国际化、开放式的办学道路,积极开展对外交流与合作。

具有"中国政府奖学金"留学生培养单位资格,与国(境)外五十多所高校和科研院所建立了教学、科研合作关系。与挪威生命科学大学等四所高校开展了联合培养博士研究生项目,与俄罗斯圣彼得堡海洋技术大学合作举办了船舶与海洋工程本科中外合作办学项目,与意大利比萨大学合作举办海洋生物学硕士中外合作办学项目,每年均选派优秀学生赴国(境)外相关高校攻读硕士、博士学位。累计建立了七个中外(境外)合作科研平台。

我对唐志波说:"您到浙江海洋学院任教后,让您有成就感的事,请举例说一下。"

唐志波呵呵一笑,"浙江海洋学院建校五十周年时,庆典活动的一项重要内容,是邀请国内外多所海洋类高校,首次在舟山举办论坛。"

蓝天白云的背景幕墙上,红色的中英文:国际海洋高等教育校长论坛。

红色的唐装、紫色的唐装、黑色的唐装、宝蓝色的唐装,立领、盘扣、对襟,织锦缎面料,嵌镶金络银的织纹,如意吉祥和铜钿样的花纹,牡丹、梅、兰、竹、菊等花卉的团花,福、禄、寿、双喜等文字图案的团花。

笑容满面,喜气洋洋。日本东京海洋大学、韩国海洋大学、泰国东方大学、俄罗斯远东渔业技术大学、美国新罕布什尔大学、意大利莱切大学等十三家境外海洋类大学的校长、专家,上海海洋大学等六家国内海洋类高校的校长、专家,身穿唐装,依次走上台。

二〇〇八年十一月一日下午,在舟山喜来登绿城酒店会议室举行开幕仪式。

唐志波坐在席间,有些疲惫,但很欣慰。前段时间,他一直在国内外奔波,联系国际海洋类高校,落实具体事宜。就在昨天下午,浙江海洋学院建校五十周年新闻记者招待会在定海召开。唐志波向国内媒体记者们介绍了国际海洋高等教育校长论坛的筹备工作情况。

论坛以"海洋高等教育与海洋科技创新"为主题,围绕如何提高海洋意识和环境意识、保护海洋资源和环境、保持海洋资源的可持续利用、加强海洋国际合作等议题进行讨论与交流。还相互交流了海洋高等学校管理的成功经验，探讨了海洋高等教育发展的重大问题，深入思考进一步推动海洋高等教育发展变革的行动策略，共同缔结"发展海洋教育，创新海洋科技"。

《国际海洋高等教育校长论坛共同宣言》称："蔚蓝色的海洋文明是又一个创世纪神话。盖海之大拓展视野，海之深增进博识，海之日新月异亦人类之日新月异。世纪更新，击水弄潮，唯知海者识时，航海者通变，涉海者多谋；谋繁荣之基础。夫地球一村也，四海一家也。本唇齿相依之谊，同舟共济之义，海洋兴则人类兴。彼兴、强、安、和，端有赖于海洋教育之普及，海洋科技之进步，涉海人才之养成。"

浙江海洋学院创始的第一届纯英文的高端论坛，与会的中外校长、专家们都觉得好。商定第二届国际海洋高等教育校长论坛在韩国举行。

海水是流通的。携手开展海洋类校际国际交流合作，开发人类共同的宝库，势在必行。

六

网站贴吧里有了消息："今天刚知道，港航学院的新生都要实行半军事化管理！"

网友"流失 de 月"直言："学弟学妹们有福了，这对你们很有帮助的哦！"

网友"三椒鱼拌饭"却哀叹连连："不幸中招啦，会管得很恐怖吗？"

二〇一三年十月九日下午，浙江海洋学院海运与港航建筑工程学院举行了二〇一三级新生半军事化管理启动仪式。

面对三百多名新生，港航学院院长唐志波说："要额外赠送所有学生一份四年后的'大礼'。"

他正式宣布从今年起，除对航海类专业学生继续实施全面的半军事化管理之外，对非航海类专业的新生也将参照相关标准和要求实施半军事化管理,重点是内务卫生和早操这两个方面。

海运与港航建筑工程学院组建于二〇一二年十二月,是浙江海洋学院一个二级学院,是为更好地对接海洋经济大发展、服务浙江海洋经济发展示范区和浙江舟山群岛新区建设而调整组建的。

学院下设航海技术、轮机工程、港口航道与海岸工程、土木工程、建筑环境与能源应用工程五个本科专业。建有国家级实验教学示范中心(船海与港航工程实验教学示范中心)、海运实验实训中心和港工实验实训中心。学院拥有轮机工程专业硕士学位点、交通运输工程专业硕士学位点及设施农业领域农业推广专业硕士学位点。现有教职工七十四人,其中高级职称二十二人,硕士生导师二十九人,同时聘用了一批高级职称专家和实践经验丰富的"双师型"教师。目前,全日制在校学生一千三百来人,研究生九十多人。

唐志波于二〇一三年三月出任海运与港航学院院长,六月就有一班班毕业生,簇拥着他拍各种毕业照。他发现航海技术、轮机工程这两个航海类专业的毕业生特别精神,他们个个身着海员服,昂首挺胸,气宇轩昂。他们按国际通行做法,接受了半军事化管理,有着极强的服从意识、自律意识和团队意识。

"站如松、坐如钟、行如风,这也是一种素养。"唐志波觉得海运与港航学院的所有毕业生,都应该有这样的范儿。"半军管"这套有着浓厚军事色彩的学生管理模式,要在新生中推广。

很多人不理解,认为军事化管理似乎与大学的自由精神相悖。

唐志波说:"自由不是散漫,自由的心灵与严肃的风纪也不矛盾。像美国人思想很活泼,但举止又很严谨,在公共场合从不大声喧哗。学院推广'半军管',就是想在宿舍等微小空间里,从'矫正'学生的一言一行做起,提升他们的意志品质。"

实行半军事化管理的目的,是使学生具有良好的政治素质、思想素质、作风素质和一定的军事素质,培养服从命令、听从指挥、吃苦耐劳、不畏艰险、严谨求实的作风,以适应未来工作的需要。

半军事化管理包含军训、一日生活制度、内务卫生制度、学生风纪、会操检阅、升旗仪式等内容。全体学生必须严格贯彻执行,做到令行禁止,整齐划一。

学生统一着装应佩戴肩章,保持服装整洁,不准挽袖、卷裤脚、歪戴帽、披衣、敞怀;不得围围巾,不得在外露的腰带上系挂钥匙和饰物,不得戴耳环、项链、领饰、戒指等首饰。

学生平时着装应大方、整洁。严禁穿背心、短裤或拖鞋,进入教室及其他公共场所。

学生举止端庄,谈吐文明,精神振作,姿态良好;不得袖手、背手和将手插入衣袋;不准不分场合搭肩挽臂,嬉笑打闹;不得留长发、大鬓角、胡须;染发只准染与本人原发色一致的颜色。不得文身,不得化妆,不得留长指甲和染指甲,除工作需要和眼疾外,不得戴有色眼镜。

夏季早上六时,冬季早上六时三十分,起床的哨声吹响了。

学生听到起床哨声后,立即起床,按规定着装,做好出操准备。

早操主要有跑步、广播体操、队列训练等形式,学生周二至周五跑步,每周至少还要安排一次队列训练。早操时间为三十分钟。

早操后为洗漱时间。洗漱必须在洗漱间进行,要节约用水,遵守秩序,维护公共卫生。

上课铃响后,区队长发出"起立"口令,全班学生起立向教师行注目礼,教师还礼后,区队长发出"坐下"口令,开始上课。上课时,遵守课堂纪律,不做小动作,不准吃零食、睡觉、玩手机、交头接耳或阅读与本课无关的书籍。教室内禁止吸烟、喝酒。不准擅自离开座位或进出教室,如有特殊情况,须经教师批准。

学生在周日至周四晚上,按规定的时间到指定地点自习,不得迟到或早退。晚自修视为正常上课,应保持安静,不得大声喧哗,以免影响他人学习。

学生不得在校外住宿,不得在学生宿舍私自留宿他人。

熄灯铃响后,统一熄灯就寝。学生须保持安静,严禁在水房洗漱和在走廊走动;卧床就寝不得交谈,严禁点蜡烛和使用其他照明用具,不得使用手机和电脑上网或玩游戏,不得进行其他有碍于他人休息的活动。

一天从早到晚,连港航学院的空气里,都是节制和自律。

土木类新生吴鉴平说:"之所以选择填报港航学院,就是因为我妈看到了学校招生宣传上的'半军管'字样。我妈说,像部队里当兵一样地管着你们,看能不能改掉你们不叠被子、乱扔东西等坏习惯。"

是的,港航学院实行内务卫生制度,对学生寝室规范要求:

铺面干净平整,被褥叠放整齐,有棱有角,床铺不允许堆放其他物品。鞋子摆放在指定位置,一律鞋尖朝里,每人放置不超过四双鞋。牙缸、皂盒放于脸盆内,毛巾两折放于脸盆沿,脸盆应整齐置于指定位置。桌面干净整洁,凳子齐放于桌下,暖瓶放于适当位置。室内墙壁不准张贴字画,不允许私拉电线、网线。室内衣物挂放于指定位置,做到整洁、有序。阳台、窗台清洁,不允许放置杂物。蚊帐挂置由大队委员会统一规定。

每天各寝室值日员必须认真清扫、拖地,保持室内全天整洁,物品摆放按规定有序整齐。每周三,彻底清洁室内卫生,包括门窗及床下等死角。严禁乱扔纸屑、果皮等杂物,严禁向窗外、阳台泼水,严禁丢弃杂物、破坏卫生清洁。

学生要树立节约用水、安全用电的思想,做到人走水停、人走灯灭,杜绝"长流水、长明灯"。宿舍内严禁使用电炉、电热杯、热得快、大功率音响等各类大功率电器,一经发现,除暂扣大功率电器外,学院将视情节轻重给予相应的处理,直至处分。

来自台州的新生胡腾飞有些走神,他想起了一名学长说的"半军管"生活:每天不能睡到自然醒,集合跑操累得像条狗,晚上睡觉还要点人头……这是很好的历练,但他不知道自己能不能适应。

港航学院从驻地部队邀请了两名现役教官,参与到学院半军事化管理工作中,实现了学院半军事化管理与部队准军事化管理的无缝对接。学院还开展"升旗仪式"、"叠被子大赛"、"带队上晚自修"等活动,体现半军事化管理下的学生精神风貌。

教官吴海学说:"这肯定需要时间。非航海类专业学生实施半军事化管理,内务卫生是必选项目,因为寝室卫生全省高校抓得都很紧,搞不好肯定过不了关。另外一个项目早操,全省规定所有大一新生都必须参加。

在港航学院,无非是时间长一点、标准高一点罢了,因此学生完全没必要担心和恐惧。"

港航学院打破了传统单一的管理模式,积极推进半军事化管理方式创新。

有人直言半军事化管理之难,难就难在要改变学生某些根深蒂固的行为习惯。这方面,家庭应该承担更多的责任,而不是学校,尤其是以研究高深学问为己任的大学。

在一些人看来,港航学院的举动多少有些另类。

浙江海洋学院党委副书记夏跃平却表示坚定支持,他说:"习惯养成,也是为了让学生成人与成才,因为学习成绩差的背后,往往是学习习惯问题;举止不文明的背后,往往是生活习惯问题;工作能力弱的背后,往往是思维习惯问题。实行半军事化管理,所有新生,要坚持啊!"

七

现在,茶几上立着一纸杯,纸杯最为简易,朴实无华,却有淡淡的茶香。

我面对着唐志波,采访本上记满了唐志波的直率和坦然。

唐志波自述。

海运与港航建筑工程学院,这名字是我向校长建议的。作为港航学院院长,我全面主持行政工作,主管学科建设、师资队伍建设、财务、国际交流与合作。

我是个有个性的人,闲不住的,我总想搞一点与众不同的事,做点别人没做过的事。要不,我会憋死的。

当然,我也是个有争议的人。认同的人,说我有创新意识。不认同的人,说我一路高调。还有人对我有成见,怀疑学历造假,写举报信,复印件我看过。我的态度,有则改之,无则加勉。

我没机会去干更大的事情,只是在高校,我们理念意识更新太重要了！港航学院刚成立时,要钱没钱,要人没人。我对校长说:"这些我不指望,只要你给政策。"我在这里打天下,与校长始终保持良好的沟通。学院必须招精兵强将,要进什么人,校长全力支持。到现在,什么都有了!

大学教学育人,重中之重还是育人。考试通过,拿到毕业证书,这是非常低的要求。一个人的修养很重要,正常的行为规范必须是好的。美国学生在高中期间,除了各门功课的学习,重要的是,要参加社会活动,做义工,当国际志愿者。美国大学里,学生组织各种协会。"未来工程师协会"成员,到肯尼亚、尼泊尔进行教育实践。这对拓展国际视野,培养团队精神,养成良好意识,都是很有作用的。我们中国从小学、中学到大学,填鸭式教育。谁敢去做国际志愿者,老师和家长就会有一连串问题:学习成绩怎么办? 安全问题怎么办?

就在新生半军事化管理启动仪式上,我看到了两类学生:已实施"半军管"的航海类专业学生个个正襟危坐,认真聆听。而刚进校门的非航海类专业学生,有的在打瞌睡,有的在玩手机。牛皮糖一样,惰性要改多难。

教育如果仅仅传道解惑,那是远远不够的。教育是百年树人,对学生素质培养,需要有益的尝试。慢慢地,留下物质和精神财富。

我在港航学院可以主导,让学生受益。半军事化管理,学生每天出操,星期一穿制服,吃饭排队,生活很有规律,效果很好。我为何做?一是,我现在有条件。二是,给孩子一份厚礼。毕业后,首先你这个人可信可用,坐有坐相,说话有说话相,影响人一辈子。

从传承和传播文明的角度来说,大学教育作为"一种引导人的力量",精神的提升较之知识的获得,在教育目的上更具备终极的意义。尤其对于一所以海洋为核心学科的大学来说,对于海洋文化的理解和传承的重要性和价值,应更甚于专业知识的教学。

我们港航学院坚持育人为本、德育为先的人才培养理念。学院在抓好专业教学质量的同时,积极组织学生参加学科竞赛和课外科技学术活动,培养学生创新性学习能力;积极组织学生参加各类职业资格证书考试,提高职场竞争力;对学生实行半军事化管理,培养"纪律严明、作风正派、素质过硬"的航运人才。

我的整个理解,文化理念更新需要时间。教育是特殊行业,既不是赢利的,也不能坐等拨款。抱着金饭碗讨饭吃,那是很耻辱的。

我们港航学院具有良好的科研基础和条件,有海洋水利工程和交通运输工程两个一级学科,航海技术、轮机工程、港口航道与海岸工程、土木工程、建筑环境与能源应用工程五个专业实验室以及一批校内外教学科研实践基地。学院拿出二百万元购置实验室设备,省里资金一比一配套,我的天,哪有这么好的事情!

以前舟山没培训资质,从船员到船长,一步步地考,要跑到其他学校考。我直接到国家海事局,介绍了舟山发展的情况,我院科研和师资的实力。国家海事局很支持,一口气把所有的资质都给了。

我们港航学院长期开展社会服务和船员培训工作,目前已实施的项目有:海船船员基本安全;精通救生艇筏和救助艇;高级消防;精通急救;船上医护;值班水手;值班机工;GMDSS 操作员培训;船长;驾驶员;轮机长;轮机员;基本安全过渡期培训驾驶专业人员过渡期适任培训,轮机专业人员过渡期适任培训等。年培训社会船员三千余人次,为地方海洋经济建设作贡献。

要发挥教学、教研和人才的优势,主动为社会服务。没钱,可联合,引进社会资金,共赢共利,求得更大的收获。

油船安全操作,挺难的。我与企业合作,你出钱,我出师资。企业拿出三百万元,我们这里体系完整,进行培训,合理收取培训费。产生收益,前三年一半对一半,后三年你百分之三十五,我百分之六十五。企业不到三年就收回了成本。我这么好的项目,真是"空手套白狼"。

利用我们的优质资源,运作几个项目,干点小活,挺有意思。

我们港航学院的福利远远高于其他学院。从事一线培训的讲师,待遇和收入,比得上其他学院的教授。今年有很多,明年会更多。大家高兴得哇哇叫,抢着问,还有什么事要做!

我们港航学院积极开展国际交流与合作,先后与美国、挪威、新加坡等国(境)外高校和科研机构,建立了良好的交流合作关系。

有朋友说,学院的管理者,是个生产队长。我的目标是,当一个合格的生产队长。没有百分之百的夸奖，一定会被人骂。

有朋友劝我，你做事太激进了。人家十年做一件事，你一年做十件事。有的人心中一个建议都没有，遇事就踢个皮球给领导，遥遥无期了。

我所做的事，本质意义上不是创新，视野开阔一点而已。特殊环境，借鉴改善，校企合作，培训资质，等等。教育改革，为社会服务，能否再突破？

我从美国回来，回到自己的祖国，回到自己的家乡。舟山对我非常厚爱，所有的荣誉都有了：舟山市拔尖人才、舟山市领军人才、舟山市十大杰出青年、浙江省高校中青年学科带头人、舟山市科学技术进步奖二等奖等。

社会上兼职很多：舟山市青联常委、舟山市留联会常务理事、舟山市博士联谊会秘书长。到年底就头疼了，这个总结，那个总结。怕中国特色的人际交流。我愿意很坦诚的。

我不会停下来的，要不就看书，要不就动脑筋。如果不干事，不干成事，就没成就感。我心里要对得起自己。

八

二〇一六年四月二十日上午，浙江海洋大学校名揭牌仪式在该校东大门举行。校党委书记刘宏明、校长吴常文共同为新校名揭牌，"浙江海洋大学"六个大字正式亮相。这标志着，从此刻起，这所学校将站在新的历史起点上扬帆远航。

国家教育部于三月一日同意浙江海洋学院正式更名为浙江海洋大学，浙江省人民政府于三月二十八日发函省教育厅，同意浙江海洋学院更名为浙江海洋大学，同时将浙江海洋学院东海科学技术学院更名为浙江海洋大学东海科学技术学院。

一所学校的名称不但承载着她的历史和传统，更蕴含着厚重的精神文化和价值追求。从"学院"到"大学"，绝不仅仅是一字之别，而应实现质的嬗变、内涵的提升、发展的转型、价值的升华。站在新的历史起点,浙江海洋大学将始终弘扬"海纳百川、自强不息"的校训精神,以锐意改革的勇气、严谨求实的作风、更加扎实的工作,矢志不渝,只争朝夕,加快建设高水平综合性海洋大学,全力服务浙江海洋经济发展示范区和舟山群岛新区建设!

走,到校园看看。哦,这一大片树皮灰色、枝叶繁茂的乔木,全是樱花!

若是三四月花期,满树烂漫,如云似霞,很有气势。偶有风一吹,粉白色的花瓣纷纷扬扬,这种"樱花雨",谁见了都会动心。

樱花原产于喜马拉雅山脉。被人工栽培后,这一物种逐步传入中国长江流域、中国西南地区以及台湾岛。两千多年前的秦汉时期,樱花已在中国宫苑内栽培。唐朝时,樱花已普遍出现在私家庭院。白居易诗云:"亦知官舍非吾宅,且掘山樱满院栽,上佐近来多五考,少应四度见花开。"又云:"小园新种红樱树,闲绕花枝便当游。"说明诗人从山野掘回野生的山樱花,植于庭院观赏。

当时万国来朝,日本深慕中华文化之璀璨,樱花随着建筑、服饰、茶道、剑道等,被日本朝拜者带回了东瀛。樱花传往日本后,不断增加品种,成为一个丰富的樱家族。"山樱烂漫霞氤氲,雾底霞间隐芳芬。多情最是依稀见,任是一瞥也动人。"

《樱花的文学史》一书的作者小川和佑感叹道:"男性通过樱花看到的是一种甘美的死,女性透过樱花看到的是自己内心深处复杂的情愫。当这两种关于樱花的梦相互重叠合二为一之时,那好比盛开的繁花一样极具魅力的死便会陶醉每一个人。而这样的情景正是我们心底深处潜在的最普遍的樱花观。"

日本人喜爱樱花,认为它象征日本武士道绚烂而短暂的美学。"欲问大和魂,朝阳底下看山樱。"日本人认为人生短暂,活着就要像樱花一样灿烂,即使死,也该果断离去。樱花凋落时,不污不染,很干脆,则被尊为日本精神。

樱花的生命很短暂,一朵樱花从开放到凋谢大约为七天,整棵樱树从开花到全谢大约十六天,形成樱花边盛开边凋落的特点。

也许樱花有着一种本能,若要开放,就得如此不顾一切地拼命怒放。然后,毫无眷恋地一气飘落散净。

人的一生,也该如此,珍惜当下,尽情发挥,不辜负生命。不论是否成就大业,不论终究是否平淡,都是有价值的一生。

漫步在浙江海洋大学,会有别样的体验。这里有海洋的气势,有自由的风,还有思辨的花。

三　水上国门形象

一

白色的军港呢大檐帽,帽墙上有黑色丝带和金属编织带,两个黄色罗经花帽钉及防风黑色松紧带,黑色帽檐上有两片金黄色橄榄枝。

大檐帽正中的帽徽,桃形徽体,由中华人民共和国国旗、罗经花、橄榄枝和海浪图案组成,海浪衬底为深蓝色,国旗颜色为国旗红,五角星的颜色为国旗五星黄,其他部分均为金黄色。

两肩上的肩章,衬底黑色,由机绣罗经花图案和缝制的金色横杠组成。正式引航员为四条金色横杠,实习(助理)引航员为两条金色横杠,机关工作人员为一条金色横杠。

领带,正面颜色为宝石蓝色,各斜行罗经花颜色为湖蓝色,左下方一个罗经花,颜色为金黄色。椭圆形领带夹,图案由英文"pilot"和一条曲线组成,镀金黄色。

领花样式为罗经花图案,镀金黄色。纽扣正面图案为罗经花,镀金黄色。

臂章最有特点了,盾形衬底为黑色,内为船舶横剖面图形,由红白相间色的引航 H 旗和蓝白相间色的三江四海(长江、珠江、黑龙江、渤海、黄海、东海和南海)图案组成,上方为金黄色的"中国引航员"英文名称"CHINA PILOT"字样,两侧有金黄色的橄榄枝,外加金色边线组成的盾形图案。

还有手套、皮带、皮鞋,着装与佩戴全是标准化的。

引航员服装和标志,充分反映引航员良好的精神风貌、引航身份、社会地位和职业特点,体现出引航员"水上国门形象第一人"的特殊性。

因为引航员代表国家行使引航主权。

舟山引航站长峙总基地。集管理、调度、信息、培训、后勤保障于一体的现代化引航基地。

我跳下车,与高级引航员谢广伟伸手相握。

谢广伟身材敦实,穿着引航员标准的夏制服装。

说起来,谢广伟到浙江舟山有点偶然。

老家在安徽,旱鸭子出身,没海啥的。而他这辈子偏偏与海有缘,一是天生不晕船,二是考的大学就是海事大学。

谢广伟于一九九八年从大连海事大学毕业,分配至青岛远洋运输公司做远洋船员。刚毕业时,踌躇满志,想当一个出色的远洋船长。

海上生活很单调,一条船二十多个爷们在一起,抽烟的多。谢广伟也学会了抽烟。

当时亚洲金融危机的风暴横扫各国,经济大伤元气,远洋运输不景气,上船机会少,升职机会更少。

从远洋返航,谢广伟在家休假。恰好有大学同班同学到青岛来,毕业两三年没见面,这次见面特别亲切。大学同学老家在舟山,那时没手机啥的,谢广伟刚买了 BP 机,联系方式留了下来。

二十多天后,舟山同学来了一个消息:"舟山要招考引航员,你来不来?"

"我来!"谢广伟坐车到上海,从上海坐船到舟山。船在海上十多个小时,人枕着风浪过了一夜。

舟山引航员共招考三名,谢广伟考了第二名,留了下来。这是二〇〇一年五月,月季花开了,石榴花开了,香柚花也开了。

当时舟山引航站,站小人少。谢广伟是舟山引航站的第十一个"兵"。他笑着说,因为只有他一个人讲普通话,站领导还要求大伙儿一起讲普通话。

谢广伟是从跟班做起的。每天跟着老引航员出海引航,把学到的书本知识,结合到实践中。那时候,谢广伟工作还是挺闲的,每个月除一部分时间出海引航,还能抽出一部分时间外出学习。

那时舟山港还没有一个大吨位的泊位,只有老塘山、半升洞等少数几个对外开放的泊位,每月进港船只不过三十艘次。

二〇〇二年五月,嵊泗马迹山矿砂中转基地建成并投入运营。年设计吞吐能力为两千万吨,拥有二十五万吨级兼靠三十万吨级卸船码头和三点五万吨级装船码头各一座,为亚洲第一,也成为舟山港对外开放的一大转折点。

二〇〇三年九月二十四日,号称"世界散货船王"的"AMYN"号轮船成功引靠嵊泗马迹山码头,创下了当时我国引航史上重载进港靠泊散货船舶载重吨位最大(三十二万两千三百九十八吨)、吃水最深(二十一点六四米)、实际排水量最大(三十三万一千八百九十五吨)的三项纪录。

二〇〇六年六月,谢广伟明显感到自己的工作一下子忙了起来,每天都排得满满的。舟山引航站里也开始在全国范围内,招收各种引航员。

舟山的迅猛发展,从港口的繁忙景象,最能体现出来。

舟山港域由一千三百九十个岛屿组成,是上海国际航运中心的重要组成部分。

舟山港域地理区位优势突出。地处长江三角洲和东部沿海要冲,是长江三角洲综合运输网的重要节点;位于南北海运大通道和长江黄金水道的交汇地带,是江海联运的重要枢纽,是我国伸入环太平洋经济圈的前沿地区,是建设国际物流枢纽岛的理想选址。

舟山港域自然资源丰富,全市拥有岸线两千四百四十四公里。根据

《宁波—舟山港总体规划》，舟山港域规划的港口岸线总长约二百八十公里。适宜开发建港的深水岸段五十处，总长约二百五十公里。海域航道等级高、数量多，可通航万吨级船舶主要航道十七条，通航三十万吨级船舶航道三条；锚泊作业面积约二百九十平方公里，有十万吨级及以上船舶锚地十五个，其中三十万吨级船舶锚地五个。

舟山港域包括定海、老塘山、金塘、马岙、沈家门、六横、高亭、衢山、泗礁、洋山和绿华山共十一个港区。

港域开发建设成效显著。大宗商品交易平台、海陆联动集疏运网络、金融和信息支撑系统"三位一体"的港航物流服务体系建设日趋完善，舟山已成为我国重要的战略物资中转储运基地。

港口货物吞吐量快速递增。二〇〇六年突破亿吨大关，二〇一〇年突破两亿吨。二〇一四年完成三亿四千七百万吨，吞吐量持续位列全国沿海港口第九。集装箱、煤炭、铁矿砂、粮食、油品，源源不断……

航运业持续稳步发展。二〇一四年底，全市共有航运企业二百七十四家，沿海运输经营船舶一千五百九十八艘，船舶运力保有量达到五百四十二万八千吨，位列全省第二。

根据国务院批复的《浙江舟山群岛新区发展规划》，舟山港口开发建设的总体目标是：建设成为上海国际航运中心的重要组成部分和大宗商品储运中转加工交易中心，全力打造国际物流枢纽岛，进一步提高对国家战略物资供应安全的保障能力。

到"十二五"末，力争港口吞吐量达到四亿吨。规划到"十三五"末，港口吞吐量达到六亿吨。

《浙江舟山群岛新区发展规划》确立了群岛新区着力构建"一体一圈五岛群"的空间布局，根据这一总体开发格局，港口开发建设功能布局定位：突出"一体"优化提升，加快形成港口产业转型升级和新兴产业集聚区；确立"一圈"建设核心，全力打造大宗商品储运中转加工交易中心；培育"五岛群"物流产业，重点构筑发展六横、金塘两大岛群的港航综合物流产业。

围绕规划所明确的功能布局，加快岛链式国际深水港群开发，构筑建设"世界一流的大宗商品国际枢纽港",全面提升大宗商品储运中转加工能力。在现有岙山、册子、马迹山、小洋山、凉潭、老塘山等港区的基础上,有序推进鼠浪湖、黄泽山、外钓等港点建设,重点开发衢山、大长涂、六横、金塘、大洋山和舟山本岛北部岸线。

舟山港口总体功能布局可以概括为:六大港口基地、六大物流园区和两个功能区。

"世界一流的大宗商品国际枢纽港",看到这样的字眼,我都感到兴奋。

谢广伟说:"我二〇〇一年到舟山,我非常幸运,我是同舟山港一起成长的。"

是的,谢广伟不但学会了吃海鲜,还学会了讲舟山话。

这十几年来,谢广伟从助理引航员做到三级引航员,到二级引航员,到一级引航员,到高级引航员,是舟山引航站引领超大型船舶的骨干之一。

谢广伟获得舟山口岸"最佳形象官员"荣誉称号,其论文《引航与节能环保》获中国航海学会航海科技优秀论文特等奖、全国引航技术论文评比一等奖。

在舟山港这个宝地,谢广伟有了全面发展的机会,有了代表中国的自豪感!

二

我的脚步时常停下,长峙总基地的楼道里、墙壁上,悬挂着一幅幅照片和文字,吸引着我的目光。

"引航愿景:建设与浙江舟山群岛新区相适应的一流引航队伍,实现平安引航、快乐引航、健康引航、和谐引航。"

"引航精神:敢于担当、真诚服务、开放包容、务实争先。"

"引航职业道德:爱国、敬业、慎独。"

大厅墙壁上，醒目的红字："维护主权，保障安全，精心引领，服务港航。"

谢广伟站在身边，对我解说："这是中国引航行业核心价值观。引航权是航运权的主要组成部分。引航员按照我国法律，对外国籍船舶实施强制引航，维护国家航权，是国家维护主权和尊严的重要体现。安全是引航工作的生命线，引航员要利用高超的专业技能，保障船舶安全、生命安全和水域环境安全。引航是一项高风险高技术职业，是为港航企业提供优质安全的引航服务，为中外船舶提供高层次内涵、高精神体验、高智能化引航服务。"

舟山引航站是舟山港口唯一的专职引航机构，行使国家引航主权。主要负责对进出舟山港口的外国籍船舶实施强制引航，对提出申请的中国籍船舶提供引航及技术咨询服务，参与设计引航的港口、航道、安全、环保等工程项目的研究工作。其下属引航公司主要负责为港口提供引航技术服务、引航业务咨询服务和航海技术服务。

舟山引航站和下属引航公司共有员工二百四十七人，引航员六十一人，其中有的获得全国安全贡献奖，有的获得"全国优秀引航员"、"浙江交通十大最美人物"等荣誉称号。

舟山引航站已形成了监控、导航、调度、收费和考核五大系统共同运作的引航信息管理平台，实现了系统与互联网的连接。还完成了 AIS 系统（船舶自动识别系统）、海事 VTS（船舶交管系统）终端以及 VHF（甚高频通信）系统建设，大大提高调度指挥能力，实现了引航调度对舟山引航全局的无障碍监控和指挥。对现有引航监控资源进行了整合，通过 AIS 等有效手段对引航员、车队、船队实行实时监控管理，使整个引航管理向现代化、科技化、信息化迈上了新台阶，进一步保障港口引航生产安全。

引航，旧称引水，起源于水运的发展。

早在南宋时期，川江就出现了"招头"。这"招头"是熟悉川江航道的当地船民，引领长江下游船只西行入川。他们候船，随船服务，分散从业，自由竞争，不受官方管理控制，依靠给出入川江的外地船指引航路为生。

到了元朝,朝廷在江阴设置"指浅提领"一职,征用熟悉这一带水道的船户担任该职,为装运"漕粮"的船舶指引航道,以避开暗礁浅滩,从刘家港出长江口,取海道北上至天津。"指浅提领"就是早期的引航员。

明朝在南京建都,为保证首都安全,明朝廷规定,凡驶往南京的朝贡船舶,进入长江后,必须停泊于太仓的"六国码头",由中国官员检查后,再由"指浅提领"指引驶往南京。

到了清朝乾隆年间,已将引航管理权置于国家管理和监督之下,制定了《番船出入稽查章程》。广州成为世界各国与中国经济贸易的主要口岸,进出广州港的外国船舶很多。清朝廷在广州设置"引水",把"引水"置于专司管理外国人和珠江口海防事务的"澳门同知"的管辖之下。有一批人专门在那里从事船舶引航工作,为进出港的外国商船服务,这一群体被称为"引水"。

清乾隆九年(公元一七四四年),"澳门同知"《防夷七条》中规定:"洋船到日,海防衙门拨给引水之人,引入虎门,湾泊黄浦。""其有私出接引者,照私渡关津律从重治罪。""责县丞将能允引水之人详加甄别,如果殷实良民,取具保甲,亲邻结状,县丞加结,申送查验无异,给发腰牌,执照准允,仍列册通报查考,至期出口等候。"

较之明代,清朝廷的"强制引航"更为严格,外国船只进出港必须雇用具有资质的引水员为其引领。引水员的资质是由政府颁发,私自引航者"从重治罪"。

鸦片战争爆发,列强用坚船利炮轰开了中国的大门,强迫清朝廷将五口通商、门户开放,先后签订了各种不平等条约,打破了"强制引航"。

一八四三年签订的《虎门条约》中,允许英国商船自由雇用引航员,引航费率由英国领事决定。

一八八四年签订的《望厦条约》规定,引航费率"中国地方官毋庸经理"。

同年签订的《黄埔条约》,进一步赋予法国领事审核引航员资格和签发引航员执照的权力。

列强侵夺和瓜分了中国的引航权。

从此,引航员由列强商船自行聘用,引航费由列强自行规定,引航员名额由列强控制,引航员证书由列强领事馆发放,引航章程由列强制定,引航业务由外籍引航员垄断。"中国官员毋庸经理"。

　　"中国引航员"成为一个充满屈辱和歧视的名字,只能引领帆船,或者给外籍引航员做辅助工作。从一九〇三年到一九二八年,整整二十五年,上海港竟无一名中国引航员。

　　抗日战争胜利后,中国作为战胜国,废除了一系列不平等条约,收回了引航权。

　　国民政府于一九四五年颁发了《引水法》,重新建立了强制引航制度,其中对国内外船只的强制引航均作出了相应规定。

　　但直到中华人民共和国成立前夕,上海港仍有半数外籍引航员。

　　一些外国商会预言,没有外籍引航员,中国引航业将无法运转。

　　中华人民共和国成立后,新政权接管了全国港口引航事务。引航成为港口管理部门的一项直接业务。中国引航员全部转为国家公职人员。在东南沿海的反封锁斗争中,中国引航员发挥了积极的作用。

　　一九五二年,最后一名外籍引航员离开中国。

　　这标志着引航权,中国失而复得。

　　一九五三年十二月,中央人民政府交通部颁布了《海港引水暂行通则》,这是新中国第一部专门的引航规章,除具体规定了引航员的资格要求、职责和引航员的申请和指派、引航员和船长的关系等内容外,特别强调引航员只能由中国公民担任,外籍船舶在中国水域内必须接受强制引航。

　　一九七六年十一月,《中华人民共和国交通部海港引航工作规定》开始实施。此后,交通部又颁发了《海港引航工作条例(试行)》《船舶引航管理规定》《关于进一步加强引航安全管理的通知》等一系列法规进一步规范引航管理工作。

　　水上国门,国脉所系。

三

船舷的旗杆上,红白两色,猎猎而动。

这面旗帜迎着海风劲舞,与众不同。

上白下红,两道同宽的色条构成。

这面长方形旗,长宽比例与国际信号旗一样,但不在国际信号旗的范围内,不代表任何一个英文字母或数字等。

在《中华人民共和国交通部沿海港口信号规定》中表示:引航船在工作。

引航船旗,人们乐意这么称呼。

自然,引航船旗飘扬在引航船上。通体白色的船舶,船舷黑色的字体"舟港引 18"。

谢广伟颇为自豪的神色,这艘引航船,高度二十米,船长四十多米,二百多吨位。

我的目光扫过整艘引航船,停留在船舷的旗杆上。

这面特殊的信号旗。

早期的信号旗究竟由谁设计、由谁第一个使用,已经很难考证了。

由于地域、船队的不同,信号旗的样式和使用方法也有很大的区别。

一七七七年,英国的美洲舰队司令豪上将印了一本信号旗手册,成为第一个编写信号旗书的人。

一八〇〇年,英国皇家海军上校霍姆·波帕姆编纂了一部《电报信号或海事词汇》,里面有大量的海上常用词汇和用语。他采用二十四面常用信号旗,代表不同的字母和检索代号。通常每个信号由三面旗组成,按照信号旗的图案和顺序,可以在手册内检索到其代表的海上用语。波帕姆的信号系统,第一次让舰队司令可以准确地向其他舰艇表达自己想说的每一个字。海军部采用了波帕姆信号作为信号手册的补充,但没有作为标准在舰队推广。

一八○五年九月，英国皇家海军舰队司令纳尔逊得到了几部《电报信号或海事词汇》，下发给地中海舰队。

同年十月二十一日中午，在特拉法尔加海角，在同法国和西班牙的联合舰队决战之前，纳尔逊在他的旗舰"胜利"号上，升起了一些不同颜色和图案的信号旗，为整个皇家海军舰队打出了一道著名的信号："ENGLAND EXPECTS THAT EVERY MAN WILL DO HIS DUTY"（英格兰希望每个人都恪尽职守），以此来鼓舞舰队官兵的士气。这条信息正是使用了霍姆·波帕姆的字母旗信号来表示的。

英国舰队歼灭了敌舰十五艘，迫使其统帅维尔纳夫降旗投降，彻底击碎了拿破仑登陆英伦三岛的梦想，在生死存亡的紧要关头挽救了大英帝国。

特拉法尔加海角一战，是纳尔逊战斗生涯中最英勇之战。他在此次战斗当天，被对方狙击手的子弹击中身亡。他在阵亡前发出的最后信号，是波帕姆旗语第十六号："驶近敌人，近距离作战。"

纳尔逊战死在旗舰上，但其振奋军心之举，影响深远。

这一旗语在英国广为传扬，甚为闻名。小学生都会被教习这一内容，已成为大英民族意识的一部分。今日，"英格兰希望……"作为短语的开头，在英国媒体里仍广为应用，特别是那些预期英国体育队伍胜利的报道。

弗里德里克·玛里艾特，出生于一七九二年。一八○六年十一月，他作为一名海军候补少尉加入皇家海军，在考科恩舰长麾下服役。在随后的工作中，玛里艾特积累了丰富的经验。一八一一年九月，玛里艾特因超人的勇气得到考科恩的褒奖。一八一五年六月，他晋升为舰长。

一八一七年，玛里艾特编出了一套完整的商船用信号旗系统，据说是使用最为广泛的信号旗系统。根据威尔逊的《海上旗号》一书中记录，直到一八九○年，仍然有船舶在使用玛里艾特信号旗。这套信号旗的外形和色彩结构已经与国际信号旗非常相似。

玛里艾特在恶劣海况中表现出的卓越领导才能，以及服役期间多次入水营救溺水者的英勇举动,使他在一八二一年获得了英国皇家人道协会颁发的金质奖章。作为海军上校,他一直担任舰长职务,直到一八三〇年。

随后,玛里艾特离开海军,成为新闻记者,转而走上文学道路。他的海上资历非同凡响,又成为小说家。

一八五五年,基于玛里艾特信号旗和其他广泛使用的信号旗系统,为方便各国商船通信,英国海外贸易局起草了国际信号旗的草案,随后将其作为一种海上通信的手段对外公布,遂成为第一个国际规则。

一八五七年,由英国伦敦皇家文书局出版发行了关于海上信号旗使用的通告,题为《由枢密院上层委员会颁布的可以用于贸易咨询和海上信号规则的通告》。该通告共十四页,文字以及通告中的背景(知识)信息通俗易懂,第一部分是通用的国际信号,第二部分仅仅是英国信号。这本书为大多数航海国家所采用。

这个版本于一八八七年由英国贸易部设立的委员会进行修改。委员会的建议曾由各主要航海国家在一八八九年的华盛顿国际会议上讨论过。经过许多修改后,该规则于一八九七年完成并分发给所有航海国家。但是该规则未经受第一次世界大战的考验。

第一次世界大战后,英国政府提议修订《万国通信书》,交由万国电信会议审查。一九二八年,万国电信组织约请各海洋国家派代表到伦敦,共同编辑国际通信信号书。该书于一九三〇年完成,并从一九三四年一月一日起,正式在世界上使用。国际信号旗由此诞生。

之后,出现了英语、法语、德语、意大利语、日语、西班牙语和挪威语七种不同语种的修订本。

一九六五年,政府间海事协商组织,也就是现在国际海事组织的前身,对国际信号旗进行了第四次修订,在原来的基础上增加了俄语和希腊语,收入了先进的无线电信通信信号。政府间海事协商组织第四次会议通过《国际信号规则》,并于一九六九年四月一日正式生效。

经历一百多年的总结和完善,这个信号旗语系统最终演变成为了我们目前使用的国际信号旗语。

现在船舶使用的国际信号旗,是用红、黄、蓝、白、黑五种不同颜色的旗纱(羽纱)制成,一套共四十面旗帜,其中二十六面字母旗(从字母 A-Z),十面数字旗(数字 0-9),三面代旗,一面回答旗。按照不同的形状,国际信号旗可分为:长方旗、燕尾旗、三角旗和梯形旗。在船上,它们被存放在旗箱中对应的格子里,便于取用。

使用信号旗通信时,既可以单面信号旗独立使用,也可以几面信号旗组合起来使用,分别表示独立的含义。通常悬挂单面信号旗表示最紧急、最重要或最常用的信息,两面信号旗组合表示一般通用信息,三面信号旗组合中,由信号旗"M"开头的,作为医疗部分的信息。

旗语通信时,通常每次只挂出一挂。当一组以上的信号挂在同一旗绳上时,每组信号之间用隔绳分开。发报台把信号挂在收报台最容易看到的地方,使旗号能清晰地展示,不为烟雾遮挡。

所有的收报台或信号中指明的受信台,看到发报台的每一挂信号挂出时,把回答旗悬挂在半旗的位置,并在了解其意义时,立即拉到顶;当发报台落下这一挂信号后,把回答旗降到半旗的位置,理解第二挂信号的意义后,再拉到顶。

此通信方式可跨越语言隔阂,且清楚传达用意,故成为国际间统一的信号语言,亦成为旗语。

来看看,几个民用信号旗单字母与码组的含义:

A:我下面有潜水员,请慢速远离我船。

B:我船正在装载、运输或者卸下危险品。

H:我船上有引航员。

AE:我必须放弃我的船(弃船)。

AE1:我(船或船员)想放弃船舶,但是没有救生设备。

AE2:除非你留下准备救助我,否则我将弃船。

NE6:你应十分小心地行驶,发现有敌舰。

BB:你(直升机)可以在我的甲板上降落。

MM：我请求紧急医疗指导。

国际信号旗没有国籍的限制，没有民族的差别，没有语言的障碍，在甚高频无线电话、全球海上遇险和安全系统、卫星电话、船舶自动识别系统和手提电话等数字通信普及的今天，尽管它已经不再是现代船舶或军舰通信的主要工具，但作为一种最简便、最可靠的通信手段，仍在继续使用。

绚丽夺目的色彩，异彩纷呈的神情，因时而变的特性，使它们仍然独具魅力。有理由相信，它们将会永远飘扬在世界的各个港口。

中国于一九七五年七月一日开始实施《国际信号规则》。

交通部根据《国际信号规则》的规定，制定了《中华人民共和国交通部沿海港口信号规定》，于一九七七年六月一日零时起正式施行。

上白下红，两道同宽的色条构成。这是中国的"引航船旗"。

左白右红，两道同宽的色条构成。这是国际信号旗的"H"字母旗。

全世界大多数国家或者地区的港口，使用"H"字母旗，表示引航船在工作，或者引航机构所在地。

两旗遥相呼应。

船舶上最隆重的礼仪是"满旗"。

全部国际信号旗，按形状与色泽进行搭配。那长方旗与梯形旗，一般为两面长方旗加一面数字旗。从船艏、船艉到前后桅杆以及桅间，用旗绳以及滑车牵引，将搭配好的国际信号旗连接于张索上。

海风鼓荡，旗帜飞扬。船艏到桅杆，再由桅杆到船艉，用旗绳挂满信号旗的挂旗形式，就叫作满旗。凡遇到国庆、重大庆典或节日，停泊中的商船或军舰都会挂满旗致庆。

满旗，船舶是何等的光彩，何等的威武！

四

谢广伟穿着引航员制服,戴大檐帽,头顶国旗闪耀,象征国家主权;肩扛四道金杠肩章,标志着最高的航海技术等级。胸前挂 ID 卡,随身携带统一的工作提包和引航员适任证书。

按照规范的说法,引航是指持有有效适任证书的引航员,在引航机构的指派下,从事的引领相应船舶航行、靠泊、离泊、移泊、锚泊等活动。

引航员接到引航任务后,必须首先了解气象水文情况,包括风、浪、潮汐、水流、能见度等;了解被引船的情况,包括船名、国籍、长度、宽度、吃水、船型、机型、货载等情况;掌握本港的有关情况,包括泊位的水深和安全靠离条件、航道水深、导航设备状况等;制定初步操作方案,估计到各种可能出现的不利因素和应急安全措施。

外籍船舶进入中国港口见到的第一个中国人是引航员,离港时见到的最后一个中国人也是引航员。

"一艘外轮就是一块流动的国土。"引航员代表着国家形象,忠实履行神圣职责,对进出中国水上国门的外国籍船舶强制引领,维护祖国航权安全。

"把世界引进中国,把中国引向世界",已成为中国引航员标识性的理念。

引航船在浪尖,上下跳。最低点时,水面离引航梯十多米。第二波浪掀起,引航船抬高四五米,跳到最高点。

外着救生衣,戴着手套,谢广伟瞅准机会,纵身一跃,双手抓紧梯绳,攀缘而上。

引航梯是一种软梯,用很粗的绳子和木质踏板制成。其设计强度,每阶踏板距离,安放方法都是经过国际海事组织(IMO)批准认定的。

攀登巨轮就有困难了,因为高度很高。对于引航梯高度小于九米的,可以只放置引航梯。如果高度大于九米，就要放组合梯，也就是要放金属的硬梯，加上软梯，这样可以使软梯的高度小于九米。

大风浪天气，特殊船型难于靠紧时，登离轮的风险大大增加。有时引航船靠在巨轮上，会夹住引航梯，随着船的上下颠簸，会造成引航梯断裂。很多引航员在这过程中曾受过伤，甚至还有人永远坐在了轮椅上！

长长的软梯，从甲板上垂挂下来，在风浪中来回摇动。谢广伟动作灵敏，手脚稳健，抓住软梯一步步往上爬，下面的浪一阵阵往上打。需要技巧，更需要胆略。见惯风浪，无所畏惧！

登轮时，船方的一名高级船员，携带无线电对讲机在登船入口处，来接引航员，随时注意保证引航员的安全。这也是国际海事组织明确规定的。若是在晚上，船方必须开启引水灯，这个灯也是造船时特别建造为引航员上下船用的。

舷墙梯的两根扶手立柱，紧紧固定在船舶甲板上。谢广伟拉着扶手立柱，登上了甲板。在高级船员的指引下，经过安全通道，到驾驶台。

庞大的集装箱船，自船舶最前端至船艉最后端间的水平长度，总长达二百五十米左右。驾驶台有八层楼高，爬上去要累得半死，和船长握手都要喘着粗气！

随着造船业的发展，如今大多数二百三十米以上的集装箱船和二百五十米以上的油轮、矿船，都配备了电梯。

世界最大的集装箱船"马士基伊夫琳"等姊妹船，总长三百九十八米，宽五十六米，净空高度六十米，电梯都要十七层。恐高的人上了驾驶台，直接就晕倒了。

船方代表船旗国一片浮动领土。船上挂本船国籍的国旗表示主权，挂港口国的国旗表示尊重对方主权。

引航员登轮，从某种程度上说，就是我国对外轮行使主权的开始。从这一刻起，船上就要升起引航旗，同中华人民共和国国旗（进入中国领海起就要悬挂）一起飘扬在桅杆的右侧最高处！

这是很高的礼遇，与此同时，引航员作为民间外交家的使命开始了。

上了驾驶台,首先就是和船长打招呼,流利的英语脱口而出,"Good morning(早上好!)""How do you do?(您好!)""Nice to meet you(见到您,很高兴)",热情握手。

谢广伟在今天早上六时就登上引航船了,一小时的浪上颠簸后,与等待引航的菲律宾籍超大型油轮会合。接下来,就是船舶操纵权的交接。

脸庞瘦削的船长,先向谢广伟介绍船舶主机(简称车)的状况、舵的状况、吃水(指船体淹没于水下部分的深度)和吃水差(船头船尾吃水数量之差)以及其他设备装置的情况,比如锚、缆绳、侧推的情况,并附上一份控制卡片,上面标明了部分船舶资料。

然后,谢广伟向船长介绍引航方案、码头、航道情况,潮流、天气状况,靠、离泊方法,拖轮使用情况,缆绳系、解方案,引航所需时间,其他注意事项。

这些介绍对双方都有很高的价值,通过这些信息,双方可以开展有针对性的操作和安排,是确保安全引航的基础。

上了外轮,引航员的风度气质、穿着、动作、谈吐、沟通能力、应变能力,就在短短几分钟内体现出来了!就给船上的人员留下了重要的第一印象。

驾驶台上,各种各样的仪器亮晶晶的,绿莹莹的,雷达显示屏、自动雷达标绘仪、回声测深仪、探照灯、手提莫尔斯灯、罗经、甚高频无线电、全球定位系统、船舶自动识别系统……

望远镜挂在胸前,谢广伟站立端正,情绪稳定,镇定自若。

与船长交接完毕,谢广伟马上指挥船舶继续航行。要在这极短的时间内,运转一艘完全不知性能和操纵特性的巨型轮船,并要整合指挥船上不同国籍、操着不同英文腔调的船员共同作业,这绝非易事。一艘大船加上货物,价值动辄数以亿计,船长把全船财产和生命安全全交给引航员,其责任之重、压力之大,唯有引航员才能感受。

舟山水域航道航门多,航线较长,潮流复杂,穿越航道的小船较多。航区复杂,操纵困难。

水面情况瞬息万变。引航员要在高风险的运作中作出独立的判断，"关键就在一秒钟"。

谢广伟沉着冷静，用英语发布口令，准确，清晰，响亮。

外轮船长听到谢广伟清晰、果断的口令，露出宽心的笑容。

虽然海面开阔，但适合大型船舶水深的航道只有五十多米宽，加上潮流、风向随时都在变，要引航这样一艘三百多米长的庞然大物，非得有十几年的经验累积才行。

谢广伟从事引航工作以来，安全引领船舶三千五百余艘次，其中十五万吨级以上船舶一千二百多艘次。特别是，引领三十万吨级油轮和散矿船二百多艘次，成功处理过多起超大型船舶险情，被派执行过多起重大抢险任务。

忘不了，二〇一〇年八月十四日，满载的巴拿马籍大型散货船"海象"轮（船长二百八十二米，载重十七万四千多吨），由于船龄较大，缆车受力不均，在急落流的作用下，船上所有缆绳全部断掉或脱掉，迅速离开舟山老塘山五期码头漂向下游。该轮有可能搁浅，灾害性后果将无法想象。接到引航站的抢险通知，谢广伟以最快的速度赶去现场。途中，通过手机、高频等通信工具，指导外轮船长进行正确的操作和处置。登上外轮后，谢广伟运用他丰富的引航经验，在各方的协助下，先将"海象"轮驶离浅水区，将最具有威胁的危险局面化解；再根据船上备用及脱掉的缆绳情况，考虑当天的潮流，拟出一套稳妥的再次靠泊及稳泊和重新修复所有缆绳的方案。最后成功地将"海象"轮回靠到老塘山五期码头上。谢广伟从下午四时四十分上船，到深夜十一时四十分下船，连续奋战了七个小时，一直等到"海象"轮将所有的缆绳一根根恢复并带妥，符合稳泊要求才离开，从而避免了港口和船方的巨大损失。

忘不了，二〇一三年七月二十三日，满载的三十万吨级超级油轮"长江之光"，抵达舟山虾峙门口外，已错过通常的习惯靠泊时机。如果当日不进港靠泊，不仅货方要支付高额的船舶滞期费，而且该轮所载原油为中石化急需油种，也会影响生产。如果选择靠泊，正赶上天文大潮汛急落水,靠泊时的压拢流将会非常大,对船舶运动的控制也会很难,需要承受很大的风险。谢广伟担任该轮的主班引航员,经过周密布置后,终于通过虾峙门口外人工航槽和虾峙门航道,于潮汛急落水落末时间,安全靠泊岙山五期码头,受到各方的好评。

忘不了,二〇一四年七月二十五日,台风"麦德姆"刚刚过去,满载的超大型油轮"高杉"受此台风的影响,已经在虾峙门口外锚地耽误了两天,如果再不靠泊,各方的损失将会更大。该船为虾峙门人工航槽受限船,必须由引航员引领过航槽。谢广伟和一位同事准时出发了。台风刚过境,海面涌浪很大。那天出海的是一艘引航艇,才三米高,被掀到浪峰时,两侧全是水,被甩入浪谷时,一下子扎进去。引航艇上下颠簸,左右摇荡,异常剧烈,艇上的桌子、沙发、杯子,散落一地,一片狼藉。

"沧海横流,方显英雄本色。"此时绝对可引用。

世界海运船队实现了专业化分工。油轮船队是规模最大的船队,那些三十万吨级的超大型油轮,船体总长三百三十三点五米,总涂装部位面积达九十八万多平方米,相当于一百七十个足球场。铁矿石、煤炭运输需求增长,使干散货船队大型化比重不断提高。船舶集装箱运输的飞速发展,使大型化、专业化成为集装箱船队的发展标志。

能否安全引领这些大型船舶和水上设施,是建设国际性大港的重要标志,也是对港口引航能力的挑战。一次重大的引航活动,就是一项系统工程。

到舟山港口的外轮,越来越多了。

谢广伟记得,最忙的一天,就来了四十多艘外轮,大的小的都有。舟山引航站六十多名引航员,不同的级别引领不同的船,大家都够忙乎的。

谢广伟见过太多太多的外轮和船长。通信联系时,说的虽然是英语,一听口音,能听出是日本的、韩国的、印度的、菲律宾的……

各国船长的文化背景不同,个性迥然。

德国船长严谨,对引航员的每一个口令都仔细观察核对,很怕出一点问题,如果他觉得有疑问一定会向你核实。

法国船长浪漫,引航员在指挥停靠大油轮,他们则可能在一边摆着Pose 照相。

美国人则显得比较随意,无招胜有招,一切随意而行,没有什么约束。

俄罗斯船长一意孤行,你的命令他们听一半就不错了,大国沙文主义依然余威犹存。

韩国船长尤显敬业精神,对下属的纪律要求绝对严明,对引航员绝对客气。

印度船长自成一派,小心谨慎,稍显过度,对引航员的命令有时会打些折扣。

谢广伟早已养成了职业习惯,体现出较高的气质风度,举止大方,端庄稳重,热情友好,不损国格,不失人格。显示出良好的自我修养,遇到矛盾时不急躁,不动怒,不训斥,不争吵。遇到刁难或挑衅时,有理、有利、有节地冷静处置。

与船方人员交谈时,大方、得体,做到"五不问":不问年龄、不问婚姻、不问经历、不问收入、不问住址。

作为一名中国高级引航员,除了时刻准确掌握水文、气象、航道等情况,准确把握船舶的操纵性能,还应当具有优秀的心理素质、敏捷的思维、充沛的体能和良好的视听觉,这样才能发出准确有效的口令,引领船舶安全地航行、靠泊。

"整个港区的地貌、航道、码头基本都印在我的脑海里,今天我不用雷达,从我登船到靠码头,我也可以给它完成。"谢广伟说。

十一时三十七分,这艘超大型油轮驶进了码头范围。在谢广伟的指挥下,四艘拖轮贴近了巨轮,巧妙利用潮流和风力,把巨轮一点点推进泊位中。

最后一百多米,谢广伟快步走出驾驶台,站在甲板上,手握对讲机,直接指挥。四艘拖轮同时转移行驶方向,把船头顶住巨轮右外壳,慢慢推向码头。

顶推巨轮。与码头的横距和本船余速的控制都到了极佳的程度,"拖

20快车！""拖16停车！"二十万吨的巨轮准确无误地推进了泊位中。贴拢码头的角度控制在五度以下,实现了完美和成功的靠泊。

五个多小时的引航，大功告成。外轮船长脸露喜色，连声说:"I'm much obliged to you.(我非常感激您！)"

谢广伟笑着说:"It's a pleasure. / My pleasure.(我很乐意,不用谢！)"

谢广伟又把船舶会遇态势、航道特点、潮流、天气等涉及航行安全的情况向船长交接清楚,双方确认了安全。

最后检查了一遍手头的工作,谢广伟才挥挥手,向船长和船员们告别,安心地下了船。

五

春天,舟山水域传统的雾季。海面上大雾弥漫,能见度不高,给引航增加了很大的难度。

夏天,受八九月台风影响,东海海面的涌浪四五米高,排山倒海,撼天呼啸。

冬天,寒潮,十级以上大风,涌浪最可怕,险象环生,惊心动魄。

船舶进出港口、靠离码头,是船舶航行中风险最大的一段航程。

引航员的职业风险主要就在登轮和离轮的过程中。他的首要任务是博得船舶驾驶台团队的紧密配合,进而利用所有资源,协调港埠相关服务,化解航行中遇到的各种危险,安全地操纵船舶靠、离码头。

引航员是世界上风险最大的行业之一。据美国《读者》杂志统计,世界二十个心理压力最大的职业中,引航员仅次于地下矿工、飞行员,与空港领航员并列第三。

很多国家规定引航员必须有五到十年的远洋船长资历,根本原因是老船长经历风浪多,关键时刻能从容应对。

我国是个引航大国,现有引航员两千来名,占世界引航员总数的七分之一以上。我国的大多数引航员直接从各大航运院校招收而来,造就了世界上一支"最年轻的引航员队伍"。这样一批年轻的引航员从事如此高风险的工作,其引航安全性备受业界关注。

英国《航路指南》评价中国引航员"年纪较轻,技术较高",不少外籍船长称赞"中国引航员技术精湛,堪称世界一流"。

英国 The Mission of Seafarers 出版的报纸 *The Sea* 第一九〇期,刊登了一位远洋船员写的文章《感谢上帝来引航》:

我从未奢望过进入领航员的船舱,引航员在我心目中的地位,仅仅低于我宗教信仰中的大天使。无论进港还是离港,他们那娴熟的技能和能力总令我无比惊叹!而他们的耐性,只有那些在冬季中大西洋海面上微小的气象站观测船的维护者可以与之比拟。

引航员们通常在恶劣天气里乘着引航小船,等待着乘着完全是陌生人的未知的航船,为海员们引领航船,安全入港。仅仅是从小船登上他们即将导航的船只的这一过程,就足以充分展现他们超乎寻常的体力和耐力。在险天恶海之间,他们冒着肢体残废,甚至是生命危险上下我们的船只。

引航员是我心中的英雄。没有他们,我们可能会迷失,困顿于大海之中,永远不能归港。在赞美引航员的同时,我也不会忘记那些将引航员接上我们的船只,或是耐心等待着送他们再次离去的海员们。还有那些悉心维护着灯光、浮筒、导航系统、雷达及通信系统的人们,以及所有致力于维护我们安全,让整个航行一路平安的人们。

正是如此众多默默无闻,常常被人遗忘的人们,铸就了安全航海的丰碑。圣诞临近,我们何不举杯祈祷,感谢上帝派来引航员,和那些所有帮助我们安全归港的人们。

四 世界首个"柔直工程"

舟山群岛的诸多岛屿，分散在长江口外。

海洋的阻隔，地理的分割，使得舟山电网成为浙江省发展比较慢的电网之一，特别是舟山北部嵊泗、岱山的电网一直比较脆弱。

岛外大陆的电难以进入，岛内的自发电不够用。好不容易在当地建起来风电、太阳能发电等新能源电源，发电全看老天爷的脸色。风大、太阳猛时，电用不光，又因电网薄弱送不出去，只能白白浪费。

传统的输电技术下，要解决分散海岛供电问题，一般采用大投入的刚性办法，建大跨度的跨海输电线路，或者干脆在海岛上建大电厂。但这样的刚性大投入，规模不经济，也难以接纳海岛已有的风力发电等新能源。

舟山群岛新区是我国首个以海洋经济为主题的国家级新区，新区的快速发展，对供电保障提出了更高要求。预计，舟山电网二○三○年最高用电负荷将是二○一一年的六倍多。

为更好地对接舟山群岛新区建设，解决群岛供电这一世界级难题，经国家电网公司批复、浙江省发改委核准，二○一三年八月，舟山五端柔性直流输电工程全面动土。

在这之前,世界上尚未有任何国家开展过五端柔性直流输电系统联网的试验。

舟山五端柔性直流输电工程,这个专业名称有点长,人们简称为"柔直工程"。

柔直工程共需在定海至岱山、岱山至衢山、岱山至洋山、洋山至泗礁敷设八条直流海缆,另加一条洋山至泗礁的海底光缆。

世界首个柔直工程,眼看就要在舟山展开。

一 建缆一号

建缆一号,为国家电网浙江省电力公司舟山供电公司海缆主施工船。

整个船体呈长方形,长六十五米,宽二十二米,载重量两千两百五十吨。

配备专业 DGPS 定位导航系统、测深仪、流速仪、风速仪等全新的先进海缆施工设备,具有长距离、大规格海缆的装载和敷设能力,是一艘高标准的海缆施工工程船。

橘黄色的退扭架高高耸立,T形的龙门架上设置退扭设施,顶端加设钢丝网片,重量轻,强度高。两侧自上而下,各四个红色大字,"安全生产","警钟长鸣"。

那个圆形的庞然大物,直径达二十米,外围红色的环形栅栏。黑色间裹浅黄线条的海缆,按照俯视顺时针方向由内向外、再由外向内盘放,一圈又一圈,层层叠叠,保持平整。五十多公里长的海缆,眼下就约束在这个电缆输送盘里。海缆直径为一百二十五毫米,比人的小腿还粗。

十名身穿红色救生衣的工人,列队站在电缆输送盘上面。看上去,仿佛大蛋糕上,插着一排小蜡烛。嗯,比小蜡烛还小。

橘黄色的摆杆,形若大大的 A,悬吊着海缆埋设犁。这埋设犁重达十五吨,底部有锋利的犁刀。入海后,恰似铁牛耕地。

黑色的汽车轮胎内胎,已充足气。整齐地码在甲板上,像是齐刷刷的方阵。

各类管线、钢缆、绳索,在施工甲板上有序交织。

船上主建筑,绿顶白墙,共三层。

一层是食堂和生活区,船上施工人员的生活和休闲区域,都在这儿。海缆施工是二十四小时不间断作业,两班倒的排班,施工人员除了吃饭外,就得抓紧睡觉休息。

二楼是船员住舱和主控室所在层,楼梯过道整洁干净,住舱内生活设施摆放整齐,无痰迹、烟蒂、纸屑。主控室是全船的心脏,各类仪表仪器,监控、定位系统都摆放于此。一条条工作指令,都从这里发出。

三楼是多功能会议厅和应急指挥中心。

这艘主施工船是艘驳船,自身并没有动力,靠钢缆牵引以及辅助船只的拖顶,才能移动。

方头方尾,在海面波浪的涌动下,显得十分平稳,犹如一座漂在海上的浮动码头。

全世界第一条海底电缆,何时敷设?

那是一八五〇年,在英国和法国之间敷设,由盎格鲁-法国电报公司开设一条穿越英吉利海峡的电缆。英国工程师布雷特,在公海里用拖船敷设。从现在的角度来看,电缆品质粗劣,无任何保障。由于没有铠装保护,第二天就损坏了。一位渔民误以为找到了大鱼,而把电缆从海底捞出。

一八五一年,布雷特进行了第二次敷设。这次是真正的电缆,被古塔胶包裹的金属电线可以布设在海底,电流在其中畅行无阻,而不会被海水耗散。这条电缆全长仅三十三公里,从英国多佛尔到法国加莱,横跨英吉利海峡。十一月十三日,终于成功,英国和欧洲大陆连接在了一起。

由此,人们记住了,英国敷设了世界上第一条海底电报电缆。

一八五二年,海底电报公司第一次用缆线,把英国伦敦与法国巴黎连在一起。

一八六五年,英国敷设横渡大西洋的长距离海缆,第二年全线开通。这一条由铜导线、塑胶制成的电报电缆被敷设在大西洋底,第一次打破了大洲之间孤立的状态。一八六六年七月二十七日,电流载着电报信号,以光速顺利沟通美欧两大洲。而在依赖马匹、航船的年代,信息从纽约传到伦敦,至少需要两周。

一八七六年,贝尔发明电话后,海底电缆加入了新的内容,各国大规模铺设海底电缆的步伐加快了。到一九〇二年,环球海底通信电缆建成。

从海底连通世界。

中国第一条海底电缆,何时敷设?

早在一八七一年, 丹麦大北电报公司就从海参崴经日本长崎到上海,私自把吴淞口的线路上了岸,敷设了一条电报电缆。

然而,国人并不认可,非得自己干的,才算数。

一八七四年五月,清朝廷派福建船政大臣沈葆桢为钦差大臣,率领轮船兵弁驰往台湾,办理海防,兼理各国事务,筹划海防事宜,处理日本撤兵交涉。沈葆桢为林则徐女婿,在洋务派中有较高威望。由此,沈葆桢开始了他在台湾的近代化倡导之路。

沈葆桢到台湾后,一面向日本军事当局交涉撤军事宜,一面积极着手布置全岛防务。增建炮台,安放西洋巨炮;增调精锐武军入台,部署于凤山。当时军情紧急,沈葆桢通过大东电报公司与香港等地"电线打探"有关军情。他深感"电线"(有线电报)的重要性,主张自设水线(海底电缆),沟通台湾与大陆的信息。

同年六月三日,沈葆桢上奏朝廷:"台湾之险甲诸海疆……欲消息常通,断不可无电线,并由福州陆路至厦门,由厦门水路至台湾。水路之费较多,陆路之费较省,合之不及造一轮船之资,瞬息可通,事至不虞仓卒矣。"

沈葆桢奏文很快得到批准,即招商筹办。但是,承包工程的丹麦大北公司唯利是图,以旧次线充当正品,高价出售。福建船政拒不接受,工程无法进行。沈葆桢又上奏折,洋商"欲以旧线搪塞,迟迟未上"。

第二年八月，沈葆桢从台湾回马尾，不久即被调任两江总督。

一八八五年，台湾建省。首任巡抚刘铭传鉴于电报的重要，上奏时提到"窃台湾一岛孤悬海外，来往文报，风涛阻滞，每至匝月兼旬，音信不通。水路电报实为目前急务，必不可缓之图"。

刘铭传得到批准后，与英商怡和公司订立合同，由该公司承揽两岸海底电缆。安平—澎湖—厦门线限一八八七年五月完工。淡水至川石线完工晚五个月。

刘铭传派人与福建船政联系，使用船政电报学堂毕业生为技术人员，参加敷线工作。电缆运抵台湾。购买炮艇"飞捷"号作为水线船。

光绪十三年四月初一（公元一八八七年四月二十三日）出刊的《闽省会报》（月报）《水线达闽》中提到："台湾水陆电线（指安平、厦门线）刻已动工，闻刘省帅（指刘铭传）与包办之英德商人定议于本年四月（旧历）内一律完工。淡水之水电线（指淡水、川石线）则径达福州省城，并不接至厦门。"

台湾淡水至福州川石线，全长一百一十七海里。一八八七年七月开工敷设，九月中完工，十月十一日投入使用，对外营业。整个工程耗大洋二十二万两。

这是中国人自己敷设的第一条海底电缆。

建成后，刘铭传曾请旨奖励出力的中国员工。

依靠这条线路，台湾省政府向清朝廷报告台湾的天灾、治安、财经等状况，也提供少量商务通信服务。

一九三一年后，由于战乱等原因，海底电缆两端相继被毁。电缆历经几十年的海水冲刷，海底部分已难找到。

近年来，海峡两岸热心人士，开始寻找这条线路。

二〇〇一年五月，台湾民间文化工作者、电信公司员工、台北一支志愿潜水队，在淡水河口附近，展开寻找中国第一条海底电缆之旅。台湾地区民意代表林瑞图说，这条电缆就像是台湾和大陆的文化脐带，寻找它，就是要让台湾人知道自己的根在哪里。

二〇〇一年六月，福建船政文化研究者陈道章老人在川石岛上找到电缆登陆点。之后,电信公司又派人在海底挖出一段电缆,那浑身累累铜绿坑坑洼洼的电缆浮出水面。

尽管只有残段,历史本身坚不可摧。

建缆一号,主施工船显示规定的信号灯,悬挂信号旗,拉排警戒线。

钢缆牵引主施工船,主施工船带动埋设犁进行施工,牵引钢缆事先由锚艇或者其他船只敷设在设计路由上。主施工船上的卷扬机,绞动钢缆,使主施工船前进。

主施工船船舷配置拖轮,以在必要时,对主施工船进行顶推,辅助主施工船沿着设计路由前进。

海底电缆工程,被世界各国公认为复杂困难的大型工程。

受风、浪、流、潮汐等天气影响较大,任何一种不可预计的情况,都可能导致海缆敷设偏离原设计路径。

海缆敷设过程中,施工技术人员通过 DGPS 接收机,采集当前船位坐标和海缆敷设偏差数据。现场指挥人员依据偏差数据,调动辅助船进行顶推。通过控制顶推位置、顶推方向,调整主施工船船体受力大小与方向,及时纠偏主施工船的敷设航向,确保主施工船按照设计路径进行海底敷设。

主施工船沿设计路由,保持匀速前进。

技术室里,几名技术人员正盯着电脑屏幕,埋设犁在海底的 3D 实时模拟图,直观反映海缆敷设情况。

埋设犁底部有几排喷水孔,平行分布于两侧,这就是高压水枪。随主施工船往前移动时, 巨大的重量会让犁刀在海底泥沙中犁出一条沟,每个孔同时向海底喷射出高压水柱,将海底泥沙冲开,形成二点五米至三米的海沟。与此同时,输送到埋设犁末端的海缆,就被敷设在沟里。埋设犁会将泥沙重新覆盖,形成保护。

这样的精耕细作,每分钟只能推进六米。

海缆敷设需要在几十米深的海底进行。海底电缆与普通电缆有所不同,它穿着厚厚的"防护衣",抗击着来自外界的"压力"。外围一层为麻绳沥青,主要是抗击海水腐蚀,里面的钢丝是抗击拉力,而铝护套是抗击水压。外保护层之内,有导体屏蔽层、绝缘层、加强层、防腐层、防蛀层等等。它犹如一条海龙盘踞在海底,经受着海洋环境的艰巨考验。

埋设犁上安装了许多传感器,将海缆敷设的路径和深度等数据信息,实时准确地反馈到电脑上。

海缆敷设地点的选择要避免某些干扰,如人类活动、船只航道、码头、采砂区等,同时海底还不能有沉船、礁石、急流等。一般选择比较稳定的海床。

海床会有高低起伏,埋设犁在敷设海缆时难免出现偏差。监控系统发现问题,就来调整。埋得浅了,就让埋设犁犁得慢一些,或调整高压水枪压力,使喷射更有力量。

这埋设犁和埋设犁监控系统,都是舟山供电公司启明电力建设公司副经理丁兆冈和同事们自主研发的。

丁兆冈给埋设犁取了个响亮的名字:海缆一号!

二 现场总指挥

连续两天,有八级大风。海面上,白浪滔天,穿空呼啸,仿佛地动山摇。

紧抿着嘴唇,四十二岁的丁兆冈,作为舟山多端柔性直流输电工程海缆施工现场总指挥,显得老练沉稳。

头戴朱红色安全帽,身穿橙红色工作服,右手握着黑色对讲机。丁兆冈与船上管理人员,商量了一下。为确保安全,决定合理避风,调度辅助船进入附近锚地,主施工船在现场抛四锚固定。

海浪颠簸,海缆与船舷摩擦有可能使海缆表面受损。丁兆冈随即发出命令,间隔两小时移动一次海缆,减少缆绳疲劳受损。

丁兆冈眺望着海面,紧锁眉头。与大海打交道,确非易事。

丁兆冈一九九三年参加工作,从业仅四年,他就担任了项目副经理。

后转行,从事海缆抢修、抛放、敷设工作。刚上海缆施工船时,他晕船就晕了半年。晕船严重时,都吐出血来。现在到外省进行海缆施工,施工船行驶到外海时,他仍会发生晕船。

但他没有退缩,一直坚持干海缆施工活。他认定,海岛电力发展需要更多的海缆施工员,中国海洋输电事业是值得施展抱负的广阔天地。

自二〇〇八年以来,丁兆冈带领自己的团队,琢磨海缆施工船水下深埋犁系统的研制,以适应现代海缆敷设的需要。二〇〇九年试制出了国内领先的采用高压水枪辅助深埋犁的设备。二〇一一年又研发了"全球眼"视频监控系统,该系统可实现全天候、实时、远距离掌握整个施工现场情况。

海缆抛放,是将电缆放置于海底面上。而海缆敷设,则是将海缆深埋于海底下二至三米处。实现从海缆抛放到海缆敷设,可有效避免海缆被船锚、采砂船钩断的危险,电力线路的可靠性更强。

海缆敷设需要在几十米深的海底潜行。海床并不平坦,存在浅滩、礁石和其他障碍物。为确保海底电缆敷设线路不受坚硬障碍物擦伤,及时排除敷设过程和海底电缆运行中的潜在威胁,先须扫海。

拖船尾部连接扫海锚,拖船带着扫海锚,在海缆敷设线路上清扫,也称机械式扫海。扫海完毕后,使用路由勘察系统进行排查。

埋设犁是敷设海缆的核心工具,是深海中的耕犁,用来牵引海缆在距海底二点五米以下海床中,缓慢前行。埋设犁上配了两根高压水泵,用来冲开沟槽,敷设海缆。

地质不好,犁侧翻了!

船上技术人员观察海底监控视频,发现这一情况,马上向丁兆冈汇报。

正是凌晨二时,温度为零摄氏度。丁兆冈叫来相关人员,大家再仔细观看视频,进行分析后,决定派潜水员下潜到二十八米深的海底。

这是一条十米宽的海沟。潜水员下去后,把这段海缆用管子套牢,修好侧翻的埋设犁。

重新启动敷设海缆埋设犁,已是清晨六时。

"丁总，休息一下吧。"

午夜时分，在海缆施工现场，船上的值班同事劝丁兆冈回舱睡觉。

丁兆冈洗了一把脸，睁着布满血丝的眼睛，仍与大家商量下一步工作。这一段海域潮水、海风、海况复杂，要时时注意。

这次舟山多端柔直工程中的海缆敷设，其中定海至岱山的直流海缆长度为五十一公里，刷新国产单根直流海缆敷设长度之最。

就在敷设工作开展前，丁兆冈把原先笼统的施工队、船队分编为机修组、海缆操作组、终端制作组、故障测试组等，从而使得各自分工更加明确，协作更加有序。

他作为海缆施工现场总指挥，多次上门，与舟山海事、气象、港务、水务、电信等部门，涉及天然气管道的上海企业等，逐一进行沟通、衔接，数次召开协调会。他到上海就跑了五趟，终于完成天然气管道电磁影响等权威论证。

海缆敷设作业前，要与舟山所有市县区的海事部门预先衔接，还要与上海海事联络。丁兆冈主动对接，根据气象情况，事先做好敷设日期预案，确保了每次敷设顺利开展。

太忙了，忙得分身乏术。

当地海事部门一位负责人感叹道，这项工程的海事协调工作量之大，至少在舟山电力建设史上是前所未有的。

湍急的潮流冲击着主施工船，周围海域还分布着不少渔网。

二〇一四年二月二十二日夜，岱山至马目的海缆铺设进入一处深水区。

一旦主施工船偏离预定路线，很可能被渔网缠绕，而且会破坏工程的全盘计划。

丁兆冈指挥大家紧急调集四艘锚艇和两艘拖轮，进行平衡推行固定。丁兆冈又创造性地采用四锚钢丝牵引翻转方式，使施工主船不偏离预定航道。最终，缓慢地穿越了深水急流区。

为保证过航道时不受过往船只影响，公司加强与海事部门的密切联系,增加警戒船只与警戒力量,全天候注视着海图与监控,实时掌控周围船舶的动向,通过高频向过往船只呼叫要求避让。

二〇一四年三月二十五日夜,洋山岛至泗礁岛之间的海缆正在敷设。

这里靠近金山航道,来往船只较多。当夜大雾弥漫,一艘外国船只不小心驶入海缆敷设区域。

待值班瞭望人员发现时,外国船只距离施工船已近。如果继续行驶,外国船只可能触碰主施工船与辅助船相连的钢丝锚绳,一旦船底部夹到钢丝,后果不堪设想。

丁兆冈果断下令,前面的辅助船放松钢丝,让外国船只过去,总算有惊无险。一番避险折腾,又是一个不眠之夜。

在海缆施工期间,一旦开始敷设就不能停,否则会前功尽弃。

因为不能停,施工人员只好两班倒地干活。有次敷设一连五天,丁兆冈一直在施工船上指挥,每天只能休息三四个小时。

这一次,自二〇一四年二月二十日开始,丁兆冈作为施工现场总指挥,带领团队启动直流海缆敷设施工。

海缆穿越五十米以上深水区,施工途中为五节以上顺水和逆流,主施工船竟然不偏离航迹。

踏海踩浪,迎风穿雾,全凭心中的这份定力。

二月二十八日上午,长达五十一公里的直流海缆敷设完成。

丁兆冈说,在长达一百七十二个小时的时间里,施工队实现了海上不间断作业。克服了冷空气、潮水湍急、海底地形复杂等诸多困难,从而创造了敷设海缆长度最长、电压等级最高、截面最大三项国内纪录。

可以稍稍歇口气了,丁兆冈回到舱里。一抬眼,就看到家里人的照片。

"唉,对家庭亏欠太多了。"

当然记得,二〇〇九年三月的一天,丁兆冈正在海上抢修海底电缆。妻子卢汉芬来电话,说要动个不大不小的手术。他说,自己脱不开身。一星期后,海缆抢修完毕,妻子也快出院了。照理他应该去接妻子出院,但手头的事,实在太多了,只得委托两个好朋友,把妻子从医院接出来。

当然记得,两年前,丁兆冈正在嵊泗敷海缆。当时儿子感染上一种不明病毒,持续发烧半个月,舟山的医生建议他们到上海去看。丁兆冈一直等海缆敷设完毕,才匆匆带着儿子赴上海看病。

当然记得,三个月前,母亲脚生骨刺,不时疼痛,舟山的医生建议她去上海大医院动手术。丁兆冈作为家里独子,心中十分牵挂,但他是海缆敷设施工现场总指挥,工作千头万绪,只能把这事拖下来了。前些天,趁空隙带母亲去上海一家医院,因为没床位,他当天赶回来,连夜又去宁波一家电缆厂验收海缆。母亲的脚还没动手术,只能待柔直工程全部完成再去上海。

一直想带着家人,到外面去旅游一趟,放松一下。但说了这么多年这么多次,至今没能付诸行动。好在妻子卢汉芬理解自己,支持自己的工作。

卢汉芬对来访者说:"作为一个女人,当然希望爱人时刻陪伴在身边,但他有他的梦想,爱他就成全他的梦想。虽然这些年,他每年有一半左右的日子在海上,但我感觉他是一个很顾家的人。每次回到家,他很勤快,尽量为我分担家务;对孩子的学习、长辈的健康,都很上心。"

知夫莫如妻。尽管海浪颠簸,但丁兆冈心里格外踏实。

二〇一四年四月二十七日上午,舟山多端柔性直流输电工程最后一条直流海缆——洋山至泗礁段第二条海缆,缓缓登陆泗礁本岛。至此,世界首个五端柔直工程直流海缆敷设宣告圆满完成。

丁兆冈说,海缆敷设的两个月,经历了重重考验,攻克了诸多难题。其间,直流海缆交越了输水管道、油气管道、军用光缆等管线,穿越渔业养殖区与国际航道,施工海域毗邻锚地,部分海域水深流急,还遭遇大风大雾大浪等恶劣天气。为确保施工安全质量,舟山供电公司认真制定施工方案,并根据路由与气候情况编制了各类应急预案;在施工过程中精心组织、周密部署,结合气候条件和敷设环境,及时启动相应应急预案,有效处置各类突发事件,圆满完成了敷设任务。

一身疲倦,满脸笑容,这就是丁兆冈给人的印象。

两天之后,丁兆冈从舟山嵊泗海缆敷设施工现场匆匆赶到杭州,带着海风,带着海水的咸味。

四月二十九日上午,浙江省人民大会堂,劳模云集,精英荟萃。浙江省庆祝"五一"国际劳动节暨劳模先进表彰大会在这里隆重举行。在浙江省劳动模范的名单中,可见舟山供电公司启明电力建设公司副经理丁兆冈的名字。

丁兆冈说:"我有一个梦想,就是带领整个团队,尽快研制出用于海缆敷设的水下机器人,追上先进国家海缆敷设尖端技术,让海底'蛟龙'施工更加自如。"

三 项目经理

一月上旬,大风,无法施工。

一月下旬,大风,无法施工。

二月上旬,大风加大雾,无法施工。

舟山冬季冷空气频繁、风大、流急、暗礁多,对这个区域来说,等候一个风浪小、雾小、潮汛小的七天六夜,基本上是奢望。

而以定海至岱山的五十一公里海缆计算,至少需要七天六夜的不间断施工。

直到二月下旬,海缆敷设项目经理袁舟龙,终于找到了一个稍有勉强的施工"窗口"。

二〇一四年二月二十一日,农历正月廿二,凌晨五时三十六分涨潮。

到过海边的人都知道,海水有涨潮和落潮现象。涨潮时,海水上涨,波浪滚滚,景色壮观。退潮时,海水悄然退去,露出一片海滩。涨潮和落潮一般一天有两次。

我国古书上说,大海之水,朝生为潮,夕生为汐。就是说,海水的涨落发生在白天叫潮,发生在夜间叫汐。所以,称为潮汐。

利用高潮位,尽量向登陆点靠近。

凌晨五时许,袁舟龙下令投入岱山至定海段敷设施工。

在岱山北部海域,主施工船在锚艇、拖轮的配合下,开始作业。

发动机轰鸣。电缆通道由滚轮组成,表面光滑平整。海缆徐徐通过退扭架,释放缆内残存弯曲应力,输送至布缆机。

布缆机如同巨大的机械手在穿针引线,将海缆缓缓插入埋设犁中,海缆从埋设犁的末端伸出。

施工人员捆扎上一只只黑色的充气内胎,为海缆提供浮力,使其浮于海面中,防止海缆因重力沉入海底。减小牵引拉力,降低牵引作业难度。通过牵引绳,开始敷设。

随后,一连串的黑色充气内胎,在海面上构成了一个类似于字母"S"的形状。

敷设时,要求一次性把一根电缆完全敷设到海底中,不能中断或停顿,难度相当大。在敷设过程中,要防止海缆打扭、绕小圈。

七时三十分,用了近五百个充气内胎,海缆延伸约一公里之后,海缆登陆施家岙北部沙滩。

施工人员拆分充气内胎,通过布缆船的控制,将海缆缓慢放沉至海底。

而后,在牵引绳的拉力下,海缆顺着滑轮,缓缓靠近换流站。

站在驾驶台,袁舟龙身穿橙红色工作服,外系救生衣,手拿对讲机,不时跑上奔下。

有同事说:"袁舟龙是一台打不垮的工作机器。"

他负责一半的舟山柔直海缆工程敷设,但碰到另外一半工程的项目经理出差,他会两头跑。上午还在岱山海面,下午可能在嵊泗洋面。

嗓子哑了,讲轻些。打电话久了,耳朵生痛。哪怕是睡觉时间,他仍把对讲机抱在怀里。

会做梦吗? 梦中全是英文字母,全是驳船锚艇……

一九九四年,刚满二十岁的袁舟龙,从温州机械工业学校仪表自动化专业毕业,进入舟山启明电力建设有限公司(原舟山电力安装公司)担任技术员。工作之余,他一边学习关于热控技术的专业英语,一边参加公司组织的各类专业培训,不久成了技术过硬且能熟练安装调试进口设备的"第一人"。五年后,公司决定扩大海缆业务,筹组海缆分公司,袁舟龙担任主要技术员。他随着施工队伍四处奔波,抓紧一切机会,提高自己海缆施工、维修水平,又一次成了响当当的"行家"。从事海缆工作以来,袁舟龙参与或负责完成了舟山及省内外二十多个具有重大影响力的海缆工程施工项目,足迹遍布鲁、浙、闽、粤、琼等沿海地区,累计完成一千多公里大小不同规格的海缆敷埋施工……

一个激灵,袁舟龙猛地睁开双眼。他擦了一把脸,就起身。这些天来,他每天只能睡两三个小时。

袁舟龙说:"当前正值冬季风期,海上气象条件复杂多变,加上海缆跨距较长,中途穿越锚地,敷设工作面临严峻考验。"

公司反复对海缆路由进行勘测扫海,收集海上地质及潮流情况资料,对各个环节的安全隐患进行了充分评估论证。

在敷设过程中,公司创新了施工工艺,采用光缆在线综合监测新技术,监测光缆状态的多种参数,预知光缆敷设状况。采用海缆定位系统,以船载 GPS 为基站,通过水下信息收发系统,准确获知水下埋设犁的位置,从而提高埋设施工时对海缆的定位精度等。

袁舟龙说:"海缆敷设的另一个难点,就是交越施工。"

工程总共有四条直流海缆与天然气管道交越,为保证交越后的管线安全,公司采用垂直交越方式,在交越点处前后各五百米采用直接抛放敷设施工方式;其他路由段采用埋设施工方式,埋设深度为二点五米。敷埋时,采取在交越点处前后各五十米段海缆加装保护管的方法,保护管为无磁 PVC 电缆专用管,具有自重轻、耐腐蚀、抗老化、抗冲击和耐磨等优点。改变以往先敷埋再套管的施工方式,采用边敷设边安装的方法,精准定位保护管,以此来保护海缆与天然气管道的安全运行。

船上的六十多名工人,轮班工作着,一直不停歇。

老胡负责甲板卷扬机的操作,通过操纵机器,收放一根连接在埋设犁上的高压水泵软管。

老胡说:"有指挥员站在甲板边,时刻盯牢两根水泵软管的长度,只要他发出命令,我马上要操纵机器,卷起或放松水泵软管。两根水泵软管必须保持同步,不能一松一紧,所以我们要时刻盯紧。"

小徐站在甲板旁,他负责在需要时把海缆绑上导缆笼,以帮助海缆顺利进入海底。海缆敷设船周围停着七八艘船,有的是施工船,有的是交通船。

小徐笑着说:"没有他们的配合,我们有时也寸步难行。"

一阵急促的敲门声,惊醒了刚入睡的员工,他们从被窝里一跃而起。瞄了一下手表,时针刚好指向凌晨两点钟。

船上的技术员吴爱国焦急地说:"我们的敷设路由经过岱山侧深水区,现在潮流很大。"

深夜的海,黑沉沉,暗中涌动着无尽的茫然。海平面前方,零零星星泛着幽光,深不可测。

海风大了,吹得让人有些发颤。

周遭气氛凝重,袁舟龙额上冒出密密的汗粒。他知道,该区域水深流急,主施工船通过时受到水域横流影响,轨迹难以控制,周围海域还分布着不少渔网。一旦主施工船偏离预设的施工路由,很可能被渔网缠绕,那就会有危险!

全线拉响警报,要求所有的辅助施工船全部就位,控制船位,确保海缆施工安全。

情况紧急,施工项目部果断做出调整,派遣周围辅助船只投入应急处理。现场指挥员沉着指挥,精准调度,用三艘锚艇、两艘拖轮稳住主施工船,轮番持续地进行翻锚作业。

海缆导航室密切关注船舶位置和埋设犁状态,及时引导辅助船只矫正方位,一米一米往前挪动……

"水深流急,埋设犁无法稳定地控制。我们只好采用翻锚的方法,缓慢往前敷设,就好像螃蟹爬一样,一边的爪子先动,另一边的再跟上,保持躯干的稳定。"

根据风向、流向,拖轮、锚艇同时发力,左右前后加固推进,吴爱国计算拖轮节数、锚艇速度,让无动力施工船以每分钟五米的速度,稳步前行。

约八公里长的航程,施工船用了两天一夜的时间,才缓慢地通过了急流区。

袁舟龙已经熬红了双眼,长舒一口气说:"我做海缆施工这么多年了,遇到这样的情况还是头一次。"

早上,寒风有些刺骨。舟山群岛海面上,浓湿的雾气仍在弥漫。

舟山本岛登陆点,位于定海马目山东北部最东面的小岬湾,湾口向东北敞开。湾的西部纵深较大,向陆连接山沟,坡度较缓,湾内滩涂发育,东部纵深较浅,比较开敞,山坡陡峭。

五百多米远的海面上,从建缆一号主施工船上,延伸出一条乌黑夹着绿色条纹的海缆。

工人们驾驶快艇,在海面上犁出一道白色的浪花。快艇从岸边拉一条绳子到海缆船边,接着把海缆和绳子接起来。

一个个黑色充气内胎,把一条碗口粗的海缆托举着,在牵引钢绳的拉动下,缓缓地"潜"向岸边。

工作艇监视和控制海面上电缆弯曲情况,防止电缆打小弯。注意每米电缆允许的扭转角。

电缆终端登陆时,在水面上逐渐形成一个不断扩大的"Ω"形状。

袁舟龙一会儿走进监控室观测海缆情况,一会儿走到甲板眺望正在施工的洋面,不停地通过对讲机指挥工人操作。

经历了七天七夜的紧张施工。施工人员每天睡眠几乎不足五小时,站着都能打瞌睡。

这条长达五十一公里的海缆,是国产单根电压等级最高、长度最长的柔性直流海缆,从岱山岛一直敷设到定海。

一条"黑龙"在黄色的海面上，渐渐"游"向岸，五十米，十米，五米，三米，一米……

二月二十八日上午九时二十八分，湿漉漉的海缆终于上岸。

登陆的一刹那，从岸边到船上，传来了工人们的欢呼声，这标志着整个敷设工程终于取得圆满成功。

"岱山至定海，普通客轮的航行时间是五十分钟左右。而这五十一公里的海路，我们却走了七天七夜！"

袁舟龙说："在海上施工，会碰到很多意想不到的情况。首条海缆的成功敷设，丰富了我们的施工经验。面对各种恶劣气候环境下的突发事件，我们能更沉着有序、科学合理地应对。"

"嘣！"

"你们不把我们这些网具损失赔偿好，我这把斧头就不客气了！"

几个渔民冲进船舱，其中一个还拿着斧头，往船板猛地一敲。

见此情势，有的年轻员工避让开了。

袁舟龙刚在施工船上吃好午饭，突然见到这几个渔民前来威胁，他毫无惧色，就走上前去。

原来，袁舟龙他们正在推进岱山至定海马目的第二根海缆敷设，沿途渔民张鳗苗的网具被清理后，赔偿需等整个工程全部结束。而这些渔民等不及了，怕供电公司赖账，于是驾船前来质询。

袁舟龙向渔民耐心解释，他接通当地镇干部和公司领导的电话，让渔民亲耳听。

一个小时后，这几个渔民脸上带着歉意，与袁舟龙道别。

年轻员工们见渔民驾船远去，做了个鬼脸，吐了吐舌头，又嬉笑开了。

袁舟龙倚在船栏杆上，远眺白云飘浮的海空。他看到了乡镇中学教师的妻子沈燕萍，就想说说话。

袁舟龙说："每次海缆施工，出去时间都是按月计算，工程也是一个接一个，我就怕家中老人、小孩生病。"

沈燕萍说:"他就是一个工作狂,出差任务一个接一个,一去经常几个月,家里根本指望不上。"

袁舟龙说:"儿子在读幼儿园,照顾家庭的重任,几乎都落到了她一个人身上。"

沈燕萍说:"早上六点不到就起床,给儿子准备早餐,吃完早饭送儿子去幼儿园,然后匆匆从定海城区赶往乡镇学校。我担任初三的班主任。傍晚赶回幼儿园,接儿子回家。晚上既要陪儿子,又要备课,经常要忙到第二天凌晨。"

袁舟龙说:"有一次,我远在广东做项目,家里儿子被开水烫伤,我心里急啊!打电话,订好机票准备赶回来,放下电话,想到项目施工正值紧要关头,又无奈地把机票退了。"

沈燕萍说:"我哭着在电话里说,你连个撑船的(泛指海员)都不如,他们每年都还有假期。"

袁舟龙说:"幸亏公司及时调派人手,帮她照看了一下儿子。这么多年,真是辛苦她了。"

沈燕萍说:"尽管有抱怨,但我还是会默默地支持着他。周末还会带儿子,去看望他生活在农村的年迈父母。"

袁舟龙说:"亏欠家人的,只能慢慢再还了。"

四　有弹性的电网

纵横双向钢结构框架,长五十二点五米,宽四十二米,最高处十七米。属于超长、超宽构件,且构造复杂,多为焊接及高强螺栓连接节点。

定海换流站阀厅平面呈矩形,北侧临海。所处地域属海岛气候,常年伴有大风,唯有钢筋铁骨,才能岿然不动。

定海换流站主要由六部分构成:交流开关场、联结区、阀厅、直流场、综合楼及综合消防泵房。

阀厅内的换流阀,是整个换流站实现交直流电转换的核心部件,对环境的洁净、温度及空气相对湿度都有较高的要求。当时，按无尘安装要求，所有工作人员必须先经过风淋室，穿好防尘鞋套，才能进入阀厅进行安装工作。

四十万千瓦全封闭户内支撑式换流阀，整个换流系统由十八个阀塔组成，一个阀塔由四层阀组构成，一个阀组由四个阀段构成，共计二百八十八个阀段。是国内同电压等级中功率最大的换流阀。

定海换流站通过长度达十四点五公里的交流架空线路，连接至220千伏云顶变电站。

又出现请求跳闸信号了！

还是和上次一样，子模块电容电压不均衡，导致四端无法正常启动。

泗礁换流站控制室沉寂一片，人们几乎屏住了呼吸。

几天来，国网浙江省电力公司电力科学研究院调试人员和厂家代表，将程序升级了一级又一级，却始终解决不了这个问题。真着急呀！距离原定投运计划只剩二十来天了。

有的紧锁眉头，不停地翻看记录，试验过程的各种波形记录和去年做的厂内联调试验波形记录，从波形的对比和分析中，试图找出点什么。

有的手指拖着鼠标，左点右点，反复翻阅控制系统的逻辑图，巴不得马上从中跳出答案来。

奇怪，为什么波形记录显示控制系统的逻辑一切正常，而实际结果，却与理论及仿真结果相去甚远？

在场的人们，不由得面面相觑。

华文一只手托着下巴，陷入了沉思。

对了！华文忽然高声一叫。他用手指点着说："还记不记得，以前柔直关键技术研究的项目，当时差不多也是这个情况？空间电磁场！空间电磁场！肯定是它，影响了子模块电容电压的分布！"

有人微微点头，似有领悟。哦，对啦！众人顿时兴奋起来。

调试人员立即就到仿真系统上，验证这种可能性。

果然如此！这个空间电磁场，就是导致四端无法正常启动的症结所在。

他们当即联系厂家，修改优化控制器参数。

接下来，当然，调试成功。

唯有智慧，才是制胜的法宝。

LED屏幕上，几束光线快速穿梭，滚动着一个个符号和一行行数据，显示系统各项参数正常。

东沙镇泥峙施家岙柔直集控站内，所有人屏息凝神。

"舟岱换流站输入有功功率四十一兆瓦，舟定换流站输出有功功率一百一十兆瓦……"工作人员有条不紊地操作着。

与此同时，位于定海、岱山、衢山、泗礁、洋山的五座换流站的电流正在岛际间相互高速输送。

"我宣布，舟山五端柔性直流输电示范工程正式运行！"话音刚落，集控站内响起了兴奋的掌声。

世界首个五端柔性直流输电工程——浙江舟山±200千伏五端柔性直流工程，在二〇一四年七月四日上午十时，正式投运。

五端柔性直流输电工程，换句话说，这张电网有五个支点，其中一端在舟山本岛上，另外四端在其他海岛上。

舟定换流站、舟岱换流站、舟衢换流站、舟泗换流站、舟洋换流站，这五座换流站，总容量一百万千瓦；新建直流输电线路一百四十一点五公里，其中海底电缆一百二十九公里；新建交流线路三十一点八公里；配套建设一个海洋输电检验检测基地。工程在舟山北部建起了一个直流互联电网，实现了岛屿间电能的灵活转换与相互支援。

柔性直流输电技术是一种基于全控型电力电子器件的新一代高压直流输电技术，在提高电力系统稳定性、增加系统动态无功储备、改善电能质量、解决非线性负荷和冲击性负荷对系统的影响等方面都具有较强的技术优势，具有环保性好、占地面积小等特点。是目前为止电力系统领域最灵活、最优质的输电方式，国际上普遍认为这是一种非常具有应用前景的输电和配电解决方案，将对未来的输、配电技术产生重要影响。

舟山五端柔直工程装备和技术的自主化程度高,其中换流阀及阀冷系统、连接变压器、电控、海缆等核心设备百分之百国产化,其核心技术——控制保护技术拥有完全自主知识产权,大量真型试验填补了国内相关试验的多项空白。

舟山五端柔直工程的成功投运,提高了我国电网的整体科技含量,提升了直流输电产业的国际竞争力,更标志着国网公司在柔性直流输电技术领域占领了世界电力科技制高点。同时,工程对建设海岛坚强电网具有重大意义,为柔直及海洋输电技术在我国的大规模推广起到很好的示范作用。

这些说法,专业性太强,还是通俗一些,让更多的人明白。

《钱江晚报》记者冯怡写了篇报道,起到了科普的作用。

这里的关键词是"柔性直流"技术,它是新一代直流输电技术,具有响应速度快、可控性好、运行方式灵活等特点。听上去很"高大上",但它到底有哪些神奇之处呢?我们把电比作水,或许能领略一二。

如果把电能比作热水,这张网就是保温管。

海岛供电不同于陆上供电,电力在岛与岛之间传输,主要通过海底电缆的方式。如果岛和岛的距离太远,就出现了一个难题:在长距离电缆线路输电中,交流电缆越长,电能损耗越高,输送的有效电能就越少。

国网浙江电科院的裴鹏给我们打了这样一个比方:这就像是锅炉烧好的开水沿着管子往外送,如果是用普通的管子,那么管子越长,水的温度会越来越低,到了末端就变成温水了。

而柔性直流技术,相当于一根保温管,热水从锅炉出发到末端用户,降温速度慢了很多,末端用户还能用上热水。在长距离输电中,柔性直流技术的这个优势相当明显。

如果把电能比作河流,这张网就是方向闸。

解决了距离,还要解决方向的难题。传统的输电,通常是从电压高的一端送往电压低的一端。就像一条河,只能从地势高的地方流向地势低的地方,不会倒着走。

与传统输电不同，柔性直流具有独特的控制技术，可以灵活地改变"地势"，从而改变"水流"的方向。舟山五端柔性直流工程就是在定海、岱山、衢山、洋山、嵊泗等岛屿间形成大容量、远距离、多端点的直流输电网络，实现舟山多个海岛电网之间的直流互联和能量互通。

这就像在河流设置了一个方向闸，通过人为的技术改变水的流向，及时将水分流向需要水的各个地方。这样灵活的输电方式，使各岛屿之间的电能能快速相互支援和调配，在保障孤岛电网稳定运行的同时，大大提升各岛屿供电的平衡性和可靠性。

如果把电能比作水池，这张网就是防波堤。

在舟山本岛的马目山上，三十台大风车日夜不停转动，这里是舟山本岛上最大的岑港风电场；而在舟山本岛东北部的衢山岛上，也有四十八台耸立的风力发电机正迎风转动。另三个海上风电场将在岱山岛建起。

风电能稳定地接入电网，这对风电资源丰富的舟山来说意义重大。柔性直流技术能对风电进行全方位控制，使风力发电的间歇性特点不会扰乱电网，这就像是给小水池装了一个防波堤，能减少水的波动。

正因为这是一张有"防波动"能力的电网，所以在接纳不定时加入进来的风电负荷时，承受能力更大一些。舟山多端柔性直流技术将实现多个风电场向多个海岛供电，多个电源区域向多个负荷中心供电。比如，想让岱山的电到泗礁和衢山去，只要将风电直接接入岱山的换流站，岱山的海上风电就能穿越东海，到达那两个岛上的居民家里。

舟山五端柔性直流输电工程，总投资达四十二亿一千万元。有人很认真地统计出，此工程创造的六个"之最"：

世界上端数最多的柔性直流工程（第一个五端柔性直流工程），世界上输送总容量最大的柔性直流工程，世界上最长直流海底电缆，世界上最长无接头直流海底电缆，世界上容量最大的连接变压器，国内跨度最大的钢结构换流站联合建筑。

舟山媒体很自豪，做了一个大标题，"全世界只此一家"。

五　巨轮出船坞

一

　　齐刷刷的不锈钢旗杆,列成一大排,顶端高高飘扬着的旗帜,中国、日本、韩国、新加坡、印度、俄罗斯、德国、英国、意大利、挪威、希腊、塞浦路斯、巴西……

　　不在联合国的广场,不在国际组织的门前,而是在舟山普陀的六横岛上。

　　具体地说,是在舟山市鑫亚船舶修造有限公司的广场上。鑫亚船舶公司的客户,来自二十九个国家和地区。

　　我站在广场上,一侧立着一块块蓝底白字中英文对照的指示牌:"中国边检","海关监管区域","海员通道"……外国船东、工程师、海员,有的黄头发、白皮肤,有的黑卷发、棕色皮肤,络绎而行。身穿制服、戴大盖帽的中国海关、中国边检、中国商检人员,快步前往……

　　国际化,在这个广场上跳出动听的音符。

　　"以前看见外国人会躲着呢,心理有恐惧呢,我不会说离远点啊,现在就不会啦,看见外国人很正常。"当地一位姑娘说。

"每天有五百多名老外在这里,六横人会讲英语的不少。"当地人对我说。

海风中猎猎而动的各国旗帜。

海岸线长一点五公里。

一号干船坞,二十万吨级,长度三百六十六米,宽度五十四米,深度十二点四米。

二号干船坞,八万吨级,长度二百三十米,宽度四十米,深度十点九米。

船舶进来停靠后,闸门关掉,用很大的泵抽海水,抽四到六个小时。

当然,还有舾装码头,二十万吨级、十五万吨级各一座,八万吨级两座。泊位一号、二号、三号、五号、六号。

当然,还有自备拖轮,两艘都是四千三百二十吨,最大四千马力,船长三十二点三米。

当然,还有门座式吊机、龙门吊、门式起重机、汽车吊、叉车、平板车、行车、高空作业车……

水域宽阔,船舶进出坞极为便利。

六横岛北部东浪嘴。

厂区总占地面积近二十三万平方米,建筑面积近七万平方米。公司办公大楼、商务楼、宿舍楼、食堂、篮球场、钢结构制作平台、船体车间、轮机车间、金工车间、船电车间、甲板车间、化清车间、外协车间、高压变电所、氧气站……

舟山市鑫亚船舶修造有限公司总投资近十一亿元,年承修能力逾二百艘,具备承包境外钢质船舶修理工程和境内国际招标工程资质。承修船舶以集装箱船、散货船、油船、工程船等大中型船舶为主,重点向LPG 船(液化石油气船)、海洋工程辅助船、邮轮、牲口船等高附加值船型推进。

自二○○六年以来,年修船产值与数量、年销售与外汇收入等各项指标,均位居全国前十。值得一提的是,在这十家全国规模以上修船企业中,鑫亚船舶公司是仅有的一家民营修船企业,凸显了其在修船市场竞争中的整体实力。

二

传说从前岛上荒无人烟,却盘踞着六条大蟒。在六横习俗中,称"蟒"为"横",故而起名为六横岛。但最被认可的说法是,岛上有六条横亘全岛的山脉,其形如蛇,所以得名。

六横岛位于舟山群岛南部海域,西距宁波北仑港七点五公里,北距沈家门港二十四点八公里。辖区内包含六横、佛渡、悬山、对面山、凉潭五个住人岛,以及三十个无人岛,八十个岛礁,陆域面积一百二十一平方公里。

六横岛是舟山群岛的第三大岛。六横是舟山第一大镇,下辖九个社区,四十五个村,常住人口约十万。

六横作为海岛城镇,港口资源丰富,全岛海岸线总长八十五公里,深水海域达四十多平方公里。双屿港港阔、水深、潮缓,港岸线长七点六公里,水深十至五十米,可建三十万吨级深水港;台门港全长十公里,水深五至二十米,可使用海域面积二十平方公里,是国家一级渔港,也是渔船避风、锚泊、补给的良港,港畔陆域纵深辽阔具有多种开发优势。

六横岛山川秀美,气候湿润,空气清新,物产丰富,市场繁荣,民风淳朴,文化底蕴深厚,是度假休闲投资的理想之地。

二〇一三年八月,成立浙江舟山群岛新区六横管理委员会。根据新区发展规划,六横功能区的功能定位是现代化临港产业岛,重点发展高端特种船舶、港口物流、大宗商品加工等临港产业和海水淡化、深水远程补给装备、海洋新能源等海洋新兴产业。

三

电梯上了十楼。

偌大的办公室,铺着红黄十字花图案的地毯。一面墙上,装饰着一大幅世界地图。一面全为落地玻璃窗,看出去,就是广阔的岸线,深蓝的龙门吊,橙黄的起重机,正在修理中的船舶……

我踏着厚地毯,与舟山市鑫亚船舶修造有限公司董事长周亚国相见。

身高一米八二,浓眉大眼,额宇间有干练之气。身着淡蓝细条纹短袖衣,脚穿黑色布鞋。叼着烟嘴抽烟,应该属于老烟枪。张口说话,普通话伴随浓浓的舟山口音。

周亚国于一九五七年十月出生在舟山六横岛,土生土长。

"阿拉六横人……在阿拉六横……"那高高耸立的山峰,伫立在六横岛的西北部。这是六横方言中的"嵩山道",也就是六横人心目中永恒的坐标。

嵩山的海拔高度为二百八十八米。六横人对这座山有着特别的感情,觉得它既高又大,而"道"有尊重的意思。也有人说,"道"是六横人的一个心愿,希望有条道路能通往山顶。嵩山的南边有一大片平原,慢慢地形成了"大教场""小教场"这些在当地有影响的村庄。"大庵""东岳宫"这些具有浓厚宗教氛围的寺庙,在此兴建。

嵩山道脚下,古沙朴树伸展着枝节,像是在拦阻人们上山,又像是在指引人们前行。唯有勇敢者,能够一探究竟。

在海岛上,并非全是渔民,也有部分农民。当然,渔民在前,农民在后,称为渔农民。

六横岛的平原腹地面积较大,超过五十平方公里,土地基本都集中在岛屿中部。周亚国家属于农民,有两亩多田,种水稻。

青翠苍劲的山峦,黄绿相间的水田,不远处的水塘泛着太阳的金色。

周亚国偷偷溜出家门，和小伙伴潜入番薯地，挖出几块连着茎带着泥的番薯，干草一燃，将番薯往里一丢，便撒开脚丫子，在草地上狂奔。跑累了，回来，扒开草灰里的番薯，剥掉黑乎乎的皮，又软又甜的瓤，满嘴香，还沾上了鼻尖！

"舟山人扯淡，番薯干当饭"，在过去的六横渔村，大米、馒头都是奢侈品。源于对温饱的追求，形成了对馒头的崇拜。新船下海，新房上梁，长辈生日，都要"挑馒头"。这种馒头呈圆形，个头特大，上盖"福"字红印，内以猪油、白糖和芝麻（或豆沙）作馅，象征富裕、甜蜜和顺利。

渔农村有很多习俗，至今记得很清楚。而周亚国感兴趣的，在于自己初次的冒险与体验。

十四五岁时，一名同学为生计，离开学校，下海谋生，在船上烧饭。那一天，约了周亚国去海上。第一次捕黄鱼，两条船，一条船上二十多人，一条船上十几人，渔网围拢时，听见黄鱼咕咕叫。那个兴奋啊！那个刺激啊！让少年的心狂跳不已。

此刻，周亚国深吸了一口烟，几缕青烟之中，向我诉说往事。

"我初中毕业，英文不懂，大老粗。在农机站开拖拉机，说话乱说的。后来搞运输公司，六横岛有九个乡镇，我们跑来跑去的。原来只能喝一杯啤酒，练出来了，一连几天喝白酒。"

二〇〇二年六月，社办企业龙山船厂转制，周亚国卸下厂长之任。两个月后，他以自己的三十万元，召集了十一个伙伴，东拼西凑凑到一千零五十万元，创办了舟山鑫亚船舶修造有限公司。

公司选址在六横镇西浪嘴村，这里是起伏的山地和一些民房。整整三个月的冬天，常常到深夜十一时，周亚国深一脚浅一脚地，挨家挨户上门，说服村民拆迁。

民房顺利拆迁。接着，就是开山。现代化机械设备进来了，建筑队伍进来了，轰隆隆的响声，忙碌的建设场面。"那时心情是相当迫切，速度越快越好！"

十一个月后，这里辟出了广阔的平地，盖起了一排排新厂房，还建起了一座十五万吨级干船坞。

这座投资上亿元的十五万吨级干船坞，是当时华东地区最大的。投产首月，就修理了六艘船，四个月后，产值达到了五千多万元。

航运巨头中远集团有意到舟山发展船舶修造业，把目光瞄准了鑫亚船舶公司的十五万吨级干船坞。这很好理解，投资周期缩短，成本回收快。此时正值船舶工业的"黄金时代"，迟一个月开工，意味着上千万资金的流失。

中远集团高层屡次造访六横，为的是说服周亚国转让西浪嘴生产基地。

市区两级主管领导开始做周亚国的思想工作，游说他到普陀山去签字。周亚国当然没去："我们有十二个股东，我的股份只占了百分之三十，这个合同不是我说签就能签的。"

周亚国心中明白，初创企业经不起折腾，一切还需要磨合，做什么事情都得小心翼翼。

时任市委书记从北京打来电话："必须得卖，这是大局！"

周亚国犟劲一上来，头也不回地走了。

周亚国并不是一个和蔼可亲的人，不熟悉他的人甚至会觉得他态度傲慢。"生意很好，宝贝儿子生蛋的鸡。政府要我卖掉，不卖也要卖！"

时任市委书记继续打电话："央企不来，舟山的船舶行业就是空白，形不成气候。"

这句话，对周亚国的触动很大："尽管说，这个船坞转让很可惜，但从大局来说肯定是对的。再反过来说，舟山的企业可以更好地向中远学习，特别是在管理和技术上。"

周亚国上门，一个个地说服了他的合作伙伴。为了六横岛的大开发，将船坞拱手让人，以待来日。

二〇〇四年二月，中远舟山六横大型修造船基地项目正式签约。这是当时普陀乃至舟山引进的规模最大的投资建设项目，约占海岸线五公里，计划总投资三十亿元以上。

舟山中远船务当年实现产值八千万元，创下了"当年收购、当年赢利”的纪录。

当时困扰周亚国的两个问题，一个是卖与不卖，还有一个是新厂造与不造。“卖掉西浪嘴基地，我分到两三千万的钱，当时也想过，要么就这样算了。”

外甥女婿夏松康却很执拗，他对周亚国说：“我跟着你做。”

有了一群人，又有了创业的冲动。新厂选址在六横镇东浪嘴村，与西浪嘴仅隔着一条河，旧厂还没完全搬迁出去，新厂已经开始建造了。周亚国吃住在工地，真是把命都押上了。

分别建造了二十万吨级和八万吨级两个干船坞，一下超过了西浪嘴的生产基地。工程仅用了十二个月就建成投产。

“这不是在赌气。”周亚国解释，“当时想，要造就造大的，没有资金实力造三十万吨级船坞，我就先造一个二十万吨级的，但是我造得比三十万吨级还要长，以后可以修一万四千五百标箱的集装箱船。”

于是，电视台记者来采访，称周亚国自愿蒙受损失，整体转让，迁址重建。周亚国说：“没有中远公司，六横经济发展没这么快。作为企业家要有心胸，要有长远眼光。崇文尚义，这是我们的企业文化。企业做起来，必须回报社会，这是企业家义不容辞的事情。”

在舟山的企业家群体中，周亚国行事有些特立独行。他固守着船舶修理这一主业，不扎堆，也不冒进。

“航运业最好的时候，不少人劝我造船买船，我完全没有心动。现在，船舶行业闭着眼睛都能挣钱的时代，已经结束了！”周亚国取下烟嘴，往大而方的玻璃烟灰缸一磕，顿时灰飞烟灭。

希腊籍车客渡轮“公主”号，于二〇〇八年五月十四日进港。这是鑫亚公司承接的第一艘车客渡改装船。

“公主”号船舶总长一百五十点八七米，宽二十五米，总载人数九百四十四人。主要工程项目有：生活区改装，增加六十多个房间；球鼻艏加长；B层尾甲板加高两层；水密壁新装；新层新装车跳板和客跳板；单边装升降梯。

历时三百六十六天,这艘希腊籍车客渡改装船顺利完工,有客房、餐厅、酒吧、沙龙等服务一条龙。通体白色,真是漂漂亮亮的"公主"!

二〇一三年十二月十五日,地中海航运公司特大集装箱船"卡米尔"号,从鑫亚一号船坞顺利出坞续航。

这个庞然大物,是全球正在运营的最大集装箱船之一。船舶总长三百六十五点五一米,宽五十一点二一米,型深二十九点九米,额定载箱量一万四千标准集装箱。

凭借出色的承修能力与服务质量,鑫亚船舶公司与世界第二大集装箱航运公司 MSC(地中海航运公司)数度携手。此次维修,公司继续发挥人员与技术优势,如期完成工程,交付质量继续得到 MSC 方的肯定与信任。

四

周亚国坐在黑背沙发上,跷着二郎腿,无所顾忌,随意说着。

我对船舶业有感情,我能修理百分之八十以上的船舶。创办公司以来,对外开放最难,海事、海关、边检、商检、舟山警备区、东海舰队、浙江省军区、南京军区、总参……实在太多了。我公司去办手续,重点项目,浙江省发改委领导很爽快的,就批了。沿岸线四百亩地,国土部门批了。国家发改委还要批,我自己到北京去。一个巡视员说,这不行! 我去找浙江省政府驻北京办事处,主任很支持,去找国家部委的有关领导,老乡嘛,都弄好了。我就看那个巡视员,共产党公章给你保管保管,人走了,就没了。

搞企业难,政府要支持实业。政府里有好的人,也有不好的人。领导要刮你鼻子的,气也气死了! 总归好的人多,好的人支持你干事业。

国企与民企,体制不一样,竞争力、责任心不一样。有一些舰,只给国企造,不让民企造,其实民企完全有能力去造的。大人支持大人,不支持小孩。我们没父母,这就是不公平竞争。

民营企业与国有企业最大的区别在于,民营企业负责人的个人行为对企业起着决定性作用,而国有企业则不同,因为领导更替频繁。

从民营企业来看,做企业就是建团队。大家觉得你好,就跟着你做,这个很重要。有固定团队的企业,才能基业常青。股东团队需要稳定班底,经营团队需要吐故纳新。在船厂,中层领导的黄金年龄是三十至四十岁,到五十岁左右就要慢慢退下来了,毕竟对这个年纪来讲,登上一艘万吨级船舶都是巨大的考验。

全球造船业不景气,造船难度很大,造一条亏一条。

造船根据计划,修船根据情况,修船必须懂造船。船型不一样,配件不一样。好做自己做,中国船舶配件是可以的。修船比造船复杂很多,修不好要换,铜套要换,要有灵活性。很多拐弯抹角的地方,人都爬不进去。修船的活累,苦,脏。

我公司在二〇〇八年产值十八亿元,现十余亿元,下滑很厉害。这条船进船坞七天,以前要八十万到一百万美元,现在只要三十万到五十万美元,洗洗澡就走了。

应收款很多,全世界都一样。美国、日本、英国、挪威等先进国家付款快,印度、越南、马来西亚等国,有的比中国人还赖皮。

修船业是劳务密集型、高危型产业,有些行业可以机器换人,我们修船必须由人来做的,换不掉的,没办法。银行利息高,税收这么多,外国人代理费百分之八,不给他,船就拿不进来。工期要按时,不按时出去,一天要罚十万元,业务跑了,信用也失掉了。

生产是中心,后勤是保障。船厂精细化管理,要管得很好,不精细化管理就要亏。外包工一天工资,以前八十元到一百元,现在三百元,喷砂的、电焊的、钢板轮机的,一天工资四百元,还叫不到人。

我公司本地员工七百五十人,基本职工是稳定的,进出不多。外包工多时六七千人,现在三千人左右。外包工四人住一间房,里面有卫生间。外包工来自安徽、四川、云南等地。

我看一下手机,刚发来的短信,三十一万六千美元已到账,十六万六千美元已到账。到账了是好,但没法跟以前比了。以前一笔就是五六十万美元,近百万美元也有。

这五天,十天,二十天,船坞都排满了。合计一年修三百六十条船。外国人的钱,必须赚得越多越好!

五

钢结构作业场地,钢结构堆场,舱盖作业场地。

经过坞底公路,车辆开进了干船坞。

这条船很大的,二十多米高,五百人进去了,外面看也看不出。

橙红色的安全帽、橘黄色的安全帽,红色的工作服、白色的工作服、蓝色的工作服。

按下数字切割机的按钮开关,一道蓝色的火光喷涌而出,不多时,一块长十米的钢板就被切割成几块。然后,运往修船的场地。

电焊火花四溅……打磨声,钢板敲击声……大型葫芦吊,卷扬机,空气压缩机,超高压清洗泵,真空吸砂机……

我戴着一顶蓝色的安全帽,举着相机,穿行在繁忙的修船现场。

现场的施工人员对我说,为确保工程进度与精度、降低人力与吊装成本,生产部门制造了桨叶更换专用装置,通过支架承托、轨道推进的方式,为大型船舶更换螺旋桨,比起传统吊装,精确度更高,耗时更少。

远洋船舶船艏吃水线下长着一个"大鼻子",侧面长,正面圆,球一样的突出物,就叫"球鼻艏"。这到底是个什么东西?

大块头的船舶航行时,会在船舷产生波浪形的水波,产生兴波阻力。球鼻艏可以产生一个翻转一百八十度的波,与之抵消。结果就是波浪被压制了,减小了兴波阻力,船行就更快了。

从二〇一四年初开始承接球鼻艏改装业务,舟山市鑫亚船舶修造有限公司在一年半时间里,共完成六十多艘外国大型船舶的球鼻艏改装工程。

按一只球鼻艏六十万美元的改装价格计算,一年半时间里船东就可以收回成本,达到降低营运成本的目的。更重要的是,改装后,进一步提高船舶推进效率,减少燃油消耗,废气排放也可大大减少。

船东脸露喜色。多国客户的球鼻艏改装订单,快速到了鑫亚船舶公司……

两层的职工食堂,弧形的楼梯外面是玻璃房,显得明亮而时尚。

职工食堂可供八百人同时用餐。一楼大餐厅,敞开式的空间,长方形的餐桌,一排排列成长阵。我上了二楼餐厅,一张张圆桌,铺着粉红色桌布。靠窗的那张圆桌,两位身着白色海员服的老外坐着,也许是希腊船员,各自吃完了一大盘油烹大虾,正品尝哈密瓜。其中一位,在用筷子,看来是中国饮食文化的爱好者。

我沿着餐厅走过去,另一侧居然是职工书屋。透过玻璃门,可见一排排书架,一张张阅览桌。凭上岗证,一次可借两本书,借期一个月。

精神的,物质的,充饥抑或饱食,竟在同一个空间。

鑫舟厅、远航厅、扬帆厅……包厢之名,让就餐者有了更多的遐想。

玻璃房中空,居然有一只鸟,扑棱棱飞过。

历史场景之六：创立海权论

一

前额至头顶，一片光亮。

浓眉下，一双深邃的眼睛，蓝色的瞳孔神秘莫测。

高鼻梁，蓄着胡子，修剪精致。

熨得挺括的西装，打领结，很绅士。

一眼看上去，如同儒雅的大学教授，或是学识渊博的专家学者。

当然，他是大学教授，他是专家学者，他是美国海军学院的教授和院长。

非同一般的是，他任过炮舰的舰长、巡洋舰的舰长。他被评价为世界上最懂海军的三个人之一。

他是阿尔弗雷德·赛耶·马汉，美国历史学家、海军理论家，"海权论"的创始人。

二

美国西点军校的教授楼里,教授丹尼斯·哈特·马汉家中,一个男婴呱呱坠地。

这是一八四〇年九月二十七日,初为人父的丹尼斯·哈特·马汉,在二十八岁时就成为西点军校最年轻的教授,他给儿子取名赛耶,就是为了纪念为西点作出过重要贡献的赛耶校长。

丹尼斯·哈特·马汉教授在战争艺术和军事工程学方面均颇有造诣,家庭无疑对童年时代的小马汉产生了巨大的影响。

小马汉从懂事起,就对军人的威武仰慕不已。军校卫兵换岗的礼节,学员队的点名、训练,他经常观看,模仿得惟妙惟肖,常常逗得大人们捧腹大笑。

小马汉八岁那年,美国赢得了与墨西哥战争的胜利。西点军校举行了欢迎将士凯旋的仪式,军号阵阵,鼓乐喧天,无数鲜花抛向了队伍,人们大声呼唤着英雄的名字。这动人的情景,震撼了马汉的心灵。

马汉的父亲博览群书,学识渊博。父亲的书房是马汉最喜欢去的地方,那里有引人入胜的各种战争故事。马汉经常在父亲的书房里一待就是一天,将一本本大部头翻了个遍。他从小就表现出了惊人的阅读和理解能力。连军人看来都算枯燥无味的《海战指挥手册》,他却读得津津有味。通过读书,他产生了对大海的迷恋,对水手的崇敬,对海军的向往。

马汉十四岁时,进入哥伦比亚大学学习。

十六岁那年,马汉怀着童年时代向往献身海军事业的激情,放弃了在哥伦比亚大学的学业,获得了进入安纳波利斯海军军官学校学习的通知书。

一八五六年九月三十日,马汉到这所美国海军军官的摇篮报到,十月二日进行了入学宣誓。由于马汉持有哥伦比亚大学二年级的学历证明,经个人申请,校方同意,并经过严格的考试,转入三年级就读。

一八五八年夏，马汉参加了一次海上航行训练。就是在这一次训练中，他第一次表露了自己的远大抱负。他在致友人的信中说："产生诸如斯蒂芬·德凯特式的海上豪杰的时代已一去不复返了。如今，如果没有客观现实的条件和一定的环境，想单凭勇敢而成为流芳百世的英雄是极困难的。因此，我已经下决心通过理论研究这一途径，在海军中赢得声誉。"

马汉是一个具有远见卓识的年轻人。马汉出众的才华，引起了不少同学与军官的嫉恨。以他的水平与能力，完全可以轻而易举地高居全班首位。但他宁愿位居第二，他想避免与那些追逐名利的同学产生冲突，他只愿自己潜心于研究与学习。马汉由此形成了独立自主的思考习惯。

一八五九年六月，马汉以全班第二的成绩毕业，并通过了学员的任职受衔。而后分到"国会"号护卫舰，被任命为基地司令桑兹准将的随从参谋，分管舰上的弹药部门。从此开始了他的海军生涯，随舰在巴西、乌拉圭海岸值勤。

一八六〇年，美国南北战争爆发，马汉毅然决定站在联邦政府一边，支持北方。次年八月，马汉接到提升的命令，被调到"詹姆斯·艾杰"号舰任中尉军官。在任职期间，他曾经给海军部长助理写过一封信，建议用军舰或商船伪装作诱饵，引诱南军攻击，然后出其不意发起进攻，达成战役、战斗的胜利。然而，这封信如同石沉大海。不久，马汉被派到"波卡蓬塔斯"号舰，晋升为上尉，在珀西尔·德雷顿的指挥下，参加了对南卡罗来纳州罗亚尔港发起的海陆联合进攻。

一八六三年十月，马汉又被调到海岸炮舰"塞米诺尔"号。

一八六五年战争结束，二十五岁的马汉晋升少校。经过南北战争的打击，美国的海军力量极大地削弱了。然而，美国抚平了内战伤痛之后，也要开始对外扩张的进程了。

这种历史的需要与现实的矛盾，伴随着马汉的海军生涯。他在"易洛魁"号上赴远东巡航。他任"黄蜂"号舰长。他任安纳波利斯海军军校军械部与射击部主任。他任"沃诸塞特"号巡洋舰舰长。

三

二十年的海上生活，看起来多少有点平淡和枯燥。马汉与常人不一样，他积累了大量丰富的海上实践经验，思考了海军战略理论与实践的重大问题。

一八八〇年七月三日，马汉作为航海指挥官，到纽约布鲁克林海军造船厂工作。他负责监督军舰上航海设备的购置、测试和安装，并提议使用革新项目。为了提高海军的作战能力，马汉提出要建立新型海军的建议。

在造船厂工作期间，他读了威廉·内皮尔的经典著作《佩宁苏拉的战争史》。这部著作使马汉的思想进入了一个新天地，看到了军事上的因果关系。他受激励产生了撰写军事史的极大热情，用了五个月的周末和晚上时间，赶写出《海湾与内陆水域》。

一八八三年六月，马汉的第一本书《海湾与内陆水域》出版。这本书，对马汉以后的经历影响是十分重要的。当年八月，马汉晋升为上校，在卡亚俄接任"沃诸塞特"号巡洋舰舰长。

两年后，新建立的海军军事学院院长斯蒂芬·B.卢斯将军，看到了马汉的处女作《海湾与内陆水域》。院长独具慧眼，立即邀请马汉进入海军学院。

四十五岁的马汉，以上校军衔出任该院讲师，专授海战史和海军战略课。执教于海军最高学府，这是马汉人生的重大转折，使他成为海军理论家的奋斗目标得以实现。

马汉以自己的先进军事思想投入到学院的教学中，把以前分散的各种军舰战术协同起来，形成一个包括战列舰、巡洋舰、撞角舰和鱼雷舰在内的舰队战术体系。

马汉制作了各种各样的舰船模型，用蜡笔涂上各种颜色，以区分各个国家的舰队。他教授的课程内容形象直观,利于学员理解。他在图板上和"澡盆"里显示海上作战,是一个富有想象力的创造。可以说,它是美国海军进行模拟演习的开端。

马汉还与学员共同研究以前的海战,从历史中吸取经验教训,并且注意研究陆军战术原则在海上作战中的运用。他的平易近人和学识渊博,给学员们留下了深刻的印象。

有一次,上完课之后,一个学员站起来,发自内心地大声喊道:"海军中的若米尼(若米尼是西方近代军事科学巨匠)远在天边,近在眼前,他就是我们尊敬的马汉海军上校!"

一八八六年,由于在教学上的成就,马汉首度出任海军学院院长。

马汉凭借自己在海军长期服役的经验和多年来潜心研究战史的良好理论素养,敏锐地意识到,美国海军大发展的契机已经到来。他为编写海上力量讲义,积累了四百多页的笔记,之后写完了关于海上力量对历史影响这个论题的详细提纲。

马汉说:"当我首次应邀在海军学院讲授海军史的时候,我随即向自己提出一个问题:'我如何总结以往的木帆炮舰的作战经验,使之适用于当今的海军?'一个答案是,'要说明海权以各种方式对历史进程产生巨大的影响';另一个答案是,'要说明以往的海军作战经验揭示了战争的主要原则'。"

从总结历史上风帆舰队海军进行海上战争的经验,揭示海权对历史发展的影响、海权理论在海军战略中的地位与意义,这就是马汉撰写这一部著作要达到的目标。

一八九〇年五月,马汉的《海权对历史的影响(1660—1783)》一书,由波士顿的利特尔与布朗出版公司出版。

为了构筑新的理论,马汉创造了极具魅力的词"海权"。从海洋与国家兴衰的角度,深刻阐明"海权"的概念和内涵。

全书包括绪论和十四个章节,主要论述一六六〇年至一七八三年期间,英国同荷兰、法国、西班牙的海上战争及美国独立战争中的海战,探讨了海权的要素、交战双方的胜负和海上力量的兴衰与战争历史的经验教训。

在绪论中,马汉指出,该书是一部海权史,"海权的历史,就其广义来说,涉及了有益于使一个民族依靠海洋或利用海洋强大起来的所有事情"。他甚至将其研究上溯至古罗马舰队与迦太基舰队在布匿战争中的海上战场,总结出"海权"是战争"决定性的因素",从而得出结论:"研究海军战略,对于一个自由国家的全体公民来说,是一件有意义、有价值的事情,尤其对于那些负责国家外交关系的人来说,更是如此!"

马汉在这本书里主张,应该拥有并运用优势海军和其他海上力量,确立对海洋的控制权力和实现国家战略目的。他把产品、海运、殖民地归结为海权的三大环节,提出了影响海权的六个条件:地理位置、自然结构、领土范围、人口、民族特点、政府的特点和政策。他通过讲述欧洲和美洲的历史,特别是海上战争史,揭示海权对历史发展的影响。

马汉的这些论点,在人类历史与现实斗争实践中,都被证明是正确之论。

《海权对历史的影响(1660—1783)》在美国再版三十二次,几乎被所有欧洲国家翻译出版,成为当时影响最大的世界畅销书之一,对世界军事革命产生了很大的影响。

美国总统西奥多·罗斯福读了之后说:"这是我所知道的这类著作中讲得最透彻、最有教益的大作。它是一本非常好的书,妙极了,如果我不把它当作一部经典的话,那就大错特错了。"称马汉是"美国生活中最伟大、最有影响的人物之一"。

美国海军和陆军要求在职军官阅读马汉的著作。美国的军事院校和军事理论研究机构均把这本书列为必修的课程。

美国史学界称,马汉是"海上力量的思想家","是带领美国海军进入二十世纪的有先见之明的天才"。

德国威廉二世成了马汉海权论的狂热崇拜者,他说:"我现在不是在阅读,而是在吞食马汉的书,努力把它牢记在心中。这是第一流的著作,所有的观点都是经典性的。"他命令把马汉《海权对历史的影响(1600—

1783)》一书派发到所有的舰只,要求所有的海军军官阅读此书。

《海权对历史的影响(1660—1783)》这本书,确立了马汉在世界海军史和海军战略理论方面的权威地位。

盛名之下,马汉于一八九二年再度出任海军学院院长。他同时深入研究,使其学术理论成为美国军事思想的重要组成部分。

继《海权对历史的影响(1660—1783)》,随后在一八九二年出版《海权对法国大革命和帝国的影响(1793—1812)》,又在一九〇五年出版《海权的影响与一八一二年战争的关系》,合称为"海权论三部曲"。

这三本书的出版,意味着马汉的海权论思想体系宣告完成。

马汉以一个成熟军人的理性和史学家的智慧,分析研究了人类战争史中诸多海战战例,从而提出了海权对于一个国家兴衰具有决定性作用的思想,亦即后人所说的"马汉主义"。由于这一思想直接促成了德国、日本、俄国、美国等诸多国家海军乃至国力的崛起,他的有关论著以海军"圣经"之誉,跻身影响人类进程的十六部经典之列。

海权是马汉海权论的中心概念,也是这一理论得以严密和完善的主要概念。海权,也可译为海上力量,原本只是一个军事概念,指海上军事力量,即海军。然而,马汉极大地扩展了它的内涵和外延。马汉认为:"海权应作更广义的解释:它不仅包括海上的军事力量,还应包括和平时期的商业贸易和航运。"他进一步定义,海权就是"凭借海洋或通过海洋能够使一个民族成为伟大民族的一切东西"。

马汉如此界定海权的概念,其真正意图在于:一是说明海权是一个严密的国家活动体系,其两个组成部分是不可分割的一个整体;二是指出国家的繁荣昌盛不仅取决于海上军事力量,也取决于海上经济力量及其他力量;三是将海权直接纳入国家事务的层次,即将海军和国家的海外贸易、海上航运、殖民地、经济发展、国际政治地位等联系到一起,提高了海军在国家生活中的地位与作用;四是能够合乎逻辑地说明,历史发展进程中起决定性作用的因素是海权。

马汉认为,海洋是世界各国的共同财富,从战略角度看,海洋既有商业航运价值，又有军事价值。由于优势的海军力量曾对巨大的历史争端起过决定性的作用，并支配着历史进程，世界局势的发展和未来也日益取决于海权。因此，美国必须掌握海权。他说，拥有一支能够担负对外作战任务的一流海军，是"确立和维护国家权力的最为重要的条件"。

马汉把海权看作是一个国家历史发展的决定性因素，特别强调海洋的极端重要性和控制海洋的重大意义。海权应该包括海上军事力量和非军事力量。前者包括所拥有的舰队，包括附属的基地、港口等各种设施；后者则包括以海外贸易为核心的，和海洋相关的附属机构及其能力，也就是国家海洋经济力量的总和。从物质形态上来说，海权实际上就是一个国家在海洋上的综合实力。建立和发展强大的海上力量，对促使国家经济的繁荣和财富的积累、夺取制海权和打赢海上战争以及维护国家国际政治地位具有重要的意义。

"谁控制住海洋，谁就统治了世界"，马汉一生中的所有著作都贯穿这样一个思想。控制海洋，特别是在与国家利益和贸易有关的主要交通线上控制海洋，是国家强盛和繁荣的纯物质性因素中的首要因素。这是马汉的名言，也是海权论思想的基本含义。

四

一八九三年，马汉在陆上工作已满八年。根据制度，要担任海上勤务。他于是担任美国驻欧洲舰队旗舰"芝加哥"号舰长，直至一八九六年。

算起来，马汉在美国海军服务了四十年。一八九六年，五十六岁的马汉退役。

刚退役时，马汉设想：结束了海上颠簸的日子，退役后要过一过优雅的生活了。这样的生活意味着，出席社会上有声望的朋友举办的宴会和舞会，与地位显赫的政客和学识渊博的教授闲聊，欣赏歌剧以及音乐厅的高雅艺术等。

但是，马汉很快就厌倦了这种千篇一律的生活。他觉得醉心于社交活动,既浪费钱财,又耗费精力。很快,他就从这种状态回到了现实之中。

一八九八年四月,美国与西班牙爆发战争。已经退役的马汉,在海军部的要求下,成为海军战略委员会成员,直到战争结束。之后,马汉担任美国海军历史学会主席,这是唯一一位非历史学家出身的退役军人担任这一崇高的学术职务。一九〇六年,美国国会通过法案,把所有曾在内战时服役的海军上校皆升为备役少将。马汉虽接受了这份荣誉,但在著作上,仍署上校之级,由此可见其谦逊与务实。两年后,马汉出任海军事务委员会主席。

一九〇八年,海军部命令六十八岁的马汉少将前往海军学院临时服役,以便撰写《海军战略论》一书。三年后,《海军战略论》一书出版。马汉在这本书中,一方面汲取了拿破仑、克劳塞维茨,尤其是约米尼的理论和方法论,另一方面借鉴了英国海军理论家科洛姆、科贝特等人的研究成果,提出了包括"中央位置"、"交通线"、"舰队决战"、"集中兵力"等作战原则,丰富了海权论理论体系。

一九一四年十二月一日早晨七时十五分,七十四岁的马汉因心脏病发作,在华盛顿海军医院去世。

马汉的理论,却在一次又一次的海上战争中得以证明、丰富和充实,成为不朽的海战准则。特别是有关国家海洋权益和国家主权内涵的观点,有关争夺海上主导权对于主宰国家乃至世界命运都会起到决定性作用的观点,更是盛行世界百余年而长久不衰。

第七章　海天佛国

白鹭倒映放生池，荷花终年开不败，万事皆因缘起。　袁亚平摄

众生有苦，不能照见。
若能回光返照，依般若法修行，自见本心，自显圣性。　袁亚平摄

妙法能滋润众生，譬如雨然，谓之法雨。
此处果然古樟成林，浓荫蔽空。　袁亚平摄

仰望南海观音菩萨铜像，有人说，观音是半个亚洲的信仰。　袁亚平摄

海天佛国

历史场景之七：分割海洋

一　南海观音

一

海风里，隐隐有呢喃之声。不似人间细语，是空山梵呗吗？

双峰山南端的观音跳山冈。此处势随峰起，秀林葱郁，气顺脉畅，海波荡漾。莲花洋彼岸的朱家尖，隔海侍卫。双峰山坡麓的紫竹林，潮音频传。置身其境，如临极乐国土，尘念顿消。

船靠岸，我借着海风的托举，渐离凡尘，恍然已入另一境界。

脚下的大理石路中间，规律地铺有青石板，每块青石板上都雕有莲花。莲花是佛教的吉祥物，象征佛教来源于尘世又高于尘世。青石板每三步一块，正好可以让进香朝圣的信众三步一拜。走在步步莲花的香道上，心中有虔诚。

左手边的栏杆，也用青石雕成。每块青石板的正反两面，均雕刻佛教小故事，一共六十幅关于佛教的放生图。诗词皆是李叔同写的，画则出自丰子恺之手。

上台阶。我细数着，一共有三十三级台阶，呼应着南海观音菩萨立像总高度。

登上礼佛广场。五千二百平方米的礼佛广场，展开了坦坦荡荡的胸襟。

右边能看到南天门、短姑道头、海岸牌坊、正山门和客运码头。左边能看到西方庵、紫竹林、潮音洞等景区。

放眼远眺莲花洋，洋面上来来往往的船只不断，层层白浪扑向岸边，那涛声犹如为礼佛广场诵经，昼夜不息。

普陀山南海观音菩萨露天铜像。立像台座三层，总高三十三米，其中佛像十八米，莲台二米，台基十三米。

总高三十三米，有多层含义在里面。其一，岛上每年农历二月十九（观音出生日）、六月十九（观音得道日）、九月十九（观音出家日）是观音的三大香会期；其二，三六九是佛教的吉祥数字，三加三合六，三乘三得九；其三，观音的正殿——圆通宝殿（普济寺内）供奉着正身观音，加两边的三十二化身，正好是三十三尊；其四，普陀山环岛一周是三十三公里，巧合了。

南海观音菩萨铜像坐落于观音跳与南天门之间，南朝大海，与洛迦山隔海相望。整个工程设计充分体现了海、山和铜像三者的高度和谐与统一，宝像造型上则尽现了观音菩萨的慈、悲与柔美，形象端庄，大慈大悲的神韵得以充分展现。

"南海观音"，台基上的四大金字，为中国佛教协会会长赵朴初居士所题。

佛教经典认为观世音菩萨居住在南方海上一个名叫普陀洛迦山的岛上，《大悲心陀罗尼经》曰："一时佛在补陀洛迦山，观世音宫殿庄严道场中。"《华严经》曰："南方有山，名补怛洛迦，彼有菩萨，名观自在……"

唐代诗人王勃的《观音大士赞》曰："南海海深幽绝处，碧绀嵯峨连水府。号名七宝洛迦山，自在观音于彼住。"

我记得《普陀山志》说，昔时历代帝王多建都北方，其南之东海称作南海，故元明时期也称南海普陀。

因缘使然，南海观音道场在普陀山，普陀山为天下第一道场。

在中国乃至整个东方世界，观音都是一位极受崇拜的菩萨。有人曾说，观音是半个亚洲的信仰，这是一点都不为过分的。

仰望南海观音菩萨铜像，在蓝天白云的衬托下，观音宝像正似轻轻地移着莲步，款款走来。慈目视众生的大悲妙相，令无数信徒顶礼膜拜。

观音菩萨像微微朝前倾斜十五度，衣袂飘扬，这是漂海观音的造像。

观音菩萨头顶天冠，天冠上有阿弥陀佛像，表示能降伏歪魔邪道，是观音正身像的标志。观音的脸部呈满月形，这是唐朝观音的审美，眉如柳叶，双目低垂。

据说观音菩萨双目含有深义，一是观音慈悲为怀，怀着一颗慈悲心来看人世间的一切有情；二是观音不同于凡人，凡人只有相距很近，虔诚地仰起头，才能与她双目对视，也表示她跟凡人很亲近，没有距离感，凡人有什么烦心事都可向观音倾诉。

观音菩萨左手持法轮，法轮原是古印度一种无坚不破的战车，佛教比喻佛法，能吹破众生烦恼邪恶，佛法辗转不停。她的右手施无畏印，无畏印表示佛能使众生心安，无所畏惧，佛有救济众生的大慈心愿。

一名年轻导游带了一群游客，来到我身边。年轻导游扬着一面绿色的三角小旗，说："请大家仔细观察，观音手中的法轮像什么东西？"

有人眯起眼睛，看了一会儿，迟疑地说："像，像个舵吧？"

年轻导游说："对！是渔民船上的方向盘——舵。大家请看，对面就是全国有名的沈家门渔港，当地很多百姓打鱼为生，靠天吃饭。舟山夏天多台风，古时渔民出海捕鱼，碰到天气不好，通常都是有去无回。所以，他们把对生活及收成的希望，全寄托在观音身上。观音把舵稳稳地托在手心，施大无畏印，表示她为渔民出海捕鱼保驾护航，一切灾难皆可消除。再看，南海观音前面的水道，就是渔民出海捕鱼的必经之路。通常渔民经过此地，都会跪下来，朝观音敬三炷香，拜三拜后，插在船头，保佑他们这趟出海平安，满载而归。"

年轻导游说，这尊南海观音像，共用了九十六块一厘米厚的亚金铜合金，从洛阳铜加工厂水运至普陀山现场，焊接后抛光打磨而成，用 X 光线透视无裂缝后，再在其外侧加涂一层树脂漆，以防腐蚀。观音脸部是第九十七块,融合了六点五公斤纯黄金,是最大最重的一块。整个观音铜像重七十余吨,造价为四千多万元。这么多钱,政府没有出一分,都是民间信众捐赠。

啧啧啧,游客们不由自主地赞叹道。

年轻导游来了兴致,继续说:"大家可能会问了:观音她到底是男是女啊?其实啊,观音无所谓男女,她象征的是一种精神,一种理念,代表的是一种品格,能有慈悲有爱心的人就是菩萨。但是观音的塑像可以塑成男身、女身、动物身等。简单地说,慈悲的人就是菩萨。"

年轻导游尽情发挥,越说越顺口:"大家有什么烦心事,尽管跟观音菩萨讲,你看她双唇紧闭,她听后也绝对不会告诉第三个人。大家有没有发现佛、菩萨、罗汉的耳朵都特别长,这是在告诫我们,平时要多听——即不能听一方意见,要广泛地听多方面意见;多看,少说话,多做事。"

我在旁听了,微微一笑,恰恰是这样中国化和世俗化了的观音菩萨,成为中国民间最流行的信仰。

扬起绿色的三角小旗,年轻导游说:"大家都跟上,跟我去参观功德厅。"

游客们呼啦啦地往前走,到哪儿都是争前恐后。肥肥瘦瘦的背影,渐渐远去。

二

礼佛广场,清静下来。

我仰望观音菩萨铜像,缕缕白云似乎轻纱曼妙,海风在轻声慢语。

观世音,是梵文的意译,又称光世音、观自在、观世自在等,意思是"观照世间众生痛苦中称念观音名号的悲苦之声",全称尊号是"大慈大悲救苦救难广大灵感观世音菩萨"。观世音的名字蕴含了菩萨大慈大悲济世的功德和思想。《妙法莲华经》载:"若有无量百千万亿众生受诸苦恼,闻是观世音菩萨,一心称名'观世音菩萨',即时观其音声,皆得解脱。"

观世音,非眼观之观,乃智观之观,世音,即所观之境,意即洞察世间一切的觉者。

唐朝时,因避唐太宗李世民的讳,略去"世"字,简称观音菩萨。

观音菩萨与文殊菩萨、普贤菩萨、地藏菩萨,被称为四大菩萨,是中国佛教的集大成代表。

五台山的文殊菩萨,代表智慧,称大智菩萨。峨眉山的普贤菩萨,主管实践、行为、行动的,称大行菩萨。九华山的地藏菩萨,立了一个愿,地狱不空,誓不成佛,称大愿菩萨。

普陀山的观音菩萨,称大悲菩萨。悲,本意就是悲伤、悲痛、悲苦,而观音慈悲,大慈与一切众生乐,大悲拔一切众生苦。

按照佛教的说法,观音菩萨不分贵贱贤愚,对一切人的苦难都予以拯救,并能消除人们的烦恼。这种爱护众生、给予安乐的心称作"慈",而怜悯众生、拔除痛苦的心则称作"悲"。观音菩萨既有博大的爱护心,又有非凡的怜悯心。

为了解救世间所有的苦难,观音菩萨还可以因时、因地、因人而展现出不同的形象,她的三十三应身,她的千手千眼,都是为众生渡过劫难的无上法门。

观世音从何而来?

据《悲华经》所载,观世音本来是转轮王的长子,名叫不眴;弟弟名叫尼摩。三父子跟随释迦牟尼修行。不眴发起宏愿,生大悲心,要解除世间众生的一切苦难,使众生常住安乐。释迦牟尼替他们分别易名,转轮王改为"阿弥陀佛",长子不眴改称"观世音菩萨",幼子改称"大势至菩萨"。

观世音菩萨传入中国大约是魏晋时期。在印度佛教庞大的佛菩萨王国里,中国民众很快选择了观世音菩萨。魏晋时期社会的动乱,是造成这种信仰盛行的社会现实根源。在频生的天灾人祸面前,束手无策、陷于失望甚至绝望境地的平民百姓,需要这样的救世主。

"善男子"出身的观世音,入主中国初期,是以"伟丈夫"男菩萨的形象高坐佛殿神堂。甘肃敦煌莫高窟的壁画上,观世音蓄有髭须。南北朝的观世音木雕,嘴唇上还有两撇小胡子。鄂西玉泉寺的观音碑,为三绺胡须的男观音像,系唐代著名画家吴道子所画,观音手托飞转的法轮,头戴宝冠,面如满月,衣袂拂动,大有"吴带当风"之貌。

唐朝密教盛行,特别重视礼忏、仪轨、造像、作坛等仪式,这些观音崇拜的实际表现, 使观音信仰得以深入于一般民众的精神生活而广泛普及。

随着佛教中国化的发展,观音逐渐改造为中国菩萨,出身变了,性别也变了。

观音完全变为女菩萨,而且是非常秀美妩媚的女菩萨,取代了印度佛典中的男观音菩萨。

民间广泛流传的观音为妙善公主,即西域兴林国妙庄王的三公主。

妙善聪慧美丽,从小笃信佛教。年岁稍大,父王为其配嫁,她执意要削发为尼。妙庄王一怒之下,将她逐出王宫。妙善决意皈依佛法,便到山坳丛林的清秀庵修行。妙庄王发现女儿抗旨出家,怒发冲冠,率兵马将她捉拿,当即在京城斩首示众。玉皇大帝闻讯,令阎罗王将妙善灵魂救起,将她复活于香山紫竹林中。从此,妙善普度众生,行善天下,示现成为观世音菩萨。后来,妙庄王得了重病,久治不愈,医士告知他,须要亲骨肉血手眼方可医得。大女儿、二女儿都不肯献手眼。妙善得知此事,不念父王旧恶,挖下自己的双眼,叫人砍下自己的双手,制成药丸,救活了父王。妙庄王事后了解这一切,愧疚万分。

佛祖被妙善孝心感动,便赏她一千只手、一千只眼,使之成为千手千眼的观世音。具足千手千眼,十方大地一起震动,十方诸佛一齐放射,超日月大光明。千手遍护众生,千眼遍观世间,象征观世音菩萨的广大慈悲和无边愿力。

这种女观音身世说,最早见于宋代朱弁《曲洧旧闻》。其后,宋末元初的管道昇著《观世音菩萨传略》成为完整的传记。以此为蓝本,还陆续出现了《香山宝卷》、《南海观音全传》、《观音得道》等一大批观音故事书。每个版本中,这些民间传说的细节不同,但都广为中国民间人士接受。

一手执杨枝,一手托净瓶,大慈大悲、救苦救难的观音形象,在中国早已深入人心,她成了世人最亲近也最信赖的佛界菩萨。在佛教徒心目中,观音菩萨就是解除人间一切苦难的救星。

中国民间流传的三十三观音,多是唐以后逐渐定型流传至今的。三十三观音的形象,则为中国古代画家依据流传故事而精心创作的。三十三观音是:

杨枝观音:造型为立像,手持净瓶、杨枝,常戴女式风貌和披肩长巾。

龙头观音:造型为云中乘龙。

持经观音:坐在崎岖岩石上,手持经卷。

圆光观音:合掌坐于岩石上,身后现圆光火焰。

游戏观音:乘五色云,左手放于偏脐处。

白衣观音:身披白衣,左手持莲花,右手作与愿印。

莲卧观音:卧于池中莲花之上。

泷见观音:欹倚山崖,眺望瀑布流泉。

施药观音:右手拄颊,左手在膝头捻莲花。

鱼篮观音:又名航海观音,脚踏鳌鱼,手提盛鱼竹篮或仅手提鱼篮。

德王观音:趺坐于岩畔,左手置膝上,右手持树枝。

水月观音:法相现身月色水光中。

一叶观音:乘一片莲花漂于水面。

青颈观音:坐于断岩,右膝立起,右手置膝,左手扶岩壁。

威德观音:坐岩畔,左手执金刚杵,右手持莲花,作观水状。

延命观音:头戴宝冠,或着白衣,手持草药赤柽柳。

众宝观音:坐地上,右手向地,左手放在弯膝上,身挂宝物。

岩户观音:在山洞中打坐,欣赏水面。

能净观音:伫立海岩边上,望海沉思。

阿耨观音:左膝倚于岩上,两手相交,眺望海景。

阿摩提观音:三目四臂,乘白狮,身有光焰,天衣璎珞,手持宝棍,怒容瞋目。

叶衣观音:坐于岩上,垫着草叶。四臂,身披千叶衣,头戴宝冠,冠上有无量寿佛像。

琉璃观音:乘一片莲叶,双手捧琉璃壶,轻浮水面。

多罗尊观音:直立乘云,合掌持青莲花。

蛤蜊观音:乘于蛤蜊之上,或居于两扇蛤蜊壳中。

六时观音:左手执摩尼宝珠,右手持梵箧,立像,常作居士装束。

普慈观音:头戴天冠,身披天衣,立于山岳之上,为大自在之化身形象。

马郎妇观音:右手持《法华经》,左手持头骸骨,为民妇形象。

合掌观音:双手合十,置于胸前,立于莲台上。

一如观音:坐于云中莲座上,立左膝,作飞行状。

不二观音:两手重叠,在水中坐莲叶上。

持莲观音:常作少女脸,坐在莲叶上,双手持莲花茎。

洒水观音:又名滴水观音,右手执洒杖,左手执洒水器,作洒水相;或右手持净瓶,作泻水状。

除三十三观音外,中国民间还有大量各不相同的观音,如自在观音、不空绢索观音、送子观音、三面观音、不肯去观音、鳌头观音等等。

观音变化形象之多,在佛教圣众中可以说是独一无二,这一现象本身也就是观音菩萨最受万民崇信的证明。就是说,是因为万民最崇敬观音菩萨,相信观音菩萨,万民才创造了这样众多的观音形象。

观音菩萨在佛教诸菩萨中,位居各大菩萨之首,是我国佛教信徒最崇奉的菩萨,拥有的信徒最多,影响最大。

三

一九九七年十月三十日,农历九月二十九。

普陀山佛教协会隆重举行南海观音露天铜像落成开光法会。法会就在这礼佛广场举行。

正值阴天,乌云密布,漫天迷蒙,好像要下雨。

妙善大和尚将象征着菩提甘露的净水洒向信众,向天下所有人表示祝福。

慈悲来自观音,"瓶中甘露常遍洒,手内杨枝不计秋。千处祈求千处应,苦海常作渡人舟"。

妙善大和尚在三年前的十月,拄杖寻到此处,他突然有了感应,抬头往西南面望去,从那个空中,看到一尊无比清净庄严的观世音菩萨。真是大如须弥,有几十丈高,高入云端。他久久地站在那边看,这种慈悲的形象让他感动莫名。他已经说不出话来,但是心里很明白。就应该在这个地方,就要造这么大,这么清净庄严的一尊观世音菩萨,让大家来分享,让大家来礼拜。

普陀山是供奉观音菩萨的道场,一直以来却没有一个标志性的形象,所以妙善大和尚当年一提议,立刻得到了各方的广泛响应和支持。

妙善大和尚的心算能力特别强。在基建工地上,他常常用手中的拐杖来丈量尺寸,指出问题,这让许多专业工程人员都佩服不已。有些平面图纸,是他忙碌一天后,在晚上亲手画出的。

今天,南海观音铜像沉静庄严地立于东海之中,她的面容庄重慈祥,日夜面向大海伫立,仿佛在随时倾听人们发自内心的呼唤。南海观音铜像是普陀山全面复兴的标志,也成为千年佛国永久的象征。

妙善大和尚为开光大典礼特作《南海观音开光法语》:

"宝陀岩上大悲尊,相好光明转金轮,婆心切切施无畏,万众景仰万古存。

"震旦普陀洛迦,地处南海,道续西乾,经云:'勇猛丈夫观自在,为度众生住此山。'既云圣人所居,故而瞻礼如潮,因兹梵宫遍布,钟磬相闻,可谓宝纲交光,运台共观。时适中华崛起,象教重兴,南海观音铜像应运落成,国事家事,频传佳讯!仰见宝像凌空,海众欢腾,龙天齐赞,谨延诸山尊宿,共为开点灵光。且道大士心光、身光,两皆具足;智光、慈光,照耀无量;既今开光一句,又怎么生道呢?

"真如界内不染尘,佛事门内万法生,悟得三谛归一贯,不妨朱笔点虚空。"

人们一早就成群结队向观音跳拥去,现场内外,挤满了人。山冈四周,密密麻麻全是人。

上午八时十五分,主持法会的戒忍法师宣布:观音菩萨铜像开光典礼开始!

刹那间,灵异现象出现了。

东南面的上空,本是层层厚积的云天,突然,一道白光从云间射出,直至铜像,观音像立即闪耀出万道光芒。天空一个圆圈口,霞光的彩虹,从圆圈口如雨花般缤纷泻来!

三层台阶的人们掌声如雷,高呼:"南无观世音菩萨,南无观世音菩萨,南无观世音菩萨!"好多女居士都流下了激动的泪水,有几个"嗵"地跪在地上,连连磕头。也有朗诵赞偈,一句一拜。一个上海来的客人,双手捧着一尊观音像,正向佛光照来处迎接祥光,口中说:"我要为佛像真实开光,我看到了千载难逢的佛光!"

现场有很多人,一边啧啧称奇,一边拍摄和录像。

有人记载道,只见"天窗"边缘彩云滚滚,瞬息变幻,逐渐形成一尊高约一米之观音坐像。座下莲台金黄,粉红、紫色间杂,花瓣片片;座上观音珊珞霞帔,由金色、淡红和绿白色云彩组成,历历分明。菩萨从左侧隐去,又在右侧出现,圆通无碍。

有人传颂说,奇迹瞬刻出现了:天空中显现银白色观音菩萨立姿圣像!在场信众仰天狂呼赞叹,掌声如雷,达数分钟之久!许多信众感动得泪流满面,真是充满法喜。不一会儿,又见天空观音菩萨显迹下方,数度出现荷花般浅红色云彩,并未移动,达数分钟之久。这真是奇异!一生中难得亲见的菩萨显圣的景象,不虚此行。过去只是在书面文字或图片上或是听人说过,认为不可思议。这次我们都亲眼见到了,也是福报不浅。

持续约二十分钟。"天窗"忽闭,仍转阴天。在场的五千名来宾和信众,无不惊叹。如此天象奇观,一时轰动海内外。

事后,香港凤凰台《文化大观园》专题节目组,拜谒了戒忍法师,播出了这一番对话:

戒忍：这个东西啊奇怪得很，我说开始这个"始"。

主持人："始"字一落音。

戒忍：一落音，天空中，哗，就开出来了，当时开出来，我们看去的时候呢，大概是有三四平方米。

主持人：先开始一个小小的，一个窗口一样。

戒忍：圆圆的，就是圆的，很奇怪个圆圆的，这个圆开出来以后，就在这个空，这个圆的当中，有个观世音菩萨的头，在上面那样俯下来。

主持人：等于先是观世音菩萨脸这里打开了。

戒忍：那么就是在这一段时间之内，有很多人看到海上的龙啊，天上的四大天王，很多人看到了天女，这个不止一个两个，那不可思议啊，因为这个事情呢我们不能，你一个人说了算，还有旁边这么多人。大家都可以印证，可以说为我作证，我的话是真的，因为大家都看到了。你要我去解释，是没法解释的。

主持人：是因为它不可思议，语言根本解释不了。

戒忍：如果再要我解释的话，我可以给你们解释，怎么解释呢，凡是有这样瑞象出现的时代，我们这个国家，我们这个社会，就是会变成一个非常好的时代。

解说：观音显灵的现象到底如何解释？也许不同的人有不同的说法，但人们都愿意相信，观音菩萨的每一次法像示现，不但是对尘世的一种悲悯和启迪，更是对佛教信众的感化和鼓舞。

二　普济禅寺

一

　　迎面一座石牌坊，四柱三门，高近二十米，柱上横额雕刻着精致的云纹和石葫芦。

　　石牌坊内北侧，有一石碑，镌有黑字："文武官员军民人等到此下马。"据说，这是皇帝圣旨，过去官吏到此，文官下轿，武官下马，以示对观音菩萨的崇敬。

　　石牌坊后，有一个放生池，面积约十五亩，池周围设有石雕栏，池水为山泉所积，名"海印池"，始建于明朝。"海印"是指佛的智慧能像大海一样，印现一切之法。放生，则是与佛教的慈悲、不杀生等教义融合，进而成为一种较为普遍的佛事活动。有法师开示说，信佛的不应该无辜杀生，应慈悲爱护众生。不但要求人类之间永久和平，也要求众生的和合相处。反对杀生，提倡放生，暗含着使整个众生界成为一个没有战争、没有苦难的和平乐园。放生池虽小，实则内涵深广。

　　僧众放生处的海印池，后因种植莲花，又得名"莲花池"。"莲池夜月"，为普陀山十二景之一。盛夏夜晚，或风静天高，朗月映池；或清风徐徐，荷香袭人，自是一番良辰美景。

荷花，佛家称之为莲花，是圣洁、清净的象征。佛教称极乐世界为莲邦，以为彼土之众总以莲花为所居。认为众生皆有佛性，只是由于被生死烦恼所困扰，而没有焕发出自己的佛性，因而还陷在生死烦恼的污泥之中。莲花则"出淤泥而不染，濯清涟而不妖"，故佛教以莲花来比喻佛性。

观世音菩萨是普度众生往生莲邦的"莲花部主"，所以，海印池自然也就与观世音菩萨联系起来了。

我见海印池，盛开着朵朵荷花，粉红的，明黄的。近了一看，却原来是夜灯的装置，外饰荷花之形，用于为夜晚营造气氛。

一只白鹭，展开双翅，扑棱棱地掠过水面，接近这些荷花装置时，收了翅膀，伸着曲颈和长喙，仔细研究这些与众不同的伪装者。

水面上，红的，黄的，白的，不论真伪，皆以色示人。色不异空，空不异色，色即是空，空即是色。

海印池上筑有三座石桥，中间一座称平桥，北接普济寺正门，中有八角亭，南衔御碑亭。御碑亭内御碑系汉白玉制成，上镌清雍正帝所书记载普济寺兴建和普陀山历史的御书。御碑亭、八角亭、普济寺古刹建在同一条中轴线上。东为永寿桥，西为瑶池桥。古石桥横卧水波，远处耸立着一座古亭，在疏朗中透出秀灵，恍若仙境。

四周古樟参天，海印池衬映着古树、梵宇、拱桥、宝塔倒影。我不由得想起唐代诗人孟浩然之句："看取莲花净，方知不染心。"

二

东面一堵短墙，上覆金黄色琉璃瓦，书红色的五个大字："观自在菩萨"。字高五尺，苍劲有力。上部颂云："海上有山多圣贤，众宝所成极清净。华果树林皆遍满，泉流池沼悉具足。勇猛丈夫观自在，为度众生住此山。"下部刻有《心经》全文。

唐玄奘译为"观自在菩萨",含观照纵任之意,即观照万法而任运自在。

相传观音菩萨悲智双圆,从悲则称观世音,从智则称观自在。通俗地说,观音菩萨除了有大慈大悲的心肠外,还有广大的智慧可以看清世间万物。所以,有时被称作观世音,指她能听到人民的疾苦声音;有时又被称为观自在,是指她体察世间万物的能力。

印顺法师依此认为,谁有观自在的功德,谁就可以名为观自在。观是对于宇宙人生真理的观察,由此洞见人生的究竟。自在指摆脱了有漏有取的蕴等系缚,而得身心的自由自在。佛经上说,八地以上的菩萨,得色自在、心自在、智自在,是菩萨的观自在者。所以凡是菩萨登地,通达真理,断我法执,度生死苦,即可名观自在。而《心经》开头的观自在菩萨,便是依此义而言的。

朝东南看,有一石塔,外观朴拙,稳重端庄,为宝箧印式造型,现存世者全国罕见。

石塔名"多宝塔",取《法华经》中的"多宝佛塔"之义定名。整座塔用太湖石砌成,方形五层,高十八米,有台无檐。基座平台的四个转角都饰有螭首,张口作吐水状。第二层以蟠龙绕柱,柱头饰有莲花,龙的体态雄健修长,形象生动,线条流畅。第三层四周,塑观音三十二应身小像。观音塑像体态妙若少女,神情妩媚,给人以亲切温柔之感。每层塔的四面雕壶式门的佛龛,内供全跏趺坐式佛像,属于古代蒙古族统治者信仰的佛教密宗的造型。顶层的四角饰蕉叶山花,塔刹为仰莲宝瓶,意为佛报生的净土。

多宝塔建于元顺帝元统三年(公元一三三五年),是当时普陀山僧人孚中云游募化,得到宣让王施钞千锭,资助建成。多宝塔是目前普陀山现存的最古老的建筑,与九龙藻井、杨枝观音碑,并称为普陀山"三宝"。

如此精致而有确切年代的石结构方塔,在浙江仅此一座,在中国元塔中也属罕见,为国家级文物保护单位。

在多宝塔院,闻听普济寺传来的钟声。"宝塔闻钟",也是普陀山十二景之一。

普济寺山门内,东侧是钟楼,内悬一口大铜钟,重三千五百余公斤,铸于清嘉庆十三年(公元一八〇八年)。西侧有钟楼,内置直径一点五米的大皮鼓。每天清晨撞钟,傍晚击鼓,召集僧众参加活动,亦即晨钟暮鼓。

寺院敲钟,警人破迷。有说,凡撞钟一百零八声,以应十二月,二十四节气,七十二候之数。又有说,因为众生界有一百零八种烦恼,撞一下,解一个烦恼。常言道,闻钟声,烦恼轻,智慧长,菩提生。

三

高大浓密的香樟,犹如韦驮的化身,威严地护卫着金黄色琉璃瓦的普济禅寺。

普济禅寺,黑底金字的匾额,四周饰以龙纹,足见其至尊地位。

抱柱对联更是当仁不让:五朝恩赐无双地,四海尊崇第一山。

重檐歇山顶,面宽五间,三门并立。中为正山门,东为东山门,西为西山门。

三门分别称空门、无相门、无作门,即三解脱门,意为空解脱,无相解脱,无愿解脱。又因寺院多建于山林之中,也称山门。

三门是佛界和俗界的分界线。三门出现在僧俗众人面前,寓意进门之后,应该僧俗有别,要遵守寺规,不能喧哗吵闹,不要扰乱佛门清净。

我来到普陀山的第一大寺,亲身感受琉璃世界,旃檀香林。

我看过一些史料,普陀山之所以成为举世闻名的佛国圣地,与普济寺的创建有关。普济寺的兴衰起落,也就是普陀山的佛教史。

普济寺又名前寺,它的前身是有名的不肯去观音院。宋神宗元丰三年(公元一〇八〇年),朝廷赐名为"宝陀观音寺"。宋嘉定七年(公元一二一四年),皇帝御书"圆通宝殿"、"大道场"匾额,赐钱万缗,把这里定为专供观音的寺院。之后,此处多次被毁。

到了明神宗万历三十三年(公元一六〇五年),朝廷派太监张千扩建宝陀观音寺，并赐额"护国永寿普陀禅寺"，寺院规模宏大，一时甲于东南。山以寺名，此为普陀山名之始。

康熙三十八年（公元一六九九年），朝廷再次赐金重建，并赐额"普济群灵"，始称"普济禅寺"。到了雍正年间，扩建殿堂及用房，基本形成了现在的规模。

普济禅寺是普陀山供奉观音菩萨的主刹，也是全山二百一十九座寺院中最大的寺院。如今的普济寺规模宏大，共有十殿、十二楼、七堂、七轩等，共二百三十一间。建筑面积为一万一千四百平方米。

正山门紧闭。有一民间传说，与此相关。

相传清乾隆皇帝夜游普陀山。游至佛顶山，游兴起，忘了归程。待他返回时，寺院大门早已关闭。他要求开此门，却遭拒绝。

把门的小和尚说，国有国法，寺有寺规。

乾隆虽是皇帝，此时无奈，只能从东山门进入寺内。后来，乾隆回宫想及此行，甚为恼怒，下了圣旨：从今以后，正山门不能开。

这也就延续到了现在。只有国家元首、寺院菩萨开光或者方丈第一次进门时，才能打开正山门。平时的游客们，就只能从东山门进入了。

如此看来，小和尚值得嘉许。国有国法，首先皇帝要守法。而皇帝圣旨改寺规，国法已成儿戏。虽是传说，几许可当真。

我得遵守当今寺规，从东山门进入。殿宇间古木参天，宝炉紫烟。五步一楼，十步一阁。

中轴线上依次为天王殿、圆通宝殿、法堂；东轴线上为伽蓝殿、罗汉殿；西轴线上为罗汉殿，其间还有普门、文殊、普贤、地藏四个配殿。整个布局具有清朝宫殿式的风格。这般排列有序、左右对称的院落群，可使信徒有秩序地、有层次地观赏全部寺院，以达信仰的意境。

圆通宝殿，是普济寺的主殿。

单层重檐歇山顶的木结构建筑，顶盖黄色琉璃瓦，上檐为七踩斗拱，下檐为五踩斗拱，飞檐翘角，装饰庄严典雅。具有典型的清初建筑风格，而且结合了海岛地形和抗风需要，在建筑上有新的发展。

圆通宝殿匾额为宋宁宗皇帝所赐。门面装饰明次间六抹格窗户，裙板浮雕团龙。殿堂面宽七间进六间，宏大巍峨，可容数千人，百人共入不觉宽，千人齐登不觉挤，有"活大殿"之称。

圆通宝殿，即观音菩萨正殿，为何观音又称圆通呢？因为观音只要听到苦难的呼救声，便能眼观，表示"耳根通，即眼、耳、鼻、舌、身、意六根通"。圆通，便成为观音的代名词，其意为不偏倚，无阻碍，圆满通达。

正中供奉的一座毗卢观音像，全身金黄，高约九米，头戴毗卢天冠，天冠上有阿弥陀佛像，眉清目秀，慈祥含笑，在莲花座上结跏趺坐。身边两侧，站立着善财和龙女，神态天真活泼。

大殿两侧，各有十六尊不同服饰和形态的观音菩萨，称为观音三十二应身，这些都是观音以不同身份教化世人的现身说法形象。三十二应身观音只能以整体形式供奉，不能单独出现，加上中间供奉的毗卢观音像，为观音道场所特有。

我小时读《西游记》，便知观音是一个大菩萨，理圆四德，智满金身，而无所不敌的。她在五行山下救悟空，蛇盘山中收龙驹，收服熊罴怪，教化红孩儿，现鱼篮救唐僧，洒甘露活宝树。她出没于玉皇殿，周旋于神仙菩萨间。大凡是孙悟空上普陀山，必定是唐僧大难临头，来求观音菩萨救助的。观音菩萨一出场，即能消灾免难。观音菩萨的慈悲心怀和巨大神力，日渐形成众生的信仰。

而我觉得，吴承恩笔下的观音形象，极其美妙端庄。第八回中描写的观音："乌云巧叠盘龙髻，绣带轻飘彩凤翎……眉如小月，眼似双星，玉面天生春，朱唇一点红。"第四十九回，写到孙悟空到普陀山请观音，寻入紫竹林，只见观音："懒散怕梳妆，容颜多绰约。散挽一窝丝，未曾戴缨络。不挂素蓝袍，贴身小袄缚。漫腰束锦裙，赤了一双脚。披肩绣带无，精光两臂膊。玉手执钢刀，正把竹皮削。"

妩媚柔美的女性形象，切合了唐代以后流传在民间的观音传说，对广大信徒，特别是对广大女性信徒，产生了一种特殊的魅力。

法相庄严的菩萨，高高在上，令人敬畏。而一位美妙端庄的女菩萨，少了一些神圣的灵光，却多了一些世俗的情味。无疑，我至今仍然记得《西游记》中的观音菩萨。

圆通宝殿两边，各有一个配殿，东配殿供奉文殊菩萨，西配殿供奉普贤菩萨。另外在法堂中还建有地藏殿，供奉地藏菩萨。四大菩萨，在此会合。

印光法师说，观世音菩萨的普门救度，犹如一月投影万川，即使是一勺乃至一滴水，也皆现全月。但如果水昏暗波动，月影便不能分明。众生的心如水，如果心不志诚，便难蒙救护。

太虚法师说，清净为心皆补怛（即普陀），慈悲济物即观音。

哪里有虔诚的观音信仰，哪里就有菩萨的广大慈悲，哪里就是观音道场。佛法认为，以无住为本，方可建立一切法。法无处不在，观世音菩萨以无所住而行大悲救度众生。其大智大悲，并没有住普陀和不住普陀的区别，观世音菩萨是无所住且无所不在的。

佛教告诫众生，欲得菩萨护念，无有恐怖，应修学菩萨的大悲法门。行大悲者凡见人类的苦痛，能平等予以同情，愿拔除其苦；再能平等同情一切众生，即是菩萨的悲心。

三　法雨禅寺

一

这座单孔石拱桥,左右桥柱上,有两排石狮子蹲守。两侧石栏板,皆
为双面浮雕,上有各种戏剧故事、飞禽走兽等,五十多幅图案雕刻精致,
为普陀山石刻中的精品。

这座单孔石拱桥,自清朝光绪十八年(公元一八九二年)建造以来,
历经风雨,剥蚀隐隐。石栏板上苔藓生了,又枯了,痕迹斑斑。

石拱桥下的莲池,面积约一千八百平方米。这里所产的莲子,历史上
曾作为贡品,由杭州织造府进贡给朝廷。

我此刻踏上这座单孔石拱桥,得知这座桥非同一般,名为海会桥。海
会的意思,是指诸佛菩萨聚会在一起,其德行之深、数量之多,就像广阔
深邃的大海一样。

过海会桥,两侧黄色的山墙,夹着一道石阶,逶迤而上。山墙外,古樟
高擎,遮蔽天空。

仰望高处,一座朱红色的山门,重檐歇山顶,正中间一道拱门。

"天华法雨",四大字置于拱门上方。此乃弘一法师所题。

弘一法师的书法,明净,平易,安详,淡远。藏变化于微细,隐精华于简约。起止同大雪无痕,律动似水波荡漾。

恰如他的表白,朽人之字所示者,平淡、恬静、冲逸之致也。

《普陀山志》载,一九二四年六月,弘一法师来普陀山参谒印光法师,住山七日,寓法雨寺,完成《比丘戒相表记》书稿。

印光法师在法雨寺长达三十七年,所著文钞中有其撰写的《普陀山法雨寺募修天王殿及鼓楼疏》,开篇写道:"普陀名山,乃大士示迹之胜地;法雨禅寺,实国民祈福之道场。"他多次闭关研究佛经,造诣很深。单衣薄被,叹为清净僧宝。从而成就智慧如海,笔下文章般若。在其教化下,数万人得以皈依净土,往生极乐。

佛家认为,佛法滋润众生,就像雨水泽被万物,于是有了法雨之说。

二

法雨寺是普陀山的第二大寺,因其位于第一大寺普济寺的山后,又称后寺。明万历八年(公元一五八〇年),僧人大智真融始建,因当时此地泉石幽胜,结茅为庵,取"法海潮音"之义,初名海潮庵。后改称海潮寺、护国镇海禅寺。后毁于战火。

清康熙二十八年(公元一六八九年),普济、法雨二寺领朝廷赐帑,同时兴建。康熙三十八年(公元一六九九年),清朝廷又赐金修寺,修缮大殿,并赐"天华法雨"和"法雨禅寺"匾额,遂定现名。同治、光绪年间又陆续建造殿宇,成为名动江南的一代名刹。

在建筑布局上,法雨寺依山取势,分群递升,分列六层台基上。几座殿堂在台基上逐级升高,气势不凡。整个寺院用天蓝、淡绿、鹅黄、紫红等色的琉璃瓦盖顶,在阳光的照射下,映射出万道彩光,形成佛光普照的奇丽景象。远远望去,给人以空中宫阙之感。

清宣统元年(公元一九〇九年)八月,康有为偕夫人来普陀游览,为法雨寺的山海胜景所感动,挥毫写下对联:"锦屏临海浪,法雨飞天花。"

入山门,我见古樟成林,浓荫蔽空,树干曲曲折折,如盘龙升天。重重翠绿遮掩中,黑色的行草四字"法雨禅寺",于杏黄色的墙壁上,现佛国飘逸之境地。

古樟合围,好一个清静世界。中立一座七级宝塔鼎,系青铜铸造,八面镂空,飞檐翘角,龙首衔铜铃。一旦风吹铃响,犹如龙吟之声。左右分列五层经幢,莲花须弥座,通体石刻,上缠龙纹。

依次升级,中轴线上有天王殿,后有玉佛殿,两殿之间有钟鼓楼,又后依次为观音殿、御碑殿、大雄宝殿、藏经楼、方丈殿、印光法师纪念堂等。

主殿观音殿,又称九龙殿,单层重檐歇山顶,覆盖黄色琉璃瓦,尤为尊贵。屋檐正脊垂脊戗脊各有吻兽,威武严厉。翘角上排列琉璃兽,骑凤仙人在前,依次为龙、凤、狮子、天马、海马,威仪凛然。

四十八根紫红的大柱,围绕大殿,环立一周。其阵势,足以震撼人心。

步入大殿,殿宽七间,深五间,高深广大。九龙殿中,无梁无钉。大殿内八根金柱的柱础,均为透雕蟠龙,发上冲,鼻隆起,眼斜点圆突,五爪锋利,尾三叉,是明代习用的风格。

引人入胜的,是大殿顶部的九龙藻井。

"藻井"一词,最早见于汉赋。作为中国传统建筑中室内顶棚的独特装饰部分,多用在宫殿、寺庙中的宝座、佛坛上方最重要部位。

藻井一般做成向上隆起的井状,由细密的斗拱承托,象征天宇的崇高。藻井有方形、多边形或圆形凹面,周围饰以各种花藻井纹、雕刻和彩绘。

《风俗通》载:"今殿作天井。井者,东井之像也。菱,水中之物。皆所以厌火也。"东井即井宿,二十八宿中的一宿,古人认为是主水的。在殿堂、楼阁最高处作井,同时装饰以荷、菱、莲等藻类水生植物,都是希望能借以压服火魔的作祟,以护佑建筑物的安全。

这里的九龙藻井,按古朴典雅的九龙戏珠图案雕刻而成。

抬头往上眺望,一条金龙盘顶,八条金龙环绕八根垂柱,昂首舞爪而下。正中悬吊一盏琉璃灯,宛若一颗明珠,组成九龙戏珠的立体图案。其造型之生动,工艺之精巧,堪称一绝。不知出于哪位工匠之手,留给今人以无穷的想象。

九龙藻井,经鉴定为明代旧物。其与杨枝观音碑、多宝塔,并称为普陀山"三宝"。

中国古建筑,就如同当时的宗法制度一样,有尊卑之别,等级分明。

龙属于神兽,龙的形象成了帝王的象征。阳数中的九,亦为象征帝王的最高数。在北京紫禁城,皇帝专用的御道上雕着九条石龙,主要宫殿的饯脊上排列着九只走兽,皇极门前最大的影壁上用九条龙作装饰,如此等等。

九龙藻井,无疑是皇帝才能使用的规格。是谁有那么大的胆子,敢把此殿造得这般"越级"?

话说康熙三十八年(公元一六九九年)三月,皇帝南巡到了杭州。法雨寺住持别庵性统连夜赋诗一首,第二天,怀揣诗词,赶往杭州迎驾。出人意料的是,康熙皇帝接见了他,看过充满机锋禅韵的诗文后,龙颜大悦,下发了圣旨,拆金陵旧殿以赐。

于是,从金陵(南京)明朝旧宫殿中拆下十二万张琉璃瓦,连同九龙藻井和雕龙柱礎,运到普陀山,建成了国内寺院建筑中规格最高的一座佛殿。

清康熙鄞邑屠粹忠《法雨寺万寿御碑亭记》:"三十八年春,皇帝复南幸,驻跸杭州,性统迎驾谢恩,召见于行宫,问劳再三,宠眷优渥。寻改前镇海寺曰'法雨',给江南黄瓦一十二万,帑金千两,补全未竟之工。赐额大殿曰'天花法雨',方丈曰'修持净业',既又赐御拓米元章字一帧,御书《金刚经》一部。于时宸章辉烂,焜耀海天。"

煮云法师所著《南海普陀山传奇异闻录》中有段短文,其文曰:"普陀山三大丛林之一的法雨寺,大殿只有四十九间大,俗称九龙殿,就是在大殿正中顶上雕刻了九条金龙,蟠绕在上面。据说这个九龙殿是明太祖朱元璋(洪武)曾经在此地登过位的(他曾在皇觉寺出家为僧),故有九条金龙。"

无论异闻种种,这九龙殿毕竟出于康熙皇帝的旨意。建成后,世称"宏制巧构,甲于东南"。

殿正中供奉毗卢观音像,金身高达十米,庄严宝相。晶莹剔透的莲花灯,璀璨夺目。

长长的抱柱对联,蓝底金字,赵朴初书:

"大海仗慈航,广度一切众生,破迷雾息黑风,意朗心开登觉岸;弥天施法雨,普润四方国土,布嘉禾覆美树,鸟飞鱼跃乐和曦。"

殿内另一边,还有一幅场面壮观的《海岛观音图》。画面正中,慈目善眉的观音菩萨站在一条庞大的鳌鱼背上,一手拿着净瓶,一手拿着杨柳枝向外挥洒。

菩萨手中的净水瓶和杨柳枝,原本是普洒法雨、弘扬佛法的意思,后来演变为多种含义。人们认为,杨柳枝可以消灾除病,净瓶中的甘露随杨柳枝洒遍大千世界,暗喻着慈悲的观音用净水来普度众生脱离苦海,到达彼岸的极乐世界。

这幅画中,有善财五十三参群像,惟妙惟肖。还有天庭、龙宫等,祥云缭绕。

忽然,似见青烟缕缕,难道真的身似梵天回?

三

我步出大殿,寻望青烟,却是那香炉里,火焰起,浓烟滚。

许多香客,多是来自各地的旅游者,男男女女,老老少少,手捏大把的香,互相借火,点燃之后,有的东南西北拜一通,有的双膝跪地直磕头。

香,是供佛的佳品之一。在大多数人的心目中,总以为燃香敬佛愈多愈好,越能表明自己的诚心,其实这是对敬香功效的误解。

佛教徒平时在佛菩萨像前敬香,一般只要三支,分别代表佛、法、僧三宝。首先是对三宝的无比恭敬,其次是对三宝至诚供养,最后是对三宝终身皈依,使自己及亲属获得无上功德。所以,表诚心并不在于烧香的多少,而在于你是否满怀虔诚之心。

若论进香,其实是有很多讲究的,要懂得佛寺礼仪。

在别的地方买东西可以称作买,但到了寺院买香,称请香。

去专用的点香处点燃香火,可别去插香的地方取火,不能在别人的香上借火,也不要图方便用自己的打火机点火。

请用左手请香火,佛教认为左手是最干净的,然后,恭恭敬敬地用右手插在香炉中。

民间最常见的错误烧香姿势,是将香捧在胸前,上下作揖甩动,或者身体转向不同的方向,一边转一边甩动手里的香,意思是要拜各个方向的菩萨。

这样上香有两个坏处:第一,看起来不庄严,把佛事迷信化;第二,作揖抖动双手时,甩出来的香灰容易烫到别人,或者烫坏佛寺的设施。

正确的上香姿势是,双手将香举到眉毛的高度,双手大拇指按住香的尾端,香尾端对准自己的眉心。香的顶端对准佛像,保持这个姿势,心中默念自己问候的这位佛菩萨的名号, 对佛菩萨行注目礼或默念上香偈。

心中若是有十分想要跟佛菩萨说的话,只需在佛前安静而虔诚地奉敬三支香,将其插在香炉中,再合掌在心中默默诉说即可。

许愿的时候,切忌不切实际,不能有贪念之心,不然菩萨是不会显灵的。不能说我今年要赚几百上千万元,马上彩票中个大奖,或者娶个年轻漂亮的老婆,嫁个有钱的丈夫等等,这些都是妄念,人的贪欲,执着之心。万事只求平安,不能和自己的实际相差太远。

因此, 香并不是用来贿赂佛菩萨的, 不该怀着这样的功利之心,你看,我今天给你烧了这么贵这么多的香,你可要帮我实现愿望。

至诚供养的香,没有贵贱之分,佛菩萨反而不喜欢那种很大很贵很夸张的一烧起来就乌烟滚滚的香。

普陀山佛教协会郑重提示:

"在商品经济的大潮中,许多商铺与导游串通一气,宣传所谓的发财香、智慧香、长寿香,把原本单纯的'烧香'复杂化、贵族化,误导人们成套购香、重复购香、高价购香,从而谋取暴利,致使寺院焚香成灾,空气恶化。

"本会敬告公众:每座寺院佛前敬香,三支足矣!万勿听信俗人误导,切切!"

点三支清香,一支敬佛,一支敬法,一支敬僧。

上香主要是为了表达:向佛菩萨问好,用香气熏去自己身上所带的世俗恶味,点燃自己的心香,广度众生。

所谓"心诚则灵",只要具足心香一瓣,即能普熏法界,凡有所愿,皆蒙感应。

我曾经到台湾中台禅寺。中台禅寺为亚洲寺院翘楚,据说,也是世界上最大的佛寺禅院。

我环视四周,见不到寺庙中香烟缭绕的情景。原来,为了避免香火对空气和建筑造成损坏,中台禅寺不允许上香。信众们在中台禅寺佛供都是盛在小瓷碟里的鲜花,显得清雅别致。法案上摆放只是一碟鲜花、一杯清水,佛祖所受的是信众的一瓣心香。

中台禅寺可能是世界上唯一不烧香的一座寺庙。

香、灯、花、果,都是可以供佛的,只是形式不同而已。

双手合十,佛在心中。

四　慧济禅寺

一

竹轿出没在山径绿丛间。两根长竹竿中间,架上类似躺椅的座位,乘客半坐半躺。两名轿夫,赤膊光背,一前一后,抬着竹轿,在山道颤悠悠地前行。

十来架竹轿,循着普陀山的崎岖山道而上。有人识得植物,沿途指点着,这是香果树,这是穗花杉,那是白辛树,那是天麻……

一九一六年八月二十五日下午,孙中山先生与同行者,正前往佛顶山。

香云路中段的拐弯处,有一略呈方形的巨岩,矗立路侧,岩面镌刻"海天佛国"四个大字,每个字约一米见方,为明朝抗倭名将侯继高所书。它概括了普陀山风光的特点,便成了普陀山的代称。

在"海天佛国"崖上又叠一石,高插云海,险而且玄,石上刻着"云扶石"三字。石上有一小潭,如碗若钵,承受天露,日积月累,清冽不腐。

渐渐地,佛顶山到了。

佛顶山主峰名白华顶，又名菩萨顶，为普陀山最高峰。山分支脉，分别向南、北、东伸延，主峰海拔二百九十一点三米，从远处眺望，诸峰若拱，峰顶累累如杯瓢，覆于积水之上。峰巅方圆平坦，宽广约二十余亩。

巅峰建塔，塔上置灯，曰"天灯台"。极目远眺，可观赏普陀洋和莲花洋辽阔的山海景色，颇有"身登青云梯，平碧见海日"的意境。

孙中山先生独自徘徊于天灯台上，不胜感叹，绝顶之处环眺海内，俯仰间，大有宇宙如在掌中的慷慨情怀。眼前万里涛碧，浩渺烟波，螺黛般的峰峦若隐若现，如梦如幻的胜境，慨然觉平生所经历，都不如今天所看到这般清胜的景象，令人超然忘形。耳边传来阵阵潮音，无尽无期的，内心仿佛浸渍于佛境广大无边的海印三昧之中，身心境界澄然如影，形质与心念如化入无生之中，顿入空性的境界。啊！神明之所以如是，实由内而感通的啊！

而后在前往慧济寺的途中，蓦然遥望，奇丽的景观出现了！恍惚见慧济寺前矗立着一座极其伟丽的牌楼，庄严无比。其间华盖相拥，宝幢锦簇，如仙子那般美盛。约有数十个和尚，生得相貌奇特，站立两旁，迎接来客。在和尚队伍之后，还有一个大轮盘在飞转，不知用何力推动？孙中山先生边走边想，忽然这个情景就消失了。

山间谷地，深藏于森林之中，便是慧济寺。明代圆慧和尚在榛莽间，发现一石上刻"慧济禅林"四字，遂募化创建慧济庵。到清乾隆五十八年，扩庵为寺，到咸丰元年，正式开始传戒。光绪三十三年再次扩建，德化禅师请得御赐《大藏经》在寺中珍藏，于是该寺成了与普济寺、法雨寺齐名的三大寺之一。

孙中山先生与同行者进了慧济寺。住持迎了上来，介绍道，慧济寺以幽静称绝，全寺建筑别具一格，依山就势，横向排列，大雄宝殿、藏经楼与大悲阁具在一条水平线上。经朝廷批准请得《大藏经》及仪仗，钦赐景蓝龙钵，寺内保存有御印三枚，分别为明万历年间铜印、清乾隆六年金印、清嘉庆元年玉印。

孙中山先生把方才途中所见的奇异景象，逐次问大家。他们都说，没有看见这样的奇异景象。住持也说，未派和尚迎接。他们表示出十分的诧异,称奇不已。

随后下佛顶山,经法雨寺,在悠扬的钟鼓声中,匆匆向潮音洞而去。

当孙中山先生一行回到普济寺时,已是暮色沉沉,万籁渐寂了。众人在方丈室就晚餐。

晚餐后,普济寺方丈了余和尚,北京法源寺到访的道介和尚,与之夜话。两位法师皆精通佛理,言语合乎妙道,与他们谈话,真是令人悠然而意远啊!

孙中山先生说起在佛顶山所见到的瑞相,不可思议。了余和尚当下请孙中山先生将此段奇观写下,备作寺中留个纪念。

孙中山先生的眼光,停留在随行的其中一人身上。

四十二岁的陈去病,戴一副圆圆的玳瑁眼镜,显出他的与众不同。因读"匈奴未灭,无以家为",比清廷为匈奴,比己为霍去病,原名陈庆林改为陈去病,表示要像西汉名将霍去病那样,肩负天下兴亡之责。他早年参加同盟会。秋瑾慷慨就义后,他与秋瑾盟姐徐自华冒雪去绍兴,运秋瑾灵枢至杭州,安葬在西泠桥堍。又与徐自华等共结秋社,以纪念秋瑾。之后,他和柳亚子、高旭共同发起了南社,以诗文鼓吹革命。

此次,陈去病作为浙江民政厅秘书,得到浙江都督府指令,全程陪同孙中山先生到杭州、绍兴、舟山一带游历、考察。

陈去病因字写得好,有东坡遗韵,被推为执笔者。他就在方丈室里,于白色信笺,直书十二行,写成《游普陀志奇》一文。

孙中山先生鉴定内容无误后,便将随身携带的一枚白文闲章"月白风清",钤在《游普陀志奇》一文首末,留给了普济寺。

当夜,孙中山先生一行就乘坐"建康"号军舰返回。

了余和尚送客归来,一时忽略,未将此墨宝收藏好。等到第二天早上起来,他四处寻找查问,竟已不知去向。

二

十八年之后。

一九三四年夏季，普济寺知客万松接任普陀山净土庵住持，在与旧住持办理交接手续时，旧住持向万松交出了孙中山先生的《游普陀志奇》。

却原来，这位净土庵旧住持，当时是普济寺方丈室的侍者。那时他年轻，太不懂事了。而对孙中山先生，他与常人一样也有一种景仰之心，因此偷偷把这墨宝藏起来了。这种藏匿，类似窃取、欺骗佛教寺院财产的行为，从佛理上讲，是绝对不允许的，是大罪过。时间过了十八年，他潦倒不堪，庵堂也落荒废弛，他自知堕落，再没有保存该墨宝的资格和必要，因此在交接时一并交给了万松禅师。

没几天，普济寺知客师月静、颂来，同去佛顶山慧济寺，看望印顺法师。

印顺法师为浙江海宁人。一九三〇年农历十月十一日，二十五岁的他，于普陀山福泉庵礼上清下念老和尚为师，落发出家，法名印顺。他到武昌佛学院读完了三论宗的章疏，自求充实，因此往佛顶山慧济寺阅藏楼阅藏。他在此阅藏足足有三年。

知客师月静、颂来告诉印顺法师，普陀山新近发现了孙中山先生的墨宝，并拿出照片给他看。

印顺法师看了照片，详细询问了整个过程，觉得入情入理，就此事写了一篇短文，发表在《佛教日报》上。

印顺法师是最早向世人披露此事的，一时轰动佛教界。

印顺法师后来去了台湾，历任善导寺、福严精舍、慧日讲堂、妙云兰若住持及导师，暨福严佛学院、华雨精舍、妙云讲堂导师。数十年来著述研学，不遗余力。撰书数十种，蜚声士林。他成为当代著名高僧，台湾佛教知名僧侣佛学家，以智慧深广、学识渊博、著述宏富，受到海内外学术界、佛教界的高度推崇。

印顺法师文集《华雨集》中《与佛有缘》一文记载："民国二十三年旧历五月，我从武院回普陀，上佛顶山阅藏楼去阅藏。知客师月静、颂来前来告诉我，说普陀山新近发现了国父墨宝，他们手拿照片给我看。我对于如何发现，探问了一下，觉得也还入情入理。这才写了一篇短文，发表在《佛教日报》上。《游普陀志奇》为中山先生当晚在普济寺所作。民国二十三年夏，其文始显于世。"

《游普陀志奇》全文如下：

"余因视察象山、舟山军港，顺道趣游普陀山。同行者为胡君汉民、邓君孟硕、周君佩箴、朱君卓文及浙江民政厅秘书陈君去病，所乘建康舰舰长则任君光宇也。抵普陀山，骄阳已斜，相率登岸。逢北京法源寺沙门道阶，引至普济寺小住。由寺主了余唤笋将出行，一路灵岩怪石，疏林平沙，若络绎迓送于道者。纡回升降者久之，已登临佛顶山天灯台。凭高放览，独迟迟徘徊。已而旋赴慧济寺，才一遥瞩，奇观现矣！则见寺前恍矗立一伟丽之牌楼，仙葩组锦，宝幡舞风，而奇僧数十，窥厥状，似乎来迎客者。殊讶其仪观之盛，备举之捷。转行转近，益了然。见其中有一大圆轮，盘旋极速，莫识其成以何质，运以何力。方感想间，忽杳然无迹，则已过其处矣。既入慧济寺，亟询之同游者，均无所睹，遂诧以为奇不已。余脑藏中素无神异思想，竟不知是何灵境？然当环眺乎佛顶台时，俯仰间，大有宇宙在乎手之慨。而空碧涛白，烟螺数点，觉平生所经，无似此清胜者。耳闻潮音，心涵海印，身境澄然如影，亦既形化而意消焉乎？此神明之所以内通已。下佛顶山，经法雨寺，钟鼓镗鞳声中，急向梵音洞而驰。暮色沉沉，乃归至普济寺晚餐。了余、道阶精宣佛理，与之谈，令人悠然意远矣。

民国五年八月二十五日　孙文 志"

三

三十几年之后。

两位当年与孙中山先生同游普陀山的国民党元老,分别记录了此次奇景瑞象。

周佩箴先生,浙江吴兴南浔镇人,早年在张静江的介绍下结识了孙中山先生,并和张静江一起加入了同盟会。周佩箴作为辛亥革命的元老,在民国成立后又长期在政界和金融界担任要职,但他一直严于律己,不但从不为贪赃枉法之事,对于官位和名利也从不刻意求之,对于清贫的生活也决不怨天尤人。

一九四八年七月,周佩箴先生在其珍藏的合影照片上题跋:

"余追随国父,偶侍出游,民国五年同往普陀登山入寺。国父忽言,若有奇观在前,所谓牌楼涌立,伟丽逾恒,仙葩组锦,宝幡舞风,奇僧数十,似来迓客。复有圆轮盘旋不已者皆。国父举以相告之语,余因未见,即胡、邓诸公亦无所睹。国父不作妄语,又奉基督教,綦虔不言神异,故可信也。至于国父何以独见,余于无睹,则以闲内典,殊难妄测。顷无量我先生,出示此记,忽忽已三十余载,余亦老矣,追念旧事感怆曷无已。民国三十有七年七月 吴兴周佩箴跋墨。"

此文收入《周佩箴先生全集》,题为《孙总理游普陀山志奇碑文之说明》。

邓孟硕先生,广西桂林人,早年留学日本,是同盟会最早的会员。长期追随孙中山奔走革命。后为留美博士,中国文学素养甚深,有《一枝庐诗钞》、《民族语原》、《学锲录》、《西诗学述要》等行世,于书法亦追踪王右军,为世宝重。他生平秉持三不原则:一不续娶,二不治私财,三不杀生。平常人不易做到,达官贵人更难做到,他竟能行之不渝。

一九五三年十二月,邓孟硕先生在台北一枝庐作《国父游普陀述异》,追述孙中山先生游普陀情景:

"普陀山者,南海胜地也,山水清幽,草木郁茂,游其间盖飘然有逸世独立之感。至若蜃楼海市,圣云异物,传闻不一而足,目睹者又言之凿凿。国父是日乘笋将最先行,次则汉民,再次则家彦(即邓孟硕)、卓文、佩箴、去病,以及舰长任光宇焉。去观音堂(即佛顶山之慧济寺)里许,抵一丛

541

林,国父忽瞥见若干僧侣,合十作欢迎状,空中宝幢,随风招展,隐然簇拥,尊神在后。国父凝眸注视,则一切空幻,了无迹象。国父甚惊异之。比至观音堂,国父依次问随行者曰:若等倘亦见众僧,集丛林中作场乎? 其上宝幢飘扬,酷似是堂厅高悬者。国父口讲指授,目炯炯然,顾盼不少辍。同人咸瞠目结舌,不知所对。少顷,汉民等相戒勿宣扬,恐贻口实。是遂亦毋敢轻议其事者。"

同为国民党元老的邓孟硕先生说,孙中山先生当时依次问随行者,"口讲指授,目炯炯然,顾盼不少辍。同人咸瞠目结舌,不知所对。"这些生动记载,复原了当时场景。而国民党元老胡汉民等在瞠目结舌之余,"相戒勿宣扬,恐贻口实",这应是从政治角度考虑。同行的除陈去病外,其他人也确实信守诺言,做到了守口如瓶。邓孟硕先生几十年以后看到《游普陀志奇》照片,才露真言。

此文收入《南海普陀山奇闻异录》,台湾柯华印务出版公司出版。

四

九十八年之后。

我几度上普陀山。从普济寺西行数百米,那千年古樟赫然在目,苍枝四出,伟然横空,树荫遮蔽数亩。我多少次与巨樟对话,只知其树龄已达九百余岁。世事沧桑,尽在无言中。

孙中山先生《游普陀志奇》一文,原墨曾挂于普济寺客堂,惜毁于"文化大革命",仅有照片传世。

而那山道依然在。从法雨寺到佛顶山,唯有一石级小道,人称香云路,一千零八十八级台阶,约两华里。

不少斜挎黄色香袋的善男信女,双手戴手套,双腿裹护膝,走三步,立定合掌,然后屈膝下跪,磕头。三步一叩首,如此反复地前行,从山门到山顶。

平静却坚定的眼神,不虚移一步,不妄语一言。其虔诚的信念,支撑他们以如此艰辛的方式,到达佛顶山。最终拜进大殿,功德圆满。

路西的青玉涧,自山巅至山麓,一带漂流,淙淙汩汩之声,时有所闻。清人裴琎有诗云:"一涧泠泠彻底清,镜人心影得嘉名。谁言观海难为水,雨后飞泉十丈赢。"

走完香云路,踏上一条间嵌莲花雕刻的石板路,路旁林荫夹道,七步一荷,引香客入三摩地,匠心别具。

山门简朴,上书"慧济禅寺"。慧济寺是普陀山最高的寺院,它雄踞山巅,倚天面海,仙云缭绕。因为建于山谷之间,占地面积有限,便以天王殿和大雄宝殿为短轴线,向两侧作不完全对称地展开,左右殿堂、钟楼、厢房等建筑,均以游廊相接,加上中间的天井,组成多个院落。东院新建的汉白玉荷花池,雕栏玉砌,水亭曲桥,别有一番江南园林的风味。

作为观音菩萨道场普陀山的三大寺庙之一,慧济寺也有专门供奉观音菩萨的殿堂,称观音殿,供奉一尊两点七米高的观音菩萨像,四壁还镶嵌着一百二十多尊线刻观音像,汇集了唐、宋、元、明、清五朝名家的绘画杰作。

孙中山先生当年所见的奇异景象,我辈自是无法相遇。

如果我与孙中山先生同行,我会请他去看一看普陀鹅耳枥。

慧济寺后门一侧,稀疏的杂木林中,有一株普陀鹅耳枥,高达十三米,树皮光滑,呈灰白色。从地表处分两杈并列长出,在一丈多高处又分两杈,往上再有规律地一分为二,作对称的九十度转向,属当世罕见珍木。

贴近看一下,在灰褐色的小枝上,生有稀疏的长而柔软的小毛,并且会逐渐脱落。叶色暗绿,卵状椭圆形至宽椭圆形,边缘具不规则的刺芒状重锯齿。

据说这株普陀鹅耳枥,是二百多年前,由缅甸僧人来普陀山朝拜时携来。一九三〇年五月,我国植物学家钟观光来普陀山进行植物调查时发现。一九三二年,经我国著名林学家郑万钧鉴定为新发现树种。因该树的明显特征为,在结籽处的中间有一颗绿豆大的籽,两边生着紧卷的小叶,其形状酷似白鹅的耳朵,故将其定名为普陀鹅耳枥。

普陀鹅耳枥属亚热带植物,为桦木科,落叶乔木。花单性,雌雄同株。每年四月上旬,淡黄色的雄花先开放,五月才是浅红色的雌花开放,所以授粉率极低。十月中旬果子即将成熟时,复受台风影响而多被吹落,以致更新能力极弱。树下及周围不见幼苗,已处于濒临灭绝境地。

有人说,普陀鹅耳枥在整个地球上只生长在普陀山,而且目前只剩下一株,它该是多么珍贵!因此被列为国家一级重点保护野生植物。

可以想见,每当开花结实期间,普陀鹅耳枥常常受大风侵袭,历经磨难。而它却不屈不挠,依然枝繁叶茂,挺拔秀丽。

普陀鹅耳枥繁殖率极低,在其原产地缅甸早已绝迹,属世所稀有。因此,它也就成了普陀的象征,成了佛界的菩提。

暗绿色的叶子,顶端长渐尖至尾状,基部近圆形或宽楔形,上面似有歪歪斜斜的密码。

我试着破译一下:

人生本来孤独。

先行者尤为孤独。

五　观音法界

一

西域兴林国妙庄王患了重病，服用亲骨肉手眼合药，得以痊愈。妙庄王与夫人及宫嫔，进山供谢仙人。见一仙人无双手双眼，其形相却似三女儿妙善。夫人不由得哽噎，涕泪悲泣。

此时，令人不可思议的场景出现了——

仙人忽言曰："阿母夫人勿疑，妙善我身是也。父王恶疾，儿奉手眼上报王恩。"王与夫人闻是语已，抱持大哭，哀恸天地。曰："朕之无道，乃令我女手眼不全，受兹痛楚。朕将以舌舐儿两眼，续儿两手，愿天地神灵，令儿枯眼重生，断臂复完。"王发愿已，口未至眼，忽失妙善所在。尔时，天地震动，光明晃耀，祥云周覆，天雷晃耀，乃现千手千眼大悲观音，身相端严，光明晃耀，巍巍堂堂如星中月。

这段文字，出自《香山大悲菩萨传》。北宋元符二年（公元一〇九九年），汝州知府蒋之奇撰写，由户部尚书、书法名家蔡京书丹，刊刻成碑。记述大悲观音菩萨得道证果的故事，由此留传于世。

"天地震动，光明晃耀，祥云周覆，天雷晃耀，乃现千手千眼大悲观音，身相端严，光明晃耀，巍巍堂堂如星中月。"

这一天，正是农历六月十九，观音菩萨成道日。

佛教认为，此日念佛、诵经、持咒、放生犹为殊胜，具大功德。

二

二〇一五年八月三日，正是农历六月十九，观音菩萨成道日。

上午八时，佛光普照，瑞气千条，普陀山观音法界观音圣坛开工典礼在朱家尖的选址现场隆重举行。

这里是朱家尖，舟山群岛的第五大岛。站在朱家尖的北面，隔海相望，相距一点三五海里的就是"海天佛国"普陀山。两岛并称普陀山国家级重点风景名胜区。

朱家尖岛屿面积七十二平方公里，岛上金沙连绵，崖壁陡峻，洞穴深幽，海蚀地貌遍布岛东南海岸。乌石砾滩，全国罕见。朱家尖制高点青山峰，海拔三百七十八点六米，林木青幽，轻雾缭绕。观海光迷幻，听潮音不绝，未进山门心已无尘。

一面面六色旗，迎风飘拂。这是世界佛教教旗。根据佛陀成道时圣体放出的六种光色设计而成。六色为蓝、黄、红、白、橙及前五色的混合色。世界佛教教旗的含意为：不分种族、国籍，不分畛域、肤色，一切众生皆有佛性，是心是佛，是心作佛。

中国佛教协会副会长、普陀山佛教协会会长、普济禅寺方丈道慈大和尚，身披红而兼黄的袈裟，乃最尊重，为观音圣坛开工上土地供。

坛桌覆以黄绸，上置香、花、灯、水、果、茶、食、宝、珠、衣"十供养"。

七位僧人身披红而兼黄的袈裟，双手合十。拈香顶礼、鸣磬唱赞之后，僧众三称"南无清凉地菩萨"、"南无大悲观世音菩萨"，掌坛师持甘露净水浇洒坛场，并诵偈语："菩萨柳枝甘露水，能使一滴遍十方；腥膻垢秽尽蠲除，令此坛场悉清净。"随后绕坛三匝，念《大悲咒》七遍。净坛毕，归

546

位,三称"南无甘露王菩萨摩诃萨"。

燃香炳烛之后,僧众均跪于地,严持香花,一僧捧盘齐眉,掌坛师以手擎花,与众同唱:"愿此香花云,遍洒十六界,供养一切佛,尊法诸菩萨。"然后拈花请圣。

舟山市委常委、宣传部长、统战部长、观音文化园工作小组组长忻海平,宣布观音法界观音圣坛工程建设正式开工。

随着一声令下,桩机启动,观音法界的建设顺利地展开了。

共襄盛世,同沾法喜。

三

圣坛即观音。

观音圣坛按照普济寺毗卢观音坐像的设计理念,充分解读毗卢观音的意象与精神,整体建筑给人以毗卢观音端坐莲台的想象力和视觉冲击力。

观音圣坛主体建筑高度为九十一点九米,寓意观音菩萨出家日的农历九月十九。

首次提出以佛教"须弥山"作为内部空间形态结构,打破了楼层的界限,将圣坛基座部分环厅空间与圣坛顶部天光贯通,形成贯穿整个圣坛室内的中庭空间。将以"须弥山"为核心,通透旋绕往上,境界层层提升,越到上层,境界越高越广大。届时,圣坛内一楼会有三千个席位的圆通大殿,还会配套国际观音宝像馆、观音法门修持体验中心等,确保观音圣坛"琉璃世界"的效果,打造一个举世无双、全国独有的室内中庭空间,充分营造圣坛的神圣氛围和恢宏气势。通过丰富的视觉体验体现观音菩萨在当代禅意中的应机方便,使信众内观自在,外观世音。

作为观音法界的建筑地标和文化地标,观音圣坛集宗教、艺术、参学、观光、弘法于一体,兼容大型宗教活动、共修法会、高端圆桌会议、主题展览、节庆会演等功能,可以满足宗教性、展陈性、节庆性需求。体现观音慈悲智慧,展现观音菩萨修法之内涵,真正表现出观音无缘大慈、同体大悲之慈悲精神。

园林即法界。

山水相融,打造佛教生态园林。根据朱家尖的自然地形地貌,在各佛教设施的周围布置罗汉福田、大悲放生水系及佛感观赏植物带,通过建筑景观、水系和植物带的连接,将观音法界内的各个单体项目串连成一个疏密有度、错落别致的有机整体,形成以观音文化为主题的佛教生态园林。

观音法界位于朱家尖白山南侧,规划面积两千五百亩,总建筑体量约二十八万平方米,由普陀山佛教协会出资建设并管理。观音法界建设旨在打造以观音文化为主题,具有朝圣、观光、体验、教化功能,集观音菩萨和观音文化之大成的观音博览园。

观音法界总体布局以香莲路为轴线依次展开,从东至西分别布局普隐精舍、中国佛学院普陀山学院男众部、观音圣坛、观音村、正法讲寺暨中国佛学院普陀山学院女众部五个佛教单体建筑。

观音村作为居士进修和弘法布施的大本营,主要功能是为来自海内外的观音信众提供正信正行的佛教禅修、闭关等体验活动。佛学院和普隐精舍作为佛教人才的基地,目的是培养和集聚一批具有较高佛学知识和影响力的僧才队伍,研究和弘扬观音文化,成为对外合作交流的新平台。观音法界今后将成为僧俗共修、引领中国佛教发展潮流与方向的精神家园。

普陀山和观音法界是一脉相承、信行合一的关系。普陀山今后的定位为观音信仰的朝圣和礼佛中心,满足信众对观音信仰的需求;观音法界则主要通过建筑、园林、文物、弘法等多角度全方位地展现观音文化的丰富内涵,成为观音文化中心和博览园。

观音法界和普陀山在空间格局上构成了佛顶山(慧济禅寺)—南海观音—观音圣坛的三位一体轴线,三者之间的距离均为九公里;同时在佛顶山(慧济禅寺)—观音圣坛—朱家尖大青山之间又构成了另一条相距九公里的天然轴线,从而天然形成了南北呼应的大空间格局。

南北同构,僧俗共修。大众齐心,共成十方事;布施得福,同结万人缘。

四

普陀山是享誉世界的观音菩萨道场,为中国佛教四大名山之一。普陀山的佛教历史悠久,自唐朝开山以来,至今已有一千二百多年的历史,素有"五朝恩赐无双地,四海尊崇第一山"的美誉。目前,普陀山全山已修复开放普济寺、法雨寺、慧济寺等四十八处寺庵,常住僧众近千名。

改革开放以来,普陀山繁荣再现,已成为国际性的佛教交流中心,并愈益成为一处世界佛教圣地、国际旅游胜地。

观音文化是中国佛教文化中独具魅力的重要一脉,千百年来,其返闻自性、慈悲济世的博大精神,可以补充社会道德教化,为信教群众提供愿乐信受的佛教文化服务,对于建设和谐社会具有积极而深远的作用,受到普罗大众的广泛尊崇。普陀山作为观音菩萨根本道场,每年吸引了大量海内外信徒前来敬拜朝圣,成为世界观音信仰的中心,是舟山和浙江省独特的优势文化品牌。但另一方面,空间资源不足也成了制约普陀山观音文化进一步发展的瓶颈,迫切需要有更大的平台用来承载观音文化的当代发展,以期实现普陀山能够引领中国佛教发展潮流的宏愿。

普陀山佛教与朱家尖具有特殊的历史渊源。清康熙曾将朱家尖划予普陀山作为僧田,以资全山寺院的生存、发展之需。近年来,又有中国佛学院普陀山学院落户朱家尖。

观音文化园规划区域位于朱家尖白山景区一带,整体功能定位是礼佛圣地、修行场所、弘法中心、信众服务基地,总面积约九平方公里,规划建设观音法界、佛教用品一条街和素食一条街等功能区块。观音法界为文化园核心设施群。

观音文化园工作小组在中国佛学院普陀山学院两次召开专家咨询会,就深化细化观音法界观音圣坛的建筑艺术与室内整体文化创意设计进行交流探讨。

各位法师和学者从延承文脉、续佛慧命、匡正社会、净化人心的高度，对观音法界进行了充分的论述，对观音圣坛的建筑和文创设计提出了许多卓有成效的意见建议。

忻海平部长充分肯定了会议成果，对观音法界的设计工作作了强调：一是要充分考虑普陀山观音文化的民间性特征，普陀山作为国际观音信仰中心，是观音文化重要的一脉，在设计中要进一步补充和阐扬普陀山本土观音文化的内容。二是要在建筑和文创设计中体现与时俱进的现代理念，在延续和传承传统文化的同时，用现代的表现手法结合光、影等现代元素加以表达。三是要在圣坛及功能设置上巧妙留白，既给后人预留创造的空间，又能在设计中创造浓淡相济、疏密有度的效果，突出主次关系，体现层次感。四是在建筑的表达手法上要体现抽象的文化元素，抽象是精神的体现，要结合正面抽象性与象征表现性，做到建筑与艺术相融合。五是要遵循人性化的设计理念，梳理各类人群的交通流线，内外有别地设置简要的设施和关口，与人方便，又便于今后的运营和管理。六是要根据习总书记"传统的礼仪，哲学的思想，文化的艺术，宗教的信仰"四个方面的表达形式，对造像、材质、色彩和不同文化进行多样性的表达，努力将观音法界建设成一个四众弟子欢喜赞叹、社会各界踊跃向往的福地、慧地、圣地。

道慈大和尚对各级党委政府对观音法界建设给予的关心与支持表示感谢，对十方檀信的财、法布施表示感恩。他说，寺院弘法功能正由香火祈祷向人文教化方面提升，观音信仰正以文化形态为大众认同，时代与社会正呼唤信仰回归、文化繁荣、道德重建。观音信仰契合了人类对和平、进步、发展的要求，观音法界的建设正是顺应了这一历史巨变。我们将在两千多亩的土地上，建设以观音文化为主题，集朝圣、体验、教化功能于一体，集观音菩萨和观音文化之大成的观音博览园。以及建立专门开展观音文化的保护与研究的观音文化研究基金会。衷心希望社会各界人士和佛教四众弟子鼎力护持，共同成就这个千年观音道场的划时代工程。

举世无双,流芳百世。这是建设目标。

五

白衣观音,身穿白衣,又在白莲之中。

《大日经疏》曰:"白者,即是菩提之心。住此菩提之心,即是白住处也。"这说明了佛教信徒的一种心理:认为观世音菩萨及其衣饰、住处都是洁白无瑕的。

观音菩萨是三世一切诸佛圆满慈悲的象征。我们去普陀山朝圣,最好和观音菩萨相应。观音菩萨就是大慈大悲,我们也要发大慈大悲心,不能为自己,要为众生,要利益众生。我们能发一个无伪的、无分别的慈悲心,才能与观音菩萨相应,才能成就观音菩萨。大慈大悲是无分别的慈悲。真心地要给予一切众生安乐,这叫慈心;真心地想拔除一切众生的痛苦,这叫悲心。这两个加在一起叫慈悲心。

感应的道理非常微妙。"感"是因,就像声音;"应"是果,就像谷响。对着山谷喊,叫作感;山谷中有声音回应,叫作应。

感应的方式用比喻来讲,就是"水清月现,水浊月隐",这是讲我们心清净祈求,观世音菩萨自然就现在我们心里做加持。如果我们心不清净,也现不出加持。感应又像敲钟,"大叩则大鸣,小叩则小鸣",有多强的诚心、多大的善心,感应就有多强、多大。

能感三心,就是:至诚心、改过迁善心、利他心。

《印光大师文钞续编》中,有一段对观世音菩萨神妙化现的赞叹:"端坐普陀常入禅,众生有叩遍垂怜,欲知感应玄妙义,请看一月印万川。"

我有心,菩萨有愿,怎么不感应?

历史场景之七：分割海洋

一

海洋，阳光，空气，自古以来，被认为是"大家共有之物"。

在古罗马时期的罗马法典中，对"大家共有之物"的解释是，该物属于一切人，而不属于其中的某个人。

古罗马哲学家西塞罗（公元前一〇六年——公元前四三年）说："谁控制了海洋，谁就控制了世界。"

人们开始骚动。海洋动荡不安。

十五世纪至十六世纪，葡萄牙、西班牙以武力征服他国，建立了各自的殖民地，其范围拓展到除澳洲以外的四大洲。于是，海上的争夺便由此展开。

一四九三年，天主教世界的三位领袖——教皇亚历山大六世、葡萄牙国王约翰二世与西班牙国王费迪南德，就瓜分世界一事进行磋商。

经过长时间的讨价还价之后，教皇于五月四日做出仲裁：在大西洋中部亚速尔群岛和佛得角群岛以西一百里格（一里格合五点九二公里）

的地方(即西经五十度)，划出一条连接南、北极的分界线，然后像切西瓜一样一分两半，葡萄牙和西班牙各得一半。分界线以西属于西班牙人的势力范围，以东属于葡萄牙人的势力范围。根据这条分界线，美洲及太平洋各岛属西班牙，而亚洲、非洲则归葡萄牙。这就是著名的"教皇子午线"。

一年之后，葡萄牙国王约翰二世强烈要求重划分界线。一四九四年六月七日，在里斯本郊外的一个小镇上，在罗马教皇的主持下，葡萄牙和西班牙签署了《托德西利亚斯条约》，将分界线再向西移二百七十里格，这样巴西就被划入葡萄牙的势力范围。这条由教皇担保，葡、西两国同意的分界线，开启了近代欧洲列强瓜分世界、划分势力范围的先河。

由此，发生了人类对海洋的最早分割。

麦哲伦发现太平洋后，西班牙、葡萄牙两国再次分割海洋，于一五二九年订立《萨拉戈萨条约》，在太平洋中再画一条线，以马鲁古群岛以东十七度线为界，划分两国在太平洋的势力范围，该线以西属葡萄牙，以东属西班牙。从此以后，西班牙、葡萄牙两国占据了全世界的海洋范围，并以此为依托建立了强大的殖民帝国和海上力量。

二

十六世纪，法国和英国对原有的海洋格局发起挑战。

一五二四年，法王弗朗索瓦一世雇用一个名叫维的查诺的意大利人，去探寻一条通往东方的西北航路。

一五六二年，英女王伊丽莎白一世时代的一位贵族，对西班牙驻英大使说："教皇无权划分世界，也无权把国土随便送给他所喜欢的人。"

一五八八年七月，西班牙人在梅迪纳西多尼亚公爵的指挥下，以拥有一百三十艘舰船的"无敌舰队"，对英国进行攻击。双方在格拉夫林进行大西洋海战。英国人运用先进的远程火炮技术，大伤"无敌舰队"。八月九日，"无敌舰队"企图返回西班牙，但遭遇强风暴，四十余艘船只沉没，至少有二十艘战舰撞到苏格兰和爱尔兰沿海的礁石上。战后,英国人击鼓相庆:"上帝鼓起了大风,敌人溃不成军。"

与此同时,法国人也不断派舰队、探险队,进入西班牙、葡萄牙的势力范围。

有一次,西班牙公使向法国提出抗议,法王干脆地说:"阳光照在别人身上,也照到我的身上,如果亚当的遗嘱有剥夺我参与分割世界的权利这样一条,我倒很愿意拜读拜读。"

十七世纪早期,荷兰发挥造船业的优势,设计出了一种造价更加低廉的船只,使其在货运中获得了更多的利润。到十七世纪中期,已建立了一支拥有万艘船舶的庞大商队,其总吨位相当于英、法、葡萄牙、西班牙四国的总和,被誉为"海上马车夫"。荷兰成为世界上强大的海上贸易国家。

十七世纪下半叶到十八世纪中期,西欧各国争夺海上霸权愈加激烈。

英国逐渐取代西班牙,成为海上新兴的霸权国家,开始不断扩张海外殖民地。之后,英国相继在英荷战争和"七年战争"中,打败最强劲的对手荷兰和法国,夺取了两国的大片殖民地,确立了海上霸权。

工业革命更让英国取得无可争辩的经济强权。作为世界上第一个迈进现代社会的国家,它是世界发展的领头羊,是世界的霸主。英国的战舰在全球穿梭,英国的商船队在宗主国和殖民地之间来回奔走。

自豪的英国人,以"日不落帝国"来形容自己的国家。在维多利亚时代的大英帝国步入了鼎盛时期,当时,全球人口的约四分之一,大约四亿五千万人,都是大英帝国的子民。地球上的二十四个时区均有大英帝国的领土,其领土面积约三千万平方公里,占世界陆地总面积的百分之二十。航行于各大洋中的商船,有三分之一以上飘扬着米字旗。英国霸权领导下的国际秩序,被称为"不列颠治下的和平"。

英国地处欧洲西北端,几个原本在大西洋中安详漂荡的小岛,却依靠着人类走向海洋的向往,依靠着牢牢掌握住海洋的力量,不断地在海洋时代孕育出了超凡的能量,改变了国家命运,也影响了整个世界。可以说,英国的海洋霸权,在其殖民扩张、资本主义的兴衰,以及世界近代历史和政治的演变过程中,均产生着极大影响。

三

一六〇九年,二十六岁的荷兰法学家 H.格劳秀斯,发表了《海洋自由论》。他从物权的角度,对海洋的属性加以论证。他认为:"一切财产都是以占领为根据的,这就要求把所有动产都拿起来,把所有的不动产都圈起来。因此,凡是不能圈起来的东西,就不能成为财产权的客体。流淌无定的海水因此是自由的。而且,占领权是基于大多数东西人人使用可能罄竭这一事实的,因此要使东西能为人所使用,就必须加以占有,而海洋的情况并非如此,航行与捕鱼——使用海洋的两种方法——都不能使海洋罄竭。"

这位年轻的国际法学者,论证了其主张海上自由的法律根据。之后,被誉为"国际法之父"。

H.格劳秀斯的观点,尽管遭到葡萄牙、西班牙的反对,遭到英国的攻击,但是,随着欧洲资本主义生产关系的日趋成熟,海上贸易的不断扩大,某个国家想独霸世界已成痴人说梦。

到了十八世纪,H.格劳秀斯的海洋自由论主张,逐渐为人们所接受。到了十九世纪初,海洋自由论得到了广泛的承认。这就为日后"公海"制度的形成,奠定了理论基础。

英国取得海上霸权以后,公海自由转而对它有利,它便放弃了"海上控制论"的主张。

一六九四年,英国人率先主张,把全球的海洋划分为分属沿海国家主权范围的"领海",以及不属于任何国家主权、各国均可自由航行的"公海"。

领海与公海的概念提出以后,被国际社会普遍接受。但是,领海距离有多远,却众说纷纭,莫衷一是。有的主张以从海岸线开始的目力所及的范围而定,有的主张以大炮射程为距离。

一七〇三年,荷兰学者宾刻舒克出版了《海洋领有论》。宾刻舒克说,"陆上国家的权利以其炮火射程所及的范围为限"。武器的力量终止之处,即为陆地权利终止之处。

一七八二年,意大利学者 F.加利亚尼提出大炮射程说。根据当时大炮的射程距离为三海里,以确定其领海范围。于是,海洋法上的"三海里规则"出现了。

一七九三年,时任美国国务卿的托马斯·杰斐逊在致英国和法国政府的信中,正式宣布领海范围为离岸三海里以内的水域。

人们按照这一规则,开始对海洋进行第二次分割。

到十九世纪末和二十世纪初,主要海洋国家普遍承认了三海里领海制度,承认了沿海国可以在其领海行使与其陆地领土完全相同的管辖权利。这在当时主要是为了安全、渔业资源管理及防止走私等。

一九四五年九月二十八日,美国总统杜鲁门发布《美国关于大陆架的底土和海床的自然资源政策第 2667 号总统公告》(简称为《大陆架公告》) 和《关于某些公海区内美国近岸渔业政策的第 2668 号总统公告》(简称为《渔业公告》),合称《杜鲁门公告》。

《大陆架公告》宣称,处于公海下且毗邻美国海岸的大陆架底土和海床的自然资源均属于美国所有,受美国的管辖和控制。

这是首次把地质学上的大陆架概念引进了海洋法,也是海洋国家中第一个对超出其领海范围的大陆架提出实行管辖权的主张。

《渔业公告》宣称,美国将在与美国海岸相邻的公海区域内建立渔业保护区。这使其渔业资源管辖权向领海之外的公海区域扩展。

"大陆架可以被认为是沿海国家陆地的延伸……这些资源往往是埋藏在领土内的油田或矿床向海的延伸。"这一论断,是以地质地理学上的"自然延伸"或"邻接原则"为科学依据的;反过来,它又从法律上给予地质地理学上的"自然延伸"或"邻接原则"以合法性。这是美国的一大发明,当然美国的"自然延伸"原则被人们普遍接受。

第一次明确地提出了大陆架资源为沿海国所有的观念,为大陆架方面实体法的起点。

稍后,美国国务院又发表补充声明指出,大陆架为上覆水深六百英尺的海床和底土。这样美国就可以获得大约二百四十万平方公里的海底资源。

这一公告被视为全球范围内对大陆架提出权利主张的里程碑,也被认为是国际社会对海洋实行第三次分割的开始。

随后,墨西哥于一九四五年,巴拿马于一九四六年,哥斯达黎加于一九四八年,以及拉丁美洲国家和亚洲国家先后发表公告,提出二百海里管辖权的主张。

从美国总统杜鲁门宣言发表之后的十年时间,拉美地区就有二十多个国家相继宣布了有关大陆架的宣言、声明或法律、法令。

一个统一的、普遍的国家实践,在这一没有其他国家反对的领域里发展起来了。这是一个新的国际习惯法规则形成的经典案例。

尾声　潮涌天际

天降耶稣光，直射大海面。
艘艘巨轮恰似小玩具，方知高远寥廓之境。　袁亚平摄

金色的海洋，如歌的潮声，令人疑入无比壮丽的幻象。　袁亚平摄

潮涌天际

一

杭州湾以东的莲花洋,那一座青翠的峰峦,地球上最神秘的北纬三十度线穿过岛屿中部。

四大佛教名山中唯一坐落于海上的佛教圣地,被誉为"第一人间清净地"。

普陀山四面环海,云雾缭绕。历史上曾多次出现海市蜃楼,古人诗文常有提及"楼沾蜃气全疑湿,潮落沙痕半未残"、"潮声远送疏钟断,蜃气轻浮宝锡飞"……

我上普陀山,感受佛国色彩的古刹精舍、寺塔摩崖、山石林木,静心领悟其奥妙所在。

放松了,走,到千步沙去!

千步沙位于普陀东海滩,自几宝岭北麓至望海亭下一片沙滩,长约一千七百五十米,宽约一百米,是普陀山最大的沙滩,为海浪夹沙积成。

我赤脚踏进千步沙。沙面宽阔平缓,沙色如金,沙质纯净松软,自岸向海由粗而细。北端有一巨石植根沙间,水落则石出,上书"听潮"二字,向上有石阶通往望海亭。

隔海不远处,为洛迦山,似一平躺的卧佛。

561

海面开阔,水中无乱石暗礁,常为游泳健儿所青睐。目前,千步沙已开辟了海滨浴场和海上娱乐中心。

我伫立千步沙,海浪一波来,又一波来,白花花的浪头直奔而来,没过了我的脚背,顿感凉爽。

海风大了,波涛惊起,滚滚而来。风声,涛声,分明有高亢之音,在我耳边回响……

二

我的视线,起伏在大海的波涛上,时高时低,时急时缓,随之滑落海水深处,那海洋竟是如此的深邃与幽远!

生命本身起源于海洋。海洋始终是生命的主要营养来源。

海洋是广阔的,有一亿四千万平方公里,约占地球表面的百分之七十二。

气候和天气,甚至人们呼吸的空气的质量,在很大程度上都取决于海洋与大气之间的相互作用,我们对于该作用的方式仍然不太了解。

海洋,以其浩瀚和神秘,曾经是人类意识的一部分。

从最早有记录的历史起,人们就利用海洋从事贸易和商业,在海上冒险,去探索海洋。

海洋是人类生活的真正基础。

海洋使人们分隔开来,海洋又使人们聚集起来。即便人们通过路上、河流和空中可以进入大陆内部,但世界上大部分人口仍生活在距大海二百英里的范围内,与大海密切相关。

因此,一整套习惯、传统和法律出现了,确定了往返于海上的船舶和水手们的权利,确定了沿海国的权利。

联合国在二十世纪召开了三次海洋法会议,在历史上占有很重要的地位。

第一次联合国海洋法会议,是联合国成立后首次编纂海洋法的会议。

一九五八年二月二十四日至四月二十七日,在日内瓦举行了第一次联合国海洋法会议。出席会议的有八十六个国家和地区的代表团。会议根据国际法委员会草拟的有关领海、公海、渔业和大陆架的条款,分成五个委员会分项进行审议。第一委员会审议关于领海和毗连区问题,中心是如何规定领海宽度。国际法委员会提出的三海里宽度的建议,遭到许多国家的反对,因而其提案经表决未获通过。然而会议通过了关于毗连区宽度的规定,即"毗连区自测算领海宽度的基线量起不得超过十二海里"。

第一次联合国海洋法会议通过的四大公约,奠定了现代海洋法的基础。通过的《领海及毗连区公约》既没有规定领海的宽度,也没有规定渔区的范围,只规定毗连区不得超过十二海里,沿海国在毗连区内就关税、财政、移民及卫生事项行使管制权。第二委员会审议关于公海事项,通过了《公海公约》。第三委员会审议关于公海渔业条款,通过了《捕鱼及公海生物资源养护公约》。第四委员会审议大陆架问题,通过了《大陆架公约》。第五委员会审议的内陆国出海事项,经过讨论并入公海公约。会议还通过一项《解决海洋法争端的任择性议定书》,对愿意参加的国家开放签字。上述公约和议定书分别在一九六二年至一九六六年生效。

第二次联合国海洋法会议,是联合国关于海洋法编纂的第二次会议。

会议于一九六〇年三月十七日至四月二十六日在日内瓦召开,参加会议的有八十七个国家和地区的代表团,会议内容是讨论领海宽度和渔区范围问题。

第二次联合国海洋法会议的主要提案有:

一、苏联提案,规定在十二海里范围内自行规定领海宽度,领海十二海里者,可在此范围内再加渔区。

二、墨西哥提案,规定在十二海里范围内自行规定领海宽度,在领海以外再加渔区。其中领海三至六海里者,渔区可达十八海里;领海七至九海里者,渔区可达到十五海里;领海十至十二海里者,渔区可为十二海里。

三、美国和加拿大联合提案,规定六海里领海和从领海基线量起十二海里渔区。

四、埃塞俄比亚等十八国提案,规定沿海国可在十二海里范围内规定领海宽度;领海少于十二海里者,可在此范围内再加渔区。如果相邻或相向国家间一国的领海或渔区少于十二海里,而另一国所定范围较大,则就这两国之间而言,前者有权在后者所规定范围内,在邻接的海域内行使主权或权利。

五、冰岛提案,规定凡在生活或经济发展方面极大程度地依赖沿海渔业的国家,在邻接其沿海渔区的海域内有必要限制捕鱼量时,该国应享有优先权。

由于与会各国争议较大,上述提案均未获通过。第二次联合国海洋法会议以未能达成任何协议而结束。

第三次联合国海洋法会议,是联合国历史上超级的"马拉松"会议,也是人类历史上最漫长的国际多边谈判。

这次会议从一九七三年十二月三日开始,直至一九八二年十二月十日,《联合国海洋法公约》在牙买加美丽的蒙特哥湾签字,持续了十年时间。

会议创造了国际法律史上的四个"最",即:参加成员最多,参加会议的有一百六十八个国家或组织的代表团,此外还包括国际组织、民族解放组织、未独立领土在内的五十多个组织和机构的代表作为观察员出席会议;会议是联合国大会成立以来规模最大的国际会议之一;国际法编纂史上所拟公约条文最多;会议时间也最长,先后在纽约、加拉加斯、日内瓦开了十一期共十五次会议,开会总天数近六百天。

中国自始至终参加了第三次联合国海洋法会议的各期会议,并于末期会议上签署了《联合国海洋法公约》。

《联合国海洋法公约》是人类历史上迄今为止最为全面、最为完整，也最有实践性的海洋法典。它的内涵非常丰富，涵盖的范围也非常广泛，包括诸如领海、毗连区、专属经济区、大陆架、国际海底（即区域）、公海、群岛制度、岛屿制度、海洋环境保护、海洋科学研究以及海洋争端解决的原则等一系列有关海洋的法律制度。

《联合国海洋法公约》首次为合理管理海洋资源及为后代子孙保护海洋资源提供了一个通用的法律框架。世界大家庭还很少以协商一致方式实现如此彻底的变革。因此，该《公约》作为自一九四五年批准《联合国宪章》以来最重要的国际成就受到广泛欢迎。

《联合国海洋法公约》是一部影响二十一世纪世界格局的海洋法典。它对世界的影响是全方位的，包括政治、经济、军事、文化以及空间利用等。

《联合国海洋法公约》标志着国际海洋法已发展到了一个新的历史阶段，也表明新的国际海洋秩序正在逐渐形成。

诚然，《联合国海洋法公约》仍然存在一些不尽如人意的地方，但是从总体上看，它在一定程度上反映了广大发展中国家的利益，也是当时各种力量相互较量、各种利益相互妥协、各种矛盾互相磨合的产物。这部国际海洋大法在相当大的程度上改变了传统国际法的面貌，使其游戏规则基本反映了多数国家的利益，少数海洋强国控制海洋的状况已经成为历史。这部法律也为长期以来众多海上争端的解决提供了法律依据。

按照《联合国海洋法公约》的规定，全世界要划出的海洋大陆架、专属经济区、领海的总面积达到一亿三千万平方公里，占全球海洋总面积的百分之三十五点八。这个数字意味着：一是世界公海的范围进一步缩小；二是本来属于人类共有的海洋之上和海洋之下的有形资源，又要经历一次大规模的重新分割。

《联合国海洋法公约》由序言、三百二十条正文和九个附件组成，共计四百四十六条。

《联合国海洋法公约》序言称,本着以互相谅解和合作的精神解决与海洋法有关的一切问题的愿望,并且认识到本公约对于维护和平、正义和全世界人民的进步作出重要贡献的历史意义。

认识到有需要通过本公约,在妥为顾及所有国家主权的情形下,为海洋建立一种法律秩序,以便利国际交通和促进海洋的和平用途,海洋资源的公平而有效的利用,海洋生物资源的养护以及研究、保护和保全海洋环境。

考虑到达成这些目标将有助于实现公正公平的国际经济秩序,这种秩序将照顾到全人类的利益和需要,特别是发展中国家的特殊利益和需要,不论其为沿海国或内陆国。

联合国大会在该决议中庄严宣布,除其他外,国家管辖范围以外的海床和洋底区域及其底土以及该区域的资源为人类的共同继承财产,其勘探与开发应为全人类的利益而进行,不论各国的地理位置如何。

相信在本公约中所达成的海洋法的编纂和逐渐发展,将有助于按照《联合国宪章》所载的联合国的宗旨和原则,巩固各国间符合正义和权利平等原则的和平、安全、合作和友好关系,并将促进全世界人民的经济和社会方面的进展。

《联合国海洋法公约》于一九九四年十一月十六日生效。

目前《联合国海洋法公约》有一百五十五个缔约国(组织),包括一百五十四个国家和一个国际组织(欧洲共同体)。

二〇一二年十二月十日,联合国大会在纽约的联合国总部举行全体会议,纪念《联合国海洋法公约》开放签署二十周年。

联合国秘书长潘基文在会议上说,海洋继续面临多重挑战,包括海洋污染、海洋酸化、资源过度开发、海盗行为以及海洋边界争端等。解决这些问题需要人们作出努力,使《联合国海洋法公约》得到全面实施。

潘基文形容《联合国海洋法公约》像一部宪法,是一块基石。他说,这一永久性的文件提供了建立在法治基础上的秩序、稳定和可预见性,成为指导人们管理海洋方方面面的一个法律框架。

潘基文指出,《联合国海洋法公约》在解决争端、划定延伸大陆架的外部界限和管理国际海底资源的过程中发挥着指导作用。他认为,每天它都在为维护国际和平与安全、公平和有效利用海洋资源作着贡献。在世界的每个角落,它都在为人们保护海洋环境、维护公正和公平的经济秩序所作努力提供支持。

第六十七届联大主席耶雷米奇,呼吁尚未签署和批准《联合国海洋法公约》的联合国会员国"为了全人类的利益"采取行动,尽快签署和批准公约。

当天的联大全会对《联合国海洋法公约》的诞生作出贡献的人们致以崇高敬意,并特别缅怀马耳他已故的阿尔维德·帕多大使。帕多提出"人类共同继承财产"这一划时代的思想,帮助开启了第三次联合国海洋法会议的进程并最终推动公约的出台。

三

我的目光,追逐着飞溅的浪花,在嶙峋的礁岩上轰然作响,那是无穷无尽的秘密,谁来破解! 那是无边无际的猜想,谁来延续!

二○○一年五月,联合国缔约国(组织)文件指出:"二十一世纪是海洋世纪。"

海洋是人类生存发展的第二空间。

过去一般是以陆地为本位去认识海洋,接受海洋的赐福。而今,人们认识到海洋对人类生存发展的积极意义,人类的经济活动与海洋自然生态系统相结合,形成海洋生态经济系统,海洋本身也是人类生存发展的空间。海洋空间包括海域水体、海底、上空和周延的海岸带,是一个立体的概念。第二次世界大战以后,世界人口的快速增长,陆地生态环境恶化,资源紧缺,引发海洋资源的大发现,驱动着人类向海洋空间拓展。

海洋是经济发展的重要支点。

海洋拥有丰富的生物、矿产等资源，是支持人类持续发展的宝贵财富。海洋给人类提供食物的能力估计等于全球农产品产量的一千倍，海水淡化是可持续开发淡水资源的重要手段，海洋能总可用量在三十亿千瓦以上。海洋石油和天然气预测储量有一万四千亿吨。占地球表面积百分之四十九的国际海底区域，蕴藏丰富的多金属结核、富钴铁锰结壳、热液硫化物等陆地战略性替代矿产。在水深大于三百米的大陆边缘海底与永久冻土带沉积物中，有天然气水合物成藏，估计资源量相当于全球已知煤、石油和天然气总储量的两倍多。联合国预测，深海商业性采矿活动，可能在二〇二〇年以后开始。新兴海洋产业的形成，将使海洋经济成为二十一世纪世界经济发展的新支柱。

海洋是人民生活的重要依托。

世界经济、社会、文化最发达的区域，集中在离海岸线六十公里以内的沿海，其人口占全球一半以上。世界贸易总值百分之七十以上来自海运。全世界旅游收入三分之一依赖海洋。目前，全世界每天有三千六百人移向沿海地区。

海洋是人类科学和技术创新的重要舞台。

当代人类面临的全球变暖、气候变化、生命起源、人类起源等重大科学问题的解决，有赖于海洋科学研究的进展。目前已形成"海洋大科学"的研究，其潜在的巨大科学、经济利益和可利用性已日益引起人们的重视。"未来文明的出路在于海洋"。开发利用和保护海洋，势必成为二十一世纪人类社会追求进步和跨越的主要方向。

中国政府根据一九九二年联合国环境与发展大会的精神，制定了《中国二十一世纪议程——中国二十一世纪人口、环境与发展白皮书》，确立了中国未来的发展要实施可持续发展战略。中国既是陆地大国，又是沿海大国。中国的社会和经济发展将越来越多地依赖海洋。因此，《中国二十一世纪议程》把"海洋资源的可持续开发与保护"作为重要的行动方案领域之一。

中国拥有一万八千多公里的大陆岸线，依照《联合国海洋法公约》中二百海里专属经济区制度和大陆架制度,中国可拥有约三百万平方公里的管辖海域;沿海岛屿六千五百多个;四亿多人口生活在沿海地区;沿海地区工农业总产值占全国总产值的百分之六十左右。

中国近海和管辖海域蕴藏着丰富的海洋资源,包括生物资源、油气资源、固体矿物资源、海水资源、海洋能源、海洋旅游资源等。各种海洋资源开发活动分别形成了不同的海洋产业,传统的海洋产业有海洋捕捞业、海洋交通运输业、海水制盐业;新兴的海洋产业有海水增养殖业、海洋油气工业、海滨旅游业、海水直接利用业、海洋药物和食品工业等;另外还有一些正处于技术储备阶段的未来海洋产业,如海洋能利用、深海采矿业、海洋信息产业、海水综合利用等。

开发海洋,保护海洋,已成为中国环境与发展的不可分割的重要组成部分。

现代海洋开发活动在迅速展现其巨大的经济效益的同时,也带来了一系列的资源与环境问题。比如,近海渔业资源严重捕捞过度使海洋生物资源破坏严重;入海污染物总量不断增加,致使某些海域环境污染加剧,生态环境趋于恶化;缺乏高层次的规划和协调机制造成用海行业之间矛盾突出,开发利用不合理;沿海岸段经济发展不平衡,个别地区还没有完全摆脱贫困状态,而在经济发达岸段,也存在着诸多的环境问题;全球气候变化及沿海地区经济活动增加使海洋性灾害频率增高,范围扩大,经济损失程度也相应增加,后果更严重。此外,国际海洋事务出现了新的形势,维护海洋权益面临繁重任务;各国都在加强海洋科学技术研究、开发和应用,以增强国际海洋竞争能力。

中国的海洋事业正面临着巨大的挑战和机遇。发展海洋事业,迎接被誉为海洋时代的二十一世纪,是中华民族责无旁贷的使命。

经济和社会发展水平越高,人口越向最适合人类居住的沿海地区集中。参照发达国家的历史经验,二十一世纪中叶中国可达到中等发达国家的水平,百分之五十至六十的人口将居住在沿海地区,沿海地区总人口可能达到八亿至十亿。

港口和城市是带动沿海地区繁荣和发展的龙头。沿海经济的进一步发展必然带动沿海地区的城市化进程。中国沿海有中等以上城市二十五个。达到中等发达国家水平以后，在一万八千公里海岸线上可能有五百个左右不同规模的城市和港口，形成城市化的经济、社会和文化发达的地带。

沿海地区经济和社会的发展离不开海洋空间利用，例如海港和锚地、海上城市、海上机场、海底隧道、海上公园、海上贮存场等。中国海洋空间利用规模和范围都比较小，主要利用方式是海港建设和锚地、海滨浴场和公园、海上贮木场、海上倾废区和海底管道、电缆铺设等。随着沿海地区经济和社会的进一步发展，海洋空间利用的方式必将越来越多，范围越来越大，有必要作为战略性问题作出统筹规划。

中国岛屿众多，面积大于五百平方米的岛屿共有六千五百多个，其中有人居住的岛屿四百多个。海岛是联结陆域国土和海洋国土的海上基地，兼备丰富的陆海资源。海岛具有天然的港址资源，某些岛屿有建设深水良港的条件；海岛有一定的土地资源，可为各行各业提供必要的建设用地；许多海岛有美丽的自然景观、宜人的气候条件、平缓开阔的沙滩和浴场，可以发展旅游业；海岛周围的浅海和滩涂，是海水养殖的良好区域；不少岛屿还蕴藏着一些非金属和金属矿物，可提供一定的工业原材料；某些海岛及周围海域的油气资源，更为人们所瞩目。总之，中国海岛资源潜力较大，是发展海洋经济和沿海地区经济的宝贵财富。

海洋是生物资源的宝库，海洋生物资源是人类重要的蛋白质来源。已知全世界海洋中有生物种类二十多万种，其中鱼类约一万九千种，甲壳类约两万种。许多海洋生物具有开发利用的价值，为人类提供了丰富的食物和其他多种用途的资源。中国是世界上海洋渔业大国之一，海洋捕捞年产量已达七百六十多万吨，其中远洋渔业产量仅占百分之七左右，即每年有七百多万吨的渔获量是从中国沿海海域获得的。中国的年人均水产品占有量为二十公斤，达到世界平均水平。

在中国经济、社会迅速发展，全球环境保护、生物多样性保护需要的大背景下，中国现有的海洋自然保护区，在保护类型、保护范围、现代化管理手段、保护区功能及保护区管理人员自身素质等方面，均与现实及长远的要求有较大的差距。

重视海洋自然保护区和海洋特别保护区的建设,是保证沿海社会、经济可持续发展的重要内容之一。必须加速海洋自然保护区和海洋特别保护区的科学研究、选划和建设进程,为子孙后代,为全人类保留更完整的大自然的馈赠,为发展海洋经济,实现海洋资源的可持续利用作出贡献。

四

迎着海风,我放眼朝东望去,海平面遥遥延伸,一直抵达天际处。隐隐约约地,出现了一个白点,越来越清晰,越来越明亮,越来越增大。

一艘豪华邮轮,通体白色,庞大得如同一座大山,高高耸立在海面上。

随着一声汽笛长鸣,豪华邮轮缓缓驶进港口,停靠在舟山群岛国际邮轮港。

舟山国际邮轮港是中国第六个国际邮轮港,也是舟山群岛新区目前唯一的国际客流口岸。它的正式开港,标志着舟山成为继上海、天津、厦门、三亚后第五个拥有邮轮码头的城市。作为国家旅游局规划确定的全国七大邮轮母港之一,舟山国际邮轮港将有效推进舟山建设"东部地区重要的海上开放门户",促进海岛旅游产业升级换代。

邮轮被称为"无目的地的目的地"、"海上流动度假村",是当今世界旅游休闲产业不可或缺的一部分。

我登上了邮轮,哦,好一座海上城市!餐厅,酒吧,游泳池,模拟冲浪池,滑冰场,竞技场,迷你高尔夫球场,剧院,桑拿房,甲板户外公园……Wi-Fi无线网络覆盖全船,设平板电视,可使用移动电话通信……

"快来,快来!"友人扬手招呼,"到剧院,舟山专场就要开始了!"

演奏者全部红衣红裤,前列金色的锣、红色的鼓,后竖一锦旗,红底黄字:"一帆风顺"。

舟山锣鼓开场。

舟山锣鼓产生并发展于舟山群岛，与这里渔民、农民的生产和生活息息相关，旧时大多出现在渔民祭海等活动中。船工们将几面不同音质的锣悬挂在船壁上，将几只大小不一的鼓用木架子固定起来，一个人便可敲几只鼓、打几面锣。人手减少了，音响效果反而好了，形式也好看了，气势也更大了。

"五音排鼓"、"十三音排锣"，为舟山锣鼓两大主奏乐器，这在其他打击乐种中是难得一见的。

"五音排鼓"由五只大小堂鼓组成，从左向右，由低到高的横式排列。音调高低不一，其记谱谐音分别为"同、登、通、崩、冬"。

"十三音排锣"由十三面铜锣组合而成，音色各异，尺寸不一。各种锣的排列，按其音调的高低，由上而下，竖式排列。其记谱谐音分别为"勾、丁、令、争、斗、胖、庄、倾、匡、昌、汤、晄、丈"。

舟山锣鼓的乐队音响铿锵有力，演奏风格粗犷、激昂，乐曲表现侧重于炽热的情绪。"刚"的音响特点和"粗"的演奏风格，使舟山锣鼓善于表现波澜壮阔的海洋风和热烈、奔放的情绪。

演奏时，配以吹、拉、弹所需的其他辅助乐器。同时，它也能刻画肃穆、庄重、宁静的意境，表达轻松活泼的情趣。

演奏传统曲目《舟山锣鼓》、《八仙序》、《渔家乐》、《沙调》、《潮音》……赋予其"开渔出海"、"生产捞作"、"丰收拢洋"三个情节性描述，形成了较为固定的表演模式和段落。

友人说："通过节奏的控制和旋律的编排，舟山锣鼓的演奏使人感觉响而动听，闹而不烦，豪放洒脱，引人入胜。"

我说："舟山锣鼓颇具海岛特色和浓郁的生活生息，反映了渔民豪爽、粗犷、开朗的性格。已被编入《中国民族民间器乐曲集成》，列入首批国家级非物质文化遗产保护名录。"

吼起来了，吼起了舟山渔民号子！

《起篷调》："撑船哪能怕对头风，晒鲞哪管太阳红！要摸珍珠海底钻，要扪大鱼急起篷。"

《撑篷调》："一片风篷啰一股风，两片风篷啰两股风，啥人会撑倒风篷，扭转乾坤是真英雄！"

爽劲！格调更高，可说是气壮山河的绝唱！

舟山渔民那种大无畏的气概，顶天立地的巨人形象，给人以振奋和力量！

我要请更多的朋友来欣赏，来感受，舟山锣鼓，舟山渔民号子，舟山所有的地域文化……

友人这时笑了："这是我制作的一个短片，让你看了，你就当真。不过，你过两年再来，就能真正体验了！"随即递过两份材料。

《浙江舟山群岛新区发展规划》中明确指出，深入推进邮轮、游艇、海钓、康体、禅修等时尚旅游，努力打造国际著名的群岛型海洋休闲旅游目的地和世界一流的佛教文化旅游胜地。

我国首艘自主建造的豪华邮轮，将于二〇二〇年驶出上海。

我朝大海望去，东方的天空上，彩霞如同展翅的金凤凰，绚烂而壮丽。蔚蓝的天际处，一艘白色的豪华邮轮，发出雪峰似的圣光。

这绝不是出现海市蜃楼。

二〇一六年三月一日深夜稿毕
二〇一六年六月二十日深夜再稿
二〇一六年九月十四日凌晨终稿
于杭州清雨轩

后　记

早上五时多,"嘭"一声,断电了!

摸索着开了门,电梯间漆黑漆黑的,电梯停了。

扶着墙壁,从应急通道一步一步地走下去。到了一楼,门厅里积着水,风雨不断地刮进旋转门,旋转门这下子无人而自动!

玻璃窗上,雨水如注。望出去,箱子岙港的海水,大部变浑了。沿港的水泥路上,只有一盏路灯亮着,孤独,无助。

除了风浪声,一切寂静。

一楼的服务台,女服务员着急地说:"全镇停电了!"

直到中午,全镇没电。嵊山枸杞航班全线停航,出不去,进不来。孤岛的孤独感,如雨水般渗透全身,丝丝凉意沁入骨头。

我正在舟山市嵊泗县嵊山镇采访,遇上了二〇一四年第十六号台风"凤凰"。"凤凰"中心经过的附近海域或地区的风力有十至十一级,阵风可达十二至十三级。浙江东部的部分地区有大暴雨,局部有特大暴雨。

连续五天,我困在孤岛上。这是我几十年的记者生涯中,首次遇到的。与外界完全断绝,一下子就感悟到空间,感悟到生存的脆弱与坚韧。

这奇险的境遇,这独特的体验,真是可遇不可求。

及时调整了采访计划,用笔和照相机镜头,记录台风中的身影。昼夜参加抗台的乡镇干部,披着雨衣织网的渔家大嫂,时刻保持警惕的嵊山边防派出所官兵……

台风过去了,仍是正常的生活秩序。

死亡过去了,又是生机勃勃的成长状态。

无论自然界的风云变幻,无论人世间的是是非非,大海始终按照自己的节奏和规律,潮起潮落,在天地间运行。

《孤岛台风天》,我写作中永远无法复制的一节。

浙江舟山群岛新区,这是我国继上海浦东、天津滨海、重庆两江之后的第四个国家级新区,也是首个以发展海洋经济为主题的国家战略层面新区。

我乘客轮渡船,踏波逐浪,来回海面,上下岛屿,历时十九天,遍访定海、普陀、岱山、嵊泗四个海岛县(区)。入渔民家,住小岛屋,晨起观日出,夜深闻涛声。

采访人物众多,数次写尽笔芯。拍摄照片量大,存储卡、移动硬盘、笔记本电脑交替使用。

我的身上有海风,我的手掌有海水,我的脚底有海沙,我的灵魂在海空飘荡。时常夜不能寐,构思写作,陆续成篇。

报告文学《鸟岛守护人》,发表于《中国报告文学》二○一五年三月号。

报告文学《踏波逐浪高——来自浙江舟山群岛新区的创业故事》,以近整版篇幅发表于《人民日报》二○一五年六月三日副刊。

本想利用业余时间,在一个相对集中的阶段里,完成浙江舟山群岛新区一书的写作。

出乎意料的是,一个重要的工作任务,中断了我的写作计划。

因了人民日报社编委会的重视与信任,因了人民日报社社长杨振武的关心与厚爱,一纸任命文件下发了。

二〇一五年八月三日夜晚,我从杭州急赴上海。次日上午,召开全体会议,组织上宣布我任人民日报社上海分社副社长,主持工作。

人民日报社上海分社是全国最大的分社,其前身为人民日报社华东分社,由人民日报副总编辑兼任社长。

可以想象,摊子大,任务重,杂事多,若是一个人,纵然有三头六臂,也难以应付。好在人民日报社上海分社同仁们,素质好,水平高,热心地帮助我完成了繁多的事务。

唯一内疚的是,我几乎没了业余时间,无暇动笔创作,舟山一书就搁置下来了。

整整过了半年,人民日报社编委会领导出于对我的关照,决定让我回杭州。

我深深地透了一口大气,终于卸下担子了!

在舟山群岛度过的日日夜夜,又浮现在眼前。

大海汹涌,风急浪高,声声在耳边回响,阵阵在心中震荡。

写浙江舟山群岛新区,首先要有一种气势!

序章《澎湃在心》,第一至第七章《风起东方》、《山宁海定》、《圣花飞云》、《烟涛喷薄》、《碧波列岛》、《港通四海》、《海天佛国》,尾声《潮涌天际》,顺应这种气势,连接全书章节。

写浙江舟山群岛新区,时时感受时代的风。

从浙江舟山群岛新区的诞生,到浙江省委、省政府的决策;从舟山市委、市政府领导的责任感、使命感、事业心,到青年海岛考察计划;从归国博士到年轻的创业者,从社区书记到鸟岛守护人,从渔民画家到乡土馆长;从水上国门形象到世界首个柔直工程……无不展示时代的风尚,无不呈现社会的风情。

写浙江舟山群岛新区,处处洋溢着海味。

海岛,渔村,古渔镇,渔民,祭海,渔歌,渔民画,灯塔博物馆……特别令我着迷,行走不尽,屡观不厌,屡听不烦,沉醉其中,乐趣无穷。那些沾满了鱼腥的文字,那些浸泡了浪花的音符,正是舟山渔民豪爽开朗的性格,正是舟山海洋文化的表征。

写浙江舟山群岛新区,我力求写出历史的纵深感。

《史记》载:秦朝徐福在东南沿海蓬莱、方丈、瀛洲三岛上寻长生不老的仙药,其中的"蓬莱仙岛"即为舟山境内的岱山岛。据史学家们分析,徐福东渡日本时经过舟山诸岛,现岱山岛上建有"徐福亭"、"东渡纪念碑"等。

第一次鸦片战争,是中国近代史的开端。"闭关锁国"后的中国落后于世界大潮。一八四一年十月一日晨,英军向定海发动总攻,至下午二时,五千多守军全部被击败。定海三总兵牺牲。因战事不利,道光帝派直隶总督琦善与英国议和,签订了中国历史上第一个不平等条约《南京条约》。中国第一次向外国割地、赔款、商定关税,从此开始沦为半殖民地半封建社会。鸦片战争揭开了近代中国人民反抗外来侵略的历史新篇章。

一九四九年十一月至次年三月,中共中央主席毛泽东对解放舟山群岛先后五次电示。一九五〇年五月十一日,国民党总裁蒋介石两次手谕,命舟山驻军撤离。五月十三日黄昏至十六日拂晓,在浓重海雾掩盖下,国民党军政人员十四万八千人,全部秘密撤离舟山入台湾。抓走岛上壮丁一万三千五百余人,使许多家庭妻离子散,骨肉分离。解放军乘船渡海,挥师挺进,五月十七日,舟山群岛解放。

从蓬莱求仙、定海保卫战到解放舟山,落墨甚重。

写浙江舟山群岛新区,其实不仅仅是浙江舟山群岛新区。

站在国家战略的高度,建设好浙江舟山群岛新区,对于我国探索海洋经济科学发展新路径、实施海洋强国战略和完善区域发展总体战略具有重要意义。

从全球的视野看,二十一世纪是海洋世纪。

海洋是人类生存发展的第二空间。海洋是经济发展的重要支点。海洋是人民生活的重要依托。海洋是人类科学和技术创新的重要舞台。

于是,从航海先驱者、发现新大陆、创立海权论、分割海洋,到《联合国海洋法公约》,我的笔端沿着海洋探索发现与开发的流向,进入人类生存发展的第二空间。

　　全书以复式结构呈现,主要章节为现实生活,历史场景为衬托。

　　就单行本而言,《东望大海》为我的第十九部书。我想,唯有写出这部书的个性和特征,才会有存在的价值。

　　江苏省委书记李强,在其浙江省委副书记、省长任上,最先向我提出了这个创意,为浙江舟山群岛新区写一部书。

　　浙江省副省长孙景淼,其时兼任浙江舟山群岛新区党工委书记、管委会主任、舟山市委书记,数次与我深谈,每每言及浙江舟山群岛新区之战略意义和发展前景。

　　浙江舟山群岛新区党工委书记、管委会主任、舟山市委书记周江勇,浙江舟山群岛新区党工委副书记、舟山市委副书记、市长温暖,浙江舟山群岛新区党工委副书记、舟山市委副书记徐旭,对此书予以重视与关注。

　　舟山市委常委、宣传部长、统战部长忻海平与我商量采访提纲,又指派宣传部专人陪同采访。

　　舟山市委宣传部常务副部长王辉,舟山市委、市政府新闻办公室主任胡海光,舟山市委宣传部外宣处处长丁和宝,定海区委宣传部、普陀区委宣传部、岱山县委宣传部、嵊泗县委宣传部的领导和同志们,或介绍情况,或同下海岛,或同访渔村,从各方面给予了热情的帮助。

　　此书已列入浙江省文化精品扶持工程项目。浙江省委宣传部要求,精心打磨入选项目,努力出人才、出精品、出效益,为加快建设文化强省、推动浙江文化大发展大繁荣作出新的更大贡献。

　　人民日报社浙江分社社长王慧敏,以兄弟般的情义,给了我极大的关心和支持,给了创作的宽松环境。

　　浙江省作家协会党组书记、副主席臧军,浙江省作家协会党组副书记曹启文,时任浙江省作家协会党组成员、秘书长王益军,浙江省作家协会创联部副主任孙明龙,浙江省作家协会创研部副主任苏沧桑,对我的创作倾力相助。

　　浙江文艺出版社总编辑邹亮,一听说我的创作计划,马上予以关注,将本书上报申请列入"中国文艺原创精品出版工程项目",继而安排出版具体事宜。二〇一五年七月,国家新闻出版广电总局公布,本书正式入选。"中国文艺原创精品出版工程"是我国首次为文艺类原创精品设立的扶持工程。浙江此次入选的仅两书。

又闻到海洋的气息了。

生命本身起源于海洋。

海洋,以其浩渺和神秘,曾是人类意识的一部分。

未来文明的出路在于海洋。开发利用和保护海洋,势必成为二十一世纪人类社会追求进步和跨越的主要方向。

大海的气势,大海的浩瀚,大海的深邃,大海的容纳,大海的无穷无尽……

我总处于感动之中。若有心曲,必是雄浑激越!

图书在版编目(CIP)数据

东望大海 / 袁亚平著.—杭州:浙江文艺出版社,
2017.3
 ISBN 978-7-5339-4819-1

Ⅰ.①东… Ⅱ.①袁… Ⅲ.①报告文学—中国—
当代 Ⅳ.①I25

中国版本图书馆 CIP 数据核字(2017)第 052859 号

策划统筹　邹　亮
责任编辑　邓东山
摄　影　袁亚平　胡子洛
装帧设计　钱　禛
责任校对　陈　玲　唐　娇
责任印制　朱毅平

东望大海

袁亚平　著

出版　浙江文艺出版社
网址　www.zjwycbs.cn
经销　浙江省新华书店集团有限公司
印刷　浙江新华数码印务有限公司
制版　浙江新华图文制作有限公司
开本　710 毫米×1000 毫米　1/16
字数　526 千字
印张　36.5
插页　37
印数　7001-10000
版次　2016 年 12 月第 1 版
　　　2017 年 3 月第 2 版
　　　2017 年 3 月第 2 次印刷
书号　ISBN 978-7-5339-4819-1
定价　118.00 元

版权所有　违者必究
(如有印、装质量问题,请寄承印单位调换)